História das
Mitologias II

Obra publicada com o patrocínio do Ministério Francês da Cultura – Centro Nacional do Livro

Título original:
Mythes et Mythologies (Partie *Histoire*)

© Larousse-Bordas 1996
© Larousse-Bordas/HER 1999

Tradução:
Leonor Santa Bárbara

Revisão da tradução:
Luís Abel Ferreira e Pedro Bernardo

Capa: FBA

ISBN (10): 972-44-1273-3
ISBN (13): 978-972-1273-3

Depósito Legal n° 251338/06

Impressão, paginação e acabamento:
MANUEL A. PACHECO
para
EDIÇÕES 70, LDA.
Outubro de 2006

Direitos reservados para língua portuguesa
por Edições 70

EDIÇÕES 70, Lda.
Rua Luciano Cordeiro, 123 – 1° Esq° - 1069-157 Lisboa / Portugal
Telefs.: 213190240 – Fax: 213190249
e-mail: geral@edicoes70.pt

www.edicoes70.pt

Esta obra está protegida pela lei. Não pode ser reproduzida,
no todo ou em parte, qualquer que seja o modo utilizado,
incluindo fotocópia e xerocópia, sem prévia autorização do Editor.
Qualquer transgressão à lei dos Direitos de Autor será passível
de procedimento judicial.

DIRECÇÃO DE FÉLIX GUIRAND

História das Mitologias II

Céltica
Germânica
Eslava
Lituana
Ugro-Finlandesa
Pérsia Antiga
Índia
Chinesa
Japonesa
Oceania
África Negra

1
MITOLOGIA CELTA

Mitologia Pré-Celta

Quando, por volta do século IX antes da nossa era, os Celtas penetraram na Gália, encontraram no solo inúmeros vestígios religiosos, cuja paternidade lhes foi posteriormente atribuída, mas que, na realidade, são obra de populações anteriores e datam da época neolítica: são, com os *dólmenes* ou áleas cobertas, as pedras erguidas ou *menires*.

Os dólmenes têm um carácter fúnerário indiscutível; quanto aos menires, cuja finalidade exacta permanece problemática, é possível ver neles ídolos primitivos, ou símbolos religiosos, análogos aos bétilos que os povos semíticos adoravam. Em todo o caso, não restam dúvidas de que os menires foram – até mesmo para lá da época neolítica – objecto de um culto constante, relacionado com o culto naturista das rochas e das pedras. À falta de testemunhos directos, podemos usar provas indirectas: antes de mais, o édito promulgado por Carlos Magno em Aix-la-Chapelle, em 789, que, retomando os decretos dos concílios de Arles (452), de Tours (567), de Nantes (658) e de Toledo (681), proibia o culto de árvores, pedras e fontes, e prescrevia a destruição de todos os simulacros; e também a veneração e o terror supersticioso de que as pedras erguidas, muitas vezes designadas *pedras das Fadas* ou *pedras do Diabo*, não deixaram, até hoje, de ser objecto; por fim, e sobretudo, o facto de o Cristianismo, quando se estabeleceu na Gália, para não contrariar as crenças populares, se esforçou por canalizar num sentido ortodoxo, por assim dizer, o culto das pedras sagradas, mandando colocar em algumas o símbolo da nova fé, a cruz, tanto erecta no cimo delas, como esculpida numa das suas faces.

Quase sempre isolados, os menires apresentam-se por vezes sob a forma de *alinhamentos* rectilíneos, como os de Carnac (Morbihan), que se estendem por cerca de três quilómetros. A finalidade destes alinhamentos permanece um mistério. Por vezes, as pedras estão dispostas em círculo e então formam *cromeleques*. O que devemos ver neles monumentos religiosos: templos solares ou locais de sacrifícios? A ausência de qualquer indicação precisa força-nos a avançar estas hipóteses com extrema prudência.

Em muitas pedras de dólmenes encontramos gravados desenhos que têm sobretudo um aspecto geométrico, mas alguns reproduzem figuras que parecem ter um valor simbólico. Se é, talvez, ousado ver em alguns sinais jugiformes a representação esquemática de um deus cornífero – protótipo daquele que encontraremos na mitologia celta propriamente dita –, as representações demasiado frequentes de machados encabados não podem deixar de sugerir uma aproximação ao culto do machado que florescia na bacia mediterrânica na época da civilização egeia.

Conservaram-se outros vestígios religiosos deste período neolítico com um carácter mais marcado: com efeito, em grutas artificiais do Marne ou nas áleas cobertas do Sena e do Oise foram encontradas imagens mais ou menos esquematizadas de uma divindade antropomórfica. São dois painéis de pedra, cujo cimo abobadado forma uma arcada supraciliar de cujo centro se destaca um nariz com bordos salientes. Por baixo, de certo modo limitando o rosto, um colar, e mais em baixo estão por vezes representados, em relevo, dois esboços de seios. Estes ídolos, provavelmente, estavam destinados à guarda dos depósitos fúnebres.

Mais desenvolvidas eram as estátuas-menires do Sul de França, descobertas no Aveyron, no Tarn e no Gard. São estelas, com um a dois metros de altura, toscamente esculpidas nas duas faces. O rosto é indicado simplesmente por um risco vertical que representa o nariz e por dois orifícios que representam os olhos. Os braços e as pernas estão assinalados por meros traços paralelos, e os dedos são cinco ingénuos riscos. Todas estas figuras têm, a meio do corpo, uma cintura, abaixo da qual surgem as pernas, que seríamos tentados a considerar franjas. Estas estátuas-menires tinham igualmente, com toda a probabilidade, um propósito funerário.

Sem nos demorarmos a procurar as origens deste ídolo neolítico, que aproximámos de figuras análogas da época pré-micénica – o que pareceria implicar uma corrente de civilização originária da Ásia Menor e propagada, pela Península Ibérica e pela Gália, até às Ilhas Britânicas –, limitar-nos-emos a constatar, na Gália, a existência, anterior à chegada dos Celtas, de um rudimento de aparato mitológico que se iria desenvolver nas épocas seguintes (Ver J. Déchelette, *Manuel d'archéologie préhistorique*, t. I, pp. 594 ss.).

Os celtas do continente ou gauleses

Introdução

É muito difícil estudar com precisão os deuses que os Gauleses adoravam. O motivo desta dificuldade é triplo. Primeiro, porque a religião gaulesa esteve na origem de uma espécie de animismo que não comportava uma representação figurativa. Os Gauleses não imaginavam, sob um aspecto concreto, as forças naturais que veneravam; também não deixaram imagens gravadas ou esculpidas. Na verdade, César pretende ter visto «simulacros de Mercúrio» – leia-se, da divindade que ele romaniza com este nome. Aquilo que encontrou são, provavelmente, pedras erguidas ou menires, cujo aspecto lhe evocava a lembrança dos pilares quadrados que passavam por ser símbolos de Hermes, o «Mercúrio» dos Gregos.

O segundo motivo é que nunca houve na Gália uma religião nacional. É verdade que César declara que «todos os Gauleses pretendiam ser descendentes de Dis Pater», o que permitiria supor uma crença comum. Por seu lado, Jullian é de opinião que «os Celtas tiveram, desde o momento em que constituíram um corpo e um nome, um deus soberano, nacional por excelência, o deus do povo», que o sábio historiador identifica com Teutates. Apesar desta autoridade, parece que o particularismo gaulês se terá estendido aos assuntos da religião. Não houve entre os Celtas o trabalho de assimilação que, por exemplo na Grécia, transformou em divindades nacionais os deuses locais das diversas regiões. Os deuses gauleses eram deuses de clãs ou de tribos, cujo culto se limitava a um território restrito. Daí a sua multiplicidade, daí também a confusão que reina no panteão gaulês, não só porque não existe qualquer hierarquia, mas também porque as divindades que o compõem permanecem vagas e mal definidas, razão por que, sem dúvida, nenhuma delas teve importância suficiente para que à sua volta se pudessem cristalizar lendas.

De resto, e é a última fonte de dificuldades, se tivesse sido de outro modo, não teríamos sido mais informados. Com efeito, desde que foi constituída, a literatura dos Gauleses foi exclusivamente oral. Os inúmeros versos que os druidas (de *daru-vid*, grande vidente, muito sábio), segundo César, ensinavam aos seus discípulos, os cantos de vitória referidos por Tito Lívio, perderam-se com os lábios que os repetiam. Apenas permanecem em algumas inscrições votivas e fúnebres em estelas e em baixos-relevos (mas datam de uma época em que a assimilação das divindades locais pelas romanas já começara) algumas fórmulas mágicas e um calendário.

Arte gaulesa. Máscara de um deus do rio. *Museu de Saint-Germain- -en-Laye. Foto de arquivo.*

Encontramo-nos, assim, no que respeita aos Celtas do continente, em presença de uma mitologia sem mitos, o que é demasiado enganador e nos obriga à mera nomenclatura de divindades, cujos carácter e atribuições são muitas vezes difíceis de precisar. No entanto, ao passar em revista as crenças religiosas dos Gauleses e ao acompanhar a sua evolução desde a origem até à conquista romana, podemos vê-las evoluindo progressivamente, desde um animismo primitivo até uma concepção antropomórfica da divindade.

O politeísmo naturalista

Politeístas como todos os povos primitivos, os Gauleses veneraram sobretudo algumas divindades tópicas (ou seja, associadas a determinado lugar) ou regionais.

Culto das águas

Os locais elevados, os cumes dos montes, eram divinizados. O pico do Ger (*garrus deus*), nos Baixos Pirinéus, manteve-se até ao fim da ocupação romana, enquanto os outros cumes decaíram, aos poucos, da categoria de deuses à de morada das divindades. Por exemplo, *Dumias*, nome do deus tutelar do pico de Dôme, acaba por se tornar num simples epíteto ligado a «Mercúrio», cujo templo e estátua se erigiram nesse cume.

Mas a religião naturista dos Gauleses aparece sobremaneira no culto das águas (rios, fontes, nascentes). *Diva, Deva, Devona*, «a divina», era uma denominação frequente dos rios gauleses, como ainda o demonstram os seus nomes actuais: Dive, Divone, Deheune. *Nemausus*, deus tutelar da cidade de Nimes, era o génio da sua fonte; *Icaunus*, o de Yonne, etc. Inúmeros Gauleses da Bélgica vangloriavam-se do nome de *Rhenogenus*, «filho do Reno». *Borvo, Bormo* ou *Bormanus* («o efervescente»), deus das nascentes termais, baptizou muitas estâncias termais de que jorram as águas escaldantes: La Bourboule, Bourbonne, Bourbon-Lancy ou Archambault.

A mais característica destas divindades é a deusa *Epona*. Vêmo-la sempre acompanhada por um cavalo, com que forma um grupo inseparável. Na maioria das vezes está sentada de lado na sua montada. Está envolta em roupagens e usa um diadema; os seus atributos são um corno da abundância, uma pátera e frutos. É, portanto, a deusa da abundância agrícola. Mas, não é a água que faz a fertilidade do solo? Epona é, com efeito, uma divindade das águas, contrapartida exacta da fonte de Hipocrene. Os seus dois nomes são equivalentes (*épos, ona = hippos, krênê*) e significam «fonte cavalar». Quanto à presença do cavalo ao lado desta deusa, basta que nos lembremos do lugar que este animal ocupa na lenda de Posídon.

Muito popular na Gália, como o atestam as inúmeras representações de Epona que foram conservadas, o seu culto foi posteriormente importado para a Itália e até para a própria Roma. Mas o significado primitivo foi esquecido. Epona tornou-se na deusa protectora dos cavalos; é por isso que a sua imagem era colocada nas cavalariças.

Culto das árvores

As águas fecundam as florestas. Por isso, os Gauleses não deixaram de adorar as árvores e as florestas. *Vosegus* foi o deus tutelar dos «Vosgos» silvestres; *Ardvina*, a ninfa das «Ardenas»; *Ardnoba*, a da Floresta Negra.

Na região dos Pirinéus, muitas inscrições latinas dão-nos a conhecer os deuses-árvores: *Robur* (o carvalho), *Fagus* (a faia), *Tres Arbores* (Três Árvores), *Sex Arbores* (Seis Árvores), *Abellio* (a macieira; cf. *apple, apfel*, das línguas germânicas), *Buxenus* (o buxo).

Respeitado em toda a Gália, o carvalho foi considerado por alguns cronistas o deus supremo dos Gauleses. «Os druidas escolhem para si as florestas de carvalhos, assegura-nos Plínio, *o Velho* (*História Natural*, XVI, 249), e não realizam nenhum rito sagrado sem as suas folhas. Acreditam que o visco revela a presença do deus na árvore que o tem... Colhem-no com grande cerimónia. Depois de ter sacrificado dois touros brancos, o sacerdote, com um manto branco, trepa à árvore e, com uma foice de ouro, corta o visco, que é recolhido num pano branco.»(*)

A veneração desta planta deixou traços nos nossos costumes. Muitas pessoas consideram-na, sincera ou agradavelmente, um amuleto. E a força desta tradição ainda é mais enérgica na Grã-Bretanha.

Culto dos animais

Os Gauleses adoraram igualmente muitos animais. Cavalo, corvo, touro e javali eram os animais sagrados a partir dos quais se denominaram algumas cidades (*Tarvisium, Lugdunum* [de *lugos*, corvo]), ou tribos (*Taurisci, Brannovices, Eburons*), e de que foram encontradas inúmeras representações em moedas e baixos-relevos. Nas Ardenas venerava-se o javali; os Helvécios dos arredores de Berna adoravam a deusa *Artio* (a ursa), em quem talvez seja ousado ver o equivalente da Ártemis grega.

No museu de Avignon vemos, sob a denominação de «monstro de Noves», um urso sentado nas patas traseiras; com as suas mandíbulas tritura um braço humano, e cada uma das suas patas dianteiras repousa sobre uma cabeça humana. Há alguma concordância no reconhecimento deste monstro comedor de homens como sendo algum ídolo primitivo.

No número dos deuses zoomórficos podemos colocar igualmente as serpentes com cabeça de carneiro, representadas em muitos monumentos. São geralmente associadas a um deus que ou as aperta no pescoço, ou as tem sobre os joelhos. Esta última atitude parece excluir a ideia de uma luta entre o deus e as forças maléficas simbolizadas pelas serpentes, pois estes animais parecem mais ser companheiros do deus do que seus adversários. Seria, por isso, preciso ver aí divindades ctónicas. O mesmo se passa com a serpente cornífera que é, por vezes, representada junto ao Mercúrio gaulês.

Entre os animais divinizados o que parece ter sido objecto de um culto bastante difundido é o touro. O facto nada tem de surpreendente, já que este animal era o símbolo da força e do poder gerador e fora

---

(*) Tradução do latim (*N.T.*).

igualmente divinizado noutras mitologias. Pensemos nomeadamente no touro cretense. Mas o touro gaulês apresenta-se com algumas particularidades bastante curiosas.

Num altar galo-romano, desenterrado no solo de Paris, está representado um touro de pé ao lado de uma árvore; tem três grous no dorso e um na cabeça; é o *Tarvos trigaranus* (Touro com três grous). Perguntamo-nos qual poderia ser o significado destes três grous associados ao touro. É verdade que se encontram estas aves em relevos do arco do triunfo de Orange e que figuram muitas vezes em narrativas fabulosas da epopeia irlandesa. No entanto, ao considerar que existe na mitologia gaulesa um deus tricéfalo – de que trataremos mais adiante –, e que, por outro lado, possuímos figuras de touros com três chifres, pensámos que o epíteto *trigaranus* talvez não fosse uma deformação de *trikaranos*, com três cabeças, e que o touro adorado primitivamente era um touro tricéfalo, relacionado com o deus tricéfalo *Cernunnos* (*Cernuno*).

Os deuses antropomórficos galo-romanos

A tríade gaulesa

Na época em que César invadiu a Gália, constituiu-se um panteão antropomórfico à margem das divindades indígenas elementares. O altar galo-romano de Paris, que tem num dos lados o «Touro com três grous», apresenta-nos, por outro lado, um deus lenhador que corta os ramos com o seu machado. Este deus é *Esus*, que Lucano refere no seu *Farsália* (canto I, vv. 444 e ss.) com as outras duas divindades sanguinárias da tríade gaulesa:

> ... Immitis placatur sanguine diro
> *Teutates*, horrensque feris altaribus *Esus*
> Et *Taranis* Scythicæ non mitior ara Dianæ.

Esus, «eriçado nos altares ferozes» (cf. *herus*, senhor), era considerado, sobretudo pelas tribos do Norte da Gália – entre outras pela dos Parisii –, como a causa primeira, a origem de todos os outros deuses. Embora nos faltem dados para estabelecer o carácter exacto desta divindade, em quem alguns não querem ver mais do que uma forma do deus soberano Teutates (neste caso, *Esus* teria sido originalmente um mero epíteto de Teutates), considera-se geralmente Esus como «um deus sobretudo assassino, aquele que inspira os combates e causa estragos nas batalhas» (Jullian). Era a ele que se imolavam todos os inimigos, fosse no combate, fosse depois da peleja. Mas o sacrifício que lhe era mais agradável era o que lhe ofereciam ao suspender a vítima de uma árvore. Salientemos ainda que Esus foi identificado por Arbois de Jubainville com o herói irlandês Cuchulainn.

Taran, o deus do trovão, divindade das tempestades, do raio, da chuva, análogo portanto ao Júpiter dos Romanos, só o conhecemos pela citação de Lucano.

Teutates tem uma fisionomia, senão mais bem definida, pelo menos mais pronunciada. Tal como o seu nome, em que se encontra a raiz *touta*, que significa «povo», parece indicar, era o «pai do povo», o deus da tribo. Jullian vê nele «o principal dos deuses comuns a todos os Gauleses» e atribui a Teutates tudo o que César diz dos diversos deuses gauleses, por ele assimilados a Marte, a Apolo e a Mercúrio. Assim, segundo Jullian, Teutates, «deus nacional dos Gauleses, fora ao mesmo tempo seu antepassado e seu legislador, e era o guardião, o árbitro e o defensor das suas tribos». Há aqui, cremos, algo de arbitrário, pois se Teutates tivesse realmente reunido todos os atributos que Jullian lhe confere, César, que estava mais bem informado do que nós, teria falado de um único deus e não de vários. Além disso, Jullian reconhece que o nome de Teutates tem menos o valor de um nome próprio e individual do que o de um qualificativo geral, susceptível de se aplicar a divindades diferentes. De facto, nas inscrições, o nome de Teutates é associado unicamente ao de Marte (*Marti Toutati*), o que permite uma de duas interpretações: ou Teutates é um qualificativo divino aplicado a Marte (a Marte o deus nacional), ou então conserva o seu valor de nome próprio, e significa então: a Teutates equivalente de Marte. Teutates seria, assim, sobretudo, uma divindade guerreira.

Além do mais, o que torna qualquer hipótese precária e arriscada é que os deuses celtas, que, segundo Lucano, exigiam sacrifícios humanos, se confundiram com aqueles deuses da mitologia romana a quem, por qualquer motivo, mais se assemelhavam. Por vezes, as suas características dispersaram-se e encontram-se em duas ou mais divindades diferentes.

O Mercúrio gaulês

Júlio César, nos seus *Comentários* (*De Bello Gallico*, VI. 17. 1), enumera, romanizando-os, os cinco deuses principais que os Gauleses adoravam. «Honram, em primeiro lugar, *Mercúrio*; consideram-no o inventor de todas as artes, o guia das estradas e dos viajantes. Julgam que tem a maior influência para os ganhos de dinheiro e para os negócios.»(*)

Vemos que se este deus, por algumas das suas atribuições, lembra com efeito o Mercúrio latino, tem na realidade um campo de acção muito mais vasto. Não é apenas o protector dos viajantes e dos comerciantes, é também o inventor de todas as artes úteis, em suma, o deus civilizador por excelência. Longe de nos deixarmos enganar pela assimilação de César, convém que se reconheça neste deus a principal divindade dos Gauleses. Se adoptarmos a tese de Jullian, o Mercúrio gaulês mais não seria do que a interpretação romanizada de Teutates, o deus nacional.

O seu culto estava muito difundido: a lembrança perpetua-se em nomes de lugares, como Mercurey, Mercueil, Mercœur, Mirecourt, Monmartre (por Montmercre, monte de Mercúrio). Foram-lhe erigidas estátuas preciosas. Uma de bronze, com uma altura de quarenta metros, obra do escultor sírio Zenodoro, a quem custou dez anos de trabalho, encontrava-se no vasto templo de Mercúrio de Arverno, edificado no cimo do pico de Dôme. Uma outra, em prata maciça, foi descoberta no solo do jardim do Luxemburgo, em Paris. Deus da prosperidade financeira, este «Mercúrio» gaulês também era, em parte, um deus da glória guerreira. Nesta qualidade, tinha a designação de *Albiorix* (rei do mundo) e de *Rigisamos* (muito real).

Assimilado a Hermes-Mercúrio, o Mercúrio gaulês adoptou os seus traços e os seus atributos. Na maior parte das vezes era representado sob o aspecto de um jovem imberbe, com tornozelos alados; está habitualmente de pé, raramente sentado; seja nu, seja coberto com a clâmide, usa o pétaso e tem o caduceu. Os seus animais simbólicos são o bode e o galo. Por vezes, encontramos junto dele a serpente cornífera, de que tratámos acima.

O Mercúrio gaulês tinha como paredro a deusa *Rosmerta*.

Ogmios

O rector grego Luciano, do século II, consagrou um pequeno tratado a um deus a quem chama *Ogmios*. Diz que o viu representado com os traços de um velho enrugado e quase calvo, coberto por uma pele de leão e armado com uma clava. Assimila-o a Héracles (Hércules). Mas o poder deste Hércules celta não está no seu vigor físico. Tem como símbolo as cadeias que unem a sua língua às orelhas daqueles que o escutam. Este Ogmios é

(*) Tradução do latim. (N.T.).

um herói civilizador; é o deus da eloquência e dos discursos persuasivos. Tornou-se, na mitologia irlandesa, no deus *Ogmé*, inventor dos caracteres ogâmicos. Parece, portanto, que Ogmios seria uma das metamorfoses, ou um dos aspectos, de Mercúrio-Teutates. Sabemos que a eloquência era uma das características nacionais dos Gauleses: «*argute loqui*»(*).

«Depois deste [Mercúrio], diz-nos ainda César, [adoram] Apolo, Júpiter, Marte e Minerva. Têm acerca destes quase a mesma opinião que os outros povos.»(*)

O Apolo gaulês

Apolo, médico divino, afastava as doenças e presidia ao jorrar das fontes salutares. É ele que se encontra por detrás dos nomes de *Borvo*, *Bormo* ou *Bormanus* (ver acima). Era também ele que era venerado sob o vocábulo de *Grannus* (brilhante) em Graunes, entre os Vosgos; em Graheim, em Wurtemberg, e em *Aquæ Granis* (Aix-la-Chapelle). O imperador Caracala, diz-nos Díon Cássio (LXXVII, 15), invocava-o, em 215, como equivalente a Esculápio ou a Serápis. No Danúbio, este «Apolo» tinha o epíteto de *Belenus* (esplêndido) e, por vezes, o de *Tutiorix* (rei da tribo). Era associado à deusa *Sirona*, que presidia às fontes.

O Júpiter gaulês representado com a roda que lhe serve de símbolo. Perto dele, Mercúrio e os animais reais ou fantásticos, entre os quais a serpente com cabeça de carneiro. Folha de prata do vaso de Gundestrup.
Museu de Copenhaga.
Foto de arquivo.

(*) Falar com subtileza (*N.T.*).
(*) Tradução do latim (*N.T.*).

O *Marte gaulês*

Marte preside à guerra. Mas não nos é possível saber que divindade gaulesa era especializada nesta função. Seria, porventura, *Esus*? Não é certo. É mais provável que cada povoação celta tivesse o seu deus particular da guerra. Quando a assimilação foi feita, o nome de Marte foi dado indistintamente a todas essas divindades. No entanto, o nome primitivo permaneceu, mas apenas como um cognome.

Explicam-se assim as múltiplas designações do Marte gaulês, que era qualificado como *Segomo* (o vitorioso) no vale do Reno e na Borgonha, como *Beladon* ou *Belatu-cadros* (o destruidor) entre os Bretões, como *Camulus* (o poderoso) em Auvergne (cf. na Irlanda: *Cumhal*, pai de *Finn*); e ainda, como *Leherennus* (o primeiro dos deuses), como *Dunates* (o protector das cidadelas), como *Caturix* (o rei do combate), etc.

Apesar do culto largamente difundido do Marte gaulês, não se conservou dele, pelo menos não mais do que de Apolo, nenhuma representação verdadeiramente típica. Os artistas galo-romanos contentaram-se em atribuir a ambos os deuses traços consagrados pela tradição greco-romana.

Minerva

É à deusa celta *Belisama* («semelhante à chama»), espécie de Vestal padroeira das indústrias do fogo, que a deusa Minerva, deusa das artes e dos ofícios, parece ter sido assimilada. Semelhante função fora igualmente reservada à deusa *Sirona*, paredro de Apolo, e a *Rosmerta*, paredro de Mercúrio. Contudo, esta última, que vemos, por vezes, segurar um corno da abundância, podia simbolizar também a terra fecunda. Correspondia à *Bona dea* dos Latinos.

O *Júpiter gaulês*

Júpiter não ocupa no panteão gaulês o lugar eminente que tem em Roma. É apenas a personificação do céu luminoso e das tempestades. Era ele, sem dúvida, que os Gauleses designavam sob o nome de *Taran*. Júpiter é também o deus do Sol, como se pode conjecturar a partir do seu atributo habitual: a roda ou o disco. Daí que se aproxime de Belenus. Neste aspecto, é um deus benéfico, dispensador de calor e que amadurecia as searas alimentícias.

Dis pater

Dis pater é o nome dado por César a um deus, pai comum «do qual todos os Gauleses se orgulham de ser descendentes»(*). Tal era, com efeito, o ensinamento dos druidas. Esta divindade, de natureza ou de origem subterrânea, seria assim uma espécie de Plutão gaulês. Infelizmente, não temos mais nenhum dado, a não ser a curta frase do autor latino; é, portanto, difícil identificá-lo. Terá, na sua origem, tal como Esus, manejado o machado, símbolo do seu poder destruidor e guerreiro? Este machado, ter-se-á, mais tarde, transformado no maço com que *Dis pater* fazia ressoar o trovão?

Sucelo

É, pelo menos, uma das interpretações que se propõe para uma divindade tão enigmática, que se vê representada em inúmeros monumentos sob o aspecto de um homem cabeludo e barbudo, com um corpo atarracado e pesado, vestindo uma longa camisola apertada na cintura e calções justos, excepto quando tem as pernas nuas. Os seus atributos são o maço ou o martelo e um vaso para beber. Se pensarmos no martelo, que é atributo do Thor germânico, e se virmos no vaso o símbolo da água, «princípio da humidade geradora», não teremos dificuldade em ver no «deus do maço», chamado na Gália Belga *Sucelo* (que tem um bom martelo), aquele a quem Lucano chama Taran (a partir do vocábulo celta *târan*, trovão; cf. *Thor, Donar, Donner*).

Mas este mesmo deus do maço era chamado *Silvano* na Gália Narbonense. Não seria o maço um simples utensílio de lenhador? Nesse caso, o deus do maço deveria ser considerado uma divindade de carácter campestre, um deus pastoril, protector das colheitas e dos rebanhos.

Chega até a suceder, por vezes, que o maço seja substituído por uma foice e que o pé do deus esteja colocado sobre um barril. Não estaríamos aqui perante uma divindade báquica?

Vemos como qualquer determinação é incerta. Sucelo mantém o seu mistério. O seu paredro chamava-se *Silvana* ou *Nantosuelta*; segundo Jullian, este último nome designa uma deusa da vitória e do combate.

(*) Tradução do latim (*N.T.*).

Cernuno

Será preferível procurar o misterioso *Dis pater* numa outra divindade com um aspecto bastante estranho, designada *Cernuno* (o cornífero), porque a sua fronte era dominada por uma vasta armação de veado? Este deus era geralmente representado sentado, com as pernas cruzadas; é vulgarmente agrupado com outras divindades; também se encontra só, mas a sua cabeça é tripla, quer apresente uma cabeça com face e dois perfis colados, quer tenha duas pequenas cabeças ligadas ao crânio, por cima das orelhas. Este deus tricéfalo, uma espécie de Serápis gaulês, tem uma interpretação difícil. Como geralmente tem junto de si uma serpente cornífera ou com cabeça de carneiro, somos tentados a ver nele uma divindade ctónica. Tanto que diversos baixos-relevos representam Cernuno combatendo Mercúrio-Teutates. É este que parece subjugá-lo, simbolizando a vitória da força radiosa ou guerreira sobre o poder das trevas.

Mas, por vezes, Cernuno também tem junto a si um bovídeo. Já nos perguntámos se não estaria relacionado com o Gérion grego o triplo Gérion que, segundo Diodoro, habitava a costa ocidental da Ibéria e cuja principal riqueza consistia num rebanho de magníficos bois. O próprio nome de Gérion, que significa *o que muge*, levaria a crer que esta personagem mítica tivesse sido, originariamente, um touro. E não podemos deixar de pensar em *Tarvos trigaranus* (ou *trikaranos*), de quem já falámos acima. Por fim, o que dá mais crédito a esta hipótese é o facto de o historiador Amiano Marcelino mencionar dois reis bárbaros mortos por Hércules: Gérion em Espanha e Taurisco na Gália. Seria o Gérion gaulês o deus tricéfalo chamado Taurisco?

A Deusa-mãe

O Deus-pai tinha por companheira (mulher ou irmã, não o sabemos) uma Deusa-mãe (*Dê mêtêr* ou Cíbele). Desta mãe comum, terra geradora, nascem os homens, os animais, as plantas. Ela é igualmente a guardiã da morada dos mortos. Tentou-se reconhecer este paredro do deus infernal em representações rudimentares de figuras femininas, providas de um colar e de um cinto enfeitado, que se vê, como foi dito acima, nas paredes das grutas neolíticas do Petit Morin (Marne) e nos ladrilhos de alguns caminhos cobertos pelas bacias do Sena e do Oise, tal como nas sepulturas dolménicas e nos menires esculpidos do

Aveyron e do Tarn. Sem dúvida que é a deusa da terra fecunda, a *Gê mêtêr* (a Terra-mãe), *Dê mêtêr*, Cíbele das religiões mediterrânicas.

Mais tarde, a Deusa-mãe será representada como uma mulher robusta, com o cabelo penteado às riscas e coroada com um diadema baixo. Vestindo uma túnica coberta por um manto, está sentada com os joelhos afastados, os pés juntos. Na mão direita ergue uma pátera; na esquerda segura as dobras do vestido onde se amontoam os frutos. Outras vezes tem crianças nos joelhos ou nos braços: então, simboliza a fecundidade humana.

As Mães

As inscrições dão-nos a conhecer, entre as divindades de menor importância, mas cujo culto, no entanto, era muito popular, inúmeras *matres*, *matronæ*[1], ou *matræ*, usando epítetos locais muito variados. Encontravam-se geralmente em grupos de três. Eram deusas protectoras das fontes, cujos nomes recebiam. Conhecem-se as *matres nemausicæ* de Nîmes, que deram lugar ao deus Nemauso. Na época clássica elas encontram-se apenas nos campos, protegendo as humildes fontes de aldeia. Protegiam igualmente, ainda, pessoas das cidades, como os artesãos. As mães eram representadas tanto sentadas como de pé, por vezes – embora raramente – num carro, vestidas com longos mantos e tendo como penteado ou canudos de cabelos presos atrás com uma faixa e um véu, ou caracóis separados por um risco ao meio. Os seus atributos eram os frutos, as flores, os cornos da abundância ou as crianças. Poderes de vida e de fecundidade, representavam igualmente a maternidade humana e a força criadora da natureza.

Junto destas inúmeras divindades também se veneravam as *ninfas*, génios protectores das rochas e das águas; as *suleves* (deusas silvestres), assimiladas às *Junones*, «deusas cujo olhar está fixo nos seus fiéis»; as *proxumes*, espécie de anjos-da-guarda, etc., *Tuteles*, *fatæ* (que se tornaram *fades* ou fadas), damas brancas, etc. todos estes poderes antropomórficos, benéficos ou maléficos, do folclore celta são herdeiros da Terra-mãe das tribos neolíticas.

---

[1] Jullian julga que «o termo *matrona*, de aparência totalmente latina, é na realidade pré-romano e, sem dúvida, pré-céltico; deve significar *água-mãe*». É a palavra «matrona» que está na origem de Marne.

O deus Cernunos acocorado. Numa mão segura uma gargantilha de conchas (torques), na outra uma serpente com cabeça de carneiro; está rodeado de animais variados.
Folha de prata do vaso de Gundestrup.
Museu de Copenhaga.

Repitamo-lo: na ausência de textos precisos, toda esta simbólica do panteão gaulês mantém-se aproximativa e hipotética. Estes deuses gauleses estão muito mal individualizados. Na realidade, são apenas epítetos. Conhecemos uma vintena para o substituto de Mercúrio, doze para o de Apolo, quarenta para o de Marte. «Se estes deuses tinham nomes», salienta Salomon Reinach, «devemos acreditar que os mantinham em segredo». É verosímil, como dizíamos no início, que os Gauleses não tenham conhecido grandes deuses colectivos, nacionais e universais, antes de os Romanos terem introduzido os seus; deviam venerar um certo número de pequenos deuses regionais, cujos atributos e funções só parcialmente eram semelhantes entre si.

Sobrevivências de cultos pagãos

Em muitos locais, o paganismo primitivo deixou traços profundos. As capelas cristãs puderam substituir os santuários druídicos ou galo-romanos, inúmeras fontes 'milagrosas' são também locais de peregrinação, e inúmeras pedras 'encantadas' são objecto de ritos supersticiosos. Muitas vezes uma imagem da Virgem anicha-se no fundo de algum carvalho outrora sagrado. «Silfos, gnomos, fogos-fátuos, duendes, lobisomens», escreve Salomon Reinach, «são outras tantas recordações do passado celta e até mesmo pré-celta». Sobrevivências de crenças e de ritos pagãos são as ervas, os fogos, as danças de São João (24 de Junho). O primeiro dia de Maio comemora a renovação do Sol e da vida. Seis meses mais tarde (1 de Novembro), o culto da noite e dos mortos foi cristianizado para celebrar a imortalidade das almas dos defuntos; a Igreja transformou-a no dia de Todos os Santos.

As interdições dos concílios e os esforços dos sacerdotes exerceram-se, em vão, contra as tradições tenazes. Carlos Magno lamentou-se (em 802) de que ainda se veneravam árvores, rochas, fontes, e de que se interrogavam feiticeiras e adivinhos! Passaram mais doze séculos: o seu lamento continua a ter fundamento. Em inúmeros casos, a Igreja sobrepôs uma interpretação cristã a uma prática de origem pagã. As superstições perpetuam-se, tendo os «tópicos» sagrados herdado a clientela das divindades celtas e galo-romanas.

«Quando percorremos uma determinada região da Normandia ou da Bretanha (refere Ernest Renan), paramos em todas as capelas consagradas a um local santo, e somos levados a dar-nos conta, pelos camponeses, das especialidades médicas de cada um, lembramo-nos dos inúmeros deuses gauleses que tinham funções muito semelhantes e, em suma, chegamos a acreditar que, nas camadas profundas da população, a religião pouco mudou.»

Os Celtas Insulares:
A Grã-Bretanha e a Irlanda

Introdução

Parece que os primeiros Celtas *Goidélicos* se estabeleceram na Grã-Bretanha por volta do século VIII antes da nossa era. Quando e como passaram para a Irlanda continua a ser incerto. Mas sabe-se que nos séculos III e II os *Brythons* (Britões, Bretões) e os Belgas atravessaram, por sua vez, o mar. Sobrepuseram-se aos Goidélicos, até que os suplantaram e, em parte, os rechaçaram.

Distinguem-se dois grupos de Celtas insulares: primeiro, o ramo *goidélico* ou irlandês; segundo, o ramo *bretão* ou britão (que compreende os Cimbros – Cimérios ou Kymris – do País de Gales e da Bretanha armórica).

A sua mitologia, abundante e prolixa, estuda-se a partir de diversas fontes: inscrições dedicatórias e tabuinhas votivas; manuscritos irlandeses, galeses ou escoceses(²), que datam da Idade Média, mas perpetuam tradições muito mais antigas; histórias e crónicas fabulosas (³), consistindo, em grande parte, em lendas míticas «evemerizadas»(*); hagiologia primitiva, em que os feitos das divindades pagãs são atribuídos aos santo cristãos da Igreja celta; tradição dos bardos, que inspirou menestréis galeses, bretões e até normandos e, mais tarde, os contadores da «matéria da Bretanha»; narrativas, fábulas e lendas populares.

Note-se que o druidismo se manteve até muito mais tarde nas ilhas do que no continente. Proscritos da Gália por Tibério e expulsos por Cláudio, os druidas refugiaram-se, primeiro, na Grã-Bretanha, depois na Irlanda, onde se mantiveram durante quatro séculos, recuando apenas diante do clero cristão. Só por volta de 560, depois do abandono da antiga capital, Tara, é que desapareceram totalmente.

Por outro lado, devemos lamentar a pobreza dos monumentos figurativos. Os únicos que abundam são, em geral, anteriores ao estabelecimento dos Celtas e remontam ao período neolítico. Tal como na Gália, são menires, dólmenes, alinhamentos e cromeleques. A única particularidade que apresentam é a frequência da espiral como motivo decorativo, nas gravuras ornamentais das pedras dolménicas.

Acrescentemos que, como salienta S. Reinach, «é sobretudo na Irlanda que a continuidade do culto dos menires é sensível, desde a "pedra da recordação" anepígrafa até à estela com inscrições ogâmicas ou inscrições latinas acompanhadas por símbolos cristãos. Na Escócia oriental, os menires, chamados monumentos dos Pictos, foram imitados até cerca do século XI, época em que os reis da Escócia ainda os construíam para gravar neles cenas de caça e de combate.»

O panteão insular

Sob nomes um pouco diferentes (devido à evolução fonética), as grandes divindades são comuns aos Goidélicos da Irlanda e aos Britões. No

---

(²) Manuscritos irlandeses: *Livro da Vaca Castanha* (cujo compilador, Moelmuiré, morreu em 1106); *Livro de Leinster* (século XII), *Livro de Ballymote* e *Livro amarelo de Leccan* (século XIV). Manuscritos galeses: os *Quatro Ramos dos Mabinogion* (séculos VIII ao IX; *Livro Negro de Carmarthen* (século XII); *Livros de Aneurin e de Taliessin* (século XIII); *Livro Branco de Rydderch* e *Livro Vermelho de Hergist*.

(³) Geoffroi de Monmouth termina a sua *Historia Regum Britanniæ* por volta de 1140.

(*) De Evémero de Messina (século IV e III a.C.), que defendeu que os deuses resultam de personagens históricas mais tarde divinizadas pelos homens. (N.T.)

entanto, as suas aventuras não são sempre as mesmas em uns e outros, nem as respectivas popularidade ou função de igual importância.

«A tribo de Dana»

A mãe do panteão insular celta é a deusa chamada *Danu* (ou *Donu*), na Irlanda, e *Dôn* na Grã-Bretanha([4]). É a companheira de Bilé [ir.] ou Béli [br.], que parece corresponder ao «Dis Pater» de quem, informa-nos César, os Gauleses julgavam descender.

Toda a sua descendência é chamada *Tuatha Dé Danann* (Tribo da deusa Danu), na literatura gaélica, ou Filhos de Dôn, nos documentos de origem galesa. Eis a enumeração sumária:

Govannon [br.] ou *Goibniu* [ir.] (Ferreiro) é o Vulcano da tribo; mune de armas toda a sua família e os aliados desta. Também fabrica a cerveja que confere a imortalidade. Na Irlanda, Goibniu é considerado o arquitecto das altas torres redondas e das primeiras igrejas cristãs.

Llûdd, ou *Nûdd* «Llaw Ereint» [gal.], ou *Nuada* «Argetlam» [ir.], outro filho de Dôn, é, não se sabe porquê, designado «com Mão de prata». A explicação, totalmente antropomórfica, que a narrativa irlandesa da batalha de Moitura propõe é demasiado tardia para ser satisfatória. Não há nenhuma explicação na mitologia bretã. Em Nuada encontram-se certos traços do Júpiter romano. Segundo Geoffroi de Monmouth (que o assimila a um rei da Bretanha), Llûdd terá dado o seu nome à sua cidade preferida: Caer Lûdd, que se tornou London (Londres). A colina de Ludgate, em Londres, não seria mais do que o seu túmulo. É verosímil que a catedral de São Paulo, edificada na colina, tenha substituído um templo dedicado a este deus, que também era adorado em Lydney (no condado de Gloucester).

Um terceiro irmão, *Amaethon*, presidia aos trabalhos da agricultura.

Maior do que qualquer dos precedentes é o deus civilizador *Gwydion*, dispensador de benefícios e propagador das artes. As suas aventuras lembram as de Woden (Wotan, Odin), deus teutónico. Nascidos muito misteriosamente, de pais e mães pouco conhecidos, ambos se celebrizam na arte dos combates, bem como pela eloquência e

---

([4]) Distinguiremos pelas indicações [ir.], [br.] e [gal.] as transformações ou os nomes *irlandeses*, *britões* ou *galeses* das divindades ou dos heróis insulares.

pela magia. Ambos têm um paredro cujo nome evoca a imagem de uma roda e que se irritam por ter de criar um descendente dos deuses. Gwydion e Woden perdem os filhos de modo idêntico e criam seres humanos dando vida à vegetação.

É, contudo, necessário observar que Gwydion permanecerá um deus regional, muito conhecido apenas nos dois condados do País de Gales, enquanto Woden goza de um renome universal na sociedade teutónica.

O equivalente continental mais próximo de Gwydion seria o deus Ogmios (ver acima), que, na Irlanda, se torna *Ogmé*, campeão dos Dé Danann na batalha de Moitura (ver mais adiante). Deus civilizador, tal como Gwydion, Ogmé é eloquente e passa por ser o inventor do alfabeto chamado «ogâmico».

A única filha de Dôn é *Arianrod* (roda de prata), divindade tutelar da constelação *Corona borealis*, a que os Galeses chamavam Caer Arianrod (castelo de Arianrod).

Das cópulas com Gwydion – talvez incestuosas se este deus for seu irmão – Arianrod tornou-se, contra a sua vontade, mãe de *Lleu* ou *Llew* [gal.], designado «de Mão Dura», o que parece permitir identificá-lo com o deus irlandês *Lugh* ou *Lug*, chamado «de Mão Comprida».

Lleu e Lug são ambos poderes benéficos. Temos poucas informações sobre o galês. Mas de Lug sabemos que a irradiação do seu rosto é tal que nenhum mortal podia suportar a sua visão. É o senhor incontestado das artes, tanto da paz como da guerra. Possui uma lança mágica que, por si mesma, vai ferir o inimigo que ameaça o deus. O seu arco é o arco-íris, e a Via Láctea, na Irlanda, é chamada «cadeia de Lug».

A este respeito notemos que os «Filhos de Dôn» parecem ser, mais ou menos, mitos celestes. Para os Galeses, a constelação de Cassiopeia era *Llys Don* (o palácio de Dôn), e *Caer Gwydion* (o castelo de Gwydion) designava a Via Láctea. Não seria Arianrod a própria lua?

«Os Filhos de Llyr»

À deusa Dôn está aparentado por qualquer laço, sem que saibamos muito bem qual, o deus *Llyr* [gal.] ou *Ler*, nome que provavelmente designa o Oceano. O seu sobrenome Llediaïth (com meia língua) deixa perceber que se compreende mal o que ele diz. Geoffroi de Monmouth, nas suas *Crónicas*, assimila-o a um antigo rei da Grã-

-Bretanha; e, por associação de pormenores, tomados sem dúvida de qualquer acontecimento histórico, humanizou-se até se tornar no rei *Lear* da tragédia de Shakespeare.

Da sua mulher *Iwerydd* [Irlanda], Llyr teve dois filhos: *Bron* [ir.] ou *Brân* [gal.], e *Manannan* [ir.] ou *Manawyddan* [gal.], ambos mais famosos do que o pai.

O irlandês Brân mac Llyr é uma personagem apagada. Mas *Brân ab Llyr*, da Grã-Bretanha, é um herói temível. É um gigante tremendo, tão grande que nenhum palácio ou navio o pode abrigar. Atravessou a vau o mar da Irlanda para combater e desfazer um rei e o seu inimigo. Estendido atravessado num rio o seu corpo serve de ponte a um exército inteiro. Possui um caldeirão mágico onde ressuscita os mortos. Harpista e músico, é o protector dos *fili* e dos bardos. Rei das regiões infernais, bate-se para defender os tesouros mágicos contra os filhos de Dôn, que vêm roubá-los. Ferido por uma flecha envenenada, ordena que lhe cortem a cabeça, a fim de abreviar o seu sofrimento. E esta cabeça continua a conversar durante os oitenta e sete anos que dura o seu transporte para o local da sepultura, uma colina (a Tower Hill?) de Londres. A cabeça cortada de Brân, voltada para o sul, preservava a ilha de qualquer invasão. O rei Artur cometeu a imprudência de a exumar, o que tornou possível a conquista saxónica.

Brân também é representado como um viajante intrépido que navega para o Ocidente, até ao País do Além. É o navegador das regiões misteriosas. E, sob o nome de «São Brandão», este deus pagão canonizado é a personagem piedosa que levou o Cristianismo para a Grã--Bretanha.

O seu irmão, *Manawiddan ab Llyr*, é, na lenda galesa, um famoso agricultor e um hábil sapateiro. Por vezes, entra em luta com divindades benéficas. Com ossos humanos, construiu a fortaleza de Annoeth (península de Gower).

O seu duplo irlandês, *Manannan mac Llyr*, é um mágico temível. Tem um elmo flamejante; a sua couraça é invulnerável; a sua espada mata ao primeiro golpe; possui um manto que o torna invisível. Em terra, o seu corcel rasga o espaço; no mar, a sua barca, sem vela nem remos, dirige-se a direito para onde o seu senhor quer. Os marinheiros invocam-no sob o nome de «Senhor dos Cabos», e os comerciantes pretendem que ele fundou a sua corporação. Afirma a lenda que Manannan foi o rei da ilha de Man – onde ainda se vê o seu túmulo gigantesco, no castelo de Peel. Parece que tinha três pernas: as armas da ilha testemunham-no. As três pernas estão aí representadas, raiadas como os raios de uma roda.

Este deus, também designado *Barr-Find* [ir.] ou *Barrind* [gal.] (cabeça branca), tornar-se-á no piloto *Barin*, que conduz o rei Artur a Avallon. Na hagiografia cristã tornou-se o São Barri, patrono dos pescadores irlandeses, em particular dos da Ilha de Man.

Devemos, parece, considerar estes dois filhos do deus Llyr como tendo sido, primitivamente, poderes do mar: deuses das vagas e das tempestades.

Deus solar de Corbridge, segundo um molde do Museu de Saint--Germain-en-Laye. *Foto de arquivo.*

Outros deuses

A Llûdd ou Nûdd, o belicoso, é associada *Morrigu* [ir.] ou *Morrigan* [gal.] (grande rainha). Ela surge com um aspecto hediondo aos guerreiros que partem para a guerra em que serão desfeitos e mortos. Outras divindades cruéis e sanguinárias mais não são, na verdade, do que encarnações desta Belona celta. Elas seriam *Badb*, que se apresenta sob o aspecto de um corvo; *Macha* (batalha) e *Némon* (venenosa).

O deus *Dagdé* [ir.] (contracção de Dagodêvos), ou o seu equivalente galês *Math*, irmão da deusa Dôn, possui um caldeirão maravilhoso em que se podem alimentar todos os homens da terra. Também chama as quatro estações, uma de cada vez, tocando uma ária na sua harpa mística.

Um dos filhos de Dagdé, *Angus* [ir.], é o Cupido irlandês (cujo equivalente galês seria *Dwyn*, ou *Dwynwen*, «a santa do amor»). Os beijos de Angus transformam-se em pássaros que modulam cantos de amor, e a música que ele toca leva encantados todos aqueles que a ouvem.

A sua irmã, *Brigit* (cf. a deusa gaulesa *Brigantia*), que se tornará na padroeira sagrada da cidade de Kildare, era a deusa da poesia. Será correcto identificá-la com Dana? Ela tem como equivalente *Kerridwen* [gal.], detentora do «caldeirão da Inspiração e da Ciência».

Diancecht é o deus goidélico da saúde e da cura; é um Esculápio irlandês.

Mider [ir.] ou *Medyr* [gal.] é um deus dos infernos que reaparece em certas lendas tardias sob a figura de um archeiro maravilhosamente hábil, um Guilherme Tell medieval e galês.

O gigante irlandês *Balor*, «do mau-olhado», ou o seu congénere galês *Yspaddaden*, tem as pálpebras descaídas sobre os olhos e é preciso uma forquilha para as erguer!

Pwyll [gal.], aliado e auxiliar dos filhos de Llyr na sua luta contra os de Dôn, tem por mulher *Rhiannon* (de Rigantona = grande rainha), e por filho *Pryderi*, que sucederá ao pai como rei de «Annion» (o Além bretão); partilha o trono do reino das sombras com Manwyddan ab Llyr.

A lenda arturiana

Quase todas as personagens, deuses e heróis, da mitologia celta, e mais particularmente da galesa, constam, fortemente 'evemerizados', dos romances do ciclo medieval de Artur, que constitui a parte principal da «matéria da Bretanha»([5]). Este ciclo começou a formar-se aquando da invasão saxónica (450-510), para se enriquecer por inspiração de narrativas chegadas do continente.

O próprio *Artur*, semi-rei, semi-deus, cujo protótipo histórico talvez tenha vivido nos séculos V ou VI, revela diversos atributos e tem muitas das aventuras de Gwydion, filho de Dôn; está rodeado por personagens que se assemelham de forma evidente às que rodeiam Gwydion no quarto ramo do Mabinogion. A sua mulher, *Gwenhwyar* (Guinevere) é filha do gigante Ogyrvan, protector e iniciador do bardismo; nos textos primitivos fora irmã de Artur antes de ser sua mulher.

Os seus dois filhos (ou sobrinhos?), *Gwalchmai* e *Medrawt*, um bom, o outro mau, correspondem às duas divindades da luz (Llew) e das trevas (Dylan). Gwalchmai (falcão de Maio) é Sire Gawain; e Medrawt, Sire Mordred. Um terceiro irmão, *Gwalchaved* (falcão do Verão), tornar-se-á Galahad. *Brandegore* é, sem dúvida, «Brân de

---

([5]) A *Historia Regum Britanniæ*, de Geoffroi de Monmouth, foi acabada por volta de 1140. As lendas heróicas da «Bretanha, a Grande» constituíram-se como romances arturianos nos séculos XII e XIII. Foi por volta de 1470 que Sir Thomas Malory compôs a sua *Morte de Artur*, traduzida ou inspirada em fontes francesas. O *Livro Vermelho de Hergisto* (manuscrito do século XIV) contém alguns *Mabinogion* relativos aos feitos de Artur.

Gower», e *Brandiles*, «Brân de Gwales», reminiscência do Brân cristianizado que levou o Graal para a Bretanha.

Pelo menos tão importante como o rei é o poderoso feiticeiro *Myrddin*, que é o nosso feiticeiro Merlin, detentor de toda a ciência, possuidor de toda a riqueza e senhor do país das Fadas. *Utheer Pendragon*, ou *Urien*, pode muito bem representar *Uther Ben*, a «cabeça maravilhosa» de Brân, que viveu oitenta e sete anos depois de ter sido separada do seu corpo. Finalmente, *Balan* seria Balin, o deus galo--britânico Belino.

O ciclo mítico do rei March' (Mark), da rainha Essyllt (Isolda), e do seu sobrinho Drystan (Tristão) associa-se igualmente à «matéria de Artur». Uma série de personagens secundárias perde a sua individualidade para se fundir com a multidão anónima de *korreds* (anões), de *korriganes* (fadas) e de *morganes* (génios das águas) do folclore bretão da península armórica.

Nem existe o elemento aparentemente mais cristão da lenda de Artur: a busca mística do Santo Graal, cuja fonte não se encontra na mitologia celta. Trata-se de um caldeirão-talismã, provido de virtudes maravilhosas, que os deuses invejam e que tentam roubar uns aos outros. Um velho poema galês do *Livro de Taliessin*, «O Saque de Anion», conta como é que Artur se apoderou do caldeirão mágico, mas regressando da expedição apenas com sete homens, enquanto na partida eles foram «três vezes o suficiente para encher o seu navio». O caldeirão pagão mudou muito pouco ao tornar-se no Santo Graal que José de Arimateia encheu com o sangue de Cristo.

A epopeia mítica da Irlanda, o ciclo das «invasões»

As origens da Irlanda são contadas no *Livro das Invasões*, que misturam prováveis reminiscências da história real com a mitologia celta 'evemerizada' e cristianizada por sucessivos contributos deformadores. Aos poucos foi-se completando e precisando, até ao século XVI. É isso que explica a presença de memórias da mitologia clássica, que se introduziram tardiamente. Resumamos esta lenda nacional.

Depois do grande dilúvio, a ilha que se viria a tornar na Irlanda foi habitada inicialmente pela rainha feiticeira *Cessair* e pelas suas aias. (Segundo parece, é uma encarnação de Circe.) Ela pereceu, e com ela toda a sua raça.

Cerca de 2640 a. C., o príncipe *Partolo*, vindo da Grécia, desembarcou na Irlanda com vinte e quatro casais. Inicialmente uma única planície, com três lagos, a Irlanda, aumentada por Partolo, passou a contar com quatro planícies e sete novos lagos. Os seus companheiros multiplicaram-se e eram cinco mil ao fim de trezentos anos. Mas uma epidemia destruiu-os a todos, a 1 de Maio, tricentenário da sua chegada. A sua sepultura comum é a colina de Tallaght, junto de Dublin.

No entanto, por volta de 2600, a tribo dos «Filhos de Nemred», originária da Cítia, estabelecera-se na ilha.

Um outro grupo de invasores desembarcou cerca de 2400. Os *Homens Bolg* constituem o grosso deste grupo.

Por fim, vindos das «ilhas do Oeste», onde estudavam magia, chegam os membros da *Tuatha Dé Danann* que, como vimos, são de raça divina. Trazem consigo os seus talismãs: a espada de *Nuada*, a lança de *Lug*, o caldeirão de *Dagdé*, e a «pedra do Destino» de *Fâl*, que cria, logo que se senta nela, o rei legítimo da Irlanda.

Estes sucessivos invasores tiveram de combater alternadamente a raça dos gigantes monstruosos que, inicialmente, povoava a Irlanda. Uns são corpos sem braços nem pernas; outros são providos de cabeças de animais, na maioria de cabras. Estes monstros chamam-se *Fomoré* (de *fomor*: sob o mar); descendem de uma certa divindade: *Domnu* (o abismo).

Foi travada uma luta entre os Dé Dannan e os Fomoré [6]. Uma primeira batalha dar-se-á em Moitura (*Mag Tuiread*: a planície dos pilares, ou seja, pedras elevadas, menires), travada próximo de Cong, no actual condado de Mayo. Os Dé Danann saíram vencedores.

Durante a batalha, o rei Nuada perdeu a mão direita. Esta mutilação conduziu à queda do poder soberano. Uma mão de prata articulada foi forjada e adaptada pelo hábil curandeiro *Diancecht*.

Forçado a demitir-se pelas circunstâncias, Nuada «da mão de prata» foi substituído por *Bress*, filho do *Fomoré Elatha* (o saber) e da *Dé Danann Eriu* (deusa epónima da Irlanda). As duas raças inimigas aliaram-se através de casamentos. Bress casa com *Brigitte*, filha de Dagdé, enquanto *Cian*, filho de *Diancecht*, casa com *Ethniu*, filha de *Balor* «do mau-olhado».

---

[6] A narrativa destes combates, que figura num manuscrito do século XV, constitui o fragmento mais importante do ciclo da epopeia gaélica. Encontramos um resumo mais pormenorizado em G. Dottin, *Les Littératures celtiques* (1923, pp. 61-64), e uma tradução parcial em *L'Épopée irlandaise* (1926) do mesmo autor (pp. 37-53).

Mas Bress é um tirano odioso. Sobrecarrega o país com impostos e corveias; ridiculariza *Caïrbré*, filho de *Ogmé*, o maior *file* (bardo) dos Dé Danann. Como consequência, Bress deveria abandonar o poder no prazo de sete anos! Foi Nuada quem teve de voltar a subir ao trono. E pôde fazê-lo, pois a sua mão natural e cortada fora presa ao seu punho graças à habilidade e aos encantamentos de *Miach*, filho de *Diancecht*. O que valeu a Miach ser mandado matar pelo seu invejoso pai.

Bress, contudo, reúne uma assembleia secreta na sua morada submarina e convence os Fomoré a ajudarem-no a expulsar da Irlanda os Dé Danann.

Os preparativos da guerra duram sete anos, durante os quais cresce Lug, a criança prodigiosa, «mestre de todas as artes», nascida da união de Cian e Ethniu. Lug organiza a resistência dos Dé Danann, enquanto *Goïbniu* lhes forja as armas e *Diancecht* faz brotar uma fonte maravilhosa que cura as feridas e reanima os mortos. Mas os espiões Fomoré descobrem-na e tornam-na ineficaz, atulhando-a com pedras malditas.

Depois de alguns duelos e escaramuças isoladas, travou-se uma grande batalha na Moitura do Norte (planície de Carrowmore, perto de Sligo([7])). Durante uma luta encarniçada, foram destruídos muitos guerreiros: *Indech*, filho da deusa *Domnu*, foi morto por Ogmé que, por seu turno, também sucumbiu. Balor «do mau-olhado» atingiu Nuada com o seu olhar fatal. Mas Lug, com a sua funda mágica, vazou ambos os olhos de Balor. Reduzidos e desmoralizados, os terríveis Fomoré recuaram e foram repelidos para o mar. Bress foi feito prisioneiro e a hegemonia dos gigantes na ilha ficou para sempre destruída.

Todos estes acontecimentos sucederam por altura da guerra de Tróia.

Mas o poder dos Dé Danann iria conhecer um rápido declínio. Duas deidades do império dos mortos, *Bilé* e *Ith*, desembarcaram na embocadura de Kenmare e intervieram nos conselhos políticos dos vencedores.

Milé, filho de Bilé, juntou-se ao seu pai, na Irlanda, acompanhado pelos seus oito filhos e pelo seu séquito: era a tribo dos «Milésios». Tal como os invasores anteriores ou os imigrantes, chegaram a 1 de Maio. Ao dirigirem-se para Tara encontraram sucessivamente três deusas epónimas: *Banba*, *Fotla* e *Eriu*. Cada uma delas pediu ao druida

---

([7]) Os alinhamentos de Sligo são, a seguir aos de Carnac, o grupo mais imponente que existe de pedras erguidas.

Amergin, conselheiro divino de Milé, que desse o seu nome à ilha. A ilha foi chamada *Erinn* (genitivo de Eriu), porque Eriu fez o seu pedido em terceiro lugar ([8]).

Depois de novos e sangrentos combates, no último dos quais interveio *Manannan*, filho de Lîr (o Oceano), os três reis Dé Danann foram mortos pelos três filhos sobreviventes de Milé. Foi concluído um pacto de paz, os Dé Danann cederam a ilha de Erinn e retiraram-se para a região do Além, exigindo apenas, como compensação, um culto e sacrifícios celebrados em sua memória.

Foi assim que começou a religião na Irlanda.

O ciclo do além

Abandonando a superfície da ilha de Erinn (a Irlanda), alguns dos Dé Danann retiraram-se para uma região longínqua, «para lá» dos mares do Ocidente, chamada *Mag Meld* (a planície da Alegria) ou *Tir nan Og* (terra da Juventude). Aí, os séculos são minutos; os que aí moram não envelhecem mais; os prados estão cobertos de flores eternas; o hidromel enche o leito dos rios. Festins e batalhas são o seu passatempo favorito: os guerreiros comem e bebem comidas e bebidas feéricas; têm por companheiras mulheres de uma beleza deslumbrante.

A este Eliseu celta (que lembra o país encantado dos Hiperbóreos descrito por Diodoro Sículo) corresponde, na mitologia da Grã-Bretanha, *Avalon* (a ilha dos Pomares), onde repousam os reis e os heróis defuntos. Esta ideia de um país no além-túmulo, situado para lá do horizonte ocidental, onde todas as tardes se vê o sol a desaparecer, é natural nos povos pelásgicos ([9]). Explica a importância do santuário druida que existia na ilha de Sein (*Enez Sizun*: a ilha dos Sete Sonos), defronte da península de Armor. Talvez seja necessário ver, também, nos menires ou pedras elevadas, cenotáfios ou estelas fúnebres erigidas em honra de grandes druidas ou de chefes celtas, na fronteira das terras que os vivos frequentam, em frente da «planície feliz», onde os mortos sobrevivem.

([8]) Para comodidade do leitor designámos sempre a Irlanda pelo seu nome definitivo; mas convém ter em conta o facto de que, na mitologia, a ilha é designada por vários vocábulos sucessivos.

([9]) Encontramo-la na Polinésia.

Os Dé Danann sobreviventes encontraram um refúgio nas magníficas moradas subterrâneas, que os montículos assinalam à vista humana.

A estas novas habitações os Dé Danann, doravante invisíveis, deram o seu novo nome: *aes sidhe* (raça dos altares). E foi a partir desta designação, abreviada em *sidhe* ou *shee*, que o povo irlandês continuou a designar o mundo invisível das fadas. A *ban shee* (*bean sidhe*: mulher fada) das crenças populares, cuja aparição é presságio de morte, mais não é do que a deusa caída dos antigos celtas *Goidélicos*.

Nos contos do ciclo do Ulster, as *sidhe* manifestam-se aos vivos na realidade concreta e nos sonhos. Mostram-se ou desaparecem sem que se possa saber de onde vêm nem para onde voltam. Podem tornar-se invisíveis e, por vezes, intervêm nas acções humanas.

No ciclo dos Fenianos, elas estão em constante relação com os chefes e com os guerreiros; participam nos seus banquetes, tomam parte nos seus jogos, combatem mesmo ao seu lado, armadas com escudos brancos e lanças azuladas.

O ciclo heróico do Ulster

Para além da genealogia mítica dos Dé Danann e das histórias não menos apócrifas de invasões e de reis milenares, encontramos na Irlanda dois outros grandes ciclos heróicos. O mais interessante diz respeito ao reino do Ulster na época de *Conchobar* (Conahar: pronunciado Connor). É também o mais original, tendo sofrido poucas alterações [10].

O núcleo deste ciclo é anterior ao século II, mas as primeiras versões escritas conhecidas têm mais de novecentos anos. As aventuras de Cuchullain (pronuncia-se Cou-hou-lînn), que constituem a sua epopeia central, seriam contemporâneas do início do Cristianismo. Com efeito, a tradição data do ano 30 a.C. a chegada do jovem rei Conchobar mac Nessa; situa a sua morte em 33 da nossa era. E a breve carreira do campeão dos Ulates desenrola-se toda durante o reinado deste soberano.

Os traços dos costumes que estas narrativas contêm – vestuário e armamento, habitação, organização dos banquetes, práticas mágicas, usos guerreiros (tal como carros de combate com duas rodas; cabeças

---

[10] Dele existem duas adaptações modernas em francês: a de Roger Chauviré, *Le Cycle de la Branche rouge d'Ulster*, e a de Georges Roth, *La Geste de Cûchullain*.

dos inimigos vencidos cortadas), etc. –, caracterizam claramente o tipo de civilização do período de La Tène. Exceptuando o considerável papel religioso e político desempenhado pelos druidas, o estado social da Irlanda nesta época assemelha-se muito ao da Gália independente. É, também, o da Grécia homérica e da Roma dos Tarquínios. Gauleses do continente e Gaélicos insulares são uma única raça que as condições regionais distinguiram com dificuldade.

As façanhas do campeão do Ulster, o Aquiles da *Ilíada* irlandesa, estão dispersos por setenta e seis tipos de narrativas, sendo cada uma delas como um tema que se prestou a múltiplas variações. Se nos limitássemos a apresentar uma única versão de cada uma destas narrativas, encheríamos um volume impresso de duas mil páginas in-oitavo. Podemos, por aqui, julgar a importância do ciclo. Contemos sumariamente os trabalhos do herói Cuchullain, o campeão dos Ulates.

Quando nasceu, chamava-se *Setanta*. Era filho de *Dechtiré*, irmã do rei Conchobar, casada com o profeta *Sualtam*. Mas o seu verdadeiro pai era o deus *Lugh «de Mão Comprida»*, mito solar da tribo dos Dé Danann. Criado entre os outros filhos dos vassalos e dos guerreiros do deus, campeões valorosos do Ramo vermelho do Ulster (designação que parece indicar uma milícia ou uma ordem primitiva da cavalaria), Setanta, com a idade de sete anos, massacrou o terrível cão de guarda de Culann, chefe dos ferreiros do Ulster. Adquiriu, assim, o cognome (Cu Chullain: cão de *Culann*) que, a partir daí, ele tornará ilustre. Tem uma força prodigiosa e quando a cólera se apodera dele um intenso calor emana do seu corpo e reveste-se de um aspecto disforme e hediondo. Pouco tempo depois da sua primeira façanha, massacrou três guerreiros gigantes e mágicos que tinham desafiado os nobres do Ramo vermelho. Foi completar a sua educação com a feiticeira Scathach (epónimo da ilha de Skye), que residia em Alba (a Escócia) e que ensinou a Cuchullain toda a sua ciência mágica. Antes de voltar a partir, o reconhecido discípulo vence a inimiga de Scathach, a amazona *Aïffé*, que deixa vencida e esmagada pelos seus feitos. Volta para o Ulster, rico em sortilégios e munido de armas prodigiosas.

Apaixonou-se pela bela *Emer* (pronuncia-se Avair), filha de um mágico poderoso e dissimulado que lha recusou em casamento. Então, levou a sua noiva, depois de ter morto toda a guarnição e o pai da loira Emer, que a guardavam num castelo mágico. Uma série monótona e fastidiosa (para o nosso gosto moderno) de duelos e de combates justifica plenamente o título de «campeão dos Ulates» que Cuchullain recebe.

Os seus feitos mais famosos são os que realiza ao longo da luta descrita nas vinte narrativas cujo conjunto constitui o «Ataque do Touro de Cooley» (*Tain bo Cuailngé*). Trata-se da história sangrenta da longa guerra que os outros quatro reinos da Irlanda (os dois Munster, o Leinster, o Connaught) desencadearam contra o Ulster, por instigação da temível e pérfida rainha do Connaught, a astuciosa *Madb* (pronuncia-se Meve; era ela que se viria a tornar na esperta «rainha Mab» de Shakespeare, de quem se fala em *Romeu e Julieta*). O objectivo desta guerra era assegurar a posse de um animal mágico: o Touro castanho de Cooley. Ora, Madb pretendeu desencadear a luta numa altura em que os Ulates estavam todos paralisados por uma estranha fraqueza periódica que os tornava incapazes de combater ou, simplesmente, de se mover. Esta doença misteriosa fora-lhes infligida como castigo pela deusa Macha, de quem um dia eles se tinham rido.

Quando parecia que o reino do Ulster deveria cair à mercê dos seus invasores, Cuchullain, que, devido à sua origem divina, escapava à maldição comum, partiu só para fazer frente à horda dos inimigos. Durante três meses, todos os dias ele se bateu e matou um adversário; em seguida, combateu grupos e dizimou-os do mesmo modo. Os episódios do Ataque envolvem aqui uma longa série de duelos e de escaramuças onde entram em acção as mais diversas manhas e todo o tipo de sortilégios. Acima dos combatentes, e intervindo na luta, planam duas personagens divinas: Lugh «da Mão Comprida», pai verdadeiro de Cuchullain, que, todas as noites, por meio de uma beberagem e de ervas mágicas, cura as chagas do campeão e reconforta-o; e *Morrigane*, deusa da guerra, que auxilia Cuchullain com os seus conselhos, que o apoia com sortilégios, que chega mesmo a oferecer-lhe o seu amor (que ele repele), e então volta contra ele um ódio impotente para o prejudicar.

O longo duelo entre o campeão e *Ferdiad*, seu amigo de infância, proporciona um episódio humano e comovente. Companheiros de armas em casa de Scathach, os dois jovens estão ligados por um sentimento profundo e desinteressado. Fizeram um pacto de amizade. Ferdiad prometera nunca atacar Cuchullain. Mas a sua rainha, a astuciosa Madb, entontecera-o com promessas, vinhos e amor. Ferdiad jurou desafiar Cuchullain. Quando recobrou o bom senso, quis recuar; mas todos zombam e acusam-no de cobardia. Contrariado, despreza Cuchullain; Cuchullain, com o coração pesado, rende-se ao desafio. Ambos os adversários servem-se de cuidados e de delicadeza. Durante três dias seguidos trocam golpes entre si, tentando poupar as suas vidas. Mas, por fim, o destino é soberano; a espada mágica de Cuchullain atinge Ferdiad com um golpe mortal. Com ternura, o amigo cuida dele e lamenta-se; no entanto, Ferdiad expira. Então, o herói dos Ulates irrompe em lamentos: «Ó Ferdiad! Grande é o meu sofrimento ao ver-te pálido e jacente! O meu coração fica pesado quando vejo a minha lança e o teu corpo vermelhos com o teu sangue! Eu gostava de Ferdiad, ele era-me caro. A sua morte é um luto eterno. A nossa vida foram prazeres e alegrias até ao dia em que ele aqui veio!»

Esta vitória amarga pôs fim aos trabalhos do campeão; porque, triunfando enfim da sua fraqueza, os Ulates pegaram em armas, correram para o combate e puseram em fuga os seus inimigos. Sempre magnânimo, Cuchullain protege na sua debandada a rainha Madb e o seu consorte Ailill, e o desertor Fergus, rei destronado do Ulster que se passara para o lado do inimigo!

Outras narrativas mostram-nos como o campeão vai, numa barca mágica, permanecer durante algum tempo em Mag Mel («a Planície bem-aventurada»), o além do mundo celta. Aí apaixona-se pela deusa *Fand*, a mulher abandonada de Manannan mac Lir, que lhe retribui o seu amor. Cuchullain regressa ao Ulster e, ao fim de um ano, Fand, fiel ao encontro, apresenta-se-lhe na margem. Mas Emer surpreende-os; os lamentos da mulher comovem a deusa, que abandona o campeão à sua mulher amantíssima e ela própria volta para junto do marido, que fora procurá-la.

Um pouco mais tarde, Cuchullain mata, sem o saber, o jovem *Conlach*, o seu único filho, concebido da feiticeira *Aïffé*, que esta, enciumada, enviara à Irlanda para desafiar o pai para um duelo. (Este episódio explora o tema ariano que encontramos ainda no mito persa de Sohrab e Roustem e no Wotan teutónico). Cuchullain, aterrado, atravessa uma crise de loucura furiosa e, a partir desse dia, uma pesada tristeza atormenta a sua alma.

Graças à cumplicidade dos parentes e dos filhos daqueles que Cuchullain matara em duelo, a odiosa rainha Madb acabou finalmente por conseguir a queda do herói. Três feiticeiras, filhas de Callatin, que outrora tinham permanecido no Oriente para aí completarem a sua ciência dos malefícios, assumiram o aspecto de três corvos e, com visões ilusórias, enganaram Cuchullain e atraíram-no, isolado, à planície de Muirthemné[11]. Fazem-no violar os seus tabus oferecendo-

---

[11] No actual condado de Louth, entre o rio Boyne e a cidade de Dundalk (o Dun Dealgan da epopeia).

-lhe carne de cão que ele não deveria aceitar. Bobos (*sátiros*) da corte de Connaught apoderaram-se da sua lança mágica. Privado de todas as suas defesas, materiais e sobrenaturais, o campeão vê-se atacado por um número esmagador. Vinte presságios indicam-lhe a morte. Mas o seu indomável coração não revela a «sombra de uma fraqueza». Recebe uma ferida fatal, o sangue corre do seu peito em golfadas. Com o seu cinto prende-se a uma coluna de pedra para sucumbir de pé. O seu cavalo negro vem tocá-lo ao de leve e parte de lágrimas nos olhos. Por fim, Cuchullain morre, exangue, e a sua espada, escapando-se, corta a mão do inimigo que ia cortar-lhe a cabeça e levá-la como troféu, de acordo com o costume da época.

É esta, reduzida ao essencial, a história do campeão Ulate. Passámos em silêncio as inúmeras conversas enigmáticas, cujo sentido nos escapa, os diálogos gnómicos, a enumeração de *geis* (tabus), os animais mágicos (gado, cavalos, cisnes, corvos) e a sua complicada genealogia, a descrição tantas vezes repetida das contorções espantosas a que Cuchullain se entrega a partir do momento em que se apodera dele a sua raiva belicosa. Todos estes pormenores, terríficos ou grotescos, têm, na verdade, um significado hermético cuja chave perdemos.

O próprio Cuchullain, quem é ele? Um herói nacional glorificado? Um Rolando Ulate exaltado pela imaginação dos bardos? Tida outrora em consideração, esta hipótese parece pouco provável. Os atributos com que o qualificam e as proezas que realiza parecem indicar um mito solar. Lugh «da Mão Comprida», o seu pai divino, é uma espécie de Apolo. É Cuchullain em pessoa que obriga quem o vê a piscar e a fechar os olhos. Dois cavalos puxam o seu carro; um é negro, o outro branco. O calor que se liberta do seu corpo faz com que a água ferva e com que as neves se derretam. A mulher-fada que se apaixona por ele, a doce Fand, é a mulher abandonada de Manannan, o deus do Oceano. Cada um dos seus antagonistas é mais ou menos assimilável a qualquer fenómeno tenebroso, ou nocturno.

Pagão na sua essência e nos seus desenvolvimentos, este ciclo épico do Ulster foi modificado em certas passagens, com fins edificantes, por alguns copistas cristãos. Sabemos, assim, que no momento da partida para o combate supremo, Cuchullain ouve vozes de anjos, confessa a verdadeira fé e recebe a certeza da sua futura salvação. Mais tarde, o rei Conchobar sucumbe de dor com a notícia da Paixão de Cristo. E (no episódio da *Carruagem fantasma*) Cuchullain, chamado de entre os mortos, irá confirmar, na presença do rei, a verdade do Cristianismo.

O ciclo dos Fenianos ou de Ossian

A sua importância é pelo menos igual à do ciclo do Ulster. Adquire um considerável desenvolvimento na sequência da invasão saxónica, enquanto o precedente já tinha passado a um estado de vaga recordação. Os acontecimentos históricos que se desenvolvem num fundo de fresco vão desde o ano 174 (batalha de Cnucha, sob Conn das Cem Batalhas) até ao ano 283 (batalha de Gavra, sob Cormac).

As narrativas do ciclo deixam entrever uma civilização totalmente diferente da dos Ulates; descrevem a vida dos caçadores nómadas no coração das florestas primitivas. As sagas fenianas são o apanágio, não de uma tribo, mas da nação; e são comuns às duas regiões goidélicas, a Irlanda e a Escócia. Além disso, a tradição continua viva. Um velho provérbio afirma que se os Fenianos soubessem que não se falava deles um dia que fosse, erguer-se-iam de entre os mortos!

Os Fenianos (*Fianna*) formavam uma espécie de cavalaria, instituída (julga-se) sob o reinado de Feradach Fechtnach (15-86), que tinha por objectivo manter a ordem na Irlanda e proteger a ilha contra qualquer invasão. Os feitos guerreiros e cinegéticos dos seus membros tornaram-se famosos. No século III, a época evocada no ciclo, a ordem dos Fenianos contava cento e cinquenta oficiais e quatro mil e cinquenta homens. A sua acção estendia-se por toda a Irlanda, à excepção do reino do Ulster[12].

O herói, *Find* (*Fionn* ou *Finn*) mac Cumhail, é, ao mesmo tempo, destruidor de monstros e feiticeiro. Também é poeta e leva uma grande vida. É desconfiado e astucioso. É aparentado aos Homens Bolg e aos Dé Danann, bem como a *Sualtam*, pai humano de Cuchullain. Apesar da idade, casa com *Graïnné*, filha de Cormac, que o abandona pelo jovem e sedutor guerreiro Diarmaid (Dermat).

Find é pai de Ossian (*Oïssin*) e, através dele, avô de *Oscar* (*Osgur*). Tem por inimigos o orgulhoso *Goll* e o seu irmão jactancioso, *Conan*, ambos filhos de *Môrna* e chefes desse temível clã.

Para além da bravura guerreira, qualidade que não falta a Find, os outros heróis do seu ciclo têm em comum a generosidade, a franqueza e a cortesia, que lhe fazem alguma falta.

---

[12] Vejam-se as regras da ordem em G. Dottin, *Les Littératures celtiques* (pp. 68-70).

Alguns comentadores, como Eugene O'Curry, pretenderam que Find terá tido por protótipo uma personagem real. Hoje, a tendência seria mais para o encarar como um mito. O seu nome (Fionn ou Finn) significa branco ou louro. O seu pai, *Cumhail* (ou Coul), seria o Cúmulo gaulês, nome que corresponde ao Germânico Himmel (= céu). Não seria este Find Mac Cumhail, talvez, mais do que uma encarnação do deus bretão do Além, Gwyn ab Nudd, rei das fadas galesas?

Invejas e rivalidades já minavam a ordem dos Fenianos antes de Find vir ao mundo. Os seus impostos levantam contra si a população da Irlanda; a sua arrogância irrita o rei. *Cairbré Lifechair*, bisneto do rei *Conn*, perseguiu-os e destruiu-os na batalha de Gavra (283), onde o próprio Find perdeu a vida.

À volta deste núcleo central, provavelmente com parcial inspiração histórica, veio cristalizar-se uma quantidade de episódios maravilhosos que, na sua maior parte, se desenrolam em países misteriosos, no meio de mares longínquos. Anões, gigantes, fadas, feiticeiros, feiticeiras, animais monstruosos, todo o tipo de prodígios se encontram aí com profusão, bem como os representantes da Tuatha Dé Danann. Os Fenianos circulam livremente nas *sidhe*, palácios subterrâneos dos antigos Dé Danann que se tornaram invisíveis. No célebre episódio da «batalha de Ventry», Fenianos e Dé Danann aliados repelem Dairé Donn, o grande rei do mundo, vindo à frente de todos os seus vassalos para atacar a Irlanda.

Ossian, filho de Find, desempenha um papel importante em todas estas aventuras. Mas o seu nome predomina sobretudo na série das «baladas pós-fenianas», onde são relatados os feitos do seu pai sob a forma de diálogos entre Ossian e São Patrício, o patrono cristão da Irlanda.

Aquando da derrota de Gavra, Ossian escapou à sorte dos Fenianos. A deusa-fada *Niameh* (pronuncia-se Nieve), filha de Manannan, salvou-o e conduziu-o na sua barca de vidro a *Tir nan Og*, o paraíso celta. Aí, Ossian passa trezentos anos de uma deliciosa juventude, enquanto o aspecto do mundo dos humanos muda. No entanto, com o tempo, apossa-se dele o desejo de rever a sua terra natal e Niameh confia-lhe a sua montada mágica, recomendando-lhe, contudo, que não tocasse no solo terrestre. Mas a cilha parte-se e a sela escorrega: Ossian cai. Quando se levanta é um velho cego, e daí em diante privado dos seus dons divinos.

Conhecemos a popularidade de que gozaram, no final do século XVIII e inícios do XIX, as pretensas composições de Ossian. Embora baseadas na tradição gaélica e imitadas em diversas narrativas em prosa devidas a autores desconhecidos, as *Poesias traduzidas de Ossian, filho de Fingal* (publicadas entre 1760 e 1763) são, na realidade, obra do seu pretenso tradutor, o escocês James Macpherson.

Elas suscitaram o entusiasmo das almas sensíveis e a admiração dos escritores mais ilustres: Goethe, Herder, Mme. de Staël, Chateaubriand, Byron e Lamartine. Napoleão lia e relia Ossian[13]. Mas aí os nomes primitivos encontram-se alterados e adquirem consonâncias 'poéticas' para corresponder ao gosto da época: Find torna-se Fingal; Connor, Cairbar; Deidré, Darthula; Conlaech torna-se Carthon; Cuchullain, Clessamor; Aïffé, Moïna!... Estas personagens aparecem-nos em ambientes românticos: vales frequentados por fantasmas, montanhas alumiadas pela lua, torrentes que correm em rochedos, grandes fogos nos nevoeiros ao entardecer. As ideias e os sentimentos fazem-se os dos contemporâneos de Macpherson.

«Ao conjunto das baladas gaélicas da antiga epopeia, o prestigiado Escocês acrescentou desenhos cujas formas e cores são inspiradas pelos modelos do século XVIII»[14].

Conclusão

Em suma, a grande originalidade da religião celta seria «esta estranha corporação de filósofos espiritualistas, de físicos e de naturalistas, a que chamamos *druidas*». Sacerdotes, adivinhos, feiticeiros, conselheiros políticos, eles ocupavam um lugar importante no Estado. Segundo o narrador do *Ataque do Touro de Cooley*, era proibido aos Ulates falar antes do seu rei, era proibido ao rei falar antes do seu druida. Eles detinham os segredos da religião, e os da ciência mágica; eram preceptores dos jovens nobres. Mas o estudo desta instituição diz respeito à história social, e o das suas doutrinas, crenças ou práticas é, em rigor, a história da religião. Aqui só a mitologia nos deve reter.

Ora, já o vimos, pouco sabemos sobre os deuses celtas; as informações a seu respeito são fragmentadas, esparsas, desordenadas. «Na época antiga», escreve Georges Dottin[15], «só conhecíamos as assimi-

---

[13] Veja-se Paul van Tieghem, *Ossian en France* (1917).
[14] G. Dottin, *L'Épopée celtique* (pág. 2).
[15] *La Religion des Celtes* (1904, pág. 55).

lações, sem dúvida superficiais, que nos legaram os escritores gregos e latinos; na época galo-romana, alguns cognomes celtas de divindades locais fazem-nos entrever um panteão gaulês muito diferente daquele de que os autores da Antiguidade nos tinham dado uma ideia; enfim, as composições romanescas e míticas da alta Idade Média irlandesa, modificadas por redactores cristãos, põem em cena heróis nacionais, mágicos ou feiticeiros, nos quais temos alguma dificuldade em reconhecer personificações de forças naturais ou morais, às quais os antigos Celtas teriam prestado culto.»

G. ROTH e F. GUIRAND

2
MITOLOGIA GERMÂNICA

Alemanha e Países Escandinavos

Introdução

Três ou quatro séculos antes da era cristã, os Germanos, estabelecidos no Sul da península escandinava, nas ilhas do Mar Báltico e na grande planície inferior do Norte da Alemanha, entre o Reno e o Vístula, formavam um grupo de tribos bastante denso, que não estavam unidas por qualquer laço político e que até combatiam frequentemente entre si mas que, contudo, falavam uma mesma língua, tinham uma certa comunidade de cultura e partilhavam, provavelmente, as mesmas crenças religiosas. É provável que algumas destas crenças provenham dos seus antepassados indo-europeus, pois, os Germanos, alguns milhares de anos mais cedo, tinham pertencido à grande nação indo-europeia, e o seu parentesco longínquo com os Latinos, os Celtas, os Gregos, os Eslavos e alguns outros povos pode explicar a analogia de certas concepções gerais, e até mesmo de algumas das suas lendas, com as da Grécia, de Roma ou do Oriente. Os Germanos, no entanto, viveram tanto tempo afastados dos outros povos indo-europeus que acabaram por elaborar uma religião original.

À falta de obras figurativas e de documentos escritos, não saberemos nunca com precisão o que era esta religião na época em que ainda apresentava uma relativa unidade. Conhecemo-la apenas sob as formas demasiado evoluídas que assumiu no início da era cristã e ao longo dos séculos seguintes, nos diversos ramos da antiga nação germânica. Na época histórica, os Germanos encontravam-se divididos em três grandes grupos: os de Este, ou Godos, que, tendo-se estabelecido inicialmente entre o Oder e o Vístula, abandonaram esta região pelo final do século II d. C. e emigraram, em grande número, em direcção ao Mar Negro; depois, os Germanos do Norte, que ocuparam os países escandinavos; por fim, os Germanos do Oeste, antepassados dos Alemães e dos Anglo-Saxónicos, que, confinados inicialmente ao Norte da Alemanha, foram, aos poucos, aumentando as suas possessões em direcção ao Reno e ao Danúbio, onde em breve, vão chocar com os Romanos, enquanto algumas das suas tribos se preparavam para atravessar o mar e estabelecer-se na Grã-Bretanha. Esta dispersão dos povos germânicos não deixou de influenciar a sua cultura e, consequentemente, as suas concepções religiosas.

Em contacto com a civilização bizantina, desde o século IV que os Godos se converteram em grande número ao Cristianismo. As únicas obras da sua língua que nos chegaram são traduções da Bíblia ou comentários de textos sagrados. Os raros historiadores antigos que nos falam dos Godos não nos dão a conhecer quase nada acerca das suas tradições pagãs. Por isso, devemos renunciar a falar da religião dos Germanos do Este. Só conhecemos a mitologia germânica através das obras literárias dos Germanos de Oeste ou dos Germanos do Norte, bem como através de algumas obras latinas ou gregas. Ora, na altura em que os historiadores da antiguidade clássica e os escritores de língua alemã, anglo-saxónica ou normanda começam a anotar as tradições religiosas dos diversos povos germânicos, a mitologia está longe de apresentar em todo o lado os mesmos traços: o culto de certas divindades desenvolveu-se mais numa das margens do Báltico, enquanto na outra foi negligenciado, ou até ignorado; os mesmos deuses não gozam, entre os povos vizinhos, de um prestígio idêntico. E já se fazem sentir influências cristãs. Os Anglo-Saxónicos da Grã-Bretanha converteram-se ao Cristianismo a partir do início do século VII; os seus missionários começaram muito cedo a evangelização da actual Alemanha; Carlos Magno acaba à força a obra que eles tinha empreendido pacificamente. Por seu turno, os países escandinavos adoptam a nova fé entre os séculos IX e XI. Ora, excepção feita a certos historiadores latinos ou gregos e a alguns poetas escandinavos, os escritores que nos informam sobre a mitologia dos Germanos são eles mesmos cristãos, e por isso dão uma tonalidade cristã aos velhos mitos pagãos. Eles vivem, aliás, em épocas muito distintas e as traduções que recolhem com vários séculos de distância muitas vezes só concordam entre si de um modo muito imperfeito.

Quanto aos Germanos do Oeste, antepassados dos Alemães e dos Anglo-Saxónicos, as fontes documentais são pouco abundantes. Os historiadores latinos, como César e Tácito, dispunham apenas de informações em segunda mão e esforçavam-se por explicar a religião germânica pela religião romana: Donar, o deus do trovão, era para eles *Iuppiter tonans*, Wodan recebia o nome de Mercúrio e Tiuz o de Marte. Os missionários, os monges e os clérigos que, a partir do século VIII, prosseguiram a obra de conversão e, concomitantemente, foram os primeiros escritores em língua alemã, poderiam, se o tivessem querido, ter-nos dado um quadro completo da mitologia alemã dos primeiros séculos. Mas a sua principal preocupação era a de a extirpar das almas; também só fizeram alusão aos mitos pagãos para os condenar. Não saberíamos quase nada das velhas crenças alemãs se os contos e as epopeias chamadas 'populares' não nos tivessem conservado alguns traços relativos a divindades secundárias, demónios, gigantes, anões, todo o tipo de espíritos.

Só os Escandinavos se empenharam em salvar e perpetuar a recordação das crenças antigas. Os seus poetas e os seus sábios, mesmo pertencendo à religião cristã, anotaram piamente as lendas relativas aos deuses do paganismo. A antiga recolha de poemas anónimos, a que se chamou *Edda*, e que é, em parte, anterior à introdução do cristianismo na Escandinávia, os cantos dos escaldos(*), as sagas, os manuais poéticos, as obras de história e de erudição que a Islândia, a Noruega, a Dinamarca, a Suécia da Idade Média nos deixaram, fazem reviver com muita força e cor os antigos deuses do panteão germânico e a enorme coorte de divindades secundárias que pululam à sua volta. É quase exclusivamente pela literatura escandinava que conhecemos as lendas relativas aos grandes deuses, como Wodan-Odin ou Donar--Thor. Serão sobretudo estas as lendas que encontraremos mencionadas nas linhas que se seguem. Mas não se conclui daí que esses grandes deuses tenham sido própria e exclusivamente escandinavos. Pelo contrário, eram, sob diversos nomes, venerados pela maioria dos Germanos. Mas as lendas que se contavam entre os antepassados dos Alemães e dos Anglo-Saxónicos quase nunca nos chegaram. Assim, qualquer exposição da mitologia germânica deve, necessariamente, aos povos escandinavos, uma parte preponderante.

(*) Escaldos é o termo que designa os antigos poetas escandinavos (*N.T.*).

O nascimento do mundo, dos deuses e dos homens

No início dos tempos, dizem os antigos poetas e contadores islandeses, não havia nem areia, nem vagas geladas. A terra não existia, nem o céu que hoje a cobre. A erva não brotava em lado nenhum. Apenas um abismo imenso se estendia através do espaço. Mas, muitos anos antes de o mar ter sido criado, formou-se um mundo de nuvens e de trevas, *Niflheim*, nas regiões situadas a norte do abismo; no meio de Niflheim ouvia-se a fonte Hvergelmir, a partir da qual se espalhavam doze rios de águas glaciais. Do lado sul, encontrava-se a região do fogo, Muspellsheim; daí corriam os rios cujas águas continham um veneno acre que, aos poucos, se congelava e tornava sólido. Em contacto com os gelos vindos do Norte, este primeiro depósito cobre-se com espessas camadas de geada, que encheram parcialmente o abismo. Mas o ar quente que soprava de sul começou a fundir o gelo; e das gotas tépidas que assim se formaram nasceu um gigante com forma humana, o primeiro de todos os seres vivos, *Ymir*.

Ymir é o pai de todos os gigantes. Sucedeu-lhe uma vez, durante o sono, ficar todo banhado em suor; então, sob o seu braço direito nasceram um homem e uma mulher, gigantes como ele. Ao mesmo tempo, o gelo, continuando a fundir-se, deu vida à vaca *Audumla*, amamentadora dos gigantes. Ymir foi amamentado nas suas tetas, de onde corriam quatro cursos de leite. A própria vaca lambia blocos de geada e alimentava-se do sal que eles possuíam. Ora, ao lamber assim o gelo, que se derretia sob a sua língua tépida, deu à luz, primeiro os cabelos, depois a cabeça e, por fim, todo o corpo de um ser vivo, que teve o nome de *Buri*. Buri teve um filho, *Bor*, que casou com uma filha de gigantes, *Bestla*, e com ela gerou os três deuses, *Odin*, *Vili* e *Vê*.

Estes três filhos de uma raça de gigantes logo iniciaram contra os gigantes uma luta que não devia cessar a não ser com a sua própria destruição. Primeiro, mataram o velho Ymir. Correu tanto sangue do corpo da sua vítima que o abismo imenso ficou cheio e todos os gigantes se afogaram ali, com a única excepção de *Bergelmir* que, tendo lançado nas vagas agitadas uma pequena barca, conseguiu salvar-se juntamente com a sua mulher. Foi deste casal que surgiu a nova raça de gigantes.

Entretanto, os filhos de Bor, retirando das vagas o corpo inerte de Ymir, criaram a terra que recebeu o nome de Midgard, ou «morada do meio»; pois está situada a meio caminho entre Niflheim e *Muspellsheim*. A carne do gigante tornou-se no solo e o seu sangue no mar ruidoso. Com os seus ossos os deuses fizeram os montes e com os seus cabelos as árvores. Depois, pegaram no seu crânio e, colocando-o sobre quatro pilares elevados, fizeram com ele a abóbada celeste. Nesta abóbada fixaram as fagulhas que, fugindo do reino do fogo, Muspellsheim, esvoaçavam ao acaso: foram assim criados o Sol, a Lua e todas as estrelas. Os deuses regularam o seu curso e determinaram a sucessão dos dias e das noites, bem como a duração do ano. O Sol, percorrendo o céu pelo lado sul, projectou a sua luz e o seu calor pelas vastas planícies da terra. E logo se viram crescer os primeiros rebentos de erva verde.

Durante este tempo, juntaram-se outros deuses aos filhos de Bor. De onde vinham? Eram eles, também, filhos de gigantes? Os velhos autores escandinavos nada dizem sobre isso. Associados a Odin, estes novos deuses trabalharam para construir a sua morada celeste. Nessa vasta habitação, a que deram o nome de *Asgard*, «a morada dos *Ases*», cada um deles possuía a sua residência particular. Os Germanos do Norte representavam estes palácios divinos como sendo semelhantes às grandes quintas dos seus pequenos senhores; a parte principal era a grande sala, a *«halle»*, onde recebiam os estrangeiros e davam grandes banquetes.

Entre a sua morada e as dos homens, os deuses construíram uma ponte enorme, a que deram o nome de Bifrost e que é o arco-íris.

Depois, reunindo-se, deliberaram sobre o modo como convinha povoar a terra. No corpo decomposto do gigante Ymir, morto por Odin e pelos seus irmãos, tinham-se formado larvas. Com estas larvas, os deuses fizeram anões, a que deram forma humana e que dotaram de razão. Mas decidiram que, tendo nascido da carne do gigante Ymir, os anões continuariam a viver no que fora outrora esta carne e que depois se tornara em terra e rochedos. É por isso que os anões têm uma vida subterrânea. Não há mulheres entre eles: logo, não têm filhos. Mas, à medida que desaparecem, dois príncipes que os deuses lhes deram substituem-nos por outros anões, formados na terra natal. Deste modo, a raça dos anões perpetua-se sem fim.

Quanto aos homens, saem directamente do mundo vegetal. Pelo menos é esta a principal tradição dos Germanos do Norte. Três deuses, Odin, Hœnir e Lodur, um dia percorriam em conjunto a terra ainda deserta. No caminho encontraram duas árvores, troncos inertes e inanimados. Os deuses decidiram fazer homens a partir delas. Odin deu-lhes o sopro vital; Hœnir, a alma e a faculdade de raciocinar; Lodur, o calor e as cores frescas da vida. O marido recebeu o nome de *Ask* e a mulher de *Embla*. É o casal de que provém toda a raça dos homens.

Tácito, na sua *Germania*, atribui aos Germanos do Oeste, antepassados dos actuais Alemães, uma tradição diferente. Segundo estes povos, o primeiro homem chamar-se-ia *Mannus* e teria por pai um deus ou um gigante, saído da terra, com o nome de *Tuisto*. Mannus, por sua vez, tinha três filhos, e cada um engendrou, em seguida, um dos três principais grupos de tribos alemãs, os Ingévones, os Hermíones e os Istévones. Talvez isto mais não seja do que uma filiação imaginada por um qualquer filósofo primitivo. Com efeito, os nomes de Tuisto e de Mannus não estão verdadeiramente privados de significado: o primeiro parece querer dizer «o ser com dois sexos», e o segundo designa, aparentemente, o homem enquanto criatura dotada de pensamento e de vontade.

A terra onde os homens viviam tinha, na imaginação dos Germanos do Norte, a forma de uma enorme circunferência, que a água rodeava por todos os lados. No oceano circular que cercava o mundo habitado e que era, ele próprio, limitado apenas por um abismo primitivo, vivia um réptil desmesurado, a «serpente de *Midgard*», cujos anéis enormes davam a volta à morada dos homens.

Abaixo de Midgard encontrava-se um terceiro mundo, que não deixava de ter analogia com os infernos imaginados pelos Gregos e por outros povos da Antiguidade. Era a morada dos mortos, a que os Nórdicos davam o nome de Niflheim ou Niflhel. Este inferno era representado como um local sombrio, húmido, glacial. Viviam aí gigantes e anões, que os poetas por vezes descreviam como estando cobertos de neve e de geada. Este reino subterrâneo era o da deusa *Hel*. À entrada estava um cão monstruoso, *Garm*, que velava para que nenhum vivo entrasse no domínio dos mortos.

Sem dúvida que esta divisão do universo em três mundos sobrepostos não corresponde às concepções mais antigas dos Germanos do Norte. Vimos acima que, ao explicar a origem do mundo, os seus poetas colocavam Niflheim ao norte do imenso abismo onde pouco depois iria surgir a terra. Não é impossível que em tempos mais recuados os Germanos tenham concebido o universo como uma espécie de um imenso plano: no centro estendia-se a terra, depois, para lá do oceano e do abismo original, encontravam-se regiões indefinidas, que se supunha serem habitadas por gigantes. Só muito tardiamente, sem dúvida, e provavelmente sob a influência da cosmogonia grega ou de cosmogonias orientais, é que chegaram a representar o mundo dos deuses, o dos homens e o dos mortos, situados uns acima dos outros.

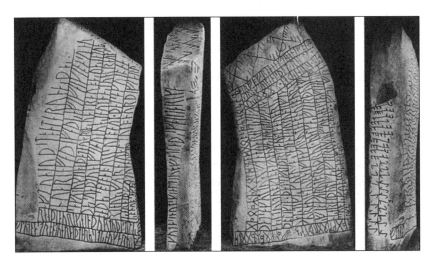

Pedra rúnica de Roek (Suécia). *Da esquerda para a direita*: 1. Face anterior. As inscrições rúnicas da época pagã tiveram sempre um significado religioso; atribuía-se às runas virtudes mágicas. Esta é a maior e a mais importante de todas as que foram descobertas até hoje. Celebra, em termos solenes, e por vezes até em verso, os méritos de um jovem guerreiro morto prematuramente em combate. Data da primeira metade do século IX. A pedra tem cerca de 2,5 metros de altura por 1,45 de largura. 2. *Lado direito e face superior*. Os sinais gravados na face superior são caracteres criptográficos; 3. *Face posterior*. As três cruzes de braços de gancho que se encontram na parte superior desta face da pedra são caracteres cifrados; 4. *Lado esquerdo*. Os 19 signos gravados em forma de *s* e separados por um traço vertical que se vê na parte inferior desta face da pedra representam, em escrita cifrada, o nome do deus Thor.

Há, contudo, alguma incerteza e até contradições nas narrativas que nos chegaram. Existe ainda uma tradição, que se concilia muito mal com aquelas que têm sido apresentadas, e que, no entanto, é familiar a todos os poetas normandos: a que descreve o mundo inteiro sob a aparência de uma árvore de dimensões prodigiosas. Esta árvore, com uma folhagem sempre verde, o freixo *Yggdrasil*, penetra por uma das suas raízes nas profundezas do reino subterrâneo e eleva a sua forte ramagem até ao mais alto do céu. «Yggdrasil» significa, na linguagem poética dos escaldos, «o corcel do Temível (Odin)» e a gigantesca árvore recebeu este nome, porque, diz-se, o cavalo de Odin tinha o hábito de pastar na sua folhagem. Perto da raiz que se enterra em Nilfhel, a morada dos mortos, brotou a fonte Hvergelmir, nascente ruidosa dos rios primitivos. Ao lado da segunda raiz, que se encontra na região dos gigantes cobertos de gelo e de geada, corre a fonte de *Mimir*, onde reside toda a sabedoria e onde o próprio Odin desejou beber, apesar de lhe exigirem, a troco de alguns goles, o abandono do seu único olho. Por fim, sob a terceira raiz, que, segundo uma determinada tradição, seria no próprio céu, encontra-se a fonte da mais sábia das *Nornas, Urd*; todos os dias as Nornas daí retiram a água com que regam o freixo Yggdrasil para o impedir de secar e apodrecer.

Nos ramos mais altos da árvore está empoleirado um galo, que vigia e previne os deuses quando os seus velhos inimigos, os gigantes, se preparam para atacar. Sob o freixo está escondida a trombeta do deus *Heimdall*; um dia esta trombeta soará para anunciar o combate supremo dos Ases contra todos aqueles que querem destruir o seu poder. Próximo do tronco vigoroso estende-se o espaço consagrado, o local pacífico, onde todos os dias os deuses se reúnem para administrar a justiça. Nos ramos pasta a cabra *Heidrun*, que dispensa aos guerreiros de Odin o leite de que se alimentam.

Mas os demónios malévolos esforçam-se constantemente por destruir o freixo Yggdrasil. Um monstro dissimulado, a serpente *Nidhogg*, esconde-se sob a terceira raiz e rói-a sem parar. Na ramagem erram quatro cervos que pastam todos os novos rebentos. Graças, todavia, aos cuidados atentos das Nornas, a árvore continua a verdejar e a erguer, no centro da terra, o seu tronco indestrutível.

Parece que também os Alemães acreditavam que o Universo era suportado por uma árvore gigantesca. Foi, sem dúvida, a arquitectura das suas próprias habitações que lhes sugeriu esta ideia: com efeito, os Germanos tinham o hábito de assentar todo o vigamento de um edifício num enorme tronco de árvore. Algumas tribos alemãs erguiam, em pontos elevados, colunas feitas a partir de um único tronco e que, segundo parece, representavam, aos seus olhos, a árvore do universo: designavam estes monumentos com o nome de *Irmensul*, que significa «coluna gigante». Em 772, durante a expedição que realizou contra os Saxões, Carlos Magno mandou destruir, na região que é actualmente a Vestefália, uma dessas colunas, que era objecto de grande adoração.

Este mundo não é eterno. Acabará por perecer, arrastando na sua ruína os próprios deuses. O dia virá em que os gigantes e os demónios maléficos que vivem nas regiões remotas ou subterrâneas do universo procurarão subverter a ordem estabelecida e mantida pelos deuses. E a sua iniciativa não será de modo algum vã; será o «crepúsculo dos deuses» e a derrocada do universo. Mas, antes de narrar a morte dos deuses, convirá determinar o que é que eles foram, quais foram as suas atribuições, o seu poder e a sua personalidade.

Os grandes deuses germânicos

O panteão germânico nunca teve um número rigorosamente definido de divindades. De acordo com as épocas ou com os tributos, assim ia crescendo ou diminuindo o número dos deuses. Algumas divindades, poderosas durante algum tempo, pouco a pouco, ao longo dos séculos, perdem o prestígio de que gozavam. Outras, pelo contrário, crescem em dignidade e em poder. Aliás, os deuses germânicos são concebidos como homens com uma essência superior: tal como os homens, são mortais e, tal como os homens, estão submetidos às vicissitudes do destino.

De entre eles, três parecem ter sido objecto de um culto no conjunto das regiões habitadas pelos Germanos. São: Wodan, que entre os Germanos do Norte tem o nome de Odin; Donar, cujo nome escandinavo é Thor; e Tiuz (ou, como lhe chamam os Alemães do Sul, Ziu), que na Escandinávia tem o nome de Tyr. Estes três deuses e alguns outros, de que nos ocuparemos mais adiante, pertencem à raça dos Ases. A par dos

O deus Odin: placa de bronze da ilha de Oeland. Estas placas de bronze muito antigas encontradas na ilha de Oeland (Suécia) parecem representar personagens mitológicas. Como estas placas antecedem em vários séculos os primeiros documentos literários, elas correspondem talvez a concepções algo diferentes das que nos são dadas a conhecer pela *Edda*. A personagem que aqui vemos à esquerda, com um elmo com dois cornos e com uma lança em cada mão, foi identificada pelo especialista dinamarquês Axel Olrik como sendo Odin. A outra personagem será talvez um deus com cabeça de lobo. À direita: placa de elmo encontrada num túmulo em Wembel (Suécia). É muito provável que a personagem representada nesta placa seja o deus Odin. Surge acompanhado dos seus dois conhecidos corvos e tem na mão a lança Gungnir. Note-se que o seu cavalo, Sleipnir, não tem as oito patas que a lenda mais tarde lhe atribuirá.

Ases, os Germanos – ou pelo menos os Escandinavos – consideravam que existia uma segunda raça de deuses, os Vanes: o mais importante e mais conhecido dos Vanes é *Freyr*. Entre Ases e Vanes travou-se outrora uma luta terrível – esta luta será contada mais adiante. Ela terminou com um compromisso e Freyr tornou-se, como Odin ou Thor, um habitante de Asgard. Quando se deu a grande sublevação dos gigantes, os Ases e os Vanes foram em conjunto para o combate e sucumbiram. Concebidos por um povo de guerreiros, os deuses germânicos distinguiam-se quase todos pelas suas virtudes guerreiras. Até mesmo as deusas, cujo número, aliás, era restrito, se revelavam ocasionalmente como sendo temíveis nos combates.

Wodan-Odin

Wodan passa por ser o principal deus dos Germanos, e a verdade é que foi considerado como tal durante alguns séculos, muito em particular entre os antepassados dos Alemães. Mas só aos poucos é que substituiu, na veneração dos fiéis, Tiuz, o deus do céu, e depois Donar--Thor, o deus das tempestades. Na época em que Tácito descrevia os costumes dos Germanos, ou seja, pelo início do século II da nossa era, o culto de Wodan prevalecia sobre todos os outros. Foi a invocar o seu nome que os Anglos e os Saxões partiram, no século V, para se instalarem na Grã-Bretanha; e este deus (em anglo-saxónico: Woden) era considerado por eles como sendo o antepassado dos seus reis. A «quarta-feira» ainda hoje tem, em Inglês, o seu nome: *Wednesday* mais não é do que uma transposição directa do nome latino: *Mercurii dies*(*).

Mas, antes de se tornar num deus poderoso, Wodan mais não era do que uma divindade secundária, um demónio da tempestade. Era uma crença difundida em todas as regiões germânicas que, em certas noites de tempestade, os ares eram atravessados pelo tumultuoso galope de uma tropa misteriosa, na qual acreditavam reconhecer os fantasmas dos guerreiros mortos. Era «o exército furioso» (ao qual diversas lendas também dão a designação de «caçada selvagem»). A este exército furioso atribuía-se um chefe, cujo nome derivava da própria palavra que em todas as línguas germânicas indicava o frenesim, o furor (em alemão moderno: *wüten*, «enfurecer»): chamavam-lhe Wode. O nome, modificando-se à medida que a divindade adquiria na imagi-

---

(*) Cf. francês *mercredi* (N. T.).

nação dos crentes um carácter mais acentuado, tornou-se Wodan, entre os antepassados dos Alemães, e Odin, entre os antepassados dos Escandinavos. Começaram por representar este deus das tempestades como um cavaleiro que, coberto por uma amplo manto, com a cabeça coberta por um chapéu de abas largas e montando um cavalo, ora completamente branco, ora totalmente negro, percorria os ares em perseguição de uma caça fantástica. Mas, ao ascender em dignidade, deixou de ser uma divindade da noite. Tornou-se um deus que concedia o heroísmo e a vitória e que, do alto do céu, decidia a sorte dos homens. Além disso, foi considerado o deus das coisas do espírito e era sem dúvida por isso que os Latinos o comparavam a Mercúrio.

Certamente que os Alemães antigos ilustraram com lendas a figura deste deus que, para eles, ultrapassava todos os outros. Mas, devido à falta de obras literárias em língua alemã, essas lendas não nos foram conservadas. Sabemos apenas, graças a uma velha fórmula mágica que nos chegou, que se apelava a Wodan para obter a cura das entorses ou das luxações. Também sabemos que os guerreiros o invocavam no combate e pediam-lhe que lhes concedesse a vitória. Mas só na região escandinava é que sobreviveram sobre Odin e suas aventuras.

No Norte, Wodan é chamado Odin. É o deus da guerra e dos assuntos relativos à inteligência. É belo. Fala de um modo tão natural e eloquente que tudo o que diz parece verdadeiro aos que o ouvem. Exprime-se facilmente em versos cadenciados, de acordo com as regras da arte dos escaldos. Tinha o poder de assumir instantaneamente todas as formas que quisesse: é sucessivamente peixe, ou touro, ave, serpente, ou monstro. Quando avança para o combate, a sua mera aproximação torna, subitamente, os seus inimigos surdos, cegos e impotentes.

Foi ele que fixou as leis que regem as sociedades humanas. Porque ele o ordenou, tinham o hábito de queimar, em piras, com tudo aquilo que lhes pertencia, os guerreiros mortos. Pois quem quer que levasse assim todos os seus bens, encontrá-los-ia depois no Valhalá.

Está armado com uma couraça brilhante e um elmo de ouro. Na mão traz a lança Gungnir, que foi forjada pelos anões e que ninguém pode afastar do seu objectivo. O seu cavalo, *Sleipnir*, é o melhor e o mais ágil de todos os garanhões; tem oito patas e não há obstáculo que não consiga ultrapassar. Um dia, Odin percorria a cavalo a região dos gigantes. Um dos habitantes do local, *Hrugnir*, admirando este cavaleiro armado de elmo de ouro que atravessava sem esforço os ares e os mares, começou a elogiar as qualidades do seu corcel. «Mas», acrescentou ele, «eu próprio possuo um garanhão cujo vigor e velocidade são ainda maiores». Odin lançou-lhe um desafio. Ambos se lançaram na vasta planície. Mas era em vão que Hrugnir esporeava o seu cavalo. Sempre que alcançava, na sua corrida furiosa, o cume de uma colina, via à sua frente Odin, levado por Sleipnir, a voar em direcção ao cume seguinte. Uma outra vez, Odin, desejoso de subtrair um dos seus protegidos, *Hadding*, à perseguição de inimigos implacáveis, agarrou-o, envolveu-o nas pregas de um amplo manto e colocou-o à sua frente na sela, para o levar de volta ao seu país. Ora, enquanto o cavalo galopava, o jovem, espantado e curioso, deu uma olhadela para fora, através dos buracos do manto, e apercebeu-se, com espanto, que os cascos do cavalo tocavam as ondas do mar com tanta segurança como se o caminho fosse de pedra.

Odin tem o seu assento habitual num vasto salão, todo brilhante de ouro, *Valhalá*. É para aí que chama aqueles heróis que lhe apraz distinguir entre os guerreiros caídos no campo de batalha. A estrutura da sala é formada por lanças. O tecto é coberto, não por telhas, mas por escudos brilhantes. Nos bancos encontram-se couraças. Ao entardecer, este imenso navio é iluminado pelo brilho das espadas, onde se reflectem as grandes chamas que ardem no meio das mesas. Há quinhentas e quarenta portas e cada uma pode deixar passar simultaneamente, alinhados, oitocentos guerreiros.

Neste palácio, os heróis mortos passam o tempo em jogos guerreiros e em festins. Odin preside às suas libações. Nos ombros do deus estão pousados dois corvos que lhe cochicham ao ouvido tudo o que ouviram dizer e tudo o que viram com os seus olhos. Chamam-se *Hugin* e *Munin* (ou seja, «o pensamento» e «a memória»). Todas as manhãs, Odin envia-os para longe; percorrem todos os países habitados, interrogam os vivos e os mortos e regressam antes da primeira refeição da manhã, levando ao seu senhor notícias do imenso Mundo.

No Valhalá vivem, ao lado de Odin, seres sobrenaturais, as *Valquírias*, que desempenham as funções de guardiãs e de servas: são elas que levam aos hóspedes de Odin a cerveja ou o hidromel e que conservam todos os pratos, todos os

O deus Odin, por Gerhard Munthe (1849-1928).
Col. O. Vaering

utensílios necessários para os banquetes. Mas essa é apenas a sua função doméstica. Possuem uma outra, mais guerreira. Quando se trava uma batalha em qualquer local da terra, Odin envia-as para se juntarem aos combatentes: estão encarregues de designar os guerreiros que devem sucumbir e concedem a vitória ao partido ou ao chefe que tiver a sua protecção. Sem cessar, percorrem os espaços em fogosos corcéis. Elas próprias têm um aspecto guerreiro: usam couraça, elmo e escudo e brandem lanças de ferro resplandecente. São invisíveis, excepto para os heróis que votaram à morte: àqueles que escolheram para serem companheiros de Odin aparecem frequentemente e dão-lhes a conhecer o seu destino iminente. Depois, sobem de regresso a Valhalá e anunciam a Odin a chegada próxima dos guerreiros que virão juntar-se ao grupo enorme dos seus seguidores.

Muitas vezes, Odin intervém na vida dos homens. É raro que lhes apareça no esplendor da sua divindade. Na maioria das vezes, assume o aspecto de um simples viajante. Entre os homens há os que são os seus predilectos; a esses dispensa sempre a vitória. A sua protecção, contudo, é inconstante e sucede que ele cause a morte de um herói que protegera durante muito tempo. Mas nesse caso, para dizer a verdade, é também mostrar-lhe a sua indulgência, visto que a esse morto é imediatamente concedido sentir as alegrias de Valhalá.

Havia uma família à qual Odin, de um modo muito especial, prodigalizava os seus favores: era a dos Volsungs. Dizia-se que o fundador desta família, *Sigi*, era um dos seus filhos. Graças à protecção deste pai poderoso entre todos, Sigi pudera escapar a grandes perigos e conquistar um reino. Teve um filho, *Rerir*. Mas o próprio Rerir esteve muito tempo sem posteridade. Então dirigiu preces veementes a Odin, que o ouviu e fez com que uma maçã chegasse à sua mulher. Tendo comido esta maçã, a mulher de Rerir deu à luz *Volsung*, que se tornou um temível guerreiro. O filho de Volsung, foi *Sigmund*. Ora, uma noite, enquanto Sigmund e os outros guerreiros estavam sentados junto das grandes fogueiras numa enorme sala que um considerável tronco de árvore suportava no seu centro, entrou um desconhecido. Era grande, já idoso e vesgo. A cabeça estava coberta por um chapéu de abas largas; todo o seu corpo estava envolto num vasto manto. Tinha na mão uma espada desembainhada, que enterrou até ao punho no tronco da árvore: a espada pertenceria, declarou, a quem tivesse força suficiente para a retirar do tronco. Depois desapareceu. Todos os homens presentes tentaram arrancar a espada. Só o último conseguiu: era Sigmund, que, desde então, graças à espada divina, alcançou inúmeras vitórias nos combates. Mas um dia em que, já velho, Sigmund lutava contra um adversário, viu subitamente apresentar-se diante de si um homem vesgo, coberto por um chapéu de abas largas e envolto num vasto manto. Sem falar, o desconhecido estendeu a sua lança na direcção de Sigmund. A espada deste último foi partida em duas pela madeira da lança. O desconhecido era o próprio Odin que, tendo decidido a morte do seu protegido, o desarmava, depois de lhe ter fornecido, outrora, a arma dos seus triunfos. Sigmund caiu agonizante sob os golpes do seu adversário. Prevenida, a sua mulher Hjordis correu ao local do combate, para cuidar dele e salvá-lo, se possível. Mas Sigmund recusou deixar-se tratar: Odin quisera a sua morte, ele tinha de se submeter à vontade do deus. Só fez uma recomendação: pediu que guardassem os dois fragmentos da espada para os tornar a soldar um dia; a espada reconstituída deveria permitir ao seu filho realizar, por sua vez, feitos gloriosos. Esse filho era *Sirgud*. É o *Siegfried* da tradição alemã e o herói da lenda que Richard Wagner tornou célebre na sua tetralogia O *Anel dos Nibelungos*.

Odin é o herói de muitas aventuras amorosas. Embora seja o marido da mais venerada das deusas, *Frigg* (em alemão *Frîja*), não respeita a fidelidade conjugal mais do que a própria mulher. Vêmo-lo frequentemente procurar os favores de simples mortais, de gigantes ou, ainda, de seres sobrenaturais.

Mas não é apenas um deus guerreiro e um deus amoroso. É também o deus da sabedoria e da poesia. Inúmeros poemas relatam os conselhos sábios que dá aos homens e as regras de conduta que lhes ensina. Conhece as fórmulas mágicas que curam os males, as que tornam ineficazes as armas dos inimigos ou que podem quebrar as correntes de um prisioneiro, as que revolvem ou apaziguam as vagas, fazem os mortos falar, obtêm o amor das mulheres. É, portanto, muito naturalmente, o senhor das runas, dado que as runas, aqueles caracteres gravados na madeira ou na pedra, têm sempre um significado e uma força mágicos.

Esta ciência, Odin não a tinha infusa. Adquirira-a aos poucos, interrogando todos os seres que encontrava pelo mundo, gigantes, gnomos, espíritos das águas e dos bosques. O mais sábio dos conselheiros com quem lhe é dado conversar é Mimir, o seu tio materno, cuja fonte se encontra perto de uma das raízes do freixo Yggdrasil. *Mimir*, «aquele que pensa», era uma divindade das águas, conhecido e venerado por todos os Germanos. Na fonte que tinha o seu nome, escondiam-se a sabedoria e a inteligência. Na sua avidez de saber tudo,

Odin quis beber desta fonte, mas Mimir só lho permitiu depois de ele lhe ter dado como garantia o seu único olho. Mimir pereceu na guerra dos Ases e dos Vanes. Mas Odin embalsamou a sua cabeça e sobre ela pronunciou fórmulas mágicas, de tal forma que ela conservou o poder de lhe responder e de lhe dar a conhecer as coisas ocultas.

Se Odin é o deus da poesia, é porque teve habilidade e subtileza suficientes para roubar aos gigantes, que o guardavam, «o hidromel dos poetas». Este hidromel é de origem divina. Quando Ases e Vanes, depois de terem combatido durante muito tempo, acordaram a paz, reuniram-se e, uns a seguir aos outros, escarraram no mesmo vaso; com a sua saliva misturada fizeram um homem, *Kvasir*, que superava todos os outros homens em sabedoria. Mas dois anões, em segredo, mataram *Kvasir* e misturaram o seu sangue com mel que, em seguida, conservaram em duas bilhas e no caldeirão de Odrerir. Foi assim que foi feito o famoso hidromel que, também ele, recebeu o nome de Odrerir. Quem quer que o bebesse tornar-se-ia, ao mesmo tempo, poeta e sábio. Mas sucedeu que, tendo os mesmos anões morto o pai do gigante *Suttung*, este vingou-se deles, obrigando-os a entregarem--lhe a bebida preciosa. Escondeu-a numa enorme sala subterrânea, delimitada por pesadas rochas, e confiou-o à guarda da sua filha *Gunnlod*. Então Odin resolveu apoderar-se pela astúcia do hidromel Odrerir. Assegurando-se da boa vontade do gigante Baugi, irmão de Suttung, em cuja casa desempenhara durante algum tempo as funções de lacaio, conseguiu que ele fizesse um furo através das rochas que escondiam a morada subterrânea de Suttung. Em seguida, passou por esse buraco, depois de se ter metamorfoseado em serpente, e penetrou na grande sala. Aí readquiriu a forma divina e apresentou-se a Suttung e a Gunnlod sob um nome falso. Teve com ela conversas tão hábeis e persuasivas que conseguiu obter a confiança do pai e, depois, o amor da filha. Passou três noites junto de Gunnlod e, de cada vez, a gigante enamorada permitia-lhe beber alguns goles de hidromel. Em três vezes, Odin tinha esvaziado as duas bilhas e o caldeirão de Odrerir. Depois, transformando-se em águia, fugiu num voo rápido. Suttung, transformando-se ele próprio em águia, tentou alcançá-lo através do ar, mas morreu durante a perseguição. Chegado a Asgard, Odin expeliu para grandes vasos todo o hidromel que tinha engolido e foi assim que, tornando-se possuidor da bebida mágica, pôde, em seguida, dispensá-la aos poetas que lhe aprazia favorecer. Algumas gotas, que lhe escaparam na fuga, caíram por terra; foi desta porção medíocre que se alimentaram os maus poetas.

Um dos episódios mais singulares da existência de Odin é o que diz respeito ao seu sacrifício voluntário e à sua ressurreição. «Durante nove noites», diz ele num velho poema, «ferido pela minha lança, consagrado a Odin, eu próprio consagrado a mim mesmo, permaneci suspenso de uma árvore agitada pelo vento, na árvore formidável, da qual os homens desconhecem quais são as raízes.» Esta árvore é o freixo Yggdrasil. Ao ferir-se a si mesmo, ao suspender-se dos ramos da árvore do mundo, Odin realizava um rito mágico, de onde deveria resultar o seu rejuvenescimento. Porque os próprios deuses estão, tal como os homens, sujeitos à decrepitude. Durante os nove dias e as nove noites que durou este sacrifício voluntário, Odin tentou em vão que alguém lhe desse de beber ou de comer. Mas, ao observar o que se passava abaixo dele, apercebeu-se das runas; e conseguindo – mas com tanto esforço que gemeu de dor – erguê-las até si, imediatamente se achou liberto pela sua força mágica. Caiu no chão e sentiu-se cheio de um vigor e de uma juventude novos. Mimir deu-lhe a beber alguns goles do hidromel Odrerir e Odin recomeçou a mostrar-se sábio em palavras e fecundo em obras úteis. Realizou-se assim a sua ressurreição.

Por vezes, comparou-se este mito do sacrifício voluntário de Odin com a morte de Cristo na cruz. Como as lendas relativas aos deuses germânicos só foram, em geral, imaginadas ao longo dos primeiros séculos da nossa era, não se pode eliminar *a priori* a hipótese de uma influência cristã. No entanto, esta influência é pouco sensível e o mito da ressurreição apresenta-se aqui sob uma forma propriamente pagã. Aliás, veremos mais adiante que Odin nunca foi considerado como um deus imortal. Virá a altura em que ele perecerá e desaparecerá sem retorno.

Donar-Thor

O deus do trovão, cujo nome em alemão antigo era Donar, foi venerado em todas as povoações germânicas. Algumas delas consideraram-no mesmo o primeiro e o mais poderoso de todos os deuses e os escritores romanos assimilaram-no frequentemente a Júpiter. Aliás, imitando os Romanos, que tinham consagrado a Júpiter um dos dias da semana, a quinta-feira(*), *Jovis dies*, os Germanos designaram, em

---

(*) Cf. francês *jeudi* (N. T.).

todas as regiões em que se estabeleceram a «quinta-feira» pelo nome de Donar (ou de Thor, que mais não é do que outra forma deste nome); os Alemães ainda hoje dizem *Donnerstag* e os Ingleses, *Thursday*.

No entanto, sabe-se pouco acerca dos traços e dos atributos que os Alemães dos primeiros séculos atribuíram a este deus. As informações, aliás pouco abundantes, que fornecem as obras dos historiadores antigos ou dos clérigos da Idade Média, ou ainda algumas inscrições latinas que os soldados germanos ao serviço de Roma mandaram gravar nos monumentos votivos, não nos permitem senão entrever alguns ritos do culto prestado a Donar. A própria figura do deus, as suas aventuras e o seu papel permanecem obscuros. Era uma divindade muito temida. O povo acreditava que, quando o trovão ribombava, ouvia o rolar do carro de Donar na abóbada celeste. Dizia-se que, quando o raio atingia o solo, o deus tinha lançado do alto a sua arma brilhante. Esta arma era representada, segundo parece, como um machado de arremesso ou, talvez, simplesmente como um martelo de pedra feito para ser lançado à cabeça dos inimigos. Era um meio de defesa e de ataque de que se serviam naturalmente os Germanos, em tempos recuados, e este martelo foi considerado, nas regiões do Norte, como o atributo mais usual de Thor.

Donar não era apenas o deus do trovão. Em certa medida, era considerado o deus da guerra, visto que, segundo o testemunho de Tácito, os Germanos invocavam-no e cantavam a sua glória no momento de travar combate.

Parece que, na Alemanha, Donar não gozava de um prestígio idêntico ao de Wodan. Mas em certas províncias do Norte, particularmente na Noruega, Thor – o Donar alemão – acabara por prevalecer sobre todos os outros deuses. Era a ele que, nos templos, se consagravam os altares mais ricamente ornamentados. Até se erigiam templos dedicados ao seu culto exclusivo e alguns camponeses noruegueses davam aos seus filhos o nome de Thor, para os colocar sob a protecção do deus.

Os poetas normandos deram grande relevo à figura de Thor. Viam nele o próprio modelo do guerreiro, rude, simples e nobre, sempre pronto a enfrentar os combates e os perigos, adversário infatigável dos gigantes e dos demónios, herói sem medo que nunca descansava. Um dos poemas do *Edda* opõe-no a Odin e faz, com algum humor, sobressair aquilo que nele há de falta de jeito e, até, de brutalidade, em detrimento da nobreza da sua natureza. Durante uma das suas viagens através do mundo, Thor chega um dia à margem de um braço de mar que não consegue atravessar. Chama o barqueiro, que estava na outra margem. Ora, este barqueiro, que se esconde sob um disfarce e que adoptou o nome de Harbard («Barba Cinzenta»), é o próprio Odin. – «Transporta-me para a outra margem», grita-lhe Thor, «e deixar-te-ei partilhar as coisas apetitosas que trago no meu saco, as minhas papas de aveia e o meu arenque. — «Aldeão!», responde-lhe Odin, «tu não passas de um vagabundo, desprovido de tudo, um maltrapilho, um bandido e um ladrão de cavalos; a minha barca não é feita para pessoas da tua laia». Então Thor diz o seu nome e enumera alguns dos seus grandes feitos: «Fui eu que matei Hrungnir, o gigante com cabeça de pedra. Que fazias tu nessa altura?» — «Pois quê!», responde-lhe zombeteiramente o falso Harbard, «durante cinco anos ajudei um rei a combater os seus inimigos e aproveitei esse tempo para conquistar o amor e os favores da sua filha. Não foi um feito tão glorioso como o teu?» — «Também venci mulheres», replica-lhe Thor. «E exterminei gigantes malfeitores. Era bem preciso! Porque, de outra forma, a raça dos gigantes teria aumentado muito depressa». — «Sim», diz Odin, «mas também sucedeu que te escondeste, levado pelo terror, na luva do gigante Skrymir.» Aqui Odin alude a uma aventura que será contada mais adiante e onde Thor desempenha um papel algo ridículo. Menos hábil do que o seu interlocutor a encontrar palavras e a apresentar os seus argumentos, Thor renuncia a justificar-se e continua a contar os combates vitoriosos que travou contra os gigantes do Este. «Também eu», responde maliciosamente Odin, «fui a essa região do Este; aí encontrei uma bela jovem, trajando vestes de linho branco e adornada com jóias de ouro; ela consentiu nas minhas carícias e tornou-se minha.» É em vão que Thor tenta ainda vangloriar-se dos seus triunfos passados; Odin não deixa de importuná-lo com o seu escárnio contundente e manda-o embora sem consentir em recebê-lo na sua

O deus Thor (placa de bronze da ilha de Oeland). Nesta placa de bronze muito antiga, vemos uma personagem que tem um machado na mão direita e na esquerda uma corda, à volta do pescoço de uma animal fabuloso. Na interpretação do especialista Axel Olrik, esta personagem representa o deus Thor.

barca. Nesta ocasião, Thor faz um pouco figura de rústico e de simplório.

No entanto, Thor não deixava de ser o deus preferido de inúmeras povoações. Era o guerreiro impávido, invencível, de estatura imponente, de cuja protecção desejavam assegurar-se. O seu rosto era adornado por uma longa barba de pêlos ruivos. A sua voz forte cobria o tumulto dos combates e enchia os inimigos de terror; seguindo o seu exemplo, os Germanos, ao travar batalha, procuravam sempre assustar o adversário por meio de longos bramidos. A sua arma habitual era o martelo de pedra, de que já falámos, e que os Latinos comparavam à moca de Hércules. Na origem, este martelo terá sido, sem dúvida, um meteoro, que se supunha ter caído com o raio durante uma tempestade. Mas, em seguida, criou-se uma lenda e dizia-se que esse martelo fora obra de um anão, hábil nos trabalhos da forja. Esta arma terrível – que era uma arma de arremesso – nunca falhava o alvo. Em seguida, voltava por si mesma para a mão de Thor e, em caso de necessidade, tornava-se tão pequena que o deus podia escondê-la facilmente entre as suas roupas. Davam-lhe um nome, o de Mjolnir, que significa «o Destruidor». Objecto mágico, o martelo Mjolnir servia não só para combater os inimigos, mas também para consagrar solenemente tratados públicos ou privados e, mais particularmente, para o contrato concluído aquando de um casamento. Thor também foi considerado, na Noruega, durante muito tempo, o patrono das núpcias e protector dos casais.

Além desse martelo maravilhoso, Thor ainda possuía dois talismãs: um cinto, que duplicava a sua força assim que o apertasse à volta do corpo, e luvas de ferro, que lhe eram necessárias para agarrar o cabo do martelo e conservá-lo na mão.

Tal como os outros deuses, possuía em Asgard uma residência particular: era o palácio de Bilskirnir, situado na região a que chamavam Thrudvang, ou seja, «o campo da força». Esta residência não tinha menos de quinhentos e quarenta quartos; era a maior de que alguma vez se ouvira falar. Quando deixava o palácio, Thor gostava de percorrer o mundo num carro puxado por dois bodes. Sendo o caso, esta parelha singular conduzia-o até ao reino dos mortos. Se, durante as suas viagens, Thor fosse atormentado pela fome, matava os seus bodes e cozia-os. Bastava-lhe que, no dia seguinte, pusesse o seu martelo sagrado sobre as peles dos animais mortos para os ver, imediatamente, erguerem-se vivos e retomarem o caminho.

Uma tradição fazia dele o próprio filho de Odin. Mas esta tradição não parece ter realmente encontrado crédito a não ser nas regiões em que Odin era considerado o senhor supremo de todos os deuses. Dizia-se que a sua mãe era a deusa *Jord*, ou seja, «a Terra». Tinha por mulher *Sif*, personificação da fidelidade conjugal, e tinha gerado muitos filhos que, tal como ele, se distinguiam por uma força física prodigiosa. Os seus dois filhos, *Magni* («a Força») e *Modi* («a Cólera»), irão um dia herdar o seu martelo e substituí-lo-ão, num mundo renovado.

Imagem idealizada do guerreiro germânico, Thor era um deus muito popular e tornado herói de inúmeras lendas. Na maioria das vezes, os velhos contadores gostavam de dizer como é que ele vencera gigantes malfeitores. Sucede que Thor, a quem falta alguma sagacidade, deixa-se iludir por demónios mais subtis do que ele; mas, logo que seja preciso combater, ninguém lhe consegue fazer frente.

Um dia, ao acordar, Thor apercebeu-se de que o seu martelo tinha desaparecido. Aflito, indeciso, vai aconselhar-se com *Loki*, que tem o espírito perspicaz e fértil em recursos. «Sem dúvida», diz Loki, «que o martelo precioso foi roubado por um gigante.» E oferece-se para ir ele mesmo à procura do talismã. Pede emprestado à deusa Freyja o seu fato mágico de plumas, que permite ir através do ar, e, em voo rápido, chega à morada dos gigantes. Rapidamente encontra ali o gigante *Thrym*, interroga-o e percebe que foi ele o ladrão. O martelo está escondido debaixo da terra a uma profundidade de oito braçadas: Thrym só concordará em devolvê-lo se lhe derem por esposa a deusa Freyja. Relatada aos Ases, esta resposta deixa-os consternados; reúnem-se, deliberam, mas não encontram forma de iludir a exigência de Thrym. Conformam-se em pedir a Freyja que aceite o contrato que lhe propõem. Mas Freyja recusa, furiosa; sente uma tal indignação que as veias do pescoço dilatam a ponto de fazer rebentar o seu belo colar de ouro, que cai por terra. Perante esta dificuldade, os Ases decidem-se, então, por um estratagema: vestir o próprio Thor com roupas de mulher, colocar-lhe um véu de noiva, pôr-lhe no pescoço o colar de Freyja. Depois de alguma hesitação, Thor acaba por prestar-se a esta mascarada. Vestido de mulher, dirige-se à região de Thrym; Loki acompanha-o, disfarçado de serva. Os dois Ases têm uma magnífica recepção em casa do gigante. Logo a partir da primeira noite, Thrym manda preparar o festim de núpcias. A suposta noiva mostra um apetite prodigioso: só ela devora tudo o que fora reservado para as mulheres do palácio, ou seja, um boi inteiro, oito salmões, inúmeras especiarias; além disso, bebe três tonéis de hidromel. O gigante espanta-se imenso com tal voracidade. Mas Loki não se embaraça a dar-lhe uma explicação: durante oito dias inteiros, diz, Freyja não quis comer nem beber, de tal modo era violenta a nostalgia que a impelia para a região dos gigantes. Serenado e mais apaixonado do que nunca, Thrym quer então, com beiços gulosos, beijar a noiva; mas, quando levanta o véu que cobre o rosto da deusa, sente um tal pavor ao ver os relâmpagos que os seus olhos lançam, que dá um salto para trás. Loki sossega-o outra vez: durante as últimas oito noites, declara, Freyja não dormira, de tal modo estava agitada pelo desejo de partir para a região dos gigantes; e era por isso que os seus olhos lançavam um tal brilho. Nesse momento, desejoso de dar à sua união com Freyja a consagração ritual, Thrym manda buscar o martelo Mjolnir e ordena que, segundo o costume, o coloquem sobre os joelhos da noiva. O coração de Thor ri no seu peito. Com uma mão vigorosa, o deus agarra a arma e, brandindo-a alegremente, derruba Thrym e todo o seu séquito de gigantes. Depois, satisfeito e calmo, regressa para junto dos Ases.

Não são só os gigantes que Thor gosta de combater, mas também os monstros. Na sua juventude, decidira matar a grande serpente de Midgard, cujos numerosos anéis provocam, no oceano que rodeia a terra, tempestades terríveis. Chegando a regiões longínquas, pede asilo a um gigante com o nome de *Hymir*. Ao amanhecer, Hymir prepara-se para ir à pesca. Thor pede-lhe que o aceite como companheiro. O gigante afecta desdém: que ajuda esperar de um homem tão novo, tão fraco? Thor irrita-se com estas palavras injuriosas e por pouco não fez sentir ao gigante o peso do seu martelo. Abstém-se, contudo, deixando a vingança para mais tarde. — «Que espécie de isco», pergunta ele ao gigante, «convém levar?» — «Cabe a cada um sabê-lo e ocupar-se disso», responde grosseiramente Hymir. Sem se intimidar, Thor agarra num dos touros de Hymir e corta-lhe a cabeça, que coloca na barca. Depois, pega nos remos, põe-se a remar e Hymir, que primeiro o olhara com um ar sarcástico, vê-se forçado a concordar que o seu hóspede é um marinheiro maravilhoso. Ao fim de algum tempo, chegaram ao local onde o gigante tinha o costume de pescar; nunca, declara ele, ousara ir mais longe; ordena a Thor que pouse os remos. Mas Thor faz ouvidos de mercador e prossegue o seu caminho até à região onde julga que está a grande serpente de Midgard. Depois prepara a sua linha, prende no anzol a cabeça do touro e lança-a à água. A serpente precipita-se imediatamente sobre o isco e engole-o com avidez. Mas logo que sentiu a picada do anzol começou a debater-se violentamente; puxou a linha com tanta violência que os dois punhos de Thor foram bater rudemente no bordo da barca. Thor resiste e apoia-se com um tal esforço que as suas pernas passam pelo meio do casco da barca e, subitamente, ele encontra-se de pé no fundo do mar. Estando assim fixo num terreno sólido, conseguiu levantar a serpente e içá-la parcialmente para a barca. Não podemos, diz o velho contador irlandês, imaginar espectáculo mais assustador do que o de Thor fulminando o monstro com o seu olhar faiscante, enquanto este, de baixo, o olhava fixamente, cuspindo veneno. Hymir é possuído pelo terror; aproveitando um momento em que Thor estende a mão para o seu martelo, aproxima-se, de cutelo na mão, e corta a linha de modo que o monstro cai no mar. É em vão que Thor se apressa a atirar o seu martelo; a serpente já desaparecera no fundo das águas. Passará um longo período de tempo até que os dois adversários se voltem a encontrar face a face: será somente na altura da grande luta dos deuses contra todos os seus inimigos coligados que a serpente de Midgard perecerá sob os golpes de Thor. Quanto ao gigante que, pela sua pusilanimidade, comprometeu a vitória, Thor atinge-o tão rudemente na cabeça, que o envia a rolar até às vagas do oceano, onde ele se afoga. Depois regressa sossegadamente à margem, andando sobre o fundo do mar.

Urna funerária encontrada em Broholm (Dinamarca). Esta urna fazia parte de um tesouro funerário. De facto, havia o hábito de depositar nos túmulos os objectos que se supunham puderem ser úteis aos defuntos. A urna ostenta a cruz gamada, símbolo de Thor.

Só uma vez sucedeu Thor julgar-se vencido por um gigante. Mas não foi, aliás, mais do que uma ilusão: um feiticeiro hábil conseguira enganá-lo. Um dia, ele tinha atravessado o mar, na companhia de Loki e de dois jovens camponeses, para ir à região dos gigantes. Pouco depois, os quatro companheiros encontraram uma floresta tão grande que, mesmo caminhando todo o dia, não chegaram ao seu fim. Ao anoitecer, procuram um abrigo e ficam muito satisfeitos ao descobrir, no meio da floresta, uma grande casa vazia. Para dizer a verdade, a casa parece-lhes um pouco esquisita: admiram-se ao ver que a porta de entrada é tão larga como a própria construção. Mas, cansados da viagem, não se detêm a examinar este abrigo providencial; instalam-se e adormecem. De repente, à meia-noite, houve um violento tremor de terra; o chão balança como um navio sacudido pelas vagas. Os viajantes, acordados em sobressalto, abandonam precipitadamente a casa e refugiam-se numa pequena construção que descobrem mesmo ao lado. Thor coloca-se diante da porta, de martelo na mão, pronto a afastar qualquer inimigo. Durante toda a noite, ouvem-se nos arredores ruídos surdos e roncos. No entanto, não aparece ninguém. Ao amanhecer, Thor aventura-se na floresta; não tarda a descobrir aí um homem de estatura enorme que, deitado no solo, ressona com grande estrépito. Então, compreende de onde vinha o barulho nocturno. Irritado, prepara-se para bater com o seu martelo no inoportuno dorminhoco, quando este acorda e, levantando-se de um salto, diz o seu nome: é um gigante; o seu nome é *Skrymir*: «Quanto a ti», diz Skrymir ao deus silencioso, «não preciso de te perguntar o nome: és Thor, o Ás. Mas diz-me, para onde levaste a minha luva?». Estupefacto, Thor apercebe-se de que os seus três companheiros e ele mesmo passaram a noite na luva do gigante, que tomaram por uma casa. O pequeno telheiro onde se refugiaram em seguida era o polegar.

Skrymir junta-se ao pequeno grupo de Thor e até se mostra solícito, a ponto de pretender levar ele mesmo o saco com as vitualhas. Durante todo o dia os cinco companheiros viajam em conjunto; ao cair da tarde, param para descansar junto de um carvalho; Skrymir, que diz estar estafado, estende-se no chão e adormece imediatamente. Entretanto, Thor, Loki e os dois jovens camponeses, a quem a fome aperta, dispõem-se a desfazer os nós do saco que continha a ração comum; nenhum deles conseguiu; o gigante apertara os nós de tal forma que eles resistiam a todos os esforços. Thor foi tomado por uma grande cólera: agarra no seu martelo e, de um golpe vigoroso, abate-o sobre a cabeça de Skrymir. O gigante acorda parcialmente: parece, diz ele meio ensonado, que uma folha de carvalho caiu sobre a sua cabeça; depois volta a adormecer. Algumas horas mais tarde, Thor, cuja irritação mais não fez do que aumentar, atinge novamente o gigante; fá-lo com tanta energia que, desta vez, a extremidade do martelo penetra profundamente no crânio. «Dir-se-ia», observa o gigante acordando, «que me caiu uma bolota na testa», e volta a fechar os olhos. Passa mais algum tempo; mas, no momento em que o dia vai nascer, Thor, que já não se consegue conter mais, assenta na têmpora de Skrymir um golpe tal que o martelo desaparece até ao cabo na cabeça do dorminhoco. O gigante endireita-se, esfrega a face: «Sem dúvida», diz, «que se empoleiraram pássaros na árvore; caiu-me uma das suas penas na cabeça.» Depois, voltando-se para Thor: «Estás acordado! É altura de partir. Não estais muito longe de Utgard, para onde vos dirigis. Lá ireis encontrar folgazões tão vigorosos como eu.» E, afivelando o saco, desaparece na floresta.

Thor, Loki e os seus dois companheiros prosseguem o caminho sozinhos e, pelo meio do dia, chegam diante de um grande castelo fortificado; as paredes são tão altas que os viajantes são obrigados a inclinar-se para trás para ver as ameias. A entrada é obstruída por um pesado portão de ferro. É em vão que os deuses tentam abri-lo; têm de se contentar em passar por entre as grades. Então, penetram numa grande sala onde estão reunidos inúmeros gigantes. O rei Utgardloki, senhor do local, mal responde ao seu cumprimento, faz um esgar de desdém e pergunta com ironia se, na verdade, o ser débil que vê à sua frente é o célebre deus Thor. Acrescenta que ninguém está autorizado a entrar no castelo sem provar por algum feito nobre que é digno de se aproximar dos que o habitam: será, portanto, necessário que cada um dos recém-chegados se bata, na arte em que se entender melhor, com um dos gigantes presentes. Loki é o primeiro a avançar: gaba-se da sua habilidade em comer depressa e muito. O rei opõe-lhe o gigante Logi. Servem aos dois rivais grandes pedaços de carne, em pratos grandes como barricas. Em pouco tempo, Loki comeu a carne toda, só deixando na sua barrica os ossos. Mas o seu adversário devorara, no mesmo período tempo, a carne, os ossos e a própria barrica. Chega, então, a vez do jovem camponês Thjalfi: ele diz-se capaz de vencer em corrida qualquer homem, ou qualquer gigante. Dão-lhe como concorrente Hugi. E de nada serve a Thjalfi voar tão depressa como o relâmpago; Hugi deixa-o bem longe, atrás de si. É, por fim, a vez de Thor mostrar a sua habilidade: ninguém, afirma ele com segurança, seria capaz de beber tanto como ele, nem tão depressa. Utgardloki manda então trazer o chifre que, à maneira de punição, devem esvaziar os guerreiros da sua comitiva quando transgridem as regras que regulamentam as libações feitas em comum. Thor pega na taça e, por três vezes, bebe-a em longos tragos. No entanto, quando a pousa, a superfície da bebida quase não baixou. Confuso, Thor aceita de boa vontade, para se reabilitar na opinião daqueles que o rodeiam, experimentar uma outra prova: convidam-no a levantar um gato sentado no chão. Mas é em vão que ele usa toda a sua força, o animal não se mexe; só uma das patas se ergue um pouco acima do solo. «Queres», propõe-lhe então Utgardloki, «lutar com a minha ama, Elli? Não passa de uma velha». Thor luta com Elli; mas quanto mais ele se debate, mais o seu adversário se mostra inabalável e é finalmente o próprio Thor que cai sobre um joelho.

Humilhados e cheios de amargura, os Ases preparam-se para se por a caminho, no dia seguinte de manhã, quando o seu hóspede, Utgardloki, decide informá-los do que aconteceu realmente. «Nunca, diz ele, te teria deixado entrar no meu castelo se soubesse que a tua força era tão espantosa. Fui eu mesmo que, ontem, me apresentei a ti, na floresta, sob o nome de Skrymir. Os golpes de martelo que me deste ter-me--iam morto sem dúvida, se eu não tivesse protegido a minha cabeça com montanhas espessas.» E mostra, sob as cadeias montanhosas da vizinhança, os vales abruptos que o martelo de Thor cavara.

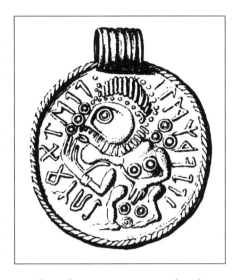

Placa decorativa em ouro, dita de Dannenberg. No meio de uma inscrição rúnica que designa talvez o nome do gravador, esta placa ostenta uma cruz gamada, símbolo de Thor.

Depois, mostra por que é que os deuses pareceram sucumbir nas provas que lhes propunham: se Loki não pudera vencer o seu adversário, é porque este era a própria chama (é esse o significado do vocábulo «Logi»); se Thjalfi foi vencido na corrida por Hugi, é porque este último é «o pensamento»; se, por fim, Thor não foi capaz de esvaziar o chifre que lhe apresentaram, é porque a extremidade desse chifre estava mergulhada no mar e permanecia inesgotável; no entanto, Thor conseguira fazer baixar um pouco o nível do mar e foi assim que se produziu no oceano o primeiro movimento de refluxo. O animal que lhe apresentaram como sendo um gato era a própria serpente de Midgard e ainda ninguém conseguira tirar para fora da água esse monstro gigantesco. Quanto à velha que Thor tentara vencer na luta, era Elli, «a velhice», ou seja, um ser de que ninguém poderia alguma vez triunfar.

Ao aperceber-se do modo como se tinham divertido à sua custa, Thor agarrou no martelo para matar Utgardloki. Mas o feiticeiro já tinha desaparecido, tal como desapareceu o próprio castelo, e Thor não viu à sua volta mais do que vastos campos desertos, onde cresce a erva.

Assim, ao mesmo tempo que mostra alguma ingenuidade e, até, uma certa lentidão do espírito, Thor não deixa de suscitar a admiração dos Germanos pelo vigor do seu braço e pelas suas qualidades físicas. Encontrá-lo-emos ainda em grande número de lendas, dado que ele acabou por ser introduzido na vida de quase todos os outros deuses.

Tiuz-Tyr

Há um deus que todos os povos germânicos veneravam numa época muito antiga. Era anterior a Donar-Thor e a Wodan-Odin. Os Alemães do Sul davam-lhe o nome de Ziu; os do Norte, o nome de Tiuz; os Escandinavos chamavam-lhe Tyr; os Anglo-Saxões, Tiw. Admite-se, geralmente, que estas designações germânicas correspondem ao sânscrito *dyâus*, ao grego *Zeus*, ao latim *deus*. A ser assim, o nome do deus germânico derivaria de um substantivo comum que, em indo-europeu teria começado por significar simplesmente «divindade». Mais tarde, esse nome teria designado, em inúmeras regiões, o deus do céu. Mas, para os Germanos, Tiuz-Tyr não é mais do que um deus da guerra. Os Romanos também o identificavam com Marte. Foi dele que os Ingleses receberam a designação de «terça-feira», *Tuesday*, a qual mais não é do que uma transposição do latim *Martis dies*(*). O mesmo deus tinha em alemão um segundo nome, que era *Things*: é daí que vem o vocábulo alemão *Dienstag* [terça-feira].

Talvez seja com Tiuz que convém relacionar uma curiosa inscrição latina que se encontra num altar romano, descoberto em Inglaterra, em Housesteads, não longe da muralha de Adriano. Este altar, que data do século III, foi erigido por soldados germanos que serviam em legiões romanas. Tem esta inscrição latina: «*Deo Marti Thincso et duabus Alaisiagis Bede et Fimmiline et numini Augusti Germani cives Tuihanti v. s. l. m. (votum solverunt libenter merito)*», ou seja: «Ao deus Marte Thincso e às duas deusas, Alaisiages Beda e Fimilina e à divina majestade de Augusto, os Germanos, cidadãos de Twenthe, de bom grado cumpriram a promessa devida ao mérito». (A província de Twenthe situava-se a norte do Reno, na região onde fica hoje a fronteira que separa a Holanda da Alemanha.)

O epíteto *Thincsus*, associado ao nome de Marte, é visivelmente de origem germânica. Mas a sua interpretação é difícil. Parece querer designar o deus «que protege o povo reunido, a comunidade, a tribo».

(*) Cf. francês *mardi* (N. T.).

Talvez os Germanos alistados nas legiões romanas pretendessem designar, com esta denominação, o deus Tiuz, considerado o protector das assembleias solenes do povo e, por extensão, o protector dos pequenos agrupamentos de Germanos que se encontravam no estrangeiro.

As duas deusas, Beda e Fimilina, são totalmente desconhecidas. A interpretação do seu nome, tal como do termo *Alaisiagæ*, que as designa a ambas, apresenta as maiores dificuldades. Mas concorda-se em pensar que eram deusas germânicas.

Tendo a figura de Donar, desde cedo, afastado para a sombra a de Tiuz, a tradição alemã é muito pobre relativamente a este último deus; e não é muito mais abundante nas regiões do Norte. No entanto, o nome de Tyr aparece muitas vezes nos poemas normandos. É relevante que os escaldos se tenham esforçado por aproximar Tyr da grande família das divindades germânicas: uns fazem-no filho do gigante *Hymir*, outros afirmam que é filho de Odin. Passa por ser extremamente destemido e empreendedor. Muitas vezes é ele quem, numa batalha, concede a vitória a uma das duas facções. Também é prudente invocá-lo ao partir para o combate.

Há apenas uma lenda em que os poetas lhe concedem o primeiro lugar; ela testemunha a energia do seu carácter. Um oráculo advertira os deuses de que o lobo gigante *Fenrir* era um dos seus mais temíveis inimigos e que eles agiriam com sageza se o impedissem de fazer mal. Eles decidiram não matá-lo, pois isso seria poluir os locais consagrados com a sua própria presença, mas acorrentá-lo. Por duas vezes, mandaram forjar correntes fortes; mas bastava ao lobo Fenrir esticar-se para as quebrar. Então, pediram aos anões que fabricassem um grilhão que ninguém pudesse quebrar, e logo os anões lhes levaram uma corrente maravilhosa, composta por seis elementos: pela miadela do gato, pela barba da mulher, pelas raízes da montanha, pelos tendões do urso, pela respiração do peixe e pela saliva da ave. Esta corrente era lisa e suave como uma tira de seda e, contudo, de uma solidez a toda a prova. Os deuses, doravante certos de conseguirem amarrar Fenrir, lançaram-lhe um desafio: cada um deles, disseram, tentara quebrar a corrente; nenhum o conseguira; propunham, então, ao lobo que mostrasse a sua força e fizesse, por seu turno, uma tentativa. Mas Fenrir estava cheio de desconfiança; tinha receio de uma armadilha. No entanto, não querendo passar por cobarde, consentiu em prestar-se a uma tentativa, mas exigiu que lhe dessem uma garantia: um dos deuses colocaria na sua boca uma mão, que ele poderia morder à sua vontade, se o enganassem. Os Ases entreolharam-se; sabendo muito bem que deslealdade estava a ser preparada a nenhum agradava sacrificar um membro. Então Tyr, com simplicidade, estendeu a mão direita e colocou-a na boca do lobo. Depois, os outros deuses amarraram o lobo Fenrir, que estava disposto a quebrar o entrave; mas, quanto mais ele se empenhava, mais as correntes se apertavam no seu corpo. Ao ver que os seus esforços eram vãos, os deuses puseram-se a rir. Só Tyr não ria, porque sabia o que o ameaçava. E, com efeito, o lobo, percebendo demasiado tarde que o tinham enganado, com uma dentada cortou pelo punho a mão do deus. É desde essa altura que Tyr é maneta.

Loki

Loki não é um dos deuses mais antigos do panteão germânico. Mas, nas lendas escandinavas, o seu nome aparece com tanta frequência como os de Odin ou Thor, ou mesmo mais. Parece certo que primeiro ele foi considerado um deus benfazejo; mas, pouco a pouco, deleitaram-se a representá-lo como uma espécie de demónio superior, quase sempre dedicado a obras perversas. É, entre os deuses, uma espécie de criança insuportável. Ele compartilha a sua vida, em muitas circunstâncias presta-lhes um auxílio solícito e, contudo, nunca deixa de trabalhar para diminuir o seu poder. É ele quem, afinal de contas, causará a sua perda. Também é necessário conhecê-lo bem antes de abordar a narrativa do «crepúsculo dos deuses». Aliás, não é mais do que uma criação da imaginação dos Escandinavos. Não pertence, de modo nenhum, à tradição comum do conjunto dos Germanos. Foram sobretudo os escaldos dos séculos IX e X que, nos seus poemas, nos conservaram a narrativa das suas aventuras.

Inicialmente, Loki foi concebido como um demónio do fogo. Até o seu nome se liga a uma raiz germânica que significa «chama». Tem por pai *Farbauti*, «aquele que, ao bater, faz nascer o fogo», e por mãe *Laufey*, «a ilha arborizada», que fornece a matéria com que se ateia o fogo. Locuções populares, que ainda hoje se usam nos países escandinavos, associam frequentemente o seu nome a fenómenos de que o fogo faz parte: quando por exemplo, na Noruega, se ouve crepitar o fogo que arde na lareira, diz-se que Loki bate nos seus filhos.

Aos poucos, este antigo demónio cresce em dignidade. Nas lendas em que desempenha uma função, surge sempre como um dos Ases. No início dos tempos, trocou com Odin juras de amizade que, consagradas pelas práticas rituais honradas entre os Germanos, fizeram destes dois deuses «irmãos de sangue». Ele é belo, naturalmente sedutor e muito solícito para com as deusas, que não lhe resistem de todo. Há nele algo de diabólico e, como as lendas que lhe dizem respeito nasceram muito tardiamente, não é impossível que lhe tenham atribuído alguns traços por meio dos quais a tradição literária da Idade Média caracterizava o diabo.

Vimos acima Loki a ajudar Thor a reconquistar o seu martelo, que o gigante Thrym roubara. Mas nem sempre se mostra tão prestável. Quando o seu interesse está em jogo, não hesita em cometer, relativamente ao mesmo Thor, uma verdadeira traição. Um dia, pediu emprestado à deusa Freyja o seu fato de plumas de falcão e, vestindo-o, voou pelos ares. Pouco depois, chega ao cimo da morada do gigante Geirrœd e poisa no telhado. O gigante, apercebendo-se deste pássaro singular, manda apanhá-lo e engaiolá-lo. Assim, durante três meses, Loki fica prisioneiro de *Geirrœd* que, não contente com tirar-lhe a liberdade, ainda o priva de qualquer alimento. Ao fim desse tempo, Geirrœd manda que levem perante si o pássaro cativo e é somente então que Loki se decide a dizer quem é. Pede ao gigante que o liberte. Mas Geirrœd não pretende consentir, a não ser que Loki se comprometa a entregar-lhe o mais formidável e o mais temível de todos os Ases, o próprio Thor; exige, ainda, que Thor não mantenha os atributos que o tornam invencível e que, portanto, chegue despojado do seu martelo, das suas luvas de ferro e do cinto, que lhe concede um poder sobrenatural. Loki aceita todas estas condições e parece achar muito natural trair um dos Ases para sair de uma situação difícil. Tendo recuperado a sua liberdade, torna a partir para Asgard onde, com muitos discursos enganosos e promessas ilusórias, convence Thor a dirigir-se a casa de Geirrœd, deixando, no seu palácio, não só o seu cinto e as suas luvas, mas também o seu martelo. Thor estaria irremediavelmente perdido, se não tivesse encontrado no seu caminho a gigante *Grid*, que lhe era totalmente dedicada e com quem gerara o Ás *Vidar*. Grid previne-o contra o artificioso Geirrœd e empresta-lhe as suas próprias luvas, o seu próprio cinto e o seu bastão mágico. Graças a estes talismãs, Thor consegue desfazer todas as armadilhas de Geirrœd e, até, matar o gigante e todos os seus. Mas não foi de Loki que dependeu que Thor não tivesse caído em poder de um inimigo dos deuses.

Numa outra ocasião, foi uma deusa que Loki se mostrou pronto a sacrificar. Um dia, percorria ele o mundo com Odin e Hœnir. Esfomeados, os três deuses pararam para cozer um boi. Mas uma águia, pousada numa árvore acima deles, por meio de um feitiço, impediu a carne de cozer enquanto os deuses não prometessem aceitá-la como comensal. Depois, quando os deuses cederam a esta exigência, a águia quis obter os melhores pedaços. Irritado, Loki pegou numa vara e bateu no intruso. A águia voou, levando a vara, que continuava presa ao seu corpo, e Loki, que não conseguia abrir as mãos. Arrastado pelo chão, ferido pelas pancadas, Loki pediu perdão. Ora, a águia era um gigante, com o nome de *Thjazi*, que, feliz por ter capturado um deus, apressou-se a impor-lhe condições. Loki foi informado de que não poderia recuperar a liberdade a não ser comprometendo-se, por um juramento solene, a entregar ao gigante a deusa *Idun* e as maçãs que ela possuía, maçãs maravilhosas que tinham o poder de conceder a juventude. Ora, Idun era uma das habitantes de Asgard e era graças aos seus frutos mágicos que os deuses não envelheciam. Mas, sem se preocupar com o mal que pudesse causar aos Ases, Loki não hesitou em ceder às exigências de Thjazi. Levou Idun para a floresta, com o pretexto de lhe mostrar maçãs ainda mais belas do que aquelas que habitualmente ela oferecia aos deuses, e Thjazi, aparecendo de repente, agarrou a deusa, que levou para a sua casa. Mas os Ases não tardaram a aperceber-se da ausência de Idun. Privados do alimento a que deviam o seu imperecível vigor, começaram a envelhecer. E imediatamente dirigiram a Loki ameaças tais que ele teve de se comprometer a trazer Idun para junto deles. Tomando a forma de um falcão, Loki voou em direcção ao reino dos gigantes, metamorfoseou Idun numa simples noz e levou-a de volta a Asgard. Mas, no mesmo instante, Thjazi apercebeu-se do rapto e, transformando-se numa águia, seguiu Loki pelos ares. Talvez o tivesse apanhado se os deuses não se tivessem apressado a acender um grande fogo onde a águia, ao chegar a Asgard, queimou as duas asas e no qual caiu, moribunda.

Também a mulher de Thor, Sif, experimentou a malignidade de Loki. Um dia, ele cortou-lhe, sorrateiramente, a sua bela cabeleira. Quando Thor soube deste delito, agarrou Loki com as suas mãos fortes e decidiu quebrar-lhe os ossos. Mas Loki prometeu-lhe, com um juramento, que convenceria os industriosos anões a fabricar para Sif, em ouro puro, cabelos que cresceriam por si mesmos, como uma cabeleira natural. Thor deixou-se acalmar e Loki, dirigindo-se aos anões ferreiros, filhos de *Ivaldir*, conseguiu que eles lhe fizessem não só a cabeleira, mas também o navio *Skidbladnir*, que, a partir do momento em que se içam as velas, se dirige em linha recta para o fim fixado, e a lança Gungnir, que nunca se detém ao ser arremessada. Os dois últimos talismãs eram destinados a Odin. Em seguida, o imprudente Loki apostou com um anão chamado *Brokk* que o irmão deste último, *Sindri*, embora muitíssimo conceituado pela sua habilidade, não seria capaz de fabricar objectos tão maravilhosos como aqueles que se deviam à arte dos filhos de Ivaldir. Imediatamente, Brokk e Sindri se entregaram ao trabalho. Receando que fossem vencedores de uma aposta em que a sua própria cabeça era o prémio, Loki tomou a forma de um moscardo e pôs-se a picá-los, a atormentá-los de todos os modos para atrapalhar o seu trabalho e impedir a sua conclusão. Nem por isso os dois irmãos deixaram de conseguir fabricar o anel Draupnir, que tem a propriedade de aumentar constantemente a riqueza de quem o possui; o javali de ouro, que iria, doravante, pertencer ao deus Freyr, e o famoso martelo de Thor. Chamados para árbitros, os Ases declararam que esta última arma superava tudo o que qualquer anão tinha fabricado até então e que um tal tesouro seria, em qualquer época, a melhor protecção de Asgard. Os anões Brokk e Sindri tinham, assim, ganho a aposta; a cabeça de Loki pertencia-lhes. Este tentou, primeiro, estabelecer um compromisso. Brokk recusou. «Então sou teu; prende-me», diz Loki. Mas, no momento em que o anão pensava apanhá-lo, o deus tinha desaparecido. Com efeito, era possuidor de uns sapatos que podiam, no mesmo instante, à sua vontade, transportá-lo para lá da terra e dos mares. Então, o anão foi queixar-se a Thor que, sem demora, se apoderou do fugitivo e lho devolveu. E Brokk, cioso do seu direito, anunciou a sua intenção de cortar a cabeça a Loki. Mas este, que ainda não tinha esgotado os seus recursos, pôs-se a discutir com vivacidade: era bem verdade, disse, que Brokk tinha direito à sua cabeça; mas nunca se tratara do pescoço; por isso, o anão não podia tirar-lhe a menor parcela. O vencedor, cujo espírito era menos fecundo em argúcias, não soube o que responder a esta distinção. No seu embaraço, decidiu, pelo menos, coser os lábios do trapaceiro, para que não enganasse mais ninguém. Assim, perfurou os lábios de Loki com uma sovela e, passando linha pelos furos, ligou-os com força. Mas a precaução era vã. Loki conseguiu arrancar a linha das feridas e, deste modo, saiu-se sem custo de uma aventura perigosa.

    A deslealdade e o espírito de intriga de Loki acabaram por indispô-lo com todos os outros deuses. Um dos poemas do *Edda* mostra-o, num curioso episódio, cobrindo de insultos todos os habitantes de Asgard, uns a seguir aos outros. Um gigante, *Ægir*, o senhor dos mares, convidara todos os deuses e deusas para um grande banquete. Só Thor estava ausente porque nessa altura percorria as regiões de Leste. Era servida uma boa refeição e todos os hóspedes de Ægir se entregavam com prazer a um contentamento simples e sereno. De súbito, Loki, que fora voluntariamente afastado desta festa, dado que não havia ninguém que não tivesse contra ele algum motivo de irritação, força a porta da sala. Ao vê-lo, todos se calam. Mas este acolhimento glacial não o afasta do seu desígnio. Começa com modéstia, quase com humildade: ele não passa, diz, de um viajante sedento; os deuses não quererão recusar-lhe a taça que se concede, sem mesmo esperar que se peça, a qualquer viandante, mesmo desconhecido. Ninguém lhe responde. Ele prossegue, com uma moderação afectada: que se dignem, de acordo com as leis da hospitalidade, oferecer-lhe um assento, ou que lhe digam, em termos claros, que se recusam a recebê-lo. Os deuses conferenciam e, desejosos de respeitar o costume, mostram-se inclinados a dar-lhe um lugar junto deles. Só *Bragi*, o deus da poesia, a quem compete o dever de desejar as boas-vindas a qualquer recém-chegado, propõe recusar a Loki o lugar que ele deseja. Este último, então, sem se afastar das maneiras corteses, volta-se para Odin e recorda-lhe que, noutras épocas, juraram ser um para o outro como irmãos. Sensível a este apelo, Odin ordena a Vidar que ceda o lugar a Loki. Trazem uma taça, enchem-na e, segundo o costume, Loki começa por beber à saúde de todos os deuses presentes. Acrescenta, todavia, que os seus votos não se dirigem a Bragi. Este último, desejoso de restabelecer a concórdia, desculpa-se das palavras injuriosas que proferira; faz mais: oferece um cavalo, uma espada, anéis, em sinal de reconciliação. Mas Loki, em vez de se acalmar com estes sentimentos, ainda eleva a voz: Bragi é um cobarde, foge dos combates e, enquanto os outros se expõem aos perigos, ele refastela-se vergonhosamente nos bancos. Indignado, Bragi quer redarguir, mas a sua mulher, Idun, suplica-lhe que não responda às provocações calculadas do caluniador. O desprezo que as palavras de Idun revelam ainda excitam mais a cólera de Loki. Agora, ele pega-se com todos os deuses presentes. Com uma precisão cruel, recorda a cada um deles os episódios mais escandalosos da sua vida passada. Nem poupa as deusas: não há uma a quem não acuse de ter traído os seus deveres de esposa; gaba-se de ele próprio ter obtido os favores de muitas delas; nomeia-as. Com um prazer selvagem, confessa aos deuses os erros de que foi voluntariamente culpado relativamente a cada um deles. É em vão que os habitantes de Asgard se esforçam por devolver a Loki um agravo por outro. Nenhum é capaz de lhe fazer frente. Até mesmo Odin, de quem se enaltece sempre a presença de espírito e a palavra fácil, fica desconcertado perante a onda de despropósitos injuriosos que corre dos lábios de Loki. Sif avança na sua direcção e estende-lhe uma taça de hidromel, pedindo-lhe que ponha fim a esta discussão. Loki só responde com palavras insultuosas: gaba-se de ter tido nos seus braços, feliz e consentânea, a própria mulher de Thor. Mas, mal o nome do deus das tempestades fora proferido, ouviram-se ao longe enormes estrondos nas montanhas: era Thor, que acorria no seu carro, no meio do fragor do temporal. Entra na sala, terrível, dominador, impõe o silêncio. Num último lampejo de uma raiva excitada, Loki arrisca-se a recordar ao mais forte de todos os deuses o papel humilhante que tivera, outrora, na castelo do feiticeiro Utgardloki. Mas Thor brande o seu martelo e mostra vontade de despedaçar o crânio do insolente. Intimidado pela primeira vez, Loki retira-se, mas ainda lança uma nova ameaça, antes de deixar a sala: nunca mais, diz ao gigante Ægir, ele terá oportunidade de dar uma festa idêntica, porque bem depressa tudo o que possui será pasto das chamas.

Com estas palavras, não é apenas o incêndio do palácio de Ægir que o vingativo Loki anuncia: é o incêndio do mundo inteiro. Veremos mais adiante quais foram as consequências funestas das ameaças de Loki.

Heimdall

Entre os grandes Ases importa ainda contar com *Heimdall*. Mas deste deus, que tem um papel importante na mitologia germânica, não sabemos quase nada. Só graças às alusões dos poetas à sua pessoa, à sua função, ao seu poder, é que o conhecemos.

Era um deus da luz. O seu nome significava, provavelmente, «aquele que lança raios brilhantes». Talvez representasse, mais particularmente, a luz da manhã, o início do dia. Talvez personificasse também o arco-íris.

Os Escandinavos, que são os únicos Germanos por quem ele é mencionado, descrevem-no como sendo belo e grande. Os seus dentes são de ouro puro. Está armado com uma espada e monta um corcel de crina resplandecente. Usualmente, encontra-se junto da grande ponte Bifrost (o arco-íris), que vai da morada dos homens à dos deuses. É o guardião desta via, a sentinela divina, que avisa os Ases da aproximação de inimigos. Necessita de menos sono do que um pássaro. Vê tão bem durante a noite como durante o dia. Ouve a erva brotar da terra, a lã a crescer no dorso dos carneiros. Possui uma trombeta cujo som se ouve no mundo inteiro.

É inimigo jurado de Loki. Este zomba das funções monótonas de guardião que Heimdall executa e das longas paragens a que elas obrigam às portas de Asgard: desde a origem dos tempos, diz Loki, sarcástico, que Heimdall é forçado a estar sentado, com as costas suadas, no seu posto de vigia. Mas este deus modesto e nobre sabe, sendo o caso, castigar o diabólico Loki. Um dia, este último conseguiu roubar o colar da deusa Freyja; ia escondê-lo num escolho situado longe, no mar do Ocidente. Mas Heimdall, sob a forma de uma foca, desliza até esse escolho e, depois de uma longa luta com Loki, que também se tinha metamorfoseado em foca, conseguiu apoderar-se da jóia e devolvê-la a Freyja.

No derradeiro combate, Heimdall, como veremos mais adiante, é que dá o golpe fatal a Loki. Mas ele próprio sucumbe sob os golpes do seu adversário.

Balder

Tal como Heimdall, *Balder* é um deus da luz. É filho de Odin e da deusa Frigg. É tão belo que emana dele uma luz. Nenhum dos Ases o iguala em sabedoria. Basta vê-lo e ouvi-lo para o amar. É o favorito dos deuses.

Balder não era venerado apenas na Escandinávia. Era igualmente popular entre os Alemães. Uma célebre fórmula mágica, em alemão antigo, mostra-o a cavalgar com o deus Wodan; ao andar, o seu cavalo torceu uma pata; mas, com algumas palavras com estranhas qualidades, Wodan curou-o. No entanto, foi apenas nas regiões do Norte que se conservaram as lendas de Balder. Essas lendas, aliás, resumem-se na maioria à história da sua morte, causada pela maldade de Loki.

A vida de Balder fora, durante muito tempo, feliz e uniforme. Mas houve uma altura em que foi atormentado por sonhos e pressentimentos sinistros. Dá a conhecer aos outros Ases as suas preocupações. Como não há ninguém que não sinta por ele uma terna afeição, esforçam-se por se preparar para os perigos obscuros que se receiam. A deusa Frigg pede a todas as coisas e a todos os seres terrestres, o fogo, o ferro, a água, as pedras e os minerais, as plantas e as árvores, as doenças, as feras, as aves, os monstros venenosos, que se comprometam, com um juramento, a nunca fazerem mal a Balder. Todos fazem a promessa solene. Desde aí, considera-se que Balder é invulnerável e os Ases, por brincadeira, submetem-no a diversas provas: colocam-no no centro da sua assembleia e atiram-lhe lanças ou pedras, ou ainda o atingem com as suas armas. Mas nenhum projéctil, nenhum golpe lhe provoca dano. Permanece sem feridas e, até, sem sofrimento, no meio dos deuses folgazões e barulhentos.

Loki vê este espectáculo e irrita-se, em segredo. Toma o aspecto de uma velha, vai encontrar Frigg no seu palácio e, simulando ignorância, pergunta-lhe por que é que os deuses parecem divertir-se tanto. Ela diz-lhe o que fez e como é que todas as coisas sobre a terra se comprometeram a poupar Balder. — «Todas as coisas? De certeza?», replica Loki. «Não te esqueceste de nada?» — «Só abri uma excepção», diz Frigg; «deixei de lado uma pequena planta, que nasce a oeste de Valhalá e que se chama Misteltein («o visco»); pareceu-me demasiado jovem para que se lhe pudesse exigir um juramento.» Sem insistir mais, Loki deixa Frigg e, retomando a sua verdadeira figura, apressa-se a ir arrancar o visco ao local indicado. Depois regressa ao grande prado onde os deuses continuam a atirar sobre Balder lanças inofensivas. Dirige-se a um dos deuses, *Hod*, que fica atrás dos outros por ser cego. «Porque é que tu», pergunta-lhe, «não participas no jogo e não lanças nada a Balder?» — «É porque não vejo», responde Hod, «e, além disso, não tenho arma». — «Pois bem», diz Loki, «eis uma varinha; lança-a; eu indico-te a direcção.» Hod agarra no ramo de visco e atira-o sobre Balder, que é trespassado de repente e cai morto. Consternados, os Ases começam a chorar amargamente a perda do seu belo companheiro. Imediatamente se vingaram da malvadez de Loki, mas o local onde estavam reunidos era um local consagrado à paz; era proibido verter sangue ali; ninguém ousou infringir a interdição.

Uma vez serenado o primeiro clamor da sua dor, começaram a decidir. Frigg pergunta se, entre os Ases, não haverá nenhum que esteja disposto a descer ao reino de Hel (ou seja: o reino dos mortos) para resgatar Balder: a esse, quem quer que seja, promete antecipadamente os seus favores. Um dos filhos de Odin, *Hermod*, salta imediatamente para cima de *Sleipnir*, o famoso corcel do seu pai, e põe-se a caminho sem demora.

Entretanto, os deuses levam o corpo de Balder até ao mar e constroem a pira fúnebre numa barca que, outrora, pertencera ao morto. Colocam aí o cadáver. Thor, elevando o seu martelo no ar solenemente, dá à pira a consagração ritual, depois queimam o corpo. O cavalo de Balder, coberto com os seus arreios, é levado para a pira e a chama consome-o ao mesmo tempo que ao seu senhor. Quase todos os deuses assistem a estes funerais e vêem-se até inúmeros gigantes, vindos da região dos gelos ou da montanha.

Enquanto se prestavam a Balder as honras fúnebres, Hermod continuou a sua corrida através de vales profundos e tenebrosos. Durante nove noites não deixou de cavalgar. Por fim, chegou ao rio *Gjoll*, que orla os infernos e que uma ponte coberta de ouro transpõe. Sabe, pela boca do guardião, que Balder atravessara aqueles lugares na véspera com quinhentos homens. Continua e chega ao gradeamento que cerca o reino de Hel. Aí, salta por um instante para o chão, aperta com mais força as correias da sela, depois esporeia por duas vezes o seu garanhão que, de um salto, franqueia o gradeamento, sem mesmo lhe tocar com os seus cascos. Entra, assim, no palácio de Hel e avista, no lugar de honra da grande sala, aquele que procura, o seu irmão Balder. Como é tarde, deixa passar toda a noite sem falar com Hel. Mas, logo no dia seguinte, dá a conhecer à deusa dos infernos a missão de que os Ases o tinham encarregado; suplica-lhe que permita a Balder que regresse com ele a Asgard. Hel de modo algum se mostra cruel: se é realmente o desejo de todos os seres e de todas as coisas no mundo que Balder regresse à morada dos deuses, ela dar-lhe-á de bom grado a liberdade; no entanto, se houver no universo um único ser que se recuse a chorar Balder, ela ver-se-á forçada a conservar este último junto dela. Hermod transmite esta resposta aos Ases. Então, estes enviam a todas as regiões da terra mensageiros que supliquem a todos os seres e a todas as coisas que mostrem a sua aflição. A pedido dos deuses, o mundo inteiro, homens e animais, terra e pedras, madeiras e metais, começam a chorar Balder. Mas quando, já muito satisfeitos, os mensageiros regressam a Asgard, avistam numa caverna da montanha uma gigante, com o nome de *Thokk*, que, apesar das súplicas com que o assediam, se recusa a verter a menor lágrima: «Nem durante a sua vida, nem depois da sua morte», diz ela, «Balder nunca me prestou o menor serviço; que Hel conserve o que possui.» Ora, esta velha era o próprio Loki que, sob um disfarce, encontrou o meio de tornar irremediável o infortúnio de Balder.

Os Vanes: Njord e Freyr

Os Ases não eram os únicos deuses dos Germanos. Na Escandinávia, e mais particularmente na Suécia, acreditava-se também na existência de uma outra raça de deuses, os Vanes (islandês: *vanir*). Enquanto os Ases eram sobretudo considerados deuses guerreiros, os Vanes eram divindades pacíficas e benéficas. Dispensavam a luz do dia e a chuva fecundante aos campos, às pastagens, às florestas. As plantas, os animais, os próprios homens, iam-se multiplicando sob a sua protecção. Era na Primavera ou no Verão que os homens usufruíam em abundância dos seus benefícios; era deles que recebiam a caça e, de uma forma geral, todo o tipo de riqueza. Os Vanes também eram os protectores do comércio e da navegação.

Uma tradição nórdica conta que, um dia, estalou uma guerra entre os Ases agressivos e os Vanes, amigos da paz. Esta guerra entre as duas raças de deuses mais não é, sem dúvida, do que o símbolo e a transposição poética de um conflito que, ao longo dos primeiros séculos da nossa era, deverá ter surgido nos países escandinavos entre partidários de Odin e adoradores de Freyr. Na verdade, o culto de Wodan--Odin só foi introduzido nas regiões do Norte na altura em que o de Freyr já estava muito difundido e é provável que combates sangrentos tenham tido lugar entre os partidários das duas divindades. No entanto, seja como for, eis o que contam os poetas e os eruditos escandinavos.

Um dia, os Vanes enviaram aos Ases, com um desígnio que nos escapa, uma deusa de nome *Gullveig*. Esta deusa era muito versada em todos as práticas de bruxaria e, com a sua arte, tinha adquirido muito ouro. Quando ela se encontrou só entre os Ases, estes, tentados, supõe-se, pelas suas riquezas, apoderaram-se dela e fizeram-na sofrer

À esquerda: um deus em luta contra dois monstros (placa de bronze da ilha de Oeland). Esta personagem divina é talvez a mesma que aquela que vemos nos dois cornos de Gallehus, com um punhal em cada mão. Mas nada sabemos dela.
À direita: guerreiros ou personagens divinas (placa de bronze da ilha Oeland). Esta dupla de guerreiros parece ser a mesma que figura num dos cornos de Gallehus. Como estas personagens, tanto na Suécia como na Dinamarca, surgem associadas a figuras de deuses, é provável que também representem divindades. Estão armadas com uma lança e uma espada; o seu elmo é encimado por um javali.

torturas terríveis. Os Vanes pediram satisfações: exigiram ou que lhes pagassem, como reparação, uma grande quantia de dinheiro, ou então que lhes reconhecessem uma posição semelhante à dos Ases e um idêntico direito aos sacrifícios realizados pelos fiéis. Depois de se terem reunido, os Ases preferiram confiar na sorte das armas. Mas, na guerra longa e cruel que se seguiu, foram por diversas vezes vencidos pelos seus adversários. Então, resignaram-se a entender-se com eles e a tratá-los como pares. Entre os dois campos trocaram-se penhores: os Ases entregaram o robusto Hœnir e o sábio Mimir; os Vanes enviaram aos seus antigos inimigos o poderoso Njord e o seu filho Freyr, que, doravante, teriam a sua residência em Asgard e até foram, muitas vezes, confundidos com os Ases.

Njord procede de uma divindade muito antiga que todos os Germanos veneravam e que, no início, teria personificado a terra-mãe. Encontraremos mais adiante esta divindade sob o nome de Nerthus. Inicialmente era considerada como pertencendo ao sexo feminino e tinham-lhe dado por marido um deus da criação, Freyr. Mas, entre os Escandinavos a recordação deste antigo estado apagou-se; a deusa Nerthus tornou-se num deus, Njord, e fizeram do seu marido seu filho. A este pai e a este filho a tradição não atribuiu funções muito diferentes. Ambos são dispensadores de riqueza, garantes dos juramentos, protectores da navegação.

É à beira-mar, em Noatun, que Njord tem a sua residência preferida. Está lá quase sempre, enquanto a sua mulher, *Skadi*, prefere a estadia nas montanhas. Esta esposa é a filha do gigante Thjazi. Vimos mais acima como, graças à cumplicidade de Loki, Thjazi conseguira apoderar-se da deusa Idun e de que modo perecera durante o conflito suscitado por este rapto. A sua filha Skadi decidiu vingá-lo e armou-se para atacar os Ases. Mas os deuses, que não queriam combater contra uma mulher, concederam-lhe, como reparação, que escolhesse marido entre eles. Colocaram-se todos atrás de uma cortina, não mostrando outra coisa a não ser os pés nus. Skadi examinou longamente os pés dos deuses, procurando adivinhar, pela forma e pela curvatura, a quem pertenciam. Ela ardia de desejo de conseguir Balder para marido; ele era o mais belo, o mais nobre, o mais sedutor de todos os Ases. Por fim, fez a sua escolha: o deus que designou parecia-lhe tão bem feito que, seguramente, não podia ser outro que não Balder. Ora, era Njord. Leal ao acordo que fizera com os deuses, Skadi casou com ele. Mas quis continuar a morar na casa dos seus antepassados, que se situava no meio de altas muralhas rochosas. Depois de ter passado alguns dias com ela nessa austera morada, Njord regressou a uma região mais alegre, dizendo: «O canto do cisne parece-me mais doce do que os uivos dos lobos.» A isto Skadi respondeu: «À beira-mar, o chilrear agudo das aves perturba o meu sono; todas as manhãs sou acordada pela gaivota que volta da floresta». E Skadi regressou às montanhas natais. É uma caçadora infatigável que, com os seus sapatos para a neve, percorre sem fim as encostas geladas e regressa sempre carregada com caça.

Freyr é o filho deste casal mal unido. É o único Vane que, em algumas regiões, alcançou uma popularidade igual à dos Ases Odin e Thor. Era sobretudo na Suécia, em Upsala, que se praticava o seu culto. Erguia-se aí o mais belo e o maior de todos os seus templos. Sacrificavam-lhe, muitas vezes, animais e, até, seres humanos. As festas eram assinaladas por grandes divertimentos, danças e jogos.

Tal como Odin e Thor, possuía valiosos servidores e talismãs maravilhosos. Tinha um cavalo que transpunha como o vento os montes e os rochedos inundados por torrentes e que não recuava diante das chamas. Também possuía uma espada que se movia sozinha nos ares; infelizmente, perdeu esta arma durante um combate, que lhe fez falta, cruelmente, na luta que os deuses tiveram de travar contra os gigantes e os demónios. Se Thor tinha dois bodes para puxar o seu carro, Freyr atrelava ao seu um javali de ouro, munido de presas terríveis. Este javali fora forjado pelos anões Brokk e Sindri; atravessava a terra e os ares com uma rapidez maior do que a de um cavalo a galope; logo que ele aparecia, a noite iluminava-se. Outros anões tinham construído para Freyr o navio Skidbladnir, que nenhuma barca era capaz de acompanhar no mar e que, desde que as velas estivessem içadas, dirigia-se por si mesmo, em linha recta, até ao porto desejado. Este navio era suficientemente grande para que todos os Ases nele pudessem tomar lugar com as suas armas e o seu equipamento guerreiro. No entanto, logo que se afastavam do mar, Freyr podia, sem esforço, dobrá-lo e levá-lo, como às suas bolsas.

Tal como a mãe de Freyr, também a sua mulher pertence à raça dos gigantes. Foi um amor irresistível que o impeliu para ela. Um dia em que se tinha sentado no trono de Odin, contemplava com prazer lá do alto tudo o que se passava na terra. Subitamente, avistou no reino dos gigantes, na altura em que saía da casa do seu pai, uma jovem de beleza incomparável, *Gerd*, filha de *Gymir*. O brilho dos alvos braços da jovem gigante enchiam de claridade o céu e o mar imenso. O coração do deus foi imediatamente inflamado por um ardente amor; nunca homem algum sentiu relativamente a uma jovem uma paixão tão violenta. Mas, desde logo, uma profunda melancolia começou a pesar sobre Freyr, pois ele não sabia como conquistar a mulher amada. Quando os seus pais, o velho Njord e a bela Skadi, viram a mudança que se operara nele, enviaram-lhe Skirnir, que era simultaneamente seu servidor e seu amigo, encarregando-o de compreender o segredo da sua dor. Sem esforço, Skirnir foi bem sucedido na sua missão, e, para ajudar o seu amigo, ofereceu-se para ir pedir a mão da jovem; pediu, apenas, a Freyr que lhe emprestasse a espada que se move só nos ares e o cavalo que não se assustava com as chamas vermelhas provocadas pelos feiticeiros. Durante a noite sombria, por entre os rochedos que reluziam da água das torrentes, Skirnir dirigiu-se ao reino dos gigantes. À porta da casa de Gymir estavam presos cães ferozes; numa colina próxima, sentava-se um pastor, que vigiava os caminhos todos, e as chamas cercavam, com as suas línguas de fogo, o palácio do gigante. Mas Skirnir não se deixou assustar: passou diante dos cães furiosos, não deu ouvidos aos gritos do guarda que pretendia pará-lo, esporeou o cavalo que, de um salto, atravessou as chamas mágicas, e entrou no recinto. Atraída pelo barulho, Gerd aproximou-se. Skirnir deu-lhe a conhecer a mensagem de que fora encarregue; ao mesmo tempo, ofereceu-lhe onze maçãs feitas de ouro puro e o anel Draupnir, que pertencera a Odin. Todavia, Gerd recusou-se a ouvi-lo. Então, Skirnir, brandindo a sua espada de lâmina estreita e reluzente, fingiu pretender matá-la a ela e ao pai dela. Ameaça vã; Gerd não se deixou assustar. Em desespero de causa, Skirnir recorreu aos esconjuros e aos sortilégios: encontrara na floresta, diz ele a Gerd, uma varinha com propriedades mágicas; ameaçou-a de gravar nela as runas mais temíveis, caso não aceitasse os seus presentes, em sinal de assentimento do casamento proposto; faria de modo a que, pela força das runas, ela tivesse uma vida solitária, longe de todos, nos confins do mundo, e a que ela mirrasse como o cardo nas profundezas geladas. Aterrada, Gerd deixou de resistir durante mais tempo. Como prova de reconciliação, ofereceu a Skirnir a taça de boas-vindas, cheia de hidromel. E então, Skirnir instou para que ela tivesse imediatamente um encontro com Freyr, a quem a impaciência consumia. Ela recusou-se, mas prometeu encontrar-se com o deus passadas nove noites, num bosque sagrado que designou. Entretanto, Freyr consumia-se de angústia. Quando Skirnir lhe levou a resposta de Gerd, o seu coração encheu-se novamente de alegria. No entanto, só dificilmente se conformou com a espera imposta pela mulher amada: «Se uma noite é longa, como se-

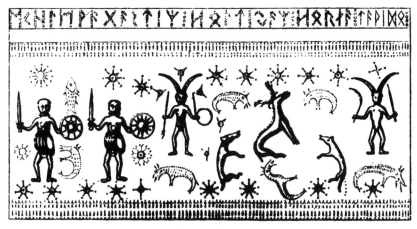

Detalhe do corno de ouro de Gallehus mais pequeno. As faixas circulares, cuja montagem forma o corno, são aqui reproduzidas na forma de imagem rectangular.

rão longas duas noites! Como é que alguma vez poderei esperar três noites com paciência? Muitas vezes, um mês me pareceu menos longo do que uma meia noite desta espera».

Esta história de amor, contada num belo poema normando do início do século x, foi, sem dúvida, completada por outras lendas que não nos chegaram: é provável que Freyr só tivesse conseguido conquistar definitivamente Gerd depois de ter travado uma luta penosa contra os gigantes. Durante esses combates, deverá ter perdido a sua espada preciosa. Ao começar a guerra terrível entre os deuses e os gigantes, prelúdio do fim do mundo, Freyr estava despojado da arma que o tornava invencível e terá sucumbido sob os golpes do seu adversário.

Conhecemos os grandes deuses germânicos sobretudo pelos poemas édicos ou pelas narrativas em prosa do *Edda*, que são documentos relativamente tardios (entre os séculos X e XIII). Mas escavações fizeram com que se descobrisse, na Dinamarca e na Suécia, objectos preciosos, onde vários deuses estão representados sob os traços que lhe atribuíam alguns Germanos dos primeiros séculos da nossa era. No século XVII, foi encontrado em Gallehus, na ilha Seeland, um corno de ouro onde se distinguiam personagens e animais em atitudes curiosas. Uma centena de anos mais tarde, apareceu, no mesmo local, um segundo corno de ouro que talvez fosse obra do mesmo artista e que, em qualquer caso, tinha um evidente ar de afinidade com o primeiro. Estes dois cornos são de cerca do século V. Mal guardados, infelizmente os cornos foram roubados por ladrões que os fundiram e só os conhecemos por desenhos, feitos no século XVIII. Durante muito tempo, as figuras que eles tinham pareceram enigmáticas e foram interpretadas de modos diversos. Foi o eminente erudito dinamarquês Axel Olrik que apresentou a explicação mais satisfatória. Encontram-se aqui reproduzidas. A personagem que se vê na tira superior do mais pequeno dos dois chifres é o deus Odin: na sua mão direita tem uma lança, na esquerda, um círculo e um bastão (que talvez seja um ceptro); tem a cabeça coberta por um elmo dominado por dois chifres. O cervo e os dois lobos representados à esquerda de Odin são animais que inúmeras lendas associam às suas aventuras. O deus que se encontra na extremidade direita desta mesma tira e que, com a cabeça coberta por um elmo com dois chifres, como Odin, segura na mão esquerda um ceptro e, na direita, uma foice, é Freyr, deus da fecundidade. O terceiro dos grandes deuses germânicos, Thor, está representado na

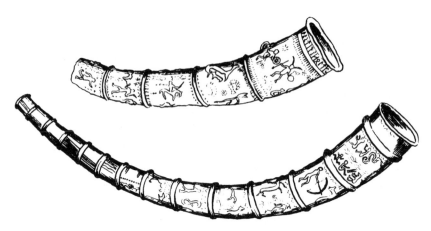

Os cornos de ouro de Gallehus.

segunda tira, sob a forma de uma personagem com três cabeças, que tem na mão direita um machado e na esquerda uma corda, à qual está preso um bode. As outras figuras representam divindades inferiores, e algumas não foi possível identificar. Os dois guerreiros que se vêem à esquerda, na tira superior, parecem ter sido um par de deuses gémeos: talvez sejam as mesmas personagens que os dois guerreiros, vestidos e armados de modo semelhante, que estão representados numa das antiquíssimas placas de bronze encontradas em território sueco, na ilha de Oeland. A personagem que, na tira inferior, está armada com dois punhais, talvez seja o deus que se vê, numa das placas de bronze de Oeland, a lutar contra dois animais selvagens.

Os deuses secundários Hœnir, Bragi, Vidar, Vali, Ull

Em redor dos grandes Ases movem-se deuses cuja função é muito mais restrita e cujo culto estava, sem dúvida, longe de ser praticado pelo conjunto das populações germânicas. Aliás, estes deuses só aparecem nas lendas escandinavas. Nada permite pensar que eles tenham sido conhecidos e venerados pelos Alemães.

O nome de Hœnir já foi referido em muitas lendas. É um dos companheiros habituais de Odin e de Loki nas suas longas viagens pelo mundo. No início dos tempos, teve um papel na criação dos homens, visto que foi ele quem deu a alma ao primeiro casal. Mas, usualmente, não se distingue pelas qualidades do espírito. É robusto, é belo, é intrépido nos combates, mas é considerado demasiado tacanho. Quando os Ases o entregam, como penhor, aos Vanes, depois da grande guerra que as duas grandes raças de deuses travaram uma contra a outra, preocupam-se em dar-lhe como companheiro o sábio Mimir.

Muito frequentemente, Hœnir ocupa um lugar secundário nas lendas em que Odin e Loki estão no primeiro plano. A narrativa que se segue dá disso um novo exemplo.

Um dia, um gigante força um camponês a jogar com ele uma partida de damas, cuja parada seria a vida do próprio perdedor. É o camponês quem ganha. Imediatamente, para salvar a sua cabeça, o gigante propõe-lhe um acordo: numa só noite ele construir-lhe-á uma casa magnífica, cheia de todos os tipos de provisões; por este valor recuperará a sua liberdade. Com efeito, no dia seguinte de manhã o camponês vê-se possuidor de uma quinta verdadeiramente senhorial e instala-se nela, alegremente, com a mulher e o filho. Mas esta nova vida de opulência e de liberalidade não dura muito. O gigante encontra uma forma de obrigar o camponês a uma segunda partida de damas. Desta vez, é o gigante que ganha. Ora, segundo o acordo estabelecido entre os jogadores, o camponês é forçado a entregar o seu filho, a menos, contudo, que consiga subtraí-lo aos olhares do seu subtil inimigo. Mas, com que sortilégio iludir o gigante? Na sua angústia, o camponês voltou-se para o rei dos Ases, Odin. Numa noite, Odin fez brotar todo um campo de cevada e transforma a criança num simples grão, encerrado numa das espigas. Mas o gigante ceifa todas as espigas do campo e, para conseguir o filho do seu parceiro, dispôs-se a atingi-las a todas com a ajuda da sua espada afiada. No entanto, o próprio grão que ele quer atingir escapa à sua mão e Odin pode devolver a criança aos seus pais. Mas confessa a sua impotência para fazer melhor.

É então que se dirigem a Hœnir. Ele acorre e leva o jovem para a beira-mar. Passavam sobre as vagas precisamente sete cisnes; dois deles colocam-se na margem. Imediatamente Hœnir ordena à criança que se torne numa das penas que nascem na cabeça desses cisnes. Mas o gigante, aparecendo, agarra a ave e tira-lhe a vida. No entanto, não reparou que a pena que procura acaba de voar e Hœnir, devolvendo à criança a sua forma natural, pode levá-la sã e salva aos pais.

Por fim, o camponês invoca o auxílio de Loki, que transformou o rapaz num dos ovos da postura de um rodovalho. Obstinado na sua perseguição, o gigante conseguiu pescar esse rodovalho e começou a contar os ovos um a um. Aquele que procura, contudo, escorrega dos seus dedos. Retomando a sua forma, o jovem foge a correr pela areia da praia. O gigante persegue-o pesada e estouvadamente, e acaba por se lançar numa armadilha preparada por Loki. Encontra aí a morte; o rapaz está salvo.

Como se vê, Hœnir não passa, aqui, de uma personagem de segundo plano. É o seu destino usual. Outros deuses ainda aparecem nas lendas com menos frequência do que ele. É o caso de Bragi, deus da poesia, que, aliás, não é mais do que uma criação tardia da imaginação escandinava. No século IX viveu um escaldo de grande renome, Bragi Boddason, inventor de um tipo célebre de estrofe. Parece provável que, depois da sua morte, o tenham divinizado e tornado num dos Ases. Até então, era ao próprio Odin que se atribuía o mérito de ter ensinado a arte do canto e dos ritmos cultos aos homens. Nos dois últimos séculos do paganismo foi Bragi que se tornou no senhor dos escaldos. Distingue-se pela sabedoria e pelo desembaraço distinto das suas conversas. Conta-se que foram gravadas runas na sua língua:

é uma forma poética de dizer que ele tinha uma habilidade sem igual para compor poemas.

Casou com a deusa Idun. Os poetas representam-no sob os traços de um velho de longas barbas. É o escaldo de Odin. Era ele que, em Valhalá, estava encarregue de oferecer aos recém-chegados a taça de boas-vindas e de os receber com palavras corteses. Era ele, ainda, que, durante os banquetes, contava aos hóspedes de Odin as belas histórias dos tempos passados, a origem da arte dos escaldos ou as aventuras amorosas e guerreiras dos deuses.

Há duas personagens divinas a quem os poetas tentaram dar algum significado, mas que, contudo, continuam a ser figuras muito apagadas: são *Vidar* e *Vali*.

Vidar é filho de Odin. Chamam-lhe o «Ás silencioso», porque é raro que ele tome a palavra no conselho dos deuses. Diz-se, até, que é um pouco lento de espírito. Mas é semelhante àqueles heróis dos contos a quem uma grande ingenuidade ou uma aparente estupidez não impedem de realizar feitos recusados a heróis com um espírito mais subtil. A grande aventura da sua existência é aquela em que o vemos, aquando da guerra entre deuses e gigantes, que será contada um pouco mais adiante, exceder em vigor o próprio Odin e matar o lobo Fenrir. Sobreviverá a esta luta sem piedade e será um dos deuses do mundo regenerado.

Tal como Vidar, Vali é uma personagem de segundo plano. Só é conhecido pelo seu papel na luta que precede o «crepúsculo dos deuses». Também ele é filho de Odin. Tinha apenas uma noite quando decidiu vingar-se de Hod pela morte de Balder: o desejo de matar e, com as suas mãos, colocar na pira fúnebre o assassino do favorito dos deuses era tão ardente no seu coração que nem teve tempo para lavar as mãos e pentear os cabelos. O dia do seu nascimento foi também o do seu feito mais nobre.

Nem Vidar nem Vali são deuses muito antigos. Foram concebidos apenas para fornecer vingadores e substitutos aos grandes deuses. Mas não são deuses verdadeiramente populares: são criações dos poetas. Não é certo que tenham sido objecto de um verdadeiro culto. Pelo contrário, o deus *Ull* foi, durante muito tempo, adorado numa grande parte dos países escandinavos. Parece mesmo que, aos olhos de alguns fiéis, ele terá sido considerado entre os deuses mais importantes do Norte. Mas, desde muito cedo, deverá ter sido afastado para a sombra por divindades mais novas. Já estaria, sem dúvida, meio esquecido na época dos escaldos e ocupa apenas uma pequeníssima parte dos seus poemas.

Dizia-se que era filho de Sif, a mulher de Thor e, consequentemente, enteado deste último. O seu nome significa «o Magnífico». Era um magnífico caçador, hábil a percorrer as vastas extensões geladas, com os seus sapatos para a neve, e a trespassar a caça com as suas flechas. Havia nele tanta nobreza e majestade que os Ases o escolheram durante algum tempo para ocupar o lugar de Odin. Este último, acusado de ter usado meios indignos para ultrapassar a resistência de uma jovem que ele cobiçava, fora banido do céu pelos outros deuses. Na sua ausência, foi Ull que se tornou, com o assentimento de todos, senhor da comunidade dos Ases. Mas, ao fim de dez anos, Odin reapareceu e expulsou Ull, que se refugiou na Suécia. Aí alcançou a reputação de um poderoso feiticeiro: possuía um osso, no qual tinha gravado fórmulas mágicas tão poderosas que se podia servir delas como de um navio para atravessar os mares.

As deusas

Os escaldos e os eruditos contadores escandinavos falaram-nos menos das deusas do que dos deuses. Provavelmente, porque a literatura dos Germanos era feita mais para homens do que para mulheres; era sobretudo no final dos banquetes, quando os guerreiros descansavam dos combates ou das expedições longínquas, que se declamavam os poemas cheios de alusões mitológicas. As mulheres dos deuses ficam sempre num plano secundário. O número de deusas parece ter sido demasiado grande, mas de muitas delas só se conhece o nome. Aliás, o seu culto raramente era praticado pelo conjunto dos Germanos. Só uma parece ter sido venerada por todos os povos: é aquela que, em alemão antigo, tem o nome de Frija, em anglo-saxónico o de Frig e em normando antigo de Frigg.

Na verdade, o próprio nome de Frija mais não é do que um adjectivo, elevado, aos poucos, à dignidade de substantivo próprio: significa «a bem-amada» e até «a esposa». Este significado era, sem dúvida, conhecido pelos Romanos, visto que identificavam a deusa germânica com Vénus. E a interpretação romana fora aceite sem dificuldade pelos próprios Germanos, que traduziam o nome de «sexta-feira», *Veneris dies*(*), por «dia de Frija» (em moderno alemão *Freitag*). Mas não sabemos nada do carácter ou da função que os antepassados dos Ale-

---

(*) Cf. francês *vendredi* (N. T.).

mães atribuíam a esta deusa. É muito provável que tenha sido considerada como mulher de Wodan. Mas a este respeito não se possui nenhuma lenda propriamente alemã.

Os Escandinavos, pelo contrário, apresentam Frija-Frigg enredada em diversas aventuras. Mulher de Odin, partilha a sua sabedoria e presciência. Aliás, não parece que ela esteja de acordo com o marido em todas as coisas: por vezes protege guerreiros que Odin procura prejudicar. E, nesses conflitos que surgem, nem sempre é ela a vencida; frequentemente, os seus artifícios prevalecem sobre a vontade de Odin.

Ela protege os casamentos dos homens e concede-lhes a fecundidade. Mas, quanto a si mesma, nem sempre respeita a fidelidade conjugal e sucede-lhe, quando estão em jogo a sua sedução ou a sua conveniência, conceder os seus favores a diversos deuses, até mesmo a personagens de um nível inferior.

A figura de Frigg confunde-se muitas vezes com a de Freyja, cuja origem é, contudo, distinta, apesar da semelhança de nomes. Inicialmente, Freyja não pertencia à classe dos Ases, mas à dos deuses rivais, os Vanes. Era irmã do deus Freyr e alguns escritores noruegueses ou islandeses preocuparam-se muito em distingui-la de Frigg. Mas, em muitos casos, ela foi completamente substituída por esta última e tem, como ela, a designação de mulher de Odin. Tem faustosos aposentos, no céu, que se chamam Folkvang; aí, recebe os heróis mortos e atribui-lhes assentos na grande sala de banquetes. Pois, sempre que acompanha Odin aos campos de batalha, ela tem o direito de levar para o seu palácio metade dos guerreiros caídos de arma em punho. Com efeito, ela é a primeira das Valquírias e a que comanda todas as outras. Sucede-lhe, até, verter, em Valhalá, a cerveja e o hidromel para os guerreiros de Odin, como uma simples Valquíria.

Tal como Frigg, Freyja gosta de enfeites e jóias. Não longe do seu palácio, numa gruta que lhes servia de oficina, habitavam quatro anões, célebres pela sua habilidade em trabalhar os metais. Um dia, em que ela os foi visitar, avistou na sua mesa um maravilhoso colar de ouro, que estavam quase a acabar. Imediatamente teve um irresistível desejo de o possuir e ofereceu aos anões ouro, prata e outros objectos preciosos. Mas os anões, senhores dos metais que se escondem na terra, riram-se das suas ofertas: para conseguir a jóia, disseram, era preciso pagá-la com um outro preço: era preciso que Freyja passasse uma noite com cada um deles. A deusa não hesitou e agiu de acordo com o desejo dos anões. Desde então, a jóia pertenceu-lhe. Mas o pérfido Loki apressou-se a contar a Odin o que se passara. Recebeu deste a ordem para roubar o colar tão mal adquirido. Dirigiu-se, por isso, ao quarto de Freyja. Mas a porta estava fechada. Então, transformou-se em mosca e esvoaçou durante muito tempo, procurando uma fenda por onde pudesse passar. Por fim, avistou, por baixo do tecto, um furo do tamanho do buraco de uma agulha; por esse furo entrou no quarto onde Freyja, com o colar ao pescoço, dormia; mas ela estava deitada de tal forma que não era possível alcançar o fecho do colar. De mosca, Loki transformou-se em pulga e picou a deusa na face. Perturbada no seu sono, Freyja voltou-se na cama e Loki pôde, por fim, roubar-lhe o colar. Depois, desaferrolhou a porta e foi-se embora tranquilamente. Ao acordar, Freyja apercebeu-se do furto e, sem esforço, adivinhou quem o cometera. Foi ter com Odin e exigiu que lhe devolvessem o seu bem. Mas Odin criticou-lhe veementemente o modo como ela o adquirira e só consentiu em entregar-lho sob severas condições. Aqui, introduz-se na narrativa normanda um motivo de inspiração evidentemente cristã e que só se pode considerar como um acrescento. Para obter o seu perdão, será preciso que Freyja se empenhe em provocar uma guerra entre dois reis, cada um dos quais comandando vinte reis menos poderosos; no fim da batalha, todos os heróis caídos deverão ressuscitar para retomar a luta no dia seguinte e esta guerra não terá fim enquanto um cristão não vier, por seu turno, combater e vencer todos aqueles pagãos; somente então os mortos conhecerão o repouso. Freyja faz a promessa que lhe exigem e recupera a posse do colar.

 Freyja é tão bela que, muitas vezes, os gigantes tentam obter os seus favores, quer ela queira, quer não. Vimos mais acima que o gigante Thrym a reclamou a Loki em troca da restituição do martelo de Odin. Conta-se, ainda, a seguinte história: um gigante prometera aos deuses construir-lhes um magnífico palácio durante um único Inverno; apresentara apenas como condição que os deuses lhe concedessem Freyja como mulher e, além disso, ceder-lhe-iam o Sol e a Lua. Ter-se-ia saído bem na sua empresa se, na altura em que o palácio estava prestes a ficar terminado, Loki não tivesse tido a ideia de se metamorfosear em égua e de, sob esta aparência, levar para longe o garanhão que o gigante usava para transportar os seus materiais. Freyja foi, assim, subtraída à sorte humilhante que a esperava.

 Por vezes, é difícil distinguir as deusas germânicas umas das outras. Freyja, que muitas vezes se confunde com Frigg, é, por outro lado, identificada frequentemente com *Gefjon*, «a Doadora». Gefjon é uma deusa da fecundidade, que era venerada sobretudo na ilha Seeland. Uma lenda explicava a origem do culto que lhe prestavam nesta ilha.

Outrora, no país a que actualmente chamamos Suécia, reinava o rei *Gylfi*. Uma mulher desconhecida, que percorria a região, proporcionou-lhe tanto prazer por meio das artes mágicas de que possuía o segredo que ele a presenteou com tanta terra quanta aquela que ela conseguisse delimitar, no período de um dia e uma noite, com o auxílio de uma charrua puxada por quatro bois. Ora, esta mulher desconhecida era a deusa Gefjon, e foi com os Vanes que conheceu a magia. Atrelou quatro bois, que eram os seus próprios filhos, a uma charrua; tinha tido estas crianças de um gigante que morava muito longe, nas regiões geladas do Norte. Puxada por estes quatro bois gigantes, a relha do arado enterrou-se com tal profundidade que arrancou toda a espessura da terra. Os bois arrastaram o imenso domínio assim separado das suas cercanias até um estreito onde encontrou o fundo do mar e aí ficou imóvel. É actualmente Seeland. No local onde a junta de bois de Gefjon escavou o solo, encontramos agora na Suécia uma vasta extensão de água: o lago Mælar.

Os poetas escandinavos referem com frequência os nomes das mulheres dos grandes deuses, mas raramente as tornam nas principais personagens das suas narrativas. Já foram nomeadas nas páginas precedentes e basta lembrar aqui os seus nomes: são – para além de Freyja – Sif, mulher de Thor; Idun, mulher de Bragi; Skadi, mulher de Njord; Gerd, mulher de Freyer.

Entre os antepassados dos Alemães era venerada, para além de Frija, a deusa Nerthus, de quem Tácito fala com alguns pormenores no capítulo XL da sua *Germania*. Talvez fosse a Terra personificada ou uma divindade da fecundidade. A sua festa celebrava-se na Primavera. Numa ilha do Oceano era-lhe consagrado um bosque; aí, guardava-se o seu carro, do qual só se podia aproximar o sacerdote. Por sinais misteriosos, o sacerdote reconhecia o momento em que a deusa estava presente no seu santuário. Então, atrelavam-se os bois ao carro e, ao observar os ritos solenes, transportava-se, através de toda a região, a deusa invisível. Enquanto Nerthus estava assim presente no meio do seu povo, as espadas permaneciam na bainha e ninguém ousava quebrar a paz. Era assim até ao momento em que o sacerdote, avisado de que a deusa já não queria permanecer mais tempo entre os homens, a reconduzia ao seu santuário. Para os purificar, mergulhavam o carro nas águas do mar, com os véus com que era ornamentado, e a própria deusa. Depois, afogavam imediatamente os escravos que tinham participado na cerimónia, pois convinha que nenhum ser vivo, à excepção do sacerdote, pudesse dizer que penetrara nos mistérios do santuário.

Ora esta divindade, que, entre os Alemães, era do sexo feminino, tornou-se, entre os Escandinavos, numa divindade masculina, Njord, de quem já falámos mais acima. É possível que a divindade de que procedem simultaneamente Nerthus e Njord tenha sido considerada, num estádio antigo da cultura germânica, como possuindo ao mesmo tempo ambos os sexos. Esta antiga divindade, que apenas podemos vislumbrar, personificava provavelmente a fecundidade.

A par das deusas que habitavam as regiões luminosas do céu, importa mencionar a deusa dos infernos. Tal como os Gregos e os Romanos, os Germanos acreditavam na existência de um domínio subterrâneo, onde permaneciam, depois da sua separação do corpo, as almas dos mortos. Designavam-no por um vocábulo ao qual corresponde o alemão moderno *Holle*, e ao qual deram desde cedo o sentido de «inferno». Os Germanos, contudo, não consideravam, pelo menos antes da sua conversão ao Cristianismo, que essa morada subterrânea fosse também um local de punição: era apenas a residência daqueles que tinham deixado de viver.

Não sabemos se os Alemães personificaram o inferno sob a forma de deus ou de deusa. Mas sabemos que esta personificação se verificou na região escandinava, onde o vocábulo *Hel*, que inicialmente designava apenas o local para onde os mortos desciam, acabou por se tornar no nome da deusa, considerada a soberana dos infernos.

As lendas relativas à deusa *Hel* são pouco numerosas. Imaginadas numa época em que as regiões do Norte já estavam convertidas, contêm o cunho evidente do Cristianismo. Como, para os cristãos, Lúcifer era inseparável do inferno, e como Loki era frequentemente associado a Lúcifer, declararam que Hel era filha de Loki. A tendência era para a aproximar de monstros temíveis; representaram-na como tendo sido criada no país dos gigantes, com o lobo Fenrir e a grande serpente de Midgard; chegaram mesmo a torná-la na irmã desses demónios maléficos. Conta-se que deu abrigo, no seu domínio subterrâneo, ao monstro Nidhogg, que, noite e dia, rói as raízes do freixo Yggdrasil. No entanto, não lhe atribuíam o carácter duma divindade perversa e malévola. Foi Odin quem lhe atribuiu como morada Niflheim; concedeu-lhe um poder que se estende por nove mundos distintos, para que ela pudesse fixar em cada um o local da sua morada. A sua aparência tem qualquer coisa de estranho e mesmo de terrífico: a sua cabeça pende para a frente; metade do seu rosto é semelhante ao dos humanos, mas a outra metade é completamente negra. Possui, nas profundezas de Niflheim, um enorme palácio onde recebe, conforme a sua categoria, os heróis e até os deuses que descem ao seu reino. Aí a vida não é diferente daquela que se leva nas grandes moradas dos chefes escandinavos. É uma espécie de réplica subterrânea de Valhalá, o palácio celeste de Odin. Quando o deus Balder, depois de ter sido morto por Hod, faz a sua aparição na morada de Hel, a grande sala de recepção resplandece o ouro, e os servos apressam-se a colocar nas mesas, para o deus e para o seu séquito, taças de um límpido hidromel.

Mas a própria deusa tem apenas a função de presidir a estas recepções. Ela é muito mais uma criação de poetas eruditos do que objecto de um verdadeiro culto popular. Nunca se mistura na vida dos outros deuses e, rainha das sombras, ela própria permanece uma figura indecisa e fugitiva.

O crepúsculo dos deuses; o fim do mundo e o seu renascimento

Os Germanos não acreditavam na eternidade do mundo, nem mesmo na dos deuses. Tal como os homens, os deuses viam-se forçados a uma luta constante contra inimigos cheios de inveja e de ardis. Para conservar o seu predomínio sobre os demónios, tinham de permanecer incessantemente alerta. Já vimos que um deles, Heimdall, tinha a função de estar de guarda, dia e noite, à ponte de Bifrost, que dava acesso a Asgard. Mas, apesar das precauções tomadas e das suas qualidades guerreiras, os Ases acabaram por sucumbir ao assalto dos seus inimigos. E o mundo de que eram protectores e sustentáculo desmoronou-se ao mesmo tempo que eles.

É a esta grandiosa catástrofe, contada com uma concisão poderosa num dos mais belos poemas do *Edda*, o *Vœluspa*, que se dá o nome de «crepúsculo dos deuses». Esta designação, que o drama musical de Richard Wagner tornou familiar a qualquer pessoa culta, baseia-se, na verdade, num mal-entendido e, até, num contra-senso. O termo islandês usado pelos poetas mais antigos era *ragna rok*, que significa apenas «o destino fatal, o fim dos deuses». Mas, desde os séculos XII ou XIII, os escritores normandos substituíram esta expressão pela de *ragna rokkr*, que pouco diferia e que a seus olhos tinha a vantagem de conter uma metáfora bastante impressionante: com efeito, *rokkr* significa «obscuridade, trevas, crepúsculo». Desde então, a fórmula «crepúsculo dos deuses» tornou-se habitual.

No início dos tempos, os deuses levaram, nos seus palácios de Asgard, uma vida pacífica e industriosa: deleitaram-se a construir templos, a erigir altares, a trabalhar o ouro e a forjar utensílios na bigorna, ou ainda em jogos. Se tivessem sido sempre capazes de dominar as suas paixões, este feliz período de paz nunca teria terminado. Mas os deuses atraíram sobre as suas próprias cabeças os golpes do destino. No dia em que, em Valhalá, torturaram *Gullveig*, enviada dos Vanes, para lhe arrancarem o seu ouro, cometeram um crime de que resultou a primeira guerra. Mais tarde, faltaram à sua palavra para com o gigante que reconstruía a sua morada celeste: tinham-lhe prometido, como prémio pelo seu trabalho, a deusa Freyja, o Sol e a Lua; mas, quando chegou o momento de saldar a dívida, permitiram que Loki enganasse o gigante por meio de um estratagema desleal. E, a partir daí, todos os juramentos, todos os tratados concluídos no mundo, começaram a vacilar, perderam a sua força e a sua virtude. Iniciou-se um novo período, rico em perjúrios, em violências, em guerras. Os homens, os gigantes, os deuses entregaram-se ao ódio e à cólera. As Valquírias não deixaram de percorrer a terra, voando de um combate para outro. Sonhos angustiantes começaram a perturbar o sono dos Ases. Odin viu, com preocupação, acumularem-se sinais funestos; percebeu que se preparava a luta suprema; calmo, resoluto, dispôs-se a enfrentá-la.

É o assassínio de Balder que marca o início desta grande prova. Diante do seu cadáver, os Ases juraram vingá-lo terrivelmente. De modo algum ignoram que foi Loki quem armou e guiou o braço do assassino. Imediatamente se apoderam dele para o meter na prisão. Mas este tratamento ignominioso mais não fez do que aumentar a raiva do malfeitor. Partindo as suas grilhetas, vai juntar-se aos irreconciliáveis inimigos dos Ases, os demónios e os gigantes, para combater com eles os seus antigos companheiros.

Os presságios sinistros, contudo, aumentam. Numa longínqua floresta de Este, uma velha gigante dá à luz uma ninhada de lobos, cujo pai é Fenrir. Um destes monstros persegue o sol para o roubar ao mundo. Durante muito tempo, a sua perseguição é em vão. Mas, em cada estação, o lobo cresce em força; acaba por alcançar o sol, cujos raios brilhantes se extinguem aos poucos, tomam a cor do sangue, depois desaparecem. Durante um período de vários anos, o mundo foi envolto por um horrível inverno. Turbilhões de neve descem de todos os pontos do horizonte. E, apesar disso, a guerra causa desordem em todos os lugares do mundo; irmãos atacam irmãos, as crianças já não respeitam os laços de sangue. É uma época em que os homens mais não são do que lobos, encarniçados em se destruírem uns aos outros. O mundo está prestes a lançar-se no nada.

Por todo o lado armam-se e observam o inimigo. Na fronteira do reino dos gigantes, um vigia, Eggther, temível guerreiro tocador de harpa, está sentado numa elevação e vigia simultaneamente a morada dos homens e a dos deuses. Perto do rio que orla os infernos, Garm, o cão terrível, dá uivos furiosos e chama para o combate todos os que estão confiados à sua guarda. Do lado sul, ali onde começa o país dos gigantes do fogo, Surt, o senhor dessas regiões, já empunha a sua espada de chamas. Heimdall, o vigia dos deuses, está postado na orla do céu; ninguém no mundo tem uma visão tão penetrante e um ouvido tão bom; no entanto, ele deixa que Loki lhe roube a espada e só começa a soprar na sua sonora trombeta depois de os gigantes já se terem posto em marcha. O lobo Fenrir, que outrora os deuses aprisionaram, quebra as suas correntes e foge. As sacudidelas que deu aos seus obstáculos fazem com que toda a terra trema; o velho freixo Yggdrasil é abalado das raízes até à copa. As montanhas desmoronam-se, ou fendem-se de alto a baixo, e os anões, que tinham aí a sua morada subterrânea, procuram, em vão, desesperados, a entrada familiar durante tanto tempo, mas agora desaparecida.

Do Oeste, aproxima-se, num navio povoado por fantasmas, o gigante Hrym: altivamente de pé, pronto para o combate, ergue o escudo na mão esquerda; na direita tem o leme. O seu navio é levado pela vaga gigante que a grande serpente de Midgard provoca ao nadar. Totalmente agitado por uma cólera sem freio, o monstro fere as vagas com a sua cauda desmesurada e avança com um ímpeto furioso. Um outro navio vem do Norte, as velas esticadas pelo vento; transporta os habitantes do inferno; é Loki quem se senta na barra. O lobo Fenrir acompanha-o; o fogo jorra-lhe dos olhos e das narinas; a sua boca, muito aberta, escorre sangue; a mandíbula superior toca no céu, a de baixo roça na terra. Do Sul surge Surt, que acompanha a tropa imensa dos gigantes do fogo; a sua espada lança relâmpagos; à sua volta brotam chamas do solo rachado. À sua aproximação, os rochedos desmoronam-se, os homens sucumbem, sem vida. A abóbada celeste, sacudida pelo tumulto deste exército em marcha, incendiada pelo hálito de fornalha que a envolve, parte-se em duas; e quando os filhos do fogo obrigam os seus cavalos a passarem pela ponte que o arco-íris estende da terra até à morada dos deuses, esta ponte arde e desaba.

Segundo o velho costume germânico, os adversários fixaram por comum acordo o local do recontro: o campo de Vigrid, que se estende diante de Valhalá e que mede mil léguas em cada um dos seus quatro lados. Os deuses e os gigantes, acompanhados por tantos guerreiros que não se poderiam contar, combatem-se sem piedade. Odin cobriu a cabeça com um elmo de ouro, ornamentado com inúmeras asas de águia; na mão segura a lança Gungnir; semelhante ao vento de um furacão, voa impetuosamente à frente dos seus guerreiros, que não param de desobstruir as portas de Valhalá. Nos seus cavalos de pêlo resplandecente, as Valquírias cercam-no com um enxame alado. Odin apercebeu-se do lobo Fenrir; precipita-se sobre ele com a espada levantada. Mas a boca do monstro era tão grande que imediatamente engoliu o pai dos deuses. Assim morreu Odin, primeira vítima da luta gigantesca. À vista disto, a sua mulher, Frigg, sente-se desmaiar de dor. Mas o vingador está perto. Vidar, filho de Odin, avança destemido em direcção a Fenrir. Põe o seu pé na mandíbula inferior do monstro e, desse modo, mantém-na fixa no solo; o seu sapato é feito de um coiro indestrutível, que os aguçados dentes do lobo não conseguem cortar; a sua mão esquerda ergue, em direcção ao céu, a mandíbula superior, e na goela escancarada enterra, com a mão direita, uma espada que irá trespassar o coração de Fenrir.

Entretanto, Freyr, o Vane resplandecente, e Surt, chefe dos gigantes do fogo, encontram-se frente a frente. Freyr teria triunfado facilmente se ainda tivesse a sua espada maravilhosa, obra dos anões ferreiros; mas perdera-a outrora, durante os combates que tivera de travar para conquistar a sua mulher Gerd. Agora, essa arma à qual ninguém conseguia resistir encontrava-se nas mãos do gigante Surt e era o deus que sucumbia.

Thor vê diante de si o monstro que já uma vez tentara matar: a grande serpente de Midgard. Desde o dia em que o deus não conseguira arrancá-la das águas que a serpente se mantivera escondida no fundo do mar. De lá saiu pela primeira vez e rastejou em direcção ao deus do trovão, cuspindo tanto veneno que o ar e o mar ficaram empestados. Com o seu terrível martelo, Thor esmaga o crânio do monstro, que cai, moribundo. Mas respirara tanto veneno que as forças o abandonam. Queria afastar-se: ao nono passo tomba morto no chão.

Outrora, Loki encontrara em Heimdall um adversário temível; vira-se obrigado a restituir-lhe o colar malevolamente roubado a Freyja. Desde então, o ódio encheu o seu coração. Procurou Heimdall, encontrou-o e matou-o, mas pereceu também ele sob os golpes do seu adversário.

Apenas um dos grandes Ases ainda estava vivo: era Tyr. Com grandes passadas percorreu o campo de batalha, na esperança de encontrar e degolar o lobo Fenrir que outrora, com uma dentada, lhe cortara a mão direita. Foi em vão: Vidar antecipara-se-lhe. No entanto, de repente ouve um bramido medonho: foi Garm, o cão dos infernos, quem o deu. Tyr lança-se e, com a mão esquerda, enterra a sua espada no coração do monstro. Mas recebeu mordeduras de tal modo terríveis que, por seu turno, sucumbe.

Os grandes deuses estão mortos. E agora que Thor, o protector das moradas humanas, desapareceu, os homens vêem-se abandonados; têm de abandonar os seus lares; a raça humana é varrida da face da terra. A própria terra perderá a sua forma. As estrelas já se desprendem do céu e caem no vazio medonho, semelhantes a andorinhas que, fatigadas de uma viagem demasiado longa, mergulham nas vagas. O gigante Surt inunda a terra inteira com fogo; o universo mais não é do que um braseiro; jorram chamas de todas as fendas dos rochedos; de todos os lados o vapor silva; todas as plantas, todas as formas de vida foram destruídas; subsiste apenas o solo despido mas, tal como o próprio céu, mais não é do que fendas e rachas.

E eis que todos os mares, que todos os rios transbordam. De todos os lados, ondas perseguem ondas. As vagas, que engrossam borbulhando, cobrem, aos poucos, todas as coisas. A terra mergulha no mar. O imenso campo de batalha onde se defrontaram os senhores do universo deixa de estar visível.

Tudo está acabado. E agora tudo vai recomeçar. Dos destroços do mundo antigo nasce um mundo novo. Lentamente a terra emerge das vagas. Erguem-se de novo montanhas onde a água se precipita em cataratas cantantes. Sobre a torrente a águia recomeça a planar para se arremessar, subitamente, sobre os peixes que brincam nas ondas. Tal como antigamente, os campos cobrem-se de plantas verdes. Crescem espigas onde a mão do homem não espalhou qualquer semente. Um novo sol, filho daquele que outrora um lobo devorou, brilha serenamente no céu.

E surge uma nova geração de deuses. No campo de paz onde anteriormente se reuniam os Ases, encontram-se, por seu turno, novos deuses. Que deuses são estes? Não têm qualquer relação com os de outros tempos? De modo nenhum. Já existiam, mas, como nunca partilharam as paixões e as querelas dos antigos deuses, nem cometeram perjúrio ou crimes, não morreram. Estava-lhes reservado serem os renovadores do mundo. Assiste-se, mesmo, a uma ressurreição: Balder, o mais belo, o mais amado dos deuses de outrora, renasce para a vida e, acompanhado pelo seu irmão Hod, vai ocupar o grande salão de banquetes onde antigamente se sentava Odin. Este nunca mais voltará, mas dois filhos seus, Vidar e Vali, e dois irmãos seus, Vili e Vê, habitam agora o céu.

Hœnir, que fora o fiel companheiro de Odin, sobreviveu; agora estuda as runas gravadas em varinhas mágicas e, penetrando nos segredos do futuro, pode anunciar às novas raças a felicidade que as espera. Dois filhos de Thor, *Magni* e *Modi*, completam este novo Panteão germânico.

Também dois homens reaparecem. Porque nem todos pereceram na grande catástrofe. Encerrados na floresta do freixo de Yggdrasil, que as chamas devoradoras do incêndio universal não puderam consumir, os antepassados dos homens de hoje escaparam à morte. No abrigo que encontraram, não tiveram outro alimento para além do orvalho matinal. Hoje, a sua descendência povoa a terra.

Espíritos, demónios, gnomos, gigantes

Na crença dos Germanos, a terra era povoada por inúmeros seres de natureza sobre-humana. Aqui enumeraremos apenas as principais categorias desses seres misteriosos.

Espíritos

Por todo o lado, na região germânica, as almas dos mortos eram temidas e veneradas. Acreditava-se que eram capazes de exercer poderes mágicos. Por vezes, os Germanos enterravam os seus mortos sob a própria entrada da casa; pensavam que a alma do defunto se conservava sempre nas cercanias do túmulo e que podia ser um espírito protector para a morada dos sobreviventes. Acreditavam ainda que as almas ocasionalmente podiam assumir uma aparência corpórea e que apareciam quer sob a forma que o morto tivera anteriormente, quer sob a de um animal. Sucedia, diziam, que estas almas faziam com que os vivos expiassem ultrajes antigos: toda a gente conhece a lenda do malvado bispo Hatto que, perseguido por um exército de ratos como punição pelos seus delitos, refugiou-se numa torre construída no meio de uma ilha do Reno; os ratos atravessaram o rio a nado e devoraram o bispo vivo. Estes ratos eram as almas das desgraçadas pessoas que ele mandara queimar.

Em certas regiões julgava-se, pelo contrário, que as almas dos mortos se agrupavam longe dos locais habitados. Foi assim que nasceu a ideia da «caça selvagem». Milhares de fantasmas, que são almas, perseguem, numa correria desvairada, em cavalos alados, o seu condutor, o demónio *Wode* (que se tornará, subindo aos poucos em dignidade, no deus Wodan) e é a sua cavalgada furiosa de que, por vezes, nos apercebemos nas nuvens de tempestade.

Na Escandinávia, estabeleciam geralmente Valhalá, ou os outros palácios dos deuses, como a morada das almas dos guerreiros mortos.

Na Alemanha, supunham, por vezes, que a morada das almas se situava a Oeste, em direcção ao local onde o sol se punha no mar. Alguns povos germânicos chegavam mesmo a designar expressamente a Grã-Bretanha como o asilo supremo dos mortos. O historiador Procópio conta que, na margem voltada para a Grã-Bretanha, se encontravam inúmeras aldeias cujos habitantes, embora submetidos à autoridade dos Francos, não pagavam tributo, porque tinham tido, desde sempre, a penosa tarefa de transportar as almas dos mortos para a outra margem do mar. Pela meia-noite, um ser invisível dava umas pancadas nas portas e chamava-os ao trabalho. Levantavam-se imediatamente e, como que movidos por uma força estranha, desciam para a margem. Encontravam aí, prontas para partir, umas barcas misteriosas, que não pertenciam a nenhum deles e que pareciam vazias. No entanto, assim que entravam nelas e pegavam nos remos, percebiam que foram carregadas com tanto peso que as ondas quase chegavam ao bordo. Só precisavam de uma hora para alcançar a margem oposta, enquanto numa barca vulgar a travessia não demorava menos de um dia e de uma noite. Mal tinham tocado na margem bretã e já parecia que o barco se esvaziava repentinamente e que só a quilha continuava mergulhada no mar. Nem durante a viagem, nem na altura do desembarque os marinheiros conseguiam ver o que quer que fosse, mas ouviam distintamente uma voz que proclamava o nome, a condição e o local de origem de cada um que chegava.

Considerava-se que até as almas dos vivos podiam separar-se do corpo e levar uma vida semi-independente. Na verdade, a distinção que os Germanos faziam entre alma e corpo de modo algum correspondia à concepção cristã destes dois elementos da natureza humana. Enquanto que para os cristãos a alma é totalmente impalpável e imaterial, o segundo «eu», cuja existência os Germanos admitiam em qualquer homem, podia exercer funções corporais, falar, mover-se, agir, aparecer até sob a forma de um ser humano ou de um animal. Os Escandinavos designavam este «eu» meio-material pelo nome de *fylgja*, que significa, mais ou menos, «o seguinte», «o segundo». Contava-se sobre o rei franco Gontran, filho de Clotaire, o seguinte feito: um dia, em que fora à caça, sentiu-se tomado por um grande cansaço. Sentou-se debaixo de uma árvore e, pousando a cabeça nos joelhos de um fiel servidor que o acompanhara, fechou os olhos e adormeceu. De repente, o servidor viu sair da boca do rei um pequeno animal, semelhante a uma serpente, que rastejou até um regato próximo, depois parou, como que atrapalhado por este obstáculo imprevisto. Tirando a espada da bainha, o servidor colocou-a através da água e, por esta pequena ponte improvisada, o misterioso animal atravessou o regato; depois, chegou a uma montanha próxima e desapareceu num buraco do chão. Ao fim de algumas horas, saiu do buraco, atravessou novamente o riacho pela espada nua e voltou a entrar na boca do rei. Este acordou imediatamente e disse ao companheiro: «Tive um sonho estranho, que te vou contar: diante de mim estendia-se um grande rio, que uma ponte de ferro atravessava... Atravessei essa ponte e logo cheguei a uma caverna situada sob uma montanha elevada. Nesta montanha, um tesouro prodigioso de peças de ouro e de prata, ali acumuladas pelos nossos antepassados, apresentou-se aos meus olhos.» Então, o servidor contou ao rei o que se tinha passado durante o seu sono e ambos se espantaram com um sonho tão idêntico à realidade. Fizeram-se escavações nessa montanha e foi encontrado um imenso tesouro que ali permanecia desde há muitos anos.

Embora a *fylgja* possa separar-se do corpo, não deixa de partilhar o destino deste último; qualquer mal causado a uma destas duas partes do ser humano é imediatamente sentido pela outra; ao matar uma causa-se a morte à segunda. Esta crença subsistiu durante muito tempo, mesmo depois do fim do paganismo: na Idade Média contava-se que as feiticeiras podiam, sem que o seu corpo saísse de casa, circular

Barcos votivos nórdicos (Jutlândia).
Estes barcos, construídos para serem encaixados uns nos outros, seriam certamente objectos de oferendas. São feitos em bronze e em ouro; o maior tem apenas uns 12 cm de comprimento.

fora dela sob a forma de um animal; mas se alguém ferisse ou matasse esse animal, a feiticeira era encontrada ensanguentada, ou morta, dentro de casa.

A crença na existência, em cada homem, de um espírito capaz de abandonar o corpo para assumir uma outra forma que não a humana produziu entre os Germanos, tal como em muitos outros povos, a convicção de que alguns homens podiam, a seu bel-prazer, metamorfosear-se em animais. Todos os Germanos acreditaram na existência do lobisomem, ou seja, do homem que tem o poder de se transformar em lobo, seja para atacar outros homens, seja para destruir rebanhos. Admitia-se, aliás, que em certos casos a metamorfose fosse involuntária e resultasse de um malefício lançado por um inimigo hábil nas práticas de feitiçaria. Uma narrativa normanda conta que Sigmund e Sinfjotli, vagueando um dia por uma floresta, encontraram numa cabana dois homens profundamente adormecidos, por cima dos quais estavam suspensas peles de lobos. Estes dois desconhecidos tinham sido, outrora, transformados em lobos pelas feitiçarias de um bruxo mas era-lhes concedidos, em cada dez dias, sair do seu pêlo e retomar, durante vinte e quatro horas, a forma humana; foi durante um desses períodos que repousavam na cabana da floresta. Sigmund e Sinfjotli quiseram introduzir-se nas peles vazias mas, depois de se terem coberto com elas, foi-lhes impossível sair de lá. Eram eles que estavam, agora, submetidos ao feitiço. Então, começaram a uivar como os lobos, a lançar-se sobre os homens e a cortar-lhes a pele. Até se morderam um ao outro. Regressando a casa, esperaram pelo décimo dia; as peles de lobo caíram por si dos seus ombros e os dois guerreiros recuperaram a aparência habitual. Então, apressaram-se a queimar as peles e o feitiço terminou.

Pouco a pouco os Germanos começaram a considerar a *fylgja* como um ser independente, como um demónio privado de relações com um ser humano específico. Acabaram por admitir que ele podia encarnar a alma dos antepassados, ou mesmo a de uma religião. Deram-lhe a aparência de uma mulher armada, uma espécie de deusa cavalgando pelos ares. Consideradas no início como espíritos protectores, as *fylgjur* (plural de *fylgja*) começaram, por altura da introdução do cristianismo, a ser temidas como demónios nocivos. Contava-se, numa saga relativa a alguns chefes que converteram os países escandinavos, que um certo Thidrandi, islandês por nascimento, ouvira, numa noite clara, bater à porta de sua casa. Embora tivesse sido avisado para nunca sair de casa em semelhante ocasião, cometeu a imprudência de transpor a soleira, de espada na mão, pronto a enfrentar os inimigos que esperava encontrar do lado de fora. Ora, viu acorrer, vindas do norte e montadas em cavalos de cor escura, nove mulheres vestidas de preto, que tinham na mão espadas desembainhadas. Voltando-se, viu vir do sul nove mulheres em vestidos claros, montadas em cavalos brancos. Sem perda de tempo, quis entrar em casa, mas já era demasiado tarde; as mulheres negras já o tinham alcançado e ferido de morte. Encontraram-no, de manhã, jazendo no chão. Ainda teve tempo de contar o que se tinha passado; depois expirou. Os seus contemporâneos explicaram este estranho sucedido da seguinte forma: todas estas mulheres eram os espíritos protectores, *fylgjur*, da raça; mas as *fylgjur* negras eram as que tinham permanecido presas ao paganismo; pelo contrário, as brancas eram as que já se inclinavam a aceitar o cristianismo. Antes de se converterem, as *fylgjur* pagãs tinham exigido um último sacrifício de que o desafortunado Thidrandi fora a vítima.

Nornas e Valquírias

Outros espíritos intervêm de um modo frequente na vida dos homens e podem modificar o seu destino. Muitas vezes, são mulheres cuja profunda sabedoria é enaltecida. Na Escandinávia, davam aos demónios femininos, senhores do destino, o nome de Nornas. É a designação por que são universalmente conhecidas. Mas não eram apenas os Escandinavos, eram todos os Germanos que acreditavam na sua existência. Representavam-nas como fiandeiras, que seguravam na mão o fio dos destinos. Conheciam os velhos costumes, os antigos preceitos do direito e podiam julgar a sina merecida por cada homem. Pronunciavam-se também sobre o destino dos deuses, já que os Ases também não têm, como os homens, o poder de se furtar ao destino.

Talvez se tenha pensado, numa determinada época, que não existiria mais do que uma única dispensadora do destino. O próprio vocábulo pelo qual se designava o «destino» (*wurd* em baixo Alemão, *wyrd* em anglo-saxónico, *urdr* em normando antigo) fora, aos poucos, transformado num nome próprio, que era o de uma espécie de deusa simultaneamente equitativa e inexorável. Mas a esta primeira Norna bem cedo se deram irmãs. Chegou-se mesmo a considerar que umas exerciam o seu poder para felicidade dos homens, enquanto outras colocavam toda a sua malvadez a prejudicá-los. Sem dúvida que era destas antigas divindades do destino que procediam as fadas, que vemos, nos contos, aparecer junto do berço de um bebé para lhe dar presentes mágicos ou, pelo contrário, cobri-lo com uma maldição que pesará sobre ele durante toda a sua existência. A lenda escandinava de Nornagest conta que no nascimento deste herói umas mulheres dotadas do dom da profecia apareceram junto do berço. Ao lado da criança ardiam duas velas. As duas primeiras mulheres dotaram o recém-nascido das mais diversas virtudes e anunciaram-lhe que seria o mais feliz dos homens da sua raça. Mas a terceira ergueu-se muito irritada, porque as pessoas que assistiam, apertando-se junto do berço, a tinham empurrado e atirado ao chão. Querendo punir a criança da afronta que lhe fora feita, gritou: «Decido que ele deixará de viver no dia em que a vela que está ao seu lado deixar de arder.» Imediatamente, a mais velha das três mulheres pegou na vela, apagou-a e recomendou à mãe que nunca mais a acendesse antes que chegasse o último dia do seu filho. Foi por isso que a criança foi baptizada com o nome de Nornagest, «o hóspede, o protegido das Nornas».

Nos países escandinavos admitia-se, a partir de uma época que é difícil determinar, que as Nornas eram em número de três. A primeira era a velha Urd (ou seja «o Destino»). Uma fonte que tinha o seu nome encontrava-se nas proximidades de uma das raízes do freixo de Yggdrasil. Era aí que se encontravam habitualmente as três Nornas. Todos os dias regavam a árvore gigante com água da fonte, para que ela não secasse. As duas companheiras de Urd têm, em alguns documentos, os nomes de Verdandi e de Skuld, que os eruditos islandeses da Idade Média interpretavam como significando «o presente» e «o futuro»; donde se segue que Urd seria a Norna do passado. Mas isto mais não são do que invenções tardias dos sábios. O próprio facto de que o número de Nornas fora reduzido para três revela uma influência tardia: pretendia-se que houvesse três Nornas como havia três Parcas.

Também as Valquírias são dispensadoras do destino. Mas o seu poder estende-se apenas a uma classe de homens, a dos guerreiros. São elas que, no campo de batalha, dão a vitória a um ou a outro chefe, designam os heróis que devem perecer e, entre eles, escolhem aqueles que, em Valhalá, são admitidos a beber cerveja e hidromel nos banquetes de Odin. Elas próprias tomam parte nos combates. A crença nestas deusas guerreiras era comum a todos os Germanos. Mas o nome por que eram designadas variava consoante os povos. Os Alemães designavam-nas em geral por *idisi*. O nome que nos habituámos a dar-lhes é o que tinham em normando (*valkyrja*) e em anglo-saxónico (*wœlcyrie*). Tem um significado muito claro: a Valquíria é aquela «que escolhe os guerreiros destinados a perecer em combate».

Muitas vezes, os poetas descrevem as Valquírias como deusas armadas de elmo, que têm na mão lanças cuja extremidade termina numa chama, e que cavalgam em cavalos alados, cuja crina deixa cair gotas de orvalho nos vales ou granizo nas florestas. Mas, por vezes, também as representam sob a forma de jovens com plumagem de cisne, capazes de voar pelos ares. Na verdade, nem todas as raparigas-cisne são necessariamente Valquírias; mas todas as Valquírias têm o poder de se transformar em raparigas-cisne. Estes seres estranhos e graciosos colocam-se de boa vontade junto de lagos ou de charcos, nas florestas solitárias. Quando lhes apraz podem abandonar a sua plumagem e surgem, imediatamente, sob a sua forma humana. Mas se, nessa altura, algum homem conseguir roubar-lhes a plumagem, elas não conseguirão escapar-lhe e deverão obedecer à vontade daquele por quem se deixaram surpreender. O grande poema épico da Alemanha medieval, a *Canção dos Nibelungos*, apresenta um exemplo característico: o feroz Hagen, ao procurar um local favorável para atravessar o Danúbio, ouviu de repente um leve sussurro num charco próximo; desliza sem fazer barulho, oculto pelas árvores, até à margem, e vê duas jovens que, tendo deposto a sua plumagem de cisne, se banhavam na água calma; apodera-se imediatamente das plumagens e só consente em devolver-lhas depois de saber da sua boca qual a sorte que o futuro reservava ao exército da Borgonha, a caminho do país dos Hunos.

Foi por se ter deixado surpreender por um homem que a Valquíria Brynhild [Brunilde], a heroína do drama musical de Wagner, atraiu sobre si a cólera de Odin. Um dia ela voara para longe de Valhalá com as suas oito irmãs. Depois de terem pousado em terra, as nove Valquírias despiram as suas plumagens. Apareceu o rei Agnar que se apossou delas e as escondeu sob um carvalho. A partir daí, as nove Valquírias ficaram à sua mercê. A Brynhild ele exigiu que o ajudasse na guerra que travava contra o seu velho adversário Hjalmgunnar e que fizesse com que este morresse. Ela viu-se obrigada a aceder. Ora, Hjalmgunnar era o protegido de Odin, que tinha decidido conceder-lhe a vitória. Irritado por ver a sua vontade desprezada e infringida, o deus picou Brynhild com um espinho mágico, que tinha a virtude de mergulhar num sono profundo todos aqueles em que tocava; depois encerrou-a numa morada cercada por um muro de chamas. Daí em diante, ela não voltou a Valhalá; deixou de ser uma Valquíria; foi privada do seu carácter divino e condenada a ter uma vida terrena. Mas só poderia casar com o herói destemido que ousasse atravessar com o seu cavalo as chamas elevadas que a separavam do mundo. Este herói, sabemo-lo, seria Sigurd (o Siegfried alemão).

Valquírias e raparigas-cisne podiam tornar-se em bem-amadas e em mulheres dos homens. Na Islândia, contava-se a história comovente de Helgi, que um amor ardente e fiel unira a uma Valquíria: Kara. Ela acompanhava-o para o combate, com a sua plumagem de cisne, e, voando por cima dos campos de batalha, entoava melodias com um encanto tão poderoso que os inimigos perdiam todo o seu vigor e deixavam de se defender. Mas um dia, enquanto planava por cima de Helgi, este, pretendendo ferir um adversário com a sua espada, atingiu Kara no seu voo e feriu-a de morte. A partir daí toda a sua felicidade foi destruída.

Gnomos e anões

Não havia na natureza lugar nenhum que não fosse habitado por espíritos. Entre os espíritos, uns tinham pequena estatura ou, pelo menos, tinham a estatura dos homens; no seu conjunto, podemos designá-los pelo termo gnomos. Os outros, cuja importância era grande nas narrativas mitológicas, eram os gigantes.

Hoje, o vocábulo «gnomo» tem, em todas as línguas germânicas – e, consequentemente, em todas aquelas que dela receberam a palavra –, um sentido mais restrito do que outrora. Servia para designar qualquer espírito, ou demónio, associado à vida da natureza e que se supunha habitar ou nas águas, ou nos bosques, ou nas montanhas. Por vezes, os gnomos mostravam-se prestáveis, mas outras vezes também estavam cheios de malvadez. Na poesia inglesa da Idade Média, foram celebrados sobretudo como seres aéreos e luminosos, cheios de doçura e bondade, e é assim que são geralmente representados hoje. Mas os antigos Germanos também sentiram por eles algum receio.

Habitualmente eram considerados seres mais belos e mais bem feitos do que os homens, embora mais pequenos. Estavam organizados em sociedades, tal como os homens, e tinham reis a quem estavam fielmente submetidos. Gostavam do divertimento e da dança. Muitas vezes, passavam a noite inteira em rodas infatigáveis que só eram interrompidas pelo primeiro canto do galo; porque receavam a luz do sol e evitavam os olhares dos homens. Se, por acaso, enquanto dançassem ao luar, um homem passasse na clareira onde se divertiam, nunca mais seria capaz de afastar o seu olhar do rosto dos jovens gnomos femininos; ficava enfeitiçado com a sua beleza. Se se permitisse tomar parte na roda, então estava perdido: ou nunca mais seria visto, ou só se encontraria um cadáver. Na maioria das vezes, estas danças não tinham testemunhas; mas, de manhã, encontrava-se na erva húmida a marca dos seus passos. Eram seres subtis e sábios, que conheciam o futuro.

Os anões podem ser considerados como uma classe particular de gnomos. Também eles são de pequena estatura, habitam em locais secretos, na maioria das vezes subterrâneos, e são dotados de uma inteligência e de uma presciência sobrenaturais. Mas estão muito longe de ser belos. Têm quase sempre alguma deformidade: são corcundas ou disformes, têm umas cabeças grandes, rostos pálidos e uma longa barba.

Embora sejam muito ariscos, sucede-lhes entrar nas casas dos homens. Uma noite, um grupo de anões reuniu-se no grande salão do castelo de Eilenburg, na Saxónia, para celebrar aí uma boda. O barulho acordou o conde, senhor do local, que se levantou e entrou no salão. Imediatamente, um arauto separou-se do cortejo e foi convidá-lo, nos termos mais corteses, a tomar parte na festa. O conde acedeu de boa vontade. De manhã, o pequeno povo dos anões desapareceu, mas não sem ter agradecido ao conde calorosamente, como convinha, a sua hospitalidade. Dizia-se que, frequentemente, os mineiros encontravam anões nas galerias que cavavam no flanco das montanhas. Até se afiançava que esses anões muitas vezes se vestiam como mineiros e levavam o avental de couro, a lanterna, a massa e o martelo. Mais engenhosos e mais sábios do que os homens, só frequentavam locais onde os metais úteis ou preciosos abundavam; encontrá-los era também sinal de um lucro abundante. Eram considerados possuidores naturais dos tesouros que, por vezes, se encontravam escondidos na terra. Um desses tesouros é célebre na poesia épica da Alemanha: é o que o rei Nibelungo possuía e de que o anão Alberico era o guardião. Siegfried, o herói da *Canção dos Nibelungos*, apoderou-se dele, depois de ter vencido o anão Alberico e de lhe ter exigido um juramento de fidelidade. E foi para garantir ao seu senhor, o rei Gunther, a posse deste tesouro fabuloso que, mais tarde, Hagen, à traição, matou o nobre Siegfried.

Esta forma da famosa lenda dos Nibelungos é, aliás, própria da epopeia alemã. Na poesia normanda as coisas passam-se de outro modo. Nela também se trata de um tesouro escondido, mas esse tesouro pertence a um anão, *Andvari*, que tem o poder de se transformar em peixe e de viver na água. Um dia, Loki conseguiu apanhá-lo, com a ajuda de uma rede mágica, e só concordou em dar-lhe a liberdade em troca do seu tesouro. O anão, forçado a sujeitar-se à lei do seu inimigo, entrega todo o ouro que possui. No entanto, tenta esconder na palma da mão um anel mágico, que tinha a propriedade de fazer renascer e aumentar indefinidamente o tesouro. Mas Loki apercebe-se e, surdo às suas súplicas angustiadas, obriga-o a entregar-lhe o anel. Então, o anão lança sobre o ouro e sobre o anel que assim lhe são arrancados uma maldição solene: eles causarão a perda daqueles que se tornarem sucessivamente seus possuidores. E a profecia cumprir-se-á: em vão o gigante Fafnir se transformará num dragão para guardar o tesouro que só conseguira conquistar com o assassínio do próprio pai: irá sucumbir sob os golpes de Sigurd que, também ele, não tardará a morrer.

Possuidores do ouro e das pedras preciosas enterrados no solo, os anões são ourives hábeis e ferreiros incomparáveis. As armas dos deuses, os ornamentos das deusas são obra sua. É a eles que Odin deve a lança Gungnir, que nada pode parar no seu arremesso, e o anel Draupnir que, tal como o anel de Andvari, tem o poder de aumentar indefinidamente as riquezas do seu possuidor. É a eles que Thor deve o seu martelo, Freyr o seu javali de ouro e o seu navio mágico, Sif os seus cabelos de ouro e Freyja o seu belo colar.

Não são anões propriamente ditos, mas gnomos de uma natureza particular, os que povoam as fontes e os rios. Os espíritos das águas assumiam muitas vezes, aos olhos dos Germanos, um aspecto humano. Os mais conhecidos são aqueles a quem se dá o nome de *nixes*. Para nós, esta palavra designa apenas seres femininos, mas para os Alemães de outrora, *Nix*, o ondino, podia ser do sexo masculino. Também lhe chamavam *Wassermann*, «homem das águas». Os espíritos das águas mostravam-se facilmente aos homens mas, muitas vezes, era para a perda destes últimos. Os nixes-mulheres eram considerados seres de uma beleza deslumbrante. Gostavam de se sentar ao sol, na margem, para pentearem os seus longos cabelos de ouro. Por vezes, apaixonavam-se por jovens belos; mas arrastavam-nos para as profundezas das águas e nunca mais eram vistos. Sucedia que, por vê-las, ou por ouvir os seus cantos melodiosos, se perdia os sentidos. Eram em geral espíritos cruéis e que se deleitavam a prejudicar os homens.

Havia outros, pelo contrário, que se instalavam nas casas dos homens e se tornavam espíritos familiares. Chamavam-lhes, então, *kobolds*. Representavam-nos como sendo semelhantes aos homens:

tinham o aspecto de um velhinho, o rosto enrugado, e tinham na cabeça um capuz. Habitualmente pernoitavam nas cavalariças, nos estábulos, nas caves, e gostavam de ser úteis aos habitantes da casa: iam buscar água, cortavam madeira, davam forragem aos animais, limpavam os cavalos, tiravam o estrume. Um kobold levava a felicidade à casa que o abrigava. Pedia pouco em troca dos serviços prestados: um pouco de leite ou qualquer resto dos alimentos. Mas não era conveniente que a criada se esquecesse de pôr a sua parte de lado; caso contrário, o pequeno ser vingativo fazia com que ela queimasse as mãos com água quente, quebrasse algum pote ou deixasse cair os pratos. E assim que o estrago estivesse feito, ouvia-se o kobold a troçar num canto.

Enfim, inúmeros espíritos habitavam as florestas e os campos. Os que moravam entre as árvores, os «homens ou mulheres dos bosques», lembravam um pouco, pela aparência, o meio onde viviam: tinham o corpo todo peludo e como que coberto de musgo; o rosto era tão enrugado e pregueado como a casca das árvores. Os caçadores ou os lenhadores julgavam que por vezes os viam nas moitas. Eram, ainda, considerados muito prestáveis: conheciam as qualidades secretas das plantas e tiravam partido disso para acabar com as epidemias. Por vezes, contudo, acusavam-nos do contrário: garantiam que assumiam a forma de insectos, de borboletas, de bichos, para espalhar doenças entre os homens.

Quanto aos espíritos dos campos, frequentemente davam-lhes a forma de animais. A longa ondulação provocada no trigo maduro pelo vento era atribuída à passagem de um animal invisível, o «lobo do trigo» ou o «cão do centeio». Por vezes, a própria planta era concebida como o corpo desse espírito invisível, tal como a árvore era o corpo dos «espíritos dos bosques». Na altura da colheita, o «lobo» ou o «cão do centeio» procurava, segundo se dizia, escapar aos ceifeiros; refugiava-se na parte do campo onde as espigas se mantinham de pé; mas era feito prisioneiro no último feixe. Aí, e dependendo do país, ou faziam o gesto de o matar com a foice ou o malho, ou, pelo contrário, levavam-no respeitosamente nesse feixe, atado em forma de manequim e posto em cima dos outros todos.

Não havia acto da vida doméstica em que não houvesse a garantia de que se era auxiliado, ou servido, por um espírito qualquer; não havia hábito que não tivesse um significado religioso.

Gigantes

Em muitos lados, o poder e o papel que se atribuíam aos gigantes lembrava os dos diversos tipos de gnomos ou anões. Muitas vezes, entre uns e outros havia apenas uma diferença de tamanho. Tal como os anões, também os gigantes se mostravam ora prestáveis, ora hostis. No entanto, inspiravam sobretudo receio, e o carácter rabugento, até mesmo nocivo, que os Germanos lhes atribuíam, explica-se pela sua origem: eram, de facto, a personificação de grandes fenómenos naturais, como a tempestade, o Inverno, as erupções vulcânicas, os tremores de terra, etc.

Já vimos que eram considerados os primeiros de todos os seres vivos. Eram anteriores aos próprios deuses. Conservaram no seu corpo e na sua aparência alguma coisa da rudeza e da brutalidade dos tempos em que o mundo ia surgindo lentamente do nada gelado. Os nomes por que eram designados variavam segundo as regiões. Um desses nomes introduziu-se noutras línguas: o de *duende* [troll], usado nos países escandinavos.

Tal como os anões, estavam espalhados por toda a natureza. Acreditava-se que os viam passar nas nuvens pesadas, que os ventos da tempestade empurram; acusavam-nos de mandar cair o granizo nas colheitas; acreditavam que ouviam a sua voz nos ribombos do trovão no fundo dos vales ou nos ecos das montanhas. Contava-se, quando se viam passar as nuvens fustigadas pelo vento, que um gigante perseguia uma bela rapariga, de quem pretendia apoderar-se pela força. É um traço de semelhança com Wodan. Mas esta semelhança não é fortuita: já se disse que Wodan mais não era do que um gigante das tempestades elevado, aos poucos, à categoria de deus superior.

Estes gigantes, tão próximos dos deuses, não hesitavam em fazer-lhes frente. Recorde-se a audácia com que Thrym roubou o martelo de Thor. Um outro gigante, Geirrœd, tendo conseguido atrair Thor à sua morada, não hesitou em propor-lhe uma espécie de combate singular, na esperança de o submeter à sua vontade. De um dos fogões gigantescos que ardiam no meio do grande salão, Geirrœd retirou, com umas grandes pinças, um bocado de ferro incandescente, com forma de cunha, que os dois adversários deveriam arremessar um ao outro alternadamente. Começou o gigante. Sem recuar, sem evitar o golpe, Thor agarrou o ferro vermelho no ar, com as suas luvas de ferro. O gigante, que julgava matá-lo, agora só pensou em proteger-se e, num salto, escondeu-se atrás de uma coluna de ferro. Mas Thor lançou o bloco ardente com tanta força que todo o edifício abanou; o monstruoso projéctil atravessou primeiro a coluna de ferro, depois o corpo do gigante, e ainda passou através da parede do palácio antes de se cravar na terra. O símbolo é claro: o demónio e o deus lançaram, cada um por sua vez, o raio um contra o outro; mas, apesar da sua força, o gigante não conseguiu levar a melhor sobre o deus do trovão.

Outros gigantes habitam nos montes. A *Canção dos Nibelungos* preservou na Alemanha a recordação de doze gigantes que, submetidos às ordens dos reis Nibelungo e Schilbung, tinham a sua morada no meio de montanhas selvagens. Os estrondos que, por vezes, se ouvem no fundo dos desfiladeiros, os desabamentos de pedras, o transbordar brusco das torrentes são produzidos por gigantes irritados.

Por fim, encontramos gigantes no mar, tal como encontramos nixes nos rios. A lenda escandinava concedeu um lugar particular ao gigante Ægir, o senhor do mar. Na realidade, ele não tinha a categoria de um deus, mas mantinha com os Ases relações de amizade, era acolhido de bom grado nos seus banquetes e, por seu turno, recebia-os no seu palácio marinho. Não tinha necessidade do fogo para alumiar o seu salão: o ouro com que este era ornamentado emitia uma luz brilhante. Sem dúvida que os Germanos supunham que os tesouros engolidos durante os naufrágios se iam acumular no palácio do senhor dos mares.

Ægir tinha uma mulher, de seu nome *Ran*, quer dizer, «a arrebatadora». Ela possui uma grande rede com a qual tenta apanhar e atrair para si todos os homens que vão para o mar. É ela que revolve as vagas e faz com que se entrechoquem com violência, na esperança de colocar em perigo os barcos. O terror que inspira é tão grande que acabou por se elevar, na imaginação popular, da categoria de simples demónio ao de verdadeira deusa. Aliás, recebe com magnificência os afogados e manda-lhes servir, no salão, peixes de carnes tenras. Do seu casamento com Ægir nasceram nove filhas – os nomes que os escaldos lhes deram mostram que mais não eram do que personificações das vagas: são sedutoras, que estendem aos jovens os seus braços tentadores e que, se estes responderem ao seu apelo, os arrastam para o fundo das águas.

O sábio Mimir, tratado com frequência nas lendas escandinavas e consultado pelo senhor dos deuses, Odin, é, também ele, um gigante das águas. Mas o seu domínio limita-se às fontes, aos charcos e aos lagos que se encontram no interior das terras; não chega ao mar. Aliás, Mimir vive numa união tão estreita com os deuses que, muitas vezes, é considerado como um deles.

Os gigantes do fogo são mais raros nas lendas e, provavelmente, nunca foram figuras verdadeiramente populares. No entanto, houve na Islândia erupções de origem vulcânica que eram atribuídas aos gigantes. Dois destes gigantes foram referidos mais acima, nas lendas em que os Ases foram os heróis principais: quando o deus Thor se dirige ao reino de Utgardloki com três companheiros, um dos quais é Loki, este último gaba-se de ser um inigualável comilão; contudo, é forçado a reconhecer a superioridade do gigante Logi, que não só devora o conteúdo de uma barrica de carne e de ossos, mas também a própria barrica. Logi personifica a chama, cujo apetite cresce à medida que é alimentado. Um outro gigante, Surt, ateia o incêndio universal em que irá perecer o velho mundo. Mas estas figuras são muito mais criações da imaginação dos escaldos do que da do povo propriamente dito.

Frequentemente era atribuído aos gigantes o poder de se metamorfosearem, a seu bel-prazer, em animais diversos. O exemplo mais conhecido é o de *Fafnir*, que toma a forma de um dragão para vigiar melhor o seu tesouro. Mas, entre os gigantes metamorfoseados, importa contar a grande serpente de Midgard e o lobo Fenrir, inimigos irreconciliáveis dos Ases.

A crença nos anões, nos gigantes e em todo o tipo de demónios manteve-se nos países germânicos durante vários séculos após a introdução do Cristianismo. Certas epopeias dos séculos XII e XIII e os contos, tal como inúmeras expressões populares, são disso testemunho. Algumas superstições chegaram mesmo a durar até aos nossos dias. Houve um período – aproximadamente entre os séculos IX e XIII – em que as lendas pagãs foram, por vezes, amalgamadas a lendas cristãs. Contava-se, por exemplo, que Olaf Tryggvason, um dos conversores mais enérgicos da Noruega, obrigara um duende, ou seja, um gigante, a construir uma igreja. Esta lenda, aliás, entra num tipo de narrativa muito conhecido, onde a função do demónio ridicularizado é muitas vezes ocupada pelo diabo: o gigante – ou o diabo – oferece-se para construir um edifício num determinado período de tempo; como preço dos seus serviços exige ou o sacrifício de um ser humano, ou a sua alma; mas o seu parceiro descobre sempre, no último instante, um meio de o enganar: o edifício permanece, mas o demónio afasta-se, despeitado.

Mas há mais. São referidos casos de demónios que desejam ser recebidos no seio da Igreja. Um dia, duas crianças brincavam à beira de um rio que passava diante da casa do seu pai. De súbito, um ondino veio à superfície e, pegando na sua harpa, começou a tocá-la de uma forma maravilhosa. De repente, uma das crianças interrompeu-o: «De que te serve tocar assim? Nunca conseguirás alcançar a tua salvação eterna». Perante estas palavras, o ondino começou a verter lágrimas amargas; depois, atirando para longe a harpa, mergulhou nas vagas. Ora as duas crianças, quando regressaram a casa, contaram ao pai, que era pastor, o que tinha sucedido. Este censurou-os vivamente por terem afligido tanto um ser inofensivo; voltou a enviá-los para a beira do rio, encarregando-os de prometer ao homem das águas o perdão das suas faltas e a salvação eterna. Ao chegarem perto da água, as duas crianças viram um ondino sentado, à superfície; continuava a chorar e a lamentar-se. Mas eles disseram-lhe: «Não te angusties tanto, ondino; o nosso pai diz que o Salvador desceu a esta terra também por ti». Imediatamente o ondino secou as lágrimas, pegou novamente na harpa e recomeçou a fazer ouvir melodias comoventes.

Esta mistura de elementos pagãos e cristãos, que não é rara, explica-se facilmente: mais de uma povoação germânica aceitara o Cristianismo sem que, por isso, rejeitasse as suas crenças tradicionais. Entre os Vikings, que no século IX se estabeleceram na Grã-Bretanha ou na Irlanda, havia muitos que tinham adoptado, espontaneamente, a religião do país por eles colonizado, mas que, contudo, não se consideravam obrigados, de todo, a deixar de acreditar nos deuses germânicos. Para eles, as duas religiões sobrepunham-se e, provavelmente, não estariam muito ligados a nenhuma das duas. Passava-se um pouco o mesmo com os primeiros colonos da Islândia. Na Noruega, chefes enérgicos e profundamente convictos tinham obrigado, por volta do ano 1000, toda a população a adoptar o Cristianismo. Mas alguns pequenos príncipes só se submeteram por razões políticas. Com efeito, o paganismo levou vários séculos a decair. Nem mesmo se pode dizer que esteja realmente morto nos dias de hoje. Sem dúvida que desde há muito tempo que os grandes deuses não têm fiéis. Mas o mesmo já não sucede com os demónios familiares dos quais o povo tem sempre a tendência para acreditar que está rodeado: há alguns espíritos que, em certos distritos rústicos, não perderam todo o seu crédito e aos quais os camponeses, seja porque invocam o seu auxílio, seja porque pretendem afastar a sua cólera, seja porque associam o seu nome a práticas de bruxaria, ainda prestam, sem hesitar, uma espécie de culto.

E. Tonnelat

3
MITOLOGIA ESLAVA

Introdução

Temos muito poucos dados precisos sobre o mundo eslavo da época do paganismo. Alguns fragmentos de informação nos historiadores romanos e nos «cronistas» gregos, algumas observações vagas de geógrafos árabes e, sobretudo, informações, muitas vezes erróneas, de crónicas de monges ortodoxos, é tudo o que foi recolhido até agora como materiais documentais para reconstituir a história dos Eslavos pagãos e das suas crenças religiosas.

No entanto, como a evolução dos povos eslavos foi muito mais tardia e mais lenta do que a dos povos latinos e germânicos da Europa ocidental, encontramos, por vezes, na existência mais recente dos povos eslavos alguns vestígios e reminiscências de épocas longínquas, o que nos permite utilizar o presente para reconstruir o passado.

O fundo mitológico encontra-se, ainda, no folclore – lendas, contos, canções, provérbios e, sobretudo, exorcismos. Na verdade, o exorcismo de origem pagã ficou, em certos países eslavos, como prática corrente.

Só no século VI é que o mundo eslavo começou a destacar-se do fundo móvel e variado das massas etnográficas que povoavam os Balcãs, a Europa Central e a Europa Oriental. Muito provavelmente foi a partir dos Cárpatos que as tribos eslavas se dispersaram em diversas direcções para formar os três grandes agrupamentos que ainda permanecem, os Eslavos do Sul, do Oeste e do Este.

As regiões para onde os Eslavos avançaram, e que colonizaram, tinham quase sempre as mesmas características: imensos espaços cobertos por florestas e entrecortados por pântanos, lagos e cursos de água. Viviam da pesca e da caça, criavam gado nas clareiras e nos prados naturais e desbravavam a terra para semear um pouco de trigo. A floresta fornecia-lhes madeira para a construção das suas casas grosseiras.

Os pequenos agrupamentos familiares sentiam-se isolados e fracos perante as poderosas forças da natureza, perante o mistério dos dias e das noites, a mudança das estações, as tempestades e as tormentas, o transbordar das águas, a sucessão de boas e más colheitas.

Para se libertarem do receio perpétuo perante as manifestações misteriosas da natureza importava encontrar uma explicação. Esta necessidade imperiosa de explicar os fenómenos naturais, de que dependia o Eslavo antigo, encontrava expressão na sua mitologia, que era a sua cosmogonia e toda a sua ciência em geral. Por outro lado, impotente para combater as forças da natureza, o Eslavo antigo só podia aspirar a atenuar os seus danos. Para isso, devia procurar alguém a quem se dirigir. Submetido ele próprio ao domínio das misteriosas forças da natureza, submeteu-as, também, ao domínio de outras forças personificadas por divindades múltiplas, com as quais povoava as nuvens e a terra, as florestas e as águas, o seu campo de trigo, o estábulo onde o gado dormia e a casa que abrigava os seus familiares.

Assim, aos poucos, formou-se uma mitologia comum a todos os povos eslavos, uma mitologia muito rústica, perfeitamente adaptada às condições gerais da existência dos primitivos. E foi só nos limites do

Motivo ornamental pré-eslavo, inspirado em bordados russos e que representa um deus estilizado rodeado por dois cavaleiros equipados para a caça com falcão.
Composição de I. Bilibine
Col. Larousse

mundo eslavo, onde se encontrava com outros povos, que se criaram crenças mais complicadas e uma mitologia menos rústica. Só em Kiev e no litoral do Mar Báltico (na ilha de Rugen) é que encontramos entre os Eslavos vestígios de uma hierarquia mais ou menos definida das divindades superiores, com alguns ídolos grosseiros, sacerdotes e ritos.

No conjunto, a mitologia eslava não soube encontrar uma expressão material suficiente para se precisar em imagens definidas. Permaneceu vaga e imprecisa como a paisagem da maioria das regiões habitadas pela raça eslava.

Nascimento dos deuses, dualismo primitivo

Bielobog e Tchernobog
(«Deus branco» e «Deus negro»)

Na origem da mitologia eslava encontramos um dualismo primitivo que tem a sua raiz numa oposição entre a luz, força vivificante, e as trevas, força destruidora. Esta oposição elementar deu origem a duas imagens divinas que encontramos nos povos do ramo ocidental do mundo eslavo: *Bielobog* e *Tchernobog*.

A própria composição dos nomes revela o seu carácter: Bielobog é composto pelo adjectivo «bieli», que significa «branco», e pelo substantivo «Bog», que quer dizer «deus». Quanto ao adjectivo «tcherni», significa «negro». Estão, assim, um deus branco, o deus da luz e do dia, e um deus negro, o deus das trevas e da noite – um deus do bem e um deus do mal – opostos um ao outro.

Os *volkhvy*, meio-sacerdotes, meio-feiticeiros, dos Eslavos pagãos, diziam, segundo alguns testemunhos escritos: «Existem dois deuses: um em cima, e o outro em baixo».

Os Ucranianos ainda tinham este provérbio: «Que o deus negro te extermine!»

Na Bielorússia, acreditava-se na existência de *Bielun* (vocábulo derivado de «bieli» = branco). Nas lendas populares, este ser divino aparecia sob o aspecto de um velho de barba branca, vestido de branco. Só aparece de dia. A sua acção é sempre benéfica: salva do perigo os viandantes perdidos e ajuda os desgraçados camponeses nos trabalhos do campo.

Como a oposição simplista entre *Beilobog* e *Tchernobog* não era suficiente para explicar toda a variedade de fenómenos, começaram a destacar-se outras visões no fundo «branco-negro» da mitologia primitiva.

Adoração da natureza
Deuses rústicos
O céu e os seus filhos

Quando o Eslavo pagão, ao dirigir a sua prece ao céu, dizia: «Céu, tu vês-me! Céu, tu ouves-me!», isto não era, na sua boca, uma expressão metafórica. Ele considerava o céu como um ser supremo, como um deus.

Mais tarde, quando os elementos antropomórficos penetraram na religião primitiva dos Eslavos pagãos, estes personificaram o céu sob a forma, que foi suficientemente específica, do deus *Svarog*. A raiz deste nome (*svar* = brilhante, claro) está aparentada ao sânscrito.

O Céu (*Svarog*) teve dois filhos: o Sol, denominado *Dajbog*, e o Fogo, que era chamado *Svarogitch*, o que quer dizer, filho de *Svarog*.

Um cronista bizantino (João Malala) resume a mitologia dos Eslavos pagãos nestes termos:

«Depois de Svarog, reinou o seu filho, chamado Sol, a quem também se chama Dajbog... O Sol é rei e filho de Svarog; é chamado Dajbog, porque era um senhor poderoso» [16].

O outro filho de Svarog – o Fogo (em Eslavo *ogon*, que podemos aproximar do sânscrito *agni*) –, é referido na obra de um autor muito antigo chamado «Admirador desconhecido de Cristo», que diz sobre os Eslavos pagãos: «Eles também dirigem preces ao fogo, chamando-lhe Svarogitch».

O Céu (Svarog) é, portanto, o pai de todos os outros deuses.

Segundo um velho mito eslavo, Svarog, depois de ter reinado sobre o universo, transmitiu o seu poder criador e soberano aos seus filhos.

Em muitos países eslavos, os camponeses ainda conservam um respeito místico pelo fogo, que teve sempre um carácter sagrado: os velhos proíbem os jovens de jurar e de falar em voz alta quando se acende o fogo em casa.

As lendas e os contos populares ainda conservam vestígios poéticos dos antigos mitos quando falam da «Serpente de Fogo», monstro alado que expele chamas pela boca.

---

[16] Dajbog é uma palavra composta cuja última parte, *Bog*, significa deus. Quanto à primeira, *Daj*, a sua origem não está esclarecida. O célebre académico russo Afanassief aproxima-a da raiz gótica *dags*, da raiz alemã *tag* e da raiz sânscrita *ahan* ou *dahan*, que significa dia, luz.

Quanto ao outro filho de Svarog, o Sol (Dajbog), o sábio russo Afanassief diz a seu respeito, – por comparação com o pai e com o irmão, – o que se segue:

«Svarog, como personificação do céu, ora iluminado pelos raios de sol, ora coberto de nuvens e brilhando com relâmpagos, era considerado pai do Sol e do Fogo. Nas trevas das nuvens acendia a chama dos raios e, deste modo, surgia como criador do fogo celeste; quanto ao fogo terrestre, era um dom divino levado para a terra sob a forma de raio. Compreende-se, assim, porque é que o Eslavo adorava o fogo como filho de Svarog. Em seguida, ao furar as nuvens com as flechas do raio, Svarog fazia sair delas o claro sol ou, falando a linguagem metafórica da Antiguidade, acendia a chama do sol, extinto pelos demónios das trevas. Esta concepção poética aplicava-se também ao sol da manhã, que saía dos véus da noite. Ao nascer do sol e ao renovar da sua chama estava associada a ideia do seu renascimento. Svarog era, portanto, uma divindade que dava vida ao Sol e nascimento a Dajbog.»

Segundo os mitos e as lendas eslavos, o Sol mora no Oriente, numa região de Verão eterno e de abundância. É aí que se ergue o seu palácio de ouro, de onde o Sol parte de manhã, no seu carro luminoso, atrelado a cavalos brancos com bafo de fogo, para dar a volta à abóbada celeste.

Num conto popular polaco, o Sol passeia-se num carro de diamantes, com duas rodas, atrelado a doze cavalos brancos com crinas de ouro.

Numa outra lenda, o Sol mora no Oriente, num palácio de ouro. Faz o seu percurso num carro atrelado a três cavalos: um cavalo de prata, um cavalo de ouro e um cavalo de diamante.

Para os Sérvios, o Sol é um rei jovem e belo. Mora num reino de luz, está sentado num trono de ouro e de púrpura. Ao seu lado encontram-se duas belas virgens, a Aurora da Manhã e a Aurora da Tarde, sete juízes (planetas) e sete «mensageiros» que voam pelo universo sob a forma de «estrelas com cauda» (cometas). Também está presente «o tio calvo» do Sol, «o velho Messiatz» ([17]).

([17]) «Messiatz», em eslavo, significa lua. Para os Eslavos, o nome deste astro é do género masculino.

Nas lendas populares russas, o Sol possui doze reinos (doze meses ou signos do zodíaco). Mora no interior do astro solar e os seus filhos nas estrelas. São servidos pelos filhos solares, que lhes dão banho, cuidam deles e lhes cantam belas canções.

O movimento diurno do Sol na esfera celeste é representado em alguns mitos eslavos como a mudança das suas idades: o Sol nasce todas as manhãs, faz a sua aparição como uma bela criança, atinge a maturidade pelo meio-dia e morre, à tarde, como velho. O movimento anual do Sol é explicado de uma forma análoga.

Certos mitos e certas lendas eslavos apresentam uma explicação antropomórfica das relações do Sol com a Lua. Embora o nome da Lua em Eslavo – Messiatz – seja do género masculino, muitas lendas representam Messiatz como uma bela jovem com quem o Sol casa no início do Verão para se separar no Inverno até ao regresso da Primavera.

O casal divino do Sol e da Lua deu à luz as Estrelas. Quando este casal está de mau humor e não se entende bem, dá-se um tremor de terra.

Noutros mitos, *Messiatz*, pelo contrário, é o marido e o Sol a sua mulher. Uma canção ucraniana fala do «grande palácio» (abóbada celeste) cujo senhor é o «brilhante Messiatz», a sua mulher o Sol brilhante e os seus filhos as Estrelas brilhantes.

Já nos nossos dias, certos exorcismos eslavos dirigem-se à «pequena Lua bela», suplicando-lhe que cure a doença, etc.

O herói de uma canção-lenda ucraniana fala ao «pequeno Sol: Deus, ajuda-me, homem!»

O Deus-Sol (Dajbog), grande divindade do dia e da luz, vencedor das trevas, do frio e da desgraça, tornou-se sinónimo de felicidade. Os destinos humanos dependem dele. Ele é justo. Pune os maus e recompensa os bons.

O Eslavo da Galícia ainda hoje diz, quando deseja mal a alguém: «Que o sol te faça perecer!» O camponês croata diz: «Que o sol me vingue de ti!»

Referimos acima uma lenda eslava segundo a qual as duas «filhas solares», Auroras, se encontravam ao lado do Sol.

A Aurora – em Eslavo *Zória* (ou *Zária*) – também foi considerada uma divindade. A Aurora da Manhã (*Zória Utrenniaia*; *utro* significa manhã) abre as portas do palácio celeste quando o Sol começa o seu curso pela abóbada celeste. A Aurora da Tarde (*Zória Vetcherniaia*; *vetcher* significa tarde) fecha-as, quando o Sol regressa a casa.

Um mito da época posterior atribui às *Zória* uma missão especial: «Há no céu, diz, três irmãzinhas, três pequenas Zória: a da Tarde, a da Meia-noite e a da Manhã. Elas estão encarregues de guardar um cão que está preso, com uma corrente de ferro, à constelação da Ursa Menor. Quando a corrente se quebrar, chegará o fim do mundo.»

As três pequenas Zória são, assim, as grandes protectoras do Universo inteiro.

Ao lado das duas irmãs Zória (Auroras), encontramos por vezes, nos mitos eslavos, duas irmãs Estrelas: a da Manhã, *Zvezda Dennitza*, e a da Tarde, *Vetcherniaia Zvezda*. Elas participam no trabalho das Zória e cuidam dos cavalos do Sol.

Uma delas, *Dennitza*, substitui, em algumas lendas, o Sol como mulher de *Messiatz* (Lua). Numa canção-lenda sérvia, *Messiatz* critica Dennitza: «Onde estiveste, estrela Dennitza? Onde estiveste? Onde é que desbarataste os teus dias, três dias límpidos?»

Num antigo exorcismo russo, Dennitza aparece como divindade quase igual ao maior dos deuses: «Levantemo-nos de manhã», diz este exorcismo, «e oremos a Deus e a Dennitza!»

Num outro exorcismo dirigem-se à Estrela da Tarde:

«Minha mãe, Vetcherniaia Zvezda (Estrela da Tarde), lamento-me a ti de doze filhas, doze filhas do mal (febres)».

Os Eslavos pagãos também acreditaram no deus ou nos deuses dos ventos. Um vestígio desta crença conservou-se num exorcismo curioso:

«No Mar, o Oceano, na Ilha de Bouyan moram três irmãos, três Ventos: um do Norte, o segundo do Este, o terceiro do Oeste. Soprai, Ventos, soprai uma tristeza insuportável a... (uma tal), para que ela não possa passar um único dia, uma única hora sem pensar em mim!»

O vento do Oeste, vento doce e acariciador, chamava-se *Dogoda*. Em certas lendas, os Ventos são em número de sete.

Em muitas tribos eslavas, encontramos a adoração a um deus dos ventos, chamado *Stribog*. Fala-se, também, de um deus dos ventos chamado *Warpulis*, que fazia parte do séquito do deus *Perun*, e provocava o barulho da trovoada. *Erisvorch* era o deus da tempestade sagrada. Mas a concordância destes últimos nomes é mais de origem lituana ou escandinavo-germânica.

Mati-Syra-Zemlia (Mãe-Terra-Húmida)

Os Eslavos pagãos adoravam a Terra como uma divindade especial, mas não temos muita exactidão no que diz respeito à imagem desta divindade, nem ao seu culto. Sabemos apenas que para os Russos era designada *Mati-Syra-Zemlia*, o que quer dizer *Mãe-Terra-Húmida*.

Em diversos costumes e práticas dos camponeses eslavos encontramos reminiscências mitológicas e rituais das crenças relativas à Mãe-Terra-Húmida.

Em certas regiões, no mês de Agosto, os camponeses iam para os campos, ao amanhecer, com vasos cheios de óleo de cânhamo. Voltando-se para oriente, diziam: «Mãe-Terra-Húmida, domina todos os seres maus e impuros para que não nos façam um feitiço, nem nos façam nenhum mal». Ao pronunciar esta prece, vertiam óleo sobre a terra. Em seguida, voltavam-se para ocidente: «Mãe-Terra-Húmida, engole a força impura nos teus abismos efervescentes, no teu fogo ardente.» Voltando-se para o sul, pronunciam estas palavras: «Mãe-Terra-Húmida, acalma os ventos que vêm do sul e as intempéries! Acalma as areias movediças e os turbilhões». Por fim, voltando-se para o Norte: «Mãe-Terra-Húmida, acalma os ventos boreais e as nuvens, domina o frio e as tempestades de neve!» Depois de cada invocação, vertem óleo e, a seguir, atiram ao chão o próprio vaso que o continha.

A Terra é um ser supremo, consciente e justo. Pode prever o futuro, se soubermos compreender a sua linguagem misteriosa. Na Rússia, em certas regiões, o camponês escava a terra com um bastão, ou simplesmente com os dedos, coloca aí a sua orelha e ouve o que a Terra lhe diz. Se ouvir um som que lhe lembre o ruído que faz um trenó bem carregado, deslizando na neve, a colheita será boa; se, pelo contrário, ouvir um barulho de um trenó vazio, a colheita será má.

A Terra é justa e não devemos enganá-la. Durante séculos, os camponeses eslavos decidiam os litígios relativos aos bens de raiz invocando o testemunho da Terra: se alguém jurasse colocando sobre a cabeça um bocado de terra, o seu juramento era considerado incontestável.

Pouco antes da [Primeira] Grande Guerra ainda se encontravam na Rússia vestígios da antiga adoração da Terra, num antigo e estranho rito a que recorriam os camponeses quando pretendiam preservar a sua aldeia de uma epidemia (peste, cólera, etc.). À meia-noite, as velhas percorriam a aldeia, convocando as habitantes de modo a que os homens não soubessem de nada. Escolhiam-se nove virgens e três viúvas que eram levadas para fora da aldeia. Elas despiam-se, tal como aquelas que as acompanhavam, ficando apenas com as camisas. As virgens desfaziam os cabelos, as viúvas cobriam a cabeça com xailes brancos. Atrelavam uma viúva a uma charrua, que outra conduzia. As

Pequeno deus eslavo antigo, de bronze, encontrado num monumento fúnebre da região de Poltava. *Museu da Universidade de Kiev.*
Por Prokhoroff

nove virgens muniam-se de fachos, outras levavam objectos terríficos, até mesmo crânios de animais. Com gritos e bramidos, a procissão avançava à volta da aldeia, cavando um sulco para dar passagem aos poderosos espíritos da Terra que iriam destruir os germes do mal. Qualquer homem que tivesse o azar de se encontrar no caminho da procissão era espancado impiedosamente.

Pequenas divindades rústicas

O Cristianismo opôs-se à mitologia pagã e eslava antes da sua eclosão total. Matou-a, por assim dizer, quase no início.

Com a sua vitória fez desaparecer as grandes divindades. Quanto aos *dii minores*, às pequenas divindades, estas conseguiram escapar ao massacre. Até aos nossos dias, os Eslavos, que se tornaram cristãos, conservaram muitas crenças pagãs, que povoavam o seu universo material e espiritual com uma numerosa multidão de pequenos deuses e deusas, com «espíritos» bons e maus.

Domovoi

O Domovoi, derivado do vocábulo *dom* (casa), é a divindade ou o espírito da casa. Por superstição, o camponês eslavo evita chamá-lo pelo seu nome oficial: uns designam-no pelo termo «avô»; outros chamam-lhe «senhor da casa»; para outros, ainda, é «Ele» ou «Ele mesmo», etc.

O aspecto exterior de Domovoi é impreciso. Na maioria das vezes, é um ser com forma humana, mas peludo; está coberto por um pêlo sedoso até à palma das mãos. Também pode possuir chifres e uma cauda. Ou então, surge sob a forma de um animal doméstico e até de um simples palheiro. É difícil, e até perigoso, para um homem ver o Domovoi.

No entanto, ouve-se frequentemente a voz do Domovoi, os seus gemidos e soluços abafados; o seu modo de falar, habitualmente doce e carinhoso, é às vezes triste e sacudido.

Eis como se explica a origem do Domovoi e de outras pequenas divindades.

Quando o deus supremo criou o mundo terrestre e celeste, uma parte dos espíritos de que se rodeou revoltou-se contra ele. Expulsou esses espíritos rebeldes do Céu e lançou-os para a Terra. Alguns deles caíram nos telhados das casas e nos pátios das habitações humanas; ao contrário dos que caíram nas florestas e nas águas e permaneceram maus, estes, no convívio com os homens, tornaram-se benéficos.

O Domovoi familiariza-se com a casa que habita até não se querer separar dela. Quando o camponês russo constrói uma nova *isba*, a sua mulher, antes de se instalar, corta uma fatia de pão e põe-na sob o fogão para atrair o Domovoi para a nova casa. O Domovoi gosta de morar perto do fogão ou debaixo da soleira da porta de entrada. Quanto à sua mulher, chamada Domania ou Domovikha, prefere morar no subsolo.

O Domovoi avisa os habitantes da casa das desgraças que os ameaçam. Chora antes da morte de alguém da família. Puxa a mulher pelos cabelos para a avisar de que o marido lhe vai bater.

O Domovoi só fez a sua aparição quando, entre os Eslavos, a família se diferenciou da tribo. Antes, a mitologia eslava conhecera um espírito da tribo, denominado Rod ou Tchur, termos difíceis de traduzir, mas que significam «antepassado» ou «avô».

Outros espíritos domésticos

Perto do «Domovoi» encontram-se outros espíritos que podem ser considerados parentes próximos dele. Por exemplo, o *Dvorovoi* (derivado da palavra *dvor* = pátio), ou espírito do pátio; o Bannik (derivado da palavra «bania» = banho), ou espírito dos banhos, cujo domicílio é a casinha pequena, situada ao lado da *isba*, onde os camponeses tomam o seu banho; o Ovinnik (derivado da palavra «ovin» = granja), ou espírito das granjas.

Um pouco mais afastados do homem do que o Domovoi, já são menos benéficos do que ele, sem serem, contudo, menos maléficos do que os espíritos das florestas e das águas.

O *Dvorovoi* detesta particularmente todos os animais (gatos, cães, cavalos) com pêlo branco. Só as galinhas brancas não o receiam, porque são protegidas por uma divindade especial, o deus das galinhas, representado por uma pedra redonda e esburacada que às vezes se encontra nos campos.

Para apaziguar um Dvorovoi, pode-se pôr num estábulo um pouco de lã de ovelha, alguns objectos pequenos brilhantes e uma fatia de pão; ao fazer esta oferenda, deve-se dizer: «Czar Dvorovoi, senhor, pequeno vizinho benéfico, ofereço-te esta dádiva como sinal de reconhecimento; sê acolhedor com o gado, cuida dele e alimenta-o bem.» Quando o Dvorovoi se mostra muito mau, pode ser punido picando com uma forquilha a madeira da vedação do pátio, ou açoitando o demónio com um chicote no qual se deve entrançar um fio tirado de uma mortalha. O Dvorovoi receia igualmente o cadáver de uma pega suspenso no pátio.

Às vezes, o Dvorovoi apaixona-se por uma mulher. Um deles, tendo-se apaixonado por uma rapariga, viveu vários anos com ela: tinha-lhe entrançado os cabelos, proibindo-a de desfazer a trança; aos trinta e cinco anos,

Um *bannik* agachado junto a um balde de madeira para as abluções (*ouchat*).
Desenho de I. Bilibine.
Col. Larousse

ela quis casar-se com um homem e, nas véspera do casamento, desfez os cabelos; na manhã do dia seguinte, encontraram-na morta, estrangulada na sua cama pelo Dvorovoi.

O *Bannik* mora na casinha dos banhos. Deixa entrar aí três séries de banhistas; a quarta vez é a sua. Convida diabos, espíritos das florestas, etc. Se o vão incomodar enquanto se banha, deita água a ferver sobre o corpo do importuno e por vezes até o estrangula. Quando se deixa o banho, é preciso deixar um pouco de água para o Bannik.

É possível interrogar o *Bannik* sobre o futuro; para isso, o curioso deve passar o seu tronco nu pela porta entreaberta da casinha de banhos e esperar pacientemente: se o Bannik o ferir com as suas unhas, é um mau presságio; se o acariciar com ternura com uma palmada doce, está-lhe reservado um bom futuro.

O *Ovinnik* (espírito das granjas) mora geralmente num canto da granja. Tem o aspecto de um grande gato negro eriçado. Sabe ladrar como um cão, rir a bandeiras despregadas. Os seus olhos brilham como brasas ardentes. É tão mau que é capaz de deitar fogo à granja.

Um único espírito doméstico é do sexo feminino: é *Kikimora*, que, em algumas regiões, é considerada mulher de Domovoi. Os inúmeros mitos, contos e lendas consagrados a Kikimora não dão dela uma imagem precisa. Ora tem a missão exclusiva de se ocupar das aves da capoeira, ora toma parte em todos os trabalhos domésticos, mas só quando a própria dona de casa é trabalhadora e diligente; se for preguiçosa, Kikimora dá-lhe mais trabalho, fazendo cócegas às crianças durante a noite. A única solução para se reconciliar com Kikimora é ir para a floresta, colher fetos e preparar uma tisana com a qual tem de lavar todos os potes e todas as chávenas da cozinha.

A crença, ainda vivaz, em todos os espíritos domésticos, mais não é do que a sobrevivência do culto que os primitivos Eslavos prestavam a muitas divindades protectoras do lar.

Kikimora, divindade do lar.
Desenho de I. Bilibine.
Col. Larousse

Limitemo-nos a referir: *Pesseias*, *Krukis*, que protegiam os animais domésticos (Krukis também era o patrono dos ferreiros); *Ratainitza*, que velava pelas cavalariças; *Prigirstitis*, que, possuindo um ouvido excelente, apercebia-se dos menores murmúrios e suportava mal os gritos; *Giwoitis*, que se julgava reconhecer sob o aspecto de lagartos e que era alimentada com leite; e, entre as divindades femininas: *Matergabia*, que dirigia o governo da casa e a quem se consagrava o primeiro pão amassado; *Dugnai*, que impedia que a massa do pão se estragasse; *Krimba*, uma deusa da casa, adorada principalmente na Boémia. Estes nomes apresentam, de novo, consonâncias lituanas, escandinavas e germânicas.

Lechy

A região que os primeiros Eslavos tinham para habitar e colonizar era muito arborizada. Os colonizadores eslavos deviam abrir caminho através de enormes florestas, cheias de imprevistos e de perigos. É muito natural que se tenham encontrado com *Lechy* (derivado do vocábulo «less», floresta), ou seja, o espírito da floresta.

As lendas populares eslavas atribuem ao Lechy um aspecto humano, mas as suas faces têm uma cor azulada, porque o seu sangue é azul. Muitas vezes, tem os olhos esbugalhados de cor verde, as sobrancelhas espessas e uma longa barba verde; os seus cabelos são os de um pope. Às vezes, a imaginação popular cobre-o com um fato especial: tem um cinto vermelho e o pé direito calçado no sapato esquerdo; abotoa, igualmente, o seu *kaftan* ao contrário. O Lechy não tem sombra, nem mesmo um tamanho estável: quando anda no meio da floresta, a sua cabeça atinge as copas das árvores mais altas; quando anda nas orlas, através dos pequenos arbustos, transforma-se num pequeno anão que se pode esconder sob uma folha.

Se não invade o terreno dos vizinhos, o Lechy conserva ciosamente o seu reino. Quando um viajante solitário atravessa a floresta, ou uma camponesa lá vai colher cogumelos e frutos, ou um caçador se aventura nela demasiado longe, o Lechy não deixa de os enganar, de os fazer vaguear em todos os sentidos através dos matagais, conduzindo-os sempre ao mesmo local.

No entanto, bonacheirão, acaba quase sempre por deixar a vítima, sobretudo se esta souber subtrair-se ao seu feitiço. Para isso, a pessoa perdida deve sentar-se num tronco de árvore, tirar as roupas e vesti-las do avesso; importa não esquecer colocar o sapato do pé esquerdo no pé direito.

O Lechy não é mortal, embora em certas lendas seja produto de uma ligação entre uma mulher e um demónio.

No entanto, os Lechy devem, todos os anos, no início de Outubro, desaparecer ou morrer temporariamente até à Primavera seguinte. Nessa altura, estão irritados e são particularmente perigosos. Cheios de angústia e de cólera, sem dúvida por pensarem no seu desaparecimento que se avizinha, percorrem a floresta, assobiam, gritam, imitam o riso estridente de uma mulher excitada, soluços humanos, os gritos das aves de rapina e dos animais selvagens.

Algumas lendas atribuem ao Lechy instintos familiares, e mostram-no ao lado da sua mulher, a Lechatchikha, e dos seus filhos, os Lechonki. Vivem nas profundezas dos bosques e realizam em comum as suas malfeitorias.

Polevik

Se todas as florestas são habitadas por um Lechy, todos os campos são dominados por Polevoi ou *Polevik* (*pole* significa campo).

O aspecto exterior do Polevik varia segundo as regiões. Ora é simplesmente alguém «vestido de branco»; ora o Polevik possui um corpo negro como a terra e dois olhos de cor diferente; longas ervas verdes surgem na sua cabeça, no lugar dos cabelos. Às vezes, o Polevik aparece sob o aspecto de um anão disforme que fala uma linguagem humana.

O Polevik gosta de se divertir à maneira dos Lechy, iludindo os viajantes atrasados. Acontece-lhe estrangular um bêbado que adormece no seu campo em vez de o arar. Nesta acção, o Polevik é ajudado muitas vezes pelos seus filhos, que correm nos sulcos e apanham pássaros com que os pais se alimentam.

Para granjear as boas graças do Polevik é possível fazer-lhe uma oferenda, depondo numa cova dois ovos e um galo velho que já não possa cantar; mas é preciso fazê-lo de modo a que ninguém consiga assistir ao sacrifício.

No Norte da Rússia, a imagem do Polevik foi substituída, algumas vezes, pela da Poludnitza (*poluden* ou *polden* significa meio-dia). É uma bela jovem de estatura elevada e completamente vestida de branco. No Verão, na altura da colheita, passeia-se pelos campos e, se encontrar um homem ou uma mulher a trabalhar ao meio-dia, agarra a sua cabeça e tortura-o sem piedade. Atrai as crianças pequenas para os campos de trigo e faz com que se percam.

Outras divindades rústicas não sobreviveram à vitória do Cristianismo. Limitar-nos-emos a referir algumas.

Entre os Polacos, a prosperidade dos campos era um feito dos deuses *Datan*, *Tawals*, *Lawkapatim*, que presidia em especial à lavoura, e da deusa *Marzanna*, que favorecia o crescimento dos frutos. *Modeina* e *Silinietz* eram deuses da floresta. O gado era posto sob a protecção de *Walgino*, de *Kurwaitchin*, que se ocupava sobretudo dos cordeiros, de *Kremara*, que se interessava em particular pelos porcos e a quem se oferecia a cerveja derramada no fogo da lareira; de *Pripartchis*, que desacostumava os bácoros do leite da sua mãe.

Entre os outros Eslavos, veneravam-se divindades como *Kricco*, protector dos frutos dos campos; *Kirnis*, que favorecia a frutificação das cerejas; *Mokoch*, deus dos pequenos animais domésticos, que tinha um altar em Kiev; *Zosim*, deus tutelar das abelhas; *Zuttibur*, deus da floresta; *Sicksa*, espírito da floresta, espécie de génio implicante que podia assumir qualquer aspecto.

Espíritos das águas: Vodianoi

O *Vodianoi* é o espírito das águas. O seu próprio nome o demonstra, pois provém do vocábulo *voda*, que significa água.

É uma divindade malévola e perigosa que mora nos lagos, nos charcos, nos rios e nas ribeiras. A sua morada preferida é a vizinhança das represas, dos moinhos. Sob a grande roda do moinho encontravam-se por vezes muitos Vodianoi.

O aspecto dos Vodianoi é muito variado.

Alguns possuem rosto humano, mas estão providos de dedos desproporcionados, de patas em vez de mãos, de longos chifres, de uma cauda e de olhos semelhantes a carvões incandescentes.

Outros têm o aspecto de homens com uma estatura desmesurada e estão cobertos de ervas e de musgo. Podem ser totalmente negros, com enormes olhos vermelhos, nariz comprido como a bota de um pescador. Muitas vezes, o Vodianoi toma a forma de um velho com a barba e os cabelos verdes, mas a cor da barba muda e torna-se branca quando a Lua está em quarto minguante.

O Vodianoi também pode aparecer sob o aspecto de uma mulher nua; sentada na água, sobre a raiz de uma árvore, penteia os seus cabelos que escorrem água.

O Vodianoi também já foi visto sob o aspecto de um peixe enorme, coberto de musgo, e sob o de um simples tronco de árvore com asas pequenas e voando à superfície da água.

Os Vodianoi são imortais, mas envelhecem e rejuvenescem com as fases da lua.

Porque não gosta dos seres humanos, o Vodianoi espreita os imprudentes para os atirar à água. Os afogados que caem no seu reino profundo e húmido tornam-se seus escravos. Vive num palácio de cristal, ornamentado com ouro e prata provenientes de barcos afundados, e iluminado por uma pedra mágica que possui um brilho maior do que o do Sol.

Durante o dia, o Vodianoi fica nas profundezas do seu palácio. À tarde sai e diverte-se a bater na água com as patas, fazendo um barulho que se pode ouvir a uma grande distância. Se um homem ou um mulher tomarem banho depois do pôr-do-sol, ele apodera-se deles.

Quando se aproxima da represa de um moinho, tenta parti-la para devolver à água o seu livre curso.

Ainda na Rússia, há algumas dezenas de anos, os moleiros, no seu desejo de granjear a benevolência do Vodianoi, chegavam a atirar à água um viajante atrasado.

Num lago da região de Olonetz (Norte da Rússia) vivia um Vodianoi que tinha uma família numerosa. Para alimentar os seus parentes precisava de cadáveres de animais e de homens, mas as pessoas que habitavam à volta do lago eram muito prudentes e não queriam ir lá nem para buscar água, nem para tomarem banho. O Vodianoi acabou por fugir para um outro lago através de um rio mas, com a precipitação, bateu com o pé numa pequena ilha que, depois, caiu no rio, onde ainda hoje é mostrada.

Rusalka

Quando uma rapariga se afoga – acidental ou voluntariamente – torna-se *Rusalka*. Esta crença é comum a todos os povos eslavos. Mas a imagem desta divindade das águas não é a mesma em todo o lado. Pode dizer-se que varia consoante o clima, a cor do céu e das águas.

Para os Eslavos do «Danúbio azul», a Rusalka, a quem aí preferem chamar *Vila*, é um ser gracioso que conserva alguns traços encantadores da jovem. Entre os Russos do Norte, as *Rusalki* graciosas, alegres e encantadoras do Danúbio e do Dnieper transformaram-se em raparigas malvadas, com um aspecto pouco atraente, com cabelos desgrenhados. A palidez do rosto das Rusalki dos países meridionais assemelha-se à do luar. As suas irmãs do Norte são macilentas como cadáveres de afogadas e os seus olhos brilham com um fogo verde mau. As

Rusalki do Sul aparecem muitas vezes com leves vestidos de bruma; as do Norte estão sempre grosseiramente desnudas. As Rusalki do Danúbio e do Dnieper entoam canções deliciosas que são desconhecidas das suas irmãs dos lagos e dos rios setentrionais. As Rusalki dos países meridionais enfeitiçam os viajantes com a sua beleza e a sua voz doce. As do Norte só pensam em apoderar-se brutalmente de algum ou de alguma imprudente, que se passeie na margem, a uma hora tar-

Uma rusalka a descansar numa árvore.
Desenho de I. Bilibine.
Col. Larousse

dia, para os empurrar para a água e afogá-los. A morte nos braços de uma Rusalka dos países do sol e do céu azul quase é agradável; é uma espécie de *eutanásia*. As *Rusalki* dos países do Norte, pelo contrário, obrigam as suas vítimas a sofrerem torturas cruéis e requintadas.

As lendas eslavas atribuem às Rusalki uma existência dupla, aquática e florestal. Até ao início do Verão – precisamente até à «semana das Rusalki» – habitam no reino das águas. Na «semana das Rusalki» deixam-no para se transferirem para as florestas. Escolhem um chorão ou uma bétula com ramos finos e longos, inclinados sobre a água, e trepam-no. De noite, ao luar, balançam-se nos ramos, interpelam-se, descem das árvores para as clareiras e dançam. Os Eslavos dos países meridionais acreditam que onde as Rusalki pousam os pés ao dançar a erva cresce melhor e o trigo é mais abundante.

Mas a sua acção também pode ser maléfica. Quando se abandonam às suas brincadeiras na água, sobem para a roda do moinho e param-na, partem as mós, estragam as represas, rasgam as redes dos pescadores. Também podem enviar tempestades e chuvas torrenciais para os campos, roubam os fios e as telas às mulheres adormecidas. Felizmente há um meio seguro de fazer face à maldade das Rusalki: basta segurar nas mãos uma folha de absinto, «erva maldita».

Os mitos relativos às Rusalki reflectem as crenças gerais dos Eslavos sobre a morte e os mortos. Segundo as crenças, as árvores verdes servem de morada aos mortos. Enquanto o sol ainda não tiver «entrado no caminho do Verão», as Rusalki, almas dos mortos, podem permanecer nas águas sombrias e frias. Mas quando as águas são batidas e aquecidas pelos raios do astro da vida, as Rusalki já não conseguem ali ficar. E voltam para as árvores, morada dos mortos.

Deuses da cidade e da guerra

Dissemos acima que nos limites do mundo eslavo, onde os Eslavos entravam em contacto com outros povos (escandinavos e germânicos), a sua mitologia perdeu o carácter primitivo e rústico, encontrou novas inspirações e assumiu novas formas, menos simplistas.

Alguns estudiosos russos da nossa época mostram-se mesmo dispostos a distinguir, entre os Eslavos pagãos, *duas* mitologias (e quase duas religiões): uma que acabámos de caracterizar e que era comum às grandes massas populares, compostas por agricultores, caçadores e pescadores, e uma outra que era a das classes superiores, dos habitantes das cidades e das zonas fortificadas.

Em qualquer caso, é certo que os Eslavos do litoral do Mar Báltico e os de Kiev conheciam uma mitologia mais desenvolvida do que a que tinha como base religiosa a mera adoração de fenómenos e de forças elementares da natureza.

Os Eslavos do Báltico – os da embocadura do Elba, da ilha Rugen, etc. – adoravam uma divindade chamada *Sviatovit*.

Alguns cronistas antigos (Helmgolf, Saxão, o *Gramático*, etc.) deixaram-nos sobre Sviatovit testemunhos quase contemporâneos. Além disso, em 1857, descobriu-se na Galícia, nas margens do rio *Zbrutch*, uma estátua de Sviatovit que mais não era do que uma réplica tosca da que se encontrava no seu templo principal, em Arcona.

A estátua de Sviatovit em Arcona, colocada num templo ricamente ornamentado, era de grandes dimensões. Tinha quatro cabeças voltadas em quatro direcções opostas. A Sviatovit de Arcona segurava na mão direita um chifre de touro cheio de vinho. Ao lado estavam pendurados uma espada enorme, uma sela e um arnês. Encontrava-se no templo um cavalo branco.

Todos os anos, o sumo sacerdote examinava solenemente o conteúdo do chifre de touro que Sviatovit tinha na mão; se tivesse muito vinho, era um bom presságio – anunciava-se um ano abundante e feliz. Mas se a quantidade de vinho no chifre tivesse diminuído consideravelmente, era preciso que se preparassem para um ano de escassez e de desgraças.

O cavalo branco de Sviatovit, mantido a custas do templo e venerado como o seu divino senhor, servia, também ele, para revelar o futuro. Os sacerdotes fixavam no chão algumas filas de lanças e, por entre delas, conduziam o cavalo de Sviatovit. Se ele passasse bem, sem bater com a pata em nenhuma das lanças, previa-se um futuro feliz.

Uma bandeira – estandarte de guerra – era guardada no templo. Os sacerdotes mostravam-na aos adoradores de Sviatovit quando partiam para a guerra.

Além dos sacerdotes, estava agregado ao templo de Sviatovit um destacamento armado de trezentos homens.

Ao lado de Sviatovit, os antigos cronistas referem, nos povos do ramo ocidental do mundo eslavo, mais algumas divindades com atributos guerreiros: *Rugievit*, que estava armado com oito espadas, sete das quais estavam presas no seu cinto e a oitava estava na mão direita; *Iarovit*, munido de um grande escudo de ouro venerado como um objecto sagrado; também dispunha de bandeiras e os seus adoradores levavam consigo o escudo e as bandeiras, quando partiam para a batalha; *Radigast*, que tinha na mão um machado de dois gumes. No peito tinha uma cabeça de touro e na cabeça encaracolada um cisne com as asas abertas. Era um conselheiro seguro, deus da honra e da força.

É difícil dizer se estes deuses eram idênticos a Sviatovit ou se, pelo contrário, constituíam divindades particulares e distintas. Pelo menos, todos têm traços comuns, de onde se deduz o seu carácter de deuses da cidade e da guerra.

Segundo o testemunho de uma antiga «crónica», Sviatovit era considerado «o deus dos deuses», e perante ele todos os outros mais não eram do que semideuses. À semelhança de Svarog, era pai do sol e do fogo. Ao mesmo tempo, como vemos pelo seu emblema (chifre de touro cheio de vinho), era o deus da abundância. E, todavia, era antes de mais um guerreiro e tinha sempre a sua parte do saque da guerra.

Na outra extremidade do mundo encontramos uma divindade análoga a Sviatovit – o deus *Perun*. A origem deste nome remonta à época ariana mais antiga. Para os Hindus, o deus Indra era designado *Parjanya*, nome da mesma raiz de Perun. O vocábulo «Perun» é conhecido em muitas línguas eslavas: Perun em Russo, Piorun em Polaco, Peraun em Checo, Peron em Eslovaco. Entre os Lituanos encontramos o nome Perkaunas.

Na *Mater Verborum* (1202), o nome de Perun é traduzido pelo de Júpiter.

Se recorrermos à língua popular polaca, encontramos não só a origem semântica do nome de Perun, mas igualmente uma explicação do carácter mitológico desta divindade. Em Polaco, «piorun» significa *raio*.

A história e a tradição não nos deixaram nada de preciso sobre a imagem divina de Perun. Sabemos apenas que houve, em Kiev, até ao fim do século X da nossa era, um ídolo de Perun de madeira. Era incontestavelmente o deus da guerra. E isto não só porque o raio era considerado pelos Eslavos pagãos a mais terrível arma divina, mas também porque os testemunhos das antigas crónicas russas atestam explicitamente a ligação directa que existia entre a guerra e Perun. Quando os primeiros príncipes de Kiev terminavam uma guerra contra os Gregos com uma paz honrosa, as suas tropas prestavam um juramento sobre as suas armas invocando o nome de Perun.

«Olga (uma das primeiras soberanas de Kiev) conduzia os seus guerreiros para a batalha» – lemos numa crónica antiga. De acordo com a lei russa, juravam sobre as armas invocando Perun.

«Igor (príncipe de Kiev) subiu a colina onde se encontrava o ídolo de Perun e depôs aí as suas armas, o seu escudo e o seu ouro.»

Em Procópio, historiador grego do século VI, encontramos um testemunho curioso sobre a religião eslava; esse testemunho provavelmente diz respeito a Perun e permite situá-lo entre as outras divindades:

«É o deus protector dos raios que eles, Eslavos, reconhecem como senhor único do universo.»

Esta mitologia guerreira, onde se misturavam elementos estrangeiros – pois importa não esquecer que o «principado» de Kiev foi fundado pelos Variags, ou guerreiros escandinavos – não deixou de influenciar a mitologia rústica, da qual, no início, diferia profundamente.

Como exemplo desta influência podemos referir o deus *Volos* (ou Veles), «deus do gado». Esta divindade de origem e carácter rústicos foi, por consequência, associada às obras guerreiras de Perun. O monge Nestor, autor da célebre *Crónica*, conta que os guerreiros da princesa Olga «juravam sobre as suas armas, invocando o seu deus Perun e Volos, deus dos animais».

Um outro exemplo, não menos curioso, é a transformação sofrida pela representação de *Zória* (Aurora), de que falámos mais acima. Enquanto permaneceu ao lado do Sol, deus da luz, era uma simples guardiã das portas do seu palácio de ouro. Mas quando encontrou Perun, deus da guerra, a doce Zória surgiu sob o aspecto de uma virgem guerreira, bem armada, patrona dos guerreiros, que protegia com o seu longo véu. Quando lhe pediam a sua protecção, diziam este exorcismo, que continuou em vigor até ao século XIX:

«Virgem, desembainha a espada sagrada do teu pai, agarra na couraça dos teus avós, no teu elmo de corajosa, faz sair o teu cavalo negro. Corre para campo aberto. No campo aberto há um exército poderoso, com inúmeras armas. Cobre-me, Virgem com o teu véu e protege-me contra qualquer força inimiga, contra o mosquete e a flecha, contra qualquer adversário e qualquer arma, contra armas de madeira, de osso, de ferro, de aço e de cobre.»

Do mesmo modo, os ventos, «netos de Striborg» (deus dos ventos), assumem o carácter de divindades guerreiras e «atiram flechas do lado do mar».

Os Eslavos de algumas regiões (da Lusácia, da Boémia, da Polónia, ou seja, onde os Eslavos estavam em contacto com a raça germânica) não se limitavam a povoar as suas florestas com «Lechy» e «Rusalki». Também tinham criado a figura de uma deusa da caça. Jovem e bela, num cavalo veloz, acompanhada por uma matilha de cães, galopa nas florestas do Elba e dos Cárpatos, de arma na mão. Até o seu nome (*Diiwica* para os Sérvios da Lusácia, *Devana* para os Checos, *Dziewona* para os Polacos) a aproxima de Diana.

É de notar que se Sviatovit tinha em Arcona um templo e sacerdotes, os Eslavos de outros países não conheciam nem os templos, nem a casta dos sacerdotes. Em Kiev, a estátua de Perun fora erigida numa colina, a céu aberto, e as funções do sacerdote eram desempenhadas pelo *Kniaz* (príncipe), chefe militar da «cidade». E bastava ao príncipe (como sucedeu com Vladimir, príncipe de Kiev) mudar de religião para que todos os funcionários e guerreiros, bem como todos os elementos dirigentes da cidade, se vissem obrigados a imitar o seu exemplo. Quando (em 988) Vladimir de Kiev quis converter-se à ortodoxia bizantina, ordenou a todos os guerreiros que se baptizassem. O ídolo de Perun foi derrubado e deitado ao Dnieper e a história nem sequer conservou vestígios de qualquer luta por parte dos fiéis de Perun pelo seu deus. Isto só pode ter uma explicação: esta divindade e esta mitologia não eram uma crença popular, mas a dos meios dos guerreiros dominantes. Quando esses meios renunciaram à sua fé, não havia ninguém para a defender.

Nos casos, muito raros, em que a população rural conservava uma recordação vaga da mitologia citadina e guerreira ela retocava-a a seu gosto: os Bielorussos entregaram a sua arma (arco) a Perun mas, em vez de um carro de combate, deram-lhe uma simples mó sobre a qual ele se desloca no céu.

Quanto a Volos, «deus dos animais», quando deixou Kiev, ocupada pelo Cristianismo triunfante, pôde regressar para junto dos camponeses, desprovido das suas funções e dos seus atributos guerreiros. E mesmo quando o Cristianismo se difundiu nas almas dos Eslavos do campo, Volos foi capaz de conservar as suas simpatias. No século XIX, as camponesas russas ainda conservavam o hábito de «frisar o cabelo de Volos». Ao fazer a colheita, deixam no campo uma bota de trigo a que «frisam» as espigas.

Aos poucos, Volos, privado dos seus acessórios guerreiros, tornou-se num simples pastor, bom guardador de rebanhos. E se Perun se manteve na memória dos Eslavos na época posterior ao principado de Kiev foi sob o aspecto de um trabalhador divino e forte, sulcando, com a sua charrua miraculosa, um céu de cobre.

Deuses da alegria

Para além das divindades que já conhecemos, a mitologia eslava compreende um grupo à parte, extremamente interessante e pitoresco e a que poderíamos chamar o dos deuses da alegria.

São *Yarilo* e *Kupala*.

Pretendeu-se encontrar a origem do nome de Yarilo, transcrevendo-o Erilo, no Grego *Eros*. Se esta explicação fosse plausível, simplificaria consideravelmente as investigações mitológicas concernentes a Yarilo, que foi um deus do amor carnal. Mas Yarilo provém, sim, do adjectivo *yary*, que significa *ardente, apaixonado, excessivo*. Por outro lado, diz-se *yarovoi* quando se fala do trigo semeado na *Primavera*, por oposição a *ozimoi*, derivado do vocábulo *zima* (Inverno), e que significa trigo semeado no Outono.

Vemos, portanto, que ao nome de Yarilo estão ligadas a ideia de regeneração primaveril e a de paixão sexual.

O culto de Yarilo estava de tal modo difundido e enraizado entre certas populações eslavas, mesmo em séculos muito afastados da época pagã que, por exemplo, no final do século XVIII, Monsenhor Tikhon, bispo ortodoxo de Voronege, teve de tomar medidas muito rigorosas contra os habitantes da sua diocese que se entregavam a este culto. Pelos seus sermões, sabemos que, entre os Eslavos pagãos, havia um «antigo ídolo», Yarilo; em sua honra organizavam-se «divertimentos e jogos satânicos», que duravam vários dias.

As lendas populares da Bielorússia conservaram uma descrição curiosa do aspecto exterior do deus Yarilo. Parece jovem e belo. Monta um cavalo branco e está vestido com um manto branco. Na cabeça tem uma coroa de flores do campo. Na mão esquerda, segura um punhado de espigas de trigo. Os seus pés estão nus.

Dois elementos entravam no rito pagão consagrado a Yarilo e nas festas populares celebradas em sua honra durante o período cristão.

Deus da Primavera e da fecundidade, era celebrado em certas regiões eslavas na Primavera, nos dias das primeiras sementeiras. Na Bielorússia, as jovens aldeãs, no século XIX, reuniam-se para escolher a mais bela, que vestiam com as vestes brancas de Yarilo, coroavam com flores e montavam-na num cavalo branco. Em redor da eleita formava-se um *khorovode* (derivado curioso eslavo do antigo *coro*), longo círculo dançante de raparigas coroadas com flores frescas. A festa era celebrada nos campos recentemente semeados, na presença dos anciãos e das anciãs da aldeia. O *khorovode* clamava uma canção que glorificava os grandes benefícios do deus:

> Ali, onde se pousa o pé,
> O trigo brota aos montões;
> Ali, onde ele lança o seu olhar,
> As espigas florescem...

No Verão celebravam o rito dos «funerais» de Yarilo. Esta solenidade, muito difundida entre os Eslavos de Este e de Oeste, resistiu durante séculos a todas as investidas dos pregadores cristãos – sobretudo na Rússia.

Durante estas festas, os homens, as mulheres e as raparigas reuniam-se para comer, beber e dançar. Ao pôr-do-sol, levavam para o local da festa um ídolo de Yarilo em palha. Era a imagem do deus morto. As mulheres, embriagadas com as bebidas e as danças, aproximavam-se do ídolo e soluçavam: «Ele está morto! Ele está morto!» Os homens acorriam, também eles; agarravam no ídolo, abanavam-no e gritavam: «Sim, as mulheres não mentem! Elas conhecem-no bem, elas sabem que ele é mais doce do que o mel!» Os lamentos e as preces ainda se prolongavam; depois levavam o ídolo que as mulheres acompanhavam até ao local onde o enterravam. Em seguida, voltavam a comer, a beber e a dançar.

Tal como Yarilo, *Kupala* era uma divindade da alegria.

O nome de *Kupala* tem a mesma raiz do verbo *kupati*, que significa *banhar*. Isto explica-se pelo facto de, durante as festas de Kupala, que se celebravam em Junho, tomarem banho nos rios e lavarem-se com o *orvalho de Kupala*, orvalho colhido na noite da festa. A adoração da água, a crença na sua força mística, eram um dos elementos de que se compunha o culto de Kupala.

Esta crença estava, em geral, muito difundida entre os Eslavos pagãos. As suas lendas populares falam muitas vezes de «água morta» e «água viva», cada uma das quais tem o seu poder miraculoso; quando o herói da lenda perece à espada do inimigo e o seu corpo jaz por terra, cortado em pedaços, a fada asperge-o com a «água da morte», que permite que os seus membros cortados se reúnam; em seguida, asperge-o com a «água da vida», que o ressuscita definitivamente.

Os Eslavos antigos veneravam as fontes sagradas, junto das quais se encontravam, frequentemente, locais de oração e de sacrifício. Em certas regiões, ainda se conservava, nos finais do século XIX, o costume curioso de «pedir perdão à água». Para se curar de uma doença, a pessoa que «pedia perdão à água» atirava para a água um bocado de pão, saudando-a e pronunciando por três vezes este velho exorcismo: «Vim a ti, pequena mãe-água, com a cabeça curvada e arrependida: perdoai-me, vós também, avós e antepassados da água!»

Notemos, de passagem, que os grandes rios que banham os países eslavos – Danúbio, Dnieper, Don, Volga – foram glorificados, personificados e quase deificados pelos *byliny* (poemas épicos) russos, sob a forma de heróis lendários, meio-homens, meio-deuses.

A veneração da água estava estreitamente associada ao culto de Kupala: os banhos, as abluções, o lançamento à água de coroas de flores constituíam uma parte importante do seu rito.

Um lugar não menos importante era ocupado pela adoração do fogo. Os fogos sagrados da noite sagrada de Kupala possuíam uma virtude purificadora. Os adoradores de Kupala formavam *khorovodes* em redor desses fogos e saltavam por cima.

Nas festas de Kupala, posteriores ao fim oficial do paganismo, encontramos o ídolo de Kupala feito de palha, com *vestes de mulher*, enfeitado com fitas, colares de mulher, etc.; em certos locais, o ídolo de palha estava provido com braços de madeira, nos quais dependuravam coroas de flores e diversos *adornos de mulher*.

Ao pôr-do-sol, o ídolo era levado em procissão até um rio, onde era afogado, ou até ao fogo sagrado, onde era queimado.

Entre os Sérvios pagãos não se afogava o ídolo; limitavam-se a banhá-lo na água.

Uma parte essencial do culto de Kupala era a adoração das árvores, das ervas e das flores.

Durante a festa, o ídolo de Kupala era colocado sob uma árvore *cortada* e fixada na terra. Entre os Eslavos do Báltico a árvore sagrada era a bétula. As mulheres atrelavam-se a uma carroça, dirigiam-se em procissão para a floresta para escolherem aí uma bétula que transportavam solenemente para o local da festa. Na árvore só deixavam os ramos superiores, que formavam uma espécie de coroa em volta da copa. De um modo não menos solene cravavam a árvore no chão e dependuravam-lhe flores. Todas estas operações eram feitas exclusivamente pelas mulheres; os homens não deviam tocar na árvore sagrada.

Diante desta árvore sagrada faziam sacrifícios degolando um galo.

Mas o lado mais pitoresco e mais misterioso do culto de Kupala era sem dúvida a procura das ervas e das flores mágicas e sagradas.

Na manhã da festa de Kupala, ao amanhecer, devia-se procurar a *plakune-trava*, ou seja, «a erva das lágrimas» (bot. salicária). A sua raiz tem o poder de dominar os demónios impuros. O feiticeiro que a possuir só precisa de recitar este exorcismo:

> «Erva das lágrimas! Erva das lágrimas! Choraste muito e durante muito tempo, mas não obtiveste grande coisa. Que as tuas lágrimas não rolem pelo campo aberto! Que os teus soluços não ressoem no mar azul. Que metas medo aos malvados demónios, semidemónios e às velhas bruxas. Se não se submeterem a ti, afoga-os nas suas lágrimas. Se fugirem ao teu olhar, encerra-os nos precipícios e nos abismos. Que a minha palavra seja firme e forte ao longo dos séculos!»

A *razryv-trava*, «a erva que parte» (bot. saxifrágia), deve ser colhida durante o dia. Possui a virtude de partir o ferro, o ouro, a prata e o cobre em pedaços minúsculos, apenas pelo seu toque. Quando a foice encontra esta erva, parte-se. Neste caso, é preciso apanhar todas as ervas ceifadas e atirá-las para a água: aquela que flutuar à superfície é «a erva que parte».

Uma outra erva, «sem nome», tem um poder ainda mais misterioso: o homem que a tiver consigo adivinha os pensamentos de qualquer outro homem.

Mas a verdadeira erva sagrada de Kupala é o feto: pois, segundo os mitos e as lendas populares, ele só dá flores (ou, mais precisamente, *uma* flor) uma vez por ano, na noite de Kupala. Esta flor possui um poder ilimitado. Diante daquele que tem a sorte de a ter colhido, curvam-se os reis e os mais poderosos potentados. Domina os demónios. Sabe onde se encontram os tesouros; em todo o lado tem acesso às riquezas mais preciosas e às mulheres mais belas.

Mas a «flor de fogo» do feto, flor de Kupala, é guardada ciosamente pelos demónios. Para a colher, é preciso ir para a floresta, antes da meia-noite, hora em que a flor mágica faz a sua aparição. O botão da flor sobe ao longo da planta como um ser vivo; amadurece e, exactamente à meia-noite, surge com estrépito, formando uma flor de fogo, de tal modo luminosa e brilhante que os olhos não conseguem suportar o seu brilho. O corajoso que queira apoderar-se da flor deve traçar à sua volta um círculo mágico e não sair dele. Não deve olhar para os monstros, cuja forma os demónios assumem para o amedrontar, nem responder às vozes que o interpelam. Se o fizer, está perdido.

Na noite de Kupala, as árvores adquirem o poder de sair da terra, de se deslocar e de falar entre si numa língua misteriosa. Só o feliz possuidor da flor de Kupala, «flor de fogo», pode compreender essa linguagem.

Mitologia pagã entre os Eslavos da época cristã

No decorrer do nosso estudo, tivemos múltiplas ocasiões de constatar, entre os Eslavos, reminiscências e sobrevivências muito fortes do paganismo na época cristã.

A mitologia pagã, vencida pelo Cristianismo na sua principal fortaleza – no reino dos deuses da cidade e da guerra –, fixou-se profundamente, e em larga extensão, nos espíritos das vastas populações rústicas. Formou-se uma espécie de simbiose, de coexistência do paganismo e do Cristianismo, sobretudo entre os Eslavos ortodoxos e, mais particularmente, na Rússia, onde o próprio clero rural se mostrava muito disposto a tolerar esta simbiose religiosa, esta «dupla crença».

Uma fonte fértil para o estudo destas curiosas sobrevivências do paganismo entre os Eslavos da época cristã é-nos fornecida pelos célebres *byliny* (plural de *bylina*, derivado do vocábulo *byl*, que significa «o que foi»), poemas épicos e heróicos do povo russo.

Os *byliny* dividiam-se em dois «ciclos», dos quais um fala dos «*bogatyri* (bravos) mais velhos» e o outro dos «*bogatyri* mais novos». O primeiro «ciclo», de origem mais antiga, está cheio de elementos misteriosos.

O *bylina* sobre o *bogatyr* Sviatogor apresenta-o de tal modo forte que ele carrega a sua própria força «como um pesado fardo». No seu orgulho declara que se encontrasse um local onde se concentrasse todo o peso terrestre, ele ergueria a Terra. Na estepe encontra uma pequena sacola. Toca nela com o seu bastão: não se mexe. Toca nela com o seu dedo: ela não se desloca. Sem descer do cavalo, agarra na sacola com a mão: ela não se ergue:

Percorro o mundo há muitos anos,
Mas nunca encontrei um milagre igual:
Uma pequena sacola
Que não se mexe, não se desloca, não se ergue!

Sviatogor desce do seu bom corcel; agarra na sacola com as suas duas mãos, ergue-a acima dos seus joelhos. E ele próprio se enterra na terra até aos joelhos. Não são lágrimas, é sangue que corre pelo seu rosto. Ele já não consegue erguer-se do local onde se tinha enterrado. Foi este o seu fim.

O poder misterioso e divino da Mãe-Terra-Húmida está bem retratado neste poema.

Num outro *bylina*, vemos um lavrador maravilhoso, o bogatyr Mikula, cuja «pequena charrua» de madeira está de tal modo pesada que nem um grupo de bogatyri é capaz de a erguer, enquanto Mikula

O bogatyr trabalhador, Mikula Selianinovitch.
Desenho de I. Bilibine.
Col. Larousse

a ergue apenas com uma das mãos. O pequeno cavalo de Mikula é mais rápido do que os melhores corcéis, pois «Mikula é amado pela Mãe-Terra-Húmida».

O *bylina* sobre o bogatyr Volkh, ou Volga, representa-o como um ser mítico, capaz de se transformar num «falcão brilhante», num «lobo cinzento», num «touro branco com chifres de ouro» e numa «formiga muito pequena». Este *bylina* é notável pelo próprio nome do seu herói: Volkh é, certamente, uma deformação do vocábulo *Volkhv* que significava, entre os Eslavos pagãos, *sacerdote* e *bruxo*.

Todas estas imagens têm um carácter mítico bem visível. Mas aí a mitologia pagã está acompanhada por ingredientes cristãos:

«Claro que Sviatogor encontrou o peso da Terra, mas Deus puniu-o pelo seu orgulho», conclui o *bylina*.

O próprio Mikula, lavrador maravilhoso, diz que «precisa da ajuda de Deus para lavrar a terra e fazer o seu trabalho de camponês».

E até Volkh, que tem todos os traços de um lobisomem e que sabe «fazer bruxedos», usa os seus dons misteriosos para defender Kiev, a cidade ortodoxa, contra os cometimentos pérfidos do «czar indiano», que quer «reduzir a nada as igrejas de Deus».

Esta mistura de elementos pagãos e cristãos não é menos notável nos *byliny* relativos aos *bogatyri mais novos*.

O mais popular destes últimos é Ilia-Murometz, «filho de camponês» (Ilia significa Elie, e Murometz, originário de Murom). Os numerosos *byliny* que lhe foram consagrados dotam-no de traços que lhe dão uma semelhança com o deus do raio, Perun.

O cavalo de Ilia-Murometz não corre pela terra, mas voa no ar, «sobre a floresta imóvel e um pouco abaixo da nuvem, em corrida pelo céu». A flecha que Ilia-Murometz lança com o seu arco maravilhoso assemelha-se à do arco divino de Perun: ela destrói as cúpulas das igrejas e divide os carvalhos robustos em pequenas pranchas.

A origem da força de Ilia é mítica. Ele nasceu fraco e durante trinta e três anos «permaneceu sentado» sem se poder erguer. Um dia, dois viajantes (cantores-vagabundos) deram-lhe a «bebida de mel» e ele sentiu em si «uma grande força».

Mas o bogatyr Ilia é um bom cristão. Só realiza os seus feitos de bravo depois de ter tomado a bênção dos velhos pais. Defende a fé de Cristo contra os infiéis. E quando chega o seu momento de morrer, constrói em Kiev uma catedral. Depois deste último feito, Ilia «morre petrificado» e o seu corpo «permaneceu intacto até agora».

No *bylina* sobre o bogatyr Potok-Mikhaïlo-Ivanovitch encontramos vestígios de funerais pagãos: de acordo com certos testemunhos, entre os Eslavos pagãos, a mulher seguia voluntariamente na morte o marido defunto. O *bylina* conta que quando o bogatyr Potok-Mikhaïlo-Ivanovitch se casou, ele e a noiva juraram que aquele dos esposos que sobrevivesse ao outro dar-se-ia voluntariamente a morte. A jovem mulher de Potok morreu um ano e meio depois do casamento. Potok mandou cavar um túmulo «profundo e grande», chamou «popes e diáconos» e, tendo enterrado a mulher, desceu ele mesmo para o túmulo com o cavalo e a armadura. «Em cima colocaram uma placa de carvalho e areia amarela; só deixaram espaço para um cordão que estava preso ao sino da catedral.» Por cima, cravaram uma cruz de madeira. O bogatyr Potok ficou com o seu bravo corcel no túmulo desde o meio-dia até à meia-noite e, «para se encorajar, acendia círios de cera». À meia-noite, «reuniram-se à sua volta todos os monstros répteis» e, «a seguir, veio a grande Serpente» que «queima com uma chama de fogo». Com a seu «sabre afiado», Potok matou a serpente, cortou-lhe a cabeça e «com esta cabeça de serpente untou o corpo da mulher», que ressuscitou imediatamente. Então Potok puxou o cordão e fez soar o sino da catedral. Libertaram-nos, a ele e à mulher; os popes aspergiram-nos com água benta e «ordenaram-lhes que vivessem como antes». Atingindo uma avançada velhice, Potok morreu antes da mulher, a quem «enterraram viva com ele na terra húmida».

Noutros *byliny* relativos aos bogatyri mais novos encontramos uma personificação – sob o aspecto de heróis lendários – dos grandes rios eslavos: Danúbio, Dnieper, Don.

Os *byliny* que acabámos de referir falam dos bogatyri de Kiev. Os que são consagrados aos bogatyri de Novgorod contêm, também eles, muitos elementos pagãos e mitológicos, misturados a ideais cristãos, tal como os *byliny* sobre o bogatyr Sadko, o Mercador Rico. Com os seus barcos, Sadko navegava sobre «o mar azul».

Subitamente, o barco de Sadko «pára no meio do mar», sem poder avançar. Sadko lembra-se que, tendo navegado no mar azul durante doze anos, «nunca pagou tributo ao Czar do Mar». Enche uma grande taça com «prata pura», outra com «ouro vermelho», uma terceira com «pérolas raras». Coloca as taças numa pequena prancha e lança a prancha para o mar azul. Mas «a pequena prancha flutua sem nada verter». Sadko interpreta isto com o sentido que o Czar do Mar não quer prata, mas exige «a cabeça de um homem». Tiram à sorte e é Sadko que deve descer para junto do Czar do Mar. Leva consigo um ícone de São Nicolau e os seus «gusli» (instrumento de corda), desce do seu barco, senta-se na pequena prancha e adormece, para acordar num «palácio de pedras brancas». Toca os seus *gusli* diante do Czar do Mar e este último põe-se a dançar: a sua dança furiosa gera uma tempestade e «cabeças inocentes morrem no mar». Para pôr fim à dança e à tempestade, Sadko parte as cordas dos seus *gusli*.

Depois do seu regresso feliz e miraculoso à terra, Sadko ainda navega durante dez anos no rio Volga. Quando pretende regressar a Novgorod, «corta um bocado de pão, põe-lhe sal e depõe-no nas vagas do Volga»; para lhe agradecer os seus benefícios, o Volga fala-lhe em linguagem humana e diz-lhe que vá saudar, da sua parte, «o seu irmão, o lago de Ilmene». Como recompensa, o lago de Ilmene diz a Sadko que coloque nas suas águas três grandes redes, que se enchem de peixe; transportado para os armazéns de Sadko, este peixe maravilhoso transforma-se em prata.

Místico e mítico é também o fim dos bogatyri. É contado num *bylina* intitulado: *Por que é que já não há mais bogatyri na santa Rússia*.

Depois de um combate bem sucedido, um dos bogatyri cometeu a imprudência de dizer, no seu orgulho: «Se temos perante nós uma "força do além", vencê-la-emos também a ela!» Imediatamente apareceram dois guerreiros desconhecidos que desafiaram os bogatyri para o combate. Um bogatyr feriu-os com a sua espada e cortou cada um em dois; mas, no lugar dos dois guerreiros, apareceram quatro novos, «completamente vivos»; no lugar desses quatro, oito novos, «completamente vivos» e assim por diante, sem fim, sem número. «Três dias, três horas, três curtos minutos» se debateram os bogatyri contra a «força do além», que se multiplicava sempre. Os fortes bogatyri tiveram medo. «Correram para as montanhas de pedra, para as cavernas sombrias.» Mas cada bogatyr que para aí corria ficava petrificado.

«A partir dessa época não houve mais bogatyri na santa Rússia.»

Dissemos, acima, que muitos dos traços de Perun, o deus do raio, foram transferidos para o bogatyr Ilia-Murometz. Mas foi sobretudo o profeta Santo Elias que herdou, entre os Eslavos ortodoxos, os atributos de Perun. Quando um camponês eslavo ouve o trovão, diz que é o profeta Elias que corre no céu, no seu carro de fogo.

Quanto a Volos, deus dos animais, transmitiu as suas funções e os seus atributos a São Vlas (ou Vlassy: Blaise). No dia de São Vlas (11 de Março), «a vaca começa a aquecer os seus flancos» sob o sol. Dirige-se a esse santo uma prece que, estranhamente, se assemelha a um antigo exorcismo: «São Vlas, dá-nos sorte, para que as nossa vitelas tenham um pêlo liso e que os nosso bois sejam gordos.»

Na Rússia, durante as epizootias, toma-se um ícone de São Vlas e, *sem o sacerdote*, é levado para junto dos animais doentes. Prendem-se, pela cauda, uma ovelha, um carneiro, um cavalo e uma vaca que, em seguida, são empurrados em conjunto para uma ravina e, aí, são mortos à pedrada («em lembrança dos ritos pagãos», diz um autor, Maximoff, *Poderes ocultos e impuros. Trabalhos do gabinete etnográfico do príncipe Tenicheff*, Moscovo, 1903). Durante este «sacrifício», cantam: «Matar-te-emos à pedrada, far-te-emos desaparecer no interior da terra, far-te-emos desaparecer no interior da terra, morte de vacas, empurrar-te-emos para as profundezas; não voltarás nunca mais à nossa aldeia!» Em seguida, cobrem os cadáveres dos animais sacrificados com palha e madeira para os queimarem completamente.

É interessante notar que as igrejas dedicadas a São Vlas encontram-se sempre junto das antigas pastagens.

Muitos costumes pagãos entraram, como uma parte essencial, nas cerimónias religiosas dos Eslavos cristãos. Por exemplo, depois do enterro, os amigos do defunto são convidados para uma refeição fúnebre, para onde se dirigem do próprio cemitério, para comer e beber copiosamente: é um vestígio da antiga *trizna*, banquete consagrado ao espírito do morto, que encontramos entre os Eslavos pagãos.

Na semana da Páscoa, em muitas regiões eslavas, as famílias ortodoxas dirigem-se ao cemitério para comer e beber nos túmulos dos seus parentes e antepassados; o resto da bebida é vertida sobre o túmulo.

Também acontece que as superstições pagãs se mantenham presentes em templos cristãos. Por exemplo, o exorcismo que deve recitar o feliz possuidor da «erva das lágrimas», colhida no dia de Kupala, deve ser recitado no interior da igreja, diante dos ícones.

São muito os exemplos deste género. É característico que a festa de Kupala, conservada com a maioria dos seus pormenores pagãos, tenha sido, após a introdução do Cristianismo, transferida do solstício de Verão (21 de Junho) para o dia próximo de São João Baptista. Em muitas línguas eslavas, João significa Ivan. E, muito naturalmente, a festa da divindade pagã Kupala tornou-se, em muitos países eslavos, a de Ivan-Kupala. Esta extraordinária associação do nome mítico de uma divindade pagã ao de um grande santo cristão, melhor do que qualquer outro facto, caracteriza o modo simplista e ingénuo como se realizava a sobrevivência do paganismo na época cristã, e a coexistência das duas religiões nas massas populares do mundo eslavo.

G. ALEXINSKY

4
MITOLOGIA LITUANA

Introdução

O povo lituano – com alguns outros povos, poucos numerosos (os Ossetas do Norte do Cáucaso, os Albaneses, os Bascos) – pertencem àquela categoria de povos da Europa cujas origens permanecem envoltas em mistério, mas que são incontestavelmente os povos mais antigos da nossa parte do mundo. O facto é que a língua lituana é, entre todos os dialectos europeus, a mais próxima do sânscrito, cujos idiomas os livros sagrados do Hindustão nos transmitiram.

Do ponto de vista de território e população, o actual Estado lituano apenas oferece uma pálida ideia dos antigos territórios lituanos, que se estendiam até muito mais longe, a noroeste no território da Prússia, a norte no da Curlândia, a este e a sul nos territórios agora povoados pelos eslavos (Russos e Polacos). Povo rústico, os Lituanos sofreram invasões e expedições militares por parte das tribos escandinavas e germânicas. Nessas lutas constantes e duras formaram-se, no seio da população rústica dos territórios lituanos, elementos dirigentes e guerreiros cuja mentalidade adquiriu um carácter diverso do da grande maioria da população.

O paganismo perdurou entre os Lituanos muito mais tempo do que entre os Eslavos. O Cristianismo só fez a sua primeira aparição em meados do século XIII. «Mas, ao longo de todo o século XIV, a velha religião lituana conserva-se sem ser afectada pelo Cristianismo. Na época antiga, a religião (pagã), com a língua comum, foi a única manifestação da unidade nacional dos Lituanos, que viviam em tribos isoladas, dispersas e sem qualquer ligação política entre si... Dado que o modo de vida simples e patriarcal da aldeia lituana antiga se desenvolvia em aglomerados pouco consideráveis, o laço religioso tinha-se enraizado naturalmente nesta vida.»([18]) Em certas regiões, o paganismo ainda resistia ao catolicismo, na época da Reforma. Infelizmente, os monumentos desse período primitivo foram destruídos e só podemos recuperar alguns dos seus aspectos através das formas cristãs que lhes foram dadas de seguida.

Adoração da Natureza

A base fundamental das crenças religiosas do Lituanos pagãos foi a adoração das forças da natureza.

O primeiro autor que nos fala disso é Petrus de Duisburg, cuja *Cronica Terræ Prussiæ (Crónica da Terra da Prússia)*, diz respeito ao fim do século XIII e início do século XIV. Escreve ele: «*Prutheni noticiam Dei non habuerunt.* – diz ele. – *Et quia sic Deum non cognoverunt, ideo contigit, quod errando omnem creaturam pro deo coluerunt, silicet solem, lunam et stellas, tonitrus, volatiles, quadrupedia etiam usque ad bufonem. Habuerunt etiam lucos, campos et aquas sacras, sic quod secare aut agros colere vel piscari ausi non fuerant in eisdem.*»([19]) «Os Prussianos (Lituanos pagãos, habitantes da antiga Prússia) não tinham noção de Deus. E como não conheciam Deus, veneravam como deus qualquer criatura: o sol, a lua, as estrelas, o trovão, os pássaros, os animais, até o sapo. Tinham florestas, campos e cursos de água consagrados; não se podia fazer abates nessas florestas nem lavrar esses campos nem pescar nessas águas.»

Florestas sagradas

A Lituânia, que permanece ainda um país de florestas por excelência era, na época do paganismo, ainda mais arborizada. Podemos então espantar-nos com o facto de que a adoração das florestas tenha sido a parte principal da fé ingénua dos pagãos lituanos? «A santidade das florestas sagradas ia tão longe», escreve T. Narbutt,([20]) «que não

---

([18]) P. Klimas, *La Vieille Lituanie* (ed. polaca) [Vilnius, 1921, pp. 93-94].

([19]) Citado a partir de *Mythologiæ Lituanicæ Monumenta*, recolha de textos relativos às fontes para o estudo da mitologia lituana, redigida por A. Mierzinski (Varsóvia, 1892, vol. II).

([20]) Th. Narbutt, *Histoire ancienne du peuple lituanien*, t. I: *Mythologie lituanienne* (Vilnius, 1835).

só não se devia caçar nelas, nem capturar de qualquer maneira animais ou pássaros, mas também serviam como local de asilo para os homens perseguidos que, ao esconderem-se nestes locais sagrados, ficavam a salvo de todas as perseguições.»

Culto das árvores

«Para um Lituano», escreve P. Klimas, «a árvore era qualquer coisa de íntimo e de moralmente familiar, a ponto de a vida e o destino de um homem estarem ligados à vida de uma árvore. Se, após a morte de um homem, a árvore que ele tinha amado não secasse, isso significava que a alma do defunto tinha passado para essa árvore... Em certas regiões, o ruído da floresta e o murmúrio dos ramos eram considerados um sinal de que descansavam aí as almas dos mortos»[21].

As árvores também eram veneradas. Era proibido arrancá-las do solo, e quebrar-lhes os ramos, sobretudo as copas. Quando os cristãos arrancavam ou cortavam as árvores, os Lituanos pagãos espantavam-se de não ver o sangue escorrer pelo tronco abatido ou pelas raízes arrancadas.

Entre 1351 e 1355, a pedido do bispo João I, o grão-mestre dos cavaleiros da Cruz ordenou que se serrasse um carvalho – em Romuva ou Romové, na Prússia – sob o qual a população lituana não cessava de se reunir para fazer preces. Os antigos cronistas, como Simão Grunau, afirmam que esse carvalho mantinha a sua folhagem verde, tanto no Inverno como no Verão, e atribuem esse poder misterioso à influência dos demónios que, sob o aspecto de deuses pagãos, aí recebiam honras. Em 1258, o bispo Anselmo, em Sventamiestis, ordenou que se cortasse um outro carvalho sagrado. O machado feriu mortalmente o homem encarregue dessa tarefa; o próprio bispo pegou no machado, mas em vão, e teve de queimar a árvore que o ferro não cortava.

Encontram-se vestígios dessa veneração pelos carvalhos nas imagens pias que ainda ornamentam muitas dessas árvores e que não são mais do que uma adaptação cristã de antigos ritos pagãos.

O visco que cresce sobre um carvalho tinha um poder particular; o homem que tivesse um ramo consigo não só não podia ser ferido, como tinha a certeza de atingir e ferir aquele sobre quem desferisse uma flecha.

---

[21] P. Klimas, *op. cit.*

A adoração do salgueiro estava difundida ainda no final do século XVIII e no início do século XIX. Segundo um testemunho contemporâneo, na vila de Kalnénai, na margem direita do Niemen, viam-se, em 1805, camponeses a rezar «pela felicidade e multiplicação das crianças» diante de um salgueiro ornado com coroas de flores. Os padres católicos da região, desesperados para convencer os seus paroquianos a abandonar este ritual pagão, acabaram por colocar um crucifixo no salgueiro. A veneração do salgueiro está associada à lenda de Blinda (Blinda em Lituano significa salgueiro). Blinda era uma mulher que possuía uma capacidade miraculosa: podia dar à luz crianças, não só do modo natural e comum, mas também «pelas suas mãos, pelos seus pés, pela sua cabeça e por todas as outras partes do corpo». A Terra invejava a fecundidade miraculosa de Blinda e, um dia em que esta caminhava numa pradaria húmida, os seus pés afundaram-se na terra. Esta aprisionou de tal forma os pés de Blinda que ela já não se podia mexer e tranformou-se em árvore.

Culto dos animais

Numa bula, o papa Inocêncio III recriminou os Lituanos por prestarem honras religiosas aos animais (*animalia bruta*). O antigo cronista Duisburg escreve que o culto dos animais entre os lituanos pagãos se estendia «até aos sapos». Entre eles, os alces eram objecto de uma adoração especial, pois eram «servidores de Deus e, como tal, eram guardados em florestas especialmente nomeadas para esse efeito. Quanto aos touros selvagens, eram elevados ao estatuto de «patronos» protectores do povo lituano, e as suas peles eram usadas pelos guerreiros como o «amuleto» mais seguro contra a morte em batalha.

Em certas superstições que ainda subsistem, encontramos traços de um culto aos cães, que são considerados possuidores da capacidade sobrenatural de pressentir os acontecimentos e as infelicidades.

Os animais de cor branca – cavalos, bodes, etc. – eram particularmente sagrados e serviam de oferenda aos deuses apenas para os sacrifícios.

Os pássaros eram considerados seres superiores e sagrados, capazes de conhecer e predizer o futuro. Havia mesmo feiticeiros especiais que se ocupavam da interpretação da linguagem misteriosa dos pássaros.

Mas o mais sagrado dos animais selvagens dos bosques, dos campos e das águas, era a cobra.

Segundo testemunhos muito fiáveis (os de Praetorius e Bretkunas), na época do paganismo, cada lituano tinha uma cobra em casa. Dirigiam-se a feiticeiros especiais que introduziam uma cobra em casa, onde lhe era reservada uma cama, a um canto; os habitantes da casa cuidavam dela e alimentavam-na com amor e respeito religiosos, pois era considerada a protectora da casa.

As *almas dos mortos*

Vimos atrás que, entre os Lituanos, o culto das árvores estava ligado ao das almas dos mortos que se transformaram em árvores. Mas os Lituanos pagãos também acreditavam na migração das almas, que passavam quer para o corpo dos recém-nascidos, quer para o de diversos animais.

Entretanto, as almas dos mortos podem permanecer em comunhão quase material com os vivos, usufruir dos seus cuidados, partilhar as suas refeições. Ao longo dos últimos séculos, os antigos Lituanos deitavam comida para debaixo da mesa e vertiam para o chão bebidas, para as almas dos mortos. As lendas populares recordam um Dia das Almas que se celebrava na Primavera: nesse dia, as almas dos mortos podiam voltar e flutuar entre os vivos, para que estes últimos as presenteassem. Por seu lado, os avós e os pais falecidos podiam, também eles, prestar serviços aos seus parentes. Conta uma lenda que, certa vez, várias almas de mortos, após conhecerem os usos e os mistérios do outro mundo, aproveitaram para favorecer um dos seus parentes. Quando este morreu e compareceu perante a morada das almas, os seus parentes falecidos abriram-lhe «o ferrolho das almas», pegaram nele «pelos seus braços brancos» e fizeram-no sentar-se no «assento das almas», entre os felizes, de modo a que ninguém lhe pudesse fazer mal.

Quando uma Lituana pagã chorava o marido defunto, dirigia a sua queixa aos parentes mortos:

«Tomai o vosso genro e meu marido pelos seus braços brancos, abri-lhe a porta das almas, pois morais aí em baixo há muito e sabeis como comportar-vos.»

A «morada» das almas era, assim, representada como um local fechado onde se entrava por portas, com o apoio dos antepassados e dos parentes. Segundo um testemunho, os Lituanos acreditavam que a morada das almas tinha precisamente nove portas.

Uma das tradições mais difundidas, no tempo do paganismo, era a de colocar ao pé de cada sepultura – para que o espírito do morto pudesse agarrar-se e apoiar-se para sair do seu túmulo – uma espécie de estela em madeira, feita com uma tábua ou um tronco de árvore, decorada com diversos ornamentos: corações, cabeças de cavalo, flores pintadas, pássaros, emblemas solares, sinetas, urnas, etc. Quando o Cristianismo se implantou na Lituânia deu a essas estelas um carácter cristão, quer sobrepondo-lhes uma cruz, quer edificando nelas uma pequena capela que abrigava figurinhas santas.

No entanto, «ainda que chamados *Kirkstai* (baptismos)», diz J. Basanavicius, «esses monumentos fúnebres não são cristãos, senão de nome. O deus sol, a divindade lua e o deus serpente permanecem ainda sobre as cruzes como emblemas secretos; os pássaros continuam a cantar nelas, para acalmar os espíritos dos mortos e as cascavéis a silvar em sua honra.»[22]

A tal ponto que o clero católico foi o primeiro a agitar-se com essas cruzes suspeitas. Em 1426, Miguel, bispo de Zambra, ordenou que a sua destruição e proibiu que se erguessem novas: «*ut nullam crucem circa sepulcra mortuorum locent*». Mas não se fez caso dessa proibição. As cruzes continuaram a multiplicar-se, não só nos túmulos, mas na beira dos caminhos, nos cruzamentos de estradas, nos bosques, nos campos; ainda hoje abundam na Lituânia e constituem mesmo uma das características mais curiosas deste país.

Culto do fogo

Antes de passar ao outro mundo, a alma do morto deve, segundo a crença de certas tribos lituanas, apresentar-se perante o sumo sacerdote do fogo.

O culto do fogo ocupava um lugar importante no paganismo lituano. Em 1370, o patriarca Filoteu chamou aos Lituanos «adoradores ímpios do fogo». Segundo os testemunhos históricos, no século XIV os Lituanos «guardavam e escondiam fornalhas de fogo sagrado em florestas inacessíveis, mantendo nas fornalhas uma chama perpétua, pois acreditavam que a extinção do fogo sagrado ameaçaria todo o seu povo».[23] Mas o hábito de esconder a chama sagrada no fundo das florestas só teve de se desenvolver depois da aparição do Cristia-

---

[22] *Croix lituaniennes*, recolhidas e desenhadas por A. Jarosevicius; ensaio arqueológico por J. Basanavicius (Vilna, 1912).
[23] Narbutt, *op. cit.*, p. 174.

nismo militante que perseguiu os antigos rituais pagãos. Antes disso, o culto do fogo era praticado livremente e por toda a parte. P. Klimas, apoiando-se em fontes dignas de crédito, diz que na era pagã «quase todos os Lituanos veneravam o "fogo santo" da sua lareira e que cada chefe de família e cada dona de casa velava para que esse "pequeno fogo" sagrado não se extinguisse, pois a sua extinção equivalia a um grave infortúnio»[24]. E não está assim tão distante de nós a época em que a mulher lituana, ao acender as brasas da sua lareira à noite, fazia esta prece: «Fogo santo, dá-nos a paz e a alegria».

A incineração foi a forma preferida de ritual fúnebre entre os Lituanos pagãos. Somente numa época posterior é que os Lituanos começaram a enterrar os corpos dos mortos. Uma lenda conta a seguinte história: um filho tinha enterrado o corpo do seu pai morto, mas aí o morto não encontrava a paz: era devorado pelos vermes; o filho desenterrou o corpo e meteu-o na cavidade de uma árvore, mas também aí o morto não encontrava tranquilidade e era inquietado pelos enxames de abelhas e de mosquitos. Então o filho pôs o corpo do pai numa pira e queimou-o. E quando, a seguir, perguntou ao pai se estava bem, este respondeu-lhe: «Dormi docemente como se estivesse num berço».

Os astros

A adoração dos corpos celestes ocupava um lugar importante na mitologia lituana.

Os mitos relativos aos astros, e sobretudo ao sol, pertenciam à parte mais antiga da vida religiosa do paganismo lituano. Encontramos a sua origem no folclore lituano, ou melhor, lituano-letão, pois a poesia popular letã é aqui uma fonte particularmente abundante e preciosa.

Em Lituano, o nome do Sol (Saulé) é do género feminino e o da Lua (Ménuo) é do género masculino. É então o *ménuo* (Lua) que é marido ou noivo, enquanto a *saulé* (Sol) é a mulher ou a noiva.

«O palácio do Sol encontrava-se no Oriente, lá onde se situava a santa e feliz região, terra dos antepassados lituanos. Desse palácio, o Sol nascente saía numa carruagem brilhante, mais brilhante do que os fogos das tochas. Três cavalos puxavam a carruagem: um cavalo de prata, outro de ouro e um terceiro de diamante. Na sua corrida majes-

---

[24] P. Klimas, *op. cit.*, p. 111.

tosa, o Sol percorria o mundo inteiro que, para os antigos Lituanos, não era esférico, mas liso e redondo como um "táler", aproximava-se do mar, onde imergia para se banhar e, chegada a noite, voltava ao seu palácio.»[25]

A Lua, que – lembremo-lo mais uma vez – em lituano (Ménuo) é do género masculino, é a soberana da noite, ordenadora do tempo. Mas é inconstante no seu curso e mutável no seu aspecto. Esposo do Sol, Ménuo não queria seguir o curso da sua mulher e, apaixonando-se pela Estrela da Manhã, afastou-se do Sol e aproximou-se da Estrela da Manhã. Por isso, a Lua foi punida pelo deus Perkunas, que a cortou em duas com um gládio aguçado.

A Estrela da Manhã (*Ausriné*) figura em numerosas canções cuja origem mitológica é incontestável:

A Estrela da Manhã celebrava a boda.
Perkunas sai a cavalo pela porta
E corta um carvalho verdejante.

O sangue jorrou do carvalho;
O meu vestido ficou conspurcado
E a minha coroa aspergida.

A filha do Sol chorou,
E, durante três anos, ela colheu folhas,
Sem cessar ela colheu folhas.

«Então, minha querida mãe, onde
Irei eu lavar o meu vestido?
Onde posso limpá-lo deste sangue?

– Vai, minha querida filhinha,
Vai até ao pequeno lago,
Lá onde se atiram nove rios.

– Então, minha querida mãe, onde
irei eu secar o meu vestido?
Onde o porei para que o vento o seque?

– No jardim, minha pequenita,
Lá onde nove rosas florescem.

---

[25] Narbutt, *op. cit.*, pp. 126-7.

– Então quando, minha querida mãe.
Deverei voltar a envergar o meu vestidinho?
Quando usarei o meu vestido branco bem lavado?

– Naquele dia, minha filhinha,
Em que nove sóis brilharem».

A Estrela da Tarde (*Vakariné*) é, também ela, filha e serva do Sol. Uma antiga canção prusso-lituana fala delas nos seguintes termos:

Ontem de noite, ontem,
A minha ovelha fugiu.
Ah! Quem me ajudará a encontrar
A minha pequena e única ovelha?

Fui a casa da Estrela da Manhã.
A Estrela da manhã respondeu-me:
– Eu tenho de rapidamente
Atiçar o fogo do Sol!

Fui a casa da Estrela da Tarde.
A Estrela da Tarde disse-me:
– À tarde, tenho de
Preparar a cama para o Sol!

Fui a casa da Lua.
A Lua respondeu-me:
– Fui cindida pelo gládio,
O meu rosto está triste e nublado.

Fui a casa do Sol.
O Sol disse-me:
– Procurarei durante nove dias.
E, ao décimo, não me deitarei.

Os outros astros – planetas e estrelas – também eram, para os Lituanos (e Letões) pagãos, filhos do Sol e da Lua. Levam no céu uma vida que se assemelha à que os homens levam na Terra.

Th. Narbutt sublinha que os antigos Lituanos empregavam, para designar diversos corpos celestes, denominações originais muito pitorescas. Assim, a «via láctea» chama-se em Lituano «Pauksciu Kelias», ou seja, o Caminho dos Pássaros.

A Terra tinha como cognome «aquela que faz a flores germinar» ou «portadora de flores». Ela era, também, venerada com uma divindade, protectora do homem e do seu trabalho. Os Lituanos pagãos dirigiam-lhe as suas preces quando começavam o trabalho nos campos, quando, na Primavera, guardavam o seu rebanho na pradaria, quando construíam uma nova casa, etc. A Terra tinha inúmeros irmãos, chamados *Zempatis*, senhores da terra, ocupando-se cada um da protecção de uma morada, de uma habitação humana.

Os grandes deuses lituanos

As imagens da Terra e dos seus irmãos – vagas e imprecisas como a paisagem da Lituânia – terminam o mundo mitológico do velho *animismo* lituano. Ao abandoná-lo, devemos ascender a um Olimpo *antropomórfico* cujos contornos são, infelizmente, mal definidos e pouco conhecidos.

A história do paganismo lituano oferece-nos um espectáculo análogo ao que nos foi dado pela mitologia eslava. Das duas grandes divisões, em que uma abraça a religião mais rudimentar, difundida entre as massas rústicas, e a outra representa uma mitologia superior e mais «organizada», é a primeira que resiste melhor e se conserva no folclore e na tradição popular. A outra desaparece, por assim dizer, por força do Cristianismo. E isto tanto mais quanto, no seu início, o Cristianismo foi imposto pelas armas dos cavaleiros da Cruz que destruíram os santuários, queimaram os objectos de culto e exterminaram os sacerdotes pagãos.

Nestas condições, não nos deve espantar que nos faltem os vestígios materiais e palpáveis do Olimpo lituano. Esta falta de dados precisos deixa aos investigadores muita liberdade, talvez até demasiada, para construírem hipóteses.

Alguns antigos cronistas afirmam que, entre as divindades lituanas, três eram particularmente célebres e veneradas. São os deuses *Patrimpas*, *Pikulas* e *Perkunas*.

O primeiro desta 'trindade', *Patrimpas* (ou Atrimpas), é (segundo Narbutt) o «deus do mar e da água» e, ao mesmo tempo, aquele que «dá ao homem tudo o que ele precisa para as suas necessidades mais essenciais». Narbutt explica que esta dupla função nada tem de contraditório, pois «a filosofia primitiva considerava a água como a substância de onde provinham todos os seres orgânicos»; «a água era o começo de toda a natureza viva». «Senhor de um elemento nobre e que era a base de toda a vida», Patrimpas era, portanto, «uma divindade elementar, fonte generosa da eterna juventude, do crescimento perpétuo dos animais e das plantas».

Patrimpas tinha sido representado tanto sob o aspecto de um jovem com a cabeça coroada de espigas (imagem dificilmente relacionável com a ideia de um deus do mar e da água), como sob a de uma cobra espiralada, com uma cabeça humana. O símbolo de Patrimpas era um vaso cheio de água, coberto com um feixe de espigas e que servia de morada a uma cobra. A Patrimpas oferecia-se âmbar, produto do mar. Em determinada época, ofereciam-lhe, segundo alguns autores, sacrifícios humanos, imolando crianças.

O segundo membro da mesma 'trindade' é *Pikulas*, o deus do mal, do ódio e da morte. Tem o poder de atingir os homens com todos os males possíveis. Por vezes, surgia aos humanos sob o aspecto de um velho de feições duras, rosto pálido e barba branca: três aparições consecutivas de Pikulas anunciavam um infortúnio que não se podia evitar senão através de um sacrifício; muitas vezes exigia sangue humano. O inferno era a sua morada.

Th. Narbutt recolheu (no início do século XIX) uma lenda curiosa em que Pikulas figura como raptor da bela princesa Nijola, filha de Kruminé, rainha e deusa. Uma vez, Nijola viu uma bonita flor que brotava na margem de um rio, que corria diante das janelas do castelo de sua mãe. A jovem princesa foi até à água, que não era profunda. Subitamente, o leito do rio abriu-se sob os seus pés e engoliu-a. Inconsolável, Kruminé procurou a sua filha pelo mundo inteiro, em vão. Ao regressar à Lituânia, «não trazia nada, excepto as lágrimas com que partira». Mas, ao percorrer o mundo, «ela aprendera a arte de trabalhar e cultivar a terra, que então transmite aos Lituanos». E quando os seus súbditos desbravavam um campo para o cultivar, ela encontrou aí uma pedra onde estava inscrito o destino, preparado pelos deuses, para a filha da rainha Kruminé. Kruminé precipitou-se para o reino subterrâneo de Pikulas para vingar a sua filha, mas teve uma grande surpresa quando encontrou diante de si Nijola, tornada imortal e rodeada de numerosos filhos que se prostraram aos pés da avó. Kruminé ficou alguns anos na companhia da filha e, ao voltar à terra lituana, encontrou-a completamente diferente do que antes era: já não havia doenças, guerras, fome, e reinavam a ordem, a prosperidade e a felicidade. Encontramos aqui, incontestavelmente, uma curiosa réplica do mito de Deméter e Perséfone.

Quanto a *Perkunas*, ele é, para Narbutt, o «Júpiter tonitruante» da Lituânia pagã; é «um rei dos deuses, do céu e da terra, senhor da natureza».

Uma antiga crónica alemã fala de um santuário, que se encontrava na região de Vilnius e era consagrado a «Perkun ou Perkunas, nome que, em lituano, quer dizer 'trovão' (Donnerschlag). Era, acrescenta a dita crónica, um verdadeiro Zeus lituano».

A mesma crónica afirma que Perkunas era conhecido, em diversas províncias e tribos, por outras designações. Os Letões aplicavam-lhe o epíteto «*Debbes bungo tajs*», «aquele que toca o tambor nos céus». Chamavam-lhe também Wezzajs ou Wezzajs Tehws, ou seja, «Velho» ou «Pai Velho».

Assim que troa, os camponeses dizem: «É o Velho que murmura!» ou «É o Velho que está lá sempre».

As canções mitológicas em que Perkunas figura são particularmente numerosas no folclore leto-lituano. Nelas, Perkunas é representado como deus do trovão e da tempestade, e também como «ferreiro celeste». Tem ora os traços de Júpiter, ora os de Vulcano:

Um ferreiro forjava no céu.
As brasas caíam num grande rio.
Ele forjava esporas para o filho do Sol.
Para a filha do Sol forjava um anel.

Numa outra canção encontramos o seguinte apelo:

Perkunas, lança os teus raios na fonte!
Lança-os lá, mesmo até ao fundo da água!
Ontem à noite a filha do Sol afogou-se,
Ao banhar-se...

Klimas, ao sublinhar o carácter agradável e rústico do paganismo lituano, diz: «Mesmo a "divindade mais terrível", Perkunas, não surgia aos Lituanos como alguma coisa terrível ou longínqua, desde que pudessem dizer-lhe as seguintes palavras: "Perkunas, pequeno deus!, não soltes o demo no meu campo, eu dou-te uma metade inteira de porco salgado!"»

Em geral, no folclore lituano, Perkunas é representado como uma divindade poderosa à qual devem obedecer o Sol, a Lua e todos os astros celestes. É uma espécie de justiceiro supremo, cuja cólera é de temer, pois, quando se zanga, pode abater e cindir em dois uma «cadeia de ouro».

Pelo contrário, A. Mierzinski nega que Perkunas tenha sido superior a outras divindades. «Com efeito, diz ele, em todas as partes da

Lituânia existiam certas divindades, comuns a todos os Lituanos, como o Sol, a Lua, as Estrelas, os Trovões, a Terra e, em primeiro lugar, o Fogo; mas todas essas divindades estavam em pé de igualdade entre si. Entre as divindades lituanas, não distinguimos sequer a ideia de um deus supremo a governar os restantes. A opinião segundo a qual Perkunas teria estado à cabeça das outras divindades é, segundo creio, errónea. Ele permaneceu durante mais tempo na memória do povo apenas porque Perkunas, mesmo depois da conversão da Lituânia ao Cristianismo, continua a trovejar e a assustar os Lituanos.»[26]

Divindades secundárias

Perkunas é, em suma, a única divindade pagã lituana cuja imagem se conservou com traços mais ou menos precisos. É, por assim dizer, um astro mitológico de primeira grandeza, ao lado das nebulosas. Quanto às nebulosas, elas compõem-se de toda uma multidão de divindades vagas e incertas. Enumeraremos de seguida apenas algumas, de acordo com Th. Narbutt.

Praamzis é a divindade «mais primitiva e mais comum a todo o mundo antigo». É o deus do *destino* que governa os destinos dos homens, do universo inteiro e até dos outros deuses. Os contos populares falam deles nos seguintes termos: «No elevado espaço celeste, há um palácio onde reside o chefe supremo de tudo, a quem chamamos Praamzis. O seu poder estende-se sobre o céu, o tempo, a água e a terra e todos os seres que estão nas profundezas e na superfície da água e da Terra; não há, portanto, limites à sua autoridade. Uma vez, ao ver a Terra pela janela do seu palácio, reparou que se fazia muito mal na terra. Guerras civis, ataques de um povo a outro, assassínios, injustiças, crimes; a terra sofria como se de uma doença contagiosa. Enviou para ela dois monstros que nunca estão de acordo um com o outro e que são infinitamente maldosos: a Água e o Vento. Eles precipitaram-se sobre a pobre terra, que é redonda e plana como um táler. Tendo agarrado a Terra com as suas mãos, os dois monstros sacudiram-na durante doze dias e doze noites com tamanha força que todos os seres que viviam no seu solo pereceram. Praamzis olhou de novo para a Terra, no preciso momento em que comia nozes celestes que

---

[26] A. Mierzinski, *Étude sur Kriwé, prêtre du feu*. Actas do IX Congresso arqueológico, em Vilnius, 1893 (tomo I, p. 251 [Vilnius 1895]).

crescem nos jardins do seu castelo. Ao ver as últimas convulsões da Terra, esmagou uma casca de noz, que caiu perto do cume da montanha mais alta, onde estavam reunidos diversos animais, pássaros e alguns casais humanos para se salvarem do dilúvio universal. E, imediatamente, todos estes seres subiram para a casca, pois a água já inundava o seu derradeiro refúgio. Os dois monstros foram impotentes contra a casca de noz celeste que transportava os infelizes seres através do dilúvio. Por fim, o deus olhou para a terra uma terceira vez e, ao ver o que se passava lá em baixo, apiedou-se. Reenviou os monstros para a sua antiga morada. As águas afastaram-se, as tempestades acalmaram, o céu voltou a ser alegre, jovem e claro. Os seres que se tinham salvo na casca de noz divina recomeçaram a multiplicar-se. Os homens dispersaram-se em casais por todos os cantos da terra. Mas um casal permaneceu na região de onde provém o nosso povo; esse casal, já muito idoso, não podia ter descendência. Os dois veneráveis anciões, ao sentirem o seu fim próximo e não tendo ninguém a quem deixar os bens para usufruir deles e os corpos para os enterrarem, atormentavam-se incessantemente. Praamzis enviou-lhes Linksminé, a consoladora, que os aconselhou a saltar por cima dos ossos que estavam na terra. A cada salto do velho, levantava-se um belo rapaz; a cada salto da velha surgia uma linda rapariga. Mas, demasiado impressionados pela aparição da consoladora miraculosa ou sendo já demasiado idosos, só conseguiram saltar doze vezes. É desses doze pares de homens que provêm as doze tribos do povo lituano. Quanto a todos os outros povos, provêm desses outros casais espalhados pelo mundo após o dilúvio, por força da inimizade que sentiam uns pelos outros e sobretudo pelo casal idoso de que provêm os Lituanos.»

«Desde esse tempo que dura o ódio entre os povos, que também odeiam os Lituanos.»

Ukapirmas é a divindade do tempo, da hora.

Virsaitis protege a casa e os bens materiais.

Kovas é o deus da guerra. Tem por emblema o cavalo ou o galo. Levavam-lhe, como oferenda, armas que dependuravam nos ramos de uma árvore sagrada. Nas notas manuscritas de um certo abade Glummer, do século XVII, lemos um relato segundo o qual os Lituanos pagãos, atacados pelos cavaleiros cristãos, invocavam em seu auxílio o deus da guerra: Kanou (Kovas). Nas mesmas notas encontramos o nome de um chefe ou príncipe lituano, chamado Dangerats, que era «sacerdote do seu deus, chamado Kovas, deus da guerra».

Ragutis era o deus das bebidas (vinhos, cervejas, hidromel). Segundo Narbutt, a imagem deste deus era passeada em trenós, de aldeia em aldeia, no dia da sua festa.

Gardaitas, deus dos ventos, das tempestades, protector dos marinheiros, era, segundo certas crónicas, citadas por Narbutt, representado com o aspecto de um ser enorme e monstruoso residindo em qualquer parte do mar alto. Ofereciam-lhe, em sacrifício, peixes.

Krugis, deus dos ferreiros, é uma espécie de Vulcano lituano.

Praurimé era a deusa do fogo sagrado; um autor antigo (o bispo Pedro) fala dela nestes termos: «Encontramos entre eles (os Lituanos) a adoração de uma falsa deusa, honrada por diversas superstições e chamada Praurimé. Assemelha-se à Vesta ou a Cíbele, da Roma Antiga. Consagram-lhe o fogo, tido por eterno, pois arde constantemente em cada um dos seus altares».

Laimé, ou Laumé, cujo nome está bem conservado na poesia popular lituana, é uma divindade do destino e da felicidade, sobretudo quando se trata de crianças e raparigas. Certas canções representam-na aparecendo sobre as montanhas e prevenindo os homens dos males que os esperam:

Laimé grita, Laimé chama,
Correndo, de pés descalços, pela montanha...

Entre os Lituanos da Prússia encontramos também este provérbio: «Assim o quer Laimé!»

Em certas canções e lendas, Laimé «dá mais um dia ao Sol». Isto permite que alguns autores suponham que Laimé era também a deusa da Lua.

Pilvyté, deusa da riqueza, do bem-estar e da prosperidade, é a Fortuna lituana. Uma canção popular canta-a nestes termos:

Corro, corro atrás de ti, Pilvyté,
Pela terra e pelo mar;
Não tenho um barco sumptuoso;
Não tenho asas.
Corro atrás dos relâmpagos.
Aquele que tiver, oh Pilvyté,
O teu precioso amor pelo homem,
Tem tanto de ouro quanto de pedras,
Tem um celeiro cheio de trigo
Tem honras de toda a gente.

Grubyté (ou Pergrubé) é a deusa da Primavera, das flores, das plantações:

Dá-nos flores, dá-no-las, Grubyté,
Para as entrançarmos em pequenas coroas bonitas;
Dá-nos os teus frescos presentes
Que florescem nos teus jardins primaveris!
Eles anunciam-nos a felicidade.
Que a jovem noiva leva nos seus cabelos!

O culto de Grubyté ainda se manteve durante muito tempo depois do triunfo do Cristianismo – até meados do século XVI e talvez mesmo mais tarde.

Verpeja é a Parca lituana, «fiandeira imortal da vida humana» (Narbutt). Uma lenda popular diz que assim que um homem nasce, Verpeja começa logo a fiar no céu o fio da sua vida. Uma estrela encontra-se no fim desse fio. Verpeja mora no alto do céu e, ainda que num só dia faça um fio de tal modo longo que o poderíamos estender à volta do mundo inteiro, a estrela fixada no seu final desce quase insensivelmente e cresce apenas ao fim de vários anos. No momento em que o Destino quer que o homem desapareça, o seu fio rompe-se, a estrela cai, extingue-se no espaço e o homem morre.

Pequenas divindades

As divindades que acabámos de enumerar são as **Dievai**, deuses, abaixo dos quais a mitologia lituana coloca os **Dievaitis**, deuses inferiores, ou «filhos de Deus».

Aí encontramos: o deus dos doentes, «médico divino e místico», representado por uma grande cobra; uma espécie de Cupido lituano, pequeno deus do amor: é um deus alado que «vem de longe, lá de onde reina um Verão eterno»; o deus dos campos trabalhados; o deus da soleira, protector da casa; o deus do grito de guerra; o deus do eco; o deus dos caminhos, das estradas, protector dos viajantes; o deus e a deusa, sua companheira, que protegem cada homem e mulher. O número destas divindades é tão grande como o das criaturas que vivem na terra.

Uma crónica prussiana conta que, em 1247, após a chegada dos cavaleiros à Pomerânia, uns demónios chamados *Aitvaras* fizeram aí a sua aparição; torturados por eles, os habitantes dirigiram-se aos sacerdotes pagãos, que lhes explicaram tratar-se de um castigo que os deuses os faziam sofrer por terem abandonado a verdadeira religião (pagã) e se terem convertido ao Cristianismo; como os habitantes juraram regressar à sua antiga fé e não voltar a escutar os sacerdotes cristãos, os sacerdotes pagãos expulsaram os Aitvaras do território por meio de exorcismos.

Mencionemos, por fim, um pequeno deus ou espírito do abeto, que habita sob as raízes dessa árvore e que protege as pessoas infelizes.

Kestutis e Biruté. Pintura sobre madeira de V. K. Jonyas.
Col. Larousse

Este deus comanda numerosos espíritos subterrâneos, espécies de gnomos; estes anões barbudos roubam trigo e dinheiro à pessoa que não é simpática com eles para os dar à que lhes agrada. Os Lituanos pagãos ofereciam a este deus sacrifícios: cerveja, pão e outros alimentos modestos que depunham sob «a sua árvore».

Por último, encontramos no mundo mitológico lituano semideuses ou heróis lendários.

Entre os mais famosos, figura a duquesa Biruté, cuja lenda está localizada perto da cidade de Palanga. Eleva-se aí um montículo que serviu outrora de altar para o fogo sagrado mantido pelas *vaidilutés*, ou vestais. Em meados do século XIV, uma delas, chamada Biruté, inspirou uma grande paixão a Kestutis, o filho do grão-duque, que a raptou à força e a desposou. Esse sacrilégio foi nefasto à Lituânia: com efeito, o filho de Kestutis e de Biruté, Vytautas, foi o último grande soberano. Quando o seu marido morreu, Biruté regressou a Palanga; terminou aí os seus dias e foi enterrada no montículo que tem o seu nome. Embora pagã, Biruté é venerada como uma santa e as pessoas vão em peregrinação à pequena capela que foi edificada em sua honra; de tal modo é verdade que na Lituânia o paganismo e o Cristianismo permanecem indissoluvelmente confundidos.

G. Alexinsky e F. Guirand

5
MITOLOGIA UGRO-FINLANDESA

Introdução

Por Ugro-Finlandeses ou Fino-Uraleses, também por vezes chamados Uralo-Altaicos, entendemos um número considerável de povos e de povoações que falam diversos dialectos derivados da mesma língua finlandesa, mas que não vivem em massas compactas de população, formando ilhotas isoladas que se agrupam na órbita de poderosos agrupamentos de outras raças.

Os Ugro-Finlandeses podem ser repartidos em quatro grupos principais: o grupo *uralês*, ao qual pertencem os Vogulos e os Ostiaks, estabelecidos na Sibéria Ocidental, e os Magiares que também provêm daí; o grupo *permiano*, compreendendo os Zirianos, os Votiaks e os Permiaks, que vivem na Rússia, perto da bacia média do Volga; o grupo *tcheremisso-mordvieno*, com os Tcheremis na margem esquerda do alto Volga e os Mordavos no médio Volga; e por fim o *grupo ocidental*, representado por Finlandeses, Carelianos, Estónios e ainda os Livos, os Lapões.

Deslocados e separados uns dos outros, os povos finlandeses sofreram diversas influências: iraniana, eslava, escandinava. A sua evolução religiosa foi, também ela, muito variada: os Magiares tornaram-se num dos principais suportes do catolicismo; os Finlandeses da Finlândia e os Estónios no da igreja luterana; os Finlandeses da Rússia converteram-se maioritariamente à Igreja ortodoxa e, em menor número, ao Islamismo, mas conservaram ainda por muito tempo resquícios das suas antigas crenças pagãs, resquícios particularmente fortes entre os Finlandeses da Ásia.

Com a ajuda destes resquícios e confrontando-os com o importante testemunho fornecido pela grande epopeia mítica dos Finlandeses do Oeste, o *Kalevala*, conseguimos traçar um quadro suficientemente completo das velhas crenças religiosas e da mitologia dos Ugro-Finlandeses.

O *Kalevala*

Por volta de 1828, o académico finlandês Lönnrot teve a ideia de reunir as canções populares da antiga Finlândia. Percorreu, então, o país, visitando as aldeias mais humildes e recolhendo dessa forma uma quantidade considerável de cantos ou *runot*, que tinham sido transmitidos de geração em geração pelos camponeses. Com um paciente trabalho de ajuste, amalgamou todos esses cantos e formou uma epopeia heróica, que intitulou *Kalevala*.

Quando o poema surgiu, em 1835, contava cerca de doze mil versos. Com sucessivas adições, cresceu, e a edição definitiva de 1849 compreendia vinte e dois mil e oitocentos versos.

O assunto é a luta entre Kalevala – que, segundo a interpretação mais autorizada, significa «pátria dos heróis» – e Pohja ou Pohjola, o «país do fundo», seja este a Finlândia Setentrional, seja a Lapónia.

O principal herói do *Kalevala* é *Vainamoinen*, filho da Virgem do Ar. O início do poema faz-nos assistir ao seu nascimento maravilhoso. Ele desbrava a terra e semeia-a, triunfa sobre *Jukahinen*, o filho da Lapónia, com cuja irmã, *Aino*, tenciona casar; mas esta precipita-se no mar, e Vainamoinen, depois de ter escapado às emboscadas de Jukhainen, vai procurar noiva entre as filhas de Pohja. *Luhi*, a madrinha de *Pohja*, promete-lhe a mão da sua filha, se ele lhe forjar o *sampo*, talismã misterioso que não foi possível identificar com exactidão. Vainamoinen confia essa tarefa ao ferreiro Ilmarinen; mas a filha de Luhi prefere o ferreiro ao herói e as núpcias dos dois jovens são celebradas com brilho.

Aparece, então, uma nova personagem, *Lemminkainen*. É um rapaz jovial, grande sedutor de raparigas, batalhador e turbulento. Também ele fora ao país de Pohja para aí procurar mulher; chegara mesmo a falecer durante a sua viagem, e tinham sido necessárias todas as artes mágicas de sua mãe para o fazer regressar à vida. Furioso por não ter sido convidado para as núpcias da filha de Luhi, Lemminkainen empreendeu uma expedição contra Pohja; matou o grande chefe da família, mas teve de fugir perante a cólera do povo de Pohja, que incendiou a sua casa e devastou os seus campos. Em vão tentou uma nova expedição. O poder mágico de Luhi triunfou sobre o seu vigor.

Entretanto, Ilmarinen sofreu a dor de ter perdido a sua mulher, devorada pelos ursos de Kullervo, o génio do mal. Regressou a Pohja para pedir em casamento a segunda filha de Luhi e, como a mãe dela não permitisse, raptou-a. Mas a jovem aproveitou o sono de Ilmarinen para se entregar a outro homem e o marido transformou-a numa gaivota.

De volta a Kalevala, Ilmarinen contou a Vainamoinen a prosperidade que o *sampo* concedeu ao território de Pohja. Então os dois heróis formaram o projecto de conquistar o precioso talismã. Lemminkainen juntou-se a eles. A caminho, o seu navio bateu num enorme lúcio, cujas espinhas serviram para Vainamoinen fabricar uma *kantele* (espécie de cítara) maravilhosa. Depois de adormecer os seus adversários com o som do seu instrumento, Vainamoinen apodera-se do *sampo*; mas, um canto intempestivo de Lemminkainen acorda a população de Pohja. Luhi provoca uma terrível tempestade, durante a qual o *kantele* é levado pela ondas e o *sampo* quebra-se. Vainamoinen só conseguiu recolher os destroços: estes são suficientes para que a prosperidade reine no país de Kaleva. Luhi, furiosa, desencadeia sobre Kalevala uma série de males; chega até a encerrar numa caverna o sol e a lua; mas Vainamoinen acaba por triunfar. Nessa altura, julgando terminada a sua missão, embarca sozinho num navio que construiu e, levado pelas vagas, desaparece para sempre no mar infinito.

Desta tapeçaria de lendas, onde se encerram, de forma por vezes obscura, as tradições e as aspirações da raça finlandesa, pelo menos uma coisa ressalta claramente: a riqueza e a originalidade do elemento mitológico. Assim, basta folhear o *Kalevala* para reconstituir o panteão finlandês, bem como as crenças e as práticas a ele associadas.

Magia e xamanismo

Num bom estudo sobre a magia entre os Finlandeses, lemos o seguinte: «Todos os povos que puderam conhecer os Finlandeses viram-nos como mestres nas ciências ocultas e, abstraindo-se do amor-próprio nacional, proclamaram-nos superiores. Os reis noruegueses da Idade Média proibiram a crença nos Finlandeses e interditaram as viagens pelos seus territórios para consultar esses magos»[27].

---

[27] E. Beauvoir, *La Magie chez les Finnois (Revue de l'Histoire des sciences religieuses*, Paris, 1881, t. III). Cf. também Abercromby, *Magic songs of the Finns* (1892).

Vemos que a magia estava na base da religião primitiva dos Ugro-Finlandeses.

Nos séculos XVI e XVII, as autoridades suecas procuraram e confiscaram aos Lapões os «tambores mágicos», ou *quodbas*, ao som dos quais os feiticeiros lapões cantavam os seus exorcismos sagrados. Entre os Finlandeses da Sibéria, os tambores mágicos eram usados ainda, no final do século XIX e mesmo no início do XX, pelos sacerdotes-feiticeiros que se chamavam *xamãs*. «O Xamanismo», diz D. Comparetti, «distingue-se de todas as outras religiões pela acção coerciva que o homem ou certos homens particularmente dotados, os xamãs, exercem sobre a natureza ou sobre seres divinos ou demoníacos que a representam e governam» [28]. O mesmo autor chega a afirmar que «a magia fazia-se sentir entre os Finlandeses em toda a extensão da sua vida material e na sua vida intelectual». Se o tambor mágico, que encontramos entre os Ostiaks da Sibéria, caiu em desuso, sob a influência do Cristianismo, entre os Finlandeses a poesia popular persiste ainda impregnada do espírito da magia xamanista. O *Kalevala* é assim, em primeiro lugar, um poema mágico, que não somente abunda em episódios de magia, em conjurações e encantamentos, como ainda oferece um repertório completo das fórmulas pelas quais os Finlandeses pretendiam actuar sobre os homens, os animais, os seres inanimados e, em geral, sobre todas as forças da natureza.

Este poder, bem entendido, não era conferido a todos, mas permanecia privilégio de alguns seres particularmente favorecidos ou dotados.

A magia no «Kalevala»

A predestinação do imperturbável Vainamoinen fora marcada pelas circunstâncias maravilhosas do seu nascimento. «Ele passou no seio da sua mãe trinta verões e outros tantos invernos; reflectiu, meditou como viver, como existir neste sombrio esconderijo... e disse: "Quebra os meus laços, ó Lua! Sol, liberta-me! E tu, radiosa Ursa Maior, ensina o herói a franquear estas portas desconhecidas!" Mas a Lua não quebrou nenhum dos seus laços, o Sol também não o libertou. Então, Vainamoinen aborreceu-se nos seus dias... Batia fortemente com o dedo sem nome (o anelar) à porta da fortaleza; forçou a passa-

---

[28] D. Comparetti, Il «*Kalevala*» *e la poesia tradizionale dei Finni* (*Reale academia dei Lincei*), Roma, 1891 (p. 107).

Mitologia Ugro-Finlandesa

Jukahainen monta uma emboscada a Vainamoinen, não obstante as admoestações de sua mãe. *Por A. Gallen-Kallela.*
Museu de arte Turku.

gem com o dedo grande do pé esquerdo e arrastou-se sobre a ponta das unhas para fora da entrada, sobre os seus joelhos para fora do vestíbulo.»([29])

Quanto ao ligeiro Lemminkainen, a sua mãe banhara-o cedo, quando ele ainda era uma criança pequena, três vezes durante uma noite de Verão, nove vezes durante uma noite de Outono, para que se tornasse um sábio, um mágico em cada caminho, um cantor na sua casa e um homem hábil no mundo.

([29]) *Kalevala*, runo I (tradução fr. por Léouzon-Le Duc, Paris, 1868).

Quando Lemminkainen, intentando matar o cisne do rio infernal de *Tuoni*, pereceu vítima da sua temeridade, por não ter aprendido as palavras mágicas que o protegeriam da mordedura das serpentes, e, quando o seu corpo, despedaçado pelos filhos de Tuoni, foi espalhado nas águas do negro rio, a sua mãe conseguiu devolvê-lo à vida através das suas artes mágicas. Ela repescou os tristes membros, «ajustou a carne à carne, os ossos aos ossos, as articulações às articulações, as veias às veias», depois invocou a deusa das veias, Suonetar, e, com a sua ajuda, devolveu ao filho a sua vida original. Mas ele tinha perdido a fala. Então a mãe feiticeira chamou *Mehilainen*, a abelha, e pediu-lhe que fosse procurar, para lá do nono céu, um bálsamo maravilhoso, de que se servia o próprio Jumala. Quando ela o recebeu, aplicou-o sobre as feridas do herói esgotado, e o herói despertou do seus sonhos, levantou-se e disse: «Dormi muito tempo».

Era menos pela força dos seus braços do que pelo poder dos seus encantamentos que os heróis lutavam entre si.

Quando o temerário Jukahainen, «o rapaz magro da Lapónia», foi desafiar Vainamoinen, chamou em seu auxílio todo o seu saber. Vainamoinen ouviu-o impassível e a seguir cantou, por seu turno. Então, eis que «os pântanos mugem, a terra treme, as montanhas de cobre oscilam e as lajes espessas voam em estilhaços... Ele esmaga o jovem Jukahainen com os seus feitiços, transforma o seu trenó num arbusto seco, o seu chicote ornamentado com pérolas num junco à beira-mar, o seu cavalo com a fronte estrelada num rochedo das cataratas...; depois, troça do jovem Jukahainen e precipita-o num pântano até meio do corpo, num pasto até aos rins, numa terra plantada com urzes até às orelhas...» Para sair desta situação, Jukahainen teve de prometer ao seu vencedor a mão da sua irmã Aino. Em seguida, tentou vingar-se atirando uma flecha sobre Vainamoinen; mas só atingiu o cavalo, e o herói, que fora atirado à água, foi retirado dela por uma águia.

Era sobretudo a região do Norte, a Lapónia, que era célebre pelos seus cantores e feiticeiros. Quando o ligeiro Lemminkainen, segundo nos conta o *Kalevala*, foi a casa de Luhi, viu que ela estava «cheia de *tietajat* (feiticeiros), magos poderosos, adivinhos sábios, hábeis feiticeiros. Todos cantavam runos da Lapónia, vociferando cantos de Hiisi (divindade do mal).» Ao entrar na casa, o alegre Lemminkainen «pôs-se a vociferar os seus runos selvagens, a empregar o seu grande poder de *tietaja*. O fogo jorrava da sua veste de pele, a chama lançava-se dos seus olhos...Ele zombou de homens soberbos, dispersou-os por todos os lados, no meio de terras nuas, de campos por cultivar, de pântanos sem peixes... Zombou dos guerreiros com os seus gládios, dos heróis com as suas armas; zombou dos jovens, zombou dos velhos...»

Tal como os homens, também os animais estão submetidos ao poder dos mágicos. No momento de enviar os animais para os campos, a mulher do ferreiro Ilmarinen não deixa de invocar todos os poderes divinos para assegurar a protecção do seu rebanho; ela conjura igualmente o urso, que lisonjeia com doces palavras: «Ó belo Otso, homem dos bosques, com pés que escorrem mel, façamos um pacto conjunto, um tratado de paz para toda a nossa vida. Jura-me que não vais atacar as pernas encurvadas e que não vais esmagar aquelas que dão lã.» No mesmo episódio, o pastor Kullervo, querendo vingar-se da crueza da sua senhora, transforma as vacas em ursos e lobos, e a malvada mulher de Ilmarinen foi devorada pelo seu rebanho.

O poder mágico estende-se também aos elementos. Para triunfar sobre Leminkainen, Luhi, a senhora de Pohjola, soltou o Frio: «Ó Frio, meu querido filho, vai onde te convido; faz com que o navio do audacioso seja apresado pelos glaciares.» E o Frio sentiu-se no dever de submeter o mar ao seu poder: desde a primeira noite, atacou os golfos e os lagos; na noite seguinte, desencadeou uma terrível violência; os gelos elevaram-se um palmo e meio; e ainda quis cair sobre o grande herói, gelá-lo, mas este rapidamente venceu a sua resistência, porque conhecia as palavras eficazes, conhecia as 'origens' do Frio.

É bastante curioso, com efeito, que uma das principais fórmulas mágicas do *Kalevala* consista em descrever a origem das coisas sobre as quais queremos deter poder. Só sob essa condição nos podemos assenhorear delas.

Um dia, Vainamoinen, tendo-se ferido acidentalmente no joelho com o seu machado, recorreu aos cuidados de um velho e célebre curandeiro. Mas este não pôde agir enquanto Vainamoinen não lhe contou a origem do Ferro, que ele ignorava.

O elemento mágico aplica-se a qualquer trabalho, mesmo ao mais vulgar. De cada vez que o homem, na sua acção ou labor, entre em contacto com a matéria, deve, para triunfar, conhecer a fórmula. Quando do Vainamoinen construía o seu navio, «cantava um canto, um canto poderoso, a cada parte que construía. Mas quando foi preciso juntar o conjunto das tábuas, faltaram-lhe três palavras». Impossível, a partir daí, concluir a construção. Então, pôs-se à procura das palavras mágicas, até desceu aos infernos para as encontrar, e acabou, seguindo os conselhos de um pastor, por se dirigir ao gigante Antero Vipunen. Encontrou-o «deitado sob a terra, com os seus cantos, jazendo estendido, com as suas palavras mágicas. O choupo crescia nos seus ombros, a bétula nas suas fontes, o amieiro nas suas faces, o salgueiro na sua barba, o abeto na sua fronte, o pinheiro bravo entre os seus dentes.» Depois de abater todas estas árvores, Vainamoinen espetou o seu bastão coberto de ferro na garganta do gigante. Então, este, ao abrir a boca, engoliu, com as suas próprias mandíbulas, o herói com o seu gládio... Mas «Vainamoinen transformou-se num ferreiro. Da sua camisa fez uma forja, das mangas da camisa e da sua peliça, um fole, do seu joelho, uma bigorna e do seu cotovelo, um martelo. Começou a bater com toda a força no ventre do prodigioso gigante.» Às imprecações de Vipunen, Vainamoinen respondeu: «Enterrarei ainda mais a minha bigorna na carne do coração, instalarei a minha forja num sítio ainda mais profundo, até ouvir essas palavras, até ter aprendido contigo as palavras mágicas.» Vipunen teve de ceder. «Abriu o cofre cheio de palavras, o cofre cheio de cantos, para cantar as palavras eficientes, as palavras profundas da origem...» E Vainamoinen, tendo arrancado deste modo os cantos mágicos da sua caverna, regressou ao barco que, pelo simples poder das palavras, foi acabado sem o uso do machado.

É igualmente a magia que está na base dos trabalhos do ferreiro Ilmarinen, o eterno batedor do ferro. Nada mais característico que a confecção do misterioso *sampo*, que Ilmarinen se comprometera a forjar «com a ponta das penas de um cisne, com o leite de uma vaca estéril, com um pequeno grão de cevada e a fina lã de um carneiro fecundo».

Depois de ter colocado a sua forja sobre um espesso bloco de pedra, nas montanhas que bordejam os campos de Pohja, acendeu o fogo, para onde atirou as matérias elementares, chamou os servos para insuflarem o fogo e os homens fortes para trabalharem. Todos os dias se debruçava para a fornalha para ver o que o fogo tinha produzido. Apareceram sucessivamente um arco de ouro, um barco vermelho, uma vitela com chifres de ouro, uma charrua com relha de ouro e manípulo de prata. Mas o ferreiro quebrou todos estes objectos. Por fim, inclinando-se de novo na fornalha, viu que o sampo tinha nascido.

Os deuses do *Kalevala*

Se nos ativermos apenas ao *Kalevala*, a mitologia ugro-finlandesa surge com uma riqueza considerável de divindades. O sueco Castrén, nos seus *Nordiska Resor* (*Viagens Nórdicas*)[30] fez uma enumeração que podemos aqui recuperar .

Os deuses celestes

No topo do panteão ugro-finlandês está *Jumala*, o deus supremo, o Criador, entidade meio abstracta cuja árvore sagrada é o carvalho. O seu nome aparenta-se ao de uma palavra que significa trovão, sendo provável que Jumala fosse originalmente um deus celeste. Sem desaparecer por completo, Jumala foi substituído por um outro deus supremo, *Ukko*, com uma fisionomia um pouco menos incerta: «pai antigo que reina no céu», ele é o deus do céu e do ar; é ele que sustém o Mundo, que reúne as nuvens e faz cair a chuva. Só o invocam quando esgotaram todos os recursos junto das outras divindades. Ukko tem por mulher *Akka*, também chamada *Rauni*, a partir do nome finlandês da sorveira, que lhe era consagrada.

Os outros poderes celestes são *Paiva*, o Sol; *Kuu*, a Lua; *Otava*, a Ursa Maior; e sobretudo *Ilma*, divindade do ar, cuja filha *Luonnotar*, a própria mãe de Vainamoinen, está estreitamente ligada ao mito da criação.

O nascimento do mundo

Com efeito, o *Kalevala* conta-nos que, cansada da sua virgindade estéril e da sua existência solitária nas regiões celestes do ar, Luonnotar – cujo nome significa filha da Natureza – deixou-se cair no mar sobre a espuma branca das vagas. Levada pelas ondas, «o sopro do vento veio acariciar o seu seio e o mar tornou-a fecunda». Durante sete séculos vogou assim, sem poder encontrar um lugar para descansar. Ela lamentava-se, quando uma águia – ou um pato – apareceu, procurando também, no mar imenso, um local onde fazer o seu ninho. Apercebendo-se do joelho de Luonnotar que emergia entre as águas, fez nele o seu ninho e depôs aí os seus ovos, que chocou durante três dias. «Então a filha de Ilma sentiu um calor ardente na sua pele; moveu bruscamente o seu joelho e os ovos rolaram para o abismo... Entretanto não se perderam na corrente; os seus restos transformaram-se em coisas belas e excelentes. Da parte inferior dos ovos formou-se a

---

[30] Tradução alemã: M.-A. Castrén, *Nordische Reisen* (São Petesburgo, 1853).

terra, mãe de todos os seres; da parte superior, o céu sublime; das suas partes amarelas, o sol radioso; das brancas, a lua cintilante; os seus restos quebrados fizeram as estrelas; os seus restos negros, as nuvens no ar.» Por fim, Luonnotar completou a obra da criação fazendo surgir promontórios, aplanando os rios, traçando golfos... «Já as ilhas emergiam das vagas, os pilares de ar se erigiam sobre a sua base; e a terra, nascida de uma palavra, estendia a sua massa sólida...»

Divindades da terra e das águas

Entre as divindades da terra, que é personificada na *Mãe de Mannu*, podemos referir a *Mãe de Metsola*, que personifica a floresta; *Pellervoinen*, deus protector dos campos, senhor das árvores e das plantas; *Tapio*, «de barba escura, com barrete de abeto e manto de musgo» que, com a mulher *Millikki*, o filho *Nyyrikki* e a filha *Tuulikki*, representa as divindades dos bosques, invocadas pelos Finlandeses antigos para obter caça abundante.

O principal deus das águas é *Ahto* ou *Ahti*; habita, com a mulher *Vellamo* e as filhas, «no extremo do cabo nebuloso, sob as vagas profundas, no meio da maré escura e no coração de um espesso rochedo». É de notar que Lemminkainen tem o apelido Ahti, o que deixa supor que o deus e o herói não são mais do que uma única e mesma pessoa. À volta de Ahti movem-se génios das águas, geralmente malfazejos, tais como *Vetehinen*, talvez derivado do Vodianoi eslavo, e *Tursas*, génio de aspecto monstruoso, que se vê, no *Kalevala*, a surgir do fundo do mar para incendiar as ervas cortadas pelas virgens do mar.

O mundo terrestre é, também ele, povoado por génios malignos; citemos somente *Lempo*, *Paha* e *Hiisi*, que o *Kalevala* nos mostra unindo esforços para dirigir o machado, que Vainamoinen segura, contra o joelho do herói. «Hiisi fez oscilar o cabo, Lempo dirigiu o gume e Paha aparou o golpe. Então, o machado... foi cortar o joelho do herói... Lempo enterrou-o na carne, Hiisi empurrou-o através das veias e o sangue começou a correr...»

O inferno do «Kalevala»

Na mitologia ugro-finlandesa não encontramos a noção de inferno como lugar de punição. No *Kalevala*, o inferno, ou melhor, o reino dos mortos, surge como um território mais sombrio do que os outros, mas o sol brilha e as florestas crescem. O acesso a *Tuonela* (terra de

Tuoni) ou a *Manala* (terra de Mana) – nomes do inferno finlandês – é protegido por um rio de ondas negras. É preciso caminhar muito para o alcançar: uma semana através de pequenas florestas, outra semana pelas grandes florestas, uma terceira semana pelas florestas profundas. Infelizes os que tentam penetrar nesse território maldito. «Muitos entram em Manala, mas muito poucos de lá saem.» Lemminkainen, para satisfazer as exigências de Luhi, arriscou-se até à margem do rio negro, para abater com a sua flecha o belo pássaro de Tuoni, o cisne de longo pescoço. Mas foi precipitado nos abismos do rio e o seu corpo, despedaçado pelo cruel filho de Tuoni, foi espalhado pelas ondas fúnebres de Manala.

Só Vainamoinen fez sem dano essa perigosa expedição. Foi ao território de Tuonela na esperança de aí encontrar as palavras mágicas necessárias para a construção do seu navio. Chegado à beira do rio, apercebeu-se das filhas de Tuoni, de pequeno tamanho, corpos mirrados, que estavam ocupadas a lavar os seus farrapos velhos nas águas pouco fundas de Manala. À força de insistir, conseguiu ser transportado para o outro lado do rio, para a ilha de Manala, a região dos mortos, onde foi recebido por Tuonetar, a rainha de Tuonela, que cortesmente lhe ofereceu cerveja numa caneca cheia de rãs e vermes, declarando-lhe que não mais sairia dali. Com efeito, enquanto Vainamoinen dormia, o filho de Tuoni, com dedos aduncos, lançou ao rio uma rede com malha de ferro, com mil braças de comprimento, para reter o herói enquanto durassem os seus dias. Mas Vainamoinen, mudando subitamente de forma, lançou-se nas vagas e «deslizou, como uma serpente de ferro, como uma víbora, sobre as ondas de Tuonela, através da rede de Tuoni».

No território de Tuonela reinam *Tuoni* e a sua mulher *Tuonetar*. As suas filhas são divindades do sofrimento: nomeadamente *Kippu-Tytto*, deusa das doenças, e *Loviatar*, «a mais desprezível das filhas de Tuoni, fonte de todo o mal, princípio de mil flagelos; o seu rosto era negro, a sua pele com um aspecto horrível». Da sua união com o Vento deu à luz nove monstros: Pleurite, Cólica, Gota, Tísica, Úlcera, Sarna, Cancro, Peste e «um génio fatal, ser devorado pela inveja», que não recebeu qualquer nome. Entre as deusas das doenças e das dores, refiram-se ainda *Kivutar* e *Wammatar*. Quanto à morte, ela é personificada por *Kalma*, que reina sobre os túmulos. É de notar que a palavra *Kalma* significa em finlandês «odor de cadáver». À entrada da morada de Kalma está o monstro *Surma*, personificação do destino fatal ou da morte violenta, que está sempre prestes a capturar, com os seus dentes assassinos, e a devorar, com a sua grande boca, o imprudente que passe ao alcance das suas presas.

Valor mitológico do «Kalevala»

Este é o mundo dos deuses que o *Kalevala* nos revela. Convém observar, no entanto, que este poema é uma compilação de cantos populares, sem dúvida primitivos na sua inspiração, mas recolhidos muito tardiamente, se bem que alguns tenham vestígios de penetrações estrangeiras. O *Kalevala* não deverá, portanto, ser considerado o reflexo preciso das crenças antigas da raça ugro-finlandesa. Aliás, mesmo pondo de lado esta consideração, o panteão do *Kalevala* em nada se assemelha ao Olimpo grego. Foi com uma excessiva temeridade que, por vezes, se tentaram aproximações, como por exemplo por Georg W. A. Kahlbaum, entre Ilmarinen «o martelador eterno do fogo» e Hefesto, ou entre o Sampo e a Caixa de Pandora ([31]). De facto, as divindades do *Kalevala* apenas têm uma figura imprecisa e não saberíamos estabelecer a filiação entre elas. O próprio Castrén foi forçado a reconhecer que «a doutrina religiosa dos Finlandeses é intermédia entre a adoração directa da natureza e uma espécie de religião que atribui aos fenómenos e aos objectos naturais génios ou divindades que habitam esses fenómenos e esses objectos, animando-os» ([32]). E aqui tocamos no verdadeiro aspecto desta mitologia.

O animismo ugro-finlandês

O Xamanismo, que é, já o vimos, a base da religião primitiva dos Ugro-Finlandeses, dificilmente é compatível com a ideia de deuses, por essência superiores à humanidade, pois o xamã é capaz de tudo submeter à magia das suas fórmulas. Pelo contrário, ele supõe que em todos os objectos existe uma força elementar, susceptível de ser submetida por uma força mais poderosa, a do mago. Daí o carácter *animista* da religião ugro-finlandesa.

([31]) G. Kahlbaum, *Mythos und Wissenchaft unter besonderer Berücksichtigung der «Kalewala»* (Leipzig, 1898, p. 7).
([32]) Castrén, *op. cit.*

A *alma das coisas*

Para os Ugro-Finlandeses, todos os seres, todos os objectos, são dotados de uma alma, a que os Finlandeses chamavam *haltia*, os Votiaks *urt*, os Tcheremisses *ört*. Assim, encontramos entre os Votiaks o *d'ü--urt*, a alma do trigo; o *busi-urt*, a alma do campo de trigo, e, entre os Tcheremisses, o *pu-ört*, a alma da árvore.

Em todo o caso, essa alma está indissoluvelmente ligada ao corpo, com o qual forma um todo indivisível. Não possuindo existência distinta, ela morre com o corpo. Eis o motivo por que, entre os Íngrios, se vai chorar sobre as campas e se depõe nelas oferendas durante o período aproximado da decomposição do corpo. Depois deixam de lá ir, pois «nada resta da alma».

Para os Vogulos o coração e os pulmões é que são a sede da alma. Os seus guerreiros comiam o coração e os pulmões dos vencidos para absorver a sua força vital, a sua alma [33]. Outros povos atribuem uma importância particular ao esqueleto, armadura da alma tal como do corpo. Os Lapões, por exemplo, evitam quebrar e destruir o esqueleto do animal sacrificado, por pensarem que os deuses o utilizam para fazer um animal novo.

A crença de que a alma dura enquanto o esqueleto existe sobressai nas cerimónias da «festa do urso», de que o *Kalevala* nos dá uma curiosa descrição (46.º runo). Quando se matava um urso durante uma caçada, depois de lhe terem comido a carne metiam-se os seus ossos num túmulo, com esquis, um machado e outros objectos. Tratava-se o animal abatido como um amigo e pediam-lhe que contasse aos outros ursos as honras que recebera por parte dos homens [34]. A narrativa do *Kalevala* é apenas uma paráfrase lírica desse costume praticado entre os Finlandeses pagãos.

Tal como os animais, também as plantas, a terra, a água, possuem alma. Segundo Kharouzine, os Lapões de Kola, quando cortavam árvores na floresta, nunca se esqueciam, antes de derrubar uma árvore, de a «matar» com um golpe especial de machado; caso contrário, a árvore não queimaria bem no fogo. Entre os Finlandeses, quando se tira água de um poço, entornam-se duas gotas, para que «o poço não seja morto».

---

[33] Gondatti, *Vestiges des croyances païennes chez les Manzy* (Moscovo, 1888).

[34] N. Kharouzine, *Le Serment de l'ours et la base totémique du culte de l'ours chez les Ostiaks et les Vogules* (Moscovo, 1892).

Assim, o homem está rodeado por uma multidão de seres vivos, contra os quais deve constantemente proteger-se e dos quais deve tentar obter as suas boas graças por meio de preces e oferendas. É assim que, nas regiões montanhosas do Altai, na Sibéria, os indígenas, que ainda são xamanistas, atam às suas bétulas sacas feitas da casca dessas árvores e guarnecem-nas com presentes destinados aos espíritos bons. Ainda recentemente sacrificavam cavalos, cujos crânios e peles suspendiam de estacas: resquício manifesto de um costume muito antigo, pois, no *Kalevala*, Vainamoinen faz o mesmo com os despojos do urso, que leva para o cume da montanha e pendura no alto de uma árvore sagrada.

A *multidão divina*

Esta infinidade de espíritos e de génios que povoam o universo não oferece mais do que formas ainda rudimentares de divindades. É, como bem definiu Comparetti, um polidemonismo não organizado. «Em todo este mundo mitológico reina o individualismo mais absoluto. Não há nenhuma organização sistemática, nenhuma ordem genealógica. Todos os deuses e génios são independentes uns dos outros nas suas respectivas esferas de soberania» [35].

Os génios ou deuses que animam os diversos seres vivos ou inertes estão-lhes ligados de uma forma demasiado estreita para poderem ter uma individualidade distinta. Assim se explica o carácter impreciso que sublinhámos nos deuses do *Kalevala*. Mal conseguimos ver um tímido ensaio de antropomorfismo na diferenciação de sexo estabelecida entre as divindades. Entre os Votiaks encontramos dois termos, *murt* e *mumi*, que designam o deus e a deusa: assim, *korka-murt*, o homem da casa ou espírito do lar; *obin-murt*, o homem da chuva; *vu-murt*, o homem da água; *chundi-mumi*, a mãe do sol; *gudiri-mumi*, a mãe do trovão; *muzem-mumi*, a mãe da terra, etc.

É muito complicado reconhecer personalidades entre esta multidão divina quase anónima, de onde emergem somente algumas algo mais marcadas, como a deusa *Maan-Eno*, a qual, entre os Estónios, era tida por mulher de Ukko, o deus do trovão, e que se ocupava do sucesso das colheitas e da fecundidade das mulheres, ou ainda *Rot*, o

---

[35] Comparetti, *op. cit.*, p. 119.

deus do inferno, entre os Lapões. Na maioria das vezes, encontram-se apenas génios cujo nome invoca somente a sua função.

Os espíritos das águas

Estes são, entre outros, os inúmeros espíritos das águas. O *Vu--murt* (homem da água) dos Votiaks corresponde ao *Vizi-ember* dos Magiares. É um génio da água que mora nos lagos e nos rios, e que de bom grado exige sacrifícios humanos. Quando demoram a dar-lhos, os povos ribeirinhos ouvem a sua voz misteriosa, que grita: «Chegou a hora, e ainda não está lá ninguém.» A seguir, alguém se afoga infalivelmente. Ao lado do «homem da água», a mitologia magiar conhece a «mãe da água» (*Viz-anya*) e a «mulher da água» (*Vizi-bany*): a aparição destes espíritos é sempre presságio de infelicidade. A estes génios malfazejos podemos acrescentar o *Kul* dos Ostiaks, que assombra os grandes lagos, os rios e as águas profundas; o *Va-kul*, dos Zirianos, que é representado com o aspecto de um homem ou de uma mulher de cabelos longos; o *Yanki-murt* e o *Vu-vozo* dos Votiaks. Assim que um Votiak bebe água numa aldeia estrangeira, esconjura os possíveis malefícios do Vu-vozo com esta prece: «Não me ataques! Ataca antes uma mulher russa ou tcheremissa!»

A água recobre também espíritos benfazejos, tais como os *tönx*, dos Vogulos, que concedem aos homens sorte na caça e na pesca, a cura das doenças, etc.; o *as-iga*, ou «velho de Ob», venerado pelos Ostiaks ribeirinhos do grande rio siberiano; o *Vu-nuna*, «o tio da água», que protege os Votiaks contra o malvado yanki-murt; ou ainda *Vukutis*, «agressor aquático», que, para este povo, passa por combater as doenças.

Os Ugro-Finlandeses tinham também rios e lagos sagrados: são eles, entre os Vogulos, os *jelpin-ja* e os *jelpi-tär*; entre os Lapões, os *passé--jokka* e os *passé-jarvé*, habitados pelos tchatse-olmai, «homens da água»; entre os Finlandeses, os *pyhäjoki* e os *pyhäjärvi*. As cascatas, as correntes possuem igualmente as suas divindades.

Os Finlandeses da Finlândia tinham um grande número de divindades aquáticas, das quais a mais difundida era *Nakki*, génio da água. A população do oeste e do sul da Finlândia conserva ainda a crença de que, nos lagos, há pontos «sem fundo», nos quais se abre o caminho em direcção ao reino do deus da água, que habita um soberbo castelo, pleno de riquezas. Nakki sai da sua morada e vai visitar a terra ao nascer e ao pôr do sol. Pode assumir todo o tipo de formas. Assim que nos banhamos, temos de gritar antes de mergulhar: «Nakki, sai da água, sou eu que estou na água.» Para se proteger contra Nakki, é útil atirar à água uma moeda de metal, recitando este exorcismo: «Que eu seja ligeiro como uma folha, e Nakki pesada como o ferro» [36].

Poderíamos continuar enumerações como esta para os espíritos das florestas e das árvores. Mas tudo isso pertence mais ao folclore do que à mitologia.

Os mitos

Os mitos propriamente ditos são, pelo contrário, bastante raros. O *Kalevala* conservou alguns, tais como o mito da origem da serpente, o da origem do ferro, o da origem do fogo, proveniente de uma fagulha que Ukko fez saltar ao golpear com o seu gládio flamejante a sua unha, e que confiou a uma das virgens do ar. Mas esta, por negligência, deixou escapar a fagulha dos seus dedos, que «rolou através das nuvens, através das nove abóbadas, das seis coberturas de ar» e finalmente caiu num lago, onde foi engolida por uma truta azul, que foi por sua vez engolida por um salmão vermelho, o qual se tornou presa de um lúcio cinzento. Vainamoinen, ajudado por Ilmarinen, conseguiu caçar esse lúcio e libertou a fagulha, que, depois de ter provocado inúmeros incêndios, acabou por ser capturada pelo herói sob o pé de uma bétula e encerrada num vaso de cobre.

Entre os Lapões perpetuou-se um mito relativo à criação do homem por um casal divino: Mader-Atcha e Mader-Akka. O primeiro criou a alma, a sua mulher criou o corpo. Se a criança a gerar for um rapaz, Mader-Atcha envia-a à sua filha Uks-Akka; se se tratar de uma rapariga, vai à sua outra filha, Sar-Akka. O resultado da criação celeste é seguidamente deposta no seio da sua mãe terrestre.

Os sedja *dos Lapões*

Os mesmos Lapões distinguiam, diz-se, entre «o deus de madeira», que representava o deus do trovão sob a forma de tronco de bétula, e «o deus de pedra», com aspecto de animal ou de homem. Mas as tradições respeitantes a estas divindades são muito vagas. A única coi-

---

[36] Ver, a este respeito, um estudo muito completo de Uno Holmberg, *Die Wassergottheiten der finnisch-ugrsichen Volker*, nas *Mémoires de la Société ougro--finnoise* (Helsingfors, t. XXXII, 1913).

sa certa é a existência de *sedja* ou pedras sagradas, que os Finlandeses pagãos colocavam em diversos locais, e que encontramos ainda na Finlândia, na Carélia e, sobretudo, na Lapónia, onde estavam muito difundidas. Os sedja, chamados *saivo* ou *saite* entre os Lapões da Suécia, serviam também como talismãs. Castrén conta que um feiticeiro lapão, chamado Lompsalo, possuía uma sedja graças à qual fazia pescarias frutíferas. Na margem oposta, um outro feiticeiro desesperava por não conseguir apanhar nada. Uma noite, aproveitando o sono de Lompsalo, roubou-lhe a sedja e viu os peixes afluir. Mas Lompsalo conseguiu uma nova sedja mais poderosa e todos os peixes voltaram para as suas redes até que o feiticeiro rival a destruiu.

Conclusão

Vemos, por este exemplo, a utilidade e a importância dos talismãs mágicos na concepção ugro-finlandesa. É graças a estes talismãs que o homem pode agir sobre inúmeros *haltia* espalhados no universo; é pela magia secreta dos feiticeiros, pelos cantos sagrados dos bardos eternos que ele consegue penetrar no grande mistério da natureza, comunicar com as forças escondidas nas «origens» profundas das coisas. Eis o motivo por que, assim que o velho e imperturbável Vainamoinen começa a cantar, acompanhado pelo seu *kantele*, todos os animais se aproximam, para escutar com delícia os gritos de alegria; o austero ancião de Tapiola, todo o povo das florestas, a própria soberana dos bosques, acorrem para desfrutar da bela harmonia; a águia abandona o ar que é seu e o pato selvagem as vagas profundas; as belas virgens do ar dão também atentos ouvidos à voz do grande herói; Kuutar, a filha esplêndida da lua; Paivaitar, a filha gloriosa do sol, deixam cair o fuso e a agulha; Ahto, o rei das vagas azuis, de barba de relva, eleva-se acima da abóbada húmida e estende-se sobre um leito de nenúfares; as virgens do rio, enfeitadas com canas, esquecem-se da escovar as suas ricas cabeleiras, enquanto a soberana das ondas, a mulher idosa de seios envoltos em salgueiros, surge das profundezas do mar, para ouvir a melodia surpreendente do *kantele*... E assim o belo poema finlandês faz-nos assistir a uma verdadeira festa mística e sagrada onde se unem as forças da natureza, os animais, os homens e os deuses.

F. Guirand

6
MITOLOGIA DA PÉRSIA ANTIGA

Religião Avéstica

Quadros históricos e religiosos

O ramo iraniano do tronco ariano

Os Iranianos são um ramo deste tronco que se desenvolveu na família indo-europeia e que tem por nome os Arianos (os «nobres»). Erão ou Irão era o país dos Arianos. Estes, vindos sem dúvida da Rússia Meridional, passaram para a Ásia ou pelos Dardanelos, ou pelo Cáucaso, e alcançaram a planície do «Irão». A sua língua, quase idêntica à da Índia védica, é uma variedade do mesmo idioma que se supõe estar na origem das línguas eslava, germânica, celta, grega e latina. Ora, a onomástica indo-europeia atesta, entre os povos que falam estes dialectos aparentados, um fundo comum de mitos religiosos.

Entre as tribos de línguas indo-europeias, as tribos arianas são as que se estabeleceram mais a este da Eurásia, seja no Irão, seja na bacia do Indo, seja a norte do Pamir, no que actualmente designamos Turquestão chinês.

Não possuímos nenhuma referência sobre aqueles que viriam a ser os «Iranianos» anterior ao século IX a. C. Foi a propósito da expedição de Salmanasar III, em 837, que interveio na história da Assíria, a alusão aos Prasna, ou Persas, localizados nas montanhas do Curdistão, e aos Amadai, ou Medos, já estabelecidos na planície. Uns cem anos mais tarde, estes invadiram a planície que, para nós, é a Pérsia, afastando ou assimilando populações sobre as quais falta qualquer tipo de documento, e Déjoces (708-655) forma um império Medo. O segundo sucessor deste monarca, Ciaxares, tornando-se suficientemente forte para se aliar aos Babilónios contra os Assírios, destruiu Nínive (606) e anexou a Assíria. No século seguinte, foi um outro povo iraniano, os Persas, que assegurou a sua preeminência na Ásia Ocidental, quando o seu rei, Ciro, se apoderou da Babilónia (538). Daí em diante, os Iranianos assumiram definitivamente, na história humana, a sucessão dos Assírio-Babilónios, embora o império aqueménida persa represente, no Irão, o regresso a um arianismo mais puro do que o dos Medos, rapidamente assimilados pela cultura assíria.

As religiões iranianas

A complexidade da religião que a Pérsia clássica conheceu não resulta apenas de esta religião proceder de uma mistura da dos Assíro-Babilónios com a dos Arianos. As crenças dos Persas evoluíram muito sob três dinastias sucessivas: os Aqueménidas (558-330), os Partos Arsácidas (250 a. C.-191 d. C.), os Sassânidas (224-729).

Ora, postas de parte as inscrições (a mais preciosa é a de Dario em Beistun), e se nos abstrairmos também da documentação fornecida pelas civilizações circunvizinhas, cultos e mitos iranianos só nos foram apresentados no *Avesta*, em que muitos temas mergulham num arianismo propriamente pré-histórico, mas cuja redacção, singularmente tardia, data dos Sassânidas.

O culto do fogo

Antes de ser considerado, no Irão, como símbolo do deus supremo, o fogo deverá ter sido objecto de um culto directo, no qual participavam, mais ou menos, todos os Indo-europeus. Chamar-se-ão Masdeístas *âtechperest*, adoradores do fogo; muitos príncipes arsácidas usam então o título *fratakâra*, fazedor de fogo; na organização tradicionalista dos magos, na época sassânida, os *hêrbedh*, chefes do fogo, desempenham uma função eminente. Dois altares do fogo, provavelmente muito arcaicos, subsistem em Naqchi-Rustem, e os «locais do fogo» (*âtechgâh*) – os pireus dos Gregos – persistem em inúmeras localidades. As diversas religiões iranianas mantiveram este culto primitivo e natural, de que resultou, em tudo aquilo que tem a marca do iranismo, o prestígio incomparável da luz e da pureza. Tudo o que, nos ritos bramânicos, se relaciona com a utilização do fogo, refere-se manifestamente à mesma crença ariana.

O mito de *Atar*, o Fogo, tanto o do céu como o que está encerrado na madeira, mais não é do que a expressão deste culto. Sem dúvida que Atar se apresenta como filho de *Ahura-Masdâ*, mas a crítica julga que o filho deve ser mais antigo do que o 'pai'. Ele é muito mais do que o elemento fogo; personificado, recompensa os homens com o conforto, com a subsistência, com a sabedoria, com a virilidade, com uma nobre descendência, com o paraíso reservado aos virtuosos. Acompanha o carro do Sol. Defende a criação dos projectos do Maligno. Um único crime é, a seus olhos, inexpiável: queimar ou cozer a carne morta, insulto supremo ao príncipe da Vida.

O rito de haoma e a imortalidade

Ao mesmo fundo ariano liga-se o rito da ambrósia, bebida da imortalidade, o *haoma* do *Avesta* que coincide com o *soma* védico. Num e noutro lado, mesmo que, devido à diferença de *habitat*, a planta varie, uma erva sagrada, comprimida num passador, dá um licor que, fermentado, passa por exalar espiritualidade. As encantações pronunciadas aquando do sacrifício haómico afastam os génios maléficos e abrem o reino do bem (*Yasna*, X, I).

Elevado a personagem mitológica, Haoma, «de crença correcta e adversário da morte», proclama o que a humanidade mortal lhe deve: «Vîvanhvat foi o primeiro mortal do mundo corpóreo que me preparou. A sorte que lhe foi concedida, a graça que lhe foi concedida, foram as de ter por filho *Yima*, o Magnífico, o bom pastor, o mais glorioso dos que nasceram, o único mortal possuidor do olho solar; e, devido ao seu poder, tornar não mortais os homens e os animais e imunes à seca a água e as plantas, de modo a que se possam consumir alimentos subtraídos a qualquer malefício. No reino do soberano Yima, não havia frio nem calor, velhice ou morte, nem inveja, obra dos *devs* (demónios).» (*Yasna*, IX, 4 e 5).

Vários deuses arcaicos

Uma das migrações indo-europeias deixou vestígios da sua instalação na Mesopotâmia Setentrional, vestígio atestado por uma inscrição cuneiforme da Capadócia. No texto de um tratado, os povos de Mitani, reino do Alto Eufrates, chegando a acordo com os Hititas, tomam por testemunha, já em 1400 a. C., deuses cuja lista é totalmente indiana e parcialmente iraniana: *Mitra* e *Varuna*, *Indra* e os *Nâsatyas*.

Indra, tão importante na mitologia da Índia, não passa no Irão de um demónio bastante apagado, mas Mitra, aliás sob traços muito diferentes, desempenha um papel importante nas duas civilizações. Associado à deusa das águas Anâhita, Mitra aparece nas inscrições de Artaxerxes Mnémon e Oco. Inicialmente, segundo A. Meillet, deus dos contratos e da amizade, tornou-se o protector da verdade, o inimigo da mentira.

No período pré-zoroástrico, *Mitra*, muitas vezes associado ao supremo Ahura, é um deus de primeira grandeza. O seu valor guerreiro não tem rival. Ao mesmo tempo que possui força, dispõe do conhecimento, sendo por essência a luz: como tal, conduz através do espaço o carro solar. Pode-se esperar dele tanto a vitória quanto a sabedoria, mas a sua cólera é impiedosa com o engano ou com a traição. Sacrificam-lhe animais domésticos e oferecem-lhe libações de haoma, em que os humanos só podem participar mediante penitências e observâncias minuciosas.

Sob a influência da astrologia caldaica, os astros são objecto de uma veneração particular: *Hvare-Khchaêta*, o Sol brilhante, carro de cavalos velozes; *Mâh*, a Lua; *Anâhita*, identificada com o planeta Vénus; *Tichtriya*, a estrela Sírio.

Apô, a Água (âpas védico), lembra Apsu da Mesopotâmia. A luz, seja a solar, seja a lunar, é muito venerada. Inúmeros génios participam nela.

Acima destes deuses, que doravante aparecerão como *dii minores*, vai surgir um deus «principal», sob a acção de três influências convergentes neste aspecto: a dos Magos, a dos reis persas, a de Zoroastro.

Os Magos

Os Magos parecem ter sido uma corporação sacerdotal originária de uma determinada tribo meda que se entregava à prática de um ritual próprio, em que se expressava o antigo culto ariano. A famosa revolta do mago *Gaumâta*, sósia do seu irmão Bardiya, contra Cambises leva a pensar que estes sacerdotes sustentavam, contra a hegemonia persa, uma velha fidelidade ao ideal dos Medos.

Esta corporação conservou durante muito tempo laços na região montanhosa do Azerbeijão, onde mantiveram uma grande pureza nas primitivas práticas arianas.

Há, contudo, abusos, por ignorância ou preconceito, quando os autores gregos vêem nos Magos o clero iraniano. Estes foram investidos de funções religiosas, mas sem monopolizar tais atribuições. Os Magos deverão ter sido apenas uma seita até que, sob os Sassânidas, se constituíram como um sacerdócio oficial, organizador do «Masdeísmo». Eram, sem dúvida, inicialmente, os sacerdotes do fogo, mais do que os zeladores de Masda.

O deus da realeza persa: Masda

Esta divindade só eclipsou todas as outras porque foi a dos Aqueménidas. O seu triunfo mitológico mais não fez do que transpor para o abstracto a preeminência assumida no mundo iraniano, em múltiplas tribos, por uma determinada família da nação persa. O deus dos deuses, senhor do céu e criador dos seres, afirma-se como um reflexo do rei dos reis, senhor e administrador de todos os povos.

Discute-se sobre a etimologia de Masda. A raiz implicada neste termo parece aparentá-lo ao sânscrito *medhâ*, sabedoria. Mas, em 1927, Hertel abandona esta explicação e alega uma afinidade com *mada*, embriaguez, e com *mastîm*, iluminação; tratar-se-ia de um deus dispensador de «poderes transcendentes» ([37]). Louis de La Vallée Poussin aproxima, de forma turva, a expressão iraniana «Ahura Masda», «o sábio asura», de «Assara Mazaas», deus de Assurbanipal (668-626), criador e grande entre os deuses; esboça mesmo um confronto entre ahura (iraniano) ou asura (indiano) e Assur (a Assíria)([38]). Assim, pelo menos, encontra-se estabelecido que o deus dos Aqueménidas lhes preexistira e já adquirira o respeito de um soberano assírio. Desde 715, nas inscrições de Sargão, o termo *mazdaka* figura por duas vezes entre os nomes dos Medos.

Os escultores de Persépolis representaram a divindade protectora de Dario sob a aparência de um homem com uma venerável barba, ao estilo assírio; o corpo guarnecido com asas simetricamente majestosas e com uma cauda de pássaro vertical. A serenidade hierática deste senhor do céu plana através da atmosfera, testemunhando o seu valor real.

([37]) *Die Sonne und Mithra im Awesta*, 55.
([38]) *Indo-Européens et Indo-Iraniens*, 66 a 68. Veremos, a propósito da mitologia indiana, o sentido de «asura». Aqui «Ahura» = o senhor. Quando Ahura e Masda foram diferenciados, o primeiro vocábulo indicava uma faculdade de decisão, o segundo uma capacidade de conhecimento.

Ahura Masda, a quem estes baixos-relevos dão uma figura humana, participa mais da metafísica do que do mito, dado que o antropomorfismo que o descreve mais não é do que um artifício de estatuária. Este rei da natureza que criou tudo ultrapassa em todas as formas a humanidade. O *asha*, lei universal, nasceu dele, tal como, para Descartes, as verdades eternas nascerão do espírito divino. Este deus não tem nenhuma das fraquezas humanas e age enquanto espírito. As personagens celestes que compõem o seu séquito, uma espécie de arcanjos, são abstracções tornadas reais. Panteão hierático e compassado, tão distinto do panteão que encontramos para os Vedas como os mosaicos de Ravena podem diferir dos relevos de Angkor.

A reforma de Zoroastro

De certo modo Zoroastro realizou a conciliação entre a religião dos Magos e a dos reis. Mas esta conciliação só se tornou oficial e com um carácter ortodoxo cerca de oito séculos depois da época do próprio Zoroastro, que se situa, segundo a tradição persa, entre 660 e 583, quando o *Avesta* foi redigido na sua forma actual.

O maravilhoso impera na biografia de Zoroastro. Nasceu no meio do regozijo universal, não chorando ou gritando, mas rindo. No entanto, a hostilidade dos *kavis* e dos *karpans* – sacerdotes heréticos, idólatras, fechados à lei – deveria rodeá-lo com uma rede de falsidade; o *karpan* turaniano Durasrobo desempenha em relação a ele o papel de um Herodes. Quando o futuro profeta desejou casar-se, submeteu-se à escolha dos seus parentes mas, como bom iraniano devoto da franqueza e da clareza, quis ver, antes do casamento, o rosto da noiva.

A sua vocação religiosa apresenta-se como um anúncio ou um duplo da de Buda. Aos vinte anos deixa a casa paterna, procurando o homem «mais desejoso de rectidão e mais dado a alimentar os pobres». Alimentar miseráveis e animais, manter o fogo com madeira, verter suco de *haoma* na água: tal era, segundo ele, a enumeração das obras pias. Permaneceu sete anos em silêncio, no fundo de uma caverna ornamentada à semelhança do mundo, numa montanha que nos lembra o Sinai. Aos trinta anos recebeu de cada um dos arcanjos diversas revelações que lhe deram influência sobre os diversos factores do Cosmos. A primeira veio-lhe de Vohu Mano, o Espírito da Sabedoria, que lhe conferiu o êxtase na presença de Ahura Masda, nas margens de Daiti (Azerbeijão); nesse momento, inicia uma predicação errante que o conduz a Ghazni, nos confins do Afeganistão, na fronteira oriental do Irão. As outras revelações, obtidas em determinadas regiões bem identificadas, iniciam-no no modo de tratar os animais domésticos, o fogo, os metais, a terra, a água, as plantas.

O profeta conhece, doravante, o que precisa de saber. *Angra Mainyu* acorre do Norte para o tentar, a fim de que se abstenha de matar os demónios, suas criaturas; oferece-lhe um reino temporal; mas, armado com exorcismos, Zoroastro afasta a sedução: «Com o morteiro sagrado, a taça sagrada, a palavra de Masda, a minha própria arma, vencer-te-ei!»

Durante o décimo segundo ano da fé renovada verificou-se a conversão de Vichtaspa, rei de Balkh. Na Pérsia as conversões não se podem calcular, mas estendem-se a Hindus, a Gregos. A ciência do profeta, para além do seu aspecto ritual, envolve a física, o conhecimento das estrelas, o das pedras preciosas. Com plantas cura um cego. Mas, nos últimos anos, fez-se a propagação pacífica da fé: contra o Turco infiel, inimigo de Vichtaspa, realizou-se cruelmente a guerra santa, onde brilhou a coragem de Isfendiâr. Aqui, o *Chah Nâmeh* acrescenta ao ritualismo do *Avesta* a veia heróica, e Zoroastro teria sido morto aos setenta e sete anos por um odioso turaniano.

A moral de Zoroastro consiste essencialmente em tender para a perfeição por meio dos seus pensamentos, das suas palavras, dos seus actos. Depois da morte, a alma é pesada numa balança e julgada segundo as suas acções.

Trono de Xerxes, relevo da Sala das Cem Colunas do palácio de Persépolis. As personagens representam os diversos povos submetidos pelos Persas. Ahura Masd sobrevoa a cena.
In Coste e Flandi, *Voyage en Perse*.

Vicissitudes do Masdeísmo

O Masdeísmo, religião de Masda, eclipsou os outros cultos iranianos. Mas as suas formas variaram muito; o esquema tradicional do «dualismo iraniano», vulgarizado pela tradição e pelos manuais de história das religiões, está longe de corresponder à realidade das crenças que se inserem entre Ciro e a conquista muçulmana.

Pregado por Zoroastro como um aspecto do seu sistema, este dualismo só se implantou muito tarde, sob a acção da política sassânida, interessada em renovar uma tradição antiga e indígena, por oposição às influências helenísticas; até então tinha sido apenas a opinião de uma seita.

O Masda dos Aqueménidas era o deus do «rei dos reis»; o dos Sassânidas foi o deus de um clero que se reclamava dos antigos Magos. É que entre as duas formas de Masdeísmo – a aqueménida e a sassânida – inserira-se a época arsácida, durante a qual outras religiões chamaram a si as consciências.

As religiões sob os Arsácidas

O balanço destas religiões é extremamente confuso e obscuro. É preciso incluir nele, primeiro, as crenças dos Partos (*Pahlavas*, e daí o nome do idioma *pehlvi*), Iranianos originários da Cítia, a que pertencia o fundador da dinastia, Ársaces. Praticavam o culto dos antepassados. Em seguida, o Budismo, muito difundido na Bactriana e em Serinde, e diversos cultos penetrados pela filosofia abstracta, atestando misturas de elementos gregos, gnósticos, iranianos, cultos dos quais o mais famoso era o Mitraísmo, que já não reinava apenas na Ásia ocidental, mas, veiculado pelos exércitos romanos, conseguiu conquistar a Europa, onde se disseminou no século I a. C.

O Mitraísmo

A sua origem remonta ao Mitra dos Arianos, mas transformado por múltiplas influências. Heródoto refere uma deusa do céu, Μίτζα; e na Persa actual, *mihr* significa «sol». Remonta ao antigo deus dos contratos, comum à Índia e ao Irão; no entanto, a dualidade Mitra-Ahura do *Avesta* corresponde à dualidade Mitra-Varuna do *Veda*. Segundo P. Alfaric, o Mitra do Mitraísmo representaria a divindade conciliadora entre Ahura Masda e Angra Mainyu de Zoroastro, porque é o tempo, marcado pelas revoluções solares, que regula a alternância entre a luz e as trevas.

A estatuária helenística popularizou a cena da imolação de um touro por Mitra, com a cabeça coberta por um barrete frígio, numa daquelas grutas em que se reuniam os iniciados: aí, o deus realiza um rito de fecundidade da natureza, tal como o atestam todos os tipos de vegetais que abundam em redor da ferida de que escorre o sangue da vítima.

Por muito afastado que este Mitraísmo esteja do Masdeísmo zoroastriano, conserva em comum com ele os seus dois ideais essenciais: um zelo ardente pela pureza moral, obtida e conservada graças a uma atitude belicosa, a de um «soldado» da fé (de onde o prestígio deste culto entre as legiões romanas); e uma veneração da luz, sendo o único princípio «invencível», ou seja absoluto, o sol (*sol invictus*).

O Maniqueísmo

Uma inspiração análoga, mas mais próxima da zoroastriana, encontra-se na seita de Mani, na qual a religião de Jesus encontrou uma temível rival – a ponto de a denunciar como uma heresia cristã. Mani inicia o seu apostolado no início da época sassânida, a partir da coroação de Sapor I (242 d. C.). Originário da Babilónia, combina a tradição gnóstica, tomada dos cristãos de São João Baptista, os Cabianos ou Mandaítas do Baixo Eufrates, com o dualismo masdeano. Propaga os Evangelhos e as Epístolas de São Paulo; proclama-se o último porta-voz de Cristo. Funda uma igreja decalcada sobre a hierarquia cristã. De acordo com o seu ensino, o ascetismo, mais ou menos rigoroso segundo o grau de iniciação, é o adequado para que no indivíduo o conflito do dualismo universal leve à vitória definitiva do princípio luminoso.

As explorações russas e alemãs em redor de Tourfan, e depois a descoberta por P. Pelliot de uma biblioteca medieval nas grutas de Touen-houang, ofereceram-nos textos maniqueístas: a seita torna-se-nos acessível de outro modo pelas refutações dos seus detractores cristãos, masdeanos ou muçulmanos; a prova do seu imenso desenvolvimento resulta de que ela deixou vestígios profundos em França e em Espanha, tal como em África e até na China. Nenhuma doutrina levou mais longe o espírito iraniano.

«Uma história totalmente formada por lendas contava como a ciência da salvação fora revelada em diversas épocas por Cristo, Filho do

Primeiro Homem, que tomara as aparências da carne para nos denunciar a malícia... Ela ensinava como a fé dualista, a única verdadeira, pregada na Índia por Buda, na Pérsia por Zoroastro, na Palestina por Cristo, fora exposta finalmente em toda a sua pureza na Babilónia e, a partir daí, em todo o Universo, por Mani, os seus doze apóstolos e os seus inúmeros discípulos.»[39]

Abstracção feita às revelações que recebeu aos doze e aos vinte e quatro anos, a vida de Mani, com os seus quarenta anos de apostolado, suscitou poucas lendas. Eis aqui uma, extraída de um fragmento de Tourfan: Mihirasch, irmão de Sapor, era hostil a Mani. «No Paraíso que celebras poderá existir um jardim tão belo como o meu?» O apóstolo da luz respondeu-lhe, apresentando a seus olhos o seu Paraíso luminoso e, com esta visão, o príncipe ficou três horas em êxtase.

«Os livros proféticos e apocalípticos anunciavam que sorte seria concedida aos Eleitos que seguiam fielmente os preceitos divinos, aos Auditores que só os seguiam por metade, aos Pecadores que não cessavam de os violar. Prediziam que os primeiros, uma vez desembaraçados dos seus laços carnais, tomariam o caminho do céu para entrar na feliz pátria; que os segundos ficariam na terra para aí passarem para outros corpos; por fim, que os terceiros, escravos da matéria, segui-la-iam para o inferno. No dia, acrescentavam, em que todos os espíritos que devem ser libertados tiverem alcançado a sua primeira morada, o mundo será abandonado a si mesmo pelo Ornamento de esplendor que o sustenta a Norte e por Atlas que, a Sul, o carrega aos ombros. Então, as estrelas cairão, as montanhas desmoronar-se-ão, todos os elementos materiais irão juntar-se nos abismos tenebrosos do inferno, onde se incendiarão como se estivessem num imenso caldeirão. E serão imediatamente cobertos por uma pedra tão grande como a terra, à qual estarão presas as almas pecadoras. Doravante, o Bem e o Mal, regressando ao seu primeiro estado, ficarão separados por uma barreira intransponível e para sempre.»[40]

Figuras divinas e lendas

A exposição que apresentamos de seguida, dogmática e não histórica, descreverá sumariamente o resultado da evolução mitológica iraniana sob os Sassânidas (224-729).

---

[39] P. Alfaric, *Les Écritures manichéennes* (1918, t. I, 45).
[40] *Ibid.*, 46.

O antagonismo de Ormasd e de Arimânio

O Senhor Omnisciente, Ahura Masda, tornou-se, por fusão dos dois nomes, em Ormasd. O pensamento 'angustiado' ou 'negativo', Angra Mainyu, é *Arimânio*. Estas duas personagens marcam os dois pólos da existência: o primeiro dá a vida, o segundo, a morte; o primeiro consiste em luz e verdade; o segundo, em trevas e mentira. Definem-se pelo seu antagonismo: o deus como antidemónio, o demónio como antideus; o mundo, o real resultante do seu corpo a corpo. Tudo é luta entre os dois princípios.

Eis a história da criação:

Assim falou Ahura Masda ao santo Zaratustra (Zoroastro):

«Criei um universo onde nada existia; se não o tivesse feito, o mundo inteiro teria ido para Airjana-Vaeja.
Em oposição a este mundo, que todo ele é vida, Angra Mainyu criou outro, que é, todo ele, morte, onde só há dois meses de Verão, onde o Inverno dura dez meses, que arrefecem a terra de tal modo que até os meses de Verão são gelados, e o frio é o princípio de todo o mal.
Depois, criei Ghaon, morada de Sughdra, o local mais deslumbrante da terra; está semeado de rosas; ali nascem as aves com plumagem de rubi.
Então, Angra Mainyu criou os insectos nocivos para as plantas e para os animais.
Depois, fundei Muru, a cidade santa e sublime, e Angra Mainyu introduziu-lhe os maus propósitos e a mentira.
Depois, criei a fascinante Bachdi, onde flutuam cem mil estandartes, cercada por pastagens férteis. Angra Mainyu mandou para lá as feras e os animais que devoram o gado, útil ao homem.
Em seguida, criei Niça, a cidade da oração; e Angra Mainyu introduziu nela a dúvida que corrói a fé.
Criei Haroju, a cidade dos ricos palácios; Angra Mainyu fez surgir ali a preguiça e logo a cidade se tornou miserável.
Deste modo, cada uma das maravilhas que dei aos homens para a sua felicidade combatia-a Angra Mainyu com um dom nefasto; foi por ele que a terra foi infestada com instintos nefastos; foi ele que estabeleceu o hábito criminoso de enterrar os mortos, ou de os queimar, bem como todos os males que afligem a raça dos homens.» (*Fagard*, 1).

Antes de se tornar no espírito do mal, Arimânio talvez tenha sido um deus ctónico; de facto, entre os zeladores do Mitraísmo, cujos templos eram, naturalmente, grutas ou cavernas, encontramos dedicatórias: *Deo Arimanio*. Numa primeira fase da integração deste deus no

Um génio mau. Baixo-relevo de tijolo esmaltado, de Suse.
Período aqueménida. Museu do Louvre.
Foto de arquivo.

Masdeísmo, Ahura Masda era considerado o criador de dois génios antitéticos, *Spenta Mainyu* e *Angra Mainyu*, o espírito benéfico e o espírito maléfico: então, o dualismo subordinou-se a um monoteísmo natural. Aliás, até mesmo na forma mais dualista da religião iraniana há no deus uma dignidade eminente que faz dele mais do que o correlativo do demónio: tal como deverá ter existido na idade de ouro de outros tempos, apenas existirá quando tiver exterminado o seu adversário.

O exército do bem: os Amchaspends

Ormasd comanda seis espíritos que, como ele, são «Imortais benéficos», Amesha Spenta ou Amchaspends: *Vohu Mano* (Bahman), «Espírito do Bem»; *Asha-Vahishta* (Ardibihicht), «Supremo Justo»; *Khshathra-Vairya* (Chahriver), «Império ideal»; *Spenta-Armaiti* (Sipendârmidh), «Devoção benéfica»; *Haurvatât* (Khordâdh), «Perfeição», e *Ameretât* (Mourdâd), «Imortalidade».

Estas «forças» podem comparar-se aos arcanjos bíblicos: Gabriel, Miguel, Rafael; mas é mais às abstracções védico-bramânicas eminentemente existentes e objectivas que estão aparentados os Amchaspends.

Assim, Asha-Vahishta é a perfeição da Ordem (asha = rita, primeira forma do *dharma* ou da «lei», tanto moral como cósmica). Xatra--Vairya é a dominação da classe nobre, que na Índia será a casta dos xátrias. Spenta-Armaiti, filha de Ormasd e do céu, interpretada por Plutarco como Sabedoria, σορια, é a Terra benfazeja, *prithivî* dos Hindus; e a piedade generosa, espontânea, que ela encarna, recorda aquilo que a Índia designa por *bhakti*, amor feito de devoção, de abandono, de confiança. Haurvatât é a plenitude, a realização: a Pâramitâ indiana, termo da saudação.

Quanto a Ameretât, é literalmente *amritatvam*, a não-mortalidade, graças à bebida da vida, antiga noção ariana.

Cada uma destas figuras serenas rege uma ordem particular da realidade: uma determinada secção do ano ou da semana, uma determinada categoria de seres. Vohu Mano preside aos animais úteis; Asha--Vahista governa o fogo; Xatra-Vairya faz mover o sol e o céu; Armaiti, Haurvatât e Ameretât comandam a terra, a água e as plantas.

Os Yazatas e os Fravachis

Toda a natureza é povoada por génios «a que são devidos sacrifícios», os *Yazatas* (sânscrito, *yajata*). Esta classificação dos seres divinos é, parcialmente, uma escusada repetição dos Amchaspends: enquanto esta tem como protagonista Zoroastro, aquela mergulha num passado iraniano, e até ariano, mais longínquo. No entanto, a estilização clássica da lista dos Yazatas aparece já numa época remota. Deste modo, diz-se, Ormasd é o primeiro dos Yazatas celestes, enquanto Zoroastro é o primeiro dos terrestres. Alguns Yazatas correspondem aos astros, aos elementos, a forças ao mesmo tempo cósmicas e morais, como os Amchaspends. Os primitivos fogos rituais, paralelos aos do Bramanismo indiano, desempenham uma função eminente entre os Yazatas; *Khwareno*, glória ou esplendor (o «tejas» da Índia), representação radiante da força e da autoridade; a tríade *Mitra-Sraocha-Rachnu*, na qual os dois últimos termos designam, respectivamente, a Obediência e a Justiça. *Verethraghna*, que não se deve confundir com o Vritrahan indiano, é um génio da Vitória; as moedas indo-gregas ou indo-citas denotam preferência na sua representação, tal como uma Nice.

Entre os génios bons, os *Fravachis* ocupam um lugar à parte, tal como os anjos-da-guarda. O Fravachi é, exactamente, uma parte eminente da alma humana, criada por Ormasd, anterior ao nascimento, que permanece após a morte, e que durante a vida fica na ordem das existências imateriais.

O exército do mal: os Daêvas

Angra Mainyu, Arimânio, é o príncipe dos demónios. Por uma característica singularidade, os demónios do *Avesta* têm o mesmo nome que os deuses do *Veda* (sânscrito *deva*, latim *divus*, persa *dîv*). Esta inversão do sentido talvez resulte de uma reforma religiosa especificamente iraniana, por exemplo a de Zoroastro, ter transformado em génios maléficos e tenebrosos a brilhante e serena coorte dos deuses arianos, que a Índia continua a venerar como génios celestes.

A natureza demoníaca dos Daêvas consiste no facto de eles se dedicarem ao engano e à mentira (druj); a sua vocação é a de contrariar os esforços para o bem. O equivalente de Vohu Mano, *Ako-Mano*, o Espírito maléfico, está na dependência de Arimânio. Indra apenas tem em comum com o Indra védico, deus augusto entre todos, o ardor combativo; mas aqui pretende enganar os homens. Na ponte Cinvat, que deve ser franqueada pelas almas que se dirigem para o outro lado da morte, Indra fica emboscado para as atirar aos precipícios infernais. Durante a sua vida, mergulha as pessoas na incerteza moral: opõe-se, por isso, ao zelo do arcanjo moralizador, Asha-Vahista. *Sauru*, cujo nome o torna aparentado com os termos védicos *çara* ou *çarva*, epítetos de Rudra-Xiva, tenta fazer com que a anarquia ou a tirania triunfem sobre o exercício regular da função real, apanágio da Xatra-Vairya. *Nâonhaithya* (Nâosihaithya), o Nâsatya védico (epíteto dos Açvins), ergue-se com orgulho, rebelião, irreverência, contra Armaiti. *Taurvi* (Tauru) e *Zairitcha* (Zairi) dedicam-se a estragar, a fazer decair: antíteses vivas de Haurvatât e de Ameretât, destroem o bem e provocam o envelhecimento.

Aêshma, que encarna o furor e a devastação, constitui a antítese de Sraocha; é Asmodeu (Aêshma daêva) do *Livro de Tobias*.

Drujs, Pairikâs, Yatus

Muitos outros demónios semeiam o horror e o crime. As *Drujs*, adversários do *asha*, são criaturas da mentira, muitas vezes fêmeas, mas sempre monstruosas. Os *Pairikâs* (péri) dissimulam a sua maleficência sob aparências encantadoras; perturbam o funcionamento normal dos astros e dos elementos naturais. Os *Yatus* são bruxos;

os *Kavis* e os *Karapans*, sacerdotes de religiões falsas: aqui aproximamo-nos do mundo humano.

Entre as *Drujs* devemos referir *Nasu* e *Azhi Dahâka*. A primeira introduz-se nos cadáveres sob o aspecto de uma mosca e corrompe-os; é necessário um olhar de cão para a eliminar. A segunda evoluiu para uma serpente com três cabeças, seis olhos e três bocas; os historiadores árabes transformaram-na num rei mítico da Babilónia, *Zohak*, inimigo de sempre da Pérsia. Numa tradição mais antiga, é adversário de *Yima*, que ele teria destronado por inveja. Thraêtaona (Feridun), o herói da epopeia, dominou este monstro e prendeu-o no monte Demavend.

Os vícios que gravitam em redor da feminidade são incorporados pela druj Jahi; um beijo que outrora lhe dera Arimânio introduziu no mundo esta impureza, a menstruação. Jahi forneceu a Milton o protótipo da culpa.

Cosmogonia

A criação dos bons princípios por Ormasd e dos maus por Arimânio, depois a rivalidade das duas forças e, finalmente, a vitória da primeira: eis um mito cosmológico razoavelmente zoroastriano e, ainda mais, sassânida. Em parte, cobre uma cosmogonia mais antiga, de carácter ritualista, derivada do antigo fundo ariano.

Os doze mil anos, duração deste mundo, dividem-se em quatro períodos que compreendem três milénios. Ormasd, o criador incriado, procede, em primeiro lugar, à elaboração imaterial dos seres: limita-se, ainda, a pensá-los. Prevê, assim, a vinda de Arimânio. Logo que este sai das trevas, Ormasd oferece-lhe a paz, mas sem a conseguir; ele declara-lhe então uma guerra que preencherá os nove milénios seguintes, mas que terminará com o triunfo da Luz. A invencível arma da vitória é a fórmula sagrada Ahuna Vairya, infalível tal como os hinos védicos ou os mantras hindus. O zoroastrismo tornou esta fórmula testemunha do messianismo de Zaratustra: a afirmação de que este profeta é o verdadeiro Senhor e Mestre e que prepara o reino de Ormasd (*Yasna*, XXVII, 13). O segundo período comporta a criação efectiva dos seres, tanto por Deus, como pelo Demónio. O terceiro encerra as vicissitudes da nossa raça desde o primeiro homem até Zoroastro; o quarto, os acontecimentos que tornarão a vitória zoroastriana na vitória decisiva de Ormasd, no juízo final.

Os mitos da humanidade primitiva:
Gâyômart; o primeiro casal humano

O primeiro homem, *Gâyômart*, e o touro primitivo, *Gôch*, foram as criaturas iniciais, produtoras de toda a vida. Este casal humano-animal atesta a sobrevivência de noções arcaicas, segundo as quais tudo resultava da imolação de uma vítima por um sacrificador primordial; a Índia conservou, a seu modo, a recordação desta crença num rito cosmogónico; e o touro do Mitraísmo é um outro vestígio disso. A morte de Gôch e de Gâyômart foi obra de Arimânio.

Da semente de Gâyômart, enterrada durante quarenta anos na terra, nasceu o primeiro casal humano: Machya e Machyoi. «Ormasd disse-lhes: "Vós sois homens, senhores do mundo; criei-vos, os primeiros seres, na perfeição do pensamento; pensai o bem, dizei o bem, fazei o bem; não adoreis os Daêvas, de modo nenhum."

O seu primeiro pensamento foi: este é Deus. E regozijaram-se, um em relação ao outro, dizendo: eis um ser humano.

O seu primeiro acto foi o de caminhar. Depois comeram e disseram: "Foi Ormasd quem criou a água, a terra, a árvore, o boi, as estrelas, a lua, o sol e todas as outras criações do bem, fruto e raiz." Então uma reacção do demónio caiu no seu pensamento e disseram:

"Foi Angra Mainyu que criou a água..., fruto e raiz." Disseram, e esta mentira foi conveniente ao demónio e, por isso, Angra Mainyu obteve deles a sua primeira alegria.» (*Bundahish*).

Puros de início, Machya e Machyoi tornaram-se, assim, presas da mentira. Como a sua falta era imputada ao espírito do mal mais do que a eles mesmos, as forças divinas continuaram a protegê-los: deste modo, conheceram o fogo e o seu uso, tal como os meios de prover às suas necessidades. Deram à luz sete casais; de um deles, *Siyâmek* e *Siyâmeki*, procederam *Fravâk* e *Fravâkâïn*, antepassados das quinze raças humanas.

Nesses primeiros tempos, o homem obteve as diversas revelações que fundaram a civilização. O primeiro rei, Haochyangha (Hochang), e o seu sucessor Tahmuras, longe de serem oprimidos pelo Maligno, subjugaram os seus demónios.

Toda esta história mítica da Pérsia primitiva revive no *Chah-Nameh* (o Livro dos Reis), esse brilhante poema com cerca de sessenta mil versos que o poeta persa Firdusi compôs no século X e no qual recorreu aos dados das tradições avésticas e da literatura pélvi. Não poderíamos ter melhor guia para descrever a epopeia iraniana, de que apresentaremos aqui um pequeno resumo, servindo-nos para as nossas citações da tradução de Jules Mohl.

Huscheng. O primeiro rei

Hochang (*Huscheng*) era filho de *Siyâmek*. Começou por vingar o pai, que um Div (demónio) destruíra; depois de ter assegurado a paz no seu reino, começou a civilizar o mundo e a espalhar a justiça por toda a terra. Descobriu, primeiro, um mineral e, com a sua arte, foi capaz de separar o ferro da pedra; então, inventou a arte do ferreiro, para fabricar machados, serras e enxadas. Em seguida, ocupou-se a distribuir as águas; levou-as dos rios e fertilizou as planícies.

Com o poder que Deus lhe dera, e com a sua autoridade real, o sábio Huscheng domesticou os animais, de que se serviu para cultivar a terra. Matou e despojou das suas peles os animais errantes e delas fez roupa para o corpo dos homens. «Morreu depois de ter realizado muitos trabalhos durante a sua vida com a ajuda de encantamentos e de inúmeros pensamentos.»

Tahmuras

O filho de Huscheng, *Tahmuras*, continuou a obra civilizadora do pai, ensinando os homens a fiar a lã, a tecer tapetes, a preparar para a caça o lobo-tigre, o gerifalte e o falcão real. «Subjugou Arimânio por meio dos seus feitiços e montou-o como a um corcel veloz. Impôs-lhe a sela sem descanso e, assim, deu a volta ao mundo em cima dele.» Mas os Divs malvados aproveitaram-se da sua ausência para se revoltarem. Então Tahmuras regressou à pressa, para se opor aos cometimentos dos Divs. «Foi cingido com a majestade do senhor do mundo. Carregou no seu ombro uma pesada moca. Os corajosos Divs e os feiticeiros acorreram todos, formando um enorme exército de mágicos. O Div negro precedia-os, gritando, e os seus bramidos elevavam-se até ao céu. O ar tornou-se sombrio; a terra tornou-se negra e os olhos dos homens foram envoltos em trevas. Tahmuras, o senhor do mundo, o glorioso, avançou com os rins cingidos para o combate e a vingança. De um lado estavam o barulho, as chamas e o fumo dos Divs; do outro, os bravos reis. De repente, travou com os Divs um combate que não durou muito. Subjugou dois terços por meio da magia, aterrorizou os outros com a sua moca pesada e foram levados feridos e vergonhosamente atados; eles pediram a mercê da sua vida, dizendo:

"Não nos mates, para que possas aprender connosco uma nova arte que te será útil." O ilustre rei concedeu-lhes o favor, para que eles pudessem revelar-lhe o seu segredo: e, quando se encontraram livres das correntes, pediram humildemente a sua protecção. Ensinaram ao rei a escrita e tornaram-no notável em saber.»

Jam ou Yima (Djemschid)

Jam ou *Yima*, filho de Tahmuras, conservou-se sobretudo como o protótipo do soberano da idade de ouro. Sobreviveu numa espécie de fortaleza subterrânea, a sua *vara*, e conserva aí uma pura linhagem ariana, submetida a leis justas. Por aqui se vê em que é que se assemelha ao Yama da Índia e em que é que difere: este último é rei dos mortos, enquanto o seu equivalente iraniano é o ideal do «bom pastor».

Quando, devido aos malefícios do demónio Mahrkûsha, um dilúvio, alternando com verões tórridos, ameaçou devastar a terra e fazer perecer os homens e os animais, Ahura, prevendo o cataclismo, decidiu salvar Yima, o justo, e ordenou-lhe que construísse o seu hipogeu, onde encontraria um abrigo seguro.

> «Faz uma *vara*, com o comprimento da carreira de um cavalo, e com largura e comprimento iguais. Leva para lá representantes de cada espécie de gado miúdo e grosso, homens, cães, aves, bois e carneiros.
> Lá farás correr as águas; porás as aves em cima das árvores das margens, numa inesgotável verdura.
> Levarás para lá espécimes de todas as plantas, das mais belas e das mais perfumadas, dos frutos mais saborosos; todas as espécies de coisas e de seres permanecerão sem perecer enquanto estiverem na *vara*.
> Não coloques lá nenhum ser disforme, ou incapaz, ou perturbado, ou mau, ou enganador, ou rancoroso, ou invejoso, nem um homem com dentes desiguais, nem um leproso.
> Na parte superior, irás traçar nove avenidas; na do meio, seis; na inferior, três.
> Nas ruas da parte superior colocarás mil pares de homens e mulheres; seiscentos nas ruas da do meio; trezentos nas da inferior.
> E por cima desta *vara* abrirás uma janela para a luz.»

Yima perguntou: «Como farei essa *vara*?».

Então Ahura Masda respondeu: «Amassarás a terra com os pés e as mãos, como fazem os oleiros.» (*Fagard*, 2).

Este mesmo Yima encontra-se no *Chah-Nameh* com o nome de Djemschid. É a ele que se deve, segundo o poeta, o fabrico das primeiras armas de ferro, tal como o das roupas de linho e de seda, o trabalho das pedras preciosas, a invenção dos perfumes e da arte da medicina. Infelizmente, inebriado pelo poder, Djemschid cometeu o pecado do orgulho e, assim, tornou-se vulnerável aos ataques de Zohak (encarnação do *druj* Azhi Dahaka).

Zohak

É uma figura bastante curiosa a deste *Zohak*, ambicioso filho de um rei do deserto, de quem Arimânio, o espírito do mal, conseguiu fazer, aos poucos, a sua criatura. Depois de o ter impelido a matar o seu próprio pai para se apossar do trono, Arimânio instala-se no palácio de Zohak como cozinheiro e, graças à habilidade da sua arte, ensina o rei a comer a carne dos animais, inovação que parece surpreendente e um pouco sacrílega para um povo vegetariano. Encantado com estes novos pratos, Zohak oferece-se para recompensar o demónio. Arimânio pede apenas uma coisa: «Que ele queira permitir que eu beije o cimo dos seus ombros e que eu aí aplique os meus olhos e o meu rosto.» O desejo é concedido e o demónio-cozinheiro desaparece depois de ter beijado o rei.

Mas imediatamente este vê sair uma serpente negra de cada um dos seus ombros. Cortam-lhas: elas desabrocham todos os dias. Os feitiços e os remédios revelam-se impotentes. Arimânio regressa, desta vez disfarçado de médico ilustre, e ordena que as serpentes sejam alimentadas todos os dias com miolos humanos.

Daqui em diante, o próprio Zohak fica transformado num temível demónio. Depois de ter vencido Djemschid e de o ter feito cortar em dois, reina durante mil anos em todo o mundo. «Os costumes dos homens de bem desapareceram, e os desejos dos maus realizaram-se. A virtude foi desprezada, a magia era honrada, a rectidão permaneceu escondida, o vício mostrava-se à luz do dia.»

Mas uma noite, em sonhos, Zohak viu-se vencido e acorrentado por um jovem príncipe. No dia seguinte mandou chamar os seus Mobeds e pediu-lhes que interpretassem o sonho. Todos se calaram; só Zirek, Mobed sábio e íntegro, soltou a língua diante de Zohak e disse-lhe: «Esvazia a tua cabeça de vento, porque ninguém é criado por uma mãe a não ser para morrer. Mesmo que fosses um baluarte de ferro, solidamente assente, a rotação do céu quebrar-te-ia do mesmo modo e desaparecerias. Haverá alguém que irá herdar o teu trono e que destruirá a tua fortuna. O seu nome será Feridun e ele será, para a terra, um augusto céu.» Aterrorizado, Zohak mandou massacrar todas as crianças, esperando destruir ainda no berço aquele que deveria pôr termo ao seu reinado.

Feridun

Mas, logo que *Feridun* viu a luz do dia, a sua mãe, a prudente Firanek, conseguiu salvá-lo; confiou-o ao guarda do jardim onde se encontra a vaca miraculosa chamada Purmajeh, que amamentará o jovem herói; depois leva o filho para o Indostão e entrega-o aos cuidados de um piedoso velho das montanhas.

Quando cresceu, Feridun soube pela sua mãe dos maus procedimentos de Zohak, a quem jura punir. Ora Zohak «não deixava, dia e noite, de falar de Feridun; o medo tinha encurvado a sua elevada estatura, o seu coração estava angustiado, por causa de Feridun». Um dia, um homem apresentou-se no palácio, reclamando justiça. Quando o rei lhe pediu que nomeasse aquele que lhe fizera mal, o homem bateu com as mãos na cabeça e disse: «Sou *Kaweh*, o ferreiro... É a ti que acuso na amargura da minha alma... Foi preciso dar às tuas serpentes os miolos dos meus filhos todos...; deves-me contas do que lhes fizeste.» Nem presentes nem palavras conseguiram apaziguar o ferreiro. Além disso, ao sair do palácio amotina a multidão com os seus gritos. Por fim, pegando no seu avental de ferreiro e colocando-o na ponta de uma lança, à laia de um estandarte, reúne um grupo de partidários e arrasta-os ao palácio de Feridun. Este acolhe o ferreiro e a sua bandeira como um sinal do destino e decide iniciar a luta contra Zohak.

Armado com uma pesada moca de cabeça de búfalo, Feridun põe-se a caminho com um pequeno exército, o coração cheio de alegria. Durante o trajecto um anjo desce do céu para lhe ensinar a magia e predizer-lhe um futuro feliz.

Depois de ter atravessado o Tigre, impelindo audaciosamente o seu cavalo para as águas agitadas do rio, Feridun chega ao palácio de Zohak e entra sem que ninguém ouse opor-se-lhe. O rei estava ausente. O jovem herói parte os talismãs e liberta as filhas de Djemschid – *Schehrinaz* e *Arnewaz*, as duas beldades de olhos negros que Zohak retinha prisioneiras.

Entretanto, avisado por um servidor, Zohak, já de regresso, acorre a toda a pressa. Põe uma armadura de ferro que o torna irreconhecível e entra no palácio. «Vê Schehrinaz, de olhos negros, sentada ao pé de

Feridun, cheia de encantos e de ternuras...» Louco de raiva e de desespero, precipita-se sobre Feridun; mas este vigiava: no preciso momento em que Zohak puxa a espada, ele atinge-o com a sua moca. Então intervém um anjo e ordena-lhe que não mate o demónio, mas que o ate solidamente, para, em seguida, o prender numa caverna de rochas situada sob o monte Demavend.

Tendo vingado Djemschid e o seu pai, Feridun pode, finalmente, subir ao trono. «O mundo esteve em seu poder durante quinhentos anos, e não empregou um único dia a lançar as bases de qualquer coisa de mal... Onde quer que visse uma injustiça, onde quer que visse locais incultos, atava com o bem as mãos do mal, como convém a um rei.»

Os filhos de Feridun; Minutcher

Quando envelheceu, Feridun partilhou o seu reino imenso com os três filhos: a *Selm*, o mais velho, deu a região de Roum e o Ocidente; a *Tur*, o Turquestão e a China; a *Iredj*, o mais novo, o Irão. Mas Selm e Tur, descontentes com o seu quinhão, decidem aliar-se para combater o seu jovem irmão.

Em vão o virtuoso Iredj, a quem estas lutas fratricidas repugnam, vai ao encontro dos irmãos só e sem armas, na esperança de os apaziguar, dando-lhes espontaneamente tudo o que desejassem. Tur fere-o na cabeça com o seu pesado banco de ouro e depois, tirando um punhal da bota, cobre Iredj de alto a baixo com uma torrente de sangue, rasgando o peito real do irmão com o seu punhal de aço. Por fim, enche o crânio de Iredj com almíscar e âmbar e envia-o a Feridun.

> «Feridun tinha os olhos na estrada; o exército e a coroa ansiavam pelo regresso do jovem rei... Dispunham-se a ir ao seu encontro, já tinham pedido vinho, cantos e música... quando uma poeira negra se elevou na estrada. Dessa poeira saiu um dromedário, montado por um cavaleiro pungido de dor. Este portador de sofrimento deu um grito; no seio tinha um cofre de ouro, no cofre de ouro estava um tecido de seda, na seda estava colocada a cabeça de Iredj... Feridun caiu do seu cavalo, todos os seus bravos rasgavam as suas roupas, as suas faces estavam negras, os seus olhos estavam brancos, porque estavam à espera de ver outra coisa...»

Desolado com a morte do seu querido Iredj, o velho Feridun deseja um vingador, que aparece por fim na pessoa de *Minutcher*, o neto de

Iredj. Atacado por Selm e Tur, que tinham novamente dirigido o seu exército poderoso contra o Irão, Minutcher destrói-os e mata-os durante um combate tão violento e tão sanguinolento que «se disse que a superfície da planície estava coberta com tulipas, e que as patas dos elefantes de guerra, enterrando-se no sangue, pareciam colunas de coral». Satisfeitos os seus desejos, Feridun morre, deixando a coroa a Minutcher.

Zal

O jovem soberano tivera durante algum tempo junto dele, como conselheiro, um dos seus lugar-tenentes, o nobre *Sam*, governador do Indostão. Tendo regressado à sua província, Sam veio a tornar-se, pouco depois, pai de um filho cujo rosto era belo como o sol, mas cujos cabelos eram brancos como os de um velho. Envergonhado com o aspecto estranho deste ser, Sam mandou abandoná-lo numa montanha longínqua. Mas um abutre, o nobre Simurgh, atraído pelos gritos da criança, pegou-lhe com as suas garras e levou-a para o seu ninho, no cume do monte Alborz. A criança cresceu e tornou-se «um homem semelhante a um alto cipreste: o seu peito era como uma colina de prata, a sua estatura como uma cana». Entretanto Sam, cheio de remorsos e avisado por um sonho, pôs-se à procura do filho. Chegado à montanha, descobriu o rochedo de Simurgh, que consentiu separar-se do seu filho adoptivo e colocou-o aos pés de Sam. Este abençoou o filho inocente, a quem deu o nome de *Zal*.

As façanhas de Zal, herói cheio de coragem e de saber, estão longamente contadas no *Chah-Nameh*. Um dos episódios mais graciosos é o dos seus amores com a bela Rudabeh.

Um dia, realizando uma visita aos estados do seu pai, Zal ficou em Cabul, com o rei *Mihrab*, vassalo de Sam. Aí foi tratado magnificamente; mas, além disso, ficou a saber que Mihrab tinha, tapada por um véu, uma filha cujo rosto era mais belo do que o sol. «É», disseram-lhe, «um cipreste prateado cheio de cores e de perfumes, uma rosa e um jasmim da cabeça aos pés; dirias que os seus traços vertem vinho e que a sua cabeleira é de âmbar; o seu corpo está repleto de rubis e de jóias, as madeixas e as tranças do seu cabelo são como uma cota de malha de almíscar.» O jovem príncipe apaixonou-se imediatamente pela desconhecida.

Por seu turno, a jovem, a quem tinham elogiado a força e a beleza de Zal, sentiu o coração encher-se do fogo do amor. Abriu-se com as suas escravas que, a pretexto de colherem rosas, se aproximaram do acampamento de Zal e conseguiram falar com ele. Zal teve a promessa de um encontro com a princesa.

Rudabeh prepara secretamente um palácio forrado com brocados da China, cheio de flores, ornado com vasos de ouro e de turquesas, perfumado com almíscar e âmbar, coberto de rubis e de esmeraldas. Depois esperou por Zal no terraço no alto do palácio. Quando o viu, deu-lhe as boas-vindas e, como ele procurasse uma forma de se lhe juntar, desenrolou as suas longas tranças e fê-las descer do alto das ameias, e grita: «Ó filho de um bravo, agarra a extremidade das minhas madeixas negras; é preciso que eu seja enlaçada por ti!» Zal olhou para a bela com rosto de lua e cobriu de beijos o cabelo de almíscar, de tal modo que a sua noiva ouvia o som dos seus lábios. Ele respondeu: «Que o Sol nunca mais brilhe no dia em que eu levantar a mão contra uma mulher loucamente apaixonada!» Das mãos do seu escravo tomou um laço, fez-lhe um nó corredio e lançou-o no ar sem dizer palavra. O cimo de uma ameia ficou preso no nó do laço e Zal subiu por ele, de uma assentada, até chegar ao cimo. Quando estava sentado no cimo do muro, a bela com rosto de Péri foi ter com ele e saudou-o; tomou na sua a mão de Zal e foram os dois, como em êxtase.» Mas um obstáculo opôs-se ao amor dos dois jovens. A família de Mihrab, descendente directo de Zohak, é inimiga hereditária da de Minutcher. Alguma vez conseguiria Zal obter o consentimento do seu pai Sam e do seu suserano, o poderoso Minutcher? Mas conseguiu-o, no entanto, depois de várias provas e porque os astrólogos consultados afirmaram que «este casal virtuoso teria um filho semelhante a um elefante de guerra, que se cingirá corajosamente, submeterá os homens pela espada e colocará o trono do rei acima das nuvens. Através dele todos os males se abaterão sobre o Turão, e todas as prosperidades espalhar-se-ão no Irão.»

Este filho, na verdade, devia ser o glorioso, o invencível Rustem.

Rustem

Tal como o conta o *Chah-Nameh*, *Rustem* (Rotastahm), filho de Zal, instalou no trono a dinastia dos Kaianidas, e fez maravilhas, tanto contra os Turanianos de além-Oxus, como contra os demónios. Após os dois primeiros monarcas, Kai-Qobad e Kai-Kaus, foi ainda Rustem quem facilitou a vinda de Kai-Khosrau. O sucessor deste soberano, *Lohrêsp*, teve por filho Rudabeh, em cujo reinado a lenda coloca a vida de Zoroastro. Na mesma dinastia lendária que corresponde aos Aqueménidas históricos, nasce Alexandre, considerado o descendente do rei da Pérsia Darab e da filha de Filipe da Macedónia.

A coragem de Rustem simboliza a luta do Irão contra o Turão, ou seja, contra os povos do Norte e do Leste, que habitam para lá do Oxus, antepassados dos Turcos e dos Mongóis. Nem Rustem nem o seu pai, Zal, figuram no *Avesta*. Daí que se trate, aqui, de um ciclo de lendas ulterior ao fundo ariano: toda uma epopeia guerreira concentrada num único herói, cujos feitos se estendem por vários reinos.

O mais célebre dos feitos foi mandar matar o Demónio branco, nas montanhas do Tabaristão. Um dia, um outro demónio conseguiu surpreender Rustem e atirá-lo ao mar durante o sono. Mas o herói desembaraçou-se desse perigo tal como de todos os que a malignidade dos demónios lhe lançava. Para o abater foi necessária a traição do próprio rei que ele cumulara de serviços e de benefícios. Invejoso da glória de Rustem, o rei mandou cavar na reserva de caça profundas trincheiras, cujo fundo estava coberto de lanças, dardos e espadas de combate. Em seguida disse a Rustem: «Quando tiveres vontade de caçar, eu possuo uma propriedade onde todas as feras passeiam em grupos. Não deves deixar de visitar esse local encantador.» Rustem foi. Em vão o seu cavalo, Raksch, que percebera a armadilha, se recusava a entrar nesse terreno pérfido. Rustem teimou; lançou o seu cavalo para a pista fatal e caiu com ele numa das fossas, onde foi dilacerado com feridas atrozes. Antes de expirar, contudo, teve o prazer de matar com uma flecha o pérfido rei.

Escatologia

Como os Iranianos consideravam as partes superiores da alma humana ígneas, ou luminosas, acreditavam na persistência dos defuntos. A ideia, frequente nos povos indo-europeus, de uma morada dos mortos sob a terra, inspirou-lhes a noção da *vara* de Jam; isso não impede que o destino normal das almas seja a Luz de onde vieram, logo uma morada celeste. No entanto, esta integração no Ahura não é, de modo algum, considerada imediata: sem dúvida que os Persas receberam dos Semitas a noção de um juízo final, bem como convicções conexas: profetismo, libertação global preparada por um Messias.

À medida que o fim dos tempos se aproximar, a terra alisar-se-á, os caracteres nivelar-se-ão e tornar-se-ão melhores. Os antigos heróis, regressando à vida, consumir-se-ão para a salvação colectiva: tal como

Keresaspa que, depois de uma longa letargia, destruirá Azhi Dahaka (Zohak), que outrora apenas fora acorrentado por Feridun. Inúmeros «auxílios futuros», inúmeros salvadores, os Saochyants, acabarão com o mal: função moral e cósmica, semelhante à do Buda do futuro, Maitreya, no meio indiano. Tais serão os frutos longínquos, mas directos, do apostolado zoroastriano: uma contribuição ardente para a glória final de Ormasd e para a salvação das criaturas. Segundo o arménio Eznik, o último Salvador deverá ser uma reencarnação do Primeiro Homem, Gâyômart.

O próprio Zoroastro é o protótipo dos Saochyants. O princípio animador da sua personalidade religiosa – aquilo a que os iranianos chamam a sua *daênâ* – duplicará em eficácia no final dos tempos. O salvador por excelência, *Astvatereta*, que será concebido de forma imaculada pela virgem *Vispataurvi*, deve promover a realização da obra de Masda, mas não sem a colaboração de salvadores subalternos, destinados a fazer reinar a luz celeste nas diferentes regiões da terra, tal como os Amesha Spenta a farão brilhar no mundo superior. Deste modo, cada Virtude triunfará do Vício contrário; o próprio nome de Angra Mainyu acabará por ser esquecido; toda a criação, tornando-se digna de Ahura Masda, afirmará o seu criador.

Resumo dos mitos muçulmanos

Os Árabes antes do Islão

Antes da sua conversão ao islamismo, os Árabes, disseminados na vasta península que se eleva entre o golfo Pérsico, o oceano Índico e o mar Vermelho, praticavam uma religião naturista e animista, adorando as pedras e as árvores e povoando o universo com demónios, benéficos ou maléficos, os *djinns*, e com temíveis gigantes, os *efrit*, que se divertiam a assumir as mais diversas formas para prejudicar os homens. O culto das pedras deu origem aos ídolos que, na maioria das vezes, mais não eram do que blocos de rocha, como as deusas Manât, venerada em Kodaid, e El Lât, que Heródoto designa sob o nome de Alitat (III. 8)(*), e que era adorada em Taif.

(*) Optou-se pela versão da tradução portuguesa de Heródoto, ligeiramente distinta da apresentada no texto francês, *Histórias*, III. (*N. T.*).

Os deuses eram muito numerosos. Na sua *História dos Árabes* (t. I, pp. 28 e ss.), Huart enumera cerca de cinquenta, entre os quais distingue, nos Árabes do Sul: *Atthar* e *Chams* (o sol), divindade feminina; *Ankarih, Haubas, El-Makun,* Khol, *Sin* (deus da Lua, tomado aos Assírio-Babilónios) e, entre os Árabes do Norte: *Allat,* «o planeta Vénus»; *Ruda,* «a estrela da tarde»; *Itha, Rahâm, Chai-al-Kaum,* «o deus bom e remunerador, que não bebe vinho». O *Alcorão* menciona algumas divindades pagãs, entre elas os cinco ídolos que os descendentes de Caim erigiram: *Wadd, Sowâ, Yaghût,* «o que ajuda», adorado no Iémen do Norte sob a forma de um leão; Ya'ûk, «o que impede» ou «o que guarda»; Nasr, «o abutre».

«Tratado de Astrologia» de Abu Maashar.
Meados do século XIII. Marte no signo de Carneiro em conjunção com Júpiter; por baixo, os cinco «planetas estupefactos»: Júpiter, Marte, Vénus, Mercúrio, Saturno. *Biblioteca Nacional, Paris. Ms. Árabe 2583, f° 4, v°.*
Col. Larousse

A deusa *El-'Ozzà* era igualmente muito venerada entre os Coreichites: segundo parece, ofereciam-lhe sacrifícios humanos. Mencionemos, por fim, *Kozah*, divindade das trovoadas e das tempestades, e *Isâf* e *Naïla*, a quem ainda hoje representam, em Meca, duas pedras erigidas.

O santuário pagão mais venerado dos Árabes era a famosa Caaba de Meca, onde se encontrava a pedra negra, objecto de um culto geral. Aí se dirigiam em peregrinação pessoas de todos os pontos da Arábia. Quando o general abissínio Abraha, que jurara destruir a Caaba, se apresentou diante de Meca, não pôde entrar, pois o elefante que montava teimou em ficar ajoelhado. O exército de Abraha teve de bater em retirada, perseguido pelos pássaros abâbîl, que deixavam cair do seu bico em cima dos soldados pedras do tamanho de lentilhas, embora suficientes para perfurar os homens de um lado ao outro.

Os Árabes também tinham os seus heróis, cujos feitos revivem nas *Moallakas*, espécie de composições épicas. O mais célebre foi Antara el-Absi, filho de Cheddad, simultaneamente guerreiro e poeta, que viveu no final do século VI. O *Romance de Antar*, que conta os seus feitos nobres e o seu glorioso fim, conta-se entre as obras mais populares da literatura árabe.

O Islão xiita

Não há, de todo, uma religião menos propícia ao desenvolvimento de uma mitologia do que o Islão; a sua concepção seca e formal da lei exclui, à partida, não só a fantasia individual, mas os voos da imaginação colectiva. Para entravar as sobrevivências infinitamente variadas do paganismo – multiplicidade de deuses, adoração de ídolos – e para manter a fé monoteísta na sua pureza, os muçulmanos amaldiçoam as representações antropomórficas. Assim, ao mesmo tempo, restringem a arte à decoração inspirada unicamente na geometria e recusam ao dogma a liberdade de se exprimir por meio de fábulas ou de símbolos: a precisão árida do direito é, aos seus olhos, o único tipo de verdade.

As civilizações de origem ariana conquistadas pelo Islão – a Pérsia e a Índia – opuseram-se a este legalismo e conservaram, o mais possível, os seus mitos tradicionais. Na Pérsia, a nova religião converteu – de uma forma mais ou menos profunda – toda a população, e os zeladores obstinadamente fiéis do Masdeísmo tiveram de se expatriar: são os *Parses* ou os *Guebres*, que se refugiaram nas regiões hindus. No entanto, a epopeia nacional, apesar da sua inspiração avéstica, conservou todo o seu prestígio; e se o deus de Maomé se substituiu, ferozmente, ao dualismo zoroastriano, persistiu na alma dos seus partidários persas uma misticidade rica e subtil, embora estranha aos conquistadores árabes.

Há mais. O seu génio afastou a Pérsia da ortodoxia muçulmana e fê-la aderir à heresia dos xiitas. Por este nome são designados os muçulmanos que veneram Ali e que sustentam que Abu Bekr, Omar e Otman, os três primeiros califas, cometeram uma ilegalidade criminosa ao espoliarem o Profeta da sucessão. Ora, a veneração da linhagem proveniente de Ali devia suscitar uma nova mitologia, folhagem iraniana da cepa islâmica [41].

Os doze «imãs»

Onze descendentes de Ali e da sua mulher Fátima, filha de Maomé, constituem, juntamente com Ali, os doze imãs, ou «directores», personagens semidivinas, investidas de atribuições morais. Na ordem da sua sucessão regem as doze horas do dia e, por isso, são objecto de uma constante piedade quotidiana.

Ali, o «defensor» (Murteza), o «leão de Deus» (Haidar), purifica a alma dos pecados; também Fátima é «pura» entre todas as mulheres; Hasan, o seu filho, protege e, ocasionalmente, vinga os seus fiéis. O seu irmão, Hussein, «pai dos pobres», é um propiciador da misericórdia divina.

Zeín el-Abidin terá nascido de Hussein e de Chehrbanu, filha do último rei sassânida, Yezdegerd III. Abria-se, por aí, um desenvolvimento do Islão adequado à Pérsia, com coincidência entre a religião e a tradição nacional. Com efeito, este imã reveste um carácter político: afasta dos seus devotos a tirania e proporciona-lhes o favor dos sultões.

Maomé el-Bâgir é o patrono dos sábios; Djafer as-Sâdiq, um mestre de piedade; Musâ al-Kâzhim, um curandeiro; Ali ar-Rizâ, um guia nas viagens; Maomé at-Taqî dispensa tanto os tesouros do desapego como os da riqueza. Alian-Naqî preside à justiça, mas também à caridade. Abdallah Hasan vela pelo formalismo e pelas conveniências tan-

---

[41] Neste resumo seguimos as páginas de Huart na *Mythologie asiatique illustrée* (1928, Librairie de France).

Tratado de Astrologia e Adivinhação, de Mohammad al-Sooudi. O anjo negro, figurado com os traços de um *rack-hasa*, e os talismãs que serviam para o invocar. À esquerda, dois espíritos malignos.
Biblioteca Nacional, Paris. Suplem. turco, 242, f° 87.

to na ordem mundana como na ordem religiosa: assegura assim uma felicidade constante. Maomé al-Mahdî, oculto sob a terra desde a infância, levará a nova do fim do mundo iminente; entretanto, proporciona a vitória e o reembolso dos salários.

A arte abstém-se, como se de uma impiedade, de representar a figura dos imãs. Vela o seu rosto ou simboliza a sua efígie através de chamas.

Influência dos astros

Na Pérsia muçulmana a astrologia goza de um grande prestígio, tal como em todo o Islão e na antiga Caldeia. Aqui, a interdição de representações antropomórficas não funciona, tal como o testemunha um manuscrito conservado em Viena (Huart, *ibid.*, 16 a 18). O Sol, que se encontra junto dos planetas, é princípio de calor, a Lua de humidade; os outros planetas, de seca e de frio. Júpiter e Vénus exercem influências favoráveis; Saturno e Marte fazem o inverso; Mercúrio é ambíguo. Também aparece como patrono dos escritores, enquanto Marte é o dos sanguinários e Júpiter o dos sábios ou dos religiosos. O Sol protege os poderosos deste mundo, Saturno os bandidos, Vénus as cortesãs.

Génios e demónios

Estabeleceu-se um sincretismo que conciliava a demonologia masdeísta e os génios corânicos. De entre estes são de referir os *djinns*, com o seu pai Djânn, criado antes de Adão: cepa fiel, durante muito tempo, à lei do Criador, mas corrompida pelo pecado do orgulho. Iblîs, Satã, nasceu no meio deles. A sua falha foi a falta de submissão. A amálgama das duas religiões conduz a vagas assimilações: Gâyômart-Adão, o primeiro homem; Zoroastro-Ibraim, o amigo de Deus; Arimânio-Scheitan, o diabo; Ormasd-Alá, Deus.

A hagiografia dos sufis

A mística ocupa um lugar de eleição no Islão persa, tal como nas religiões da vizinha Índia. Os sufis da Pérsia, tal como os ioguis hindus, procuram a intuição absoluta na santidade e na inteligência gradualmente realizada. A sua vocação, a sua perfeição, são objecto de lendas sedutoras.

Ibraim ibn Edhem caçava um antílope. Este – tal como o cervo de Santo Humberto – foi ter com ele e disse-lhe: «Foi para isto que nasceste? Quem te ordenou que vivesses assim?» Tocado pela graça, o príncipe quis viver pobre e solitário.

Segundo outra narrativa, o jovem teria visto, sobre os telhados do seu palácio, uns seres bizarros que lhe afirmavam que procuravam camelos. «Ora essa! Camelos em cima de telhados?» E responderam-lhe: «Tu também procuras, no teu trono, para encontrares Deus!»

Vejamos agora Abdel-Kader Djîlani a praticar os poderes sobrenaturais do ioga: levitação, aumento e redução do tamanho; ou ainda melhor, praticando hipnotismo; transporta um médium para o espaço ou para o tempo futuro; e outros santos, como se tivessem montado um posto de TSF, ouviam, depois de terem traçado círculos mágicos, um discurso pronunciado a uma grande distância.

A fantasia dos poetas

A fantasia dos poetas persas alia-se à sabedoria dos místicos, de uma forma mais ligeira.

No século XII, Attâr descreveu o destino das almas como o voo de um pássaro ao longo de sete vales: Busca, Amor, Conhecimento, Independência, Unidade, Estupefacção, Aniquilação. Este último termo simboliza o coração perdido no Oceano divino e feliz daí para o futuro. (*A linguagem dos animais.*)

Jela el-Dîn Rumi (século XIII), no seu *Meshnevi*, exprime em apólogos, em contos que nos lembram as fábulas de La Fontaine, uma filosofia nobre. Por exemplo, ele explica deste modo a subjectividade das nossas percepções: um mestre diz ao discípulo, que era estrábico: – «Vai a casa buscar tal garrafa.» Vendo duas, a criança pergunta: «Qual levo? – Não há duas... Parta-se uma.» Assim que uma foi partida, ambas desapareceram.

As lendas bíblicas, transformadas por uma viva imaginação e transpostas para símbolos, inspiraram muito os mitos persas. A história de Salomão e de Absalão torna-se, em Jâmi (século XV), no seguinte tema: um rei, decidido a abster-se de qualquer relação com mulheres, conseguiu, contudo, ter um filho, Salâman; ele queria que esse filho partilhasse a mesma pureza. Mas o jovem foi seduzido pela demasiado bela ama a que fora confiado, Absal, e ambos fogem para a ilha da Voluptuosidade. O rei, por meio do poder do seu pensamento, coloca mil entraves à união dos amantes que, desesperados, se precipitam nas chamas de uma fogueira. Apenas Absal é consumida; a dor ilumina Salâman que, perdendo o desejo e o desgosto do amor, se torna digno de reinar.

P. MASSON-OURSEL e LOUISE MORIN

7
MITOLOGIA DA ÍNDIA

Introdução

Complexidade religiosa do meio hindu

A mitologia indiana é uma floresta inextricável de folhagem exuberante. Quando alguém se embrenha nela, perde a claridade do dia e qualquer clareza de orientação. Numa exposição sumária impõem-se simplificações extremas, mas, pelo menos, conviria mostrar como é que, nas melhores condições, se assinalam as pistas que iniciam uma exploração metódica deste imenso domínio.

Em todas as épocas, a região que compreendia as duas bacias fluviais – o Indo e o Ganges – e o planalto do Decão foi uma amálgama de raças sem qualquer unidade, encerrando todos os graus de civilização, desde estádios muito primitivos até níveis bastante evoluídos. Assim, desde a época em que as invasões arianas, vindas de Noroeste, se instalaram primeiro no Punjabe (vale do alto Indo), com os seus afluentes, entre 3000 e 1500 antes da nossa era, tiveram de se cruzar aí com os Drávidas de pele escura, com uma cultura bastante avançada, aparentada, talvez, com a dos Caldeus (como o fazem supor as escavações de Harappa), e com povos muito mais «selvagens», com idiomas *munda*, com afinidades com os negróides indochineses e australianos. Uma grande singularidade da Índia é que aí tudo se transforma ao conservar-se: ainda hoje os três elementos estão próximos uns dos outros, simultaneamente distintos e interpenetrados por infinitas misturas para as quais contribuem, além disso, elementos mongóis.

No ponto de partida – teórico – da mitologia indiana deveriam, assim, ser indicados factores munda, drávidas e arianos. Mas, para a alta antiguidade, os dois primeiros elementos não deixaram qualquer testemunho directo; só transparecem através da literatura bramânica, a dos Arianos da Índia. A expressão proto-histórica desta literatura encontra-se nos *Vedas*, aos quais cada vez mais se reconhece, nos nossos dias, um carácter «indiano», e não apenas «ariano». Acrescente-se que a mistura de mitos arianos e não arianos, que durante muito tempo se conjecturou tardia e que se designou por «hinduísmo», remonta às épocas mais remotas do indianismo, incluindo-se aí a época védica.

Os cultos não arianos

Os aborígenes que falam idiomas aparentados com o *munda* exaltam, em certa medida, o totemismo. A vida de uma espécie vegetal ou animal é considerada a própria vida da tribo e dos indivíduos que nela participam. O sacrifício consiste em imolar uma vítima para se assimilar ao seu princípio vital: prática que, por vezes, implica canibalismo.

Os cultos *dravídicos* são menos grosseiros; excluem os sacrifícios sangrentos e o consumo de carne crua, limitando-se a envolver os ídolos em veneração. A efígie de uma divindade é aspergida, perfumada, enfeitada com grinaldas. Esta veneração pacífica e devota subsistirá na Índia sob a designação de *pûjâ*. No entanto, se a grosseria não se manifesta no rito, aparece nas formas divinas veneradas desta forma. Ainda nos nossos dias, na costa sudeste do Decão, a piedade dirige-se

Depois de se entregar, durante seis anos, a um ascetismo rigoroso, o bodisatva banha-se na ribeira Nairanjana e lava as suas vestes. Dirige-se então para a Árvore da Iluminação, que deverá abrigar a sua meditação decisiva.
Borobudur (Java). Col. Goloubew.

a papões hediondos, dos quais Kali e Durga, as ferozes divindades do hinduísmo, representam uma imitação bramanizada. Estes monstros-fêmeas simbolizam a fecundidade da natureza; o elemento macho encontra-se, também ele, venerado sob o aspecto do falo ou *linga*. A importância atribuída ainda às formas femininas da divindade reflecte uma estrutura social caracterizada pelo matriarcado.

A *tradição ariana:*
o *culto védico-bramânico*

Desde as origens históricas que o elemento ariano se especifica pela sua organização familiar. Em tudo se reconhece o desejo de conservar, num meio conquistado, a integridade moral dos clãs arianos. Durante muito tempo, conservaram os procedimentos das tribos vitoriosas instaladas entre o inimigo: tinham um comando militar e, consequentemente, um tipo de família agnático. Justapostos em pequenas repúblicas, germes de cidades, ou disseminados em aldeias rurais, os clãs desejaram intensamente a persistência e a defesa das suas tradições próprias.

Advém daí que as classes sociais dos Arianos do Irão se tornaram, para os Arianos da Índia, em *castas* com divisões teoricamente estanques. A religião, em princípio familiar, comportava um único sacerdote: o pai, ou o avô, investido da autoridade; cada vez mais assume o aspecto de religião de casta. Permanece familiar, mas combina-se com ritos diferentes, dependendo de a família pertencer à nobreza guerreira, os *xátrias*; – ao sacerdócio, os *bramânes*; – ou ao terceiro estado, os *vaixias*, encarregues dos trabalhos materiais. Esta evolução para a casta assinala a passagem do estado «védico» ao estado «bramânico» do arianismo indiano, embora os *Vedas* tenham sido, se não concebidos, pelo menos compilados por uma sacerdotisa de espírito fundamentalmente bramânico.

Isto constitui a base das noções religiosas. O *asha* iraniano, conjunto de condições estáveis da ordem cósmica e moral, transforma-se em *dharma*, estrutura social tanto quanto realidade ontológica, direito e dever das castas tanto quanto fidelidade ao ideal ariano.

Cada seita terá o seu *dharma*, mesmo as que rejeitam a tradição bramânica, por exemplo, os Jainas e os Budistas. Surgirão, assim, tantas mitologias quantas as diversidades no *Dharma*.

Mitologia do *dharma* bramânico

O bramanismo é a herança da tradição védica enquanto centro das crenças e dos cultos próprios dos Arianos da Índia. Podem-se discernir aí as concepções específicas da casta guerreira, as que estão particularmente relacionadas com a casta sacerdotal e, por fim, as crenças populares. A este conjunto associou-se a mitologia mais abstracta dos Brâmanes.

Mitologia da casta guerreira

Muito antes de ter aparecido na Índia a casta bramânica, os antepassados dos Indo-Iranianos, repartidos pela Ásia Ocidental, ainda sem uma fixação definida, adoravam deuses cujo carácter convinha a uma aristocracia conquistadora. Esses deuses são enumerados como garantes do tratado cuja recordação nos foi conservada pelas tabuinhas de Boghaz-Keuí (Ptéria, na Capadócia). Trata-se de uma paz concluída por volta de 1400 a. C. entre Mattinaza, rei dos Mitanianos, e Subbiluliuma, rei dos Hititas. As testemunhas referidas chamam-se *Indra*, *Mitra*, *Varuna* e os *Nâsatyas*. Pelo menos os três primeiros apresentam-se como deuses-reis. Contrastam com os deuses culturais, cuja noção será precisada pela casta bramânica, na região indiana.

Indra

O Ariano, que submeteu ao seu jugo populações de raça negra, venera em Indra a projecção grandiosa do seu próprio tipo. Este deus possui, ampliados, os defeitos e as qualidades de um *Xátria*, ou pelo menos de um *ârya* primitivo: tem a sua valentia, mas também a intemperança. Racha ao meio os demónios, tal como os guerreiros indo-europeus matavam as raças inferiores. Este soldado da velha guarda enche-se de ambrósia, não tanto para sobreviver, mas para experimentar a embriaguez. Único entre os deuses védicos, declara-se homem pelos seus traços e pelos costumes; e é ele de longe que recebe o maior número de hinos (250).

Arma-se com flechas e sobe para um carro, como um nobre. Transformado pelo mito em força cósmica, brande um raio – o raio – e o carro que conduz é o do sol. A sua vitória sobre o dragão Vritra, o Envolvente ou o Obstrutor, consegue libertar as águas – quais vacas aprisionadas. Para este fim, fende as montanhas e faz escorrer as torrentes em direcção ao mar. O seu feito determina a fecundação da natureza. Ao romper as nuvens, devolve-nos o sol e a aurora. Como fornece simultaneamente a luz e a água, considera-se, para além de deus da guerra, um princípio de fertilidade.

Poderemos avaliar a importância deste feito se nos lembrarmos de que, na Índia, a terra, exposta durante vários meses a um sol muito forte, torna-se tão dura que é impossível cavá-la ou semeá-la. Do mesmo modo, o deus que traz a chuva é invocado frequentemente com os hinos mais elogiosos. Para os poetas do período védico, as nuvens levadas pelos ventos desde o oceano eram inimigas, ciosas do tesouro que tinham encerrado nos seus flancos: era preciso que fossem vencidas por um poder superior, para que derramassem as riquezas da água sobre o solo seco.

Deus dos guerreiros, Indra é também, ao mesmo tempo, um deus da natureza, uma espécie de Hércules que assume o aspecto de um Zeus. Reina no céu e triunfa na tempestade, onde o seu raio liberta a chuva. É representado com dois braços, armados, um com o raio (*vajra*) e o outro com um arco; ou com quatro braços, dois dos quais seguram lanças, segundo o modelo do aguilhão para o elefante. Com efeito, a sua montada é o elefante Airâvata, nascido do mar de leite.

Protótipo da casta nobre, Indra não apresenta uma conexão lendária directa com os deuses de outra origem. No entanto, fez-se um esforço para o associar estreitamente ao deus *Agni*: passa por ser seu irmão gémeo e, como tal, por filho do Céu e da Terra. A sua mulher, simples reflexo de si mesmo, é *Indrânî*, e o seu filho *Citragupta*.

Senhor do céu, *Svargapati*; cavalgador das nuvens, *Meghavâhana*; fulminante, *Vajri*, Indra habita o monte Meru, pretenso centro da terra, a norte do Himalaia, portanto entre a terra e o céu. A narrativa da sua luta contra o demónio far-nos-á ver como o grande Indra, Mahendra, merece o epíteto de forte, *Çakra*, mas com a restrição de que a inspiração popular faz descer ao nível da astúcia uma eficiência que, de acordo com a essência do deus, deveria ser energia cósmica e vigor de herói.

Indra e o demónio Vritra

Era uma vez um brâmane forte, chamado *Tvachtri*, que não gostava nada de Indra; para o desapossar do trono, criou um filho e fortaleceu-o com a sua própria força. Este filho tinha três cabeças: com a primeira lia os Vedas, com a segunda alimentava-se e com a terceira parecia comer com o olhar todos os pontos do horizonte. Superava todos os homens, tanto pelo ardor do seu ascetismo, como pela humildade piedosa do seu coração. Inquieto por vê-lo todos os dias adquirir uma força que parecia destinada a absorver o universo inteiro, Indra resolveu intervir. As mais sedutoras ninfas celestes foram encarregues, mas em vão, de tentar o jovem asceta. Então Indra decidiu mandar matar o jovem sábio e atingiu-o com o seu raio; mas, mesmo na morte, o corpo do jovem brâmane difundia no mundo uma claridade tão gloriosa que os receios de Indra não eram acalmados. Ordenou a um lenhador que passava que cortasse as três cabeças do morto: grandes bandos de pombas e de outros pássaros escaparam-se delas nesse mesmo instante.

Para vingar o filho, Tvachtri fez nascer um monstro temível a que deu o nome de *Vritra*. Este demónio era enorme, a sua cabeça chegava ao céu. Convidou Indra para a luta. Seguiu-se um combate horrível e o demónio saiu vitorioso. Tendo tomado o rei dos deuses, atirou-o para a sua boca e engoliu-o. Cheios de terror, os deuses não sabiam o que fazer. Tiveram a ideia de fazer o demónio bocejar. Logo que ele abriu a boca, Indra, encolhendo o corpo, saltou para fora das mandíbulas escancaradas e a luta recomeçou uma vez mais. Mas o deus foi obrigado a fugir. Humilhado, foi aconselhar-se com os Richis e todos, juntos com os deuses, foram consultar o deus *Vixnu*, que os aconselhou a estabelecer a paz, por intermédio dos Richis, acrescentando misteriosamente que talvez um dia ele se encarnasse numa arma que mataria o demónio Vritra.

Os Richis conseguiram convencer Vritra a reconciliar-se com o seu inimigo, mas ele pôs uma condição: «Fazei-me», disse, «a promessa solene de que Indra não me atacará com uma arma de madeira, de pedra ou de ferro, nem com uma coisa seca, nem com uma coisa molhada; prometei-me também que ele não me atacará nem de dia, nem de noite.» O pacto foi concluído.

No entanto, Indra pensava em segredo na sua vingança. Uma tarde em que estava na praia, viu não longe dali o seu inimigo; e, imediatamente, pensou: «O sol desce no horizonte, a obscuridade aproxima-se, a noite ainda não chegou, mas também já não é dia. Se eu pudesse matar o demónio agora, entre o dia e a noite, não estaria a infringir a minha promessa.» Enquanto pensava, eis que uma enorme coluna de espuma se eleva do mar, e Indra deu-se conta de que não era nem seca, nem molhada, nem de ferro, nem de pedra, nem de madeira. Agarrou a espuma e atirou-a sobre o demónio; este caiu sem vida no areal, pois era Vixnu que, de acordo com a sua promessa, tinha animado esta estranha arma, e ninguém era capaz de lhe resistir. Os deuses alegraram-se e a natureza também; o céu encheu-se de luz e uma doce brisa começou a soprar; até os animais dos campos se alegraram. Mas Indra, contudo, sentia que carregava o peso de um grande pecado, porque tinha morto um brâmane.

Deuses da soberania universal:
Mitra e Varuna

Mitra e *Varuna*, de quem a Índia fez os filhos de *Aditi* ou de Adityas, formam uma díade. Chamam-lhes reis (*râjâ*), detentores desta soberania, *xatram*, que constitui a essência da casta xátria. É-lhes atribuído mesmo o império universal (*samrâj*). No entanto, eles nem sequer têm figura humana, o que os opõe a Indra. Têm o poder mágico, *mâya*, dos *asuras*, termo que designa tanto a eficiência misteriosa de certos *devas* (deuses) como o malefício dos demónios.

Mitra e Varuna não instituem a ordem universal, *rita*, mas mantêm-na: é a sua função principal. Por isso é que o primeiro preside à amizade, sanciona os contratos, e o segundo zela pela palavra jurada. Para desempenharem a sua função de guardiões, de testemunhas, devem ver, ou, dito de outro modo, devem brilhar, sendo estas duas noções intermutáveis nas concepções primitivas. Com efeito, um vê, ou brilha, durante o dia: Mitra ou o Sol; o outro, durante a noite: Varuna ou a Lua. As suas outras características, menos significativas, encerram ainda mais arbitrariedade.

O Mitra indiano coincide com o Mitra iraniano, excepto no facto de este não estar estreitamente ligado a um irmão, como aquele. No entanto, os Persas associavam naturalmente ao seu nome o do grande Ahura (= asura), Masda. Desta maneira, Varuna surge-nos como uma transposição indiana do deus que Zoroastro pregou.

Nada lhe escapa; encerra em laços aqueles que transgridem as regras. Recompensa e pune, tendo em conta as intenções e as penitências. Governa o mundo físico como o mundo moral; as suas ordens (*vrata*) regem os movimentos celestes e a circulação das águas – dois factos estreitamente unidos. Sem dúvida que se abusou da aparente identidade Varuna = Οὐρανό, tal como do pretenso carácter marinho de Varuna. Mas um regulador das estações dispõe, por isso mesmo, o regime das chuvas. Deste modo, este deus rege em conjunto o céu, a atmosfera, as águas. O vento é o seu sopro, as estrelas são os seus olhos. Vê tudo o que se passa no mundo, incluindo os pensamentos secretos.

Brilhando com uma «claridade sombria», Varuna está particularmente associado à Lua, reservatório do líquido sacrificial, *Soma*; vela pela conservação desta ambrósia através dos crescimentos e diminuições alternados deste astro. Além do mais, sendo a lua uma morada dos mortos, este deus partilha com o primeiro defunto, *Yama*, o título de rei dos mortos.

Varuna é representado como um homem branco montado num monstro marinho, o *makara*, e tendo um laço: alusão à sua função de justiceiro. Daí o seu nome *Pâçî*, ao mesmo tempo que os epítetos que recebe, como Sábio por Excelência, *Pracetas*, ou como Senhor das Águas, *Jalapati, Jâdapati, Ambourâja*. Parece que se apaixonou pela ninfa Urvaçî ao mesmo tempo que o Sol, Sûrya; dela tiveram um filho famoso pelo seu ascetismo, *Agastya*.

Soberano da ordem física e da ordem moral, Varuna está presente em todo o lado. «Segue as pegadas dos pássaros que voam no céu como o sulco do navio» que corta as vagas (*Rigveda*, I, 25); conhece o passado e o futuro. É testemunha de toda a acção, assiste a qualquer acordo, presente enquanto «terceira» parte. Nenhuma autoridade se iguala sua.

Nâsatyas ou Açvins; Ribhus

Não há menos opiniões do que exegetas para interpretar o último casal de deuses referido como sendo patrono dos Mitanianos. O seu nome védico mais usual é o de «os cavaleiros» ou «cavaleiros», dois gémeos cor de ouro ou de mel. Levam ao céu a luz matinal, traçando através das nuvens o caminho para a deusa Aurora, *Uchas*. Têm uma função simétrica à do anoitecer: talvez devam ser assimilados à estrela da manhã e à da tarde.

A sua equivalência aos Dioscuros gregos não é duvidosa: são indo-europeus e não apenas indianos. Confirmam o ideal equestre desta aristocracia conquistadora que introduziu o cavalo no centro e no Sul da Ásia.

O seu nome, *Nâsatya*, que pode ser interpretado pela raiz *nas*, «salvar», parece uma alusão à sua missão benéfica. Médicos dos deuses, são amigos dos doentes e dos desfavorecidos. Curam os cegos e devolvem a juventude aos velhos. Favorecem o amor e os casamentos.

Têm por pais o Sol e a nuvem Saranyu; por esposa comum, Sûrya, a filha de Savitri, outro aspecto da luz solar. O seu chicote espalha o orvalho. O seu carro, com três rodas, foi construído pela tríade dos *Ribhus*, filhos do «bom archeiro» Sudhanvan. O nome *ribhu* indica génios hábeis a dar forma. Também eles possuidores de cavalos, preparam o equipamento dos deuses guerreiros e gravitam em redor de Indra.

Uma graciosa lenda atesta o carácter «cavalheiresco» dos *Açvins*. Apesar da sua beleza, da sua beneficência, vêem o céu ser-lhes vedado pelos deuses, devido ao seu nascimento humilde. Mas eis em que circunstâncias o *richi* Cyavana, que deles recebeu a eterna juventude, conseguiu que Indra permitisse o seu acesso ao seio dos deuses. Este velho *richi* tinha uma mulher jovem e bela, *Sukanyâ*. Contemplando-a enquanto tomava banho, os gémeos disseram-lhe: «Por que é que o teu pai te deu, mulher de membros adoráveis, a um homem tão velho, que está tão perto da morte? Tu és resplandecente como o relâmpago no Verão; no próprio céu não encontrámos igual. Até desprovida de qualquer ornamento embelezas toda a floresta. Como serias ainda muito mais bela com vestes sumptuosas e jóias magníficas! Abandona o teu marido e escolhe um de nós, porque a juventude não dura muito.» Ela respondeu: «Eu sou dedicada ao meu marido Cyavana.» Eles insistiram: «Nós tornaremos o teu marido jovem e belo e então escolherás entre nós três quem tu desejares para senhor.» Sukanyâ contou estas palavras ao seu marido, que concordou. Banhou-se, tal como os Açvins, no pântano e todos três saíram jovens e radiosos. Sukanyâ, vendo nos três o mesmo aspecto, hesitou durante muito tempo na escolha; quando reconheceu o seu marido, recusou qualquer outro que não fosse ele. Então Cyavana, feliz por ter encontrado, ao mesmo tempo que a sua mulher, juventude e beleza, conseguiu de Indra que os dois cavaleiros participassem nas oferendas que se dirigem aos deuses e que com eles consumissem o *soma*.

Mitos da realeza

Passada a época védica e chegado o período da história, importa assinalar, a seguir a esta religião de Indra e dos Adityas, alguns ritos xátrias que originaram os mitos do poder supremo. Para a execução desses ritos, os brâmanes, para não perderem nenhuma ocasião de ascendência sobre a casta rival, não deixavam de colaborar. Frequentes como a investidura ou excepcionais como uma consagração, as cerimónias da aristocracia visavam investir os seus beneficiários da autoridade do nobre ou do rei; e tal como qualquer divindade tende para se tornar num deus absoluto, também o menor reizinho se concebe como um rei sem igual. Daí o mito, doravante obsessivo, do *cakravartin*, regulador do *dharma* universal, soberano equivalente a um demiurgo. Aqui salienta-se a influência mais decisiva da Pérsia sobre a Índia, entre tantas afinidades originárias e permanentes. O *cakravartin* uniu ao vigor de Indra a prestigiosa legitimidade de Varuna.

O *açvamedha*, sacrifício do cavalo, foi o mais solene destes ritos. A divagação de um cavalo sagrado – esse animal ariano por excelência, e símbolo constante do Sol – assinala a tomada de posse, pelo soberano excepcionalmente poderoso que realiza este culto, dos quatro pontos cardeais e, por consequência, de todas as coisas. Uma quase-união deste animal e da rainha estabelece, por acréscimo, a fecundidade da natureza. Nada é poupado para o esplendor de uma cerimónia pela qual, doravante, um potentado se identifica com o astro solar, coração do universo. Eis o *xátria* elevado a centro do mundo.

Mitologia da casta sacerdotal

Embora extraia as suas origens de antigas práticas arianas, a mitologia da casta sacerdotal corresponde a uma fase posterior. Em contraste com a simplicidade da religião de Indra, a religião de Agni, a dos brâmanes, teve desenvolvimentos indeterminados.

Religião de Agni

Agni personifica o fogo, que gozava de um enorme prestígio na consideração dos Indo-europeus, particularmente dos Iranianos. Instrumento de culto, tornou-se também seu objecto. A mesma chama oscila e crepita na lareira, no ardor solar, na fulgurância do relâmpago. Deste modo, Agni, tal como Indra mas num outro sentido, equivale ao astro-lar e a esse raio que precipita as águas sobre o solo ávido. Deste modo, ambos realizam este relacionamento do Céu pai e da Terra mãe, que povoa a imaginação indo-europeia.

A antropomorfização de Agni mal se delineia, mas as suas descrições ritualistas ocupam um lugar privilegiado no *Veda* e nos *Brâmanas*; rosto barrado de manteiga, cabeleira ruiva, línguas ágeis, mandíbulas aceradas, dentes de ouro: aspectos das chamas em que se verte a oblação; natureza tão diversa que a descrevem como águia ou touro; Agni nasceu da fricção de dois pedaços de madeira, os «Aranis», e os poetas maravilham-se por ver um ser tão vivo brotar da madeira seca e morta. Até o seu crescimento é miraculoso: dado que os seus pais não conseguem prover à sua subsistência, ele devora--os logo que nasce e, em seguida, alimenta-se de oblações de manteiga clarificada, vertidas nas suas bocas de chamas devoradoras. Agni também mora nas águas e no céu: sob a forma de relâmpago, rasga a nuvem cujas águas benéficas irão fertilizar a terra, e ainda é ele que brilha no seio do Sol. Polimorfo, desempenha uma função de mediador, ou de mensageiro, tanto em relação aos deuses, como aos homens. Não despreza ninguém, visto que é hóspede de todos os lares. Íntimo protector da casa, é sacerdote doméstico, conciliando sempre as diversas funções sacerdotais. Com mil olhos vela pelo homem que lhe apresenta alimento e oferendas, protege-o dos seus inimigos e concede-lhe a imortalidade. Num hino fúnebre, pede-se a Agni que reapareça, com as suas chamas, o ser imortal que subsiste na morte e que o acompanhe ao mundo dos Justos. Agni faz com que o homem atravesse as calamidades tal como um navio o leva pelo mar. Em todos os mundos, as riquezas estão sob o seu domínio; é por isso que o invocam para obter alimento abundante, prosperidade e, de uma forma geral, todos os bens temporais. Também o invocam para o perdão dos pecados cometidos sob o poder de uma loucura passageira.

Diz-se que Agni era filho do Céu e da Terra; ou filho de *Brama*; ou ainda de *Kâcyapa* e de *Aditi*, até mesmo de *Angiras*, rei dos Manes. Marido de *Svâhâ*, teve três filhos: *Pâvaka, Pavamâna, Suci*. É ainda descrito como um homem vermelho, com três pernas, sete braços, olhos e cabelos negros. Monta um carneiro, e usa o cordão bramânico com uma grinalda de frutos. Da sua boca brotam chamas; o seu corpo irradia sete raios de luz. Os seus atributos são o machado, a madeira, o fole (em leque), o archote, a colher sacrificial.

Agni formou o sol e encheu a noite de estrelas. Os deuses receiam-no e prestam-lhe homenagem, porque ele conhece os segredos dos mortais.

De acordo com as prescrições rituais, três fogos diferentes devem ser acesos: a leste, o fogo *âhavanîya* (ou *vaiçvânara*), para as oferendas aos deuses; a sul, o fogo *dakchina* (*naraçamsa*), para o culto dos Manes; a oeste, o *garhapatya*, para cozer os alimentos e as oferendas. Estes fogos representam respectivamente o céu com o sol, a atmosfera intermédia (morada dos mortos e domínio do vento), e a terra. Os ritos sacrificiais simbolizam as correspondências entre estes três mundos. Inúmeros mitos exprimem estas correlações fundamentais; citemos o dos Bhrigus, deuses aéreos da tempestade, que fazem com que o céu e a terra comuniquem, e o de Matariçvan, que recebe e transmite o fogo celeste. Ora, os *Bhrigus* e *Mâtariçvan* representam o vento, estreitamente solidário com o fogo, do qual é considerado causa e, por vezes, efeito.

Segundo uma tradição posterior (*Vixnu-Purâna*), Bhrigu é um dos primeiros sábios e o antepassado da família que tem o seu nome; a própria palavra evoca o fogo, visto que significa: «nascido das chamas». Segundo a lenda, Bhrigu, um dia, teria amaldiçoado Agni. Uma mulher, com o nome de *Pulomâ*, fora prometida a um demónio; Bhrigu, notando que ela era bela, apaixonou-se e casou de acordo com os rituais védicos, levando-a em segredo. Mas o demónio, graças às indicações de Agni, descobriu o refúgio da jovem que lhe fora prometida e levou-a para a sua casa. Irritado com Agni, que tinha ajudado o demónio, Bhrigu amaldiçoou-o dizendo: «Doravante comerás tudo.» Agni perguntou a Bhrigu por que é que ele decidia amaldiçoá-lo, visto que se tinha limitado, em suma, a dizer a verdade ao demónio. Respondeu-lhe que, quando uma pessoa é interrogada e responde intencionalmente com uma mentira, é lançada no inferno, tal como as sete gerações precedentes e as sete seguintes, e que quem recusa dar uma informação pedida é igualmente culpado. Agni ainda disse a Bhrigu: «Eu também posso lançar maldições, mas respeito os Brâmanes e domino a minha cólera. Na verdade, sou a boca dos deuses e dos antepassados. Quando a manteiga clarificada lhes é oferecida, tomam parte nisso graças a mim, que sou a sua boca; como é que, então, podes dizer que como tudo?». Ao ouvir estas palavras, Bhrigu consentiu em modificar a sua maldição desta forma: «Tal como o sol, através da sua luz e do seu calor, purifica a natureza toda, também Agni purificará tudo o que entrar nas chamas».

Soma

É, também, uma divindade polimórfica. Aliás, é mais eficiente e mais venerável.

O *Soma* (*Haoma* avéstico) é, primeiro, uma planta, o ingrediente essencial das antigas oferendas sacrificiais. É também o suco da planta, obtido pela prensagem desta entre duas mós de pedra. Em seguida, é o néctar dourado, bebida dos deuses; esta ambrósia preciosa, que simboliza a imortalidade, assegura realmente aos que a bebem a vitória sobre a morte.

Os mitos apresentam o *Soma* sob uma grande quantidade de formas diferentes. É sucessivamente um touro celeste, um pássaro, um embrião, um gigante das águas, o rei das plantas, a força divina que cura todos os males, a morada dos Manes, ou ainda o príncipe dos poetas! É sempre fonte de inspiração e princípio de vida. Recompensa o heroísmo e a virtude. É ainda um traço de união entre o céu e o homem. Mais frequentemente (e sobretudo numa época um pouco mais tardia), Soma personifica a Lua. Algumas passagens dos hinos védicos tardios, ou dos *Purânas*, indicam a transição entre a concepção de Soma como ambrósia e a de Soma como lua. «Possa o deus Soma, aquele a quem chamamos lua, libertar-me.» Por vezes, as duas noções são acumuladas: «Graças a Soma, os Adityas são poderosos; graças a Soma, a terra é grande; e Soma está colocado no meio das estrelas. Quando a planta é moída, aquele que beber o seu sumo considera-o soma. Mas o que os sacerdotes consideram soma ninguém o pode beber».

Soma, a lua (em sânscrito o nome é masculino), nasceu da batedura do mar (veja-se a descrição deste episódio na página 279). As vinte e sete mansões lunares são as suas mulheres. São filhas de *Dakcha* (também sogro de Xiva e de Kâçyapa). O fenómeno da diminuição periódica da Lua é explicado, por vezes, pelo facto de os deuses, durante os seus períodos de rotação regular, beberem sucessivamente o soma que ela contém, mas geralmente atribuem-no a uma maldição de Dakcha. Este, observando a ternura muito parcial que Soma manifestava por uma das suas filhas, *Rohinî*, condenou o genro a morrer de consumpção; mas, graças à intercessão insistente das suas mulheres, o castigo de Soma, em vez de ser eterno, tornou-se periódico. Uma outra lenda faz Soma brotar do olho do sábio Atri, filho de Brama.

Depois de ter celebrado o sacrifício Râjasuya [42], Soma, considerando o seu império imenso, deixou-se inebriar pela glória de que fora investido. Tornou-se arrogante e licencioso a ponto de ousar raptar *Târâ*, a mulher de *Brihaspati*, preceptor dos deuses. Em vão este procurou encontrar a sua companhia e Brama ordenou a Soma que devolvesse Târâ ao marido. Foi preciso travar uma grande guerra: de um lado, lutavam os deuses, com Indra à cabeça, e, do outro, Soma, que se associara aos demónios. Por fim, a própria Târâ apelou à protecção

---

[42] Grande sacrifício celebrado, aquando da coroação, por um monarca universal, com os seus príncipes tributários, e que consagra o seu domínio.

de Brama e este obrigou Soma a libertar a bela cativa. Mas quando regressou, Brihaspati, apercebendo-se de que Târâ estava grávida, recusou-se a recebê-la antes do nascimento da criança. Obedecendo, como que por milagre, às suas injunções, a criança nasceu instantaneamente. Resplandecia tanto em beleza e força que ambos, Soma e Brihaspati, o reclamaram como seu filho. Perguntaram a Târâ, mas o seu embaraço impediu-a de responder. A criança indignou-se e estava prestes a amaldiçoá-la. Então, Brama interveio novamente, acalmou a criança e disse a Târâ: «Diz-me, minha filha, ele é filho de Brihaspati ou de Soma?» – «De Soma», confirmou ela corando. Assim que ela falou, o Senhor das constelações, de rosto brilhante, estreitou o filho, dizendo: «Eis que ele é mesmo meu filho; na verdade, és inteligente.» E foi por isso que se chamou Buda. O filho de Soma é considerado o fundador das dinastias lunares. (Não deve ser confundido com o Buda de que se reclamam os budistas. São duas personagens totalmente distintas.)

Eis, agora, outros deuses de origem sacerdotal, outros tantos aspectos personificados da eficiência ritual.

Savitar (Savitri)

Este deus é um princípio de movimento, que faz brilhar a luz solar, circular as águas e os ventos. Quem quer que aja participa dele: Indra, Varuna, Mitra e, sobretudo, Sûrya, o Sol. Enquanto motor universal, compara-se a *Prajâpati*, a *Puchân* a *Tvachtar*. Compreende-se a utilidade de um tal intermediário na obra mágica do sacrifício.

Savitar tem olhos de ouro, mãos de ouro, línguas de ouro. Conduz um carro puxado por cavalos brilhantes, com cascos brancos; os seus braços dourados estendem-se através do céu, num gesto de bênção, infundindo vida em todas as criaturas. Rei do céu, é seguido por outros deuses e concede-lhes a imortalidade. Pede-se-lhe que liberte dos pecados e conduza as almas à morada dos justos. É a ele que se dirige *Gâyatri*, o mais sagrado texto dos Vedas, segundo os Hindus; qualquer brâmane verdadeiro deve cantá-lo ao levantar-se, e considera-se que esta fórmula exerce poderes mágicos em favor de quem a recitar.

Sûrya

Designa o Sol, como Savitar, e é muitas vezes identificado com ele, mas é uma divindade com um carácter muito diferente, sobretudo nos *Purânas*. É descrito como um homem vermelho escuro, com três olhos e quatro braços. Em duas mãos tem nenúfares, com a terceira confere bênçãos e com a quarta encoraja os seus adoradores. Por vezes, está sentado num lótus vermelho e raios de glória brotam do seu corpo. No *Vixnu-Purâna* (livro III, cap. II), Sûrya casa com *Sanjnâ*, filha de *Viçvakarma*. Depois de lhe ter dado três filhos, ficou tão cansada do perpétuo fascínio que o marido lhe prodigalizava, que foi forçada a deixá-lo; antes da partida, encarregou *Châyâ* (a Sombra) de a substituir. Mas, ao fim de alguns anos, Sûrya apercebeu-se da substituição e partiu em busca de Sanjnâ. Depois de várias peripécias, levou-a de volta para sua casa, mas, para prevenir novas fugas, o seu sogro tirou a Sûrya uma oitava parte do seu brilho. Aliás, Viçvakarma, operário hábil, serviu-se, com conhecimento de causa, deste fragmento de energia brilhante para forjar o disco de Vixnu, o tridente de Xiva, a lança de Kârttikeya (o deus da guerra) e as armas de Kuvera (o deus e guardião das riquezas).

Uma passagem do *Brama Purâna* alude a doze nomes de Sûrya, sendo cada um seguido de epítetos particulares, como se tratasse de doze divindades solares distintas:

> «A primeira forma do Sol é Indra, senhor dos deuses e destruidor dos seus inimigos; a segunda, Dhata, criador de todas as coisas; a terceira, Parjanya, que habita as nuvens e faz chover a água sobre a terra, por intermédio dos seus raios; a quarta, Tvachta, que habita em todas as formas corpóreas; a quinta, Puchân, que fornece alimento a todos os seres; a sexta, Aryama, que permite levar os sacrifícios a bom êxito; o nome da sétima deriva das esmolas e alegra os mendigos com presentes; a oitava chama-se Vivasvan e assegura a digestão; a nona é Vixnu, que se manifesta constantemente para destruir os inimigos dos deuses; a décima, Ansuman, conserva os órgãos de boa saúde; a décima primeira, Varuna, habita no seio das águas e vivifica o universo; a décima segunda, Mitra, vive na órbita da Lua para o bem-estar dos três mundos. Estes são os doze esplendores do Sol, o Espírito supremo que, por meio delas, penetra no universo e se irradia até à alma secreta dos homens.»

Uchas

Esta deusa, que representa a aurora, foi cantada sobretudo pelos poetas védicos e os hinos que lhe são dirigidos contam-se entre os mais belos dos Vedas.

Diz-se que é filha do Céu e irmã da Noite. Laços de parentesco unem-na a Varuna. Por vezes, fala-se do Sol como sendo seu marido, ou então é o Fogo que é o seu amante. Em alguns hinos, Uchas é celebrada como mãe do Sol. Os Açvins são seus amigos. A certa altura, Indra é considerado seu criador mas, por outro lado, ele é-lhe hostil e fulmina o seu carro com um relâmpago.

Uchas viaja num carro brilhante puxado por vacas ou cavalos avermelhados. Os poetas comparam-na, ora a uma jovem encantadora, enfeitada com os cuidados da mãe, ora a uma dançarina coberta de jóias. Ou, então, é uma bela adolescente que sai do banho, ou ainda uma mulher que aparece ao marido coberta de vestes sumptuosas.

Sempre a sorrir, segura do poder irresistível dos seus encantos, avança entreabrindo os véus. Dissipa a obscuridade e revela os tesouros que se escondiam nas suas pregas. Ilumina o mundo até ao horizonte mais longínquo. É a vida e a saúde de todas as coisas. Graças a ela, as aves têm o seu voo matinal.

Como uma jovem dona de casa, acorda todas as criaturas e despacha-as para as suas diversas ocupações. Presta serviço aos deuses acordando aqueles que os vão adorar e acender os fogos do sacrifício. Pedem-lhe que só acorde os bons e generosos e que deixe dormir os malvados.

É jovem, visto que nasce de novo todas as manhãs e, no entanto, é velha, pois é imortal. Enquanto que as gerações sucessivas desaparecem uma a seguir à outra, a vida da aurora dura sempre.

Puchân

Relaciona todos os seres, móveis ou imóveis. Procede, por exemplo, aos casamentos. Protege ou liberta. Assegura o alimento; faz com que o gado prospere. Reflecte, sem dúvida, algum antigo rito de fecundidade. Muitas vezes, está em viagem; conhece os caminhos e é o guia e o patrono dos viajantes. Também conduz para o outro mundo o espírito dos defuntos. Um hino do *Rigveda* invoca-o nestes termos: «Conduz-nos, *Puchân*, no nosso caminho; filho do libertador, afasta de nós a angústia; avança à nossa frente. Caça o lobo nocivo e destruidor que nos procura. Afasta também do nosso caminho os ladrões, coloca o teu pé sobre as armas ardentes desse miserável explorador, quem quer que seja. Ó sábio Puchân, com um poder maravilhoso, concede-nos o teu auxílio, tal como o concedeste aos nossos pais! Ó deus que trazes todas as bênçãos, o teu atributo é uma lança de ouro; faz com que nos seja fácil obter a riqueza... Quando viajamos, alisa os nossos caminhos. Confere-nos a força. Conduz-nos a um país rico em pastagens. Que a adversidade não cerque o nosso caminho... Sacia-nos e estimula-nos; enche o nosso ventre.»

E num outro hino:

«Que nós possamos, ó Puchân, encontrar um homem sábio que nos dirija imediatamente dizendo: – Eis o vosso caminho.»

«Que Puchân siga as nossas vacas e proteja os nossos cavalos. Que nos dê alimento. Vem até nós, deus brilhante, libertador, que nos possamos reencontrar!»

Prajâpati

Prajâpati, o senhor das criaturas, e *Viçvakarma*, o agente universal, designam a eficiência de uma forma menos concreta e, nos *Brâmanas*, chegam a equivaler-se. Só se tornam independentes por um progresso na abstracção, mas Viçvakarma fora um epíteto de Indra e do Sol; Prajâpati, um qualificativo de Savitar e de Soma. Viçvakarma, que ordenou tudo, vê tudo; estabelece os fundamentos e as distinções de tudo; Prajâpati é gerador e protector da geração. Deuses e *Asuras* são seus filhos. Devido a uma abstracção mais elevada, tornar-se-á no absoluto, Brama, e até no interminável absoluto, cujo único nome conveniente é o interrogativo «quem»? (Ka).

Brihaspati

A forma posterior é Bramanaspati, o senhor da eficiência mágica incluída na fórmula ritual: é o próprio sacerdócio. Este deus tem o título de capelão, brâmane, sacerdote bramânico. Inúmeras passagens confundem-no com Agni, e uma correlação particular associa-o ao fogo do Sul, o dos Manes, provavelmente por causa da importância essencial que os Hindus dão aos ritos fúnebres.

Foi na literatura bramânica propriamente dita, posterior aos hinos védicos, sobretudo nos *Brâmanas* e nos *Upanixadas*, que o «senhor da Fórmula» e o «senhor das criaturas» assumiram um valor cosmogónico. Com as suas duas entidades, saímos do panteão e da mitologia para fazer uma incursão na metafísica nascente. *Prajâpati* tem por origem, não um deus, mas o Pensamento (*Taittiriya Brâh.*, II, 2, 9, 10), ou o Brâmane (*Brihadâranyaka Up.*, V, 5, 1); a sua demiurgia consiste em engendrar os deuses (*ibid.*) ou as criaturas. E, como estas «permaneciam confusamente unidas, entrou nelas através da forma. É por isso que se diz: Prajâpati é o nome.» (*Tait. Br.*, II, 2, 7, 1).

As divindades que se seguem conduzem-nos aos Vedas.

Aditi

É a mãe dos Adityas, de Mitra e de Varuna. *Aditi* significa literalmente: «isento de laços». Trata-se, sem dúvida, do céu ilimitado, no qual se situam os seus «filhos», o Sol e a Lua, o Dia e a Noite. O historiador está tentado a considerar esta mãe posterior aos seus filhos, dado que eles se tornaram indianos, enquanto ela não remonta além do indianismo.

«Aditi é o céu, o ar..., todos os deuses, os cinco povos (arianos); Aditi é o passado e o futuro.

A mãe augusta dos sustentáculos do direito (Mitra e Varuna), a esposa do Mandado, chamamo-la em nosso auxílio, a poderosa, sempre jovem, muito extensa, boa protectora, boa condutora, Aditi!

À terra suficientemente estável e ao céu impecável, à boa protectora e à boa condutora Aditi, nós os invocamos. O navio divino com bons remadores, que não naufraga, possamos atracar junto dele para, isentos de faltas, alcançarmos a salvação!»

Tvachtar

O traço característico de *Tvachtar* consiste na mão que trabalha. Este «artesão» forjou o raio de Indra, tal como esta taça, reservatório da ambrósia, a Lua. É chamado estimulador omniforme (*savitâ viçvarûpah*) e é equivalente a Savitar, logo de natureza solar.

Outros deuses, totalmente naturalistas, não requerem uma análise nem uma interpretação particular: *Vâta* ou *Vâyu*, o Vento; *Parjanya*, a Chuva; *Apah*, as Águas; *Prithvî*, a Terra.

Mitologia popular: os demónios

A concepção indiana dos demónios é bastante particular e apresenta aspectos muito diversos.

No início, a linha de demarcação entre os demónios e os deuses não é muito clara. Geralmente, traduz-se Devas por «deuses», e Asuras por «demónios», mas, de facto, tanto uns como os outros são essencialmente seres dotados de uma força notável e misteriosa que se manifesta simultaneamente por caracteres morais e atributos físicos. Varuna, por exemplo, que goza de um extraordinário prestígio moral, é considerado um *asura*, enquanto Indra, incontestavelmente menos refinado, é um *deva*. O sol, Sûrya, é chamado «o capelão asúrico dos Devas».

No *Atharva Veda*, mais tardio, o vocábulo *ahura* é usado apenas para demónios e esse é, por consequência, o significado geralmente adoptado. (Pelo contrário, no Irão o mesmo termo é usado para designar a divindade Ahura.)

Vemos desde logo que os Devas e os Asuras estão muitas vezes em luta uns contra os outros.

Segundo o *Çatapatha Brâmana*, Prajâpati é o seu antepassado comum; mas os Devas, rejeitando a mentira, adoptaram a verdade; enquanto os Asuras, rejeitando a verdade, adoptaram a mentira. Dizendo apenas a verdade, os deuses pareciam fracos, mas, no final de contas, tornaram-se fortes e alcançaram a prosperidade. Os Asuras, com as suas mentiras, adquiriram inicialmente riquezas, mas, por fim, encontraram a sua perda. Uma outra lenda diz que os Asuras, oferecendo sacrifícios, colocavam oblações na sua própria boca, enquanto os deuses as ofereciam uns aos outros.

Apesar da sua rivalidade constante com os Asuras, os Devas ficaram felizes em aceitar a ajuda dos seus inimigos aquando da batedura do mar, e os demónios manifestaram nessa tarefa tanto vigor e habilidade como todos os outros deuses (ver página 279).

De um modo geral, é evidente que as divindades populares, pouco ou nada arianas na origem, são descritas como demoníacas pelos Arianos. Algumas delas continuaram demónios até aos nossos dias. Outras foram incorporadas, mais ou menos tardiamente, no panteão bramânico, conservando quase sempre, aliás, certas particularidades que revelam a sua origem. Por exemplo, as formas terríficas do culto de Xiva, sob a sua forma destruidora, o facto de que todos os demónios estão entre os seus partidários e que ele é, por vezes, chamado «senhor dos demónios» (Bhûtapati), parece indicar a origem não ariana desta divindade. A lenda do seu casamento com a filha de Dakcha também confirma esta hipótese:

Dakcha, um dos Prajâpatis, ou Senhores da criação, concebera, por amor-próprio, uma violenta hostilidade contra Xiva. Ora, *Satî*, filha de Dakcha, verdadeira encarnação de devoção e piedade feminina, votara secretamente o seu coração ao culto do deus reprovado. Quando chegou a altura dos seus esponsais, o seu pai organizou um Svayamvara [43], para o qual se esqueceu, propositadamente, de con-

---

[43] Cerimónia em que a filha de um rei escolhe o seu marido entre os pretendentes reunidos.

vidar Xiva. Quando Satî avançou, levando na mão a grinalda de flores que devia atirar ao colo do eleito, pronunciou uma suprema invocação ao deus que amava. «Se é verdade que me chamo Satî» exclamou ela atirando as flores ao ar, «ó Xiva, recebe a minha grinalda!» Xiva apareceu imediatamente com a grinalda nos ombros.

No entanto, mesmo depois, esta união é considerada um casamento desigual. Quando Dakcha entra em conflito com o genro, chama-lhe: «este deus com olhos de macaco, que recebeu a mão da minha filha, com olhos de gazela».

«Foi contra a minha vontade», diz ainda, «que dei a minha filha a este impuro, abolidor de ritos e demolidor de barreiras... Ele vagueia nos horríveis cemitérios, acompanhado por grupos de espíritos e de fantasmas, como um louco, nu, desgrenhado, enfeitado com uma grinalda de crânios e de ossos humanos...; insensato e bem-amado pelos insensatos, senhor dos demónios cuja natureza é essencialmente obscura. Foi a este senhor das fúrias, a este coração malvado que eu, ai de mim!, dei a minha virtuosa filha, por instigação de Brama!»

Muitas vezes, os demónios tiveram uma existência efémera. Criados, por vezes, pelos deuses, quando o exigia alguma circunstância particular – por exemplo, para vencer os próprios Asuras –, estes seres maléficos desapareciam em seguida para sempre, tão misteriosamente como nasceram.

Por vezes, ainda, os deuses e as deusas assumem, eles próprios, formas terríveis para lutar com os demónios. Por exemplo, na lenda de Hiranyakaçipu, vemos Vixnu devorar a sua vítima sob a forma de um monstro cruel com cabeça de leão.

Mas o exemplo mais típico destas metamorfoses é, sem dúvida, o da mulher de Xiva.

Sob a designação de *Pârvatî*, é-nos mostrada como uma jovem muito bela, sentada junto do seu marido divino, com o qual fala, sucessivamente, de amor ou de metafísica profunda.

Sob a forma de *Umâ*, pratica o mais rigoroso ascetismo nos cumes do Himalaia, a fim de atrair a atenção de Xiva e de obter as suas boas graças.

Mas, sob o nome de *Durgâ*, respondendo ao apelo dos deuses, encarrega-se de destruir um demónio que os tinha destronado a todos. A luta é medonha. O demónio toma, sucessivamente, o aspecto de um búfalo, de um elefante e de um gigante com mil braços. No entanto, Durgâ continua invencível. Montando um leão, esmaga o monstro e mata-o atravessando o coração dele com uma lança. Durgâ é representada com um belo rosto sereno, mas tem doze braços, todos armados; uma das mãos segura a lança que atravessa o coração do monstro vencido. O pé direito está no leão, o esquerdo na nuca do demónio.

A mulher de Xiva não assume menos de dez formas aterradoras para destruir os demónios.

Uma das mais horríveis – e das mais veneradas – é a de *Kâli*, frequentemente chamada Kâli Mâ (a mãe negra). É nesta encarnação que a deusa combate Raktavija, o chefe do exército dos demónios. Raktavija, vendo que morrem todos os seus soldados, ataca a deusa em pessoa. Ela fere-o com as suas armas temíveis, mas cada gota de sangue caída do seu corpo dá origem a mil gigantes tão vigorosos como ele. Kâli só consegue vencer o seu adversário bebendo todo o seu sangue. Vencido o inimigo, começa a dançar de alegria de um modo tão furioso que a terra treme. A pedido dos deuses, o marido roga-lhe que pare mas, no seu delírio sagrado, ela nem sequer o vê, atira-o para o meio dos mortos e passa por cima do seu corpo. Por fim, ao aperceber-se do seu equívoco, fica muito envergonhada. Kâli é representada como uma mulher de tez escura, longos cabelos soltos, com quatro braços. Uma das suas mãos segura uma espada; a segunda, a cabeça cortada do gigante; com as duas outras mãos, encoraja os seus adoradores. Os seus brincos são dois cadáveres e tem um colar de crânios humanos; a sua única roupagem é um cinto largo constituído por duas filas de mãos cortadas. A língua está pendurada, os olhos são vermelhos, como na ebriedade, o rosto e o peito estão sujos de sangue. A deusa é geralmente representada de pé, com um pé sobre a perna e o outro sobre o peito de Xiva.

A *Taittiriya Samhitâ* classifica os seres maléficos em três categorias: os Asuras opõem-se aos deuses, os Rakchasas aos homens, os Piçacas aos mortos. Mas estas categorias são delimitadas com muito menos clareza na prática do que em teoria.

Os Asuras

Os Asuras são uma espécie de titãs muito fortes, feiticeiros hábeis, inimigos implacáveis dos Devas. Como veremos nas lendas que se seguem, mostram-se, muitas vezes, superiores aos deuses e – pormenor curioso – essa força foi-lhes muitas vezes conferida pelos próprios deuses que, assim, se mostram como os artesãos da sua própria derrota.

A história de Jalandhara é suficientemente característica das lutas entre Devas e Asuras.

Um dia, Indra e os outros deuses foram visitar Xiva ao monte Kailâsa e entretiveram-no com cantos e danças. Encantado com a música, Xiva pede aos seus visitantes que formulem um voto. Indra, em tom de provocação, deseja tornar-se num guerreiro tão forte quanto o próprio Xiva. O desejo é concedido e os deuses vão-se embora. Mas, depois, Xiva pergunta-se que uso irá Indra fazer do seu novo poder; e, enquanto medita, uma espécie de cólera, negra como a obscuridade, surge diante dele e propõe: «Dá-me a tua aparência e diz-me o que posso fazer por ti.» Xiva diz-lhe que penetre no rio Gangâ (o Ganges) e que o case com o Oceano.

Desta união nasceu um filho: a terra treme e chora, os três mundos ressoam com trovões. Brama, considerando a força extraordinária desta criança maravilhosa, chama-lhe Jalandhara e concede-lhe o dom de vencer os deuses e de possuir os três mundos.

A sua infância está cheia de prodígios: levado pelo vento, sobrevoa os oceanos, brinca com os leões que domou. Mais tarde, o pai dá-lhe um reino esplêndido e casa com a filha de uma ninfa celeste, Vrindâ (também célebre na lenda).

Pouco depois do casamento, declara guerra aos deuses (sob o pretexto de reconquistar as maravilhas nascidas da batedura do mar de leite e de que Indra se apropriara exclusivamente).

Começa a batalha; milhares de guerreiros foram mortos nos dois campos. Os deuses encontram a vida e a saúde graças a ervas mágicas colhidas nas montanhas. Jalandhara recebeu do próprio Brama o dom de ressuscitar os mortos. Indra, por seu turno, foi atacado por Jalandhara, mas Vixnu vai em seu auxílio. Os Asuras combatem com tal ímpeto que as suas flechas obscurecem o céu, mas Vixnu derruba-as a todas como folhas mortas.

Então, Jalandhara submerge as montanhas, onde os deuses encontravam as ervas mágicas que concediam a vida. O próprio Vixnu ataca Jalandhara, mas, desta vez, o demónio consegue destruí-lo e só desiste de o matar com a prece da deusa Lakchmî. Vencedor dos Devas, Jalandhara expulsou-os do céu e descansa em paz.

Os deuses, contudo, privados da sua morada celeste, dos sacrifícios e da ambrósia, não se resignaram com a sua sorte. Consultaram Brama, que os conduziu a Xiva. Sentado num trono, rodeado de miríades de servidores dedicados, completamente nus, contrafeitos, cobertos de poeira, com cabelos encaracolados e emaranhados, Xiva aconselhou os deuses a unirem as suas forças para forjarem uma arma capaz de destruir o inimigo comum. E os deuses, fulgurantes de cólera, fizeram brotar grandes quantidades de chamas, às quais Xiva juntou os raios ardentes do seu terceiro olho. Vixnu acrescentou-lhe o fogo da sua irritação e ainda suplicou a Xiva que mandasse matar o demónio. Então, Xiva aproximou-se desta enorme massa inflamada, colocou-lhe o calcanhar e começou a girar com uma rapidez vertiginosa. Desta maneira, um disco brilhante foi forjado. Os seus raios chamuscaram a barba de Brama, que queria vê-lo mais de perto, e os deuses foram cegados. Entretanto, Xiva escondeu a arma debaixo do seu braço e imediatamente a luta recomeçou.

Desta vez, a guerra iria complicar-se com uma intriga amorosa: Jalandhara quis roubar Pârvatî, a mulher de Xiva. Mas esta escapou-lhe, metamorfoseando-se em lótus; as suas damas-de-honor, metamorfoseadas em abelhas, esvoaçam à volta dela. Em contrapartida, Vixnu, mais hábil, assumindo a forma de Jalandhara, conseguiu seduzir a mulher deste. Mas Vrindâ, descobrindo o artifício, morreu com a dor, amaldiçoando o seu sedutor. Jalandhara ficou louco de raiva ao aperceber-se da triste sorte da mulher. Renunciou a Pârvatî, regressou ao campo de batalha, ressuscitou os seus heróis defuntos e tentou um último assalto. Por fim, Xiva e Jalandhara desafiaram-se em combate singular. Depois de uma luta renhida, Xiva, brandindo o disco, cortou a cabeça do adversário; mas este tinha o poder de a fazer renascer continuamente. Será, então, Xiva vencido por seu turno? Não, porque chamou em seu auxílio as deusas, mulheres dos deuses. Transformadas em ogras, bebem o sangue do asura e, assim, Xiva conseguiu submetê-lo e devolver aos deuses os seus bens e o seu reino.

Os Rakchasas

Os *Rakchasas* têm, frequentemente, uma natureza semidivina; mas, enquanto os deuses demonstram generosidade, doçura, autoridade e verdade, os Rakchasas mostram as mais repreensíveis paixões: voracidade, luxúria, violência, mentira, pelo menos nas suas relações com os deuses e com os homens; no entanto, entre si praticavam a afeição filial e conjugal, a lealdade e a dedicação. Grandes feiticeiros, tinham o poder de assumir qualquer forma. A cidade dos Rakchasas é maravilhosamente bela, construída por Viçvakarma em pessoa, o arquitecto dos deuses. Eles praticavam todas as artes e, com austeridade e penitência, conseguiam, por vezes, grandes favores dos deuses.

Geralmente, os Rakchasas não são seres maus por natureza, mas sim criaturas votadas, por um destino inelutável (*Dharma*), a desempenhar uma função hostil ou maléfica na vida de uma ou outra personagem, sob determinadas circunstâncias. Em certos casos, essa função é consequência natural de uma vida anterior, cujo fruto alcança assim a maturidade.

É-nos dado um exemplo com as três encarnações do demónio Ravana. Um ser de nível elevado no céu de Vixnu cometeu, um dia, uma grande falta. Para a expiar, tinha de voltar a viver na terra. Foi-lhe dado escolher entre três encarnações como inimigo de Vixnu, ou sete encarnações como seu amigo. Ele escolheu a primeira solução, visto que era a via mais rápida para a libertação. Por este facto, algumas encarnações de Vixnu não têm outra razão de ser que não a necessidade de se encontrarem na terra ao mesmo tempo que o seu inimigo provisório e de o matar, a fim de garantir a sua redenção.

Primeira encarnação de Ravana:
Hiranyakaçipu

Hiranyakaçipu era um rei-demónio muito poderoso. Graças ao poder que recebera do próprio Brama, conseguira destronar Indra e exilar os deuses do céu. Tendo-se proclamado rei do universo, não permitia que ninguém adorasse qualquer outro para além dele.

No entanto, o seu filho Prahlada tinha-se consagrado a Vixnu, tendo-o este instruído no segredo do seu coração. Irritado por ver o seu filho dedicar-se ao culto do seu inimigo mortal, Hiranyakaçipu fez com que o jovem sofresse uma série de torturas cruéis para o afastar da sua vocação. Mas, redobrando o seu fervor, este começou a pregar a religião de Vixnu aos homens e aos demónios.

Hiranyakaçipu mandou matar este missionário irredutível. Mas a espada, o veneno, o fogo, os elefantes furiosos, os encantamentos mágicos, tudo se mostrava impotente, dado que Prahlada era protegido pelo seu deus.

Hiranyakaçipu mandou chamar o filho junto de si mais uma vez; e enquanto Prahlada, com uma infinita doçura, tentava novamente convencer o pai da grandeza de Vixnu e da sua omnipresença, o demónio, cheio de cólera, gritava: «Se Vixnu está em todo o lado, como é que os meus olhos não o vêem?» E, batendo com o pé num dos pilares da sala de audiências: «Ele está aqui, por exemplo?» – «Mesmo invisível, ele está presente em todas as coisas», respondeu docemente Prahlada. Então, Hiranyakaçipu, pronunciando uma blasfémia, bateu com o pé no pilar, que caiu nos ladrilhos. Imediatamente Vixnu, sob a forma de um homem com cabeça de leão (sob a sua encarnação de Narasimha) saiu da coluna, tomou o demónio e despedaçou-o.

Prahlada sucedeu ao pai e reinou com tanta justiça como sabedoria. Teve por neto o demónio Bali, que também foi rival dos deuses, mas que se mostrou tão virtuoso como forte.

Bali reinou no céu e na terra. Só Vixnu conseguia vencer este rei poderoso. Os deuses pediram-lhe que reencarnasse para reconquistar o reino que lhe pertencia. Vixnu concordou em renascer sob a forma de um brâmane anão.

Enquanto Bali mandava celebrar um sacrifício nas margens do rio sagrado de Narmada, o anão foi visitá-lo. Bali conhecia o seu dever: levando à sua fronte a água preciosa com que o brâmane refrescara os pés, deu-lhe as boas-vindas e ofereceu-se para lhe conceder o que ele desejasse: «Apenas te peço uma pequena porção de terra, três pés, que medirei rigorosamente, passo a passo. Não desejo mais nada. Um homem sábio não pediria mais do que o que lhe é necessário.» O rei, embora surpreendido por este humilde pedido, confirma o dom.

Então Vixnu, readquirindo de súbito a sua estatura divina, com dois passos percorreu o universo inteiro. Restava dar um terceiro passo. Voltou-se para Bali: – «Asura, prometeste-me três pés de terreno. Com dois passos cobri o mundo; para onde darei o terceiro? Qualquer homem que não dê a um brâmane o que lhe prometeu está destinado a decair. Tu enganaste-me; mereces descer às regiões infernais.» «Receio menos os infernos do que uma má fama», respondeu Bali, e ofereceu a sua cabeça para o terceiro passo do deus, que o empurrou indefinidamente para as profundezas subterrâneas.

Uma outra lenda faz com que Bali morra às mãos de Indra, durante a batalha travada por este contra os demónios conduzidos por Jalandhara. Bali caiu e, da sua boca, correu uma corrente de pedras preciosas. Espantado, Indra aproximou-se e, com o seu raio, cortou o corpo em pedaços. Bali era tão puro na sua conduta que as diversas partes do seu corpo deram origem aos germes das pedras preciosas. Dos seus ossos vieram diamantes, dos olhos, safiras, do sangue, rubis, da medula, esmeraldas, da carne, o cristal, da língua, o coral e dos dentes, as pérolas.

Segunda encarnação: Ravana

O demónio *Ravana* é o inimigo implacável de Râma (encarnação de Vixnu) e o raptor de Sîta. A sua história será apresentada mais pormenorizadamente na narrativa do *Ramayana* (ver página 283). Notemos apenas aqui que, na véspera da batalha decisiva, em que deveria encontrar a morte, Ravana teve um breve momento de lucidez em que admitiu a divindade de Râma. Foi então que exclamou: «Tenho de morrer pela sua mão; foi por isso que raptei a filha de Janaka (Sîta). Nem a paixão, nem a cólera me obrigam a retê-la. Desejo morrer para alcançar o céu de Vixnu.»

À margem da história de Ravana, falam-nos de dois dos seus irmãos.

Um, Kumbhakarna, é uma espécie de ogre gigante. Assim que nasceu, estendeu os braços e agarrou tudo o que se encontrava ao seu alcance para matar a fome. Mais tarde, apoderou-se de quinhentas *apsaras* (ninfas celestes) e roubou cem mulheres de *richis*, sem contar com as vacas e com os brâmanes.

Para acalmar os receios que o demónio inspirava, Brama pretendia conferir-lhe o dom do sono eterno; mas Kumbhakarna pediu que lhe fosse permitido acordar de seis em seis meses para comer tudo o que quisesse. Neste banquete bianual devorava, diz-se, seis mil vacas, dez mil carneiros, dez mil cabras, quatrocentos búfalos, quinhentos cervos e bebia quatro mil tigelas de licores fortes no crânio de um javali. E ainda censurava o irmão por não lhe dar mais!

O outro irmão de Ravana, Vibhîchana, reprovou a guerra contra Râma e obrigou o irmão a devolver Sîta ao marido; mas Ravana expulsou-o com maldições. Elevando-se nos ares com quatro amigos, Vibhîchana atravessou o mar e ofereceu os seus serviços a Râma. Este aceitou e, em troca, comprometeu-se a pôr Vibhîchana no trono de Lankâ (Ceilão) depois da derrota de Ravana.

Terceira encarnação: Çiçupala

Çiçupala nasceu como filho de rei; mas tinha três olhos e quatro braços; o pai e a mãe, assustados com estes presságios, preparavam-se para o abandonar, quando uma voz ressoou nos ares, dizendo: «Não receeis nada, amai o vosso filho. O seu tempo ainda não chegou; mas já nasceu aquele que o fará morrer pelas armas, no dia do seu destino. Até então, será favorecido pela fortuna e pelo renome.» Um pouco reconfortada por estas palavras, a rainha sua mãe retomou a coragem: «Quem é aquele que dará a morte ao meu filho?», perguntou. A voz respondeu: «Reconhecê-lo-ás por isto: quando a criança estiver nos seus joelhos, o seu terceiro olho desaparecerá e verás caírem os seus braços suplementares.»

Então, o rei e a rainha partiram em viagem e visitaram todos os monarcas das regiões vizinhas. Em cada paragem, pediam ao seu anfitrião que tomasse a criança nos seus joelhos, mas nada se modificava no seu aspecto. Desiludidos, regressaram a casa. E, pouco tempo depois, o jovem príncipe Krixna (uma outra encarnação de Vixnu) foi visitá-los, acompanhado do seu irmão mais velho. Os dois jovens começaram a brincar com a criança; assim que Krixna lhe pegou ao colo, o terceiro olho do bebé encarquilhou-se e desapareceu e os dois braços suplementares deixaram de existir. Deste modo, a rainha conheceu o futuro assassino do seu filho. Caindo de joelhos, exclamou: – «Ó Senhor! Concede-me um desejo!» – «Fala», respondeu o jovem deus. – «Promete-me que quando o meu filho te tiver ofendido, perdoá-lo-ás.» – «Com certeza. Mesmo que ele me ofenda até cem vezes, perdoá-lo-ei.»

No entanto, o destino predito deveria realizar-se. Muitos anos depois, o rei Yudhichthira celebrava um grande sacrifício em honra da sua coroação. Os reis e os heróis foram convidados para as festas. Krixna também estava presente e foi a ele, primeiro, que a família real decidiu prestar homenagem. Mas, entre os convidados houve um que protestou. Çiçupala desfez-se em censuras amargas contra os seus anfitriões. «É insultar», disse, «todos os monarcas aqui presentes conceder a precedência a alguém que não tem esse direito, nem pelas suas alianças, nem pela sua idade, nem pela sua linhagem, ou de alguma outra maneira», e Çiçupala sustentou tão habilmente a sua causa que um determinado número de convidados estava pronto a colocar-se ao seu lado; iriam impedir a realização do sacrifício iniciado, o que seria uma prova de desgraça certa para todo o reino?

O rei Yudhichthira tentou o impossível para conciliar Çiçupala: Mas este recusou acalmar-se. Então, Yuchichthira voltou-se para o seu avô, Bhichma, para lhe pedir conselho. Este respondeu-lhe sorrindo: «O senhor Krixna em pessoa resolverá o conflito. O que pode um cão contra um leão? Este rei parece um leão enquanto o leão não despertar. Esperemos!» Furioso por ser comparado a um cão, Çiçupala insultou o venerável ancião; mas este conservou toda a sua serenidade e impediu os seus de intervirem para o vingar. Ergueu a mão para pedir silêncio e, depois, contou aos convidados a história de Çiçupala e as predições feitas, outrora, aos seus pais.

A raiva insensata de Çiçupala não conhecia limites. Puxou da espada e ameaçou o ancião, insultando-o novamente. Este permaneceu calmo e respondeu com dignidade, os olhos voltados para Krixna: «Não receio nada, pois está diante de nós o senhor que nós adoramos. Que aquele que desejar uma morte rápida entre em luta com ele – o deus de cor escura, que tem na mão o disco e a moca – e, caindo, entrará no corpo do deus.»

Todos os olhos se voltaram para Krixna, que olhava com doçura para o rei furioso. Mas, quando Çiçupala repetiu os seus insultos zombeteiros e as suas ameaças, o deus disse simplesmente: «Agora, a taça das tuas faltas está cheia.» Precisamente nessa altura, a arma divina, o disco flamejante, ergueu-se atrás de Krixna e, atravessando os ares, desceu sobre o elmo de Çiçupala e rachou-o ao meio, da cabeça aos pés. Então, a alma do malvado escapou-se como uma massa de fogo e, abrindo caminho, foi inclinar-se diante de Krixna e incorporar-se nos seus pés. Como o ancião previra, ao cair confundiu-se com o corpo do deus.

Assim acabou Çiçupala, que pecara até cento e uma vezes e, no entanto, foi perdoado; porque até os inimigos do deus alcançam a salvação se pensarem nele sem cessar.

Os Piçacas são quase sempre vampiros; os Bhutas, os Pretas, ora são fantasmas, ora são duendes; são espíritos pouco individualizados que, em grupos, frequentam os cemitérios e outros locais de mau agoiro.

As Nagas

As *Nagas* são uma raça fabulosa de serpentes. Fortes e perigosas, aparecem geralmente sob a forma de serpentes vulgares, às vezes serpentes fabulosas e, em certas circunstâncias, sob a forma humana. Há reis-serpente, como Takchaka, cuja capital resplandecente é a glória de um reino subterrâneo.

Algumas famílias ou dinastias reais referem as Nagas entre os seus antepassados.

Estátuas de Nagas divinizadas ainda são, actualmente, adoradas no Sul da Índia. É escusado dizer que actualmente se associa a este culto um significado simbólico e claramente metafísico. As estátuas estão, sempre, colocadas sob uma árvore. Numa propriedade particular, o costume exige que se deixe, em redor dos deuses-serpentes, um espaço inculto onde a floresta se possa desenvolver livremente; a crença popular afirma que as serpentes, possuindo, assim, o seu domínio reservado, evitam mais facilmente os humanos.

Na mitologia, as Nagas e as Naginîs, suas mulheres, têm muitas vezes uma função nefasta e os seus processos de escolha são a surpresa e a astúcia. Mas há excepções. Nos períodos de repouso cósmico, Vixnu dorme sob a protecção da grande serpente Çecha, que forma a sua cama ao mesmo tempo que cobre o deus com as sete cabeças erguidas.

Em geral, os répteis passam por ser dotados de poderes surpreendentes; o facto de serem anfíbios parece ter impressionado vivamente a imaginação dos Indianos.

Algumas famílias, ou alguns deuses, na sequência de uma circunstância qualquer, tornam-se inimigos tradicionais das Nagas.

Eis, sob uma forma resumida, duas lendas extraídas do *Mahabharata*, onde encontramos Takchaka, o rei das Nagas.

Parikchit

O rei *Parikchit* tinha a paixão da caça. Um dia, em que estava esgotado pela fadiga e pela sede, tendo corrido durante muito tempo em perseguição de uma gazela ferida, sucedeu-lhe ofender, sem querer, um eremita de grande virtude, que observava um voto de silêncio no meio da floresta. O filho do sábio, indignado com o insulto feito ao pai, dirigiu sobre o monarca o dardo da sua maldição: «Daqui por sete dias», exclamou, «a serpente de Takchaka queimar-te-á com o seu veneno e tu morrerás.»

Um par de Nagas.
Col. A.S.I.

Quando o rei soube da notícia fatal, mandou construir um palácio no cimo de uma coluna, erigida no meio de um lago, e decidiu encerrar-se nela. Mas Takchaka conseguiu iludir a vigilância dos guardas por meio de um estratagema. Tendo metamorfoseado algumas serpentes em religiosos errantes, que levavam como oferenda água, erva sagrada e frutos, enviou-os junto do rei: este recebeu-os, aceitou os seus presentes e, depois, mandou-os embora.

Em seguida, o rei disse aos seus ministros e aos seus amigos: «Que vossas excelências comam comigo estes frutos deliciosos, que os ascetas me trouxeram.» Mas, num dos frutos abertos apareceu um estranho insecto, brilhante como o cobre vermelho, com os olhos cintilantes. O monarca agarrou o insecto e disse: «O sol está prestes a pôr-se; neste momento não receio a morte; que se cumpra a palavra do anacoreta, que este insecto me morda.» E colocou-o no pescoço. Então, a serpente Takchaka, porque se tratava dela, envolveu-o nas suas roscas e fê-lo ouvir um enorme rugido.

Vendo o rei envolto nos nós da serpente, os conselheiros desfizeram-se em lágrimas, vítimas da mais viva dor. Em seguida, com o rugido do monstro, fugiram e, enquanto corriam, viram o réptil maravilhoso elevar-se nos ares. O rei das serpentes, Takchaka, vermelho como o lótus, traçava na fronte do céu deslumbrante uma linha idêntica à que separa os cabelos na cabeça de uma esposa. O rei caiu, como que atingido por um raio, e o palácio foi cercado pelo fogo.

Em seguida, celebraram a Parikchit todas as cerimónias relativas ao outro mundo. Depois, o capelão, os ministros e todos os súbditos reunidos aclamaram como novo rei o seu filho Janamejaya, ainda criança.

Utanka e os brincos

Um jovem estudante bramânico, Utanka, foi encarregado de levar à mulher do seu preceptor um par de brincos que lhe eram oferecidos pela rainha. Esta rainha (era a mulher do rei Janamejaya, filho do rei Parikchit, da história anterior) avisou o jovem de que Takchaka, o rei das serpentes, já há muito que cobiçava aquelas jóias.

O brâmane pôs-se a caminho e, na viagem, encontrou um mendigo nu que, ora se aproximava, ora desaparecia da sua vista. Pouco depois, *Utanka* parou para fazer as suas abluções e colocou os brincos no chão. Deslizando agilmente em direcção às jóias, o mendigo agarrou-as e pôs-se em fuga. Terminadas as abluções, Utanka descobriu o furto e perseguiu diligentemente o ladrão. Mas, no momento em que põe nele a mão, o gatuno, perdendo a forma falsa, tornou-se numa serpente e deslizou para uma fenda aberta no meio da terra. Regressando ao mundo das serpentes, o astucioso Takchaka refugiou-se no seu palácio.

Então, Utanka lembrou-se das palavras da rainha. Como é que agora podia alcançar Takchaka? Pôs-se a escavar o buraco com a ponta do seu bastão, mas sem qualquer sucesso. Indra, ao vê-lo abatido pela dor, enviou-lhe o seu raio: «Vai», disse-lhe, «e ajuda o brâmane!» O trovão desceu, entrou na fenda, seguindo o bastão, e fez rebentar o buraco. Utanka seguiu no seu encalço.

Entrado no mundo sem limite das serpentes, encontrou-o cheio de admiráveis edifícios, grandes e pequenos, consagrados aos jogos, e como que obstruído, até, por centenas de pórticos, por pequenas torres, por palácios e por templos, diversos na sua arquitectura. Então, declama um hino em louvor das Nagas; mas as serpentes, apesar de cumuladas de elogios, não lhe devolvem as jóias.

A seguir, Utanka ficou em meditação. Uma maravilhosa visão simbólica dos dias e das noites, do ano e das estações, desenrolou-se diante dos seus olhos; depois, viu o próprio Indra, montado num cavalo. Celebrou o deus com um canto sagrado e Indra, satisfeito, ofereceu-lhe o seu auxílio. «Faz com que as serpentes fiquem sob o meu poder», pediu-lhe então Utanka. «Sopra na garupa do meu cavalo», respondeu-lhe Indra. Utanka obedeceu e, imediatamente, o corcel fez brotar imensas chamas acompanhadas de fumo. O mundo das serpentes ficou submerso por este fumo e, perturbado pelo receio dos clarões do fogo, Takchaka saiu à pressa do seu palácio e devolveu os brincos ao jovem brâmane.

Então, Indra emprestou a Utanka o seu cavalo maravilhoso que, num instante, levou o jovem ao seu preceptor. Chegou mesmo a tempo de entregar à mulher do seu mestre, na hora prevista, as jóias que ela lhe pedira.

Rudra e os Maruts

A escola indológica de Upsala, K. F. Johansson e os seus discípulos, E. Arbman e J. Charpentier, descobriu recentemente nos *Vedas* muitos traços de religião popular. O culto de *Rudra* tem aí um papel central. É uma figura esquiva este príncipe dos demónios (Bhûtapati), deus dos mortos, já que ele e o seu bando, tal como o grupo de Odin, se alimentam de defuntos: divindade da terra, que nos apressámos a interpretar, com base num único texto do *Rigveda* que lhe atribui o *vajra* (raio), como uma divindade da tempestade e do furacão, Rudra não participava no sacrifício do Soma, cujo benefício se estendia a todos os Devas; pertencia a uma outra categoria.

Era um archeiro temível, cujas flechas enviavam para o outro mundo homens e animais. Elogia-se a segurança do seu tiro, suplicando-lhe que tome como alvo outras habitações, que não a casa daquele que lhe suplica. Por ele tocados, pessoas e gado morrem doentes. Assim, este deus selvagem era invocado como médico e veterinário, de quem dependia toda a cura. Morava na montanha e desse modo o seu império estendia-se sobre o céu e a atmosfera tal como sobre a terra.

Os deuses não o receavam menos do que os mortais. Um dia em que Prajâpati cometeu incesto com a própria filha, Uchas – que, para lhe escapar, se transformara em gazela –, Rudra viu aí um pecado grave. Prajâpati, tomado de terror, gritou: «Far-te-ei Senhor dos animais, não atires em mim!» Desde aí, Rudra é chamado Paçupati (senhor dos animais). Mas ele atirou, e em seguida chorou por ter tido de ferir o demiurgo em pessoa.

Os Maruts, filhos de Rudra e de Priçnî (deusa da estação obscura), parecem ter sido, como já Hillebrandt indicava, almas mortas, antes de se tornarem génios do vento e da tempestade. Depois de terem sido, nos textos mais antigos, «Rudras», réplicas do deus dos mortos, perderam esse nome e tornaram-se deuses da atmosfera, quando Rudra se apresentou como ser celeste.

São representados empurrando as nuvens, sacudindo as montanhas, devastando as florestas. Estes Rudras impiedosos só se tornam doces para agradar à esposa de Rudra, Rodasî, que de bom grado os acompanha no seu carro.

Origens de Xiva e de Vixnu

Este Rudra, deus popular arcaico, foi o começo do deus *Xiva* que, depois da época védica, passou para primeiro plano – como *Vixnu* – na religião das massas. Tal como vimos, também Xiva viria a ter o título de príncipe dos demónios, Bhûtapati. O seu nome, que significava «favorável» ou «benéfico», visava propiciar uma divindade perigosa, que exalava pestilência e morte. Destruidor por princípio, este deus virá a ser revestido de benevolência pela piedade dos seus fiéis, a quem as suas temíveis manifestações aterrorizam. Mas a sua vocação maléfica congregou todas as divindades atrozes e horríveis que os Drávidas veneravam: os seus ogres vão ter a consagração do hinduísmo, desde que apresentados como a esposa de Xiva: Umâ, Durgâ, Pârvatî, três aspectos de uma mesma deusa. A designação *Tryambaka*, para designar Rudra, já indicava o deus acompanhado por três geradoras (*ambâ*, *ambikâ*).

Quanto ao culto de Vixnu, este tem na mitologia védica ligações frágeis. Aí aparece como deus solar que, em três passadas, percorre os três mundos: céu, atmosfera, terra, sendo o céu o seu local de eleição. É associado a Indra como triunfador do tenebroso Vritra, e não há motivo para espantos, dado que Indra é o deus da aristocracia guerreira e que o sol vale como emblema da realeza. Encontram-se aqui os Maruts, acólitos de Vixnu. Verificamos que este deus foi, sob múltiplas formas, objecto de uma devoção pietista e, ao contrário de Xiva, de uma devoção ternamente afectuosa.

Gandharvas, Apsaras

O carácter do folclore manifestou-se nos génios familiares dos indo-europeus, os *Gandharvas*. Eram homens-cavalos que os ritos faziam intervir em mascaradas como as do carnaval: aparecia assim a sua função geradora. O papel que desempenhavam na fecundidade de natureza associava-se ao que lhes era dado pela reflexão abstracta: esta chamava *gandharva* à parte da alma que transmigra de vida em vida. Os Gandharvas tocam músicas celestes e guardam ciosamente o Soma. São os maridos licenciosos das *Apsaras*, ninfas inicialmente aquáticas, depois do campo que, na primeira época do bramanismo, assombram banianos e figueiras.

A Apsara védica Urvaçî deu origem a uma lenda que lembra a de Psique.

Um dia em que o rei Puruvaras caçava nas montanhas do Himalaia, ouviu pedir socorro: duas Apsaras, que brincavam num bosque cheio de flores, acabavam de ser levadas por demónios. Ele teve sorte suficiente para as salvar. Puruvaras pediu a uma delas, Urvaçî, que correspondesse ao seu amor; ela consentiu, com a condição de que nunca veria o marido sem roupa. Durante muito tempo viveram juntos e chegou a altura em que Urvaçî teve esperança de ser mãe. Mas os Gandharvas, que são amigos e os companheiros habituais das Apsaras, lamentavam a sua presença entre eles e conceberam um ardil. Ela tinha dois cordeirinhos que conservava sempre junto de si; à noite prendia-os à sua cama. Uma noite em que Puruvaras estava deitado junto dela, os Gandharvas levaram um dos cordeiros. «Ai de mim!», gritou Urvaçî, «eles levaram o meu cordeiro preferido como se não houvesse junto de mim nenhum homem, nem nenhum herói!» Eles levaram o segundo cordeiro e ela lamentou-se da mesma forma.

Puruvara pensou: «Aqui onde estou dir-se-á que não há nenhum herói?» E, sem perder tempo a vestir-se, partiu em busca dos ladrões. Então, os Gandharvas encheram o céu de relâmpagos; Urvaçî viu o seu marido como se estivessem em pleno dia. E, na verdade, ela desapareceu.

Desesperado, o rei percorreu toda a região à procura da sua bem-amada. Chegou à beira de um lago, onde nadava um bando de cisnes. Eram as Apsaras e, com elas, Urvaçî. Esta deixou-se reconhecer e Puruvaras suplicou-lhe que fosse para junto dele e lhe concedesse, pelo menos, uns instantes para conversar. Mas Urvaçî respondeu-lhe: «O que é que eu tenho para te dizer? Parti como a primeira aurora; volta para tua casa, Puruvaras. Eu sou como o vento e difícil de prender. Tu quebraste o pacto que nos ligava. Volta para a tua casa, porque é difícil conquistar-me.» Perante o desespero de Puruvaras, a Apsara

Apsaras. Fresco de Sigirya (Sri Lanka).
Col. Serv. Arch. Ceylan.

acabou por se deixar enternecer: «Volta», diz-lhe ela, «na última noite do ano. Então, poderás passar uma noite comigo e, nessa altura, o teu filho já terá nascido.» Puruvaras regressou na última noite do ano: havia ali um palácio de ouro; os Gandharvas mandaram-no entrar e enviaram-lhe Urvaçî. Ela disse-lhe: – «De manhã, os Gandharvas conceder-te-ão a realização de um voto. O que é que tu vais escolher?» – «Escolhe por mim», disse Puruvaras. – «Então diz-lhes: "Quero tornar-me num dos vossos"».

Chegada a manhã, fez o pedido combinado. «Mas», disseram os Gandharvas, «não arde na terra o fogo sagrado que poderia tornar um homem semelhante a nós.» Deram-lhe um prato que continha fogo e disseram-lhe: «Farás os sacrifícios neste fogo e, assim, tornar-te-ás um Gandharva como nós.» Puruvaras pegou no fogo e voltou para casa, levando também o filho. Mas o fogo, abandonado durante um instante, desapareceu. No local onde Puruvaras o tinha deixado, erguia-se uma árvore Açvattha; no lugar do recipiente que continha o fogo, encontrava-se uma árvore Çamî. Pediu conselho aos Gandharvas. «Primeiro, talha a madeira da árvore Çamî, depois faz um bastão liso com a madeira da árvore Açvattha; quando o fizeres girar no primeiro, conseguirás o próprio fogo que recebeste de nós.» Assim, Puruvaras aprendeu a fazer o fogo e, tendo vertido aí as oferendas, tornou-se um Gandharva e ficou para sempre com Urvaçî.

Mitologia abstracta dos Brâmanas

As abstracções das compilações mais recentes de hinos abrem caminho para uma escolástica sacerdotal. Os *Vedas* tinham referido: Viçvakarma, o agente universal; Prajâpati, o senhor das criaturas; Brihaspati, o senhor da fórmula; Çraddhâ, a fé. *Brâmanas* e *Upanixadas* vão comparar a Prajâpati, a Brihaspati, quer forças religiosas como o *brâman*, quer noções metafísicas, como o *âtman*, quer antigas figuras míticas, como o Puruxa.

Brâman, termo *neutro*, muito mais antigo do que o nome masculino do deus Brama, designa a essência da casta bramânica, tal como *Xatram* designa a essência da casta xátria. Qualquer existência, qualquer conhecimento dependiam do brâman, tal como qualquer ordem social tem a sua perda angular na casta bramânica.

Brâman também é *Aum*, a sílaba sagrada, a alma eterna que penetra todo o universo e do qual é a causa.

Brama e Sarasvatî

Brama, termo *masculino*, é a primeira pessoa da Trindade hindu. É essencialmente um deus criador, pai dos deuses e dos homens.

«Este (mundo) era obscuridade, incognoscível, sem nada de distintivo, escapando ao raciocínio e à percepção, como estando completamente adormecido.
Então, o Ser augusto que existe por si mesmo, aquele que não se desenvolveu, desenvolvendo-o (ao universo) sob a forma de grandes elementos e de outros, tendo desdobrado a sua energia, apareceu para dissipar as trevas.
Este (Ser) de que só o espírito se pode aperceber, subtil, sem partes distintas, eterno, encerrando em si todas as criaturas, incompreensível, apareceu espontaneamente.
Querendo extrair do seu corpo as diversas criaturas, produziu primeiro, por meio do pensamento, as águas e aí depôs a sua semente.
Esta (semente) tornou-se num ovo de ouro tão brilhante como o Sol, no qual ele próprio nasceu sob a forma de Brama, o pai original de todos os mundos.
As águas foram chamadas Naras, porque são filhas de Nara; como elas foram a sua primeira morada (*ayana*), ele recebeu o nome de Nârâyana.
Desta causa (primeira), indistinta, eterna, que encerra em si o ser e o não-ser, surgiu este Macho, conhecido no mundo pelo nome de Brama. Neste ovo, o bem-aventurado permaneceu durante um ano inteiro; depois, por si mesmo, apenas com o esforço do pensamento, partiu o ovo em dois.
Com estas duas metades fez o céu e a terra e entre as duas a atmosfera, e os oito pontos cardeais e a morada eterna das águas.
De si mesmo extraiu o Espírito, encerrando em si o ser e o não-ser, e do Espírito extraiu o sentimento do Eu que tem consciência da personalidade e que é soberano.
E também o grande (princípio), a Alma, e todos os (objectos) que possuem as três qualidades e, sucessivamente, os cinco órgãos dos sentidos que se apercebem das coisas materiais.» (*Leis de Manu*, cap. I, v. 5).

O deus Brama era representado com quatro rostos (*caturânana*), usando uma veste branca, montado num cisne, por vezes num pavão, ou então sentado num lótus saído do umbigo de Vixnu. Nas suas quatro mãos segura objectos bastante variáveis: os quatro Vedas, o disco, a bandeja das esmolas, ou a colher do sacrifício.
Sarasvatî, sua mulher, era a deusa da música, da sabedoria e da ciência, a mãe dos Vedas. Foi ela que inventou o alfabeto devanâgari

(sânscrito). É representada como uma mulher jovem e bela com quatro braços. Com uma das mãos direitas, estende uma flor ao marido, pois está sempre junto dele; na outra tem um livro de folhas de palmeira, mostrando o seu amor pela erudição. Numa das mãos esquerdas tem um rosário e na outra um pequeno tambor. Por vezes, vêmo-la sentada num lótus, apenas com dois braços, tocando a *vina*. O seu nome, que faz alusão a um rio, deixa supor que ela tenha sido, originariamente, uma deusa das águas.

Uma lenda explica os quatro rostos de Brama, o nascimento de Sarasvatî e a criação do mundo:

Primeiro, Brama criou, a partir da sua própria substância imaculada, uma mulher, conhecida pelos nomes de Çâtarupâ, Saravastî, Savitri, Gâyatrî ou Bramanî. Quando viu esta admirável rapariga, saída do seu próprio corpo, Brama apaixonou-se por ela. Çâtarupâ afastou-se para a direita, para evitar o seu olhar, mas imediatamente surgiu uma cabeça do corpo do deus. E como Çâtarupâ se voltava para a esquerda e passava por trás dele, duas novas cabeças surgiram sucessivamente. Ela lançou-se para o céu; criou-se uma quinta cabeça. Então, Brama disse à filha: «Produzamos todas as espécies de criaturas animadas, de homens, de Suras, de Asuras.» Ao ouvir estas palavras, Çâtarupâ voltou a descer à terra, Brama casou com ela e retiraram-se para um local secreto, onde permaneceram juntos durante cem anos (divinos). Foi então que nasceu Manu, também chamado Svayambhuva e Viraj.

A quinta cabeça de Brama foi posteriormente consumida pelo fogo do terceiro olho de Xiva.

Âtman, o próprio *se* (pronome reflexo), designa o que se manifesta no facto da consciência como sendo o princípio pensante. Esta palavra provém de uma raiz indo-europeia que significa respirar: tanto na Índia como na Europa, o espírito recebeu o nome do sopro.

Puruxa, o Macho, é, nos mesmos textos, e ainda no livro X dos Hinos, um outro nome para o Espírito absoluto. Aqui, a continuidade entre o mito e a filosofia surge ainda mais evidente: o que devia tornar-se Espírito era inicialmente um Homem cósmico, cujos diversos membros formam cada parte do mundo e cuja personalidade total é simultaneamente sacrificador e vítima, sendo o sacrifício (*yajna*) considerado como a própria realidade.

Sacerdotes e heróis míticos

Inúmeros grupos de figuras míticas foram concebidos não só como colectividades, mas também como se se resumissem a uma personagem-tipo, centro de um ciclo de lendas. A natureza social desses seres manifesta-se com toda a clareza. Toda a tradição indiana, nas primeiras épocas históricas, é um assunto de *kula*, de raça, de filiação familiar ou de corporação religiosa, ou, ainda melhor, das duas ao mesmo tempo. Foram as raças dos Richis que conservaram e transmitiram a revelação védica, tida como «vista» por eles, na realidade lentamente elaborada por aedos, prestigiosos antepassados da casta bramânica.

Na alta Antiguidade ariana, os Atharvans (athravans iranianos) tinham sido sacerdotes do fogo. Atharvan (no singular) é um protótipo do sacerdote, que produziu Agni, o fogo, por meio da fricção, e instituiu a regra dos sacrifícios. Viveu na companhia dos deuses, no céu. Dadhyanc, o seu filho, também ateia Agni; a sua afinidade com o Soma deu lugar a mitos obscuros, mas que exprimiam a sua essência sacerdotal.

Os Angiras eram Richis, filhos dos deuses, e passavam por ter saído de um primeiro Angira. Foram como pais para a humanidade; também eles descobriram Agni na madeira e presidiram à instituição do sacrifício que lhes valeu a imortalidade bem como a amizade de Indra.

Enquanto os Angiras, verdadeiros α'γγελοι, desempenhavam – como se fossem anjos – o papel de intermediários entre deuses e homens, havia agora seres em princípio totalmente humanos: os Manus. Dizia-se que Agni habitava entre eles, e a razão era que o primeiro dessa raça, Manu, fundou – também ele – a ordem sacrificial. Manu não foi apenas o primeiro sacrificador, mas também o primeiro homem, o primeiro antepassado da humanidade. Nasceu de Vivasvat (o Sol-nascente), como Yama, o primeiro dos mortos. Este reina sobre os manes, aquele sobre os vivos. Era atribuída a Manu, que foi salvo durante um dilúvio por um peixe maravilhoso, posteriormente considerado metamorfose de Vixnu, uma função muito semelhante à de Noé. Parece bastante provável que a fábula semítica tenha estado na origem deste ciclo lendário. Numa época em que o sacrifício já não concentrava a totalidade das acções humanas, atribuiu-se um papel de legislador a este Manu, cujo nome foi dado ao código mais conhecido do direito bramânico.

Yama, juiz dos homens e rei do mundo invisível, nasceu de Vivasvat (o Sol) e de Saranyâ, a filha de Tvachtar. Nasceu antes que a mãe se tivesse cansado do brilho do marido resplandecente. Ele e a irmã gémea, Yamî, formaram o casal primitivo que deu origem à humanidade. Max Müller viu neles o dia e a noite, o que explica simultaneamente a sua inseparabilidade e a impossibilidade que têm de se unir. Yamî pediu a Yama que fosse seu marido, mas o irmão repeliu os seus avanços com o pretexto de que aqueles que pregam a virtude devem dar o exemplo.

Por ter sido o primeiro de todos os seres a morrer, Yama servia de guia a todos aqueles que alcançam o outro mundo. Reinava lá em baixo e, banhado por uma luz sobrenatural, habitava no santuário oculto do céu. No seu reino, o amigo encontrava o amigo, a mulher o marido, as crianças os pais, e todos viviam felizes, resguardados dos males da existência terrestre. Neste nível – o terceiro – dos céus, os Manes ou Antepassados (*pitri*), tal como os deuses que o frequentavam muitas vezes, bebiam um *soma* que os libertava de uma segunda morte. Dois cães ferozes guardavam a entrada deste reino.

A partir daqui compreendem-se os epítetos de Yama: Vaivasvata, filho de Vivasvat; Kâla, o tempo; Dhamarâja, rei da virtude; Pitripati, senhor dos Antepassados; Çrâddhadeva, o deus das cerimónias fúnebres; Antaka, aquele que põe fim à vida; Kritânta, o mesmo sentido; Samana, o nivelador; Samavourti, o juiz imparcial; Dandadhara, o portador do bastão, o punidor. Verde, vestido de vermelho, tem uma coroa na cabeça, uma flor nos cabelos, um laço na mão. A sua montada é um búfalo.

Era difícil vergar Yama, quando, à hora fixada, ele ia à terra buscar a sua vítima. No entanto, a bela e doce Savitri, mulher de Satyavat, conseguiu, devido à obstinação da sua ternura conjugal, convencer o deus da morte a devolver-lhe o marido. Quando Yama levava a alma de Satyavat, Savitri seguiu tanto os seus passos que o deus, sensibilizado por esta fidelidade, prometeu satisfazer o seu pedido, desde que ela não lhe pedisse que fizesse o seu marido voltar à vida. «Então», disse ela, «dá-me cem filhos robustos, nascidos de Satyavat, e que perpetuarão a nossa linhagem.» Preso à sua promessa, Yama foi obrigado a devolver o morto à vida.

Mâtariçvan-Bhrigus

Sábios míticos, os primeiros humanos transmitiram à humanidade posterior um conhecimento precioso entre todos: a técnica do sacrifício no fogo. Aquele que capturou o raio no céu e transmitiu aos mortais o segredo do elemento ígneo foi *Mâtariçvan*. Este serviço incomparável iguala-o aos maiores.

Recordemos, por fim, os *Bhrigus*, ou «resplandecentes», nome de uma raça destinada a instigar e a regular Agni nos cultos humanos. O primeiro portador deste nome designa um dos dez patriarcas instituídos por Manu. Uma lenda mostra a autoridade que estes homens primitivos podiam exercer, enquanto detentores da ciência sacrificial, sobre os mais augustos imortais. Dado que os diversos sábios não conseguiam decidir qual dos três deuses – Brama, Vixnu e Xiva – era o mais digno da adoração dos Brâmanes, Bhrigu foi encarregue de pôr à prova o carácter destes deuses. Aproximando-se de Brama, omitiu propositadamente uma das marcas de respeito que lhe eram devidas; o deus repreendeu-o, mas aceitou as desculpas e perdoou-o. Em seguida, Bhrigu entrou na morada de Xiva e teve um comportamento idêntico; teria sido reduzido a cinzas pelo deus irado, se não o tivesse acalmado por meio de palavras humildes e doces. Nessa altura, dirigiu-se a casa de Vixnu, que dormia, e acordou-o com um pontapé em pleno peito. Ora o deus, em vez de se encolerizar, perguntou-lhe se não se tinha magoado e massajou-lhe o pé com doçura. «Eis aqui», reconheceu Bhrigu, «o maior dos deuses; ultrapassa os outros pela mais poderosa das armas, a bondade e a generosidade.»

Cosmogonia – (Ver também *Brama*, página 248). Os *Vedas* consideram o mundo – céu, atmosfera, terra – tanto construído como uma obra de arte, como originado por um desenvolvimento orgânico. O Livro X dos *Hinos* opera a transição entre os mitos védicos e a especulação filosófica dos brâmanes.

Antes do ser e do não-ser, houve um caos aquático e tenebroso. Depois um embrião de vida, dotado de unidade, nasceu, desenvolvendo uma espécie de calor espontâneo, o *tapas* – simultaneamente aquecimento, suor e fervor ascético. Em seguida, este princípio sentiu e manifestou a necessidade de engendrar (X, 129).

De acordo com uma outra explicação, terá havido um gigante primordial, um homem cósmico, Puruxa (o Macho). As diversas partes do mundo são os seus membros e, na sua unidade, este indivíduo constituía tanto o primeiro sacrificador como a primeira vítima (X, 90). O termo *puruxa* viria a designar, na metafísica posterior, o princípio espiritual.

Na obra da criação interveio, com diferentes sentidos segundo as tradições, um ovo de ouro, *hiranyagarbha*. Produzido pelas águas primitivas, ou dado à luz por Prajâpati, este embrião deu origem ao deus supremo, por exemplo o Brâman (*Çatapatha Brâmana*, VI, 1, 1, 10). «Neste ovo estavam os continentes, os mares, as montanhas; os planetas e as divisões do universo; os deuses, os demónios e a humanidade. Diz-se que Brama nasceu: é uma forma familiar de dizer que ele se manifestou.» (*Vixnu-Purâna*). Ao cabo de mil anos, o ovo abriu-se a Brama, que saiu dele, meditou e começou a obra da criação. Vendo a terra mergulhada nas águas, tomou o aspecto de um javali e, mergulhando, ergueu-a nas suas presas. Nesta altura, as antigas divindades védicas foram rebaixadas a uma posição inferior, até mesmo Varuna e Indra que, criados os elementos essenciais do mundo, contribuíram para lhe estabelecer as dimensões. Deste modo, o bramanismo conservou a antiga crença védica segundo a qual os deuses manteriam, sem a instituir, a ordem fundamental das coisas.

Escatologia – Segundo o *Rigveda*, os mortos ou eram sepultados ou incinerados. A cremação difundiu-se cada vez mais e foi considerada a forma normal para alcançar, no outro mundo, um *habitat* definitivo, ao sol ou sob as estrelas.

Mais tarde, apareceram todos os tipos de distinção. Só o princípio espiritual, *asu* ou *manas*, vai para junto do Sol, levado para esse astro por Agni. Segundo o *Çatapatha Brâmana*, havia duas vias para os justos: a dos Antepassados (*pitri*) e a do Sol, mais uma outra para os maus, o inferno (*nâraka*). Enquanto nos *Vedas* o reino de Yama era um paraíso para os bons, nos *Purânas* era também um local de expiação para os maus. Segundo os *Upanixades*, é preciso distinguir o caminho para Brama, fruto do conhecimento perfeito, obtenção de uma morada de onde não se regressa, do caminho para o céu de onde, depois de se usufruir da retribuição merecida, se volta a nascer aqui em baixo. Deste modo, surgiu uma distinção que assumiria um relevo mais vigoroso na fé dos budistas: por um lado, a transmigração (*samsara*) sem fim, condição normal da existência; por outro lado, a possibilidade de se libertar para sempre dessa transmigração, ou seja, a aquisição do nirvana, por parte daqueles que compreenderam a fundo a estrutura das coisas.

Os céus são um local onde se possuem os mesmos bens que nesta terra, mas sem correr o risco dos inconvenientes da existência terrestre. Aí uma pessoa vê-se munida de um corpo glorioso. A noção de inferno, que se descobre no *Atharvaveda*, generalizou-se posteriormente. Não tem um carácter marcadamente indo-europeu, como a ideia de uma residência para os bem-aventurados na luz celeste.

Mitologia dos dharmas heréticos

Jainismo

Diz-se que o jainismo e o budismo são heréticos porque estas duas religiões, que se começaram a difundir nos séculos VII e VI antes da nossa era, na zona entre o Himalaia e o Ganges, rejeitam a tradição védica. Visavam muito menos dar aos homens um poder sobre a natureza do que libertá-los do que consideravam o âmago da existência, a lei da transmigração (*samsara*). Eram, assim, doutrinas de salvação. A sua difusão não invocava nem revelação, nem autoridade anterior; limitava-se a indicar como é que um grande sábio, em princípio totalmente humano, trilhou o caminho da libertação, para si e para os outros. Consequentemente, pelo menos no seu início, não comportavam nem dogmas, nem ritos, mas apenas uma lei e um exemplo.

A sua mitologia excluía, portanto, qualquer teologia; limitava-se a uma biografia e a uma predicação moral. Mas imediatamente o maravilhoso fez uma incursão nestas pretensas biografias, e as igrejas, acolhendo inúmeras lendas populares, multiplicavam-lhes os temas até ao infinito; por outro lado, o apostolado moral depressa se encarregou da metafísica, a qual, por sua vez, suscitou deuses e mitos imprevistos. Eis porque, embora qualquer mitologia pareça, em teoria, privada destas doutrinas, houve inúmeras florescências lendárias, que cresceram sobre cada uma das heresias, sobretudo a budista.

Os Tîrthamkaras

O postulado do jainismo, tal como o do budismo, consistia em supor que o homem, em luta com as condições normais da existência, era levado por uma espécie de corrente onde tinha todas as possibilidades de soçobrar e onde o sofrimento, a miséria, o atingiam fatalmente. Esta concepção tão singular, e que desde muito cedo se impôs a toda a Índia, mesmo a bramânica, resultou do facto de as heresias considerarem que a existência resultava da actividade: cada ser é aquilo em que se torna e tornar-se-á naquilo que merece, de acordo com o tipo, a qualidade das suas obras. Assim, nenhuma morte suprime a existência individual, pois é preciso, em seguida, suportar a retribuição – favorável ou punitiva – dos actos realizados; ora, esta recompensa suscita novos actos, que, por seu turno, exigem novos destinos e é assim até ao infinito. Céu e inferno designam apenas condições relativas e provisórias; seria insensato esperar obter dos deuses a salvação.

Esta lei da transmigração, que alterou até a escatologia ortodoxa, pareceu às consciências indianas uma sujeição, uma dor sem fim, e sentiram-se oprimidas. Todo o talento religioso e metafísico teve, a partir daí, tendência para descobrir um meio pelo qual o indivíduo pudesse subtrair-se a esta servidão, aparentemente irremediável. Fugir à ignorância e à miséria era realizar o *nirvana*.

Designa-se por Tîrthamkara qualquer homem que tenha «feito um vau» através dessa corrente turbulenta e catastrófica do *samsâra*.

Jina, o iniciador do jainismo, tal como Buda, o iniciador do budismo, foram-no. Ambos cortaram a corrente devido a uma clara intuição das condições da miséria humana, obtida através da prática de um ascetismo rigoroso[44].

Jina ou «Vitorioso»

Até que ponto a biografia de um sábio pode ser transfigurada pela lenda e, assim, incorporar-se na mitologia, sabêmo-lo por A. Guérinot (*La Religion djaina*, 1926).

A humanidade, que atravessou fases alternadas de progresso e de regressão, tinha chegado a um período em que cada vez mais reinava o sofrimento. Jina ou Mahâvîra (Grande Homem) decidiu deixar a sua morada celeste para ir salvar os humanos. «Tomou a forma de um embrião no molde de Devânandâ, mulher do brâmane Richabhadatta, que morava em Kundapura. Com efeito, nessa noite Devânandâ, deitada e meia adormecida, viu em sonhos catorze aparições magníficas de augúrio favorável: um elefante, um touro, um leão, a deusa Çrî, uma grinalda, a lua, o sol, um estandarte, um vaso de valor, um charco de lótus, o oceano, uma morada celeste, um monte de jóias e, por fim, uma chama... Richabhadatta ficou deslumbrado. Compreendeu que lhes iria nascer um filho que se tornaria sábio em todas as ciências bramânicas.

Ora, no céu, o rei dos deuses, Çakra..., pensou que seria melhor transportar o embrião de Mahâvîra, do seio de Devânandâ para o de Triçalâ, mulher do *xátria* Siddharta... Chamou o chefe da infantaria

---

[44] Ser-nos-á permitido aconselhar ao leitor o nosso *Esquisse d'une histoire de la philosophie indienne* (Paris, Geuthner, 1923).

celeste, Harinagameçi (o homem com cabeça de antílope) e ordenou-lhe que executasse essa transferência... Quando Harinagameçi realizou a missão, deixou Triçalâ a descansar numa cama magnífica, numa habitação ornamentada, florida e perfumada. Ela, por sua vez, viu em sonho as catorze manifestações sem igual [...].

A partir desse momento, Siddharta viu a fortuna acompanhá-lo. As suas riquezas aumentaram em ouro, em prata, em terra, em cereais; o seu exército cresceu em número e em poder; a sua glória irradiou em todas as direcções. Decidiu dar ao filho, quando este nascesse, o nome de Vardhamâna, «aquele que cresce, que se desenvolve» [...].

[Eis que se deu o nascimento de Mahâvîra:] Nessa noite, os deuses e as deusas desceram do céu, em sinal de alegria. Os demónios fizeram cair sobre o palácio de Siddharta uma chuva de flores e de frutos, de ouro e de prata, de pérolas, de diamantes, de néctar e de sândalo [...].

«Durante trinta anos [o Mahâvîra] levou uma vida secular. Casou com Yaçoda, de quem teve uma filha, Riyadarçanâ. Então, os seus pais, que seguiam as doutrinas de Pârçva, decidiram deixar este mundo. Deitaram-se num tufo de ervas e deixaram-se morrer de inanição. A partir daqui, Vardhamâna estava desligado do voto que fizera no seio da mãe. Decidiu viver à maneira dos monges errantes. Pediu autorização ao irmão, bem como às autoridades do reino. Depois, distribuiu as suas riquezas pelos pobres e, livre de tudo, tornou-se asceta [...].

«Os deuses desceram do céu, aproximaram-se... e prestaram-lhe homenagem... Formou-se um cortejo, que compreendia homens, deuses e demónios, que gritavam todos: "Vitória! Vitória!" O firmamento tinha o esplendor de um lago coberto por lótus abertos; na terra e nos ares soavam os instrumentos mais melodiosos.»

Vardhamâna passou doze anos em ascetismo. Depois, um dia, «sentou-se junto de um velho templo, sob uma árvore Çâla [uma teca]; durante dois dias e meio conservou-se imóvel, jejuando e mergulhado na mais profunda meditação. Quando se levantou, ao terceiro dia, a iluminação estava completa. Vardhamâna possuía o conhecimento supremo e absoluto, era *kevalin*, quer dizer, omnisciente; [...] um sábio perfeito, um bem-aventurado, um *arhat*; enfim, um *jina*, um herói que subjugara o mal e a miséria [...].

Os deuses ajudaram-no quando entrou [trinta anos depois, tendo dedicado esse tempo à predicação] no *nirvana* e se tornou num Libertado, *mukta*; um Perfeito, *siddha*.»

Em resumo, um ser maravilhoso, votado por toda a eternidade à salvação do mundo; mais do que um deus, pois os deuses, à semelhança dos homens, veneravam-no e junto dele desempenhavam apenas a função de comparsas; um descobridor e um pregador da libertação universal; um fundador da comunidade. A Igreja jaina, fiéis laicos rodeados por monges e freiras, continuou o trabalho do mestre na propagação da Lei. A história foi mais modesta; mas, com este tipo de génios religiosos, talvez a lenda possa ser mais verdadeira do que a realidade histórica.

Outros Tîrthamkaras

A transposição de uma biografia humana para um mito dogmático não surgiu apenas na sobrenaturalização da personalidade do fundador da religião. Manifestou-se pela multiplicação indefinida dessa personalidade em tipos abstractos que a mitologia se esforçou por tornar concretos. Existindo dez regiões do universo e surgindo em cada uma delas vinte e quatro Tîrthamkaras em cada uma das três épocas – passado, presente, futuro –, chegou-se a um total de setecentos e vinte salvadores do mundo, dos quais setecentos e dezanove são pálidos reflexos de Jina.

Deste modo se estilizou o dado real, segundo o qual Jina foi precedido pela seita dos Nirgranthas, cujo mestre era Pârçva, e que praticava a austeridade a ponto de prescrever o suicídio por inanição; mas segundo a qual, também, toda uma série de patriarcas mantinha viva na comunidade a tradição do seu fundador. Encontra-se na obra já referida de Guérinot a apresentação dos vinte e quatro Tîrthamkaras da parte do mundo em que se situa a Índia ao longo do actual período. Cada um define-se por características próprias: determinadas proporções das partes do corpo, determinada cor, determinados símbolos; determinado acólito com forma humana, um *yakcha* ou uma *yakchinî*; uma determinada postura, significativa, sobretudo, para a posição das mãos e das pernas, etc. A cada um convinha um culto especial.

Budismo

Tudo o que acabámos de descrever a propósito do jainismo encontra-se, sob outros aspectos, no budismo, autêntico irmão mais novo do jainismo. Em princípio, a seita deveria ter limitado a sua actividade a uma reforma moral, instituição de uma lei, ou *dharma*, que, nos simples fiéis, conduzia à fé, nos santos, ao nirvana; mas, na verdade, as fábulas e as superstições naturais impuseram rapidamente uma mitologia copiosa que deturpou a simplicidade do dogma. Tal como, na nossa Europa, o cristianismo aproveitou a herança dos cultos pagãos, que foram transpostos para narrativas hagiográficas, toda uma religião popular transparece através dos mitos budistas –, por exemplo, os ritos agrários tradicionais das diferentes partes do ano [45].

Lenda de Buda

Se H. Oldenberg escreveu, a partir de escrituras desbotadas, uma biografia «razoável» – não digamos ainda «histórica» – do sábio dos Çakyas (Çâkyamuni) que deveria tornar-se no Buda, quer dizer, o Iluminado, por outro lado, É. Senart pretendeu, acerca do mesmo assunto e a partir de documentos sânscritos, compor uma biografia lendária de uma ponta à outra. Nesta, o iniciador do budismo, em vez de se reduzir a um sábio de essência humana, era um aspecto do deus solar Vixnu, que desceu à Tterra para salvar a nossa raça. Com efeito, todos os episódios clássicos da sua vida tinham, mais ou menos, a marca do maravilhoso.

Buda viveu entre 563 e 483 antes de J.-C., no Nordeste da Índia.

O futuro Buda, ou Bodhisattva, já tinha passado por milhares de existências para se preparar para a sua última transmigração; antes de descer uma última vez à terra, permanecia no céu dos Tuchitas (morada dos bem-aventurados) e pregava a Lei aos deuses.

Mas, um dia, compreendeu que a sua hora tinha chegado e encarnou na família de um dos reis dos Çakyas, Suddhodhana, que reinava em Kapilavastu, nos confins do Nepal.

Nascimento e infância de Buda

A concepção foi miraculosa: a rainha *Maya* (cujo nome significa literalmente «a Ilusão»), prevenida por um pressentimento, viu em sonhos o Bodhisattva descer para o seu seio sob a forma de um belo elefantezinho, branco como a neve. Nesse momento, toda a criação manifestou a sua alegria com milagres: os instrumentos de música ressoavam sem que lhes tivessem tocado, os rios pararam de correr para

---

[45] Como o mito de Gavampati, deus da seca e do vento, que imolavam para produzir chuva, e cujos vestígios se encontram numa festa budista específica. Veja--se J. Przyluski, *Le Concile de Râjagriha*, 1926-1928.

À direita, a rainha Maya, em pé e tendo na mão direita levantada um ramo de árvore, dá à luz Bodhisattva. À esquerda, o Bodhisattva é instado pelos deuses a deixar a sua família e seguir a sua vocação.
(Arte greco-búdica. Museu do Louvre. Missão Foucher).

contemplar o Bodhisattva, as árvores e as plantas cobriram-se de flores e os charcos de lótus. No dia seguinte, o sonho da rainha Maya foi interpretado por sessenta e quatro brâmanes; estes predisseram o nascimento de um filho destinado a ser ou um imperador universal, ou um Buda.

Quando o momento do nascimento estava perto, a rainha dirigiu-se para o jardim de Lumbini e aí, de pé, erguendo com a mão direita o ramo de uma árvore Çâla, deu à luz o Bodhisattva, que saiu do seu lado direito sem lhe causar a menor dor. A criança foi recebida por Brama e pelos outros deuses; mas, assim que começou a andar, um lótus surgiu logo que o seu pé tocou na terra. Deu sete passos na direcção dos sete pontos cardeais, tomando assim posse do mundo. No mesmo dia nasceram: Yaçodharâ Devî, que devia ser sua mulher; o cavalo Kantaka, que montaria mais tarde, quando fugisse do palácio em busca do conhecimento supremo; o seu escudeiro Chandaka, e o seu amigo e discípulo preferido Ananda, tal como a árvore de Bodhi, sob a qual ele deveria conhecer a Iluminação.

Cinco dias depois do seu nascimento, o jovem príncipe recebeu o nome de Siddharta. No sétimo dia, a rainha Maya morreu de alegria, para renascer entre os deuses, deixando a sua irmã Mahâprajâpati a substituí-la junto do jovem príncipe. A perfeita dedicação desta mãe de adopção tornou-se lendária. Um velho santo que desceu do Himalaia, o *richi* Asita, predisse o destino da criança e reconheceu nela os oitenta sinais que são garantia de uma nobre vocação religiosa. Quando a criança foi conduzida ao templo pelos seus pais, as estátuas dos deuses prostraram-se diante dela.

Quando o jovem príncipe chegou aos doze anos, o rei reuniu um conselho de brâmanes. Estes revelaram-lhe que o príncipe se dedicaria ao ascetismo se ele presenciasse o espectáculo da velhice, da doença e da morte e se, em seguida, encontrasse um eremita. O rei preferia ver o filho tornar-se monarca em vez de asceta. O sumptuoso palácio, os vastos e belos jardins onde o jovem estava destinado a viver foram, então, cercados por um triplo muro guardado. E era proibido pronunciar as palavras morte e sofrimento.

Casamento de Buda

Um pouco mais tarde, o rajá pensou que o meio mais seguro para prender o príncipe ao seu reino seria casá-lo. Para descobrir a princesa que fosse capaz de despertar o amor do filho, o rei mandou preparar jóias magníficas, anunciando que, no dia marcado, Siddharta as partilharia com todas as princesas das redondezas. Quando todos os presentes já tinham sido distribuídos, ainda se apresentou uma última princesa, a jovem Yaçodharâ, filha do ministro Mahânâma. Perguntou ao príncipe se ele não tinha nada para ela e ele, encontrando o seu olhar, tirou o precioso anel que usava no dedo e deu-lho. Esta troca de olhares e este singular presente não escaparam ao rei; mandou pedir a jovem em casamento.

A tradição dos Çakyas, contudo, obrigava as suas princesas a só aceitarem por marido um verdadeiro xátria, que tivesse demonstrado a sua habilidade em todas as artes da sua casta. O pai de Yaçodharâ duvidava um pouco de Siddharta, criado na indolência da vida da corte. Por isso, organizou-se um torneio; o príncipe saiu vencedor de todos os concursos de equitação, de esgrima e de luta. E, além disso, foi o único que conseguiu retesar e atirar o arco sagrado, com um tamanho gigantesco, legado pelos seus antepassados. Foi-lhe, então, dada em casamento a princesa Yaçodharâ e a vida do Bodhisattva decorreu, a partir daí, nas delícias do gineceu.

A vocação e a grande partida

Mas depressa despertou nele a vocação divina. A música dos diversos instrumentos que soavam nas suas orelhas, os graciosos movimentos das dançarinas, feitos para encantar os seus olhos, já não excitavam os seus sentidos, mas mostravam, pelo contrário, a vaidade e a instabilidade de todos os objectos do desejo e a instabilidade da vida humana. «A vida da criatura passa como a torrente na montanha e como o relâmpago no céu.»

Um dia, o príncipe chamou o seu escudeiro: queria visitar a cidade. O rei ordenou que a limpassem e decorassem e que afastassem do caminho do seu filho qualquer espectáculo desagradável ou aflitivo. Mas estas precauções foram em vão. Enquanto ele percorria as ruas, um velho trémulo, dobrado em dois sobre o seu bastão, enrugado, ofegante devido à idade, apareceu aos olhos do príncipe. Espantado, o jovem percebeu que a decrepitude é o destino comum a todos os que vivem «a sua vida toda». Quando regressou ao palácio, perguntou-se se haveria algum meio de escapar à velhice.

Num outro dia, encontrou, da mesma forma, um doente incurável, depois um cortejo fúnebre, e então conheceu o sofrimento e a morte.

Todas estas experiências, alimentadas pela meditação, fizeram nascer em Siddharta a ideia de abandonar a sua vida actual e de abraçar o ascetismo. Abriu-se com o pai: «Ó rei, todas as coisas do mundo são mutáveis e transitórias! Deixai-me partir só, como o religioso mendicante!»

Cheio de dor, com a ideia de perder este filho, sobre quem recaía a esperança da sua raça, o rei mandou redobrar a guarda em redor dos muros e aumentar os divertimentos e os prazeres nos palácios e nos jardins, para que o jovem príncipe não pensasse em partir.

Foi nesse momento que Yaçodharâ deu à luz o pequeno Rahula. No entanto, até a ternura deste novo laço foi impotente para afastar o Bodhisattva da sua missão.

A sua decisão tornou-se definitiva quando, durante uma insónia, teve sob o olhar o espectáculo do harém adormecido: rostos ternos, corpos prostrados num involuntário reconhecimento do sono e da inconsciência, abandono sem arte no meio da desordem. «Umas babam-se, completamente cheias de saliva; outras rangem os dentes; outras ressonam, falam durante o sono. Umas têm a boca escancarada...» É como uma antevisão dos horrores do cemitério.

Tomou a sua decisão; mas, antes de partir, Siddharta quis contemplar por uma última vez a sua bela esposa Yaçodharâ. Esta dorme, tendo nos braços a criança recém-nascida. Ele queria beijar o filho mas, com receio de acordar a mãe, deixou-os a ambos e, erguendo a cortina carregada de pedras preciosas, saiu para a noite fresca, de estrelas sem conta, e montou o seu belo cavalo Kantaka, acompanhado pelo seu escudeiro Chandaka.

Os deuses, cúmplices, adormeceram os guardas e erguiam as patas do cavalo para que o barulho dos cascos não acordasse ninguém.

Às portas da cidade, Siddharta entregou o seu cavalo a Chandaka e despediu-se dos dois amigos com a recomendação de que consolassem o seu pai; num adeus mudo, o cavalo lambeu-lhe os pés.

Com um golpe da sua espada, o príncipe cortou o cabelo e atirou-o ao ar, onde foi recolhido pelos deuses. Um pouco mais longe, encontrou um caçador e deu-lhe as suas magníficas roupas em troca dos seus farrapos e, assim transformado, dirigiu-se a um eremitério onde os brâmanes o receberam como discípulo.

Daí para a frente, Siddharta desapareceu: tornou-se no monge Gautama ou, como também o chamavam, Çâkyamuni (o asceta dos Çakyas). Junto dos ioguis buscou a aprendizagem da sabedoria, vivendo sucessivamente em inúmeros eremitérios, em particular junto de Arâda Kâlapa; mas estas doutrinas não lhe ensinavam o que procurava. Continuou a viajar e acabou por parar em Uruvilva, na margem de um rio muito bonito. Aí permaneceu sozinho durante seis anos, praticando terríveis austeridades, que quase reduziram o seu corpo a nada.

Mas percebeu que as penitências excessivas destruíam as forças e tornavam o espírito impotente, em vez de o libertar. Tratava-se, portanto, de transcender o ascetismo, como fora preciso transcender a vida mundana.

E o Bodhisattva esgotado, semelhante a um esqueleto, aceitou o arroz-doce oferecido por uma jovem camponesa, Sujâta, a quem a debilidade do asceta emudecera de compaixão. Depois, banhou-se no rio. Então, os cinco discípulos que se entregavam às mesmas austeridades que ele abandonaram-no, desconcertados com a sua atitude.

A iluminação

Em seguida, Siddharta dirigiu-se a Bodhi-Gaya e à árvore da Sabedoria. Enquanto caminhava através da floresta, o seu corpo libertava um tal brilho que os martins-pescadores e outros pássaros foram atraídos e voavam à sua volta descrevendo grandes círculos. Pavões juntaram-se aos animais da floresta para formarem o seu cortejo. Um rei Naga e a sua mulher saem da sua casa subterrânea para o ir adorar. Os Devas penduraram auriflamas nas árvores para lhe indicar o caminho.

E eis que o Bodhisattva chegou à figueira sagrada. Era a hora decisiva do seu percurso. Sob a árvore estendeu um feixe de erva cortada recentemente e sentou-se pronunciando o seguinte voto: «Que aqui, sobre este assento, o meu corpo definhe, que a minha pele e a minha carne se dissolvam, se, antes de ter alcançado a inteligência difícil de obter no espaço de inúmeros *kalpas*, eu erguer o meu corpo deste assento!» Então, a terra tremeu seis vezes.

Entretanto *Mâra*, o demónio búdico, avisado do acontecimento que se arriscava a provocar a ruína do seu poder, decidiu intervir. Enviou as suas três deslumbrantes filhas para tentar o Bodhisattva e afastá-lo do seu desígnio. E eis que elas cantam e dançam diante dos seus olhos. Elas são hábeis em todas as magias do

A rainha Maya vê em sonhos o Bodhisattva descer junto de si na forma de um pequeno elefante branco. (Bharhout-Índia). Col. A.S.I.

desejo e da voluptuosidade; mas o Bodhisattva permanecia inalterável no seu coração, tal como no seu rosto, tranquilo como um lótus nas águas calmas de um lago, firme como a base das montanhas.

As filhas de Mâra afastaram-se, impotentes. Então, o demónio tentou uma investida com o seu exército de diabos, seres horríveis, uns com mil bocas, outros barrigudos e disformes, bebendo sangue, ou devorando serpentes, dando gritos desumanos, espalhando a obscuridade, armados com lanças, arcos e clavas. Imediatamente cercaram a árvore da Sabedoria, ameaçando o Bodhisattva, mas os seus membros ficaram paralisados, as armas presas nas mãos.

Então, o próprio Mâra tentou uma última tentativa. Cavalgando as nuvens, lançou o seu disco terrível; mas esta arma, capaz de cortar uma montanha em duas, foi impotente contra o Bodhisattva: transformada numa grinalda de flores, ficou suspensa sobre a sua cabeça.

Antes do pôr-do-sol, Mâra estava vencido. E o Bodhisattva, sempre imóvel, continuava em meditação sob a árvore sagrada. Chegada a noite, a aurora da iluminação que ele procurava subiu lentamente para o seu coração. Primeiro, conheceu a exacta condição de todos os seres, depois as causas dos seus renascimentos. Em todo o mundo e em todas as épocas viu os seres viverem, morrerem e transmigrarem. Recordou-se das suas próprias existências anteriores e, então, compreendeu o inelutável encadeamento das causas e dos efeitos. Meditando sobre a dor humana, foi esclarecido, simultaneamente, sobre a sua génese e sobre os meios que nos permitem pôr-lhe fim.

Quando o dia nasceu, o Bodhisattva atingira a iluminação perfeita (bodhi); tinha-se tornado num Buda. Os raios emanados do seu corpo resplandecente alcançavam os confins do espaço.

Durante sete dias o Buda permaneceu em meditação, depois, durante mais quatro semanas, ficou junto da árvore. Na quinta semana, sobreveio uma terrível tempestade, mas o rei Naga Mucilinda, fazendo um cerco com as rugas do seu corpo e um dossel com o seu capuz desdobrado abrigou-o do furacão e da inundação.

A partir dessa altura, apresentaram-se ao Buda duas vias. Podia aceder ao nirvana imediatamente; ou então, renunciando momentaneamente à sua própria libertação, permanecer sobre a terra a fim de difundir a boa palavra. Mâra exorta-o a deixar este mundo, e o próprio Buda considera que a doutrina é profunda, enquanto que os homens não estão de todo voltados para a sabedoria. Dever-se-á proclamar a Lei àqueles que não a podem compreender? Por um instante hesita. Mas os deuses unem-se para implorar; Brama vai em pessoa suplicar-lhe que pregue a sua Lei, e o Buda cede a estas solicitações.

A pregação

Mas a quem iria ele pregar em primeiro lugar? O seu pensamento voltou-se para os cinco discípulos que o abandonaram. Dirigiu-se a Benares e encontrou-os aí. Ao vê-lo vir ao longe, os eremitas combinam entre si: «Olha o Çramana Gautama que vem ali, aquele relaxado, aquele comilão, estragado com as molezas...; é preciso não ter nada em comum com ele; nem convém ir ao encontro dele com respeito, nem levantarmo-nos... Não lhe devemos oferecer nem um tapete, nem uma bebida preparada, nem onde colocar os pés.» Mas o Buda conhecia os seus pensamentos e dirigiu para eles a força do seu amor. Tal como uma folha é levada por uma torrente, assim os eremitas, vencidos pela bondade omnipotente, ergueram-se para prestar homenagem àquele de quem serão os primeiros adeptos.

Assim, a primeira pregação teve lugar em Benares, no parque das Gazelas. Segundo os textos, ao pronunciar o seu primeiro sermão, o Buda «pôs em movimento a roda da Lei» (*dharmacakrapravartana*). A primeira mensagem do mestre indicava, logo de início, o tom que viria a ser o da doutrina búdica primitiva, toda ela de lucidez, de moderação, de caridade.

«Há dois extremos, monges, de que devemos manter-nos afastados: uma via de prazeres: é baixa e ignóbil, contrária ao espírito, indigna e vã; e uma via de penitência: é triste, indigna e vã. A Perfeição, monges, conservou-se afastada destes dois extremos, e descobriu o caminho que passa pelo meio, que conduz ao repouso, à ciência, à iluminação, ao nirvana... Eis, monges, a verdade sagrada da dor: o nascimento, a velhice, a doença, a morte, a separação daquilo que amamos, tudo isto é dor: são a sede de prazer, a sede da existência, a sede da instabilidade. E eis a verdade sobre a supressão da dor: a extinção desta sede pela destruição do desejo.»

E ainda: «Vim para satisfazer os ignorantes com a sabedoria. A esmola, a ciência, a virtude, eis os bens que não se dissipam. Vale mais fazer um pouco de bem do que realizar obras difíceis... O homem perfeito nada é se não distribuir favores pelas suas criaturas, se não consolar os abandonados... A minha doutrina é uma doutrina de misericórdia... A via da salvação está aberta a todos... Destruí as vossas paixões, tal como o elefante derruba uma cabana de juncos, mas sabei que se engana quem julga que pode fugir às suas paixões ao acolher-se ao asilo dos eremitérios. O único remédio contra o mal é a realidade sã.»

Começou assim uma pregação errante que deveria durar 44 anos. O Buda percorreu o país, seguido pelos seus discípulos, convertendo todos os que o ouviam. Muitos episódios deste longo ministério foram popularizados pela arte ou pela lenda. Eis aqui apenas alguns dos principais.

O elefante furioso. – *Devadatta*, o primo de Buda, declarou-se seu inimigo. Mandou embriagar um elefante real e soltou-o nas ruas da cidade na altura em que Buda fazia a sua ronda das esmolas. Tomados de terror, os habitante fugiram; o animal espezinhou as viaturas e os transeuntes, destruiu as casas. Os discípulos de Buda pediram-lhe que se retirasse. Mas este continuou calmamente a sua ronda. No entanto, quando uma menina, que insensatamente atravessava a rua, escapou de ser morta pelo elefante em delírio, o Buda dirigiu-se a este: «Poupa esta criança inocente, foi contra mim que foste lançado.» Assim que o elefante ouviu o Buda, como que por encanto a sua fúria foi acalmada e ele foi ajoelhar-se aos pés do Bem-aventurado.

O grande milagre de Çravastî. – O rei Prasenajit tinha organizado um torneio entre Buda e os membros duma seita herética que ele queria converter. Foram inúmeros os milagres realizados por Çâkyamuni ao longo desta justa de poderes maravilhosos. Sobretudo dois deles ficaram célebres. O primeiro é conhecido pelo nome de milagre da água e do fogo. «Bhagavat (o Bem-aventurado) entrou em tal meditação que, assim que o seu espírito se libertou, ele desapareceu do local onde estava sentado e, elevando-se no ar do lado do Ocidente, apareceu nas quatro posições do decoro, quer dizer, andou, esteve de pé, sentou-se e deitou-se. Em seguida, alcançou a região da luz e ainda mal tinha chegado já vários clarões escapavam do seu corpo, clarões azuis, amarelos, vermelhos, brancos e outros com as mais belas cores do cristal. Além disso, fez aparecer inúmeras maravilhas; da parte inferior do seu corpo jorraram chamas e da superior escapou-se uma chuva de água fria. O que fez no Ocidente, fê-lo também no Sul; e repetiu-o nos quatro pontos do espaço.»

O milagre da água e do fogo. Para converter uma seita herética, Buda fez vários milagres; aqui, dos seus ombros e dos seus pés saem jactos de água e de chamas.

No segundo episódio, viu-se Buda sentado num grande lótus de ouro com pé de diamante, formado pelos reis Nagas; Brama estava à direita do Bem-aventurado e Indra à sua esquerda. Por um sortilégio omnipotente, Buda fez aparecer no céu inteiro uma infinidade de lótus, todos parecidos com um Buda idêntico a si mesmo no seio de cada um deles.

A conversão da família de Buda. – Buda converteu sucessivamente à sua doutrina o pai, o rei Çuddhodana, o seu filho Rahula, o seu primo Ananda, que se tornou no seu discípulo preferido; a sua mulher e a sua mãe adoptiva, a boa Mahâprajâpati. Buda também subiu ao céu, onde a mãe o recebeu com os outros deuses, que lhe pediram que ensinasse a sua Lei. Ao fim de três meses, quando esta missão estava terminada, o Bem-aventurado voltou a descer à terra por uma escada de ouro e de prata, cujos degraus eram de coral, de rubi, de esmeralda. E os deuses acompanharam-no.

A conversão mais difícil de Nanda, o meio-irmão de Buda, tem uma nota simultaneamente muito humana, pungente e cómica. O jovem acabara de casar com a mulher mais bela da região. O Bem-aventurado apresentou-se à sua porta. Nanda encheu a taça das esmolas; mas Buda recusou-se a recebê-la e partiu. Nanda seguiu-o, mostrando sempre a taça, mas sem obter uma palavra ou um gesto em resposta. E eis que chegaram ao eremitério. Misterioso e sorridente, Buda mandou rapar a cabeça do irmão e obrigou-o a deixar os hábitos luxuosos para adoptar a veste dos monges.

O pobre Nanda deixou-se levar; no entanto, a agradável recordação da sua jovem mulher perseguia-o. Um dia quis fugir, mas forças maravilhosas impediram-no. Então, Çâkyamuni levou-o a uma colina, viram um velho macaco cego: «A tua mulher é tão bela como este macaco?», perguntou Buda a Nanda. A indignação deste só foi apaziguada quando o Bem-aventurado o conduziu ao céu dos trinta e três deuses, num palácio soberbo habitado por ninfas divinas de incomparável beleza; evidentemente que ao lado delas a sua mulher mais não era do que uma macaca. As ninfas revelaram a Nanda que ele estava destinado a, depois da morte, tornar-se no seu amo e senhor.

Regressado ao mosteiro, tornou-se no mais zeloso dos discípulos, na esperança de renascer no céu dos trinta e três deuses. Mas, antes disso, Buda conduziu-o ao inferno, onde lhe mostraram o caldeirão de água a ferver no qual ele deveria cair depois da sua existência celeste, a fim de expiar os seus desejos sensuais. Estas sucessivas visões levaram Nanda a meditar na doutrina e tornou-se um santo.

A oferenda da criança. – Uma criancinha desejava fazer uma oferta ao Buda, mas não possuía absolutamente nada. Apanhou pó e, candidamente, juntando as suas duas mãos abertas, foi apresentá-la ao Bem-aventurado. Este, comovido por um tal gesto de fé, aceitou-a sorrindo. Mais tarde, a cândida criança viria a renascer sob a forma do grande imperador indiano Asoka.

A oferenda do macaco. – Um macaco ofereceu ao Buda um bolo de mel. Todo satisfeito por ver o seu presente aceite, deu uma tal cambalhota que caiu e morreu imediatamente. Renasceu logo como filho de um brâmane.

Morte de Buda

Aos oitenta anos Buda sentiu-se velho; visitou todos os mosteiros que fundara, ordenou a comunidade e preparou o seu fim. Morreu em Kuçinagara, depois de ter consumido um prato indigesto em casa de um dos seus discípulos, ferreiro de profissão. Extinguiu-se docemente, à beira do rio Hiranyavatî, num pequeno bosque onde Ananda mandara fazer a sua cama. À sua volta as árvores cobriram-se de flores. Os Gandharvas fizeram ouvir as suas harmonias celestes. Os discípulos rodearam o moribundo; uns choraram, apesar das exortações do mestre.

«Na verdade, discípulos, tudo o que foi criado é perecível. Devemo-nos afastar de tudo aquilo de que o homem gosta. Não digais: já não temos mestre... A doutrina que preguei, essa será o vosso mestre quando eu tiver desaparecido. Velai e rezai sem descanso.»

Depois de ter pronunciado estas últimas palavras, o Buda entrou em meditação, depois em êxtase e, por fim, passou para o nirvana. O corpo foi queimado numa pira que entrou em ignição por si mesma e que se extinguiu no momento pretendido, graças a uma chuva maravilhosa. As relíquias do Bem-aventurado foram conservadas em *Stupas* que se erigiram pouco depois na região indiana.

Foi permitido a esta biografia, onde abundam, para além do maravilhoso, traços de grande elevação moral, que desse frutos, não só à superfície, por meio da repetição do tipo búdico sob formas diversas, mas também, por assim dizer, em profundidade, tendo o Çâkyamuni merecido tornar-se Buda por todas as suas vidas anteriores, que fazem parte da sua personalidade.

As Jâtakas

Chama-se *Jâtakas* às narrativas relativas às vidas do Bodhisattva anteriores àquela que lhe concedeu a Bodhi (a iluminação). Inúmeras narrativas do folclore foram incorporadas nesta literatura. Muitas fábulas já difundidas na Índia adquiriram, assim, um aspecto búdico. Além disso, as *Jâtakas* apresentavam um valor dogmático, na medida em que demonstravam, na realidade, aquela conexão causal que, segundo a filosofia dos budistas, formava a estrutura das coisas: qualquer acontecimento da época actual explica-se por factos que remontam cada vez mais atrás, ao passado. Assim se justifica a lei do Karma, em virtude da qual cada ser, e em particular o Bodhisattva, se torna naquilo que ele faz de si. O dogma metafísico e a crença popular acabam por coincidir aqui com a própria ideia da *Jâtaka*.

Eis, a título de exemplo, o conto da *Dedicação do rei-macaco* (*Mahâkapi Jâtaka*). Nessa época, o Bodhisattva era um rei-macaco.

Um dia, em que ele se divertia num vergel de mangueiras com um cortejo de oitenta mil súbditos, os archeiros receberam ordem de cercar os macacos e matá-los. As pobres criaturas só podiam escapar se atravessassem o Ganges. O rei-macaco atou uma corda de bambu –, uma parte no ramo de uma árvore, a outra na sua cintura –, e depois atravessou o rio com um salto gigantesco; mas a corda era demasiado curta, ele só podia alcançar a outra margem agarrando-se a uma árvore. Pela ponte viva formada desta forma os oitenta mil macacos desfilaram e salvariam a vida. Mas Devadatta, o futuro primo de Buda, encontrava-se no meio do grupo de fugitivos. Traidor, simulou um passo em falso e, caindo bruscamente em cima do rei-macaco, quebrou-lhe a coluna. Recolhido pelo rei de Benares, o heróico macaco teve uma morte edificante, mas não sem ter dado ao seu anfitrião alguns conselhos proveitosos para o governo do seu reino.

Uma das principais virtudes búdicas era a compaixão sem reserva para com todas as criaturas. Temos um exemplo na *História do rei, da pomba e do falcão* (*Çibi-Jâtaka*).

Para pôr à prova a caridade e a lealdade do rei dos Çibis, o deus Indra assumiu a forma de um falcão que perseguia uma pomba (que não era mais do que um deus metamorfoseado). A pomba perseguida refugiou-se no seio do rei. «Não receies nada», disse-lhe ele, «bela ave cujo olho é semelhante à flor da árvore *açoka*, eu salvo todos os seres vivos que recorrem à minha protecção, mesmo que tivesse de abandonar o meu reino e a minha própria vida».

Mas o falcão pegou-lhe na palavra: «Esta pomba», disse, «é o meu alimento. Com que direito é que me privarias da presa que conquistei com esforço? A fome devora-me. Não tens o direito de intervir nas querelas das aves do céu. Se pretendes proteger a pomba, pensa em mim, que vou morrer de fome; se te recusas a entregar-me a ave que acarinhas, dá-me uma quantidade igual de carne do teu próprio corpo.»

«Tens razão», respondeu o rei dos Çibis. «Tragam uma balança!» E, cortando carne de uma das suas pernas, atirou-a para um dos pratos, depois de ter colocado a pomba no outro. As rainhas, os ministros e os servidores fazem ouvir lamentos que se elevam do palácio tal como o som do trovão se escapa das nuvens amontoadas. A própria terra tremeu perante este acto de lealdade.

Mas o rei continuou a cortar a carne das pernas, dos braços, do peito; o prato enchia-se em vão, pois a pomba pesava sempre mais. De tal modo que o rei, já não sendo mais do que um esqueleto, decidiu entregar-se todo inteiro e subiu para a balança.

Então, os deuses mostraram-se e fez-se ouvir uma música celestial. Uma chuva de ambrósia inundou o corpo do rei e curou-o totalmente. Flores caíram do céu, os Gandharvas e as Apsaras cantaram e dançaram. Recuperando a sua forma divina, Indra anunciou ao rei dos Çibis a sua reencarnação no corpo do próximo Buda.

Multiplicação dos Budas

O Budismo mais antigo, ou Pequeno Veículo, admitia que, tendo o *Çâkyamuni* mostrado a via da salvação, os outros sábios podiam, por seu turno, alcançar o bodhi e o nirvana, por consequência tornarem-se Budas. Previu, em particular, um Buda futuro, *Maitreya*.

Servindo-se desta permissão para multiplicar o número de Salvadores, o Grande Veículo, que se estabeleceu nas proximidades da era cristã, e que reinou sobre a filosofia indiana durante os sete primeiros séculos desta era, criou a noção de personagens transcendentes, verdadeiras divindades búdicas, embora ainda sejam chamadas Bodhisattvas ou Budas.

Enquanto o sábio dos Çakyas representava o ideal de um clã levemente bramanizado do vale médio gangético, os cultos do Grande Veículo surgiram nos confins iranianos, a oeste do Pamir, numa região onde se tinham interpenetrado influências helénicas, persas e indianas. A gnose greco-síria, a religião iraniana da luz, o sectarismo vixnuísta tiveram aí a sua parte; talvez também, dentro de certa medida, a fé dos Semitas e o Maniqueísmo. Não esqueçamos, aliás, que a maior parte das biografias de Çâkyamuni foi redigida sob a influência do Grande Veículo e que lhe deve a metafísica que nelas abunda.

A representação figurativa do Buda Çâkyamuni

Uma prova tangível da influência ocidental encontra-se atestada na representação figurativa de Buda. A arte indígena absteve-se sempre de interpretar os traços do Bem-aventurado, que eram simbolizados por um trono vazio ou uma roda solar. Quando se lembraram de lhe dar uma forma plástica, recorreram a um tipo grego: os escultores ocidentais estabelecidos na Bactriana vestiram-no de Apolo. Foucher mostrou a evolução contínua, através de modificações sensíveis e graduais, do Buda mais helénico ao mais japonês.

Os elementos indianos desta iconografia foram impostos pela biografia do Mestre. O Buda devia ser um monge; o Bodhisattva, um príncipe. Num e noutro um mesmo tipo real e divino (sendo os deuses reis do céu e os reis deuses da terra), mas despojado, se se tratava de representar o Buda, das insígnias laicas do poder e da opulência temporal. Ambos tinham um sinal lenticular entre as sobrancelhas (*urnâ*), símbolo de um tufo de pêlos luminoso e radiante; mas o Buda possuía uma protuberância craniana (*uchnicha*), que inclui na sua anatomia a forma de um turbante a apertar um rolo de cabelos. As atitudes do corpo, *âsanas*, exprimem o modo, o grau de meditação; os gestos das mãos, *mudrâs*, completavam essa expressão ou indicavam a acção realizada.

De Dîpankara a Maitreya:
os Mânuchi-Budas

O precursor mais antigo de Çâkyamuni cujo nome foi conservado era *Dîpankara*. Durante uma existência anterior, o nosso Buda ofereceu-lhe flores e, em troca, recebeu dele o anúncio da sua própria missão. A lenda deste longínquo antecessor conciliava mais ou menos as duas etimologias do seu nome: *dvîpa*, ilha, ou *dîpa*, lâmpada, na ideia de uma manifestação luminosa no meio das águas; de uma divindade protectora dos navegadores, sobretudo nas «Ilhas do Sul».

A época do mundo a que pertencemos conheceu, antes do sábio dos Çakyas, seis bem-aventurados. Vipaçyin, Çikhin, Viçvabhu, Krakucchanda, Kanakamuni, Kâcyapa. Esperava-se um oitavo: Maitreya; ele ainda se encontrava no estádio de um bodhisattva. Esta filiação, pseudo-histórica, de mestres incorporados na evolução da humanidade era a série de Budas «humanos» (Mânuchi).

Os Dhyâni-Budas

Pelo contrário, os Budas da Meditação (*Dhyâni*) eram essências metafísicas e, no entanto, a iconografia representou-os muito mais como uma criação desta secção do Budismo, o Grande Veículo, que conquistou o Tibete bem como o Extremo Oriente. Eram cinco:

Vairocana, que tinha por cor o branco, como atributo o disco, como montada o dragão. A sua origem deveria ser algum herói solar. Encontrou a sua sorte na seita japonesa Shingon.

Ratnasambhava era amarelo, guarnecido de jóias e cavalgava um leão. Reinava no Sul.

Amitâbha (Luz Infinita), ou *Amitâyus* (Duração Infinita), era vermelho, provido de lótus, acompanhado por um pavão. Reinava no Oeste, onde presidia a um maravilhoso paraíso, Sukhâvatî. Todos os homens que acreditavam nele deveriam renascer nessa morada de felicidade, antes de alcançarem a suprema libertação.

Amoghasiddhi era verde, portador de um duplo raio, levado numa águia; a sua região era o Norte.

Akchobhya era azul, munido do raio e montando um elefante; velava pelo Este.

Os Dhyâni-Bodhisattvas; Avalokiteçvara

Da meditação dos Dhyâni-Budas emanaram os *Dhyâni-Bodisattvas*: *Samantabhadra, Vajrapâni, Ratnapâni, Avalokiteçvara, Viçvapâni*. *Samantabhadra*, um dos familiares mais usuais de Çâkyamuni nos textos mahâyânistas, tinha o andar de um deus de acção e simbolizava a felicidade. De cor verde, montava um elefante. O seu culto desenvolveu-se particularmente em Wo-meichan (Se-Chuen) e no Nepal.

Vajrapâni, portador do raio, aparecia nas esculturas gandarianas, ora como um Zeus, ora como um Eros, até mesmo como um Héracles, um Pã, um Dioniso.

As representações figurativas revelam-nos a história de Vajrapâni: primitivamente um *yakcha*, companheiro fiel, duplo de Çâkyamuni, assumiu importância no Grande Veículo como «bodhisattva de aspecto benigno ou de andar furibundo», ideal dos fiéis ou espantalho dos ímpios (Foucher).

Avalokiteçvara, o Senhor dotado da iluminação integral, mas que permaneceu neste mundo para a salvação das criaturas foi, em primeiro lugar, o Misericordioso. Chamado também *Padmapâni*, tem um lótus cor-de-rosa; para confirmar que procedia de Amitâbha, usava a efígie encaixada no seu penteado. Ninguém que sofra lhe implorava em vão. Como não lhe faltava trabalho neste mundo miserável não é demasiado que tenha «mil» braços. O *Kârandavyûha* descrevia as suas peregrinações caridosas: ou ele levava algum refrigério aos condenados do inferno, ou convertia os ogres (*râkchasî*) de Ceilão, ou pregava a Lei aos seres encarnados em insectos e em vermes na região de Benares. Assim, embora a sua habitação habitual fosse o paraíso de Amitâbha, tinha como morada de eleição o mundo do sofrimento, que preferia à paz do nirvana.

A China realizou uma transformação muito singular neste bodhisattva: como para honrar o seu poder de amor, deu-lhe o tipo feminino da deusa Kuan-Yin (Kuannon) que, contudo, tendo uma criança nos braços, se assemelhava estranhamente à Virgem Maria com o seu divino filho. Em contraste com esta efígie tão concreta, a Índia imagina este salvador compassivo como um ser cósmico, com inúmeras formas:

«Dos seus olhos foram produzidos o Sol e a Lua; da sua fronte, Maheçvara; dos seus ombros, Brâman e os outros deuses; do seu coração, Nârâyana; das suas coxas, Sarasvatî; da sua boca, os ventos; dos seus pés, a terra; do seu ventre, Varuna... Era uma lâmpada para os cegos, um guarda-sol para aqueles a quem devorava o ardor solar, um regato para os sequiosos; aos que receavam um perigo retirava todo o medo; para os doentes tornava-se num médico; para os infelizes, pai e mãe» (*Kârandavyûha*, 14 e 48). Mãe! Eis o aspecto sob o qual conquistou o Extremo Oriente.

Outros Bodhisattvas:
Mañjuçrî, Maitreya, Kchitigarbha

A lenda atribuía ao bodhisattva *Mañjuçrî* ou *Mañjughocha* uma origem chinesa; pelo menos os Hindus consideravam-no, na época de I-tsing, como estando a viver na China, e foi objecto de uma veneração particular no convento de U-tai-Chan (Chansi). Este nome mais não é do que uma tradução do sânscrito *Pañcaçikha* ou *Pañcaçircha*, a montanha com cinco cumes, sem dúvida indiana, onde um certo Kumârabhûta, do qual Mañjuçri era apenas um cognome, teria alcançado a santidade. Segundo Sylvain Lévi, Mañju é a tradução para kutchéen de Kumâra. O *Svayambhûpurâna* fazia desse bodhisattva o patrono da ciência gramatical e da sabedoria. Era representado de cor amarela, sentado num leão azul com boca vermelha, em posição de ensino, um lótus azul na mão; muitas vezes com uma espada, a da ciência, tal como um livro.

Maitreya, o Buda do futuro, ainda mora no céu de Tuchita, donde um dia desceu Çâkyamuni. Um discípulo deste último, *Kâçyapa*, na posse do nirvana, permanece num lado do monte até ao momento de entregar ao futuro Buda a veste do precedente, preciosamente conservada. Maitreya, representado de cor de ouro, aparenta-se, quanto mais não seja pelo nome, derivado de Mitra, ao deus solar dos Iranianos. Textos em iraniano oriental, estudados por Ernest Leumann, mostram a importância do messianismo de Maitreya no Sul do Turquestão chinês. Talvez se deva reconhecer na origem do culto deste bodhisattva a existência de uma personagem histórica: é esta a opinião de J. Takakusu e de H. Ui, budólogos japoneses que atribuem a um certo Maitreya obras célebres de inspiração *yogâcâra* ([45]).

Kchitigarbha, pouco venerado na Índia, mas com efígies muito difundidas na Ásia Central, desempenhava a função de um deus escatológico. Regulava e vigiava as seis vias (*gati*), para as quais se levam as almas uma vez julgadas: destinos do homem, do *asura*, do demónio; de deus, do animal, do condenado esfaimado. As pinturas de Tuen-huang mostram dez reis do inferno gravitando em seu redor. Reflectia-se aqui a cosmografia mítica do Budismo, que também surge na admissão dos quatro guardas dos pontos cardeais, os Lokapâlas, apertados nas suas armaduras. Este julgamento, estes deuses justiceiros ou policiais, contradiziam, tanto quanto possível, a primitiva noção búdica do karma, segundo a qual o acto implicava por si mesmo, sem qualquer intervenção divina, a justa e necessária retribuição. O desenvolvimento do mito levou-nos tanto para fora do verdadeiro Budismo como para fora da própria Índia.

A monotonia opressiva destas figuras abstractas tinha qualquer coisa de intencional: a infinidade destas efígies miticamente diversas, mas metafisicamente equivalentes, devia consolidar a fé dos humildes fiéis, mostrando que os eleitos podem ser numerosos; pelo contrário, revelava a quem sabia compreender a verdade essencial do Grande Veículo: se a Lei não diferia do nirvana e tudo era vacuidade, então o Buda reduzia-se a uma forma vazia. Se alguma vida – declarada, bem entendido, como ilusória – circulava entre estas abstracções, era a devoção popular que a fornecia, na medida em que tratava os Budas como deuses.

O hinduísmo búdico

As culturas populares forçaram até o acesso dos dogmas frios e altivos do Grande Veículo: houve um hinduísmo búdico tal como houve um hinduísmo bramânico.

Figuras hediondas, caricatas, grotescas, atestam uma inspiração muito diferente da serenidade dos santos. *Yamântaka*, companheiro de Manjuçri, usava, como Xiva, um colar de crânios. Exibindo inúmeras

---

[45] *Indian Studies in honour of Ch. R. Lanman* (Harvard Univ. Press, Cambridge [Mass.], 1929, pp. 95 a 101).

faces terríficas, agitava diversas armas. Trailokyavijaya, provido de quatro cabeças e de oito braços ameaçadores, calcava a cabeça de Xiva. Num determinado budismo, os dois monstros testemunhavam o desejo de ultrapassar em horror os mitos xivaítas.

A par do terror, eis o ridículo: o deus da riqueza, Jambhala, afrontosamente barrigudo, que tinha o limão e o mangusto, representação caricata do deus bramânico Kuvera.

Um sinal irrecusável do hinduísmo foi a aparição, sob um aspecto mal renovado, dos antigos odres dravídicos. Tal como Vixnu e Xiva, os Budas tiveram os seus *çaktis*, que dispensavam aos humanos conhecimento (*prajnâ*) ou compaixão (*karunâ*), enquanto as suas quase-consortes forneciam o caminho da salvação (*upâya*).

Manjouçri. Peça de bronze do Tibete. *Museu Guimet, Paris.*

Târâ, a mais venerada, partilhava o culto que era dirigido a Avalokiteçvara, pelo menos no tantrismo tibetano. Nasceu das suas lágrimas. Vermelha, amarela, azul, mostrava-se ameaçadora; branca ou verde, doce amante: carácter duplo que apresentava a mulher de Xiva.

Esta espécie de bodhisattva feminino era uma das *Vidyâdevîs* ou *Mâtrikadevîs* (deusas da ciência ou deusas-mães) entre as quais se referem:

Bhrikuti Târâ, uma forma particular da precedente;
Kurukullâ, que era representada avermelhada, sentada numa caverna, com quatro braços, dos quais o par superior ameaça, enquanto a inferior apazigua;
Kundâ, sobre a qual o Tibetano Târânâtha nos conta um conto de fadas: «Valeu bem ao filho do génio da árvore e da bela *xátria* por tê-la escolhido como patrono. Pois com a sua ajuda matara a malvada rainha cujo leito era, em cada noite, o túmulo de um novo rei de Bengala.» Tinha quatro ou dezasseis braços. «O seu ar benevolente con-

trasta com o do aparato ameaçador dos seus atributos. Raio, disco, clava, espada, arco, flecha, machado, tridente, etc., nada falta ao seu arsenal de guerra; mas ao mesmo tempo, para o devoto que sabe ver, o seu primeiro par de mãos está em pose de ensino, um outro na de caridade; outros, ainda, têm um rosário, lótus de ouro, o frasco da ambrósia: e era assim, sem dúvida, que sucedia que esta divindade fosse tão propícia aos bons como terrível para os maus.» (Foucher, *Iconographie bouddhique du IIe siècle*, 144, 146);

Mârîcî, raio da aurora, a *Uchas* búdica, provida de um olho frontal, por vezes terrível com as suas três faces com esgares e os seus dez braços ameaçadores.

Entre as *çaktis* dos Mânuchi-Budas, encontrava-se *Sarasvatî*, companheira de Mañjuçri e deusa do ensino.

No topo deste panteão feminino reina *Prajñâ*, o Conhecimento, que corresponde à suprema abstracção masculina, Adibuddha, essência inicial e profunda de todos os Budas.

Como antítese a esta serenidade refira-se *Hâritî*, mãe criadora de quinhentos demónios. Era associada a um génio da opulência, *Pâñcika*; a sua riqueza consiste na fecundidade – vestígio provável de antigas culturas agrárias.

Esta invasão da mitologia tântrica no Budismo, testemunhada pelo lamaísmo tibetano, ilumina com uma luz muito crua um grande problema da história. Não nos espante demasiado que Buda tenha desaparecido da Índia – à excepção do Ceilão e do Nepal; ele foi, tal como a ortodoxia da tradição védica, absorvido pelas religiões sectárias.

Mitologia do Hinduísmo

Tal como se designa hindu a população resultante de mistura ou da justaposição das diversas raças da Índia, designa-se por hinduísmo a mistura social, religiosa, mitológica, produzida pela interpenetração dos ritos, das crenças, das superstições mais díspares. Este sincretismo operou-se sob a égide do bramanismo, porque os brâmanes permaneceram como a casta mais instruída, destinada a manter a herança da tradição védica. Mas a história do hinduísmo é a história das concessões que a ortodoxia teve de fazer a crenças, a práticas novas ou estranhas, não podendo esta ortodoxia salvar-se a si mesma, se não pela consagração do que não era capaz de excluir.

Religião de Vixnu

O *Vixnu* do hinduísmo acrescenta um grande número de desenvolvimentos fantasistas ao Vixnu, comparativamente pouco personalizado, da época védica, princípio luminoso, «que penetra» (*vich*) todo o universo, que percorre com três passadas. As épocas posteriores representavam este deus azul-escuro, vestido de amarelo, cavalgando a águia Garuda, tendo nos seus quatro braços a clava, a concha, o disco e o lótus. O céu *vaikuntha*, sobre o qual reina, é de ouro e os seus palácios são de pedras preciosas. As águas cristalinas do Ganges caem sobre a cabeça de Druva, depois dos sete *richis* e, em seguida, alcançam a terra. Vixnu senta-se sobre lótus brancos, tendo à sua direita a brilhante e perfumada Lakchmî, sua mulher, que, nascida da batedura do mar e aspergida pelo Ganges, cujos elefantes vertem água por jarros de ouro, associa o ideal do amor e da beleza ao prestígio do deus supremo. Eis alguns nomes ou epítetos deste primeiro princípio: *Svayambhu*, que existe por si mesmo; *Ananta*, o infinito; *Yajñeçvara*, o senhor do sacrifício; *Hari*, o raptor (que se apodera das almas para as salvar); *Janârddana*, o que granjeia a adoração das pessoas; *Mukunda*, o libertador; *Madhava*, feito de mel; *Keçava*, o cabeludo (sendo os seus cabelos raios solares); *Nârâyana* (origem e refúgio dos seres).

A variedade das suas formas explica-se historicamente pela fusão dos deuses e dos diversos semideuses numa única figura, sob a acção de um sentimento particular, espécie de piedade desconhecida no primitivo bramanismo, que os Hindus chamavam *bhakti*, e que era feita de confiança, de amor e de entrega de si à divindade.

Os avatares de Vixnu

Nos intervalos entre as sucessivas criações, Vixnu dormia sobre as águas cósmicas, deitado sobre a serpente Çecha, que lhe faz um dossel com as suas sete cabeças em leque. Esta dormência não era a morte, mas um estado em que a virtualidade do deus amadurecia lentamente para despontar em seguida num novo universo. Estas alternâncias de repouso e de actividade, embora cada uma delas dure mil milhões de séculos, são regulares e seguras como um ritmo orgânico: a Índia considerava-as a inspiração e a expiração da divindade. A cada ciclo da criação corresponde um «avatar» (literalmente: descida) do deus Vixnu. Estes avatares, em princípio, eram em número de dez, mas a riqueza da imaginação popular ultrapassou largamente este número. Aqui resumiremos apenas os principais.

O avatar do Peixe (Matsyâvatâra)

Indica tradições antigas relativas a um dilúvio. – Um dia em que o sábio Manu fazia as suas abluções, viu na palma da mão um peixe muito pequeno que lhe pediu que lhe preservasse a vida. Então, colocou-o num pote mas, no dia seguinte tinha crescido tanto que teve de o levar para um lago. Em pouco tempo, o lago era demasiado pequeno: «Deita-me no mar», disse o peixe, «aí estarei mais à vontade». Depois avisou Manu de um dilúvio próximo. Enviou-lhe um grande barco com ordem para embarcar nele um casal de cada espécie viva e sementes de todas as plantas, antes de ele próprio lá entrar.

Mal Manu tinha obedecido a esta ordem, o oceano submergiu tudo; só se via Vixnu, sob a forma de um grande peixe unicorne com escamas de ouro. Manu amarrou o navio ao chifre do peixe, servindo a grande serpente Vasuki de corda. Deste modo, a humanidade, os animais e as plantas foram salvos da destruição.

O avatar do Javali (Varâhâvatâra)

A terra, submersa pelo dilúvio, tinha sido capturada por demónios. Sob a forma de um javali, Vixnu lançou-se através do céu, mergulhou ao fundo das águas, onde seguiu as pisadas da terra graças ao seu olfacto. Matou o demónio que a retinha prisioneira e levou de volta a terra, que ergueu acima do abismo com a ajuda das suas presas. A estatuária representa o Varâhâvatâra sob a forma de um gigante com cabeça de javali, levando nos braços a deusa da terra.

O avatar da Tartaruga

Prende-se com o episódio da *batedura do mar*, uma das lendas mais populares da mitologia indiana.

Há muito, muito tempo, Indra, rei dos deuses, foi objecto de uma maldição da parte de Durvasas, o grande *richi*. E, a partir daí, Indra e os três mundos perderam o seu primeiro vigor. Vixnu apareceu-lhes, sorriu e disse: «Devolver-vos-ei o vosso poder. Eis o que tendes de fazer: tomai o monte Mandara como bastão e a serpente Vâsuki como corda e agitai o mar de leite([68]); vereis brotar a bebida da imortalidade, tal como outros belos presentes. Mas precisais da ajuda de demónios: por isso, fazei uma aliança com eles e dizei-lhes que partilhareis os frutos deste esforço comum. Eu próprio velarei para que eles não consigam a sua parte da ambrósia.»

Então, os deuses fizeram uma aliança com os Asuras e, tomando o monte Mandara por bastão e a serpente Vâsuki por corda, começaram o seu trabalho. Com a violência do seu movimento a montanha causou grandes estragos entre os habitantes do oceano, e o calor gerado pela sua rotação consumia os animais e as aves que viviam nos seus flancos. Na verdade, toda a montanha teria sido destruída se Indra não tivesse enviado do céu grandes chuvadas para extinguir as chamas e reconfortar os habitantes. Mas, devido ao peso e ao seu movimento rápido e contínuo, a montanha afundava-se na terra e ameaçava atravessá-la. Chamado de novo, Vixnu assumiu a forma de uma tartaruga gigante e, colocando-se sob a montanha, tornou-se no eixo; a agitação foi novamente retomada. Era tão grande o poder de Vixnu, tão variadas as formas de que era capaz de se revestir que, enquanto sustinha a montanha, também estava presente, embora invisível, entre os deuses e os demónios que puxavam a corda. Então, a sua energia sustentava Vâsuki, o rei das serpentes, embora cada um se apercebesse sempre dele, sentado na sua glória, no cimo do monte Mandara.

Lakchmî, peça de bronze do Sul da Índia. *Museu Guimet, Paris.*

([68]) A batedeira hindu compõe-se de um bastão à volta do qual está enrolada um longa corda, puxada alternadamente pelas duas extremidades. A própria corda mantém o bastão em posição vertical e a rotação em vaivém realiza a agitação.

A serpente Vâsuki sofria com o seu trabalho penoso. Enquanto os deuses a puxavam pela cauda e os demónios pela cabeça, torrentes de veneno escapavam-se das suas mandíbulas e escorriam pela terra num rio imenso que ameaçava destruir os deuses, os demónios, os homens e os animais. Na sua aflição dirigiram-se a Xiva e, como Vixnu se aliou às suas súplicas, Xiva ouviu-os e bebeu o veneno para evitar a destruição do mundo, mas a sua garganta queimou-se e ele conserva no pescoço um sinal azul que lhe valeu o nome de «Nîlakantha» (garganta azul).

Os esforços perseverantes dos deuses e dos demónios, contudo, acabaram por ter a sua recompensa. Primeiro, apareceu aos seus olhos Surabhî, a vaca maravilhosa, mãe e criadora de tudo o que vive; em seguida, Varunî, a deusa do vinho; depois, Parijata, a árvore do Paraíso, delícia das ninfas do céu, aromatizando o mundo inteiro com o perfume das suas flores; depois, o conjunto das Apsaras, com uma graça e uma beleza encantadoras.

Também se viu aparecer a Lua, de que Xiva se apoderou para a colocar na sua fronte; depois, Lakchmî, deusa da fortuna, a alegria de Vixnu, sentada, completamente radiosa, sobre um lótus aberto. Os músicos celestes e os grandes sábios começaram a cantar os seus louvores. Os rios sagrados pediram-lhe que se banhasse nas suas águas. O mar de leite ofereceu-lhe uma coroa de flores imortais. E os grandes elefantes sagrados, que sustentam o mundo, verteram sobre ela a água sagrada do Ganges com vasos de ouro. Dado que era mulher de Vixnu, sentou-se nos seus joelhos, recusando-se a olhar os demónios que cobiçavam esta deusa da prosperidade.

Entre os outros produtos do mar de leite mencionemos Dhanvantari, o médico dos deuses e o inventor do sistema de medicina ayurvédica; um fabuloso cavalo (espécie de Pégaso); uma jóia maravilhosa que Vixnu colocou no peito.

O médico dos deuses foi o último a aparecer; tinha na mão a taça que continha o líquido da imortalidade. Os Asuras, impacientes e furiosos, arrancaram-lha e fugiram. Mas Vixnu, tomando a forma de uma deslumbrante mulher, fascinou-os com a ilusão e, enquanto os demónios discutiam entre si, apoderou-se da ambrósia e levou-a aos deuses. Estes, ao bebê-la, recuperaram o seu vigor e expulsaram os Asuras.

O avatar do Leão (Narasimhâvatâra)

Já o vimos na lenda de Hiranyakaçipu (página 236).

O *avatar* do Anão *(Vâmanâvatâra)*

Já demos conhecimento da história do demónio Bali (página 237), mas as encarnações do deus mais popularizadas pela lenda foram certamente as de Krixna e de Râma.

Krixna

Krixna era, sem dúvida, a mais encantadora e a mais humana das encarnações de Vixnu.

Nasceu em Mathura, entre Deli e Agra. A sua mãe, Devaki, tinha por irmão o rei Kamsa; este mandou matar os filhos da sua irmã mal nascessem, porque lhe tinham predito que seria assassinado por um deles. Krixna deveu a sua vida a um artifício dos seus pais; estes trocaram-no pela filha de um modesto boieiro, para o subtrair à fúria do tio. Assim, Krixna passará a juventude entre pastores, na companhia do irmão Balarâma.

Pouco depois do seu nascimento, Krixna, já cheio de vigor e, por vezes, de malícia, começou as suas proezas. Derrubou um carro, desenraizou duas árvores de uma vez, lutou vitoriosamente contra uma grande serpente de água, ajudou o irmão Balarâma a destruir um temível demónio.

Pregou partidas ao próprio Indra. Uma vez em que os pastores se preparavam para prestar homenagem ao dispensador da chuva, aconselhou-os a venerar, pelo contrário, a montanha que alimentava o seu gado, e até o gado que lhes dava o leite. Deste modo, Krixna alterava em seu proveito o culto dedicado a Indra, pois, aparecendo no cimo da montanha, declarava: «Sou eu a montanha!» e tomava para si as primícias da oferenda. Furioso, Indra mandou cair catara-

Krixna-criança dança sobre a serpente que ele domou. *Peça de bronze do Sul da Índia.* Col. A.S.I.

tas para afogar pastores e rebanhos, mas Krixna, erguendo a montanha e mantendo-a no ar sobre um só dedo, protegeu os amigos da tempestade durante sete dias e sete noites. Estupefacto, Indra desceu do céu com a mulher, Indrâni, e ambos lhe pediram a sua amizade para o seu filho Arjuna.

Mas, aos poucos, Krixna ia-se tornando num adolescente. Um dia em que as pastoras se tinham ido banhar no Yamunâ, ao ouvir as suas gargalhadas aproximou-se suavemente e, apoderando-se das suas roupas, foi empoleirar-se numa árvore próxima. Ao sair da água e não vendo a sua roupa na areia, as pastoras não sabiam o que fazer; a sua inquietação aumentou quando viram na árvore Krixna, que as olhava rindo. Voltando a entrar no rio, suplicaram-lhe que tivesse piedade delas, mas ele só quis devolver-lhes as roupas com a condição de que elas as fossem buscar uma a seguir à outra, com as mãos juntas em atitude de súplica.

Este incidente é apenas um preâmbulo a muitos outros que se lhe assemelham. As mulheres e as filhas dos pastores, esquecendo a sua reserva e a sua modéstia habituais, abandonavam o trabalho e a casa para seguir Krixna na floresta, assim que ouviam o som da sua flauta. Por vezes, o Bhagavata fazia-lhes leves censuras, mas dizia-lhes também que através dele alcançariam a salvação. Seja de que modo for que se aproximassem de Krixna, alcançavam a libertação. Uns conheceram-no e procuraram-no como um filho, ou como amigo, outros como amante, até mesmo como inimigo, mas todos obtiveram as suas bênçãos e a libertação.

As pastoras apaixonadas por Krixna eram tão numerosas que não lhe podiam dar todas a mão quando ele dançava com elas; então, ele multiplicava-se em outras tantas formas e cada uma tinha a ilusão de ter a mão de Krixna na sua.

A misticidade erótica do «Cântico dos Cânticos» hindu, o *Gîta-Govinda*, fez as delícias de inúmeras almas:

«Pelas voluptuosidades com que as gratifica, Krixna encanta todas estas mulheres; do contacto com os seus membros, suaves e escuros como um rosário de lótus, nasce nelas uma festa amorosa, enquanto as belas do parque dos bezerros o beijam à medida das suas fantasias...

Possam as almas doutas, que buscam o êxtase em Vixnu, extrair do cântico de Govinda o discernimento do que é a essência do amor!»

Na idade adulta, Krixna deixou os pastores e regressou a Mathura. Matou Kamsa e um determinado número de ser maléficos.

Por fim, o *Mahabharata* deu-lhe um papel importante na famosa guerra travada pelos cinco filhos de Pându contra os seus cem primos, os Kurus. Krixna era o amigo e conselheiro dos Pandavas e até se tornou no cocheiro divino de Arjuna.

Arjuna hesitava em tomar parte na luta, lamentando esse inútil massacre. Porquê matar os amigos, os parentes? No entanto, Krixna lembrou-lhe que ele pertencia à casta dos guerreiros. Ele não seria capaz de alcançar o céu se mostrasse uma tal cobardia. Aliás, é na aparência que uns matam e outros são mortos. Na realidade, a alma é eterna. E todos os que estão no campo de batalha existiram sempre e nunca deixarão de existir.

Estas observações levaram Arjuna a fazer a Krixna uma série de perguntas e o seu diálogo constitui o esplêndido poema filosófico da *Bhagavad-Gîtâ*.

Depois de muitos e rudes combates, a guerra terminou com a total destruição dos dois exércitos. Os Kurus tiveram quatro sobreviventes, os Pandavas sete, contando com o deus Krixna. E o próprio Krixna morreu acidentalmente pouco depois. Aliás, ele tinha pressentido o seu fim. Sentado na floresta, em meditação e de pernas cruzadas, a planta dos pés encontrava-se descoberta. Ora, outrora, o sábio Durvasas, num momento de cólera, amaldiçoara-o, dizendo que ele iria morrer de uma ferida no pé. Um caçador, confundindo Krixna com um gamo que perseguia, atirou uma flecha que se enterrou no único ponto vulnerável, no calcanhar esquerdo do deus. Aproximando-se, o caçador ficou desesperado com o seu engano, mas Krixna disse-lhe que nada receasse e que não se afligisse. Estas palavras de consolo foram as últimas que pronunciou na terra. Em seguida, subiu ao céu, muito resplandecente, e os deuses acolheram-no. Então, as trevas invadiram a terra.

Râma

«O herói criado por Valmiki», disse Sylvain Lévi, «ainda permanece aos olhos da Índia contemporânea como o modelo mais perfeito de humanidade. A calma valentia de Râma, sempre ao serviço do bem, a sua apaixonada obediência ao dever, a sua sensibilidade fina e delicada, a sua piedade filial, a sua ternura conjugal, a sua comunhão de alma com toda a natureza, são traços de beleza eterna que o tempo não será capaz de apagar ou de enfraquecer» (Prefácio à tradução do *Râmâyana* pelo abade Roussel).

Filho do rei Daçaratha de Ayodhyâ, Râma devia, contudo, renunciar ao trono e exilar-se na floresta, por causa das intrigas de uma madrasta. Prestes a partir, aconselhou a sua mulher, a bela Sîta, a ficar no palácio. A vida na floresta seria demasiado dura e perigosa, e dizia:

> «Ouvem-se ali os terríveis rugidos dos leões, que se misturam com o fragor das cataratas. Falta água, andamos por caminhos muito difíceis, cheios de cipós e de matagais, dormimos em camas de folhas mortas, ou sobre o chão nu, quando somos tomados pela fadiga. Temos de nos contentar com os frutos caídos e, por vezes, praticar o jejum até à prostração. Serpentes com roscas sinuosas, como os rios que lhes servem de refúgio, circulam audaciosamente pelos caminhos. Ali reinam constantemente o vento, as trevas, a fome, tal como os grandes assombros.»

Mas Sîta insiste; sabe que tem esse direito, porque o primeiro dever de uma mulher é o de partilhar a sorte do marido:

> «Quer se trate de ascetismo, de eremitério ou do céu, quero ficar aí contigo.
> Não poderia haver para mim qualquer fadiga por andar na tua companhia. Os caniços, as ervas e os arbustos espinhosos do caminho parecer-me-ão, na tua companhia, tão macios ao contacto como a relva ou a pele do antílope.
> A poeira levantada por um grande vento, que me cobrirá, ó querido esposo, parecer-me-á o precioso pó de sândalo.
> Contigo é o céu; e sem ti seria o inferno: é isto. Fica a sabê-lo, ó Râma, e sê perfeitamente feliz comigo.»

Râma deixou-se convencer e Sîta seguiu-o no exílio, tal como o seu irmão Lakchmana.

Mas Ravana, o rei dos Rakchasas, cobiçou Sîta; conseguiu afastar Râma, arrastando-o para a perseguição de uma gazela mágica, e, à força, levou Sîta no seu carro aéreo. No seu reino de Lankâ (Ceilão), [actual Sri Lanka], manteve-a cativa entre as suas mulheres.

Louco de desespero e de dor, Râma procurou desesperadamente a mulher e jurou destruir o raptor. Uma águia dos seus amigos indicou-lhe a pista e todo um povo de macacos se pôs ao seu serviço. Hanuman, um dos quadrúmanos, foi suficientemente hábil para atravessar o mar com um salto gigantesco e para levar ao herói notícias de Sîta, a quem reconfortou. Râma estava certo de vencer, mas como é que ia passar o mar com o seu exército? Decidiu pedir ajuda ao Oceano.

Como consequência, tendo disposto um leito de erva Kuça, Râma deitou-se nele, voltado para leste e, com as mãos juntas, elevadas para o mar, declarou: «O Oceano cederá, ou eu morrerei.» Râma permaneceu assim três dias, silencioso, com o espírito concentrado no Oceano, mas este não lhe respondeu. Então o herói zangou-se. Levantou-se e, agarrando no arco, quis secar o mar. Lançava flechas terríveis, que penetravam as águas, provocando tremendas tempestades, assustando as serpentes e os golfinhos do mar e, do céu, os deuses gritavam: «Ai de nós!» e «Basta!».

Mas o Oceano não se manifestava. Então, Râma, ameaçando-o, colocou no seu arco uma flecha movimentada por um feitiço (dado por Brama) e atirou. A obscuridade desceu sobre o céu e a terra, as montanhas tremeram, todas as criaturas foram tomadas pelo terror e as profundezas (do mar) foram agitadas violentamente. Depois, o próprio Oceano se elevou do seio das águas, tal como o sol emergia do monte Meru. Usando uma coroa e totalmente recamado com pedras preciosas brilhantes, era seguido pelos grandes rios, o Gangâ, o Sindhu e outros. Foi ter com Râma, de mãos juntas, e falou assim:

«Ó Râma, tu sabes que cada elemento possui as suas próprias qualidades; as minhas são as de ser sem fundo e difícil de transpor. Nem o amor nem o medo me podem dar o poder de reprimir o movimento eterno das águas. Mas tu, tu poderás atravessar-me, graças a uma ponte que me comprometo a suportar com firmeza. Deixa-te ajudar por Nala, filho de Viçvakarma (o ferreiro dos deuses). Ele está cheio de energia e é tão hábil como o pai.» Tendo falado assim, o Oceano voltou a mergulhar nas águas.

Então, todos os macacos, seguindo as ordens de Nala, arrancaram árvores e rochedos, transportaram-nos pelas florestas até à praia e colocaram-nos sobre o mar. Uns levavam vigas, outros mediam-nas, outros, ainda, faziam rolar enormes blocos de pedra. Estes rochedos, ao saltarem para o mar, faziam o barulho de um trovão. Ao fim de cinco dias a ponte estava construída, larga e sólida. Ao longe parecia, sobre a cabeça do Oceano, aquela linha que divide ao meio os cabelos de uma mulher.

Então, Râma e Lakchmana avançaram por ela com o exército de macacos. Outros macacos seguiam a nado; outros, ainda, lançavam-se nos ares. E o barulho deste exército cobria o rumor das vagas e do Oceano.

Pouco depois Râma chegava junto das muralhas de Lankâ com o seu exército. Travou-se uma luta terrível; foi com prodígios de valor que as tropas do herói dominaram, aos poucos, as de Ravana.

O próprio Râma, depois de purificado e de ter cantado o hino ao Sol, teve de combater, pois Ravana avançava na sua direcção. Dir-se-ia que eram dois leões flamejantes. Râma cortava, uma após outra, as dez cabeças do monstro com as suas flechas assassinas, mas novas cabeças iam surgindo sempre. Então, tomou uma arma que Agastya lhe dera: o vento incitava-lhe as asas, a sua ponta era feita de sol e de fogo e o seu peso igualava o dos monte Meru e Mandara. Abençoando esta flecha com «mantras» védicos (fórmulas sagradas), Râma colocou-a no seu arco e lançou-a; ela foi direita ao alvo, fendeu o peito de Ravana e, ainda toda ensanguentada, voltou a colocar-se humildemente na aljava do herói.

Assim morreu o rei dos Rakchasas. Os deuses fizeram chover flores sobre o carro de Râma e cantaram hinos de louvor, pois o desígnio em vista do qual Vixnu assumira uma forma humana fora, finalmente, realizado.

Reconquistada Sîta, Râma começou por se recusar a recebê-la, porque queria provar a todos que a sua mulher, apesar da sua estadia junto de Ravana, se conservara pura de qualquer mácula. Desolada por ser repudiada assim, Sîta só desejava morrer e mandou construir uma pira fúnebre. Subiu para ela e, aproximando-se do fogo com as mãos juntas, gritou: «Como o meu coração não se afasta nunca de Râma, que tu, ó Fogo, testemunha universal, que tu não afastes de mim a tua protecção!» Depois, entrou corajosamente nas chamas. Enquanto todos se desfaziam em gritos e lamentos, viu-se o fogo elevar-se tendo, sobre os seus joelhos, Sîta, radiosa como o sol da manhã. Gritou-se que era milagre e Râma abriu os braços à Irrepreensível, dizendo: «Eu conhecia a virtude de Sîta, mas queria que ela se justificasse perante o povo reunido. Sem esta prova, ter-se-ia dito: "O filho de Daçaratha, cedendo ao desejo, despreza as leis tradicionais." Agora todos saberão que ela é verdadeiramente minha, como os raios de sol pertencem à sua fonte.»

Em seguida, Râma pediu a Indra que ressuscitasse todos os companheiros mortos no campo de batalha, depois regressou a Ayodhyâ, onde assumiu o governo do reino.

Para encerrar esta série de avatares de Vixnu, mencionemos Kalkin, que ainda está para vir, tal como Maitreya, o futuro Buda. O *Kalki-Purâna* determina o que devemos esperar da sua intervenção benéfica, quando a sua hora soar. Ele encerrará a idade do ferro e destruirá os maus. Aparecerá sob a forma de um gigante com cabeça de cavalo. Em seguida, com a sua obra completa, tudo se incorporará em Vixnu, até que a criação recomece, numa simetria inversa à da degenerescência a que assistimos.

Consideremos a flexibilidade do sistema dos «avatares» pelo facto de que o próprio Buda foi considerado uma forma de Vixnu. Certamente uma interpretação artificial e, contudo, de uma profunda verdade, visto que – Senart demonstrou-o de modo peremptório – o Çâkyamuni se aparenta ao mesmo mito solar que está implícito em todas as encarnações de Vixnu.

Religião de Xiva

Se o vixnuísmo era caracterizado por uma terna devoção, a religião de Xiva baseava-se muito mais no ascetismo. O deus *Xiva* não era, de todo, um Bhagavat, mas um Içvara, um Senhor e um Mestre. Embora usasse o cordão bramânico, era o chefe de pessoas sem consideração, como os demónios e os vampiros; chefe também daqueles que repudiaram a sociedade, os ascetas. Era designado pelo mesmo epíteto que uma seita jaina: «digambara», nu, «vestido com espaço». Por vezes, um rosário com cabeças de mortos ornamentava o seu peito. A questão das suas origens e das suas relações com o deus Rudra já foi abordada noutro lugar (página 244).

A arte hindu representa Xiva sob inúmeras formas e muito diferentes. Sob o seu aspecto antropomórfico tem geralmente quatro braços; as duas mãos superiores têm um tamboril e uma cerva, as outras duas fazem respectivamente o gesto de dar e o de tranquilizar. Por vezes, a sua fronte está estriada com três riscos horizontais e tem no meio um terceiro olho. O deus está vestido com uma pele de tigre; uma serpente serve-lhe de colar, uma outra de cordão sagrado, e outras ainda se enrolam nos seus braços como pulseiras. Os seus cabelos estão emaranhados ou entrançados e, muitas vezes, puxados como um alto rolo de asceta, enfeitado com um quarto-crescente da lua e com um tridente. Por vezes, também se dis-

Xiva na forma de Nâtarâja.
Col. A.S.I.

tingue, na cabeleira do deus, a quinta cabeça de Brama, ou a deusa Gangâ (o Ganges). Estes diversos atributos correspondem a episódios da lenda. A sua montada é o touro Nandi. A personalidade de Xiva apresentava contrastes. Voraz como o tempo, mostrava-se misericordioso. Indiferente aos prazeres, era adorado em todo o lado como

Cabeça de Xiva dançarino.
Peça de bronze do Sul da Índia. Museu de Madrasta.
Col. Goloubew.

princípio da geração, sob o aspecto do *lingam* (falo). Toda a sua actividade atesta esta convicção, partilhada igualmente pelo hinduísmo e pelo budismo, de que o mesmo princípio deve ser a origem do bem e do mal, da miséria e da salvação.

A filosofia xivaísta, destruidora de ilusões, não levava nem à inacção, nem ao pessimismo. Pelo contrário, era esta mesma sabedoria que permitia a integração no grande «jogo» (*lîlâ*) da vida do mundo e que aí se participasse dançando, com todo o coração, com toda a alegria.

Com efeito, Xiva era representado muitas vezes sob a forma de *Nâtarâja* (rei da dança). A auréola com franjas de chamas que o rodeia representava o Cosmo inteiro.

Diz-nos uma lenda que o deus visitou dez mil *richis* heréticos para lhes ensinar a verdade. Mas os *richis* receberam-no com maldições. Como estas ficassem sem efeito, eles invocaram um terrível tigre que se precipitou sobre Xiva para o devorar. Sorrindo, o deus arrancou a pele do monstro com a unha do seu dedo mindinho e cobriu-se com ela como se fosse um xaile de seda. Então, os *richis* fizeram aparecer uma serpente horrível: Xiva dependurou-a do seu pescoço como uma grinalda. Em seguida apareceu um anão demoníaco, todo negro, armado com uma clava. Mas Xiva, colocando o pé no seu dorso, pôs-se a dançar. Cansados dos seus esforços, os eremitas contemplavam-no em silêncio, cativados pelo esplendor e pela assombrosa rapidez do maravilhoso ritmo. De repente, vendo os céus abrirem-se e os deuses reunirem-se para contemplar o dançarino, os heréticos lançaram-se aos pés de Xiva e adoraram-no.

Há muitas outras lendas sobre a dança de Xiva. O deus tudo criava e destruía simultaneamente nesta dança «Tândava», dança por meio da qual, no fim de um período cósmico, o mundo das aparências desaparece mas, na realidade, reintegra-se no absoluto. De Dioniso, com quem os Indo-Gregos o confundiram, Xiva tem o êxtase genial e o fervor místico.

A dança de Xiva simbolizava a actividade divina enquanto fonte do movimento no universo, particularmente sob o aspecto das funções cósmicas da criação: conservação, destruição, encarnação e libertação. O seu objectivo era libertar os homens da ilusão. Quando o deus dançava nos locais de cremação, impuros e cheios de monstros assustadores, era terrível, destruidor, e representava, sem dúvida, um demónio pré-ariano. Também era uma forma de indicar que os demónios eram arrastados para a dança deste deus universal e que o seu poder maléfico se encontrava, assim, neutralizado.

O lugar de cremação simbolizava igualmente o coração do discípulo, onde o eu e os actos se consumavam, onde tudo devia desaparecer, excepto o próprio Dançarino divino, com o qual a alma acabava por se identificar. O ritmo supremo e perfeito desta alegria dinâmica e triunfante podia evocá-lo a dança muito melhor do que as palavras. «Aquilo que nenhum sinal pode descrever, dá-nos a conhecer a sua dança mística», diz um poeta xivaísta do Sul da Índia.

O xivaísmo dá-nos uma excelente síntese cósmica em que a vida e a morte não deixam de se gerar uma à outra, mas onde a visão lúcida e serena domina ambas.

Episódios xivaístas

A vida de Xiva abunda em traços de dedicação.

Já vimos como ele engoliu o veneno que ameaçava destruir o mundo, aquando da batedura do mar (página 279).

Quando os deuses consentiram na descida de Gangâ (o Ganges), rio celeste, o peso desta massa de água teria engolido a terra se o deus do tridente não se tivesse oferecido para amortecer o choque. Caindo sobre os seus caracóis emaranhados, a celestial Gangâ errou durante vários anos na cabeça do deus sem descobrir uma saída. Foi preciso que Xiva a separasse em sete torrentes para que ela descesse, por fim, sobre a terra sem causar qualquer catástrofe.

Na sua queda, as águas faziam o barulho do trovão; também caíam peixes e tartarugas. Os *devas*, os *richis*, os *ghandarvas* e os *yakchas*, sentados nos seus elefantes, nos seus cavalos ou nos seus carros, maravilhavam-se com este espectáculo. Na verdade, todas as criaturas se regozijavam. O brilho dos *devas* e das suas jóias iluminava o céu como uma centena de sóis. As tartarugas e os peixes que o atravessavam pareciam clarões, e os pálidos flocos de espuma voavam como pássaros brancos. As águas afluíam sempre, inesgotáveis, do céu sobre a cabeça de Xiva e da cabeça de Xiva sobre a terra; aí dividiam-se em riachos e em torrentes, trepando montanhas e caindo nos vales.

Pârvatî

A divindade feminina em que se personifica o «poder» (Çakti) de Xiva era *Pârvatî*, filha do Himalaia, também designada por Umâ, a graciosa, ou ainda Bhairavî, a terrível; Ambikâ, a geradora; Satî, a boa esposa; Gauri, a brilhante; Kâli, a negra; Durgâ, a inacessível. Já referimos os aspectos terríveis desta deusa a propósito das suas lutas com os demónios (página 230).

Segundo a lenda, a aparição do terceiro olho de Xiva fora causada por uma travessura da sua mulher. Quando ele estava em meditação na montanha, Umâ, que cumpria os mesmos votos, à semelhança do seu Senhor, apareceu um dia, maliciosamente, por trás do seu marido e, com as suas mãos graciosas, tapou-lhe os olhos. Imediatamente se extinguiu a vida do universo; o sol empalideceu e todas as criaturas tremeram de medo. Mas, repentinamente, a obscuridade desapareceu, porque um olho faiscante acabava de se abrir na fronte de Xiva, um terceiro olho semelhante ao sol, de onde se escapavam chamas que inflamaram todo o Himalaia. Então, a filha da montanha, chorosa, suplicante, manifestou tanta dor que, com um pensamento benéfico, o deus restituiu aos montes o seu esplendor com a exuberância da sua fauna e da sua flora.

Muitas vezes, Pârvatî queixa-se do ascetismo perpétuo do marido. É em vão que permanece pacientemente em adoração junto dele: mergulhado nas suas meditações, ele nem sequer se apercebe da sua presença.

Para arrancar Xiva à sua contemplação, os deuses enviaram-lhe, num dia de Primavera, o Amor (Kâmadeva) e a sua mulher, a Voluptuosidade. Escolhendo o momento em que Pârvatî se aproximava do deus para o adorar, o Amor brandiu o arco; mas, no momento em que se preparava para soltar a flecha, Xiva apercebeu-se dele e, com um clarão ardente do seu terceiro olho, consumiu o Amor (que a partir daí tem o nome de *Ananga*, privado dos membros). Enquanto a Voluptuosidade chorava sobre aquele que julgava ter perdido, uma voz disse-lhe: «O teu marido voltará. Quando Xiva casar com Pârvatî, dará o seu corpo à alma do Amor.»

Ora Pârvatî, cansada da indiferença do deus, tinha abraçado a vida de anacoreta. Um dia recebeu a visita de um jovem brâmane, que a felicitou pela sua fiel devoção, mas tentou levá-la para o mundo. Como ela se irritava, o jovem revelou-se-lhe tal como era: o próprio Xiva. Prometeu-lhe o seu amor, mas Pârvatî pediu-lhe que primeiro entregasse o corpo de Kâmadeva à sua mulher, a Voluptuosidade. Xiva aceitou e, levando Pâravatî ao monte Kailâsa, consentiu, finalmente, em ceder ao seu desejo. O seu abraço sacudiu o mundo.

A descendência de Xiva e de Pârvatî

Ganexa

Entre os deuses hindus, *Ganexa* era um dos mais populares. Formado por Pârvatî com o orvalho do seu corpo misturado à poeira, montava guarda no limiar da porta da deusa. Um dia, tomado por um zelo excessivo, o guarda ousou opor-se ao próprio Xiva, o que lhe valeu ter a cabeça cortada. Mas Xiva, indulgentemente, pediu que lhe levassem a cabeça do primeiro animal que aparecesse; a sorte recaiu num elefante e o filho de Pârvatî, devidamente ressuscitado, recebeu com a sua nova aparência o epíteto de Gajânana (rosto de elefante).

Pequeno e atarracado, com uma grande barriga, possui quatro braços e tem na mão o aguilhão dos elefantes, o rosário e a taça das esmolas. A sua montada é apenas um rato, figura irrisória atribuída a um demónio vencido por ele.

A grande barriga de Ganexa é indício de uma gula insaciável. Conta-se que um dia em que ele se tinha empanturrado copiosamente com oferendas, decidiu dar um passeio para fazer a digestão. Montado no seu rato, caminhava ao luar quando uma grande serpente lhe barrou o caminho; cheio de medo, o rato desviou-se e Ganexa caiu ao chão com tanta força que a sua barriga rebentou!

Para obrigar a serpente a reparar o mal que fizera, Ganexa agarrou nela e enrolou-a à volta do abdómen danificado. Assim restabelecido das emoções da sua aventura, Ganexa preparava-se para continuar o seu caminho quando, de repente, ouviu grandes gargalhadas que ressoavam pelo céu: era a lua que zombava dele! Furioso, Ganexa, partindo uma das suas presas, atirou-a à cara da trocista, mas não sem ter proferido uma maldição que deveria privar a lua, periodicamente,

Ganexa dançarino. À esquerda, o rato que lhe serve de cavalgadura.
Col. A.S.I.

do seu brilho, maldição cujo efeito ainda se mantém, como todos sabemos.

Uma outra versão diz que Ganexa arrancou a presa num ímpeto de entusiasmo para escrever o *Mahabharata*, por sugestão do sábio Viasa. Com efeito, apesar dos traços grotescos da lenda, o deus com cabeça de elefante era o patrono dos letrados. Não há aí nada que nos deva surpreender, pois Ganexa participava ao mesmo tempo do homem e do elefante, as duas criaturas mais inteligentes.

No entanto, ele era sobretudo um deus popular. Doce, calmo, propício, gostava dos humanos e fazia-se amar. O seu bom senso e a sua bonomia eram igualmente lendários. Proporcionava a riqueza e garantia o sucesso em todas as empresas. Não se devia realizar nada, nem mesmo o culto de um outro deus, sem venerar primeiro Ganexa. A classe dos comerciantes venerava-o muito particularmente. Ainda hoje, se um banco abre falência, voltam-se as estátuas de Ganexa que ornam os escritórios... e os clientes já sabem com o que contam.

Kârttikeya (ou Skanda)

Deus da guerra, foi criado por Xiva a pedido dos deuses, a fim de os libertar de um demónio. Dirigindo o fogo, com o seu terceiro olho, até ao fundo de um lago, Xiva fez surgir imediatamente seis crianças, que foram amamentadas pelas mulheres dos *richis*. Mas, um dia, Pârvatî, ao apertá-los todos em conjunto, apertou com tanta força que eles formaram um único corpo. No entanto, as seis cabeças ficaram e figuram na maior parte das estátuas de Kârttikeya. O deus da guerra montava um pavão e tinha um galo no seu estandarte.

Kubera (ou Kuvera)

Deus da riqueza, era também filho de Xiva. Morava, tal como os tesouros, no fundo da terra, ouvindo a música de génios simultaneamente equestres e artistas, como os Gandharvas, os Kinnaras.

A Trimûrti

Foram feitos esforços engenhosos para identificar os dois grandes deuses sectários, Vixnu e Xiva, em nome da ideia que o terror e o amor devem ter o mesmo princípio e o mesmo fim. Por seu lado, a casta bramânica mudou o seu protótipo do absoluto, o brâman (no neutro), fórmula ritual, num deus pessoal, Brama (masculino), susceptível de equivaler tanto a Vixnu como a Xiva e, consequentemente, a realizar a sua conciliação. A representação da Trimûrti (aspecto triplo) era muito rara na escultura.

Aliás, o hinduísmo deu origem a outras divindades compósitas. Hari-Hara participava de Vixnu e de Xiva; representavam-no dividido verticalmente em duas metades: o lado direito com os atributos de Xiva (rolo de asceta, tridente, pele de tigre); o lado esquerdo, os de Vixnu (tiara, disco, veste drapeada).

Curiosa, também, esta figura de Ardhanârîçvara (o deus cuja metade é uma mulher), considerada, de resto, exclusivamente como um aspecto de Xiva; uma metade da imagem representava o deus e a outra a sua «Çakti», a manifestação da sua energia no modo feminino.

Muitas vezes contou-se com a Trimûrti para deixar crer que a Índia possuía uma espécie de Trindade com três pessoas equivalentes. Não é mais do que um sincretismo muito artificial. Brama, que personificava uma abstracção, desempenhava um papel religioso muito mais humilde em comparação com Vixnu e com Xiva, que reinavam sobre as almas indianas há mais de dois mil anos. No entanto, por aí, a ortodoxia, apanágio da casta sacerdotal, ficou salvaguardada, graças à anexação em bloco dos cultos sectários. Uma vez formada, Trimûrti recebeu em cada seita uma interpretação adequada. Eis como o xivaísmo se acomodou. A história era contada por Brama aos deuses e aos *richis*.

«Na noite de Brama, quando todos os seres se confundiam na mesma imobilidade silenciosa, vi o grande Nârâyana, a alma do universo com mil olhos omniscientes, ao mesmo tempo ser e não-ser, inclinado sobre as águas sem forma, suportado pela serpente com mil cabeças do Infinito. E eu, ofuscado pelo seu brilho, tocava o ser eterno e perguntava-lhe: "Quem és tu? Diz." Então ele, erguendo para mim os seus olhos de lótus ainda ensonados, levantou-se, sorriu e disse. "Sê bem-vindo, meu filho, Senhor resplandecente!" Mas, ofendido, respondi: "Como podes tu, deus sem pecado, tratar-me como um mestre ao seu discípulo e chamar-me filho, eu que sou a causa da criação e da destruição, o criador de mil universos, a fonte de tudo o que existe? Por que pronuncias tu palavras insensatas?" Vixnu respondeu: "Tu não sabes que eu sou Nârâyana, criador, preservador e destruidor dos mundos, o macho eterno, a fonte imortal e o centro do universo? Tu mesmo, tu nasceste do meu corpo imperecível."

«E discutíamos ambos com azedume sobre o mar sem forma, quando apareceu aos nossos olhos um *linga* brilhante, um pilar flamejante com o brilho de cem fogos capazes de consumir o universo, sem começo, sem meio, sem fim, incomparável, indescritível. O divino Vixnu, perturbado, como eu, perante estes milhares de chamas, disse-me então: "Temos de procurar a fonte deste fogo. Eu vou descer e tu vais subir com todo o teu poder." Então tomou a forma de um javali, como uma montanha com colírio azul, com presas aguçadas, um focinho alongado, um grunhido sonoro, os pés pequenos e firmes, vigoroso, irresistível; mergulhou nas profundezas. Durante mil anos desceu, mas não tocou na base do *linga*. Entretanto eu tinha-me transformado em cisne, todo branco, com olhos ardentes, com grandes asas e a minha corrida era rápida como o vento e o pensamento. Elevei-me durante mil anos para encontrar o topo do pilar, mas sem o poder alcançar. Ao regressar, encontrei o grande Vixnu que regressava, também ele, cansado e desconcertado.

«Então Xiva apareceu à nossa frente e, subjugados pela sua magia, inclinámo-nos diante dele. De todos os lados se elevava o som Aum, eterno e claro. Vixnu disse-lhe: "A nossa discussão foi feliz, ó Deus dos Deuses, pois tu surges para terminares com ela." Então Xiva respondeu-lhe: "Tu és, na verdade, o criador, o preservador e o destruidor dos mundos; meu filho, mantém neste mundo, ao mesmo tempo, a inércia e o movimento. Porque eu, o Senhor supremo, indiviso, sou os três: Brama, Vixnu e Xiva; crio, conservo, destruo."»

A própria variedade destas combinações, o seu carácter de certo modo intermutável, demonstram bem que, no final das contas, os deuses são redutíveis uns aos outros, segundo o ponto de vista adoptado pelo adorador.

Sob o formigueiro politeísta que anima a mitologia hindu, esconde-se uma doutrina profunda da unidade. «Deus é Um», diz o *Rigveda*, «mas os sábios (*vipra*) dão-lhe diversos nomes».

EXPANSÃO DA MITOLOGIA HINDU

Enquanto a mitologia do Pequeno Veículo conquistava a Indochina, e a do Grande, o Tibete, a China e o Japão, bem como o arquipélago da Indonésia, a mitologia do hinduísmo difundia-se para o Camboja, tal como para Java. Angkor-Vat, por exemplo, testemunha-o magnificamente. Dificilmente haveria uma estatuária indiana, da metrópole ou das colónias, se a mitologia não tivesse tido o grande desenvolvimento de que apenas assinalámos as linhas mais importantes.

P. MASSON-OURSEL e LOUISE MORIN

8
MITOLOGIA CHINESA

Introdução

Elementos constitutivos da mitologia chinesa

Sabemos que na China coexistem três religiões diferentes: o *budismo*, o *taoísmo* e o *confucionismo*, das quais as duas primeiras têm cada uma templos e sacerdotes próprios: os bonzos e os *tao-che*, enquanto a última tem templos, mas não sacerdotes. Foi de uma mistura de elementos pertencentes às três religiões que se formou a mitologia chinesa, mas tais elementos não foram apropriados sem mais: sofreram transformações, por vezes muito profundas, sobretudo sob a influência do teatro e do romance.

O confucionismo foi desde sempre, até aos primeiros anos da República chinesa, a religião oficial; todos os anos, na Primavera e no Outono, o imperador, seguido dos cortesãos, oferecia um sacrifício ao Céu, ao Sol, à Lua, ao Solo, ao deus da Guerra, a Confúcio e aos antepassados, em cada um dos respectivos templos. Mas, fora isto, não existia qualquer culto especial, salvo, porventura, o de Confúcio. O povo conservou na sua mitologia algumas destas divindades, mas transformou por completo a sua personalidade.

O mesmo se pode afirmar das duas outras religiões: assim, algumas divindades budistas podem ser encontradas amiúde sob outros nomes na mitologia, enquanto o taoísmo, do qual a mitologia chinesa se compõe maioritariamente, foi completamente invertido e viu ser modificada até a personalidade de Lao-Tsé, que se diz ter sido seu fundador. Na realidade, Lao-Tsé, quase contemporâneo de Confúcio (viveu, dizem, no século VI a. C.), era um filósofo como este; mas as lendas populares conferiram-lhe a imortalidade e o poder de vencer os demónios, fazendo dele a encarnação do venerável Celeste da Origem Primeira, um dos membros da suprema tríade taoísta. Depois de ter expandido o seu ensino, e transmitido ao seu discípulo Yin Hi o *Tao Te-Ching*, ou seja, «Livro do primeiro Princípio e da sua Virtude», montou um boi verde e afastou-se em direcção ao ocidente. Não o voltaram a ver.

O verdadeiro fundador do taoísmo actual, que denominaremos taoísmo popular, foi um homem chamado Tchang Tao-ling, que viveu no século II da nossa era e que foi deificado no século VIII. Tendo tido diversas revelações, conseguiu, ao que parece, fazer a poção da imortalidade; combateu os oito Reis-demónios, que venceu graças aos seus poderes mágicos e aos seus talismãs, e por fim, após muitas aventuras, ascendeu ao céu montado num dragão negro, acompanhado da mulher e de dois discípulos, não sem antes ter transmitido os seus conhecimentos ao filho. A Tchang Tao-ling fora outorgado o título de Senhor Celeste (*T'ien-che*); o seu título é transmitido de geração em geração aos seus descendentes e lembra-nos que, no início da República, o Senhor Celeste desse tempo, que era um jovem com cerca de doze anos, foi a Pequim pedir audiência ao Presidente da República, Yuan Che-k'ai, que o recebeu com grande cerimónia e lhe confirmou o título.

Lao-Tsé montado no seu boi verde e a preparar-se para a sua grande partida. *Peça de bronze chinesa. Museu Guimet, Paris*

As divindades da mitologia chinesa são assim, na sua maioria, de origem taoísta; devemos acrescentar que muitas delas foram popularizadas por dois romances: a *Viagem ao Ocidente* e o *Romance da Investidura dos Deuses*, ambos datados da época Ming, cerca do século XV.

Características do panteão chinês

A particularidade mais curiosa do panteão chinês será, talvez, o ser constituído à imagem da organização terrestre. Apresenta-se como uma vasta administração, ou, ainda mais precisamente, como uma série de ministérios, tendo cada um o seu chefe e o seu pessoal. Os diferentes deuses são verdadeiros funcionários, estritamente hierarquizados e com atribuições nitidamente definidas. Fazem registos, estabelecem estados, redigem decretos, com um cuidado formal e um luxo de papelada que nada ficam a dever à mais minuciosa das administrações terrestres. Todos os meses apresentam um relatório aos seus chefes directos e estes, uma vez por ano, prestam contas da sua gestão junto do deus soberano, o Augusto de Jade, que então distribui elogios e recriminações; os deuses, consoante cada caso, são promovidos ou então são despromovidos; podem mesmo chegar a ser destituídos.

Esta é uma das características mais originais da mitologia chinesa, em que os deuses não são imutáveis. Apenas a função persiste; quem a exerce pode variar. Novos deuses suplantam os antigos. Estas mudanças não se efectuam aliás apenas segundo o correr do tempo, mas também no plano espacial. Com isto queremos dizer que, segundo as regiões, as mesmas atribuições são destinadas a personagens diferentes.

Isto deve-se ao facto de os deuses chineses, na sua maioria, não terem origem divina, mas sim humana: são homens que foram deificados após a sua morte.

Estas diversas considerações explicam o número considerável de divindades que povoam a mitologia chinesa. Seria demasiado demorado e fastidioso passá-las todas em revista nestas linhas; vamos falar apenas dos deuses mais importantes ou mais populares, remetendo os leitores mais interessados na questão para a obra *Recherches sur les superstitions en Chine*, pelo R. P. Doré, e ao capítulo consagrado à mitologia chinesa por H. Maspero na *Mythologie asiatique illustrée*. Temos de reconhecer que este último trabalho nos foi muito útil para o presente estudo.

O céu e os seus deuses

O Céu é a morada das divindades siderais; mas estas não moram nele em conjunto: cada deus tem o seu palácio e, por outro lado, o Céu está dividido em andares: uns dizem que são nove, outros trinta e três, em que os deuses mais antigos em título, ou aqueles cujas funções são mais importantes, vivem no mais alto.

O Augusto de Jade

No andar superior reside, rodeado pela sua corte, o Augusto de Jade (*Yu-ti*), também chamado Supremo Imperador Augusto de Jade

(*Yu-hoang-chang-ti*), ou ainda, e mais comummente, o Pai-Céu (*Lao-t'ien-yeh*). Diz-se que foi um dos primeiros deuses a existir e que foi ele quem criou os seres humanos; é essa pelo menos a tradição no Norte da China. Acrescentam que o Pai-Céu fez os seres humanos moldando-os em argila; finda a tarefa, deixou as estatuetas ao Sol, para que secassem. Mas entretanto sobreveio uma forte chuvada; o Pai-Céu apressou-se a abrigar as suas estatuetas; no entanto, algumas delas foram danificadas pelas águas: são hoje os enfermos que vivem na terra, enquanto os homens sãos, tendo os seus membros inteiros e em número completo, provêm das estatuetas não danificadas.

Ainda que por vezes reconhecido como o maior dos deuses, o Augusto de Jade não é, no entanto, senão o segundo elemento da tríade suprema, que compreende ainda o *Venerável Celeste da Primeira Origem*, que precedeu o Augusto de Jade nas prerrogativas divinas, e o *Venerável Celeste da Aurora de Jade da Porta de Ouro*, que lhe deverá um dia suceder.

O Augusto de Jade habita num palácio idêntico ao que o imperador que reina entre os humanos. No portão desse palácio vela Wang, o funcionário transcendente, que, envergando uma armadura e armado com um bastão, exerce a função de porteiro. É aí que o Augusto de Jade concede audiências, pois a sua corte é, também, semelhante à do imperador dos homens: tem os seus ministros, os seus oficiais, representados por deuses secundários, o seu exército de soldados que vai, quando necessário, guerrear contra os Espíritos rebeldes. Tem igualmente uma família: uma mulher, irmãs, filhas, sobrinhos. Entre estes, referiremos o Segundo Senhor (*Eul Lang*), que expulsa os maus espíritos, ajudado pelo seu Cão Celeste (*T'ien Kéou*); é um deus que tem fama de possuir setenta e dois meios de se transformar; muito respeitado, tem numerosos templos.

A mulher do Augusto de Jade, a Rainha-Mãe Wang (*Wang-mu-niang-niang*), é sem qualquer dúvida a antiga personagem da Rainha-Dama do Ocidente, já mencionada no *Romance dos Filhos do Céu Mu* (encontrado num sepulcro e datado do século IV) e transformada pelo povo. Com efeito, enquanto as antigas lendas a dão como esposa do Rei-Senhor do Oriente, habitante da montanha K'uen-luen, que é a morada dos Imortais, as lendas populares fazem dela a mulher do Augusto de Jade, morando no andar superior do Céu em companhia das suas aias. No entanto, apesar desta transformação, manteve os seus atributos: é ela quem preside aos festins de imortalidade que oferece aos deuses, festins compostos principalmente pelos pêssegos de imortalidade P'an-t'ao, que amadurecem uma vez em cada três mil anos nos pessegueiros do jardim imperial, razão para o pêssego ser, na China, o símbolo da longevidade.

O Augusto de Jade é sempre representado em vestes imperiais de grande cerimonial, à chinesa (é de notar que os deuses são sempre representados em roupas chinesas e nunca manchus), com dragões bordados no vestido. Na cabeça enverga o penteado dos imperadores, formado de uma tabuinha da qual caem atrás e à frente treze pendentes de pérolas coloridas enfiadas em fios vermelhos, e nas suas mãos cruzadas segura a tabuinha imperial de cerimónia. Está sentado num trono, tendo por vezes ao seu lado deuses secundários, seus seguidores, mas o mais frequente é ser representado só. Por fim, como todos os deuses a quem se atribui uma certa idade, tem longas suíças e uma barbicha.

Quanto à Rainha-Mãe Wang, é representada vulgarmente na figura de uma bela jovem, igualmente em traje cerimonial, por vezes só, por vezes com um pavão ou com as aias.

No tempo da monarquia, o imperador oferecia todos os anos ao Augusto de Jade dois sacrifícios solenes, um no solstício de Inverno, outro na Primavera. Ambos eram celebrados no grande templo do Céu, situado nos arredores a sul de Pequim. O imperador, levado na sua cadeira monumental, dirigia-se ao templo acompanhado por um imponente cortejo de príncipes, dignitários, soldados, músicos e dançarinos. Trepava os três andares do altar do Céu, uma enorme elevação rodeada por balaustres de mármore, prostrava-se diante da pira acesa em honra do deus e apresentava as oferendas, que consistiam em rolos de seda, discos de jade, carnes e libações.

T'chang-ngo, ou a deusa da Lua.
*Terracota. Museu Guimet, Paris.
Col. Giraudon.*

As divindades da natureza e os deuses siderais

O Sol e a Lua

Dissemos anteriormente que o Sol e a Lua eram objecto de um culto oficial; o povo prestava-lhes um culto completamente diferente. Para ele, o Sol é um deus cuja forma primitiva era a de um galo e que, por tanto praticar a Via, assumiu uma forma humana; habitualmente só lhe ofereciam um sacrifício no início do ano, outro no dia do seu aniversário, e é tudo; aliás, há muito poucos templos que lhe sejam consagrados. O mesmo se aplica à Lua, excepto o facto de ela ser mais favorecida do ponto de vista dos sacrifícios. A festa da Lua é uma das três grandes festas anuais dos Chineses; tem lugar no dia 15 do oitavo mês, na lua cheia do equinócio do Outono. É uma festa principalmente de mulheres e crianças; estas compram estatuetas que representam ou um coelho branco, ou um guerreiro com capacete e armadura, mas tendo uma figura semelhante ao focinho de uma lebre, e oferecem-lhe um sacrifício que consiste sobretudo em frutos. As mulheres oferecem um sacrifício directamente à Lua, quando esta se eleva um pouco acima dos telhados; em certas famílias, o sacrifício é oferecido a um grande painel de papel com uma imagem representando o palácio da Lua como a sua habitante, a Lebre, que fabrica o elixir da imortalidade. O sacrifício compõe-se de frutos, bolos açucarados, que se fabricam e vendem nesta ocasião, e num ramo de flor de amaranto vermelho. Os homens não participam nunca na cerimónia, pois popularmente a lebre é o animal simbólico dos homossexuais – aliás, sem que saibamos bem porquê – e é considerada o seu patrono.

A Lua é ainda habitada por uma personagem que foi feita deusa da Lua, *T'chang-ngo* ou *Heng-ngo*. Era a mulher de *Yi*, o Excelente Archeiro, personagem mitológica que abateu com flechas nove sóis num dia em que os dez sóis dos tempos primitivos tiveram a ideia de subir juntos ao céu e se arriscaram a queimar a terra. Ele tinha obtido dos deuses o elixir da imortalidade; sabendo disto, a sua mulher bebeu-a na ausência dele. Perante a cólera do seu marido quando este regressou, ela fugiu e foi refugiar-se na Lua. Mas como o marido a perseguiu, ela pediu protecção à Lebre; esta combateu Yi e obrigou-o a renunciar a punir a mulher, que, desde então, habita na Lua. Representam-na sob a forma de uma jovem muito bela; o seu nome é referido muitas vezes nos romances ou nas poesias, pois, para designar uma mulher bela, diz-se vulgarmente: «Bela como uma *Heng-ngo* que descesse da Lua».

A *Chuva*, o *Trovão*, o *Vento*

Ainda que na religião taoísta haja todo um ministério do Trovão composto de várias divindades, para o povo há apenas um único deus do Trovão, chamado o Senhor Trovão (*Lei-kong*). É representado com a figura de um homem de uma fealdade repugnante, com o corpo todo azul, com asas e garras; vestido apenas com uma tanga, traz, atado ao seu flanco, um ou vários tambores, e nas mãos segura um maço e um estilete, ou talvez um cinzel. Se estamos geralmente de acordo sobre o emprego do estilete, que serve para golpear os culpados que o Trovão está encarregue de castigar, temos menos certezas sobre o maço: uns dizem que serve para bater nos tambores para produzir o troar do trovão, outros afirmam que serve para enterrar o estilete.

Por ordem do Céu, o Trovão castiga os humanos culpados de um grande crime que permanece desconhecido ou que a lei humana não pode atingir (habitualmente um acto que tenha causado directa ou indirectamente a morte de uma pessoa); pune também os espíritos malfazejos, os animais que, à força de praticar a doutrina taoísta, chegam a personificar-se e se aproveitam disso para prejudicar os homens, etc. No entanto, nem sempre pode fazê-lo sozinho, e, por vezes, precisa de ajuda humana.

Um dia, um caçador, que a perseguição da caça arrastara para o meio de uma densa floresta, foi surpreendido por uma violenta tempestade. Sucediam-se os relâmpagos, o trovão ribombava sem cessar, parecendo planar sobre uma árvore que estendia os seus longos ramos não longe do sítio onde estava o caçador. Ao levantar os olhos, este viu, no cimo da árvore, uma criança que tinha nas mãos um pequeno estandarte grosseiramente feito de um pedaço de tecido, preso a um bocado de madeira; quando o Trovão se aproximou, a criança agitou o estandarte e o Trovão afastou-se de imediato. Sabe-se que o Trovão, como todos os deuses, receia as coisas sujas, especialmente o sangue dos cães negros; o caçador compreendeu que a criança era um espírito perseguido pelo Trovão e que o seu estandarte era feito de um tecido sujo. A fim de auxiliar a obra divina, carregou a sua espingarda e alvejou o estandarte; o Trovão desceu de imediato sobre a árvore, que fulminou; mas o caçador, que estava demasiado próximo, foi vítima da comoção e desmaiou. Quando voltou a si, encontrou sobre o seu corpo uma tira de papel com os seguintes palavras: «Vida prolongada doze anos por auxílio à obra do Céu», enquanto junto à árvore fulminada se encontrava o cadáver de um gigantesco lagarto, que era a verdadeira forma da criança com o estandarte.

O Trovão não tem um templo seu, ou pelo menos é muito raro encontrarmos um. De resto, sendo os deuses aos quais se presta mais culto aqueles que podem dar alguma coisa – felicidade, riqueza, descendência, etc. –, não surpreende que não se peça nada a um deus que só pode dar uma morte considerada infamante; mas há, ainda assim, pessoas que se lhe dirigem. A maior parte das vezes é gente que se queixa de outras pessoas e que, sem se poderem vingar por si mesmos, vêm confiar a sua vingança ao deus, pedindo-lhe que fulmine os seus inimigos.

Durante as tempestades, o Trovão, que não produz mais do que barulho, é ajudado por muitas outras divindades. Os relâmpagos são produzidos pela Mãe-Relâmpago (*Tien Mu*), com a ajuda de espelhos que tem nas mãos; a chuva, pelo Senhor da Chuva (*Yu-che*), que asperge com uma espada de água mantida num vaso que traz consigo; as nuvens são amontoadas pelo Rapaz das Nuvens (*Yun-t'ong*); e, por fim, o vento sai de um odre que o Conde do Vento (*Fong-po*) transporta. Este último deus foi mais tarde substituído por uma deusa, uma velha chamada Senhora do Vento (*Fong-p'o-p'o*). É vista, por vezes, passar sobre as nuvens, montada num tigre.

Os Reis-Dragões (Long-wang)

No entanto, para o povo, as divindades de que falámos até aqui estão subordinadas aos Reis-Dragões que dependem directamente do Augusto de Jade, de quem recebem ordens para distribuir uma certa quantidade de chuva num determinada lugar. Há quatro Reis-Dragões principais, cada um governando um dos quatro mares que rodeiam a Terra do centro, e o povo conhece-os principalmente como quatro irmãos, pelos nomes que têm na *Viagem ao Ocidente*, e que diferem dos que lhes são dados pelos taoístas: são *Ngao Kuang, Ngao Juen, Ngao Chen, Ngao Kin*. Ngao Kuang tem supremacia sobre os seus irmãos. Cada um habita num palácio, denominado Palácio de Cristal; têm os seus ministros, o seu exército composto por peixes, caranguejos e vigilantes encarregues de policiar o fundo do mar. A estes quatro Reis-Dragões não se presta mais do que um culto diminuto, embora tenham numerosos templos, pois veneram-se muito mais os Reis-Dragões locais. Com efeito, cada curso de água, e mesmo cada poço, tem o seu Rei-Dragão; do mesmo modo, no Norte da China, ao lado de cada poço há um templo minúsculo, no qual está a estátua do seu deus, representada com o aspecto de um mandarim em vestes de cerimónia, e todos os meses, nos dias um e quinze, o proprietário do poço oferece-lhe um sacrifício rudimentar em forma de três pauzinhos de incenso.

São os Reis-Dragões que fazem a chuva; é também a eles que se implora durante as secas. Os cerimoniais variam com as localidades; no entanto, nos grandes centros, muitas vezes é organizada uma procissão, com uma efígie de um dragão no tecido, feita propositadamente para essa ocasião, que percorre as ruas principais da cidade, precedida por música e pessoas que dançam; mas nas aldeias não se procede assim. Nas grandes secas, os aldeões vão pedir chuva ao Rei-Dragão do templo mais importante, oferecendo-lhe um grande sacrifício; se, ao fim de alguns dias, a prece não foi atendida, a estátua do deus é retirada do templo e abandonada à beira da estrada, ao sol, até que chova, por pensarem, com razão, que este tratamento faz com que o deus que vive no seio das águas sofra e que ele se apressará a pedir ao Augusto de Jade permissão para fazer chover. Mas, se após o sacrifício ou a saída da estátua por acaso chove o bastante para salvar as colheitas, a alegria é geral: toda a aldeia oferece um novo sacrifício, e nos casos importantes não se hesita em fazer uma representação teatral em honra do deus com a duração, por vezes, de três dias. Também acontece que, várias aldeias vizinhas se quotizem para fazer as coisas com mais brilho. Naturalmente, quando chove em demasia e há a ameaça de inundação, é ainda aos Reis-Dragões que se dirigem, mas nesses casos para que parem a chuva.

O deus da Literatura (Wen T'chang)
e o deus dos Exames (K'oei-sing)

O deus dos Exames é o deus das quatros estrelas que formam a Carruagem da Ursa Maior. É um dos seguidores do deus da Literatura (*Wen T'chang*). Só depois de ter vivido dezassete existências sucessivas, preenchidas, de resto, com feitos prodigiosos, é que Wen T'chang foi investido pelo Augusto de Jade nas funções de Grande Imperador da Literatura. Geralmente representam-no sentado, em vestes de mandarim e tendo na mão um ceptro. Embora o seu culto remonte a uma época muito antiga, Wen T'chang é menos popular do que o seu assistente K'oei-sing. Antes da República, no tempo em que se realizavam exames imperiais com regularidade, em todas as famílias de letrados havia uma tabuinha ou a imagem de K'oei-sing, e em certas famílias ricas não era raro encontrar um pequeno quiosque em lugar alto, consagrado especialmente ao seu culto, pois era ele que presidia aos exames e que designava quem seria recebido em primeiro lugar.

Com o deus do Trovão, o deus dos Exames é um dos deuses mais feios que existe. É habitualmente representado por uma figura com esgares, de pé sobre uma tartaruga *Ngao* (que muitas pessoas pensam ser um peixe), numa atitude que lembra a do génio da Bastilha(*), debruçado para a frente, com a perna esquerda levantada para trás, como se estivesse a correr; na mão esquerda tem um alqueire, na esquerda um pincel. De torso nu, está vestido apenas com um avental ou um lenço. É ele que, nas listas de candidatos ao doutoramento apresentadas ao Augusto de Jade, designa o primeiro a ser recebido; para isso faz uma marca com o seu pincel debaixo do nome do feliz candidato e serve-se do seu alqueire para medir os talentos respectivos de cada um. (Diz-se habitualmente que o alqueire é o sinal distintivo deste deus, chamando-se por isso à Ursa Maior, na China, o Alqueire do Norte.) Existem igualmente duas explicações para a cabeça de tartaruga que calca com os pés: uma diz que, durante a sua vida na terra, ele foi o primeiro a ser recebido no doutoramento, mas o imperador que reinava recusou-se a ratificar a decisão dos examinadores quando viu como ele era feio. Desesperado, tentou afogar-se mas, ao deitar-se à água, caiu em cima da cabeça de uma tartaruga *Ngao* que o trouxe para terra. A outra é menos maravilhosa: as escadas do palácio imperial estão todas separadas a meio por um espaço lajeado onde se encontra esculpida uma cabeça de tartaruga Ngao a emergir das vagas. Quando o imperador concedia uma audiência aos letrados admitidos a exame de doutoramento, o que tivesse sido recebido em primeiro lugar ficava naturalmente colocado por cima dessa cabeça esculpida. Daí que se desejasse a cada candidato que «ocupasse sozinho a cabeça de Ngao» e é por essa razão que se representava o deus presidindo aos exames nesta posição, como augúrio de boa sorte.

Outros dos assistentes de Wen T'chang é *Veste vermelha*, cuja protecção favorece os candidatos mal preparados. É graças a ele que alguns destes por vezes obtêm sucesso; mas, apesar da sua benevolência, é sempre melhor garantir, através de um trabalho regular, o favor de K'oei-sing ou de Wen T'chang, que nunca esquece os candidatos meritórios.

(*) Estátua que se encontra na Praça da Bastilha, em Paris.(*N.T.*)

Um jovem estudante, que tinha entretanto trabalhado conscientemente, chegou a casa, depois do exame, pouco satisfeito com a sua composição. Temendo um insucesso, invocou Wen T'chang e suplicou-lhe que interviesse. Ora, durante o sono, o deus apareceu-lhe. Viu-o deitar para a fornalha um certo número de composições entre as quais o candidato reconheceu a sua, triturá-las e retirá-las depois completamente modificadas. Wen-T'chang apresentou ao jovem a sua composição já corrigida e este aprendeu-a de cor. Ao acordar, o candidato foi informado de que, durante a noite, um incêndio destruíra o local onde estavam encerradas as composições e que era preciso recomeçar as provas. Refez o seu trabalho, inspirando-se nos conselhos do deus, e, naturalmente, foi recebido.

Os deuses da Felicidade

O primeiro destes deuses é o deus da Longevidade (*Cheu-sing*). É o deus da estrela Canopo do Navio Argos. É um dos deuses que reconhecemos mais facilmente, porque tem a figura de um velho com barbas e sobrancelhas completamente brancas e distingue-se sobretudo por um enorme crânio calvo. Geralmente é representado de pé, apoiado sobre uma grande cana cheia de nós e tendo numa das mãos um pêssego da Imortalidade; é frequentemente acompanhado por uma cegonha ou uma tartaruga, animais considerados como vivendo muito tempo e que, por isso, se tornaram símbolos de longevidade. Sabemos que na China chegar a velho é considerado uma grande felicidade; assim, ainda que não se preste um culto regular a este deus, que aliás não tem um templo só seu, tem-se por ele grande apreço. Quando se festeja o aniversário de uma pessoa idosa (com pelo menos cinquenta anos), a imagem do deus, habitualmente bordada em seda, é incrustada no lugar de honra; colocam-se diante dela comida e frutos com dois grandes círios vermelhos acesos; a pessoa cujo aniversário se celebra saúda-a, prostrando-se três vezes perante ela, e, durante o dia, é a essa imagem que todos os visitantes apresentam em primeiro lugar as suas saudações de felicitações.

É Cheu-sing quem determina a data da morte de cada indivíduo. Escreve-a antecipadamente em tabuInhas e, desde então, o destino está fixado. No entanto, o deus pode modificar as suas decisões, recorrendo a artifícios de escrita. Foi o caso do rapaz cuja morte estava marcada para os dezanove anos; querendo agradecer-lhe um jarro de vinho que ele lhe tinha oferecido, Cheu-sing inverteu os dois números, em chinês, *dez* e *nove* e, assim, fez noventa anos.

O deus da Longevidade faz parte de uma tríade que compreende, além dele, o deus da Felicidade (*Fu-sing*) e o deus dos Emolumentos (*Lu-sing*). Um e outro são personagens históricas divinizadas após a morte. O deus da Felicidade foi durante a sua vida, ao que parece, um mandarim de Tao-tcheu, que viveu no século VI; outros vêem nele um general que salvou a dinastia dos T'ang, no século VIII. O deus dos Emolumentos, ou deus dos Funcionários, terá sido uma personagem que servia o fundador da dinastia Han, no século III antes da nossa era. Falta-nos espaço para podermos falar destas divindades de modo mais pormenorizado; limitar-nos-emos a dizer que estes três deuses são muitas vezes representados em conjunto, seja sob formas humanas – os deuses da Felicidade e dos Emolumentos como personagens vestidas em trajes de mandarins –, seja sob a forma de símbolos: morcegos para a Felicidade (em chinês o nome do morcego pronuncia-se *Fu*, como a Felicidade), um cervo (chamado *Lu*) para o deus dos Emolumentos, e uma cegonha ou pêssego, ou ainda um pinheiro, para o deus da Longevidade.

A Tecedeira Celeste (Tche-niu)

Embora seja uma divindade, filha do Augusto de Jade, ao que se diz, não se presta culto à Tecedeira Celeste, deusa da estrela Alfa, da constelação de Lira. Mas ela é a heroína de uma lenda popular muito bela e o seu nome é muitas vezes referido no folclore chinês.

Esta deusa tecia, sem prazo, vestes para o Augusto de Jade, vestes de brocado e de nuvens que não tinham costuras. O pai, para a recompensar pelo seu trabalho, apiedando-se da sua solidão, casou-a com o Boieiro Celeste (estrelas Beta e Gama, da Águia), mas, depois do casamento, a Tecedeira, entregue aos seus amores, negligenciou o trabalho. O Augusto de Jade zangou-se e separou os dois esposos colocando um à direita e o outro à esquerda do Rio Celeste (Via Láctea), permitindo que se reunissem uma vez por ano.

Esta é, digamos, a história oficial desta deusa. O povo apropriou-se dela e embelezou-a, e eis o que nos conta:

O Boieiro era um comum mortal, um pouco simples de espírito, a quem o pai, ao morrer, deixara um pedaço de terra e um boi que servia para trabalhar. Já estava na idade de casar; e, um dia, o boi, que era um génio transformado, disse-lhe: «Senhor, se quereis ter uma bela mulher sem desembolsar nada, vai num certo dia ao rio: vereis lá jovens prestes a banharem-se. As suas vestes estarão na margem; mete-as numa trouxa e volta depressa a casa; esconde-as bem em algum sítio e prometo que obterás uma bela mulher.» O Boieiro fez o que o boi disse; ao voltar a casa, deitou as vestes num velho poço que se encontrava atrás da casa e esperou. Com efeito, pouco depois, o seu proprietário veio reclamá-las: era a Tecedeira Celeste que, para se divertir, descera à terra com algumas companheiras e que tivera vontade de se banhar; sem as suas vestes, não podia regressar ao Céu. O Boieiro reteve-a e desposou-a. Ao fim de alguns anos, teve, primeiro, um filho e depois uma filha, até que um dia a mulher lhe disse: «Agora que estamos casados há tanto tempo e que já temos filhos, dizes-me onde estão escondidas as minhas vestes celestes?» O Boieiro, sem desconfiar, indicou-lhe o esconderijo; a Tecedeira apressou-se a ir buscá-las, vestiu-as e subiu ao Céu. O Boieiro ficou desesperado, sobretudo porque os filhos chamavam pela mãe com grandes gritos; então, foi aconselhar-se junto do seu boi. Este disse-lhe: «Senhor, põe cada um dos teus filhos num cesto, prende o cesto a uma longa vara, para que possas transportá-los em equilíbrio sobre os ombros, e segura na minha cauda, com os olhos fechados: transportar-vos-ei ao Céu para vos reunirdes à vossa mulher.» Assim se fez. Chegado ao Céu, o Boieiro pediu audiência ao Augusto de Jade e exigiu de volta a sua mulher. O Augusto de Jade fez vir a Tecedeira e, conhecendo a veracidade do que o Boieiro contava, conferiu-lhe a imortalidade, designando-o deus de uma estrela a oeste do Rio, ficando a Tecedeira a leste, com permissão para se reunirem um dia em cada sete. Mas os dois esposos, por erro, compreenderam que podiam reunir-se uma vez por ano, no sétimo dia do sétimo mês, e é o que fazem desde então. Como não podiam atravessar o Rio sem ponte, nesse dia todas as pegas subiam ao Céu, cada uma com um pequeno ramo de árvore, e faziam-lhes uma ponte que permitisse a reunião dos dois.

Esta lenda está espalhada por toda a China e citam-na numerosas obras poéticas. No Norte da China diz-se ainda que no sétimo dia do sétimo mês deve chover, pelo menos de manhã (aliás, é justamente essa a estação das chuvas), pois o Boieiro e a Tecedeira choram de alegria quando se revêem e as suas lágrimas derramam-se sobre a terra.

Os deuses que se ocupam dos homens

O Grande Imperador do Pico de Leste
(T'ai-yö-ta-ti ou Tong-yö-ta-ti)

Ainda que o Augusto de Jade se ocupe do que ocorre nos céus e sobre a terra, não pode prover pessoalmente a tudo; por isso, encarregou um deus de se ocupar especialmente dos homens: é o Grande Imperador do Pico de Leste, o deus da montanha T'ai-chan, no Chantung. Esta divindade depende directamente do Augusto de Jade e tem sob as suas ordens muitos funcionários, pois preside à vida dos homens desde o seu nascimento até à morte, regendo o seu destino e fixando as suas fortunas, honras, posteridade, etc. Os próprios animais estão sob a sua jurisdição. O seu culto é próspero; em todos os seus santuários há sempre uma multidão, e o seu templo em Pequim, o Tong-yo-miao, está entre os mais ricos. É também um dos maiores, pois vemos nele representados mais de oitenta escritórios dependentes do deus: cartórios de nascimentos, de óbitos, de regulação social, de fortuna, de número de filhos; há também escritórios em que se registam actos bons ou maus, e os das retribuições desses actos, etc. O pessoal destes escritórios é recrutado entre as almas dos mortos. No seu templo, o Imperador do Pico de Leste é representado sentado, envergando o traje de imperador, numa pose semelhante à do Augusto de Jade; com efeito, seria muito difícil distinguir um do outro se os tirássemos do seu meio natural. Como é muito importante, nas famílias não há estátua ou imagem dele; os devotos vão apresentar-lhe os seus respeitos ao templo e é lá que se dirigem quando têm uma prece a dirigir ao deus.

O Imperador do Pico de Leste tem uma filha, a Princesa das Nuvens Matizadas, *Pi-hia-Yuan-Kiun*, também chamada a Santa Mãe, *Cheng-mu*. É a protectora das mulheres e das crianças e preside habitualmente aos partos. Dão-lhe por marido, consoante as tradições, ou o filho do deus do Mar Ocidental, ou Mao Ying, que outrora alcançou à imortalidade. A deusa, muito venerada em toda a China, é geralmente representada sentada e penteada com três pássaros de asas abertas. Tem por assistentes a Senhora da Boa Vista, que protege as crianças dos males dos olhos, e a Senhora que traz as crianças.

A Princesa das Nuvens Matizadas tem um duplo no Budismo, na pessoa da deusa Kuan-Yin, que tem, também ela, o apelido *Song-tseu niang-niang*, a Senhora que traz as crianças. Coberta por um grande véu branco, está sentada sobre uma flor de lótus e tem nos braços uma criança. Deusa da fecundidade, Kuan-Yin é igualmente perita em todos os tipos de maleitas. É também muito popular e tem a sua imagem em quase todos os lares. Todos os anos longas filas de peregrinos dirigem-se ao seu templo de Miao Fong Chan (a montanha do Pico maravilhoso), situada a cerca de sessenta quilómetros de Pequim. Doentes de todo o tipo vêm implorar à deusa uma cura, por entre o cheiro acre do fumo dos paus de incenso, o estoirar de foguetes e o ruído das matracas, através dos quais tentam tornar Kuan-Yin favorável.

Os deuses das Muralhas e dos Fossos (T'cheng-hoang)
E os deuses do Lugar (T'u-ti)

Toda a circunscrição administrativa, cidade ou burgo, tem o seu deus que a protege e que se ocupa dos seus habitantes, chamado o deus das Muralhas e dos Fossos; estes deuses são designados pelo Augusto de Jade. São sempre humanos divinizados, sejam heróis, mandarins íntegros, ou, de modo geral, homens que em vida serviram bem e procuraram proteger o povo. Após a sua morte, em vez de reencarnarem, são nomeados *T'cheng-hoang* de uma ou outra localidade, para continuarem a proteger o povo. O folclore chinês contém muitas lendas sobre estes deuses. No essencial o fundo da lenda varia pouco: os habitantes de uma localidade são avisados por um sonho que, em determinada data, uma pessoa, nomeada T'cheng-hoang da cidade, irá assumir o seu posto e, com efeito, na data indicada, durante a noite ouve-se nas ruas o som de cavalgada e de música: é o novo deus que chega. No dia seguinte, os habitantes apressam-se a ir oferecer-lhe um grande sacrifício de boas-vindas; muitas vezes, se o deus é uma personagem conhecida, refunde-se a estátua do templo que lhe é consagrada, dando-lhe a forma dessa personagem. Algumas lendas dizem também que, quando há um lugar vago de deus das Muralhas e dos Fossos, os deuses mandam realizar um concurso entre os candidatos escolhidos a partir daqueles que eram letrados em vida; tal é a história do «Exame do deus das Muralhas e dos Fossos», contida na célebre recolha: *Contos da Sala da Alegria*.

No espírito do povo, o T'cheng-hoang desempenha a função de protector e de governador da localidade de que é o deus. Também o seu grau varia consoante a circunscrição que governa; ora corresponde apenas ao de subprefeito entre os humanos, ora ao de prefeito, enquanto o T'cheng-hoang de Pequim, a capital, era o equivalente do governador da cidade. Como os magistrados humanos não desdenhavam a relação com ele, sob o Império, viram-se subprefeitos irem pedir-lhe ajuda e conselho a respeito de um crime cometido no seu território. Para isso, depois de terem jejuado pelo menos durante um dia, ofereciam ao deus um sacrifício e, depois, vinda a noite, dormiam no seu templo: em sonhos viam o deus designar o culpado, habitualmente através de poesias sibilinas. É inútil acrescentar que esta prática deixou há muito de existir.

Antes da República, todos os anos na Primavera tinha lugar a festa de T'cheng-hoang. A estátua do deus era levada com grande pompa através da cidade: era o que se chamava «a volta de inspecção do Senhor T'cheng-hoang». À cabeça do cortejo avançava o deus do Lugar, representado ora pela sua estátua, ora por um notável disfarçado; no seu encalço, purificavam-se as ruas regando-as com vinagre; depois vinham os assistentes de T'cheng-hoang, entre os quais: o Senhor Branco e o Senhor Negro, que velam pela cidade, um durante o dia, o outro durante a noite; Cabeça de Boi e Focinho de Cavalo, que executam as sentenças do deus; em torno destas divindades marchavam, no meio de um grande conjunto de bandeiras e com o ruído ensurdecedor dos gongos, grupos de demónios com máscaras hediondas, e de penitentes, com vestes vermelhas de supliciados; por fim, levada num rico palanquim, aparecia a estátua do T'cheng-hoang, que era escoltada devotamente pelos dignitários da cidades. Esta cerimónia tinha lugar, pensa-se, no meio de grandes festejos populares.

Os deuses das Muralhas e dos Fossos existem apenas nas circunscrições administrativas, nas cidades rodeadas de muralhas (daí o seu nome); o mesmo não sucede com os *deuses do Lugar* (*T'u-ti*), que são deuses de menor importância, mas mais populares. Cada cidade, fortificada ou não, e cada aldeia tem o seu; cada rua, cada templo, cada edifício público tem um, e o mesmo se aplica às casas de habitação. Há alguns que são, segundo algumas lendas, personagens célebres nomeadas para este cargo após a sua morte, mas na maior parte do tempo são anónimos. Também podem ser representados com o aspecto de um velho de barbas brancas, roupas vulgares, tendo um grande bordão com nós, enquanto a sua mulher, sempre representada a seu lado, é figurada como uma boa velhinha. Bem entendido, a personalidade destes deuses varia também com o local que têm a seu cargo: numa cidade é um citadino, no campo será um camponês.

O deus do Lugar tem atribuições muito modestas. Está encarregue, de algum modo, do policiamento do seu território; é ele que deve afastar os ladrões, os animais malfazejos do galinheiro, nos campos, etc., mas em contrapartida o seu culto é muito difundido, tendo cada família a sua estátua ou imagem, diante da qual, de manhã e à noite, se queimam três paus de incenso.

O deus do Lar (T'sao-wang)

O deus do Lar é um deus eminentemente doméstico. É ele que vigia os actos e as palavras dos membros da família em que reside, e aí tem um registo; todos os anos, no vigésimo terceiro dia do décimo segundo mês, sobe ao Céu para apresentar o seu relatório ao Augusto de Jade, que, segundo o relato que ouve, atribuirá felicidade ou miséria à família em questão para o ano que se segue.

O deus do Lar não é representado por uma estátua, mas por uma imagem em papel; veremos porquê mais adiante. Esta imagem, impressa e sarapintada grosseiramente, é colocada numa espécie de pequeno templo em madeira, à entrada ou num outro local da cozinha. Basta apenas que a imagem esteja voltada para sul. Nesta imagem, a mulher do deus, *Tsao-wang-nai-nai*, está ao seu lado, dado que o ajuda nas suas funções, ao manter igualmente um registo dos actos e palavras das mulheres.

Para além dos três paus de incenso que se queimam diante da sua imagem, de manhã e à noite, as famílias não oferecem a esse deus mais do que dois verdadeiros sacrifícios por ano. O primeiro tem lugar no vigésimo quarto dia do décimo segundo mês, por ocasião da sua ascensão ao Céu, onde vai apresentar o seu relatório anual ao Augusto de Jade. Este sacrifício comporta, entre outras oferendas, doces especialmente confeccionados para essa circunstância e que não se vendiam senão nessa época, bem como a palha para o cavalo do deus. Após o sacrifício, queima-se a sua efígie, retirada do seu nicho, numa pequena pira de ramos de abeto, ao som dos foguetes, mas tem-se o cuidado de, antes de acender o fogo, colar na boca do deus, na imagem, um pedaço de doce, «para que diga palavras doces» ao Augusto de Jade sobre a família que acaba de deixar. O deus do Lar regressa do Céu à terra no primeiro dia do ano seguinte; oferecem-lhe um novo sacrifício, sempre com o barulho dos foguetes, depois coloca-se a sua imagem na cozinha, no local que ocupará durante todo o ano.

Existe uma explicação para os foguetes lançados no momento dos sacrifícios. Com efeito, são foguetes especiais que estoiram no ar, muito alto, com muito barulho; diz-se, então, que no momento da partida do deus servem para o ajudar a subir, enquanto no regresso indicam ao deus o domicílio a que deve regressar. Por fim, existiu ainda um outro hábito: o de não acender fogo na cozinha durante o tempo de estadia do deus do lar no Céu, mas pratica-se cada vez menos. Durante a ausência do deus, pode-se fazer o que se quiser, pois T'sao-wang não está presente para registar as más acções. Mas é também nessa altura que os flagelos e as calamidades se podem abater sobre a casa, privada do seu protector.

Os deuses das Portas (Menchen)

Sobre as portas exteriores das casas chinesas, que têm dois batentes, vemos muitas vezes a representação de dois guerreiros armados, colados ou pintados em cada um dos batentes. Um tem a figura vermelha ou negra; o outro tem a figura branca; são os deuses das Portas. De início, as suas funções estavam destinadas a dois seres míticos, Chen-t'u e Yulu, que, na mitologia antiga, tinham a missão de impedir as almas dos mortos de sair da morada infernal para ir perturbar o repouso dos vivos. A porta das Almas do outro mundo encontrava-se entre os ramos de um enorme pessegueiro plantado no cume de uma montanha. Assim que aparecia uma alma malfazeja, os dois guardiões agarravam-na e atiravam-na como alimento aos tigres. A efígie de Chen-t'u e de Yu-lu foi reproduzida depois sobre as portas das casas, a fim de afastar os espíritos maus.

Mais tarde, essas duas divindades foram suplantadas por personagens históricas promovidos ao estatuto de deuses: Wei-t'che King-to e T'sin Chu-pao. Ambos eram generais do Imperador T'sai-tsong, da dinastia T'ang, que viveu no início do século VII. A sua escolha para deuses das Portas é explicada na *Viagem ao Ocidente*. No décimo capítulo deste romance, diz-se que o imperador T'sai-tsong, não podendo, apesar da sua promessa, salvar um Rei-Dragão que se tinha enganado na quantidade ao distribuir a chuva e fora condenado pelo Augusto de Jade a ser decapitado, fora considerado, pelo Rei-Dragão, responsável pela sua morte, e todas as noites ia fazer alvoroço à porta do palácio. O imperador ficou doente; os seus dois generais: Wei-t'che King-to e T'sin Chu-pao propuseram-lhe montar guarda à porta do palácio; o espírito do Rei-Dragão, assim, posto em fuga, foi ainda fazer alvoroço à porta das traseiras, uma porta com batente, e foi Wei--Tcheng, ministro de T'sai-tsong, que o expulsou. Então o imperador mandou pintar estas três personagens nas portas, e a tradição transmitiu-se até aos nossos dias, embora seja raro ver o desenho que representa Wei-Tcheng: as portas com um batente não são muito numerosas na China.

Estes deuses são pintados nas portas de grandes casas, enquanto nas mais modestas, ou no campo, se contentam em colar as suas imagens impressas e coloridas grosseiramente. São representados em fardamentos militares, tendo na mão uma moca com um longo punho e trazendo no flanco o arco e as flechas. São eles que afastam os espíritos maus, impedindo-os de entrar na casa que guardam e existe uma grande quantidade de lendas em que se fala dos seus préstimos; mas, apesar disso, não se lhes presta culto nenhum.

De resto, é de notar que perderam muito do seu carácter religioso. Salvo entre o povo, que é habitualmente muito supersticioso, acabaram por ser considerados figuras decorativas mais do que divindades e estão em vias de desaparecer completamente: já não são vistos, por exemplo, nas portas das casas de Pequim.

Nos templos budistas, os deuses das Portas, em vez de serem T'sin Chu-pao e Wei-t'che King-to, são representados por outras personagens; os dois generais Fungador e Soprador (*Heng-Ha-eul-kiang*) ou então pelos *Reis Celestes (T'ien Wang)*, os quatro irmãos Mo-li. Todos são representados por estátuas colossais, umas figuras com esgares, colocadas no primeiro edifício dos templos. Primitivamente, só existiam os dois generais Fungador e Soprador, um representado com boca fechada, o outro com a boca aberta. Chamam-nos assim porque, durante a sua vida, tinham o poder, um de emitir pelas narinas um jorros de luz branca que aspiravam os homens, o outro de expelir pela boca gases mortais. Pouco a pouco, ao longo dos séculos, estas duas personagens foram substituídas pelos Reis Celestes.

Assim que penetramos num templo budista, apercebemo-nos na sala interior – uma espécie de vestíbulo, separada da sala grande por um pátio – de quatro estátuas enormes colocadas ao longo das paredes. Representam guerreiros, de figuras com esgares, segurando respectivamente um sabre, uma sombrinha, uma guitarra e uma marta riscada – substituída, por vezes, por uma serpente. São os Quatro Reis Celestes, guardiões das quatro direcções.

Estas personagens eram, originalmente, divindades budistas, que tinham nomes: Vaiçramana, Dhrtarâshtra, Virûdhaka e Virûpâksha. Ao longo dos tempos, as suas personalidades mudaram sob a influência do romance *Investidura Real*. São agora considerados, com efeito, como os quatro irmãos Mo-li, que foram outrora generais célebres pelas suas façanhas. Os atributos que têm nas mãos não passam de talismãs que, no decurso da sua vida mortal, lhes asseguraram a vitória sobre os inimigos. Quando o primeiro efectuava molinetes com o seu sabre, elevaram-se no ar furiosos turbilhões que varriam tudo. Bastou ao segundo abrir a sua sombrinha para que o sol escurecesse de imediato, mergulhando a terra numa noite profunda, enquanto caíam torrentes de chuva. A guitarra do terceiro regulava pelos seus acordes o curso dos ventos. Por fim, o último destruía os seus inimigos largando sobre eles a marta raiada que os devorava.

Tal como os Reis Celestes, os generais Fungador e Soprador foram também, originariamente, divindades budistas.

Na mesma sala anterior, vê-se igualmente uma estátua de um jovem guerreiro envergando uma brilhante armadura e tendo nas suas mãos um bastão nodoso. É *Wei-t'o*, chefe dos trinta e dois generais celestes e nomeado também ele para a guarda das portas.

Deuses populares

O deus da Riqueza (T'sai-chen)

É sem dúvida, entre todos, o deus que tem mais sucesso; não só o povo nunca se esquece de lhe oferecer um sacrifício no seu dia de aniversário, mas também muitas pessoas que se dizem não crentes e que não prestam culto aos outros deuses saúdam este deus com respeito nesse dia.

O aniversário do deus da Riqueza é o quinto dia do primeiro mês. Em Pequim, já véspera de Ano Novo, data na qual todos os deuses descem à terra para fazer uma inspecção geral, as crianças correm pelas ruas ao cair da noite, levando imagens do deus e gritando: «Vimos enviar-vos o deus da Riqueza!» Apressam-se a comprar um e, aos vendedores seguintes, deve dizer-se: «Já temos!», pois será de mau gosto responder: «Já não queremos». Depois de a ter comprado, põe-se essa imagem ao lado das dos outros deuses (deuses das Estrelas, do Lar, etc.) enquanto se espera o quinto dia do mês seguinte. Chegado esse dia, oferece-se ao deus um galo e uma carpa viva, especialmente reservada para essa ocasião, e de seguida queima-se a imagem em ramos de pinheiro, lançando muitos foguetes, enquanto o senhor da casa e todos os seus habitantes, sem distinção de idade ou de estatuto, vêm prostrar-se sucessivamente diante da pequena pira.

Os taoístas tinham feito do deus da Riqueza o chefe do ministério da Riqueza, com gabinetes e um séquito de subalternos, como o Venerável Celeste que Desvela os Tesouros, o Venerável Celeste que Traz os Tesouros, o Imortal dos Lucros Comerciais, etc. Mas o povo, amigo de simplificações, adopta habitualmente um só deus; em Pequim é o deus da Riqueza que aumenta a Felicidade (*Tseng-fu-t'sai-chen*) que é o mais conhecido. O romance *Investidura dos Deuses* identificou-o com o sábio Pikan que viveu no final da dinastia dos Yin e que foi mandado matar por ordem do Imperador, que pretendia verificar se o seu coração era verdadeiramente perfurado com sete aberturas – como se atribui ao coração dos sábios. Aliás, veneram como deus das Riquezas o general Tchao do Terraço Sombrio.

O Agente do Céu (*T'ien-Kuan*) é também um deus que concede felicidade: faz parte de uma tríade, composta também pelo Agente da Terra (*Ti-kuan*), que perdoa os pecados, e pelo Agente da Água (*Choei--kuan*), que afasta a infelicidade. Os três guardam registo das boas e das más acções. Tal como nota judiciosamente H. Maspero, as três divindades não são personificações de um antigo ritual taoísta que impunha a confissão escrita dos pecados em três papéis, um dos quais era queimado pelo Céu, o outro enterrado pela Terra e o terceiro imerso pela água. Destes três deuses, aos quais se oferece duas vezes por mês bolos em forma de tartarugas ou de argolas, o Agente do Céu é, nos nossos dias, o único que é bastante conhecido, e isso graças sobretudo ao teatro, pois é costume que toda a representação teatral comece com uma pantomima chamada «o Agente do Céu dá a felicidade» (*T'ien--kuan-seu-fu*). O deus, tendo a figura de um mandarim em vestes cerimoniais, com uma máscara sorridente enquadrada por uma barbicha e longas suíças, realiza um tipo de dança em cena, levando rolos de desejos de felicidade que desenrola convenientemente, dando-os aos espectadores. (De notar que é um dos raríssimos casos em que o teatro chinês faz uso de máscaras.) Esta pantomima é também designada «a dança do Agente que faz subir de grau» (*T'iao-kia-kuan*), e outrora, nos teatros públicos, mas hoje em dia nas representações privadas por ocasião de uma festa familiar (aniversário, nascimento de um filho, etc.), para-se a peça em curso para executar essa pantomima cada vez que chega um hóspede notável, em sinal de bem-aventurança.

O imperador Kuan (Kuan-ti)

É um deus cujo culto não remonta há muito tempo atrás. Recebe, aliás, culto de dois tipos: um da religião oficial, outro do povo. Para os letrados, Kuan-ti é o deus da Guerra, por oposição a Confúcio, deus das Letras e, como tal são-lhe oferecidos dois sacrifícios, na Primavera e no Outono de cada ano. Esta tradição foi conservada mesmo pela República, pelo menos até ao governo nacionalista de Nankin, e os presidentes que se sucederam, bem como o último ditador, Tchang--Tsao-lin, ofereceram-lhe oficialmente sacrifícios com grande pompa. Mas, para a multidão, Kuan-ti é um deus taoísta, governador e grande protector do povo, desempenhando sobretudo o papel de justiceiro. É também a ele que as gentes do povo se dirigem de cada vez que se querem queixar de alguma coisa, quer se trate de espíritos (demónios, doenças, etc.) ou de humanos (maus funcionários, assaltantes, vigaristas, etc.) e Kuan-ti envia o seu escudeiro Tcheu-t'sang para os castigar ou então apela ao deus do Trovão e a outras divindades para que o façam.

Kuan-ti é, além disso, famoso pela sua previsão do futuro; na maior parte dos templos que lhe são consagrados, encontramos o material necessário, composto de oitenta e uma ou sessenta e quatro fichas numeradas, dispostas num estojo formado por um grande bambu esvaziado e tapado numa extremidade. O suplicante, desejoso de conhecer o futuro, o resultado da doença de um parente, o resultado de uma viagem, um casamento, um nascimento, ou qualquer outra coisa, prostra-se diante da estátua do deus, e depois agarra com ambas as mãos o estojo e sacode-o até que uma das fichas caia ao chão. Por outro lado, existe um registo no qual, diante de cada número das fichas, está a previsão, habitualmente numa poesia grosseira em estilo enigmático e, ao consultar esse registo através do número da ficha, ficamos a saber a opinião do deus. Em certos templos, as previsões são impressas em tiras de papel separadas e o sacerdote encarregue dessa função dá ao suplicante a folha que corresponde à sua ficha. É inútil acrescentar que tudo isto se faz mediante o desembolsar de uma pequena soma de dinheiro, eufemisticamente designada *Hianghuo-t'sien*, «dinheiro para manter o fogo do incenso».

Kuan-ti era um general de um território de Han, na época dos Três Reinos, célebre pela sua rectidão e fidelidade, chamado Kuan Yu. Morreu em 220, tendo sido feito prisioneiro pelo território rival de Wu e decapitado. Celebrizado sobretudo pelo *Romance dos Três Reinos*, onde se relatam as suas maravilhosas aventuras, e por peças de teatro criadas a partir desse romance, foi sempre representado como aí é descrito: vestido de verde com o rosto vermelho como o fruto da jujubeira. É quase sempre acompanhado pelo seu escudeiro Tchéu T'sang e pelo seu filho Kuan Hing, que se perfila a seu lado, e muitas vezes, nos seus templos, vemos ainda a estátua do seu cavalo.

Um outro exorcista de demónios e de maus espíritos é o Senhor supremo do Céu sombrio (*Hiuang-t'ien Chang-ti*), que é ao mesmo tempo o regente da Água. Apareceu uma vez ao imperador Huei-tsong, sob o aspecto de um homem de estatura colossal, cabelos revoltos, envergando uma veste negra e uma couraça de oiro. Os seus pés nus repousavam sobre uma tartaruga que uma serpente enlaçava. É com estes traços que o representam ainda hoje.

Os oito Imortais (Pa-sien)

Os oito Imortais não são, falando com propriedade, deuses: são personagens lendárias que se tornaram imortais à força de praticarem a doutrina taoísta e que têm o direito de ir assistir aos festins que são dados pela Senhora Wang, mulher do Augusto de Jade.

Estas oito personagens nada tinham de comum entre si; não se sabe muito bem como os taoístas fizeram deles um grupo quase inseparável. O seu nome só consta do folclore a partir da época da dinastia Yuan (dita dinasta mongol), cerca do século XIII, ou XIV, e difundiu-se, segundo cremos, sobretudo graças ao teatro. Os oito Imortais acompanham habitualmente a imagem do deus da Longevidade; são eles:

Han Tchong-li, representado habitualmente com o aspecto de um homem de idade avançada, levemente barrigudo, com ar desenvolto. O seu nome terá sido Tchong-li e terá vivido na época da dinastia Han; reuniram estes diversos elementos para lhe darem o nome actual;

Tchang Kuo-lao, um velho, conhecido apenas pelo seu asno mágico que percorria várias dezenas de milhares de léguas num só dia e que para repousar se dobrava como uma folha de papel;

Lan T'sai-ho, cantor de rua que, vestido com farrapos, com um pé descalço e outro calçado, percorria as ruas cantando. Um dia subiu aos Céus, levado por uma cegonha;

Tié-Kuai Li (Li com a Muleta de Ferro), asceta instruído por Lao--Tsé e por outro Imortal, o Senhor Wan-k'iu. Um dia em que devia ir a casa de Lao-Tsé, só a sua alma lá compareceu, e depois disto recomendou ao seu discípulo que velasse bem pelo seu corpo durante sete dias e que o queimasse se ela não voltasse. Ao sexto dia, a mãe do discípulo adoeceu; com pressa para a ir ver, este queimou o corpo do seu senhor. Quando a alma de Li voltou, já não tinha corpo para habitar; então, foi para o corpo de um mendigo que morrera de fome. Tie-Kuai Li é representado pela figura de um mendigo carregando uma grande cabaça às costas, e apoiando-se numa muleta de ferro.

Han Siang-tseu, iniciado na doutrina por *Lu Tong-pin*, de que falaremos mais adiante; *T'sao Kuo-kieu*, convertido por *Han Tchong-li* e *Lu Tong-pin*; *Ho-sien-ku*, a Senhorita Imortal Ho, que subiu ao Céu em pleno dia – são representados respectivamente com o aspecto de um jovem muito bem vestido, usando a pequena cabeleira dos jovens senhores, de um homem com traje de mandarim e de uma jovem levando no ombro uma flor de lótus.

O último dos oito Imortais, *Lu Tong-pin*, é o que tem mais lendas a seu respeito. Diz-se que gosta de passear entre os humanos com um aspecto vulgar e que se aproveita disso para pregar partidas aos malvados e recompensar os bons. Entre as lendas que lhe dizem respeito, uma das mais conhecidas é a história da sua conversão, *Huang-liang-mong*, o Sonho do Sorgo Amarelo, que é também o tema de uma peça de teatro. Tendo parado num albergue, quando era ainda um jovem estudante, Lu Tong-pin encontrou aí um Imortal disfarçado, com quem conversou por momentos. Depois adormeceu e viu em sonhos toda a sua vida: primeiro realizou múltiplos feitos, foi cumulado de honrarias, mas, em seguida, conheceu os piores infortúnios e acabou por morrer miseravelmente, morto por um assaltante. Ao acordar, Lu Tong-pin decide renunciar ao mundo.

Outra lenda, não menos conhecida, é aquela em que converte a cantora Peónia Branca, após três tentativas sucessivas, surgindo diante dela com uma forma nova de cada vez. Este Imortal é representado em vestes de Letrado, com um enxota-moscas, uma espada que traz às costas, a Espada Voadora, de que se serve para matar o Dragão Amarelo.

Deuses das profissões

Além dos deuses que acabámos de estudar, e que são objecto de um culto generalizado, o panteão chinês conta ainda com muitas divindades que são específicas de cada classe social ou de cada profissão. Elas são, por isso mesmo, inumeráveis e não seria pertinente enumerá-las a todas. Limitar-nos-emos, segundo H. Maspero, a referir algumas.

Divindades dos artesãos

Os artesãos elegem habitualmente como patronos personagens que são consideradas inventores das diversas indústrias. Assim, o general *Suen Pin* – que viveu no século IV a. C. – tendo tido os tornozelos

Os oito Imortais. Estatuetas em madeira do século XVIII. Da esquerda para a direita: Tié-Kuai Li, T'sao Kuo-kien Lan T'sai-ho, Hang Tchong-li.
Museu Guimet, Paris.

cortados e lembrando-se, para dissimular esse facto, de envolver os seus pés em cintas de coiro, tornou-se o deus dos sapateiros; *T'sai Luen*, que passa por ter inventado o papel, no século I da nossa era, é o deus dos papeleiros. Honra semelhante é conferida a *Yi-ti*, o primeiro a fazer vinho; ao general *Meng T'ien*, inventor do pincel; a *Ts'ang Kie*, inventor da escrita e adoptado por isso pelos contadores públicos.

Outros são escolhidos por se terem distinguido na sua profissão ou apenas por a terem exercido. Assim, *Fan K'uai*, que antes de se tornar no braço direito do fundador da dinastia Han exerceu o humilde ofício de esfolador de cães, foi adoptado como patrono dos carniceiros. Os marceneiros dedicam um culto a *Lu Pan*, que fabricava, diz-se, um maravilhoso falcão de madeira capaz de voar. Os ladrões elegeram *Song Kiang*, um célebre ladrão do século XII. Mesmo entre as prostitutas há quem se preocupe em eleger um patrono. Em certas regiões da China, elas escolheram a pessoa de *P'an Kin-lien*, viúva desavergonhada, morta pelo sogro para pôr fim às suas desordens.

Por fim, e também muito comum, os artesãos contentam-se com um deus anónimo, por exemplo o *deus da Lançadeira*, para os tecelões, o *deus das Árvores dos Jardins* para os jardineiros.

Os oito Imortais. Estatuetas em madeira do século XVIII. Da esquerda para a direita: Tchang Kuo-lao, Han Siang-tseu, Lu Tong-pin, Ho-sien-ku.
Museu Guimet, Paris.

Divindades marinhas

Tal como o resto do Universo, o mar está submetido à autoridade suprema do Augusto de Jade, e os Chineses não o divinizaram, tal como não divinizaram os outros elementos da natureza. Reconhecem, no entanto, divindades tutelares, protectoras dos navegadores. A mais popular, e também a mais elevada em dignidade, é a *Imperatriz do Céu (T'ien Heu)* que não deve confundir-se com a Rainha-Mãe Wang, esposa do Augusto de Jade.

Antes de ser promovida à sua morada imortal, T'ien Heu era uma jovem da ilha de Mei-tcheu, famosa pela sua piedade. Tinha quatro irmãos, todos marinheiros, que navegavam em diferentes navios. Um dia, estando eles no mar, a jovem foi vítima de uma síncope e permaneceu muito tempo sem consciência. Pensaram que tinha morrido. No entanto, conseguiram devolvê-la à vida através de reanimadores enérgicos, mas desde que saíra do seu sono letárgico queixava-se de ter sido acordada muito cedo. Pouco depois, três dos seus irmãos voltaram e contaram que tinham sido vítimas de uma terrível tempestade na sua viagem e que a irmã os tinha salvo ao aparecer-lhes na tormenta e tirando-os de perigo. O quarto irmão foi o único a não voltar: a rapariga tinha sido reanimada antes de poder socorrê-lo.

Após a sua morte, que ocorreu pouco depois deste milagre, a jovem de Mei-tcheu manifestou em várias ocasiões a eficácia da sua intervenção, tanto assistindo marinheiros em perigo, como ajudando na captura de piratas, e mesmo conjurando terríveis secas. Também o seu culto não deixou de crescer. Promovida primeiro ao título de Princesa do Favor Sobrenatural, foi elevada, no século XVI à dignidade de rainha e recebeu, no século XVIII, o título definitivo de Imperatriz do Céu.

É representada com os traços de uma mulher sentada ora nas vagas, ora num trono; está penteada com o barrete imperial e tem na mão um ceptro ou uma tabuinha.

Divindades rústicas

Segundo o rito confuciano, os Chineses reconhecem um *deus do Solo*, ao qual associam um *deus da Lavoura* e um *deus das Colheitas*. São divindades impessoais e sem carácter mítico. Invocam-nas apenas ocasionalmente de forma solene, em várias alturas do ano. O sacrifício que o imperador oferecia na Primavera e no Outono ao deus do Solo tinha a mesma pompa que o oferecido ao deus do Céu. Aquando da festa do deus da Lavoura, era o imperador que tomava nas mãos a charrua e traçava o primeiro sulco.

A par destes deuses oficiais, os camponeses veneram outras divindades com carácter mais popular. O antigo deus dos Cereais, o *Príncipe Milho* (Heu-tsi), foi suplantado pelo *Príncipe Celeste Lieu*, acometido das funções de intendente dos Cinco Cereais. Contra a saraiva, invoca-se o deus *Hu-chen*, que pode, como lhe aprouver, desencadear ou reter o flagelo; contra os gafanhotos recorre-se ao *Grande General Patcha*, representado sob os traços de um homem com bico e patas de pássaro; as suas mãos têm garras pontiagudas e veste-se com uma simples saia. O gado está sob protecção do *deus da Criação*, que o *Reis-dos-Bois* e o *Porco Transcendente* auxiliam. Um e o outro foram em vida gigantes temíveis. O Rei-dos-Bois, que aterrorizava os seus adversários com os enormes chifres da sua fronte e as suas orelhas de búfalo, foi entretanto domesticado pela senhora Niu-Kua, que lhe pôs no nariz uma corda maravilhosa. Não menos feroz e hediondo com a sua negra face, o Porco Transcendente teve a audácia de engolir Eul-lang, a própria sobrinha do Augusto de Jade. Mas arrependeu-se, pois Eul-lang matou-o.

A criação do bicho-da-seda está sob a tutela da *Senhora da Cabeça de Cavalo*, cuja lenda é bastante curiosa. O seu pai fora raptado por piratas, ela estava desolada e recusava qualquer alimento. A mãe, vendo-a definhar, fez o voto de a dar em casamento a quem trouxesse o pai raptado. Assim que proferiu este voto em voz alta, o cavalo, apaixonado pela sua jovem senhora, ouviu-o. Partiu imediatamente em busca do desaparecido, acabando por encontrá-lo e trazê-lo de volta a casa no seu dorso. Mas quando reclamou a sua recompensa, o pai teve uma cólera violenta, matando o pobre animal, esquartejando-o e pondo a sua pele a secar a Sol. Ora, alguns dias depois, quando a filha passou perto do despojo, este lançou-se a ela e levou-a. Mas o Augusto de Jade velava. Metamorfoseou a jovem em bicho-da-seda e, pouco depois, levou-a para o Céu. A Senhora Cabeça de Cavalo conta-se desde então entre as concubinas do deus soberano.

O Inferno

Como toda a mitologia chinesa, o Inferno deve-se a uma mistura de Taoísmo e de Budismo, com notável preponderância das particularidades do inferno budista.

A noção de inferno, tal como existe nos nossos dias entre o povo, foi difundida, cremos, sobretudo por certas passagens dos romances, entre outros *Viagem ao Ocidente* e *Vida de Yueh Fei* (general do período Song, assassinado por ordem do primeiro ministro T'sin Hoei). Na primeira obra foi o imperador T'ai-Tsong, dos T'ang, que, acusado maldosamente de ter causado a morte de um Rei-Dragão, desceu aos Infernos e, antes de regressar à vida, percorreu certas regiões do império sombrio. Na segunda obra, é um jovem letrado que, na morte de Yueh Fei, dirige uma queixa ao deus, recriminando-lhe a falta de justiça: é convocado pelo Rei dos Infernos que o leva de visita ao seu domínio para lhe provar que os malvados são devidamente punidos enquanto os bons são recompensados.

Os Reis-Yama (Yen-wang)

Existem, segundo a versão mais difundida, dezoito Infernos, repartidos por dez tribunais de que dependem. Esses tribunais são presididos pelos *Che-tien-ven-wang*, os Reis dos Dez Tribunais (as palavras *Yen-wang* vêm de Yama, nome do Deus dos Mortos indo-iraniano), enquanto cada Inferno está reservado a suplícios destinados a castigar delitos bem definidos.

Entre os dez Reis-Yama, o primeiro é o senhor supremo do mundo infernal e, ao mesmo tempo, chefe do primeiro tribunal; está sob a dependência directa do Augusto de Jade e do Grande Imperador do Pico de Leste. É ele que o povo denomina *Yen-wang-yé* (o Senhor Rei--Yama), embora, na realidade, o verdadeiro Rei-Yama tenha sido destituído pelo Augusto de Jade, por ter sido demasiado caridoso e misericordioso, e enviado para governar o quinto tribunal. O primeiro Rei-Yama recebe as almas dos mortos, examina os actos da sua vida passada e, se for caso disso, reenvia-as para diante dos outros Reis, para serem punidas. Quanto aos outros nove, oito deles são encarregues de punir as almas criminosas: assim, o segundo Rei pune os intermediários e as alcoviteiras desonestos, os médicos ignorantes; o terceiro pune os maus mandarins, os falsários e os caluniadores; o quarto pune os avarentos, os que cunham moeda falsa, comerciantes desonestos, blasfemos; o quinto pune assassinos, incrédulos, lascivos; o sexto pune os sacrílegos; o sétimo está reservado aos que profanaram sepulturas, venderam ou comeram carne humana; o oitavo recebe aqueles que faltaram à piedade filial; o nono pune os incendiários e tem como anexo a Cidade dos Mortos por Acidente; por fim, o décimo Rei tem a seu cargo a *Roda da Transmigração* e vela para que a alma que vai reencarnar chegue bem ao corpo que lhe foi atribuído.

(Uma outra versão diz que cada um dos reis julga as almas que passam sucessivamente diante de cada tribunal, enquanto o Rei da Roda da Transmigração decide a respeito da forma na qual renascerá a alma em julgamento.)

Bem entendido, os suplícios em uso nos Infernos são numerosos e variados, de modo que cada delito tem o seu castigo apropriado, por vezes de maneira assaz lógica. Assim, os blasfemos têm a língua arrancada; os avaros e os mandarins prevaricadores são forçados a engolir ouro e prata em fusão, enquanto as almas mais culpadas são precipitadas para as montanhas nas quais estão erguidos sabres com a lâmina virada para o alto, ou mergulhados em azeite em ebulição, ou ainda presos a uma grande trave oca em ferro enrubescido na forja, moídos por uma mó, cortados em dois, desfeitos em bocados, etc.

Os Reis do Inferno têm uma multidão de ajudantes para a execução das suas sentenças; estes ajudantes são representados sob a forma de personagens de torso nu, com duas bossas na fronte (as duas bossas são na realidade chifres) e armados ou com uma maça com esporões em ferro ou com um tridente. Quanto aos Reis-Yama, são representados nas vestes de Imperadores, tal como o Augusto de Jade ou o Imperador do Pico de Leste; nas imagens dos livros de edificação, distinguimos uns dos outros unicamente pela inscrição que os acompanha.

O bodisattva Kchitigarbha
(Ti-tsang Wang-p'u-sa)

Nesse Inferno, povoado de justiceiros implacáveis, não há nenhum lugar para a compaixão? Há, pois as diversas regiões infernais são percorridas sem descanso por uma divindade compassiva e misericordiosa, o bodisattva Kchitigarbha (em chinês *Ti-tsang Wang-p'u-sa*), que tem por atributo salvar as almas pecadoras que recorrem a ele. Na sua vida humana, Ti-tsang era um jovem brâmane que fez um voto de salvar todos os seres mergulhados no pecado. Consagrou à realização desse voto sucessivas existências, que foram inúmeras, e adquiriu com esse espírito de sacrifício tantos méritos que por fim Buda lhe confiou a multidão dos deuses e dos homens «para que não a deixasse cair em maus actos por um só dia ou uma só noite». Assim, após a morte de uma pessoa, nunca é esquecida, na China, a invocação deste deus, para que venha em auxílio da alma do defunto. O seu nome, *Ti-tsang*, é a tradução do sânscrito Kchitigarbha. Nas imagens é representado com a forma de um bonzo, tanto de cabeça rapada, como os bonzos hindus, como a cabeça cingida com a coroa cerimonial que usam os bonzos chineses. A sua mão direita tem a vara de metal guarnecida com os anéis sonoros que os religiosos budistas costumam trazer; na sua mão esquerda encontra-se a pérola preciosa que ilumina pelo seu brilho as estradas infernais.

A vida dos mortos nos Infernos

Quando, segundo os registos de Vida e de Morte que estão com o Rei-Yam, um homem chega ao fim da sua existência terrestre, o Rei-Yama envia dois seus ajudantes para capturar a alma e levá-la perante os tribunais infernais. Esses ajudantes são chamados Cabeça de Boi (*Niu-t'eu*) e Cara de Cavalo (*Ma-mien*), e são representados com a cabeça do animal que lhes dá o nome. Estes dirigem-se então ao domicílio do homem em questão e levam-no; e aí vê-se a utilidade dos deuses da Porta, pois devem verificar a autenticidade do mandato de captura e só depois disso deixam entrar Cabeça de Boi e Cara de Cavalo.

Diz-se também que os dois ajudantes são enviados, não pelo Rei-Yama, mas pelo deus das Muralhas e dos Fossos, que tem o registo de todos os habitantes da sua circunscrição; e, por fim, diz-se também, porque toda a mitologia relativa aos Infernos é muito confusa, que as personagens encarregues de levar os mortos são os dois Sem-duração (*Wu-t'chang*), um branco e outro negro, a quem chamam «os Enviados que capturam as almas» (*Kéu-huen-che-tche*). Nos templos, onde há por vezes a sua estátua, estas duas personagens são representadas envergando um grande veste branca ou preta que lhes chega aos pés, um chapéu alto pontiagudo, uma corda em redor do pescoço e a língua a pender para fora da boca.

Mas sejam uns ou outros, a alma, que depois de ter deixado o seu invólucro carnal, conserva mesmo assim a sua aparência, é levada primeiro diante do deus das Muralhas e dos Fossos, que a faz passar um primeiro interrogatório e a guarda durante quarenta e nove dias, libertando-a ou punindo-a com a canga ou à bastonada, consoante o que o morto fez durante a sua vida. Acontece por vezes que, por via de uma similitude de nome ou de um qualquer outro erro, a alma que é levada não é a que deveria ter sido; nesse caso, o deus deixa-a retornar à terra e reentrar no corpo que habitava; talvez por essa razão os Chineses ficam sempre com os seus mortos junto de si vários dias – pelo menos sete, no máximo quarenta e nove – antes de os inumarem.

Após o quadragésimo nono dia, a alma é reenviada pelo deus das Muralhas e dos Fossos ao Rei-Yama. Este julga-a, examinando o registo onde se inscrevem todas as suas acções, boas ou más, e caso seja necessário reenvia a alma ao Rei-Yama encarregue de castigar o crime de que ela é culpada. Quanto às almas que realizaram actos meritórios, as dos bons filhos, as das boas pessoas, crentes religiosos, pessoas caridosas, etc., vão consoante o caso para a Terra da Extrema Felicidade do Ocidente, perto de Buda, ou para a montanha K'uen-luen, morada dos Imortais, ou então seguem de imediato para o décimo Rei-Yama que as fará renascer para uma segunda existência.

Mas retomemos as almas que pecaram. Elas passam sucessivamente diante de cada um dos Reis-Yama, que as pune pelo delito de que se ocupa; e o povo crê que, para as pessoas que cometeram grandes delitos, a alma deve sofrer todos os suplícios do Inferno sem distinção; tal foi o caso, ao que se diz, do ministro T'sin Hoei, já mencionado, e esse é sem dúvida o meio pelo qual o povo exprime o seu ódio por uma personagem particularmente execrada. Após cada um dos suplícios, a alma recupera a sua forma primitiva para sofrer outro; assim, se tiver sido cortada em pedaços, esses pedaços reunir-se-ão e se tiver sido deitada para um caldeirão de óleo a ferver retornará à vida quando for dele repescada. Quando tiver passado todos os castigos correspondentes aos seus pecados, a alma comparecerá por fim diante do décimo Rei-Yama que decidirá sobre a sua forma futura, humana ou animal. Os budistas acreditam que existem seis vias de nascimento. Três são boas: entre os deuses, entre os homens, entre os *assura* (uma espécie de demónios); e três maléficas: no inferno, entre os demónios esfaimados, entre os animais. Mas o povo, por seu turno, crê que nascer entre o género humano não é necessariamente uma recompensa, pois a alma de um homem pode ser condenada a renascer no corpo de uma mulher (as mulheres eram nos tempos antigos consideradas menos honradas que os homens), ou ainda num corpo enfermo, de mendigo, etc., enquanto outras vezes uma alma pode renascer sob a forma de um animal sem pecado. Não existem créditos mal parados neste processo: assim, um diz que alguém morreu sem antes ter devolvido a outra pessoa dinheiro que pedira emprestado, mas que por isso terá pedido ao Rei-Yama para renascer com a forma de um potro na família do seu credor. Pouco tempo depois do seu nascimento, o dono vendeu-o pela precisa soma que lhe tinha emprestado na vida anterior; depois da venda, depressa morreu o potro e a alma que o habitava apresentou-se de novo nos tribunais dos Infernos para ser de novo julgada. Também se conta que, assemelhando-se muito ao «Sonho do sorgo amarelo», referido a propósito do Imortal *Lu Tong-pin*, um letrado recebido nos exames imperiais passeava-se num templo e entrou no quarto de um bonzo para repousar. Adormeceu e sonhou que era nomeado grande dignitário e que enriquecia pelas suas prevaricações. Após a sua morte, sempre durante o sonho, foi condenado a beber ouro em fusão em quantidade equivalente àquilo de que se tinha indevidamente apropriado. Depois reencarnava, numa família de mendigos, como rapariga que, em idade núbil, tinha de ser vendida como concubina a um letrado. Só acordou quando morreu pela segunda vez no sonho, e, percebendo a vaidade das honras deste mundo, partiu para uma montanha em busca da Via.

As almas reencarnadas num animal não perdem por isso os seus sentimentos humanos: quer nasça na forma de um galo ou de um porco, a alma sentirá com sensibilidade humana os sofrimentos que o animal sofre quando é morto, e cada golpe de cutelo que lhe desfiram será sentido; só não poderá exprimir os seus sofrimentos em linguagem humana, pois não conhecerá o seu uso por causa do Caldeirão do

Esquecimento (*Mi-huen-t'ang*). Este caldeirão é fabricado pela *Senhora Meng* que habita num edifício situado antes da saída do Inferno, e todas as almas que passam pela sua porta para ir para a Rua da Transmigração devem beber aí ou por livre vontade, ou à força. Sob a sua influência, estas almas esquecem a sua vida anterior, a sua passagem pelos Infernos e também a sua linguagem. Existem lendas que contam o caso de nascimentos maravilhosos: a criança que sabia falar da sua vinda ao mundo por que a alma que habitava o seu corpo enganara a vigilância dos guardiões no Inferno e tinha evitado beber do Caldeirão do Esquecimento.

Depois de beberem deste caldeirão, se a alma tiver de renascer sob a forma de um animal, os executantes dos tribunais deitam sobre as suas costas uma pele da espécie de animal a que ela pertencerá e de seguida é levada à ponte da Dor (*K'u-t'chu-k'iao*), que atravessa um rio com águas coloridas de vermelhão; daí é precipitada na corrente, que a leva em direcção ao seu novo destino. Diz-se também que a alma sobe para a roda da Vida e da Morte que a reenvia para a terra. O conto já referido diz: «Após ter dado alguns passos, viu, sobre um suporte, um potro de ferro com vários pés de torno, depois uma grande roda cuja dimensão era de não se sabe quantas léguas; brotavam chamas de cinco cores e a sua luz iluminava o Céu. Os demónios golpeavam-no, obrigando-o a subir para a roda; mal tinha saltado lá para cima, fechando os olhos, a roda girou debaixo dos seus pés e ele sentiu-se cair; em todo o seu corpo experimentou a frescura; abrindo os olhos viu-se já num corpo de criança.»

Um outro conto, traduzido pelo Dr. P. Wieger, refere um outro caso: «Tudo estava confuso para ele; o seu corpo era sacudido pelo vento. De súbito, franqueando um portão vermelhão, caiu num lago profundo de dez mil craveiras; não sentiu dor alguma, mas sentiu o corpo a estreitar--se e a diminuir e que já não era o mesmo. Quando parou de cair, os seus olhos estavam fechados e não podiam abrir-se; nas suas orelhas ouvia o som que lhe parecia ser a voz dos seus pais. Acreditava estar a ser joguete de um sonho.» Trata-se aqui, como no conto precedente, de uma alma nascida num corpo de criança; bem entendido, a impressão é outra e bem mais desagradável se se tratar do corpo de um animal.

Algumas particularidades do Inferno

O Inferno forma todo um mundo à parte, com as suas cidades e campos. A principal cidade é *Fong-tu*; as almas dos mortos entram nela por uma porta chamada a porta dos Demónios (*Koei-men-kuan*). Na cidade encontram-se os palácios dos Reis-Yama, os diversos tribunais, os lugares reservados aos suplícios bem como as casas de habitação dos funcionários, das ajudantes do inferno e das almas à espera de renascerem. Do lado oposto à porta dos Demónios, a cidade está ladeada por um rio chamado Rio Como (*Nai-ho*), atravessado por três pontes: uma em ouro, para os deuses, outra em prata para as almas dos homens virtuosos, a última para as almas sem mérito ou criminosas. Esta ponte tem várias léguas de comprimento, mas somente três palmos de largura; não tem corrimão e as almas criminosas de determinada categoria – como as que, na sua vida terrestre, profanaram vestimentas de cor púrpura, ou as mulheres que não respeitaram os seus sogros, as que foram desavergonhadas e desonestas – , ao quererem atravessar esta ponte caem irremediavelmente nas vagas que correm debaixo dela. Aí são presas de serpentes de bronze e de cães de ferro que as mordem e dilaceram.

As almas dos mortos são responsáveis não só pelos actos da vida que acabam de abandonar como pelos da vida anterior a essa, dos quais não tenham ainda recebido castigos por uma qualquer razão. Como estas almas não se podem recordar, graças ao Caldeirão de Esquecimento, de cada passagem pelo Inferno, são levadas, quando necessário, diante de um imenso espelho, o Espelho dos Malvados (*Nié-King-t'ai*), colocado no tribunal do primeiro Rei-Yama. Nesse espelho as almas vêem-se com a forma que tinham na vida precedente e dão-se conta do crime que cometeram. O Rei-Yama baseia-se nessa aparição para pronunciar o seu juízo.

Não longe da cidade de *Fong-tu*, encontra-se a Cidade dos Mortos por Acidente (*Wang-seu-t'cheng*). Ela depende do nono Rei-Yama. É para lá que são enviados todos os que são mortos antes da data inscrita nos Registos da Vida e da Morte, pouco importando que se tenham suicidado ou tenham morrido por acidente. As almas destes mortos devem viver eternamente aí como demónios esfaimados, sem poderem renascer, salvo em casos onde possam encontrar um substituto: assim, a alma de um enforcado deve levar a alma de outro enforcado e a alma de um afogado deve levar a de outro afogado. Para lhes permitir encontrar um substituto, essas almas, após três anos de estadia nos Infernos, são autorizadas a regressar livremente à Terra, ao local onde deixaram o seu corpo mortal, e é aí que intrigam de forma a que os homens que passam nas proximidades morram da mesma maneira; é por essa razão que os Chineses evitam cuidadosamente os lugares onde houve um homicídio, um suicídio ou um acidente que causou uma morte humana, com medo de serem objecto de tentativas por parte da alma do morto.

Existe, por fim, na cidade de *Fong-tu*, um terraço elevado que depende do quinto Rei-Yama: é o Terraço de onde se vê a sua cidade (*Wang-Kiang-t'ai*). As almas são aí levadas uma última vez para verem o que sucedeu às famílias após a sua morte, para verem o sofrimento que lhes provocaram e as lágrimas e lamentos dos seus parentes.

O Paraíso chinês

Vimos que as almas dos justos, quando não são reenviadas de imediato para o décimo Rei-Yama para uma nova existência, partem ou para a montanha K'uen-luen, morada dos Imortais, ou para a Terra da Extrema Felicidade do Ocidente, perto do Buda Amitâbha.

A montanha *K'uen-luen* apresenta uma estreita analogia com o Olimpo dos Gregos; mas enquanto estes colocaram a residência dos seus deuses numa montanha do seu próprio país, os Chineses situam a morada dos seus numa montanha fabulosa, muito distante e situada no centro do mundo.

A soberana dessa região não é senão a Rainha Senhora do Ocidente, a Rainha-Mãe Wang, mulher do Augusto de Jade. O seu palácio está construído sobre o cume de uma montanha; não tem menos de nove andares e é todo feito de jade. Em seu redor estendem-se magníficos jardins, onde cresce o Pessegueiro da Imortalidade. Aí vivem os Imortais, numa sucessão ininterrupta de festins e de jogos. Só podem ser admitidos nessa morada aqueles humanos a quem os deuses, em recompensa dos seus méritos, permitiram desfrutar, na sua vida terrestre, do fruto maravilhoso, o Pêssego da Imortalidade. Quando chegou a hora de partirem da terra, segundo a sentença prescrita nos livros dos destinos, oferecem aos homens a aparência da morte. Mas na realidade contentam-se com o abandono dos seus corpos perecíveis e vão prosseguir, na montanha K'uen-luen, uma existência sem fim.

Os outros justos admitidos à felicidade da vida eterna dirigem-se à *Terra da Extrema Felicidade do Ocidente*. Esta terra, que se encontra na extremidade ocidental do universo, está separada de nós por uma infinidade de mundos semelhantes ao nosso. É um lugar de delícias, fechado por todos os lados e embelezado com sete degraus em terraços, com sete níveis de árvores cujos ramos, feitos de pedras preciosas, tilintam harmoniosamente quando a brisa os agita. Aí encontramos lagos floridos com lótus, cujo fundo está coberto com areia de ouro e cujos bordos são feitos de sete jóias. Pássaros de plumagem multicolor e com uma voz divinal celebram nos seus cantos as cinco Virtudes e as Doutrinas excelentes. Chuvas de flores espalham-se pelo solo. Neste éden, os bem-aventurados levam uma existência piedosamente regulada: «Todos os dias, na aurora, vão oferecer flores a todos os Budas dos outros mundos e regressam ao seu mundo à hora das refeições.» E todo o que ouvem: o canto dos pássaros, o som do vento nas árvores de pedras preciosas, tudo os faz sonhar com o Buda, com a Lei e com a Comunidade. Findas as migrações perigosas: já não conhecerão nenhuma outra existência.

Felizes então os que, durante a sua vida, invocaram com fervor Amitâbha. À hora da morte, o seu coração não será perturbado, pois Buda, em pessoa, surgirá diante deles. Recolherá as suas almas e depô-las-á nos lótus dos lagos, onde elas permanecerão encerradas até ao dia em que, livres das últimas impurezas, sairão da flor enfim aberta e misturar-se-ão com os justos que povoam a Terra da Extrema Felicidade do Ocidente.

Ou-I-Tai

9
MITOLOGIA JAPONESA

Introdução

Fontes da mitologia japonesa

Quando os antepassados dos Japoneses, provavelmente vindos da Coreia, se instalaram no Japão, encontraram os Ainos, com os quais entraram em guerra e que empurraram para o Norte, enquanto nas ilhas do Sul, particularmente em Kyushu, encontraram diversas tribos que submeteram e assimilaram. Viviam em tribos, cada qual com o seu chefe, que, como veremos mais adiante, era muitas vezes uma mulher, traço de costumes adquiridos com os Chineses quando estes estabeleceram relações com o Japão, provavelmente no início da nossa era. Além da China, o Japão também manteve contactos com a Coreia e estes contactos antigos com o continente asiático exerceram uma influência sobre o espírito do povo japonês; deixaram também marcas notáveis nas suas narrativas mitológicas. As tribos do Sul, com a sua vida marítima, contribuíram também elas para a constituição da mitologia japonesa, bem como as tradições locais das diferentes regiões.

Tradições orais

Estas confusões de mitos locais, amalgamados com lendas estrangeiras, constituem a mitologia tal como ela foi transmitida pelos textos, e é este facto que torna o estudo, em si, delicado. A dificuldade aumenta, de resto, pelo facto de as narrativas mitológicas, estando estreitamente ligadas às origens da família imperial do Japão, não deverem ser criticadas ou explicadas de um modo muito racionalista pelos especialistas do território. Estes mitos foram conservados por uma tradição oral graças à corporação dos *Katari-be*, «Recitadores», que tinham por função recitar antigas lendas durante os grandes festejos xintoístas. Os estudiosos japoneses supõem que esta corporação de recitadores estava ligada de forma estreita aos sacerdotes e sacerdotisas que, durante o serviço religioso, possuídos por espíritos divinos, contavam antigas lendas relativas aos deuses, à tribo ou ao território.

«Os *Katari-be* teriam cantado as suas canções nos banquetes da corte imperial ou das grandes famílias; estes poemas relatam sem dúvida a origem dos deuses e dos antepassados» (N. Matsumoto, *Essai sur la Mythologie japonaise*, Paris, 1928, p.5). Estas narrativas foram utilizadas, no início do século VIII, para fazer a compilação de histórias antigas do Japão de que falaremos mais tarde. Já dissemos que as relações do Japão com a China e a Coreia foram estabelecidas desde o início da nossa era, se fizermos fé nos dados da arqueologia. Sabemos também que a ciência chinesa, com a sua escrita, foi oficialmente introduzida, a partir do ano 405, quando chegou o sábio coreano Wani. O budismo foi introduzido em 522 e, depois de diversas vicissitudes, tornou-se a religião oficial: o imperador Yomei (585-587) foi o primeiro soberano a adoptar essa religião estrangeira. Em 592, a imperatriz Shuiko subiu ao trono e o príncipe Shotoku, budista fervoroso, tornou-se regente. Os usos estrangeiros impregnaram a vida japonesa a ponto de, durante uma cerimónia xintoísta, os descendentes dos Coreanos pronunciarem palavras em chinês. É natural supor que os sábios que redigiram a história do Japão e os escribas que a escreveram em chinês, sob a influência de uma educação sinizada, tenham modificado e embelezado as antigas tradições de acordo com as ideias chinesas.

Fontes escritas

Quais são as fontes escritas? Desde logo, o *Kojiki* (livro das coisas antigas ou das antigas palavras). O imperador Temmu (672-686) deu-se conta de que as antigas famílias, nas suas lutas, alteravam tradições antigas para melhor estabelecerem os seus direitos e os seus privilégios. Estas deformações punham em risco a família reinante. Em 681, encarregou uma comissão de passar a escrito as tradições antigas, mas a sua morte suspendeu o trabalho. Tinha também ordenado a uma das suas servas, Hieda-no-Are, que fora dotada com uma muito boa memória, que aprendesse de cor todas as lendas antigas. Em 711, a imperatriz Gemmyo (707-715) ordenou a O no Yasumaro que recolhesse as narrativas de Hieda-no-Are, que fizesse uma escolha e redigisse as antigas tradições sob a forma de livro. Em 712 o trabalho ficou concluído e, sob o nome de *Kojiki*, foi apresentado à imperatriz. É curioso notar que O no Yasumaro tinha hesitações quanto ao modo de escrever o texto. Ela não queria redigi-lo inteiramente em chinês por receio de que isso descaracterizasse as narrativas originais; mas como o silabário japonês ainda não existia, sendo um bom Japonês ele estabeleceu um compromisso, ora escrevendo em chinês, ora utilizando os caracteres chineses como equivalentes fonéticos das sílabas, de que resultam grandes complicações na leitura deste texto. É preciso não esquecer que «o *Kojiki* foi composto para fixar de modo definitivo e acima de qualquer controvérsia a genealogia imperial, por um lado, e as lendas xintoístas, fontes dos rituais e dos fundamentos do Estado, por outro. Em suma, não se tratava tanto de escrever uma história como de estabelecer uma ortodoxia.» (Maitre, *La Littérature historique du Japon des origines aux Ashikaga*, B.E.F.E.O., Out-Dez, 1903, p. 53).

A mesma soberana ordenou também, em 714, que se redigisse uma história nacional. Cinco anos depois, sob o reinado da imperatriz Gensho (715-726), o príncipe Toneri e O no Yasumuro compilavam em língua chinesa os anais do Japão, *Nihonshoki* (também chamado *Nihongi*), que apresentaram à imperatriz em 720. A primeira parte desses anais, designada sob o título *Jindaiki*, «livros consagrados às gerações divinas», relata as lendas mitológicas dando-lhes as diferentes variantes que existiam na época.

Em 807, Imibi no Hironari compôs e apresentou ao trono o *Kogoshui* – respiga das antigas palavras –, para protestar contra os prejuízos que a família Nakatomi causava à família Imibe no protocolo dos serviços religiosos. Hironari contou vários mitos para confirmar que as antigas tradições tinham sido bem guardadas pela sua família, a qual devia, portanto, ter prioridade sobre a dos Nakatomi. Estes mitos são os mesmos que os do *Nihonshoki* e do *Kojiki*.

As narrativas e ensinamentos mitológicos encontram-se também nas orações litúrgicas, *norito*, incluídas no oitavo volume do cerimonial acabado em 927, o *Engishiki*, que fornece muitos ensinamentos sobre as questões xintoístas. Em conformidade com a costume chinês, o governo japonês ordenou em 713 às autoridades locais que redigissem descrições pormenorizadas das suas províncias. Estes volumes receberam então o nome *Fudoki*; a maioria destas monografias desapareceu, só subsistindo cinco *Fudoki* e fragmentos de outros. São fontes preciosas, pois apresentam-nos as tradições locais, que ajudam a compreender os antigos mitos. Encontraremos também narrativas mitológicas na grande, e primeira, antologia de poesia japonesa, o *Manyoshu*, compilada no século VIII. Nas genealogias da antiga nobreza, o *Shojiroku*, redigido em 814, encontramos vestígios das antigas tradições.

A estas fontes escritas juntam-se os estudos do folclore japonês que, nas primeiras décadas do século XX, foram realizados com muito ardor, e que, pelo elevado número de publicações relativas a tradições locais, permitiram ver um pouco mais nitidamente as narrativas antigas. Os estudos do folclore das ilhas Ryukyu contribuíram muito para a compreensão do papel da mulher nas antigas tradições (Matsumoto, «L'état actuel des études de folklore au Japon», n°. 10, *Japon et Extrême Orient*, Paris, 1924, p. 228). Estes estudos folclóricos são interessantes sobretudo para estudar a religião primitiva do Japão, pois o Xintoísmo oficial sofreu durante a História a influência de ideias estrangeiras e, por isso, certas modificações foram introduzidas.

As grandes lendas da mitologia japonesa

Os Kami

Os Japoneses divinizam as forças da natureza porque as sentiam mais poderosas do que eles e veneram-nas nos chamados *Kami*; as altas montanhas, as árvores grandes e antigas, os rios, eram também para eles *Kami*, tal como os homens superiores. A palavra *Kami*, significa «seres colocados mais alto», aqueles que veneramos, e não tem o significado da nossa palavra deus. Os *Kami* japoneses são muito habitualmente caracterizados pelo epíteto *chi-haya-buru*, que se pode traduzir por «poderoso». Os deuses da mitologia japonesa têm um corpo semelhante ao dos homens e são dotados de todas as qualidades e defeitos humanos. Os mitos falam com toda a candura de certas façanhas dos deuses, que os tradutores ingleses preferiram verter em latim. As tradições dizem-nos que os deuses possuem duas almas, a doce (*nigi-mi-tama*) e a violenta (*ara-mi-tama*). O *Kami* reage conforme a actividade de uma ou outra. Ocasionalmente, a alma pode deixar o corpo e manifestar-se num objecto. Mas os *Kami* japoneses não são omniscientes; os que estão no céu não sabem o que se passa na terra e precisam de enviar mensageiros para obter informações. Servem-se também da adivinhação para prever o futuro. Os diferentes deuses podem fazer o bem e o mal, mas entre eles não há um *Kami* que seja essencialmente mau. É verdade que assim que o deus Izanagi, de que falaremos mais tarde, voltou dos Infernos para a terra e se lavou da sujidade, então o deus das múltiplas calamidades, *Yaso-Maga-Tsu--Hi*, nasceu da lama infernal; mas em seguida aparece o deus reparador, *Kamu-Nahobi*. Todos os que são malvados habitam os Infernos, que estão sob a terra, e estes demónios são representados por diferentes epidemias, doenças e calamidades que afligem os habitantes do Japão. Mas são muito menos poderosos do que os Kami, que pela força da magia sabem submetê-los ou impedi-los de sair de debaixo da terra.

O Céu, a Terra e os Infernos

A mitologia japonesa divide os *Kami* em deuses do céu (*Ama Tsu Kami*) e deuses da terra (*Kuni Tsu Kami*); estes últimos são os mais numerosos e moram nas ilhas do Japão. Entretanto, certas divindades da terra sobem ao céu, ou então fazem o percurso contrário e instalam-se na terra. O céu, que os Japoneses designam pela palavra *Ama*, não é um local distante e inacessível: a sua paisagem é a mesma que a do Japão e é atravessada pelo rio celeste Ama no Gawa que, como os rios do Japão, tem um leito muito largo e coberto por pequenas pedras.

A terra estava primitivamente unida ao céu por uma espécie de ponte, Ama no Hashidate, que permitia aos deuses descer e subir. Segundo o *Tango-fudoki*, certo dia, enquanto os deuses dormiam, a ponte ou esta escada afundou-se no mar. Foi isso que formou o istmo alongado, situado a oeste de Quioto, na subprefeitura de Yosa, e que é conhecido como sendo uma dos três mais belos locais do Japão.

Sob a terra está situado o reino dos mortos, que se designa pelo nome de «país das trevas» (*Yomi-tsu-kuni*), ou por país das raízes (*Ne no Kuni*), e ainda por país profundo (*Soko no Kuni*). Podemos penetrar nesses Infernos por duas entradas; existe uma estrada em declive e extremamente sinuosa que começa na província de Izumo e conduz ao subsolo; a outra entrada situa-se à beira-mar: é um abismo sem fundo onde se reúnem todas as águas do mar e onde, no dia da grande purificação, são engolidos pelas águas todos os pecados e todas as manchas. Nesse reino subterrâneo foram erigidos palácios e cabanas, que são habitados por demónios masculinos e femininos; estes últimos chamam-se *shiko-me* (mulheres feias) ou *hisa-me* (mulheres de fronte franzida). Nos mitos raramente se fala deste reino dos mortos; é mencionado nomeadamente quando, após a morte da sua mulher Izanagi, o deus Izanami desceu à terra para tentar resgatá-la; os Infernos são também especificamente mencionados num mito da província de Izumo, em que se conta como o deus O-*Kuni-Nushi* desceu para ir consultar *Susanoo*.

As tradições mitológicas japoneses não nos transmitiram as crenças antigas sobre a morte. «Provavelmente», diz o Professor Florenz (cf. *Lehrbuch der Religionsgeschichte*, 4.ª edição revista, vol. I, artigo «Die Japaner», p. 257), «o xintoísta tem horror a tudo o que diga respeito à morte e a cadáveres.» A ideia da recompensa e da punição após a morte entrou no Japão com as crenças budistas; nos antigos textos xintoístas não encontramos nenhuma menção a esse tema.

Origem dos deuses e do mundo

A mitologia japonesa conta-nos que «no tempo em que surgiram o céu e a terra, formaram-se três divindades na planície dos céus elevados». Nasceram por geração espontânea e depois esconderam-se. «Em seguida, quando a terra, jovem e semelhante a um óleo flutuante, se movia como uma medusa, de uma coisa que surgiu, tal como um rebento de cana, nasceram duas divindades que, também elas, se esconderam.» Em seguida formaram-se sete gerações divinas; o último casal trazia os nomes *Izanagi* e *Izanami*.

É muito provável que estas primícias da mitologia japonesa, onde podemos encontrar vestígios de influência de ideias chinesas, tenham sido redigidas por compiladores para servir de introdução às tradições nacionais.

Izanagi e Izanami

Izanagi e Izanami receberam ordem para consolidar e fecundar esta terra em movimento. De pé sobre a «ponte flutuante do céu», eles remexeram a água do mar com a lança que os deuses lhes deram. Quando a água começou a coagular, retiraram a lança e da gota que caiu da sua ponta formou-se a ilha de Onokoro, palavra que significa «coagular naturalmente». As duas divindades desceram a essa ilha e aí fizeram surgir uma colónia e a sua habitação.

Considerando-se mutuamente, Izanagi e Izanami decidiram unir-se para engendrar este local.

Deram então um passeio pela colónia: Izanagi contornou-a do lado esquerdo e Izanami do lado direito. Quando se reencontraram, a deusa Izanami gritou: «Que felicidade encontrar um homem novo tão bonito!», mas o deus Izanagi ficou descontente com essa exclamação: na sua qualidade de homem era ele quem deveria pronunciar as primeiras palavras. Desta união primordial nasceu uma «criança sanguessuga» que os pais não quiseram reconhecer; puseram-na numa barca de canas e lançaram-na à deriva. Depois nasceu a ilha de Awa, que também não reconheceram como sua filha.

Pediram conselho aos deuses, que lhes explicaram que esses nascimentos infelizes eram o resultado da falta cometida por Izanami ao dirigir a primeira palavra ao seu futuro esposo e que seria preciso refazer toda a volta à colónia, observando o rito. O deus Izanagi e a deusa Izanami executaram-na e deram à luz múltiplas ilhas que constituem o Japão, tal como aos numerosos deuses: o do Vento, o da Árvore, o da Montanha, etc. O último a nascer foi o deus do Fogo que, ao vir ao mundo, queimou a deusa Izanami e lhe causou um sofrimento cruel. Dos seus vómitos, da sua urina e dos seus excrementos nasceram ainda deuses e, finalmente, ela morreu. O seu esposo Izanagi lamentou-se e das suas lágrimas nasceu a deusa do Ribeiro Gemente. Furioso contra este filho que tinha causado a morte da deusa, Izanagi agarrou a sua espada e cortou a cabeça ao recém-nascido. Das gotas de sangue que, escorrendo pela lama, caíram ao solo, nasceram oito deuses diferentes e, das diferentes partes do corpo do cadáver, oito outras divindades simbolizando as diferentes montanhas.

Descida de Izanagi aos Infernos

Izanagi, não podendo consolar-se com a morte da esposa, desceu aos Infernos; a sua mulher veio ao seu encontro, mas recusou voltar com ele, pois já provara a alimentação infernal. Ela propôs-lhe encontrar-se com o deus dos Infernos para discutirem esta questão e suplicou ao seu esposo que não olhasse para o interior da casa. Mas o deus impacientou-se e correu o risco de ir vê-la. Partiu um dente 'macho' do seu pente, isto é, um dos dois que se encontram na extremidade, acendeu-o como uma tocha e penetrou no palácio. Viu o corpo de Izanami em decomposição, cheio de vermes e guardado pelos oito Trovões. Assustado, salvou-se; Izanami gritou-lhe: «Tu humilhaste-me!» e enviou no seu encalço as feias-filhas-do-Inferno. Izanagi protegeu-se por diversos meios mágicos. Então, a deusa enviou os oito deuses do Trovão e os guerreiros dos Infernos. Chegado ao sopé da colina dos Infernos, Izanagi pegou em três pêssegos e lançou-os contra os guerreiros dos Infernos, que se dispersaram; e depois agarrou num grande rochedo e obstruiu a saída dos Infernos. Izanami, que também se lançara na sua perseguição, ficou do outro lado do rochedo. As duas divindades juraram divorciar-se e separaram-se. O deus Izanagi, sentindo-se conspurcado pelo contacto com o mundo dos mortos, dirigiu-se à ilha Tsukushi, onde se purificou na embocadura do pequeno rio de Tachibane, na província de Hiuga. Atirou o seu bastão para longe e dele nasceu o Deus-erigido-na-bifurcação-de-caminhos. De seguida desfez-se das suas vestimentas, que lançou para longe e que produziram, cada uma delas, uma divindade. Depois foi mergulhar no meio do rio, e da impureza que trouxera consigo dos Infernos nasceram dois deuses de diferentes males; para curar esses males, Izanagi deu origem a dois deuses que rectificaram os males e à «deusa sagrada». Izanagi mergulhou em seguida no mar e desse banho surgiram os diferentes deuses do Mar. Lavou o seu olho esquerdo e deu assim origem à grande deusa *Amaterasu*, deusa do Sol; a seguir lavou o olho direito e trouxe ao mundo a deusa da Lua, *Tsukiyomi*. Por fim lavou o nariz e deu vida ao deus Susanoo. Izanagi ordenou à filha mais velha, Amaterasu, que governasse a planície celeste, dando-lhe o seu próprio colar de jóias; ao deus da Lua confiou o reino da Noite e ao deus Susanoo a planície dos mares. A deusa do Sol e o deus da Lua, obedecendo à ordem de Izanagi, seu pai, tomaram posse do céu e do reino da noite. Apenas Susanoo não partiu e ficou no sítio, chorando e gemendo. Izanagi perguntou-lhe a razão dos seus lamentos, e Susanoo disse-lhe que queria ir ao reino da sua mãe morta. O deus Izanagi zangou-se e expulsou-a. Susanoo exprimiu então o desejo de pedir permissão à irmã mais velha antes de descer ao mundo subterrâneo.

Os estudiosos que se ocuparam da mitologia encontraram certas semelhanças entre nos mitos sobre Izanagi e Izanami e os da Polinésia, por exemplo; é muito provável também que, sobre uma tradição antiga, os redactores do *Kojiki* e do *Nihonshuki* tenham enxertado a lenda chinesa de P'an-Ku, cujo olho esquerdo se tornou o Sol e o olho direito a Lua. Como faz notar, muito apropriadamente, M. N. Matsumoto, no seu *Ensaio sobre a Mitologia Japonesa*, o conjunto das antigas tradições indica que Susanoo representa os deuses da província de Izumo e Amaterasu os de Yamato. As duas tribos destas regiões eram rivais e a família imperial, como veremos mais tarde, tinha como antepassada a deusa do Sol e tentou, ao redigir as antigas tradições, estabelecer a supremacia de Yamato; na altura em que os textos foram redigidos, isto era já um facto histórico. Pela comparação dos textos antigos e pelos estudos sobre o folclore, tanto do Japão propriamente dito, como do das ilhas Ryukyu, constatamos que Amaterasu, ainda que deusa do Sol, possuía ao mesmo tempo carácter de sacerdotisa, o que facilmente se compreende sabendo que no Japão antigo «as noções de deus e de sacerdote se confundiam» e que, em consequência disso, a vida de sacerdotes e sacerdotisas influenciou a composição dos mitos. Veremos por exemplo, nos mitos seguintes, que a deusa Amaterasu tecia as roupas divinas; e sabemos que os sacerdotes xintoístas se dedicavam à tecelagem de vestes antes das grandes cerimónias. Os mitos que relatam a luta de Amaterasu com o seu irmão Susanoo reflectem provavelmente rivalidades que terão existido entre um irmão e sua irmã, sacerdotisa-suprema. Sobre estas rivalidades temos testemunhos dos historiadores chineses que, nos anais da dinastia Wei (220-264), contam que a seguir à morte da rainha-sacerdotisa Himeko, do reino Yamato, o seu irmão mais novo, que a ajudava, foi entronizado e que esta sucessão provocou guerras civis. A calma só foi restaurada quando a filha mais velha da rainha morta ascendeu ao trono.

Susanoo e Amaterasu

Mas voltemos ao relato mitológico do *Kojiki* e do *Nihonshoki*. Susanoo subiu em direcção ao céu para ver a sua irmã mais velha, mas fê-lo com tanto estrépito, sacudindo as montanhas e os rios e fazendo tremer a terra, que a deusa pensou ser apropriado tomar precauções para o receber: dependurou do ombro uma aljava e diante dela pôs um arco do qual fez tremer o entalhe. Quando Amaterasu lhe perguntou a razão da sua vinda, Susanoo respondeu que não tinha nenhuma má intenção e que vinha simplesmente despedir-se antes de partir para o território longínquo onde estava a sua mãe.

A deusa do Sol pediu ao irmão provas das suas boas intenções. Susanoo sugeriu que cada um trouxesse ao mundo filhos: os seus seriam rapazes e isso provaria a sinceridade das suas intenções. Amaterasu pegou no sabre do seu irmão e cortou-o em três pedaços, e depois de os ter mastigado, fez sair da sua boca um leve nevoeiro que deu origem a três deusas. Susanoo pediu à sua irmã os cinco cordões de jóias que ela trazia e, depois de os ter mastigado com os seus dentes, soprou da boca com um leve nevoeiro dando origem a cinco divindades masculinas. Amaterasu declarou que os rapazes eram seus filhos por terem sido criados com as jóias que lhe pertenciam.

É interessante notar que na época histórica os oito filhos de Amaterasu e Susanoo foram venerados como os oito «príncipes» e considerados antepassados: o mais velho como antepassado dos imperadores, os outros das grandes famílias.

Susanoo ficou tão contente com o seu sucesso que perdeu todo o autocontrolo e, na impetuosidade da sua vitória, destruiu os arrozais preparados por Amaretasu, encheu as fossas de irrigação e espalhou os seus excrementos no templo edificado para os festejos das primícias. A deusa do Sol perdoou todos estes actos do seu irmão, que continuou as más acções. Um dia, quando a deusa Amaterasu tecia as vestes divinas na sua morada sagrada, Susanoo fez um buraco no cimo da casa e lançou aí um cavalo que antes esquartejara. Esta aparição terrível e inesperada provocou um tal transtorno que uma das tecelãs se picou com a sua lançadeira e morreu. A deusa Amaterasu, aterrada, escondeu-se na gruta rochosa do céu e barrou a entrada com um rochedo. O mundo foi coberto pelas trevas.

Alguns estudiosos quiseram ver neste desaparecimento do Sol a reminiscência de um eclipse, mas estamos de acordo com M. N. Matsumoto quando ele a interpreta como um mito relativo ao início do Inverno, pois o acontecimento deu-se a seguir à festa das primícias.

O retorno de Amaterasu

A obscuridade que invadiu o mundo facilitou a actividade dos deuses malvados e consternou os outros deuses. Oitocentas miríades de deuses reuniram-se no leito ressequido do rio para deliberarem as medidas a tomar para fazer reaparecer a deusa do Sol. Dirigiram-se ao deus que «Acumula-os-pensamentos» e, segundo os seus conselhos, mandaram levar galos, cujo canto prediz a aurora; depois deram ordem para que se fabricasse um espelho e colares de jóias, que fixaram nos ramos da árvore Sakaki (*Cleyera japonica*) e que ornamentaram com diferentes tecidos. Pronunciaram as palavras rituais. A deusa *Ama no Uzume* muniu-se de diferentes plantas, tomou nas suas mãos folhas de bambu e, sobre um vaso voltado que puseram na entrada da gruta, começou a executar uma dança em que batia com os pés sobre o vaso, que ecoava. Possuída pelo espírito divino, despojou-se das suas roupas. Os deuses começaram todos a rir.

A deusa do Sol, ouvindo o canto dos galos, o barulho da dança de Ama no Uzume e o riso estridente dos deuses, ficou intrigada e perguntou a razão de todo o ruído. Ama no Uzume respondeu-lhe que os deuses se regozijavam por possuírem uma deusa superior a Amaterasu. Levada pela curiosidade, a deusa do Sol, diante da qual se colocara o espelho, ficou intrigada pelo seu reflexo e saiu um pouco da gruta. O deus da Força, que estava escondido, apanhou-a pela mão e fê-la sair por completo. Estendeu-se então um cordão à entrada da gruta para impedir que Amaterasu passasse e o mundo ficou de novo iluminado pelos raios da deusa do Sol. Os deuses decidiram punir Susanoo e condenaram-no a pagar uma elevada recompensa, cortaram-lhe depois os bigodes e a barba, arrancaram-lhe as unhas dos dedos das mãos e dos pés e expulsaram-no do céu.

Já sublinhámos o carácter particular da retirada da deusa do Sol após a festa das primícias; a dança obscena da deusa Ama no Uzumi é um outro indício do carácter desde sempre agrário destas tradições, pois «na religião primitiva a obscenidade tem sempre uma significação agrária: ela visa a fecundidade dos campos» e o grande riso dos deuses indica que a vida, que se pensava extinta, vai renascer (P.-L. Couchoud, Le Mythe de la danseuse obscéne, «Mercure de France», 15.VIII.1929).

As façanhas de Susanoo

O deus Susanoo, expulso do céu, desceu à província de Izumo. Já dissemos que os mitos ligados a este deus são os desta região. Falta acrescentar que Susanoo não era um deus essencialmente mau; possuía um carácter que tanto se manifestava por gestos malvados, quando guiado pela sua alma brutal *Ara-mi-tama*, como por actos benfazejos, quando intervinha a sua alma pacífica, *Nigi-mi-tama*. Estreitamente ligado a crenças agrárias, é um deus fecundante. É ao mesmo tempo o deus do Trovão, da Tempestade e da Chuva: por isso é também associado à serpente, pois no antigo Japão a serpente era considerada o deus do Trovão. M. N. Matsumoto sublinha que os principais descendentes do deus Susanoo se aparentam ora à água, ora ao trovão, ora à serpente. As páginas seguintes do *Nihons-hoki* e do *Kojiki* relatam os mitos relativos ao deus Susanoo.

Ao descer para Izumo, encontrou um homem idoso e uma mulher idosa que choravam ao lado de uma rapariga. Susanoo perguntou a razão das lágrimas. O velho contou-lhe que tivera oito raparigas como filhas e que, todos os anos, uma serpente de oito cabeças do território Koshi vinha àquele local e devorava uma das suas filhas. Já tinha devorado sete e agora viria buscar a última. Susanoo disse-lhe que era o irmão mais novo de Amaterasu e pediu-lhes que lhe dessem a rapariga. Os velhos pais consentiram com gosto. Susanoo transformou a rapariga num pente que colocou nos seus cabelos. Mandou preparar oito recipientes nos quais verteu vinho de arroz. Quando surgiu a terrível serpente, foi perturbada pelo odor do vinho e cada uma das suas cabeças adormeceu. Susanoo puxou da sua espada e cortou o monstro em pedaços. No meio da cauda da serpente, encontrou uma espada maravilhosa. Esta espada é designada nos relatos posteriores com o nome Kusanagi, e foi transmitida até aos nossos dias como uma das três insígnias do poder imperial. Ela está conservada no templo de Atsuta, perto da cidade de Nagoya.

Uma vez desembaraçado da serpente, Susanoo fez com que lhe edificassem um palácio em Suga e aí se instalou com a sua nova mulher. Dessa união nasceu o deus *O-Kuni-Nushi*, que se tornou posteriormente no senhor de Izumo.

As aventuras de O-Kuni-Nushi

Segundo as antigas tradições, O-Kuni-Nushi era um deus da medicina relacionada com a feitiçaria. É a ele que se atribui a invenção dos métodos terapêuticos. A lenda da lebre branca de Inaba conta-nos que uma lebre esfolada dirigiu-se aos oitenta deuses, irmãos de O-Kuni-Nushi, que a aconselharam a banhar-se no mar e depois deixar que o vento a secasse. O pobre animal sofreu terrivelmente; encontrou então O-Kuni-Nushi que teve piedade dos seus sofrimentos e aconselhou-a a que se lavasse com água doce, e depois a pegar no pólen das espadanas, a lançá-lo à terra e a rolar-se nele. A lebre, completamente refeita, declarou em agradecimento que seria O-Kuni-Nushi, e não os seus irmãos, que obteria a princesa Yakami. Os irmãos de O-Kuni-Nushi ficaram muito zangados e, por subterfúgios, mataram-no, mas ele foi ressuscitado pela intervenção da sua mãe junto da deusa Kami-Musubi. O-Kuni-Nushi tornou-se um jovem robusto. Para o subtrair à cólera dos irmãos, a mãe enviou-o para o reino subterrâneo, para junto do deus Susanoo. Lá encontrou *Suseri-Hime*, filha do deus Susanoo. Esta apaixonou-se por ele e uniram-se. Susanoo recebeu-o mas fê-lo dormir num quarto cheio de serpentes. O-Kuni-Nushi foi salvo pelo lenço que Suseri-Hime lhe havia dado. Na noite seguinte fizeram-no dormir num quarto cheio de escolopendras e de vespas, mas Suseri-Hime já lhe tinha dado outro lenço que escorraçava tanto as escolopendras como as vespas. O-Kuni-Nushi saiu ainda indemne dessa prova. Então, Susanoo lançou uma flecha sibilante para o meio de uma vasta pradaria e enviou O-Kuni-Nushi para a buscar. Quando este chegou ao meio da pradaria, Susanoo lançou fogo à vegetação, mas O-Kuni--Nushi foi salvo por um rato que lhe indicou um subterrâneo onde se podia esconder, e que lhe levou lá a flecha. Saiu assim vencedor também dessa terceira prova. Então, o deus Susanoo ganhou confiança nele e, tendo pedido que O-Kuni-Nushi lhe limpasse os cabelos, adormeceu. O-Kuni-Nushi aproveitou-se disso para atar os cabelos do deus à asna do telhado da casa, depois pôs às suas costas a sua mulher Seri--Hime e, pegando no sabre, no arco, nas flechas e na harpa (*Koto*) do grande deus, pôs-se em fuga; mas o Koto roçou numa árvore e acordou Susanoo, que ao levantar-se derrubou a sua casa. O-Kuni-Nushi aproveitou pelo menos o tempo que ele demorou a desatar os cabelos e estava já longe quando começou a ser perseguido. Na colina dos Infernos, Susanoo viu ao longe o raptor da filha e aconselhou-o a combater os seus irmãos com o sabre, o arco e as flechas que levava; assim, disse, vencê-los-ia e reinaria sobre o mundo; depois pediu-lhe que fizesse de Suseri-Hime a sua mulher principal e que instalasse o seu palácio ao pé da montanha Uka.

Os mitos relativos a O-Kuni-Nushi falam-nos de um deus que chega num barco à deriva. Este deus, cujo nome é *Sukuna-Bikona*, filho da deuse Kami-Msubi, foi acolhido por O-Kuni-Nushi e juntos fortificaram o território. Um dia, o deus Sukuna-Bikona foi até ao cabo Kumanu e desapareceu em direcção ao território de Tokoyo. O-Kuni--Nushi ficou consternado e disse: «Estou agora completamente só para governar este território. Há alguém que me possa ajudar?» Nesse momento, uma luz divina iluminou o mar e um deus perguntou: «Como poderias tu submeter este território se eu não estivesse a teu lado?» O--Kuni-Nushi perguntou a esse deus quem era ele. «Eu sou o teu deus protector e quero que me adores sobre o monte Mimoro, onde habito.» O-Kuni-Nushi adora esse deus cujo nome é *Omiwa*.

A primeira parte da história oficial contada no *Nihonshoki* termina com estas lendas de O-Kuni-Nushi; a narrativa volta então à deusa do Sol e ao seu neto, o antepassado dos imperadores do Japão. Os acontecimentos expostos nesta segunda parte desenrolam-se na terra ou no reino do deus do Mar.

Amaterasu e Ninigi

Amaterasu tomou a decisão de enviar o seu filho *Ame-no-Oshiho--Mimi* à terra para aí reinar como soberano. Mas este deus, antes de descer, olhou a terra do alto da «ponte» flutuante do céu; viu nela problemas e recusou-se a descer. Ordenou-se então às oitocentas miríades de deuses que se reunissem e encarregou o deus-que-acumula-os-pensamentos de elaborar um plano. Após esta consulta, os deuses decidiram enviar o deus *Ame-no-Hohi*, para que se informasse sobre o que se estava a passar no «território central da planície das canas». Mas três anos passaram sem que ele desse qualquer notícia; os deuses enviaram o seu filho, mas o resultado foi o mesmo. Por fim, a escolha recaiu em *Ame-no-Wakahiko*, conhecido pela sua bravura. Deram-lhe um arco e flechas divinas. Assim que chegou à terra, o jovem deus casou com *Shitateru-Hime*, a filha de O-Kuni-Nushi e assumiu a missão de reinar naquele território. Passaram-se oito anos sem que os deuses tivessem alguma notícia. Então os deuses enviaram para a terra um faisão para perguntar a Ame-no-Wakahiko o que fizera durante todo aquele tempo. O faisão instalou-se numa árvore diante da porta da casa do deus; uma das mulheres disse tratar-se de uma ave de mau agoiro e Ame-no-Wakahiko desferiu uma flecha que atravessou o pássaro, fez um buraco no céu e caiu aos pés de Amaterasu e de Taka-Mi-Musubi. Este deus, ao ver a flecha ensanguentada e ao reconhecer que era a que tinha dado a Ame-no-Wakahiko, amaldiçou-a e rejeitou-a. A flecha, lançada pelos céus, atingiu Ame-no-Wakahiko no coração e matou-o. A viúva lamentou e chorou tanto que os deuses do céu a ouviram e os pais de Ame-no-Wakahiko foram assistir ao enterro. O seu funeral é descrito com muitos pormenores e merece muita atenção, por ser o mais antigo documento que temos sobre os ritos xintoístas. Os deuses enviaram então a Izumo dois deuses, que avisaram O-Kuni-Nushi de que a deusa do Sol os havia designado para submeterem o território. O-Kuni-Nushi consultou os seus dois filhos: o mais velho aceitou a suserania de Amaterasu; o mais novo tentou resistir mas foi vencido pela força dos enviados celestes e pôs-se em fuga, prometendo nada empreender contra a deusa do Sol. Os deuses voltaram ao céu para anunciar a submissão de Izumo. Enquanto isso, Amaterasu tivera um neto, o deus *Ninigi*; decidiu enviá-lo para a terra. Deu-lhe a espada Kusanagi que Susanoo tinha encontrado na cauda da serpente com oito cabeças, as jóias celestes e o espelho que servira para a fazer sair da gruta; e por companhia concedeu-lhe diversas divindades, entre as quais a deusa Ama-no-Uzume. Entregando o espelho a Ninigi, a avó Amaterasu disse-lhe: «Adora este espelho como as nossas almas, adora-o como tu nos adoras.» As jóias, a espada e o espelho são agora as três insígnias do poder imperial.

O deus Ninigi, acompanhado do seu séquito, desceu à montanha Takachiho, da província Hyuga, e mandou construir um palácio no cabo de Kasasa. Os estudiosos japoneses e ocidentais discutiram muito este passo dos textos japoneses. Por que motivo, ao descer à terra, o neto da deusa do Sol, em vez de descer em Izumo, vai para Kyushu? M. N. Matsumoto (*op. cit.*, p. 104) refere a opinião de um académico japonês, o professor K. Shiratori, segundo a qual a escolha desse local se explica pela «vontade política dos compiladores de mitos que queriam submeter ao poder imperial as tribos hostis da ilha de Kyushu». Isto compreende-se bem, se tivermos presente qual o espírito que presidiu à compilação do *Kojiki* e do *Nihonshoki*.

Os filhos de Ninigi

O deus Ninigi desposou *Kono-Hana-Sakuya-Hime*, filha do deus da Montanha, mas, como ela concebeu logo na primeira noite, ele duvidou da sua fidelidade. A princesa Kono-Hana-Sakuya, irritada com tal atitude, mandou que se construísse uma casa sem portas e, no momento em que a casa ficou pronta, lançou-lhe fogo jurando que o filho pereceria se não fosse de Ninigi. E foi mãe de três filhos: *Hoderi*, *Hosusori* e *Hikohohodemi*. Os textos falam-nos, a seguir, apenas de dois desses irmãos: Hosusori especializou-se na pesca, enquanto Hikohohodemi se tornou um astuto caçador. Um dia, os dois irmãos tentaram trocar de ocupações um com o outro, mas aperceberam-se de que o resultado era muito mau. Hososuri devolveu então o arco e a flecha ao irmão mais novo e pediu-lhe o anzol, mas Hikohohodemi tinha perdido o verdadeiro anzol e deu-lhe um outro. Hososuri recusou-se a aceitá-lo, bem como vários outros anzóis que o irmão lhe ofereceu. Aflito por esta perda, Hikohohodemi desceu aos fundos do Oceano e foi até ao castelo do deus do Mar. Lá foi visto pela filha do deus, que o apresentou, e que se tornou sua mulher. Ele contou a sua história ao deus do Mar e encontrou-se o anzol na boca de um peixe vermelho. Embora a vida no castelo do deus do Mar fosse agradável, Hikohohodemi insistiu em voltar para casa. O deus do Mar deu-lhe duas jóias: uma que fazia subir a maré e outra que a fazia descer. A mulher prometeu-lhe que se lhe juntaria daí a algum tempo. Quando Hikohohodemi regressou, devolveu o anzol ao irmão mais velho, mas, como este continuou a incomodá-lo, Hikohohodemi recorreu à jóia que fazia subir a maré. O irmão, vendo-se envolto pelas vagas, pediu-lhe perdão e doravante jurou prestar-lhe serviço. Então, Hikohohodemi mergulhou nas águas a jóia que fazia descer a maré e libertou o seu irmão.

A filha do deus do Mar cumpriu a sua palavra e juntou-se a Hikohohodemi. Anunciou-lhe que ia trazer ao mundo uma criança, mas acrescentou que não era preciso que ele assistisse ao nascimento nem que tentasse vê-la. O marido, consumido pela curiosidade, espreitou pelas frestas da parede da cabana em que decorria o parto: viu a sua mulher assumir a forma de um dragão. Deixou o filho ao marido, voltou para junto do deus do Mar e enviou a sua irmã para velar pela criança. Esta tornou-se a mulher da criança, e um dos filhos deles, que recebeu o nome de *Toyo-Mike-Nu* e de *Kamu-Yamato-Ihare-Biko*, é célebre na história sob o nome póstumo de *Jimmu-Tenno*: é o fundador de Inzuro. É a partir desse momento que começa oficialmente a história do Japão, mas esta permanece ainda muito tempo objecto de lendas antigas; a rivalidade de Yamato e de Izumo subsiste e as mulheres de vários imperadores são princesas de Izumo.

Por sumário que seja, este resumo permite reconhecer os diferentes elementos que constituíram os mitos japoneses, compilação de crenças e de ritos, motivos tomados das diferentes regiões e organizados de maneira a exaltar a tribo de Yamato.

Os diferentes deuses da mitologia japonesa

Os textos antigos do Japão referem muitas vezes «as oitocentas miríades de deuses», número nada exagerado quando pensamos que em cada região, cidade ou aldeia o menos importante dos habitantes possuía um *Kami*, local rodeado de deuses subalternos e que, além disso, como já dissemos, todo o objecto cuja idade, forma ou dimensões saíssem do normal, como rochedos, árvores seculares, etc., era venerado como um *Kami*. Mesmo no Japão moderno vemos não só grandes templos e capelas xintoístas com o torü, a porta típica, diante do santuário, mas ainda, nas florestas, nas montanhas, o viajante pode encontrar santuários muitos pequenos (*hokorai*), dedicados a um *Kami* local ou a uma grande pedra, ou a uma árvore muito velha.

A deusa do Sol, Amaterasu

Entre tantas divindades, é a deusa do Sol, Amaterasu, que domina a mitologia estabelecida; ela é adorada não tanto enquanto astro, mas enquanto divindade espiritual e antepassada da família imperial. O povo japonês dirige também a sua veneração ao Sol, que lhe traz calor e colheitas, e que todas as manhãs se levanta, saudando-o com um bater das mãos. O templo principal de Amaterasu encontra-se em Ise. No início, a deusa era venerada no próprio palácio imperial; mas, com o desenvolvimento do poder imperial, esta intimidade arriscava-se a criar dificuldades, porque a influência das sacerdotisas, exercendo-se por intermédio de um oráculo, não dava plena liberdade aos imperadores. O imperador Sujin (97-30 antes da nossa era) resolveu então edificar um santuário especial para os emblemas solares e encarregar a sua filha de nele os adorar. Pouco depois, o imperador Suinin (29 a.C – 70 a.C.) confiou efectivamente o culto da deusa à sua filha Yamato-Hime; esta, procurando um local propício, chegou à província de Ise, onde, como previra um oráculo de Amaterasu, mandou construir um santuário. Desde esses tempos antigos, o templo de Amaterasu ficou sempre em Ise, onde é reconstruído periodicamente como cópia exacta do templo antigo; graças a esta regra, o estilo da antiga arquitectura subsistiu até aos nossos dias.

No templo está conservado o espelho sagrado que é o *Shintai* desta divindade, ou seja, o objecto no qual pode entrar o espírito da deusa para assistir às cerimónias ou para escutar as preces que lhe são dirigidas. É o espelho octogonal que foi feito para fazer sair Amaterasu da gruta onde se tinha escondido. No interior do templo de Ise vemos um número considerável de galos, que, por anunciarem a aurora, são considerados aves consagradas ao Sol. Na antiguidade, um corvo com várias patas, *Yata-Garasu*, era também venerado como mensageiro de Amaterasu. É muito provável que esta crença tenha origem estrangeira. Os xintoístas consideram ainda como emblemas do Sol o milhafre e as flechas celestes.

Takami-Musubi

A deusa do Sol, ainda que ocupando o primeiro lugar na mitologia oficial, não era considerada uma divindade omnipotente. Assim, na assembleia dos deuses que Amaterasu convocou para designar os mensageiros que deviam ir a Izumo, o deus *Takami-Musubi* é nomeado a par dela; a lenda menciona-o também por perto da deusa aquando da partida de Ninigi, enviado à terra. A deusa do Sol não agia apenas de acordo com a sua vontade: pedia conselho a outras divindades. Ela reina na alta planície celeste e tem de se informar por intermediários do que se passa na terra. Os mares e o mundo subterrâneo não lhe estão submetidos. Vimos já que as lendas relativas ao sol contêm traços da vida dos sacerdotes xintoístas e das suas ocupações; Amaterasu oficiava nos céus e celebrava a cerimónia da nova colheita e ainda tecia as vestes divinas. Até aos nossos dias, no grande templo de Ise, celebram-se, em Abril e em Setembro, as festas das vestes divinas. Os peregrinos chegam antes da aurora à praia de Futami, em Ise, onde no mar há dois rochedos, um grande e um pequeno, a que chamam os «rochedos dos esposos» (Myoto-Ga-Seki). Nessa praia encontra-se um local de onde podemos ver o sol elevar-se entre os dois rochedos. Os peregrinos adoram o sol erguendo e batendo as mãos numa saudação piedosa.

Wakahiru-Me

Amaterasu está longe de ser a única divindade: os textos antigos referem outras. Assim, *Wakahiru-Me* – irmã mais nova de Amaterasu que, segundo o *Nihonshoki*, tecia com ela as vestes divinas quando Susanoo lançou contra a peça em que elas se encontravam o cavalo esquartejado – tem também possibilidades de ser uma divindade solar. O estudioso comentador do *Kojiki*, Motoori Norinaga (1730-1801), vê nesse nome (*Waka*: jovem; *hiru*, sol; *me*, uma mulher) o indício de que essa irmã mais nova de Amaterasu era a personificação do sol nascente, o sol matinal.

Hiruko

Segundo uma variante citada pelo *Nihonshoki*, depois do sol e da lua nasceu o deus *Hiruko*, cujo nome é interpretado como «criança-sanguessuga». O professor Florentz (*op. cit.*, p. 286) pensa que esta explicação etimológica é defeituosa e muito provavelmente Hiruko é uma divindade solar masculina remetida para a sombra pelo culto de Amaterasu, divindade protectora da tribo conquistadora de Yamato. Noutros textos encontramos mencionado um deus cujo nome pode ser abreviado para *Nigi-haya-hi*, o que significa «o sol-doce-e--rápido», ou seja, o sol matinal. Por comparação de textos, podemos afirmar que este deus solar era irmão de Ninigi, ambos netos de Amaterasu. As compilações dos textos antigos, tentando constituir um conjunto mitológico com as tradições antigas e os nomes dos deuses que ainda se preservavam, complicou muito as origens das crenças japonesas. O professor G. Kato, na sua obra sobre o Xintoísmo (*Annales du musée Guimet*, tomo L, p. 135, 1931) refere um caso típico em que quatro divindades são artificialmente amalgamadas numa só. É preciso também que não nos esqueçamos que, querendo estabelecer uma ortodoxia, os compiladores do *Nihonshoki* e do *Kojiki* tranquilamente destronaram e rebaixaram muitas divindades.

Tsuki-Yomi, deus da Lua

O culto da Lua modificou-se muito ao longo dos séculos. Os textos antigos ensinam-nos que é Izanagi, ao lavar o olho direito, que dá à luz a Lua. O seu nome japonês *Tsuki* (lua) *Yomi* (contar) significa «contar os meses», associando-o ao calendário primitivo (Matsumoto, *op. cit.*, p. 16, nota 1). No Japão, a divindade lunar é uma divindade masculina e, nas poesias antigas da antologia *Manyoshu*, junta-se ao seu nome a palavra *Otoko* (homem), para fazer sobressair esse carácter. Este deus da Lua tem também um templo em Ise, tal como em Kadono; nesses dois santuários encontra-se um espelho que é o *Shintai* do deus e que lhe permite manifestar-se. Todos os anos oferece-se ao deus da Lua cavalos vivos que ficam fechados numa cavalariça montada no interior do templo. É curioso notar que a imagem chinesa da lebre a preparar na Lua uma poção da imortalidade passou, com certas modificações, para a iconografia moderna do Japão: os Japoneses representam no disco branco da Lua um coelho ou uma lebre prestes a amassar num almofariz farinha de arroz. Este símbolo funda-se num jogo de palavras: amassar a farinha de arroz para fazer doces diz-se *Mochi-Zuki*; e a lua cheia diz-se *Mochi-Zuki*; ainda que os caracteres ideográficos com os quais se escrevem as duas palavras sejam absolutamente distintos, a identidade das consoantes bastou para produzir a imagem.

As estrelas

Quanto às estrelas, G. Kato diz: «Elas nunca ocuparam um lugar importante nas primeiras crenças xintoístas, apesar de vermos o deus do mal *Amatsu-Mikahoshi*, "a augusta estrela do céu", noutros termos, *Amatsu-Kagaseo* «o macho brilhante». Mais tarde, sob influência das crenças chinesas e budistas, o deus das estrelas japonês foi identificado com a estrela polar *Myoken* (em sânscrito, *Sudarçana*) e, por fim, com *Ame-no-Minakanushi-no-kami*, o senhor-divino-do-centro-dos-céus, suprema divindade celeste (G. Kato, *op. cit.*, p. 23-24). A lenda do encontro anual da estrela do Boieiro e da Tecedeira sobre a Via Láctea foi trazida para o Japão durante o reinado da imperatriz Koken (749-759) e utilizada para fundar a festa de Tanabata, que se celebrava na sétima noite da sétima lua: daí o nome *Tanabata*, que significa a sétima noite (M. G. Cesselin, *Les «Sekku» ou quelques fêtes populaires*, IV. *Tanabata no Sekku*, p. 194, n° 10, Abril 1906. *Mélanges japonais*, Tóquio).

Divindades da Tempestade e do Trovão

É curioso notar que, nas crenças posteriores, o deus Susanoo está ligado ao culto lunar, enquanto no conjunto dos mitos ele é sobretudo o deus da Tempestade, do Trovão e aparece estreitamente associado aos ritos agrários. N. Matsumoto (*op. cit.*, p. 37 e ss.) consagrou-lhe um estudo muito interessante em que mostra que a relação que existe entre as cerimónias de expulsão e de purificação fez com que, na Idade Média, o deus Susanoo fosse considerado o deus da pestilência e confundido com um deus de origem estangeira, o *Gôzu-Tennô*, Rei-celeste-com-cabeça-de-boi. Os antigos textos mencionam também as divindades do Trovão, aquando da morte de Izanami; o seu corpo foi guardado por oito trovões que se puseram de seguida a perseguir Izanagi. Mas estes trovões representam, mais do que o trovão celeste, os ruídos subterrâneos que são tão frequentes num país vulcânico como o Japão. O deus *Take-Mikazuchi*, que os deuses enviaram para submeter a província de Izumo é considerado, também ele, um deus do Trovão que perseguiu até ao lago Suwa e aí derrotou o filho de O--Kuni-Nushi. *Ajisuki-takahikone*, um outro filho do mesmo deus, era também um deus do Trovão; ao nascer, chorou e gemeu; acalmaram--no levando-o para cima e para baixo de uma escada. «A escada devia servir, no pensamento dos japoneses, para alcançar o céu, e este episódio assenta bem com o deus do Trovão, que vai e volta entre o céu e a terra.» É também posto num barco que navega entre as oitenta ilhas. Ora, o barco era o meio pelo qual o deus do Trovão fazia com que o céu e a terra comunicassem (N. Matsumoto, *op. cit.*, p. 57-58). O deus do ribombar do Trovão *Kami-nari* é muito venerado e são-lhe consagrados numerosos santuários. As árvores fendidas pelo raio (*Kantoki noki*) são consideradas sagradas e é proibido abatê-las. Assim, nos *Anais do Japão*, no ano 618 da nossa era, encontramos a história do funcionário Kawabe-no-Omi, que recebe do imperador a ordem para cortar árvores para a construção de barcos. Entre as árvores havia uma que fora tocada pelo raio; o funcionário apresentou-lhe oferendas e depois deu ordens para que ela fosse cortada, mas assim que os madeireiros se começaram a aproximar, desencadeou-se uma terrível tempestade, com trovões e chuva, abatendo-se sobre toda a floresta. Nos templos que são consagrados a Kami-Nari, um sabre ocupa o lugar de *Shintai*; muito provavelmente, é um símbolo do raio. Entre os santuários, o de Kashima é o mais venerado.

Divindades da chuva

A chuva tinha também divindades particulares: o deus *Taka-Okami*, que reside nas montanhas, e *Kura-Okami*, que reside nos vales e pode fazer cair não só a chuva mas também a neve. Nas suas poesias, Fujiwara-no-Kisaki, concubina do imperador Temmu, diz, com efeito, que dirigiu preces ao deus Kura-Okami para que ele fizesse cair flocos de neve sobre o palácio imperial (*Manyoshu*, volume II, poesia 19).

Na descrição da província Izumo, diz-se que a oeste do monte Kaminabi a mulher do deus Aji-Suki-Taka-Hikone trouxe ao mundo o deus *Taki-Tsu-Hiko* (príncipe-cascata) e que o aconselhou a erigir o seu templo nesse local. O deus é um rochedo; se, durante uma seca, lhe forem dirigidas preces, ele envia chuva.

O cerimonial da época Engi (901-922) enumera oitenta e cinco templos onde, em caso de seca, o imperador enviava os seus mensageiros para pedir chuva aos deuses.

Mas os agricultores japoneses esqueceram-se dos antigos deuses e, em caso de seca, organizavam um cortejo precedido de um sacerdote xintoísta que levava um *Gohei*, símbolo da divindade; o sacerdote era seguido por um camponês que soprava numa concha, a seguir vinha um dragão feito de bambu e de palha entrançada. O cortejo terminava com camponeses transportando auriflamas sobre as quais inscreviam as preces para fazer cair a chuva. Os camponeses seguiam em grupo, soando tambores e fazendo barulho. O cortejo dirige-se para um lago ou para um rio onde a efígie do dragão é mergulhada na água.

Os deuses dos Ventos

Os deuses dos Ventos aparecem no início da narrativa mitológica do *Nihonshoki*. Do sopro do deus Izanagi nasce o deus do Vento, *Shina-Tsu-Hiko*, e, para dissipar a bruma que cobria o território, o mesmo deus criou a deusa *Shinato-Be*. Esse deus e essa deusa são também mencionados num encantamento (*Norito*) em que se diz que o deus do Vento preenche o vazio entre a terra e o céu e sustenta este último. À parte estas duas divindades principais, existe um outro casal deuses dos Ventos: o deus *Tatsuta-Hiko* e a deusa *Tatsuta-Hime*. São assim chamados por causa de Tatsuta, localidade onde se encontra o seu santuário. Rezavam-lhes para obter boas colheitas; os pescadores e os marinheiros são também seus fervorosos adoradores e trazem consigo os seus amuletos para se protegerem contra as tempestades.

Numa das variantes do *Nihonshoki* diz-se que o corpo de Ame-no--Wakahiko foi levado da terra para a planície do céu pelo deus do Furacão, a que chamavam *Haya-ji* ou *Haya-Tsu-muji-no-Kami*. O Ryobu-Xinto (isto é, a forma japonesa de budismo, que considera que todos os deuses do panteão japonês são apenas manifestações locais de divindades budistas) representou iconograficamente o deus do Vento sob uma forma temível: nas suas costas traz um grande saco de onde faz sair o vento; o deus do Trovão, por seu turno, era representado no meio de tambores.

O deus dos Sismos

Dos vários flagelos da natureza, os tremores de terra não podiam deixar de impressionar os Japoneses; mas, na mitologia antiga, não encontramos nenhuma menção de um deus dos Sismos; só em 599 da nossa era, na sequência de um tremor de terra, sem dúvida particularmente violento, foi instaurado o culto do deus dos Sismos, *Nai-no--Kami*; um pouco mais de um século depois, vários santuários foram dedicados a esta temível divindade.

Divindades das Montanhas

Num país vulcânico como o Japão, era natural que as montanhas se tornassem divindades. O antigo vulcão Fuji-no-Yama é o mais venerado e sobre o seu cume está erigido o santuário da deusa *Sengen--Sama*; durante a estação amena, numerosos peregrinos sobem a montanha sagrada para adorar o sol nascente. Antigamente era interdito às mulheres a subida até ao topo; com efeito, a mulher era considerada impura; actualmente, essa restrição já não existe. Para além da montanha Fuji, existem muitas outras montanhas sagradas com os templos dedicados a diferentes deuses. Na província de Shinano, é o Ontake-San, bem como o monte Nantai, perto do lago Chuzenji; no Sul do Japão, na província de Higo, é o monte Aso; etc. Na mitologia japonesa, encontramos o nome da divindade *O-Yama-Tsu-Mi*, o deus principal e o senhor das montanhas. Nasceu quando Izanagi cortou em cinco pedaços o deus do Fogo. O segundo deus foi *Naka-Yama-Tsu-Mi*, ou seja, o deus das colinas montanhosas; o terceiro foi *Ha-Yama-Tsu-Mi*, o deus das colinas do sopé da Montanha; o quarto, *Masaka-Yama-Tsu-Mi*, o deus da colina abrupta; o quinto, por fim, é *Shigi-Yama-Tsu-Mi*, o deus do Pé da montanha. Nos *Kojiki* são mencionados o deus das Colinas das montanhas, *Saka-no-Mi-Wo-no-Kami*, e um casal de deuses dos Minerais da montanha, *Kana-Yama-Kiko* e *Kana-Yama-Hime*.

Divindades dos Rios

Os rios tinham também os seus deuses, que eram designados por um nome genérico; *Kawa-no-Kami* (*Kawa*: rio; *kami*: deus; *no*: de); os rios conhecidos tinham, por outro lado, o seu deus particular, muito venerado por causa das frequentes inundações. Numa delas, em 22 da nossa era, altura em que o rio Yamato irrompeu pelos diques, o imperador viu num sonho um deus que lhe dizia que o deus do Rio exigia o sacrifício de dois homens. Um homem foi então sacrificado e o dique reparado; a segunda vítima conseguiu escapar astuciosamente, A frequência dos afogamentos nos rios japoneses fez nascer o anão *Kappa*, que, pela sua força mágica, atrai os homens para o fundo da água. O único meio de evitar a sua acção é saudá-lo profusamente; então ele inclina-se e despeja toda a água que transporta na cavidade do seu crânio. Privado dessa água, o *Kappa* não tem mais poder com que possa incomodar. Existe, por fim, um deus das Embocaduras, a que chama *Minato-no-Kami*.

As fontes e os poços tinham também os seus deuses. O deus dos Poços chamava-se *Mii-no-Kami*, o que faz brotar a água da terra. Nos *Kojiki*, lemos que Yakami, uma das mulheres de O-Kuni-Nushi, deu à luz um filho que, por medo da mulher principal do seu marido, esconde numa bifurcação de uma árvore (donde o seu nome: *Ki-no-Mata-*

No-Kami). Quando se abre um novo poço, celebra-se uma cerimónia especial de purificação e, depois do poço cavado, deita-se nele um pouco de sal como oferenda purificante.

Divindades do Mar

O mar possui vários deuses. O maior é *O-Wata-Tsu-Mi*, que se chama também Velho da Maré (*Shio-Zuchi*). Quando Izanagi se purificou na água do mar das suas sujidades infernais, deu origem a diversos deuses: o do fundo do mar, o das águas do meio do mar, e por fim o da superfície do mar. O cerimonial da época Engi (901-922) menciona um templo do deus do Mar na província de Harima e o templo de um outro deus do Mar na de Chikugen. Os peixes e todos os animais do mar estão sob o controlo desse deus, e o monstro marinho que os antigos textos chamam *Wani* é o seu mensageiro. Nós já vimos como Hohodemi desceu ao fundo do mar para procurar o anzol do irmão mais velho e viveu no palácio do deus do Mar, que lhe dá as jóias do fluxo e do refluxo. Quando se propagou o culto de Ryobu-Xinto, o deus do Mar, que tinha o seu santuário em Sumiyoshi, foi amalgamado com o deus hindu Varuna e assim surgiu *Suitengu*, deus muito popular, grande protector dos marinheiros, que tem santuários em quase todas as grandes cidades. Acresceu a este processo o imperador criança Antoku, que, na batalha de Dan-No-Ura, em 1185, pereceu no mar com a sua ama. Assim se formou a crença de que o deus Suitengu era também ele uma criança, que suaviza e protege as crianças doentes.

O deus do Fogo

O deus do Fogo causou a morte da sua mãe ao vir ao mundo e foi morto pelo seu pai; este deus é chamado *Kagu-Zuchi*. Mas, nos cânticos, é sempre invocado sob o seu outro nome, *Ho-Musubi*, aquele que provoca o fogo, e no Ryobu-Xinto tornou-se o deus do monte Atago, perto de Quioto; como passa por proteger do fogo, o seu templo é objecto de peregrinações muito numerosas nas quais se leva amuletos com a imagem de um javali. O deus do Fogo era muito temido pelos Japoneses, pois os incêndios durante as estações onde o vento é forte destroem facilmente as casas de madeira. Duas vezes por ano, os sacerdotes celebravam no palácio imperial um ritual destinado a apaziguar o fogo e assim afastavam da morada do soberano todo o risco de incêndio. Durante esta complicada cerimónia, alguns sacerdotes acendiam o fogo, por diferentes meios, nos quatro cantos do palácio; outros liam um cântico relatando o mito do nascimento do deus e enumerando os quatro meios de conjurar a ajuda da deusa da água, da cabaça, das algas do rio e da princesa-argila, seguindo as indicações dadas por Izanami. Em seguida, os sacerdotes davam a lista das oferendas que deviam ser apresentadas ao deus do Fogo por quem quisesse poupar o palácio de Sua Majestade.

Os usos rituais dos templos exigiam um fogo puro que os sacerdotes obtinham ao friccionar bocados de madeira de Hinoki (é o fogo *Kiri-Bi*) ou, ainda, batendo numa pedra dura com um pedaço de aço (é o *Uchi-bi*). Os sacerdotes xintoístas usavam-no e é sobre a sua chama que se prepara a comida do imperador. Em Quioto, no ano novo, os fiéis reuniam-se no templo de Gion para receber das mãos dos sacerdotes o fogo puro que eles transportam com cuidado até suas casas para acenderem o fogo no seu lar, que os protegerá durante todo o ano. Os patronos fazem brotar o fogo puro sobre as cabeças das *gueixas* ou das cortesãs para lhes garantir a protecção mágica quando elas se abeiram dos clientes.

Os deuses da Estrada

Os textos antigo mencionam vários deuses da Estrada. *Chimata- -No-Kami* é o deus das Encruzilhadas, que um dos *norito* também menciona. Lembremos ainda o deus dos caminhos inumeráveis, *Yachimata-hiko*, flanqueado desde logo por uma deusa das muitas estradas, *Yachimata-hime*; o deus do local-por-onde-não-se-deve-passar, *Kunado*; o deus do local-que-não-se-deve-transgredir, *Funado*. Estes deuses são também chamados Saeno-Kami, os deuses-que-afastam (as infelicidades), ou os antepassados das estradas, *Dosojin*. Protegem a humanidade contra os malvados deuses dos Infernos. Refira-se que eles não possuem santuário; somente duas vezes por ano, na entrada de uma cidade ou num cruzamento, se celebravam cerimónias em sua honra, levando-lhes oferendas e lendo textos rituais. Para se protegerem contra as infelicidades e as doenças que podem ser trazidas por estrangeiros, os antigos Japoneses celebravam, dois dias antes da chegada de algum embaixador, cerimónias em honra de Sae-no-Kami. Estes deuses protectores são deuses fálicos e o seu *Shintai* é um bastão; quando são representados em madeira ou em pedra com uma forma humana, o seu sexo está sempre nitidamente vincado. Certos sábios japoneses pensam que os deuses da Estrada e os deuses fálicos foram em tempos distintos e que apenas posteriormente se unificaram. Como quer que seja, eram muito populares no antigo xintoísmo, e, enquanto senhores da procriação, eram considerados protectores poderosos. No *Kogoshui*, lemos que foi erigido um falo no meio de um campo para proteger o arroz contra os gafanhotos. Em tempos antigos, nos cruzamentos, fixavam-se muitas vezes impressionantes falos de pedra, mas os sacerdotes budistas combateram esta crença e substituíram a velha imagem fálica pela imagem em madeira de Mikado-Daimyojin (G. Katô, *op. cit.*, p. 177). Por seu lado, o governo imperial ordenou que se levassem os emblemas do culto e os depusessem em locais pouco frequentados. Mas o culto persiste nas crenças populares, e existe ainda em templos onde este deus é venerado. Encontramos frequentemente estes emblemas em pequenos altares domésticos das casas de cortesãs. Nas montanhas, perto de árvores bifurcadas, encontramos muitas vezes pequenas capelas contendo um falo. G. Katô consagrou um estudo a estas formas japonesas de cultos fálicos (*A Study of the development of Religious Ideas among the Japanese People as illustrated by Japanese Phallicism*, «Transactions of Asiatic Society of Japan», vol. I, suppl. 1924).

Divindades agrestes

Vimos já que os antigos Japoneses concebiam todos os aspectos e fenómenos da natureza como manifestações de diferentes divindades; por isso, entre os deuses saídos de Izanagi e de Izanami, o *Kojiki* menciona a princesa-das-ervas, *Kaya-Nu-hime*, que é a deusa dos campos e das pradarias e que traz o nome de *Nu-Zuchi*. Outros textos mencionam os deuses dos troncos de árvores, *Kuko-no-chi*, e um deus que protege-as-folhas, *Ha-Mori*. Além destas divindades gerais, cada espécie de árvore tem um deus especial: os carvalhos, por exemplo, são protegidos por *Kashima-no-Kami*. As árvores grandes e belas são veneradas e muitas vezes decoradas com uma corda de palha entrançada, na qual se penduram pequenos papéis a que se chama *Shime-nawa* e que avisam quem passa da qualidade divina da árvore. Diante da árvore ou numa cavidade da árvore está montada uma pequena capela em que os fiéis depõem as suas oferendas. A árvore *Sakaki* (*Cleyera japonica*) é particulalrmente venerada, por ser ela que os deuses escolheram para segurar o espelho aquando da cerimónia organizada para fazer sair da gruta a deusa do Sol. Em todos os templos xintoístas são plantados *sakaki* e em frente dos altares são postos ramos dessa árvore. O grande cedro japonês, a que se chama a árvore de fogo Hinoki, é também considerada sagrada e, nessa qualidade, plantada nos recintos dos santuários. M. G. Katô (*op. cit.*, p. 21) escreve: «Ainda no século XVI, parece que, segundo o *Daijingu Sankeiki*, ou *Diário da peregrinação aos templos de Ise*, de Saka Shibutsu, existia em Ise um culto naturalista em forma de dendrolatria; uma cerejeira chamada *Sakura no myia* era adorada no interior do recinto do grande templo de Ise».

Divindades das Pedras e dos Rochedos

As pedras e os rochedos são também objecto da veneração no Xintoísmo. Existia um grande deus da rocha, *Oiwa Daimyojin*, e, no templo Izushi, adoravam-se as pedras. Muitas divindades xintoístas têm pedras como Shintai. Refira-se ainda a pedra que, segundo a lenda, a imperatriz *Jingo* (170-269 da nossa era) traz sobre o seu ventre para adiar o parto enquanto comandava a expedição militar contra a Coreia; esta pedra é venerada e diz-se que ajuda as mulheres no parto. Na província Hizen, há um santuário dedicado a uma pedra análoga e que tem o nome de Templo da Pedra-que-Facilita-o-Parto (*Chinkai-Seki-no-Yashiro*). A argila ou a terra (enquanto matéria) tem também a sua deusa, a que chamam *Hani-Yasu-no-Kami*.

Deusa da Alimentação

A divindade da alimentação é designada nos textos antigos sob diferentes nomes: *Uke-Mochi-No-Kami*, «a-que-possui (*Mochi*)-o-alimento (*uke*)»; Waka-Uke-None, «a jovem da alimentação»; *Toyo-Uke-Bime*, «a princesa da alimentação rica», etc. No *Nihonshoki* lemos que Amaterasu enviou o seu irmão Tsuki-Yomi, deus da Lua, informar-se sobre a deusa da Alimentação. Esta convida-o para comer e, retirando da sua boca arroz cozido e outros alimentos, guarnece várias mesas. Tsuki-Yomi, sentindo-se ofendido com semelhante repasto, mata a deusa Uke-Mochi. Amaterasu zanga-se com o homicídio e separa-se do irmão. Uke-Mochi-No-Kami é adorado no templo Geku que, do da divindade, é o mais importante dos santuários de Ise.

O deus do arroz

Inari, o deus do Arroz, está estreitamente ligado à deusa da Alimentação, mas o seu culto está muito mais espalhado e os seus templos, com muitos Tori vermelhos, são provavelmente os mais numerosos em todo o Japão. Na crença popular, o deus Inari é representado sob a forma de um velho barbudo em cima de um saco de arroz e ladeado por duas raposas, que são os seus mensageiros. O povo confundiu Inari com os seus mensageiros e adoram a raposa enquanto deus do Arroz. Considerado, actualmente, como deus da Prosperidade sob todas as suas formas, é venerado sobretudo pelos mercadores. Era considerado no antigo Japão patrono dos ferreiros que fazem os sabres.

Divindades do Lar

O lar é protegido por várias divindades; temos os deuses da Porta da entrada e um casal de deuses da Cozinha, que se chamam *Oki-Tsu-Hiko* e *Oki-Tsu-Hime*. A cozinha imperial tem uma divindade particular. O imperador Keiko (71-188), para recompensar os talentos culinários de um príncipe imperial falecido, mandou dedicar-lhe um templo e promoveu-o ao estatuto de divindade tutelar da cozinha imperial (G. Katô, *op. cit.*, p. 62). O deus do Forno, *Kamado-no-Kami*, é uma divindade muito venerada em todas as casas. No Japão antigo eram consagradas festas especiais ao deus dos Carvões; todos os artesãos que usavam carvões no seu ofício tomavam parte nelas. Aquando da cerimónia dos bons desejos no palácio Otono-no-Hogai, a procissão dirigia-se para a sala dos banhos e para as latrinas, onde lhe deitavam como oferenda alguns grãos de arroz e algumas gotas de sakê. O deus das Latrinas era respeitado e temido, pois, segundo os Japoneses, os deuses malignos instalavam-se nos locais sujos e de lá enviavam depois as doenças perigosas.

Heróis divinizados

O panteão dos deuses xintoístas não cessou de crescer: não só os deuses mitológicos, mas também as figuras históricas eram e são considerados como *Kami*, mas essa tendência não é muito antiga. No século IX mencionam-se preces destinadas à morada do imperador defunto, para obter chuva ou evitar uma infelicidade. Somente perto do início do século x vemos a ordem escrita para presentear o soberano morto com oferendas como as que se faziam aos Kami. Mas, por entre estes soberanos deificados, temos de separar os que erigiram templos para apaziguar a sua cólera ou o desejo de vingança que eles puderam conservar dos sofrimentos da sua vida: como o imperador Junnin (759-764), que foi banido para a ilha Awaji, e depois assassinado; Sutoku (1124-1141), que morreu exilado em Sanuki; Go-Toba (1184-1198), Tsuchi-Mikado (1199-1210) e Juntoku (1211-1221), que foram exilados em diferentes locais após a derrota das suas tropas pelos exércitos do Governo militar de Kamatuka; o imperador Go-Daigo (1319-1338), que também se queria desembaraçar da tutela do Governo militar de Kamakura e que, banido para a ilha Chiburi, conseguiu evadir-se e retomar o poder para finalmente abdicar após vários anos de uma luta difícil; por fim, o jovem imperador Antoku, de que já falámos um pouco e que pereceu, em 1185, na batalha de Danno-ura.

Os dois soberanos *Chuai* e *Ojin*, tal como a imperatriz Jingo, foram deificados pelas suas façanhas militares. Venera-se esta última no templo de Sumiyoshi, pela sua expedição à Coreia, ocorrida provavelmente no século IV da nossa era. O imperador Chuai combateu as tribos rebeldes da ilha Kyushu e morreu mesmo antes da expedição à Coreia.

O imperador *Ojin*, filho de Chuai e de Jingo, teve um templo em Usa, erigido em 712 sob os cuidados da imperatriz Gemmyo (708--714), e tornou-se o deus da Guerra sob o nome popular de Hachiman. No século IX, o imperador Seiwa (morto em 876) mandou edificar-lhe em Iwashimizu um outro templo. As doutrinas do Ryobu-Xinto introduziram elementos budistas no seu culto e adicionaram ao seu nome um apelido budista, *Hachiman Daibosatsu*. Após a restauração imperial de 1868, tornou-se uma divindade puramente xintoísta; os seus templos são sempre numerosos e povoados por pombos, que são seus mensageiros. O governo imperial deificou o fundador lendário da dinastia, o imperador Jimmu, bem como o grande imperador reformista *Kammu* (719-781), e erigiu-lhes templos. O imperador *Meiji*, morto em 1912, e a sua esposa, foram também deificados e têm um santuário.

Há também homens de Estado deificados, e com templos erigidos em sua honra. O ministro *Fujiwara Kamatari* (614-669) tem um templo e recebe oferendas. *Sugawara Michizane* (845-903) é um ministro falecido no exílio. Depois da sua morte o seu espírito trouxe infelicidade aos que o haviam caluniado junto do imperador e, para o apaziguar, edificaram-lhe, em 907, um pequeno templo; e, em 947, um outro, maior, em Quioto. É considerado protector dos sábios e deus da Caligrafia; chamam-lhe *Tenjin* e os seus templos são numerosos.

O grande ditador militar *Oda Nobunaga* (1534-1582) é venerado num templo xintoísta, tal como o seu antecessor *Toyotomi Hideyoshi* (1530-1598). *Ieyasu* (1542-1616), o fundador da casa Tokugawa, que governou o Japão durante quase trezentos anos, possui santuários onde é adorado pelo nome de Tosho-Daigongen. Poderíamos referir outros exemplos.

Existem mesmo personagens às quais se erguem templos ainda em vida e que, antes de morrerem, são veneradas como *Kami*. G. Katô ocupou-se muito em particular desta questão e consagrou-lhe um volume de mais de quatrocentas páginas (*Hompo Seishi no Kenkyu*, com um apêndice em inglês: *Shinto worship of living human gods on the religion history of Japan*, 1932, Tóquio) bem como vários artigos na revista *Transactions of the Meiji Japan Society*; refere, por exemplo, o caso de Honda Tadakazu (vol. XL 1933) e o de Matsudaira Sadanobu (1758-1829), grande ministro dos Tokugawa e homem de letras (vol. XXXIII, 1930). Limitamo-nos aqui a estes dois exemplos.

S. Elisséev

O BUDISMO NO JAPÃO

Introdução

As seitas budistas no Japão

É provável que, desde o século IV da nossa era, elementos do budismo (segundo as doutrinas do Mahayna, o Grande Veículo) vindos da China tenham penetrado no Japão através da Coreia. Entendeu-se tomar como data oficial da introdução do budismo no Japão o ano 552, durante o qual o reino coreano de Paikché enviou ao imperador do Japão uma estátua do Buda em bronze dourado, bem como volumes de sutras budistas. O imperador não se converteu mas autorizou a grande família Soga a adoptar a nova religião. Depois de violentas lutas entre os budistas e as velhas famílias nacionalistas, a nova religião foi declarada religião de Estado em 592 pelo príncipe regente *Shotoku*.

Durante todo os séculos VII e VIII, no chamado período Nara, segundo o nome da capital temporária, o budismo desenvolveu-se rapidamente no Japão. Notamos então seis grandes seitas de que destacamos as seguintes: a seita Sanron, doutrina dos três livros, fundada em 625 por um monge coreano; a seita Hosso, de origem indiana, introduzida no Japão em 653; a seita Kegon, introduzida em 736 e baseada no *Avatamsakasutra*. O número de divindades budistas introduzidas no Japão é ainda bastante reduzido.

Perto do fim do século VIII, o clero budista constituía um poder considerável. Para se subtrair a ele, o imperador *Kwammu* (782-805) decidiu transferi-lo da capital de Nara para Heiankyo ou para Quioto (794). Foi o início de um novo período, durante o qual se realizou uma importante reforma religiosa. Por volta de 804, os monges Dengyo Daishi e depois Kobo Daishi voltaram da China, ensinando as seitas Tendai e Shingon. Estas opunham-se às antigas seitas de Nara, não apenas pelo seu aspecto místico e secreto, e pela pompa das suas cerimónias, mas pela nova doutrina relativa à felicidade, doravante acessível a todos os humanos. Além disso, estas novas seitas introduziram no Japão um número muito grande de divindades budistas. Entre essas divindades, o Dhyani Buda *Vairoçana* é o centro de um mundo espiritual que se representa com a ajuda de um desenho, um *mandara*. É preciso distinguir o mundo das ideias (*Kongokai*) do mundo das formas (*Taizokai*). Em cada um destes dois mandara, Vairoçana ocupa o centro da composição.

Por fim, atribui-se ainda ao monge Kobo Daishi a criação do Ryobu Xinto (Xintoísmo de duas faces), cujas doutrinas unificam, assimilando-as umas às outras, os deuses do Xintoísmo e as divindades budistas. É assim que Amaterasu, a deusa do Sol, se torna uma manifestação temporal de Vairoçana.

No século XII, novas seitas budistas são introduzidas no Japão, nomeadamente a seita Jodo-Shu (a seita da Terra Pura), que revoluciona profundamente as doutrinas precedentes. A saúde para os humanos é um dos paraísos que se substitui de algum modo à noção de Nirvana. O Buda Amida governa-o. A existência de um paraíso corresponde à de um inferno (*Jigoku*) situado sob a terra.

No século XIII, o monge Shinran Shonin reformou a seita Jodo, que se tornou «a Verdadeira Seita da Terra Pura»: Jodo-Shinshu. Para os partidários desta doutrina, existe um só Buda: Amida. Só a sua imagem é tolerada nos templos shinshu. Na mesma época, o monge Nichiren funda uma seita baseada no sutra do lótus da Boa lei (*Saddharma pundarika sutra*).

Limitados por um espaço muito diminuto e na impossibilidade de passar em revista todas as figuras que povoam o inesgotável panteão budista, limitar-nos-emos a assinalar as principais, insistindo sobretudo nas particularidades iconográficas que as distinguem umas das outras.

Budas e Bodhisattvas

Amida

É o mais célebre dos Dhyani-Budas. Goza de um favor particular nas seitas Shinshu e Jodo-Shu. É o grande protector da humanidade;

consola todos os que invocam o seu nome; o seu paraíso do Oeste está aberto a todos os humanos. De pé, com a cabeça descoberta, vestido à indiana, toma como testemunhas o céu e a terra quando afirma só entrar no Nirvana depois de ter salvo todos os homens. Numerosas imagens representam-no a troar no meio do paraíso *Sukhavati*, ou aparecendo por trás das montanhas (*Yamagoshi no Amida*), ou com as pernas cruzadas e de cor vermelha (*Kuvarishiki no Amidi*). As seitas esotéricas distinguem três Amida: *Moryoju* (*Amitayus*), *Muryoko* (*Amithaba*) e *Kanroo* (*Amrita*).

Ashuku Nyorai

O culto deste Buda não existe no Japão. A sua imagem figura mesmo assim nos mandara, isolada ou agregada a um grupo de divindades. Está também sentado sobre um lótus, com as pernas cruzadas. A sua cabeça não tem penteado. A sua mão direita alongada tem os dedos dirigidos para a terra; o punho esquerdo está cerrado.

Dainichi Nyorai
(Maha-Vairoçana tathagata)

É a divindade essencial das seitas esotéricas Tendai, Shingon e Kegon; ocupa o centro do Taizokai e do mandara Kongokai.

Fugen Bosatsu (Samantabhadra)

É um dos Bodhisattvas mais importantes. Representa a sageza, a inteligência, a compreensão. Senta-se no cimo da Via da extinção dos erros. Graças à sua profunda intuição e à sua bondade infinita, ele compreende os motivos de todos os actos dos humanos. À sua constância na contemplação corresponde a uniformidade da sua compaixão. Tem a faculdade de prolongar a vida humana. As imagens mostram-no, muitas vezes, sentado sobre um lótus que suporta um ou vários elefantes brancos. Pode ter dois ou vinte braços.

Hosho Nyorai (Ratnasambhava)

É o terceiro Tathagata do Kongokai mandara. Ele administra todos os tesouros.

Kwannon Bosatsu
(Avalokiteçvara, Kuan-Yin)

O culto deste Bodhisattva é um dos mais venerados no Japão. Foi aí praticado desde a introdução do budismo e o mosteiro de Horyuji conservou uma bela representação em bronze de Kwannon, que datamos de 651. A sua misericórdia é infinita, ele vem em auxílio de todos os homens. Também todas as seitas budistas sem excepção o adoram e erigiram-lhe inúmeros santuários. No cimo da sua cabeça figura sempre uma pequena imagem de Amida, que lembra que o Kwannon Bosatsu é um dos dois companheiros (discípulo ou manifestação segundo as seitas exotéricas ou esotéricas) deste Buda. Eis então as sete formas de Kwannons mais difundidas no Japão.

Seiju Kwannon (Kwannon de mil braços ou *Sahasrabhuja sahasranetra*) figura no centro de uma grande auréola formada por mil mãos e, em cada uma das palmas, está um olho que simboliza a sua compaixão sempre vigilante. No corpo estão presos quarenta braços e, na mão de cada um deles, há um atributo ou faz um *mûdra*. Por vezes a cabeça central da divindade é encimada por vinte e sete cabeças.

Nyo-i-rin-Kwannon (*Cintamanicakra*) tem habitualmente seis braços e, em cada um deles, a mão protege uma das seis condições; cada uma ergue um *cintamani* (símbolo da realização dos votos), um rosário, um lótus ou uma roda; as duas outras sustêm o queixo ou apoiam-se no lótus em que a divindade está sentada.

Ju-ichimen Kwannon (*Ekadaçamukha*) tem onze cabeças que as diferentes seitas agruparam segundo diversas combinações. «Segundo as indicações dos sutras, três rostos, os do meio e os da face, devem ter a expressão do Bodhisattva; as três caras da esquerda, uma expressão furiosa; as três da direita, uma expressão de Bodhisattva, mas os dentes caninos devem sair da boca. O rosto na parte posterior da cabeça do Bodhisattva ri. O que está no cimo é a face de um Buda ou a de um Nyorai; cada uma das cabeças tem no seu diadema a imagem de Amida».

Sho Kwannon (*Avalokiteçvara*). O Todo Compadecido vem em auxílio de todos os que imploram por ele. O Taizokai mandara, que agrupa as divindades segundo a ordem de poder e de intenções que elas encarnam, coloca-o à direita do Dainichi.

Bato Kwannon (*Hayagriva*: Kwannon com cabeça de cavalo). É uma manifestação de Amida. Não tem coroa. Uma cabeça de cavalo colocada sobre os cabelos lembra o corcel de Cakravarti râga, que galopava sem fadiga nas quatro direcções. Simboliza a actividade uni-

versal do Bodhisattva, que assiste os desafortunados e combate os demónios. Protege as almas que o destino conduz à condição de animais. O seu rosto terrível é munido de um terceiro olho e de ganchos. Está sentado num lótus e as suas mãos, à altura do peito, formam um mudra.
Jundei Kwannon (Sunde) emprega as suas virtudes infinitas para salvar todos os humanos. Tem três olhos e dezoito braços. É menos frequentemente representado do que as outras formas de Kwannon.
Fuku-kensaku Kwannon (Amoghapaça) é uma divindade do Taizokai (Mundo das formas).

Miroku Bosatsu (Maitreya)

É o Buda futuro. Habita no céu dos Tushita e descerá à terra 5670 milhões de anos depois da entrada do Buda no Nirvana. Revelou em Asanga as doutrinas secretas do Mahayana, o que explica a sua popularidade nas seitas esotéricas. A estatuária antiga representa-o sentado, com o pé esquerdo no chão, o pé direito sobre o joelho esquerdo, o cotovelo direito sobre o joelho direito e a mão esquerda sobre o tornozelo direito. A cabeça está ligeiramente inclinada, a mão direita apoia o queixo, sobre a sua coroa figura um pequeno stoupa. Mas por vezes vêmo-lo com as pernas cruzadas ou de pé sobre um lótus. Então, as suas mãos seguram os atributos.
Entre as dez designações do Buda figura o nome *Nyorai* (Tathagata). Este termo corresponde a uma das formas pelas quais se manifesta o Buda para salvar o género humano.

Myoo

A cada um dos cinco grandes Budas – Dainichi (Mahavairoçana), Ashuku (Akshobya), Hosho (Ratnasambhava), Mida (Amithaba) e Fuku (Amoghavijara) – corresponde um grande *Myoo*. Manifestações terríveis destes Budas, são os executores das suas vontades.
Dai-itoku-Myoo (Yamantaka) é a manifestação terrível de *Amida*, e reside na região oeste. Mais poderoso do que o dragão, combate os males e os venenos. Rodeado de chamas, está sentado num boi branco ou sobre um rochedo. Tem seis cabeças cujos rostos são terríveis. Tem igualmente seis braços e seis pernas. Venceu Emma-hoo, o rei dos Infernos, daí o seu segundo nome de Goemmason.
Fudo-Myoo (Aryaacalanatha): o mais importante dos cinco grandes Myoo: é uma das manifestações de *Dainichi nyorai* (Vairoçana).

As chamas, símbolos das suas virtudes, rodeiam-no. O seu rosto feroz está semicoberto pela longa cabeleira. Com o seu sabre, simboliza a sabedoria e a misericórdia, combate os três venenos: avareza, cólera e estupidez. Com a sua corda, amarra os que se opõem ao Buda.

Gozanze-Myoo: manifestação terrível de *Ashuku*, reside na região Leste. Cada uma das suas quatro faces tem uma expressão feroz e um terceiro olho frontal. As suas oito mãos carregam atributos diversos. O pé esquerdo pisa o Jizaiten (Maheçvara). O pé direito pisa a mão de Umahi (Umia), a mulher de Jizaiten.

Gundari-Myoo é a manifestação terrível de *Hosho*. Representam-no de pé sobre um lótus; o seu rosto terrível tem três olhos; os ganchos saem-lhe da boca. Um crânio humano repousa sobre os seus cabelos. O seu corpo vermelho tem oito braços. Enrolam-se serpentes em torno dos seus tornozelos e dos seus punhos. Esta divindade tem também o nome de *Nampo Gundari Yasha*, porque reside no Sul do monte Sumeru, e o de *Kanro* (Amrita), por distribuir o néctar celeste aos pobres humanos.

Kongo-yasha-Myoo (*Vajrayaksha*) é a manifestação terrível de *Fuku*. Protege a região do Norte. Rodeado de chamas, apresenta-se sobre duas flores de lótus e tem a sua perna esquerda elevada. Pode ter três cabeças e seis braços ou uma cabeça e quatro braços. O rosto que lhe serve de face tem cinco olhos.

Kujaku-Myoo não faz parte da série dos cinco grandes Myoo. Este não tem aspecto terrível. Representam-no com os traços de um Bodhisattva. Está sempre sentado sobre um pavão. As seitas esotéricas consideram-no uma manifestação de *Cakyamuni*. Protege das calamidades e imploram-lhe em particular nos períodos de seca para obter chuva.

Aizen-Myoo: divindade que, sob o seu aspecto terrível, é cheia de compaixão pelos humanos. O seu rosto feroz, com três olhos, tem o penteado de uma cabeça de leão com a juba eriçada, encimada por um *Vajra* (raio) com cinco pontas, que acalma as paixões más. Tem seis braços, cujas mãos têm atributos

Aizen-Myôô. *Museu Guimet, Paris.*

diversos. Na seita secreta Shingon, Aizen-Myoo ocupa o centro de um mandara.

Jizo Bosatsu (Kshitigarbha)

O culto deste Bodhisattva, pouco difundido entre o budismo indiano, é muito popular na Ásia Central, na China e sobretudo no Japão, desde o século XII. É o grande protector de todos os humanos que sofrem. São-lhe consagrados numerosos santuários. A sua imagem, que inspirou obras-primas a escultores e pintores, figura também talhada grosseiramente na beira das estradas do Japão. O seu considerável poder exerce-se em casos muito variados: daí o grande número de aspectos diversos sob os quais ele aparece. Conhecemos seis Jizo, protectores das seis Vias, ou condições boas e más, a que se submetem as almas após o seu julgamento: a dos Infernos, a dos Demónios Esfaimados, a do Mundo dos Animais, a dos Demónios Asuras, a dos Homens e a dos Deva. As narrativas em que ressalta a sua bondade infinita são numerosas: salva a vida do guerreiro Toshihira, afasta incêndios, facilita os partos, etc. Uma das principais devoções de que é objecto dirige-se ao todo compassivo protector das crianças.

No século XVII, o seu poder, que se estende, aumenta a sua popularidade: ele pode tirar dos Infernos as almas pecadoras e conduzi-las ao paraíso. O seu aspecto mais frequente é o de um monge budista, sentado ou de pé, com uma cruz (*khakkhara*) na mão direita e uma pérola preciosa na mão esquerda. A sua cabeça está amiúde aureolada.

O Jizo do exército vitorioso (Shogun Jizo) foi associado à divindade do monte Atago, aquando da formação do Ryobu Xinto. Sob esta forma particular, tem o aspecto de um guerreiro chinês a cavalo, tendo numa mão a cruz e na outra a pérola preciosa.

Kozuko Boatsu

Reside no mundo koju. As numerosas imagens que os templos conservaram representam-no sentado com as pernas cruzadas sobre um lótus que suporta um leão.

Monju Bosatsu (Manjouçri)

É extremamente popular desde o século IX, personificando a inteligência, a compaixão, a contemplação. É muitas vezes associado a Fugen

Bosatsu na trindade de Shaka Nyorai. Este Bodhisattva está sempre acompanhado por um leão. O mais habitual é estar sentado, tendo nas mãos o sabre da inteligência, que corta as trevas da ignorância, e um livro ou rolo de papiro.

Yakushi Nyorai (Baishajuaguru)

Divindade extremamente popular no Japão desde o século VIII. É por vezes identificada com Ashuku Nyorai ou com Dainichi Nyorai. É o médico divino que detém as epidemias e cuja ciência pode vencer todas as doenças. Representam-no com mais frequência com o aspecto de um Buda tendo na sua mão um pequeno frasco que contém remédios. Duas divindades acompanham-no por vezes: os Bodhisattvas Gwakwo (imagem da lua) e Nikkwo (imagem do sol).

Inferno e demónios

Emma-hoo (Yama-raja)

Os Infernos (*Jigoku*) são subterrâneos. Compõem-se de oito regiões de fogo e de oito regiões geladas. Existem também Infernos secundários. Os Infernos do fogo são os mais importantes. Sobre este mundo infernal reina *Emma-hoo* (*Yama-raja*) que é também o juiz supremo dos Infernos. Tem sob as suas ordens dezoito generais e oitenta mil soldados. Representam-no vestido com uma veste de juiz chinês e coberto com um barrete onde estão escritos os caracteres «Emma». A expressão do seu rosto é feroz.

Emma-hoo reserva-se para o julgamento dos homens, deixando à irmã o cuidado de decidir a sorte das mulheres. O pecador é conduzido até ao temível juiz que se senta entre as cabeças cortadas de *Miru-me* e de *Kagu-hana*, das quais nada se pode esconder. Um grande espelho reflecte nos olhos do culpado todas as suas faltas passadas. Os seus pecados são pesados; depois, Emma-hoo pronuncia a sentença. O pecador deve ir para tal ou tal região dos Infernos segundo a gravidade das suas faltas, a menos que a sua alma não seja salva pelas preces dos vivos. Nesse caso, um Bodhisattva arranca-a ao suplício e o pecador renasce sobre a terra ou num paraíso.

Oni (diabos-demónios)

A noção de forças nefastas foi introduzida no Japão relativamente tarde. As ideias indianas e as doutrinas chinesas do Yang e Yin transformaram-se e levaram à criação de demónios, *Oni*, e ao nascimento de uma nova iconografia. Distinguimos os Oni dos Infernos e os Oni terrestres. Os primeiros têm o corpo vermelho ou verde, cabeças de boi ou de cavalo. O seu papel consiste em procurar o pecador e conduzi-lo num carro de fogo diante de Ema-hoo, deus dos Infernos. Os demónios *gaki* são eternamente atormentados pela sede ou pela fome; a sua barriga é enorme. Os segundos são demónios malignos que podem assumir a forma de um ser vivo ou de um objecto inanimado. Há demónios invisíveis; somos advertidos da sua presença, pois eles cantam, assobiam ou conversam. Só as pessoas muito virtuosas, dizia-se no século IX, podiam por vezes assistir à procissão deles, invisível para os restantes mortais. Têm a faculdade de se apoderar da alma de um morto e de aparecer sob a forma deste último aos olhos dos seus parentes.

Importa ainda referir os Oni responsáveis pelas doenças e epidemias (estão cobertos de vermelho) e os Oni que são mulheres transformadas em demónio sob o efeito do ciúme ou de uma agitação violenta. Ainda que espíritos malignos, os Oni em geral não são muito temíveis; são mesmo susceptíveis de conversão ao Budismo.

Divindades secundárias

Nio

Designamos pelo nome de *Nio* dois protectores do budismo que correspondem a Vajrapani. Fukaotsu e Soko estão colocados um de cada lado da porta de entrada dos templos.

Ida-ten (Wei-t'o chinês)

Ainda que de importância secundária, esta divindade tornou-se muito popular na China e sobretudo no Japão a partir do século VII. Protege a lei, vela pela boa organização dos mosteiros e pela boa conduta dos monges. *Ida-ten* (o general Wei) apareceu em sonhos ao monge chinês Tao Sinan (596-667). «É o primeiro de trinta e dois generais das quatro *devaraja*, colocado sob as ordens directas daquele do Sul,

Virudharta, protector do budismo e em especial dos monges e dos mosteiros nas três regiões do Sul, do Leste e do Oeste, dotado de uma pureza absoluta e isento de toda a paixão».

No Japão, a expressão familiar «corrida a Ida-ten», que designa uma corrida muito rápida, teve origem na seguinte lenda: no momento da morte do Buda, antes que lhe fechassem o círculo de ouro, um demónio chamado *Shoshikki* arrancou um dos dentes santos e levou-o consigo. Nenhum dos discípulos, apanhados de surpresa, o pôde deter; de um salto atravessou quarenta mil *jojana*. Só Ida-ten o perseguiu e lhe tirou a preciosa relíquia. A estatuária representa-o sob os traços de um rapaz que se veste de general chinês, ambas as mãos apoiadas sobre uma arma ou segurando-a transversalmente sobre os seus braços.

Os discípulos do Buda

Por entre os dezasseis *Rakan* (*Arhat*), ou discípulos do Buda, mencionaremos somente *Binzuru*, o primeiro deles. Socorre os humanos, afasta as doenças. No entanto, a sua entrada no Nirvana foi-lhe negada por ter quebrado, na juventude, o seu voto de castidade. Morava no monte Marishi. Representam-no sob os traços de um velho de cabelos brancos e com abundantes sobrancelhas.

Atago-Gongen

Foi uma divindade do Ryobu xinto, que emigrou do monte Atago no início do período Meiji, quando o governo expulsou as divindades budistas dos santuários xintoístas. Aí ele era confundido com uma divindade do Trovão e do Fogo. No século VIII, o bonzo Keishun mandou construir no cimo do monte Atago um templo budista consagrado ao Jizo do exército vitorioso. A iconografia de *Atago-Gongen* sofreu a influência desta vizinhança: a divindade assumiu o aspecto de um guerreiro chinês a cavalo, empunhando os emblemas de Jizo, a pérola preciosa e a cruz. Actualmente, o santuário do monte Atago é um templo xintoísta onde se venera o deus do fogo.

Nijuhashi Bushu

É o nome geral que designa as vinte e oito divindades símbolos das constelações. Eram por vezes consideradas como servidoras de Kwannon.

Marishi-ten (Mariçdeva)

Deva omnipotente. Precede o sol. É invisível, mas a iconografia japonesa representa-o com as vestes de senhora chinesas, para lembrar as suas origens continentais. Protege os guerreiros e afasta o perigo de incêndio.

Shitenno

São os quatro reis guardiões celestes (*Lokapala*). O seu tamanho é desmesuradamente grande. Têm quinhentos anos de idade e residem nas escarpas do monte Sumeru, no cimo do qual reside Taishaku-ten, de quem são vassalos. De expressões ferozes, estão vestidos como guerreiros chineses e pisam os demónios. Distinguem-se pelos seus atributos. *Jikoku* (*Dhritarashtra*) protege a região Leste; segura um sabre e um pequeno ossário. *Zocho* (*Virudhaka*) protege a região do Sul, combatendo o mal e dispensando o bem com um sabre e um escudo; *Kwomoku* (*Virupaksha*) protege a região do Oeste; segura um pincel e uma lança na mão; a sua outra mão está pousada na anca onde tem o forro do sabre. *Tamu* (*Vaiçramana*) ou *Bishamon* tem um ceptro e um pequeno ossário na forma de pagode; protegendo a região do Norte.

Kishimojin (Hariti)

É uma divindade feminina que reside na China. Era primitivamente uma mulher demoníaca que devorava crianças mas que, depois, convertida pelo Buda, as protegia, bem como às mulheres no parto. As mães imploravam-lhe que curasse os seus filhos doentes. A seita Shingon, que a trouxe para o Japão, conservou o nome original *Kariteimo*. A seita de Nichiren consagrou-lhe numerosos templos. É representada seja de pé com um bebé ao peito e na mão direita uma flor da felicidade, seja sentada, ao modo ocidental, rodeada de crianças.

Kompira (Kuvera)

Divindade popular no Japão, que protege os marinheiros e traz prosperidade. É-lhe consagrado um grande templo, na ilha Shikoku, na aldeia de Kotohira. Numerosos peregrinos recebem aí, como amuleto, uma pequena prancha sobre a qual está gravado num círculo o caracter chinês «ouro». Os marinheiros do mar Interior invocavam-na em particular na época dos Tokugawa. Para apaziguar a tempestade, o marinheiro cortava os seus cabelos e deitava-os ao mar, pronunciando o nome da divindade. Aparecia sob o aspecto de um homem barrigudo, sentado de pernas cruzadas. Tem uma bolsa na mão.

Kwangiden

É uma divindade secreta que distribui as riquezas. Os seus outros nomes são *Daishoden*, *Shoden Sama*, e *Tenson Sama*. Representam-no sob dois aspectos diferentes: o primeiro consiste em duas figuras humanas com cabeça de elefante que estão de pé e enlaçadas. Este casal lembra a lenda dos filhos de Maheçvara e de Uma: o cruel Vinakaya e a sua irmã, a benfazeja Sunayaka, que desposou o seu irmão, para levar até si a calma e a alegria. O segundo aspecto de Kwangiden é menos difundido. Está só. A sua cabeça de elefante é sustentada por um corpo humano que pode ter dois ou seis braços. Os que desejam fazer fortuna dirigem-lhe votos, lançando, cento e oito vezes, óleo sobre a sua cabeça.

Shichi Tukujin

Os sete deuses da felicidade têm diversas origens:
Ebisu e *Daikoku* são provavelmente os *Kami* do Xintoísmo. Estes deuses estão vestidos à japonesa; têm o lóbulo da orelha inchado. Quando Ebisu, o patrono do trabalho, tem nas mãos uma linha e uma grande dourada pendurada no fim de um fio, Daikoku, deus da prosperidade, traz o seu martelo das riquezas e um grande saco atrás das costas; este último está de pé sobre dois sacos de arroz.
Benzaiten e *Bishamonten* são originalmente hindus. A primeira é a divindade do amor. Joga *biwa* e cavalga um dragão; o seu mensageiro é a serpente. O segundo é o deus da felicidade e da guerra; representam-no com o aspecto de um guerreiro tendo um pequeno pagode e uma lança.
Os três outros deuses são de origem chinesa: *Fukurokuju*, deus da sabedoria e da longevidade, apresenta um crânio e uma altura excessivos; uma cegonha acompanha-o. *Jurojin*, deus da felicidade e da longevidade, apoia-se num grande bordão; é seguido por um cervo. O *Notei Osho* é um sacerdote budista com barriga proeminente; a sua cabeça é calva, o lóbulo das suas orelhas está inchado. Tem um guarda-fogo e um grande saco. Popularizaram-no na Europa sob o nome de *Pussah*.

Odette Bruhi

10
MITOLOGIAS DAS DUAS AMÉRICAS

Introdução

A mitologia americana, ainda que muito variada, comporta, de um extremo ao outro do continente, analogias que permitem considerá-la como um todo.

Na base de todas as religiões americanas encontramos o totemismo. O totem é um objecto, um ser, uma força da natureza que, na maioria das vezes, passa por ser um antepassado de um grupo, ou clã, ou de um indivíduo, que por sua vez usam o seu nome e a ele se assimilam.

Em troca da protecção e da ajuda do totem, todos os seus representantes lhe devem um culto e algumas atenções, um pouco como a um antepassado. Mas, para o tornar favorável, devem multiplicar as suas efígies, fazer-lhe oferendas e testemunhar-lhe respeito; em troca, adquirem direitos sobre o totem que os protege e ajuda. Sobre estas crenças primitivas foram colocados, em certas civilizações mais avançadas, outros cultos mais evoluídos. O próprio totemismo elaborou-se; os grandes deuses fizeram a sua aparição, e com eles surgiram panteões tão ricos como os dos Astecas ou dos Maias, ou, no Peru, o culto hierarquizado e complexo do Sol. Se o culto das divindades se generalizou entre os povos americanos, o mesmo sucedeu no que respeita às ideias sobre a formação do Universo. Existe, para eles, um mundo superior, onde se encontram os poderes celestes; um mundo inferior, onde habitam os mortos; e um mundo central, onde estão os homens e os génios.

Algumas tribos reconhecem, na sua origem, um criador ou um protector; mas a crença geral é a da existência de um mundo celeste anterior a toda a vida, contendo as imagens dos seres chamados a povoar a terra; ou da existência de um mundo subterrâneo, de onde emergiram os primeiros habitantes. Por todo o lado encontramos, sob diferentes formas, os heróis encarregues de dar uma organização e leis, triunfando sobre monstros que aterrorizam a terra, bem como o mito da destruição da terra pelo dilúvio ou pelo fogo, ou a lenda sobre o roubo do fogo. Todos estes mitos explicativos, bem como as lendas heróicas e divinas, são, para as populações índias da América, a expressão de uma emoção religiosa, mais ou menos consciente, mas por vezes muito intensa. O seu exame mostra-nos a evolução do pensamento humano na sua busca de Deus.

Se nos é impossível num estudo limitado dar uma ideia completa da mitologia dos povos da América, esforçar-nos-emos por apresentar uma imagem exacta, ainda que sumária, que os traços mais salientes das principais lendas precisarão. O leitor encontrará aí inúmeros tópicos das mitologias clássicas ou bíblicas. É bem verdade que estas lendas têm entre si um fundo comum que se liga quer aos grandes fenómenos da natureza, quer aos cataclismos, que devem, no passado, e em todo o lado, ter assustado a humanidade primitiva.

AMÉRICA DO NORTE

Os Esquimós

Os Esquimós ocupam a região compreendida entre a baía de Hudson, o estreito de Behring e a Gronelândia.

A sua religião é influenciada pela luta contínua que travaram com os elementos, luta selvagem e sem piedade. Os mitos dos Esquimós têm, no seu conjunto, um carácter prático, e os seus mitos especulativos relacionam-se sempre com os destinos dos homens e com a influência que os actos podem exercer sobre eles, com o fito de se conciliarem com os deuses e com os outros poderes sobrenaturais.

Para os Esquimós, o mundo está sob o domínio de uma multidão de forças invisíveis, ou *Innua*. Na natureza tudo tem o seu *Innua*: o ar, o mar, as pedras, os animais. Estes podem tornar-se guardiões ou ajudas para os homens: tomam então o nome de *Torngak*; é, vê-se, uma forma individual do totemismo.

Os Innua das pedras e dos ursos são particularmente poderosos. Se o espírito de um urso se tornar o Torngak de um homem, este último pode ser devorado por um urso e, depois, devolvido à vida; é então que se torna um *Angakok*, ou feiticeiro.

Os Angakoks têm o poder de produzir a seu gosto o bom e o mau tempo, de curar, de ver coisas ocultas e de descobrir os crimes graças a uma segunda visão. São também uma espécie de magistrados.

Estes Angakoks têm espíritos familiares: os Torngaks, cujo nome é derivado de Torngaksak, o espírito mais poderoso, e que comandam em seu nome. Os Esquimós chamam-lhe *Ser bom*, mas não estão de acordo quanto ao seu aspecto; alguns deles dizem que não tem forma, outros dão-lhe a forma de um urso, outros ainda representam-no como um homem de grande estatura com um só braço, e outros ainda representam-no como sendo tão pequeno como um dedo. É imortal, mas pode ser morto pelo deus *Crépitus*.

Torngarsak não é o criador de todas as coisas, mas tem em si as características da divindade e, apesar do seu poder limitado, os Esquimós chamam-lhe *Grande Espírito*. Têm ainda espíritos do fogo, das águas, das montanhas, dos ventos; demónios com a forma de cães; as almas dos fetos abortados tornam-se espectros hediondos; e até mesmo a alma do outro mundo é, também ela, familiar a este povo. Uma criança, que perdeu a mãe, vê o seu espírito aparecer-lhe em pleno dia, dizendo-lhe: «Não receies nada, sou tua mãe e amo-te.» Pois, também aí, nessa terra de névoa gelada, o amor é mais forte do que a morte.

A deusa *Sedna* ocupa um lugar preponderante na mitologia e nas tradições populares dos Esquimós. É considerada a divindade do mar e dos animais marinhos, mas o seu poder só se exerce sobre o corpo material dos seres do seu reino subterrâneo. É hostil ao género humano; de todas as divindades, Sedna é aquela que os Esquimós mais temem; é, por isso, muito importante ganhar os seus favores através de sacrifícios propiciatórios. Ela é concebida pelos Esquimós como sendo dotada de um tamanho gigantesco; só tem um olho, pois o outro foi-lhe tirado por seu pai, dizem alguns, ao empurrá-la da sua embarcação para se salvar a si mesmo. A lenda de Sedna contém elementos que indicam que esta personagem mítica, comparável a certas divindades do *Kalevala* e do *Edda*, poderia ser apenas o tema comum a um grande número de mitologias.

Vejamos as grandes linhas desta lenda:

> Sedna era uma bonita rapariga esquimó, filha única de um pai viúvo, com o qual vivia à beira-mar. Quando Sedna atingiu a idade de se casar, foi cortejada por um grande número de jovens da sua tribo e por

estrangeiros de paragens distantes; mas Sedna recusou-se a casar, divertindo-se a afastar e a magoar todos os seus pretendentes. Entretanto, um dia, chegou de um país estrangeiro um jovem e belo caçador, carregado de belas peles. Trazia uma lança de marfim. O seu caiaque avançava para a margem mas, em vez de atracar, ele deixava a sua embarcação balançar nas vagas e chamava a rapariga, que ficara na cabana, implorando-lhe num canto sedutor:
«Segue-me, para o país dos pássaros, onde nunca reina a fome. Repousarás na minha tenda, sobre suaves peles de urso; a tua lâmpada estará sempre repleta de óleo, a tua marmita, cheia de carne...»
Sedna, na entrada da cabana, repelia as propostas sedutoras do estrangeiro. Ainda que conquistada pelo seu primeiro olhar, continuava tímida, confusa. Não era seu dever recusá-lo? O estrangeiro começou então a implorar, traçou a Sedna um retrato encantador do seu país, descreveu os colares de marfim que lhe oferecerá..., e Sedna sentiu-se cativar e, pouco a pouco, deixou-se levar para o mar. O estrangeiro fê-la então entrar na sua embarcação e partiu. Foi assim que Sedna fugiu e o seu pai não a voltou a ver mais na falésia onde moravam.
O amante de Sedna não era um homem; não passava de um fantasma de um ser real, de um pássaro. Tanto assumia a forma de um fulmar (género de petrel), como a de um mergulhão. Ave-espírito, com o poder de assumir forma humana, capturou a rapariga mantendo-a na ignorância da sua verdadeira natureza.
Assim que Sedna soube a verdade, o seu desespero foi imenso. Em vão o seu marido se esforçou por vencer a repugnância da rapariga; ela não conseguia habituar-se ao seu sedutor e passava os dias a chorar e a lamentar-se.
O pai de Sedna, Angusta, não se conformava com a ausência de sua filha. Um dia partiu para a costa longínqua para onde a filha fora levada. Quando lá chegou, a ave-espírito estava ausente. Vendo Sedna mergulhada num desespero sombrio, tomou-a nos braços, levou-a para o barco e velejaram em direcção ao país natal. Quando o fulmar voltou, procurou a sua mulher, mas gritos misteriosos, trazidos pelo vento, contaram-lhe que fugira com o pai, proferindo queixas e gritos de cólera. O pássaro, retomando a sua forma de fantasma, entrou no seu caiaque e perseguiu a fugitiva. Rapidamente avistou a embarcação com Sedna e o seu pai a bordo. Assim que este se apercebeu do fantasma, escondeu a filha debaixo das peles.
O condutor do caiaque aproximou-se prontamente do barco e reclamou a sua mulher: «Deixe-me ver Sedna, suplico-lhe, deixe-me vê-la.» Mas o pai, furioso, recusou-se a escutar a prece do fantasma e prosseguiu resolutamente o seu rumo.
Consumido pelo desespero, o Kokksaut – nome pelo qual os Esquimós designam estas estranhas criaturas – ficou para trás. Falhara. Sedna rejeitara-o. Ouviu-se então um furioso bater de asas. O fantasma metamorfoseara-se em ave. Abrindo as suas asas, o pássaro planou

sobre os fugitivos, emitindo o grito característico dos mergulhões, desaparecendo depois nas trevas. De imediato, uma terrível tempestade – a sombria tempestade do oceano Árctico – elevou-se no mar. O pai de Sedna ficou petrificado de medo, com o coração esmagado pela fúria do homem-pássaro. O horror de ter ofendido os poderes do céu e da terra deram-lhe força para consumar um terrível sacrifício. As vagas reclamavam Sedna: ele devia aceder à sua ordem. Inclinando-se para a frente, pegou na filha e, num gesto tremendo, lançou-a para fora do barco: horrível holocausto, destinado a apaziguar o mar ofendido!

O rosto lívido de Sedna surgiu à superfície das vagas, enquanto as suas mãos tentavam desesperadamente segurar-se ao bordo da embarcação. O pai, movido pelo terror, agarrou num pesado machado de marfim e cortou os dedos que se crispavam ao barco. A rapariga mergulhou nas ondas, enquanto as falanges cortadas se metamorfoseavam em focas. Por três vezes ela tentou escapar à morte. Mas estava condenada, já era presa do oceano, sem que nada a pudesse salvar. Por três vezes o seu pai mutilou as mãos cortadas. As segundas falanges deram origem às *ojuk* (focas das profundezas); as terceiras tornaram-se em morsas e do resto nasceram as baleias. Consumado o sacrifício, o mar acalmou-se, a embarcação depressa chegou à costa. O pai entrou na sua tenda e, esgotado pelas provações e pela dor, caiu num sono profundo. O cão de Sedna estava preso no *tupik* (tenda de Verão). Durante a noite ergueu-se uma forte maré que submergiu a margem, inundou a habitação e as duas criaturas que aí se encontravam. O homem e o cão juntaram-se, assim, a Sedna nas profundezas do oceano. Desde então reinaram numa região chamada Adliden. É um lugar onde as almas, após a morte, ficam aprisionadas para expiar as malfeitorias cometidas pelos vivos. A duração dessa provação é, segundo a falta, temporária ou eterna.

Esta é a lenda de Sedna.

Por vezes, quando os Esquimós não capturavam focas, os Angakoks desciam ao fundo do mar para obrigar Sedna a deixá-las partir. Para chegar até ela, seguindo a velha tradição da Gronelândia, o Angakok devia atravessar primeiro o reino dos mortos, depois um abismo onde giravam sem cessar uma roda de gelo e um caldeirão fervilhante cheio de focas. Por fim, quando conseguia evitar o enorme cão que guardava a porta, devia ainda franquear um segundo abismo sobre uma passadeira semelhante a uma lâmina cortante.

São estes, para os Esquimós, os perigos de uma viagem à terra dos espíritos.

Em torno destes espíritos superiores acreditavam os Esquimós ver uma infinidade de espíritos inferiores e de monstros: uns favoráveis aos homens, outros perseguindo-os encarniçadamente.

À esquerda, poste totémico esculpido. *Alaska. Colecção Tual.*
À direita, ídolo esculpido, ornamentado com uma barbatana de tubarão na cabeça. *Alaska. Colecção Tual.*

Certo dia, um Angakok partiu para muito longe no mar, em perseguição de uma foca. De repente, viu-se cercado por estranhos caiaques; eram os espíritos do fogo, vindos para o capturar; mas abriu-se um espaço entre eles e o Angakok viu que estavam a ser perseguidos por um caiaque cuja proa se abria e fechava como se fosse uma enorme boca, devorando tudo o que se encontrava à sua passagem. Tão subitamente como tinham surgido, os espíritos do fogo desapareceram. O Angakok fora salvo pelo seu espírito protector.

Para os Esquimós existe um mundo inferior no céu. Esse mundo ora é semelhante ao mundo humano, apenas com um céu e um Sol mais pálidos; ora é igualmente formado por quatro cavernas situadas umas sob as outras, sendo as três primeiras baixas e pouco confortáveis, enquanto a última é espaçosa e agradável.

O mundo superior, para lá da abóbada celeste, gira em torno do cimo de uma montanha. Tem, tal como a terra, colinas e vales, e é a morada dos Innuas, dos corpos celestes, que outrora foram homens, transportados para o céu e transformados em estrelas.

O caminho que conduz ao mundo superior está, também ele, recheado de perigos. Na rota da lua, alguém tenta fazer rir os que passam e, se consegue, arranca-lhes as entranhas.

Encontram-se, entre os Esquimós, lendas que se reportam ao dilúvio. No Alasca existia a tradição de uma inundação formidável que coincidiu com um tremor de terra e destruiu o território tão rapidamente que algumas pessoas apenas se puderam salvar graças às suas pirogas, ou refugiaram-se nos cumes das mais altas montanhas, atormentadas por uma profunda angústia.

Os Esquimós do oceano Árctico contam que um dilúvio se abateu sobre a terra e que alguns se salvaram atando vários barcos entre si de modo a formarem uma grande jangada. Procuraram aquecer-se esfregando-se uns nos outros, vítimas que eram do clima glacial. Por fim, um feiticeiro chamado «An-odjium», ou seja, «filho de Hibu», lançou o seu arco ao mar e pronunciou estas palavras: «Basta, vento! Acalma-te!» Atirou, de seguida, os seus brincos, e as águas baixaram.

Eis algumas divindades esquimós:

Agloolik: vive sob o gelo; é o espírito tutelar das cavernas das focas. É ele que fornece estes animais aos caçadores. É considerado um espírito bom.

Aipalookvik: espírito malfazejo. Tem a paixão da destruição e esforça-se por morder e destruir os barqueiros. Vive no mar.

Aulanerk: vive no mar. Sempre nu, debate-se e causa a ondulação. É uma fonte de alegria para os Esquimós.

Nootaikok: é os espírito dos icebergues. Espírito benfazejo, tem por casa o mar, fornece as focas quando é invocado.

Koodjanuk: espírito de primeira ordem. Na criação do mundo, era um pássaro de grande porte, de cabeça negra, bico curvo e o corpo era branco. É um espírito benfazejo que tem o poder de dar satisfação quando o invocam. Cura os doentes.

Oluksak: divindade dos lagos. Vive nas suas margens. É por seu intermédio que os Angakoks recebem as suas inspirações.

Tekkeitserktok: é o deus da região e da terra. Possui todos os gamos. O poder deste deus ultrapassa o de todas as outras divindades. É objecto de inúmeros sacrifícios todos os anos, antes da época das caçadas.

Tootegâ: tem a aparência de uma mulher pequena. Este espírito tem o dom de caminhar sobre as vagas. Habita uma ilha, numa casa de pedra.

Akselloak: é o espírito das rochas oscilantes. Considerado um espírito bom.

Aumanil: vive em terra, guia as baleias.

Eeyeekalduk: vive em terra, tem a aparência de um homem de pequena estatura. É perigoso olhá-lo nos olhos; o seu rosto é negro. Habita numa pedra. Este espírito benfazejo esforça-se por curar os doentes.

Keelut: espírito terreno, semelhante a um cão sem pêlo. Malfazejo.

Kingmingoarkulluk: vive em terra, parece-se com um esquimó de muito baixa estatura. Quando o vemos, canta sempre alegremente. Benfazejo.

Noesarnak: vive em terra. Tem a aparência de uma mulher de pernas franzinas. Veste-se com peles de gamos e usa uma máscara feita com a pele desse animal. Espírito benfazejo.

Ookomark: vive em terra. Tem o aspecto de um pequeno homem, muito robusto. A sua visão é perigosa para os mortais. Deve ser tratado com muita prudência.

Ooyarrauyamitok: esta divindade não tem morada definida – por vezes na terra, por vezes nos céus. Se a respeitarem e a invocarem, dá carne aos Esquimós ou, pelo menos, o meio de a conseguirem.

Pukkeenegak: este espírito com aparência feminina tem o rosto tatuado. Calça botas muito grandes, bem como vestimentas muito bonitas. Esta divindade é considerada benfazeja, pois fornece alimento e matérias para confeccionar as roupas, dando ainda às mulheres esquimós as suas crianças.

Sedna: deusa dos animais marinhos.
Ataksak: vive no céu. Assemelha-se a uma bola. É a alegria personificada. Possui nas suas vestes vários cordões, muito brilhantes. O seu corpo também brilha quando se move. Vem até aos Esquimós por intermédio do Angakok. É considerado um espírito bom.

Índios das florestas

Os Algonquinos

Aquando da colonização da América do Norte pelos brancos, imensas florestas cobriam toda a região que se estendia das estepes geladas do Lavrador e das margens do Hudson até aos terrenos de aluvião do golfo do México. Eram povoadas por muitas tribos indígenas, afins das famílias de Algonquinos e Iroqueses, as grandes tribos caçadoras e guerreiras.

Os mitos destas grandes tribos estão povoados por figuras ideais de heróis civilizadores, vistos em parte como primeiros homens e, por outro lado, como demiurgos e criadores. Estes seres são versados em todas as artes da magia e têm o poder de se metamorfosear em animais.

Os índios crêem que tudo na natureza – seres, plantas, pedras, etc. – está habitado por um misterioso poder que se expande e influencia os outros seres. Os Iroqueses chamam-lhe *Orenda*, os Algonquinos *Manitu*, designando assim todos os poderes mágicos ou «medicinais», desde os mais fracos até aos mais elevados. O homem deve assenhorear-se dos primeiros; e deve, pelo contrário, tentar tornar favoráveis, por todos os meios, os poderosos Manitus, que são espíritos inteligentes.

Para os Algonquinos do Norte, o mais forte de todos os Manitus é o *Kitski Manitu* ou *Grande Espírito*, que é pai da vida e que nunca foi criado. É a fonte de todos os bens: é em sua honra que os Índios fumam o «cachimbo da paz».

Os Delawares contam como o Grande Espírito instituiu este rito:

> Os povos do Norte, reunidos em conselho, tinham decidido exterminar o povo Delaware, quando, de súbito, um pássaro de um branco brilhante surgiu no meio deles e se deteve, com as asas estendidas, em cima da cabeça da filha única do grande chefe. Este ouviu, então, uma voz interior que lhe dizia: «Reúne todos os guerreiros e diz-lhes que o coração do Grande Espírito está triste, envolto numa nuvem negra, porque eles tentaram beber o sangue dos seus primogénitos, os Lenni-

-Lennapi, a mais antiga das tribos. Para apaziguarem a cólera do Mestre da Vida e para devolverem a alegria ao seu coração, que todos os guerreiros lavem as mãos no sangue de uma jovem corça e, depois, carregados de presentes e com o cachimbo na mão, se dirijam em conjunto até aos seus anciãos, lhes dêem os presentes e fumem com eles o grande cachimbo da paz e da fraternidade que os unirá para sempre.»

Assim, o Grande Espírito, que habita o céu, está acima de todos os poderes. É o senhor da luz e manifesta-se pelo sol; é o sopro da vida e penetra em todo o lado sob a forma de vento. Segundo um mito algonquino, existia um outro espírito, muito importante, *Michabo* ou a *Grande Lebre*, pai da raça; nasceu numa ilha chamada «Michilimakinak».

A Grande Lebre fez a terra e é inventora das redes de pesca; criou a água, os peixes e um grande gamo. Foi ela que expulsou os Manitus canibais.

A casa de Michabo está situada onde o sol se ergue; parece ser a personificação da Aurora. É lá que habitam as almas dos bons Índios, que se alimentam de frutos suculentos. Por outro lado, tem o poder de se metamorfosear em milhares de espécies animais.

Lendas cosmogónicas – As tribos algonquinas, como quase todos os Índios, crêem num espírito poderoso: «o pássaro do trovão»; os seus olhos lançam relâmpagos e o som das suas asas é o ribombar do trovão. É ele que impede a terra de secar e a vegetação de perecer. Acompanham-no espíritos menos poderosos; são representados sob a forma de pássaros semelhantes a falcões ou a águias.

Sobre as nuvens onde habitam os ventos e a tempestade, encontra-se a morada do sol e da lua, representados geralmente por um homem e uma mulher, por vezes casados, mais frequentemente irmão e irmã. Uma tribo algonquina conta como o sol, armado de arco e flechas, partiu para caçar; a lua, sua irmã, alarmada com a sua longa ausência, partiu à sua procura e andou durante vinte dias até o encontrar. Desde essa altura, a lua faz sempre viagens de vinte dias pelo céu.

Para lá do sol e da lua, moram as estrelas.

Sob as nuvens está a «Terra-Mãe», de quem emana a Água da vida, que alimenta no seu seio as plantas, os animais e os homens. Os Algonquinos chamam-lhe *Nokomis* (Grande Mãe).

Os pássaros servem como intermediários entre os humanos e os poderes superiores, enquanto as serpentes e os animais aquáticos comunicam com os poderes inferiores. Na maioria das vezes, o mundo encontra-se dividido em estágios sucessivos: quatro para o mundo superior, quatro para o mundo inferior. Nos quatro pontos cardeais moram quatro génios benfazejos, o do Norte traz a chuva e o gelo, que permitem caçar os animais selvagens; o do Sul faz florirem as abóboras, o milho e o tabaco; o do Oeste oferece chuva; e o do Leste, a luz e o sol.

Uma lenda dos Montagnais, da família dos Algonquinos, narra como Michabo, ou a Grande Lebre, recompõe o mundo depois de este ter sido submergido:

> Um dia, «Michabo» parte para a caça, e os lobos, que ele usava como cães, entraram nas águas de um lago e ficaram presos nelas. «Michabo» procurou-os por todo o lado; por fim, um pássaro disse-lhe que os seus lobos se perderam no meio do lago. Quando quis ir salvá-los, as águas transbordaram e cobriram a terra. «Michabo» encarregou o corvo de lhe ir buscar um pedaço de argila com o qual poderia refazer a terra. Mas o corvo não o conseguiu encontrar. «Michabo» enviou então uma lontra; esta mergulhou, mas nada encontrou. Por fim, encarregou o rato almiscarado; este trouxe-lhe um pouco de solo, que «Michabo» empregou para refazer a terra. Lançou flechas aos troncos das árvores e elas transformaram-se em ramos. Vingou-se daqueles que tinham retido os seus lobos no lago; por fim, casou com um rato almiscarado com o qual teve filhos que repovoaram o mundo.

Os iroqueses e os hurões – Entre os principais deuses dos Iroqueses, os mais importantes são: o Trovão, o Vento e o Eco. Gigantes de pedra têm a função de *Titãs*. Mas, entre as suas divindades mais antigas, os Iroqueses incluem os seus antepassados e alguns animais que adquirem forma humana, cujos nomes servirão posteriormente para nomear os clãs.

Os gigantes são magos poderosos, excelentes caçadores que não se servem de arco e flecha, usando antes as pedras como projécteis. A sua força é incrível e nos seus combates empregam, como armas, as maiores árvores, que arrancam sem esforço. São temidos, pois entregam-se, parece, ao canibalismo. Um dos mais importantes é *Ga-oh*, o gigante que comanda os ventos.

Ao lado desse gigante, encontra-se *Hino*, espírito do Trovão. É o guardião do céu. Armado com um poderoso arco e com flechas de fogo, destrói todas as coisas prejudiciais. A sua mulher é o *Arco-Íris*. Tem numerosos ajudantes, entre os quais se encontra *Gunnodoyak*, jovem, outrora mortal. Hino transportou-o para o seu reino, armou-o e enviou-o para combater a *Grande Serpente das Águas* que devorava todos os homens. Gunnodoyak foi também ele devorado, mas Hino, acompanhado pelos seus guerreiros, matou a serpente, recuperou Gunnodoyak e levou-o consigo para o céu. *Oshadagea*, a *Grande Águia do Orvalho*, estava igualmente ao serviço de Hino. Habitava no céu do Oeste e carregava nas costas um lago de orvalho. Quando os espíritos malignos do fogo destruíram toda a verdura da terra, Oshadagea levantou voo e, das suas asas abertas, caiu a humidade benigna, gota a gota.

Sobre as nuvens, onde habitava o Trovão, encontravam-se o Sol e a Lua e ainda, mais acima, moravam as estrelas. São numerosas as lendas que entre os Índios se contam sobre estas últimas. Uma das mais engraçadas é a da Manhã entre os Iroqueses:

Sesondowah, o caçador, apercebeu-se do *Arrebatamento Celeste*, que tinha vindo pairar sobre a terra. No ardor da caça, perseguiu a sua presa até ao céu, que está acima da casa do sol, e foi aprisionado pela Aurora que o colocou como guardião à sua porta. Daí, ao olhar para a terra, Sesondowah viu uma rapariga que amou. Assim que chegou a Primavera, assumiu a forma de um pássaro azul e desceu até ela, transformando-se depois, no Verão, num pássaro negro e, no Outono, num falcão gigante, transportando-a para o céu consigo. Mas a Aurora, furiosa com a sua escapadela, acorrentou-o à sua porta e transformou a rapariga numa estrela, que colocou sobre a sua fronte, de tal modo que ele se consumia de desejo de a alcançar sem nunca o conseguir. Essa estrela chamava-se *Gendenwitha* (a estrela da manhã).

Estes são, para os Iroqueses, os poderes superiores.

Entre os poderes inferiores, o mais importante é a Terra, a que os Iroqueses chamavam *Eithinoha* (Nossa Mãe). Contam como a sua filha, *Onatha* (Espírito do Trigo) partiu um dia em busca do *Orvalho refrescante*, sendo levada pelo *Espírito do Mal*, que a encerrou nas trevas subterrâneas.

Aí ficou até ao dia em que o sol a descobriu e a levou para os campos que ela tinha abandonado. Desde então, Onatha nunca ousou voltar a procurar o orvalho.

Sobre a terra, e sob ela, habitava uma multidão de seres mais ou menos invisíveis e misteriosos.

Desde logo, os anões, que os Iroqueses dividem em três categorias: os *Gahongas*, que habitam na água e nos rochedos; os *Gandayaks*, encarregues de fazer frutificar a vegetação e de guardar os peixes dos rios; e por fim os *Ohdowas*, que vivem sob a terra e aí guardam todo o tipo de monstros e de animais venenosos. Debaixo de água viviam igualmente seres com forma humana vestidos com peles de serpentes e ornamentados com chifres. Por vezes, a beleza das suas jovens atraía os homens, que desapareciam nas profundezas das águas e se perdiam para sempre dos seus semelhantes.

Também havia monstros que povoavam as florestas, bem como as moradas subterrâneas. São, por exemplo, os *Cabeças-Grandes*, ou os *Gigantes de Pedra* dos Iroqueses. Os primeiros eram representados sob a forma de gigantescas cabeças envoltas por uma espessa cabeleira de onde emergiam duas patas com garras afiadas. Os olhos faíscavam e as suas bocas estão completamente abertas. Voavam através das tempestades, mantidos no ar pela sua opulenta cabeleira. Conta-se que, um dia, uma dessas Cabeças-Grandes perseguiu uma jovem índia até à sua cabana e, vendo-a comer castanhas assadas, apoderou-se do carvão ardente, engoliu-o e morreu.

Lendas cosmogónicas – Acima da abóbada celeste, sempre existiu um mundo semelhante ao nosso, onde os guerreiros, tal como os da terra, iam à caça e repousavam durante a noite em grandes cabanas.

O mito, iroquês e hurão, que descreve a criação, começa neste mundo celeste que ignorava a dor.

> Um dia, nasceu aí uma rapariga, Ataentsic, pouco depois da morte do pai; importa notar que era a primeira vez que morria um dos habitantes celestes; o seu cadáver estava colocado sobre um féretro em exibição e a criança adquiriu o hábito de ir até lá e falar com o pai.
> Quando ela cresceu, ele ordenou-lhe que fizesse uma viagem pelo domínio do «Chefe que detém a terra», com quem devia casar. A rapariga partiu, atravessou um rio sobre um tronco de ácer e, depois de escapar a vários perigos, chegou à cabana do chefe, situada junto da «grande árvore do céu». Foi submetida a numerosas provas e tornou-se mulher do chefe. Assim que se apercebeu de que ela estava grávida, o marido foi consumido por um ciúme feroz e injustificado relativamente ao Dragão do Fogo. Ataentsic deu à luz uma menina, Respiração do Vento. Todos os representantes dos seres e das coisas da criação juntaram-se então em torno do chefe e formaram um conselho. A Aurora Boreal, adivinhando o ciúme do marido de Ataentsic, aconselhou-o a desenraizar «a árvore do céu», o que ele fez de imediato, descobrindo desse modo um abismo profundo no qual lançou a mulher e a filha. Ataentsic caiu, assim, do firmamento e, ao atravessar a atmosfera, reparou, para sua grande surpresa, numa luz azul: olhou para ela e pareceu-lhe ver um grande lago no qual se dará a sua queda; em parte alguma viu terra.

Durante esse tempo, os animais aquáticos que povoavam o lago também se aperceberam do corpo que chegava do céu e decidiram ir ao fundo das águas buscar terra.

A lontra e a tartaruga falharam na sua missão; só o rato almiscarado conseguiu colocar a terra que trouxe no dorso da tartaruga e, nesse mesmo instante, a carapaça cresceu enormemente, tornando-se terra firme. Sobre esse solo, Ataentsic pousou os pés, levada pelas asas dos pássaros.

Quando a sua filha, Respiração do Vento, atingiu a maturidade, recebeu uma noite a visita do «Senhor dos Ventos» e deu à luz dois gémeos, Ioskeha e Tawiscara. Estes detestaram-se e combateram-se desde o nascimento, causando desse modo a morte da mãe. Com o corpo, Ataentsic formou o sol e a lua, mas não os colocou logo no firmamento. Tawiscara convenceu a avó de que fora só Ioskeha a causar a morte da mãe, e expulsaram-no.

De seguida, refugia-se junto do pai, o Senhor dos Ventos, que o presenteou com um arco, flechas e milho, dando-lhe assim o domínio da alimentação animal e vegetal. Ioskeha criou, então, as diferentes espécies animais. Depois, tendo vencido o corcunda «Hadui», causa de todas as doenças, arrancou-lhe o segredo da medicina e do uso ritual do tabaco. Roubou a Ataentsic e Tawiscara o sol e a lua, pondo-os no seu curso celeste. Por fim, criou o homem. Tawiscara, querendo imitá-lo, só conseguiu gerar monstros; acabou por ser exilado pelo irmão.

Neste mito, Ioskeha aparece como o grande herói criador, enquanto o seu irmão, Tawiscara, encarna todos os poderes malignos. Correspondem a Osíris e a Set. Esta lenda também se encontra entre os Algonquinos; só mudam os nomes dos irmãos gémeos.

A lenda da terra maculada, na qual encontramos os elementos no mito de Ioskeha, surge frequentemente associada à do dilúvio.

As lendas diluvianas dos Iroqueses e dos Hurões apresentam uma analogia com as dos Algonquinos. Numa palavra, os mitos iroqueses, algonquinos e hurões confluem na procura da origem da vida num mundo situado acima das nuvens. Os Hurões reconhecem Ataentsic como sua antepassada, igualmente precipitada do céu.

Índios das planícies

As grandes planícies da América do Norte, que se estendem desde as regiões glaciares do Mackenzie até ao Norte do México e a Oeste do Mississipi, têm uma vida e uma aparência muito diferentes entre si.

Aquando da chegada dos brancos, nestas extensões imensas de pradarias viviam imensos rebanhos de alces a norte e de búfalos ao sul. A caça de toda a espécie era abundante e as tribos índias, assaz disseminadas, viviam em grande parte dos produtos da caça e da agricultura. O seu horizonte não conhecia limites; nada de florestas densas ou de vales profundos que lhes detivessem o olhar. Em todo o lado, o Índio via, segundo as estações e as regiões, o verde intenso da erva ou o branco resplandecente da neve. À sua volta, o céu parecia unir-se à terra e formar uma imensa placa que cobria uma terra plana e circular. Esta aparente simplificação da natureza numa escala grandiosa encontra-se na mitologia das tribos das planícies. O mundo é governado por um ser omnipotente e invisível que precede todos os outros grandes deuses. Este ser supremo é chamado, consoante as tribos: *Grande Espírito, Senhor da Vida, Pai do Céu, Grande Mistério*.

Os Sioux chamavam-lhe *Wakonda*, os Pawnees, *Tirawa* ou *Abóbada dos Céus*. Em geral, os índios não o representavam com uma forma definida, mas por símbolos: uma penugem, por exemplo, lembrando as pequenas nuvens brancas que flutuam muito alto no céu. Wakonda é a fonte de toda a vida, de todo o poder; os grandes deuses que os índios reverenciam são apenas intermediários entre o Grande Espírito, longínquo e desconhecido, e os humanos. Esses deuses são, quase sempre, o Sol, a Terra, a Lua, Estrela da Manhã, o Vento, o Fogo, o Trovão, para os índios da pradaria, e ainda o trigo, para as tribos agrícolas. O Sol, Shakuru, é entre os Pawnees o maior e mais poderoso. Em sua honra observa-se um ritual muito importante; a dança do Sol é a maior cerimónia do ano para as tribos das planícies. Em geral, dura oito dias, consistindo em procissões, danças simbólicas e mutilações voluntárias de guerreiros, que, assim, cumprem promessas. É também a grande festa no decurso da qual os grandes feitos dos jovens guerreiros são avaliados e se discutem os assuntos da tribo.

Nossa Mãe a Terra é a origem e o fim de toda a vida. É dispensadora de toda a alimentação. Em sua honra há também cerimónias que representam a união da Terra e do Céu, e o nascimento da vida.

Estrela da Manhã é, a seguir ao Sol, o mais importante dos poderes celestes. Os índios representam-no sob a forma de um homem pintado de vermelho (cor da vida), calçado com mocassins e coberto por uma grande veste. Na cabeça está colocada uma pena de águia, tingida de vermelho, que é a imagem do sopro da vida. Foi a ele que o Grande Espírito confiou o «Dom da Vida», que terá de espalhar pela terra.

Os Skidi Pawnees tiveram, outrora, o costume de sacrificar uma virgem em sua honra. O corpo da vítima era despedaçado e enterrado nos campos para os fertilizar.

Os «Pés-Negros» contam a lenda do filho de Estrela da Manhã:

Há muito tempo, Estrela da Manhã detectou na terra, adormecida ao pé do seu *tipi* (campo), uma jovem índia de grande beleza, Soatsaki, e apaixonou-se por ela. Casou com ela e transportou-a para o céu, para a morada do pai e da mãe, o Sol e a Lua. Aí, Soatsaki teve um filho, Pequena Estrela. A Lua, sua sogra, deu de presente a Soatsaki uma enxada, recomendando-lhe que não se servisse dela para arrancar o nabo que crescia perto da casa do «Homem-Aranha». Mas a curiosidade apoderou-se dela, e a rapariga, arrancando o nabo, descobriu que, pelo buraco feito, podia ver a Terra. Vendo os *tipis* da sua tribo, sentiu grandes saudades e desanimou a ponto de querer morrer. Para a punir pela sua desobediência, o Sol, seu sogro, decidiu bani-la do céu, juntamente com o seu filho; e, envolvida num pouco de vento, desceu à terra. Mas, separada do marido, a pobre jovem índia depressa morreu, deixando o seu filho, só e sem recursos.
A criança tinha no rosto uma cicatriz e chamavam-lhe Poia, o marcado. Quando se tornou adulto, Poia amou a filha de um chefe, mas esta repeliu-o por causa da sua cicatriz. Desesperado, resolveu então procurar o seu avô, o Sol, para que este fizesse desaparecer a cicatriz do seu rosto, e caminhou em direcção ao oeste. Quando atingiu a costa do Pacífico, deteve-se durante três dias, ajoelhado, rezando, e, na manhã do quarto dia, surgiu diante de si uma pista luminosa, atravessando o Oceano. Poia caminhou decididamente por esse caminho maravilhoso e, assim, chegou à morada do Sol. Quando alcançou o céu, viu o seu pai, Estrela da Manhã, em luta contra sete pássaros monstruosos. Voando em seu socorro, matou-os a todos. Como recompensa pelo seu feito, o Sol fez desaparecer a cicatriz e, depois de lhe ter ensinado o ritual da dança do Sol, deu-lhe de presente penas de corvo, prova do seu parentesco com o Sol, e uma flauta destinada a fazê-lo conquistar o coração daquela que amava. De volta à terra por um outro caminho, chamado «Pista do lobo», ou «Via láctea», Poia ensinou aos «Pés-Negros» a dança do Sol; em seguida, depois de ter casado com a filha do chefe, levou-a para o céu.

As constelações mais importantes figuram na mitologia índia; cada uma tem a sua lenda, que varia de tribo para tribo. Assim, a Ursa Maior é, sucessivamente, um arminho, um féretro rodeado pelos parentes de luto, sete irmãos perseguidos por um urso monstruoso ou sete rapazes obrigados pela miséria a tornarem-se em estrelas e a subir ao céu desenrolando uma teia de aranha.
A par dos deuses dos poderes celestes, os índios das planícies veneram os poderes da Terra, da Água, do Fogo e do Ar, e representam--nos, consoante as tribos, sob diferentes formas. Assim, os Sioux ima-

ginam os espíritos das águas divididos em duas categorias: os da torrentes e os das águas subterrâneas. Os primeiros têm figura de homens; os outros, habitualmente, de mulheres; alguns crêem, ainda, que estes últimos formam um monstro hediondo, com múltiplas cabeças, que sustenta a terra.

Entre os espíritos do ar, o trovão é o mais importante. Nestas planícies imensas onde as tempestades adquirem proporções verdadeiramente aterrorizadoras, a imaginação dos indígenas devia procurar explicar estes fenómenos naturais.

Para eles, o trovão é a voz do Grande Espírito, falando desde as nuvens, que toma a forma de um pássaro enorme (o pássaro do trovão), acompanhado por uma nuvem de pássaros mais pequenos, e o bater das suas asas produz o ruído longínquo que se ouve repercutir pelas nuvens depois de cada trovão.

Numa lenda cosmogónica, de uma das tribos Caddoan (os Pawnees do Nebrasca), conta-se assim a criação do mundo:

> No início, viviam no céu Tirawa, o grande chefe, e Atira, sua mulher. Em torno deles tinham assento todos os outros deuses. E Tirawa disse-lhes: «Darei a cada um de vós uma missão a cumprir no céu e uma pequena parte do meu poder, pois criarei o homem à minha imagem. Ficarão todos sob vossa protecção e tomareis conta deles.» E assim, Shakuru, o sol, foi colocado a este para dar luz e calor; Pah, a lua, a oeste, para aclarar a noite. Disse ainda à Estrela Brilhante, a estrela da tarde: «Ficarás a oeste e chamar-te-emos a mãe de todas as coisas, pois todos os seres serão criados por ti», e à Grande Estrela, a estrela da manhã: «Tu ficarás a este e serás um guerreiro. Toma muito cuidado para que ninguém fique para trás quando tu impelires o povo para oeste.» A norte pôs a Estrela Polar e fez dela a primeira estrela do céu. A sul, colocou a Estrela dos Espíritos ou Estrela da Morte. Depois acrescentou quatro estrelas, uma a nordeste, outra a noroeste, uma a sudeste, outra a sudoeste, dizendo: «A vossa missão será a de sustentar o céu.»
> Quando tudo isto ficou feito, Tirawa disse à estrela da tarde: «Enviar-te-ei as nuvens, os ventos, os relâmpagos, os trovões; quando os receberes, coloca-os perto do Jardim Celeste. Aí tornar-se-ão seres humanos; vesti-los-ei com peles de búfalo e calçá-los-ei com mocassins.» E, pouco depois, as nuvens reuniram-se, os ventos sopraram, os relâmpagos e os trovões penetraram nas nuvens. Assim que o céu ficou inteiramente coberto, Tirawa deixou cair um seixo sobre as densas nuvens, que se entreabriram, deixando sair uma imensa extensão de água; e Tirawa armou com clavas os deuses dos quatro quadrantes do céu e ordenou-lhes que batessem nas águas; estas separaram-se e a

terra apareceu. Sob uma nova ordem de Tirawa, os quatro deuses puseram-se a celebrar com cantos a criação da terra e, às suas vozes, os deuses dos elementos, das nuvens e dos ventos, dos relâmpagos e do trovão, reuniram-se e criaram uma tremenda tempestade, a qual, pela sua violência, criou na terra montanhas e vales. Depois, os quatro deuses voltaram a cantar; celebraram os bosques e as pradarias e, pouco depois, estalou uma nova tempestade que deixou a terra verdejante e coberta de árvores e de vegetação. Cantaram uma terceira vez, e os rios e correntes puseram-se a correr impetuosamente. Ao quarto canto, todo o tipo de sementes germinou e enriqueceu a terra.
Para povoar este Paraíso terrestre, Tirawa ordenou ao Sol e à Lua que se unissem, tendo-lhes nascido um filho. As estrelas da manhã e da tarde também se uniram e tiveram uma filha. Os dois descendentes foram colocados na terra e, quando cresceram, Tirawa enviou-lhes os deuses para lhes ensinar os segredos da natureza. A mulher recebeu as sementes e a humidade para os fazer frutificar, uma cabana e uma lareira. Aprendeu a arte do fogo e da palavra. O homem recebeu vestimentas masculinas e armas de guerreiro. Aprendeu a ciências das pinturas de guerra e o nome dos animais, a arte de se servir do arco e das flechas, do cachimbo e das pedras para fazer fogo.
Então, a Estrela Brilhante apareceu ao jovem e revelou-lhe o ritual dos sacrifícios. Como outros homens tinham sido criados pelas estrelas, ele tornou-se seu chefe e ensinou-lhes o que tinha aprendido. Foi construído um campo circular e disposto do mesmo modo que as estrelas são fixadas no céu, em lembrança do modo como o mundo foi criado.

Os Pawnees contam igualmente a origem da morte:

«Antes de criar os homens, Tirawa enviou o Relâmpago para explorar a terra. Este tinha recebido de Estrela Brilhante, que comanda os elementos, o saco dos furacões, no qual tinha fechado as constelações que a Estrela da Manhã expulsava à sua frente. Depois de ter percorrido a terra, o Relâmpago pousou o saco e retirou dele as estrelas, que pendurou no firmamento. Mas uma das estrelas, chamada Engana-Coiote – porque o coiote a toma pela Estrela da Manhã, que ela precede imediatamente, e uiva quando a vê aparecer –, invejosa do poder da Estrela Brilhante, enviou um lobo para roubar o saco dos furacões. Estes, furiosos por não encontrarem o Relâmpago, seu senhor, precipitaram-se sobre o lobo e massacraram-no. Desde então a morte não abandonou a Terra e não o fará até que chegue o dia em que todas as coisas desapareçam e a Estrela do Sul, estrela da morte, reine sobre a terra. Então a Lua tingir-se-á de vermelho e o Sol extinguir-se-á. Todos os homens serão transformados em pequenas estrelas e voarão pelo céu na Via láctea, que é o caminho que tomam os mortos em direcção ao céu.»

As histórias de animais têm nas lendas dos Peles Vermelhas um lugar muito importante. Por vezes são espíritos que assumem a pele de um animal, sempre seres dotados de um poder sobrenatural. Ensinam aos homens os ritos a cumprir e dão remédios contra as doenças, etc. Entre os Pawnees, o herói é, sobretudo, o coiote.

Os Hopis ou Moquis, índios do Arizona, dão, nos seus mitos sobre a criação do homem, uma versão diferente. Segundo os Moquis, duas divindades, chamadas ambas *Huruing Wuthi*, decidiram, após terem povoado o mundo com animais, criar o homem e a mulher. Pegaram em argila, moldaram-na entoaram em conjunto um encantamento, dando assim vida ao homem e à mulher.

Os «Perigues»

Califórnia – Os índios Perigues da Califórnia não prestavam qualquer homenagem às criaturas: não tinham ídolos nem imagens de falsas divindades que lhes servissem de objectos de culto. Não tinham festas, nem preces, nem votos. Reconheciam no céu um senhor todo-poderoso, chamado *Niparaya*, criador do céu e da terra, que dava alimento a todos os seres. É invisível e não tem corpo semelhante ao dos humanos.

Niparaya tem uma mulher chamada Amayicoyondi, e ainda que não se sirva dela, pois é incorpóreo, teve dela três filhos: um chama-se *Quaayayp*, isto é, o homem. *Amayicoyondi* deu à luz o segundo numa montanha vermelha. Teve o nome de *Acaragui*. *Quaayayp* estabeleceu a sua morada entre os índios meridionais, de modo a instruí-los. Era muito poderoso e tinha um grande número de servidores que o acompanharam à terra. Por fim, os índios mataram-no por animosidade. Está morto até hoje, mas como sobre ele não se exerceu corrupção, está por isso permanentemente a sangrar; não fala, mas tem uma coruja que fala com ele.

Num mito, os Perigues dizem que o céu é mais povoado do que a terra e que outrora houve uma grande luta entre os seus habitantes. Entre estes encontrava-se *Wac* ou *Tuparan*, que era muito poderoso. Revoltou-se contra Niparaya; mas, tendo sido completamente derrotado, este privou-o de todo o seu poder, expulsou-o do céu e confinou-o e aos seus apoiantes a uma caverna subterrânea, com a missão de guardar as baleias e impedi-las de sair.

Entre os índios da Califórnia existiam então dois partidos: os que seguiam Niparaya e que eram sensatos e bons, e os que preferiam seguir Wac-Tuparan, propensos à magia.

Os Perigues imaginavam que as estrelas eram pedaços de metal em fogo, que a lua tinha sido criada por *Cucumunic* e as estrelas por *Purutabui*.

Nas tribos dos povos de Loreto, os índios Guacures acreditavam que na parte setentrional do céu habitavam espíritos cujo chefe era *Gumongo*. Estes enviavam aos homens a peste e as doenças.

Nas suas crenças, imaginavam o Sol, a Lua e as Estrelas, da manhã e da tarde, sob a forma de homens e mulheres que, mergulhando todas as noites no Oceano ocidental, reapareciam todas as manhãs no lado oriental, depois de terem atravessado o Oceano a nado durante a noite.

Os Luigeno da Baixa Califórnia contam que um dilúvio cobriu todas as montanhas mais elevadas e matou a maior parte dos homens. Apenas alguns foram salvos por se terem refugiado nas alturas de «Bonsald», as únicas respeitadas pelas águas, enquanto todo o restante território era inundado. Os sobreviventes ficaram lá até ao fim do dilúvio.

Os Astecas

México – No México, o totemismo de clã já não existia na época das conquistas; apenas subsistia uma espécie de totemismo individual, em que o homem, após um sonho revelador, se sentia a viver em estreita comunhão com um animal ou uma coisa. Nessa época, a mitologia compreendia um número enorme de divindades, sempre a acrescerem às outras. Os Astecas, seguindo o costume dos conquistadores pagãos, entendiam que deviam venerar os deuses dos povos vencidos. Assim, implantavam cultos novos. Vários dos seus grandes deuses tinham esta origem, em particular Quetzalcoatl, de origem tolteca; Tlaloc, velha divindade otomia; Camaxtil, antigo deus dos Chichimecas; Xilonen, deusa do milho, divindade dos Huaxtecas, etc.

Tal como sucedia entre os índios da América do Norte, o panteão mexicano tem a particularidade de repartir os seus deuses por «quarteirões» de espaço. A norte estava a residência de Tezcatlipoca; a sul, a de Huitzilopochtli; a este, a de Tonatiuh; a oeste a de Quetzalcoatl.

Entre a vasta multidão das divindades, destacam-se as figuras dos grandes deuses: *Huitzilopochtli, Tezcatlipoca, Quetzalcoatl, Tlaloc* e sua mulher *Chalchiuhtlicue* e *Tzinteotl*.

Huitzilopochtli (colibri do Sul ou Aquele do Sul), o deus da guerra, era adorado no templo de «Tenochtitlan», onde lhe eram oferecidos inúmeros sacrifícios humanos. Era igualmente deus da tempestade.

Os seus atributos eram as penas de colibri atadas à perna esquerda, a serpente de fogo e o bastão curvo em forma de serpente. Segundo os manuscritos, o seu rosto era representado com linhas azuis e uma faixa castanha a atravessá-lo.

Era filho da piedosa *Coatlicue* (a do vestido tecido com serpentes), que era já mãe de uma filha e de muitos filhos chamados *Centzon--Huitznahuas* (os quatrocentos meridionais). Um dia em que estava a orar, caiu uma coroa de penas do céu em cima do seu peito e, pouco

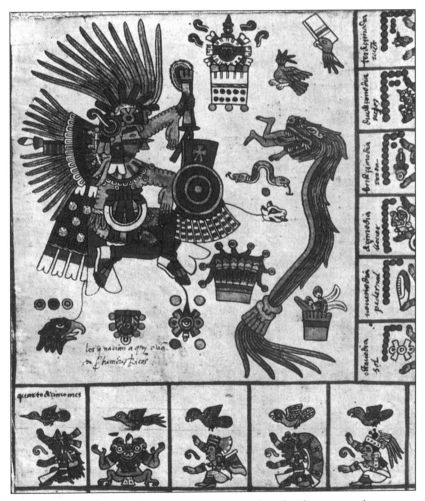

O deus Tezcatlipoca e o deus-serpente Quetzalcoatl a devorar um homem. Calendário religioso mexicano do século XVI (Codex Borbonicus).
Biblioteca da Câmara dos Deputados, Paris.

tempo depois, apercebeu-se de que estava grávida. Furiosa, a sua filha, supondo a desonra da mãe, incitou os Centzon-Huitznahuas a massacrá-la, mas Huitzilopochtli, que ela trazia dentro de si, falou-lhe e tranquilizou-a.

Huitzilopochtli nasceu então totalmente armado, revestido de uma armadura azul, tal como Atena saindo da cabeça de Zeus, com a cabeça e a perna esquerda ornamentadas com plumas de colibri e um dardo azul na mão esquerda (sinal de habilidade). Todo o seu corpo estava pintado de azul. Precipitou-se sobre a irmã e matou-a, massacrando depois os Centzon-Huitznahuas e todos os que tinham conspirado contra a sua mãe. Foi o protector e o guia dos Astecas nas suas viagens.

Tezcatlipoca (espelho fumegante) era o deus do Sol; personificava o sol de Verão que amadurece as plantas mas traz também a seca e a esterilidade. Como deus da tarde, era assimilado à Lua. Eram-lhe dados diversos nomes, consoante fosse invocado nas festas, algumas das quais lhe eram consagradas enquanto deus da música e da dança. Era invisível e impalpável, aparecendo por vezes aos homens sob a forma de uma sombra fugidia ou de um monstro horrendo, comummente um jaguar. Segundo uma lenda, os Astecas acreditavam que Tezcatlipoca errava pela noite sob a forma de um «gigante», vestido com um véu cinzento, levando a própria cabeça numa das mãos. Quando os medrosos o viam, morriam; mas o homem bravo detinha-o e dizia-lhe que não o largaria até ao nascer do sol. O «gigante» suplicava que o deixasse e maldizia-o. Se o homem conseguisse reter o monstro até ao nascer do dia, este, mudando de humor, oferecia-lhe riquezas, poderes invencíveis, tudo na condição de o deixar partir antes da aurora. O homem vitorioso recebia do vencido quatro espinhos, sinal de vitória. O homem valente arrancava-lhe o coração e levava-o consigo. Mas quando desatava o estojo que o encerrava, encontrava apenas plumas brancas, ou um espinho, ou ainda cinza ou uma velha bagatela. Os Astecas temiam-no mais do que a qualquer outro deus e ofereciam-lhe também sacrifícios de sangue. Todos os anos, o mais belo dos jovens cativos era escolhido para o personificar. Ensinavam-no a cantar e a tocar a flauta, a levar flores e a fumar com elegância. Vestiam-no cuidadamente e atribuíam-lhe oito pagens para o servirem. Durante todo o ano, eram-lhe prodigalizados honras e prazeres. Vinte dias antes da data fixada para o sacrifício, davam-lhe por esposas quatro raparigas, que personificavam quatro deusas. Começava então uma série de festas e de danças; a seguir, chegado o dia fatal, o jovem deus era conduzido com grande pompa para fora da cidade e sacrificado sobre a última plataforma do templo. De um só golpe do seu machado de obsidiana, o sacerdote abria-lhe o peito e arrancava--lhe o coração palpitante, que oferecia ao Sol. Na mitologia mexicana, Tezcatlipoca foi o grande inimigo de Quetzalcoatl, cujo mito parece evocar uma grande luta étnica.

Em todas as suas maquinações desleais, Tezcatlipoca sonhava sempre com a destruição de todas as pessoas de Tula, ou seja, os Toltecas, que tinham em Quetzalcoatl a sua principal divindade, antes de este se tornar, depois da queda dos Toltecas, numa das principais divindades astecas.

Um dia, as pessoas de Tula viram entrar na sua cidade três feiticeiros, um dos quais, com o aspecto de um belo rapaz, era Tezcatlipoca. Este conseguiu seduzir a sobrinha de Quetzalcoatl, filha do rei Uemac, o que lhe permitiu expandir em Tula o gosto pela desobediência às leis e o vício.

Numa grande festa, dançou e entoou um cântico mágico. Rapidamente toda uma multidão o imitou, mas ele levou-a para um lugar onde o solo cedeu sob o seu peso, caindo muitas delas num rio, onde se transformaram em pedra. Pouco depois, apareceu perante os Toltecas fazendo dançar na sua mão, por magia, um boneco. Maravilhados, eles juntaram-se tanto para ver melhor que muitos morreram sufocados. Disse-lhes então que o deviam lapidar pelos males que lhes causara. Estes obedeceram-lhe e mataram-no. Mas o corpo do feiticeiro exalava um tal odor que muitos Toltecas morreram. Por fim, após muitas perdas, os Toltecas conseguiram tirá-lo da cidade. Tezcatlipoca é representado com uma face de urso e olhos brilhantes; tem no rosto raios amarelos e negros; o corpo estava pintado de negro e os tornozelos estavam enfeitados com campainhas. Provocava discórdias e guerra. Dispensava riquezas. Os Astecas atribuíam-lhe o poder de destruir o mundo consoante o seu

Urna funerária em forma de deus.
*Estado de Oaxaca, México.
Col. Bernès Marouteau.*

desejo. Como a maioria dos outros deuses, ressuscitou e veio do céu para a terra.

Quetzalcoatl (serpente-pássaro), deus do vento, senhor da vida, criador e civilizador, patrono de todas as artes e inventor da metalurgia, era, originalmente, uma divindade de Cholula, mas, perseguido pelas maquinações de Tezcatlipoca, decidiu dirigir-se para o antigo território de Tlapalan, após a queda de Tula. Queimou as casas, feitas de prata e conchas, enterrou os seus tesouros e embarcou pelo mar de Este, precedido pelos serviçais, transformados em pássaros de plumagens alegres e prometendo ao povo o seu regresso. A partir dessa altura, sentinelas colocadas na costa este deviam aguardar o regresso do deus. Foi assim que, ao verem os Espanhóis envergando couraças brilhantes, vindos de leste em barcos, acreditaram tratar-se do retorno de Quetzalcoatl e avisaram o imperador Montezuma. Este enviou aos recém-chegados presentes, entre os quais se encontrava a máscara de serpente, incrustada de turquesas, e o manto de penas, emblemas do deus. A tradição representa Quetzalcoatl como um branco idoso, de grandes barbas, vestido com um amplo manto. Tem o rosto e todo o corpo pintados de negro. Enverga uma máscara de focinho pontiagudo, de cor vermelha.

Tlaloc (polpa da terra) era o deus das montanhas, da chuva e das fontes. Originariamente pertencia aos Otomis. Tal como o precedente, era pintado de negro, mas envergava uma coroa de penas brancas encimada por uma pluma verde. Entre os seus atributos figura a máscara da serpente de duas cabeças.

Tlaloc morava no cume das montanhas e a sua morada, Tlalocan, estava bem abastecida de alimentos. Aí habitavam as deusas dos cereais e, em particular, do milho.

Tlaloc possuía quatro bilhas com água para regar a terra. A água da primeira era boa e fazia crescer o milho e os frutos; a da segunda fazia nascer teias de aranha e provocava doenças nos cereais; a da terceira transformava-se em geada, e a da quarta fazia perecer todos os frutos.

O culto de Tlaloc foi o mais horrível de todos. Eram-lhe sacrificados numerosos bebés e crianças. Para as festas em sua honra, os sacerdotes «partiam» à procura de um grande número de bebés e compravam-nos às mães... Depois de os terem morto, coziam-nos e comiam-nos... Se as crianças chorassem e vertessem lágrimas abundantes, os espectadores regozijavam-se e diziam que a chuva estava a caminho.

Chalchiuhtlicue, deusa da água corrente, das fontes e dos ribeiros, era mulher ou irmã de Tlaloc. Invocavam-na para que protegesse os recém-nascidos, os casamentos e os amores honestos.

Os Astecas, povo de agricultores, possuíam numerosas divindades para os produtos da terra, sendo a principal Tzinteotl, a deusa das origens, que presidia à geração.

Tinham também um deus do fogo, da luxúria, dos mercadores: *Yacatecuhtli*, deus dos mercadores; *Xiuhtecutli*, deus do fogo; e *Tlazolteotl*, deusa dos amores impuros, da volúpia e das obscenidades. É a Vénus mexicana, sobre a qual encontramos a seguinte lenda:

> Um certo Jappan, querendo tornar-se favorito dos deuses, abandonou a família e todos os seus bens para levar uma vida de eremita no deserto. Avistou um rochedo muito elevado sobre o qual permaneceu dia e noite, dedicando-se à devoção. Os deuses, querendo testar a sua virtude, ordenaram ao demónio Yaotl (o inimigo) que o espiasse e tentasse puni-lo, se ele cedesse. Yaotl fez desfilar diante do eremita as mais belas pessoas, que o convidaram, em vão, a descer. A deusa Tlazolteotl, interessada no jogo, surgiu a Jappan, que, perante a sua grande beleza, conheceu imensas dúvidas.
>
> «Irmão Jappan, – disse-lhe ela – eu sou Tlazolteotl. Maravilhada com a tua virtude, tocada pelos teus sofrimentos, venho reconfortar-te. Como posso chegar junto de ti e falar-te mais facilmente?» O eremita, ignorando a astúcia da deusa, desceu do seu rochedo e ajudou-a a subir. E a virtude de Jappan soçobrou. Logo acorreu Yaotl, que lhe cortou a cabeça, apesar das suas súplicas. Os deuses fizeram dele um escorpião e, envergonhado, ele foi esconder-se sob a pedra, palco da sua derrota.
>
> A sua mulher, Tlahuitzin (a flamejante), ainda era viva. Yaotl foi procurá-la, levou-a junto da pedra onde estava o escorpião, contou-lhe tudo e, finalmente, cortou-lhe a cabeça. Dela nasceu uma outra espécie de escorpião (cor de fogo). Juntou-se ao seu marido sob a pedra e tiveram escorpiões de diferentes cores. Os deuses, achando que Yaotl excedera os seus poderes, puniram-no convertendo-o num gafanhoto.

Nos «nove céus» dos Astecas residiam: *Tonatiuh*, o sol; *Meztli*, a lua; *Tlahuizcalpantecuhtli*, senhor das luzes matinais, grande amante de sacrifícios.

Entre a multidão dos outros deuses mexicanos, importa notar: *Xochipilli* e *Xochiquetzal*, divindades dos dois sexos, das flores, do canto e da dança.

Cihuatcoatl, deusa invocada no momento do parto, por vezes propícia, outras nociva;

Chicomecoatl, deusa da abundância agrícola, a Ceres mexicana;

Xolotl, deus do jogo da bola e protector dos gémeos.

Entre as divindades mal definidas, refiram-se os *Tepictoton*, anões protectores das montanhas, aos quais se sacrificavam crianças; os *Yohual-tecuhtin*, senhores da noite, em número de nove, que regiam os destinos dos homens e reinavam alternadamente nos seus dias.

Segundo um mito mexicano, chamado «História dos quatro sóis», em que o quinto é aquele em que actualmente nos encontramos, os deuses criaram sucessivamente quatro mundos; sobrevieram chuvas muito abundantes e afogaram todos os homens, salvo uns poucos que foram transformados em peixes, sob o primeiro sol, chamado *Chalchiuhtonatiuh* (sol das pedras preciosas).

Sob o segundo sol, *Tletonatiuh* (sol de fogo), os homens da criação foram destruídos por uma chuva de fogo e metamorfoseados em galinhas, cães, etc. O terceiro sol chamava-se *Yohualtonatiuch* (sol da obscuridade). Os homens desta terceira criação, que se alimentavam de peixe e de resina, foram engolidos por um tremor de terra ou devorados por animais. O sol que iluminou a quarta geração foi *Ehecatonatiuh* (sol do vento ou do ar). Durante esse período, os homens, que se alimentavam de frutos, foram transformados em macacos.

O mundo subterrâneo era regido pelas divindades infernais: *Mictlantecuhtli* e a sua mulher *Mictlancihuatl*, que governavam «os nove rios subterrâneos» e as almas dos mortos.

Os Astecas, como quase todos os povos, possuíam uma tradição sobre o dilúvio e a confusão das línguas. Diziam que a humanidade fora aniquilada pelo dilúvio, mas que um homem, *Coxcoxtli*, e uma mulher, *Xochiquetzal*, se tinham salvo numa barcaça e tinham chegado a uma montanha chamada Colhuacan; tiveram um grande número de filhos. Estes foram mudos até ao momento em que uma pomba, do cimo de uma árvore, lhes comunicou o dom das línguas; mas eram de tal modo diferentes entre si que não se conseguiam entender.

América Central

Iucatão – Entre os povos da América Central, os mais interessantes são os Maias do Iuacatão e os seus vizinhos do sul, os Maias-Quichés, povos de origem tolteca, empurrados para o istmo pelas invasões astecas. À cabeça do panteão mitológico dos Maias do Iucatão está o deus *Hunab Ku* (o deus único), também denominado *Kinebahan* (boca e olhos do sol), que tinha por mulher *Ixazaluoh* (a água), criadora da tecelagem.

Tal como quando o encontrámos no México, o Sol tinha um filho, *Itzamna*, herói civilizador, inventor do desenho e das letras, por vezes representado sob a forma de uma mão vermelha que os doentes invocavam. Ressuscitava os mortos; por isso era objecto de um grande culto praticado na sua cidade, Itzamal. Ofereciam-lhe esmolas e presentes. Todos os anos se realizavam inúmeras peregrinações, durante as quais lhe sacrificavam esquilos e lhe ofereciam as peles. Em troca, Itzamna assegurava a fertilidade dos campos de milho e a abundância de água.

Na sua mitologia muito desenvolvida é preciso referir: os *Bacabs*, quatro deuses do vento, pilares do céu; *Echua*, deus dos viajantes; *Yuncemil*, senhor da morte; *Acat*, deus da vida, que formava as crianças no seio das suas mães; *Backlum-Chaam*, o Priapo maia e *Chin*, o deus do vício.

Os Iucatecas adoravam igualmente o deus *Cukulcan* (pássaro-serpente), sobre o qual se conta a seguinte lenda:

> Numa determinada época, Cukulcan chegou do oeste, com dezanove companheiros, dois dos quais eram deuses dos peixes; dois outros, deuses da agricultura, e um outro, deus do trovão... Permaneceram dez anos no Iucatão. Aí Cukulcan estabeleceu leis sábias e depois embarcou e desapareceu do lado onde o Sol se ergue...

Encontramos aqui o fundo mítico das lendas do deus dos Astecas: Quetzalcoatl.

Os Iucatecas acreditavam num deus criador, benfeitor do mundo, *Nohochacyum* (o avô), entre os Lacandons, e *Nohochacyumchac*, entre os Maias modernos.

Entre os primeiros, ele é filho de duas flores. Constantemente em luta conta Hapikern, divindade maléfica, inimiga dos homens, Nohochacyum tem três irmãos: *Yantho*, associado a *Xamanqinqu*, o espírito do Norte; *Usukun*, deus mal disposto relativamente aos homens, cujo assistente é Kisin, o tremor de terra; e o terceiro é Uyitzin, deus benfazejo.

Ao lado destes deuses supremos, encontramos *Akna* (a mãe), deusa do nascimento, cujo marido foi *Akanchob*.

Guatemala – Na Guatemala encontramos, tal como sucede nas Honduras, o culto do sol e da lua, cujas divindades, *Hun-Ahpu-Vuch* e *Hun-Apu-Mtye* (o grande-pai e a grande-mãe), são representadas sob formas humanas com focinhos de tapir, o animal sagrado. O seu filho *Gucumatz* (a serpente emplumada) é o deus agricultor e civilizador, que se metamorfoseia a seu bel-prazer em diversos animais, habitando igualmente o céu e o inferno.

Em todo o caso, existe um outro deus, *Hurakan*, conhecido também nas Antilhas, ainda mais poderoso e adorado inclusivamente por Gucumatz. Preside à tempestade, aos estrondos dos trovões. Deu o fogo aos Maias-Quichés ao esfregar as suas sandálias. Tem por apelido Tohil, que é o mesmo de Quetzalcoatl.

A ideia fundamental dos mitos quichés é a da morte e ressurreição do sol, e também a da criação do homem. Eis agora as grandes linhas de uma lenda, da Guatemala, em que encontramos uma cosmogonia singular.

> No início tudo estava debaixo de água: acima dela planavam Hurakan e Gucumatz, os que dão a vida. Eles disseram: «Terra!», e, instantaneamente, a terra foi criada. As montanhas saíram da água, para grande alegria de Gucumatz, que cumprimentou Hurakan. (Constatamos aqui a superioridade deste último deus relativamente a Gucumatz.) A terra cobriu-se de vegetação, os criadores povoaram-na de animais e instruíram-nos para que lhes prestassem homenagem. Mas estes, desprovidos de fala, rugiram, urraram e silvaram, mas não se fizeram entender. Para os punir, os deuses decidiram que seriam mortos e comidos.
> Depois fizeram os homens com argila, os quais não podiam mexer a cabeça, nem falar ou pensar. Decidiram fazer homens de madeira; mas estes não eram inteligentes, nem tinham coração, ignorando quem eram os seus autores. Os deuses destruíram-nos. Mas alguns sobreviveram, passando a ser os pequenos macacos das florestas.
> Tendo-se reunido, Hurakan e Gucumatz decidiram fazer quatro homens com milho amarelo e branco. Mas, considerando-os demasiado perfeitos, diminuíram-lhes a visão. Durante o seu sono, criaram quatro mulheres. – São estes os antepassados da raça quiché. – Entretanto, os homens queixavam-se de não ver bem, pois o sol ainda não tinha aparecido, e partiram para Tulan, onde adquiriram a consciência dos seus deuses. Ali fazia muito frio e receberam o fogo de «Tohil» (Hurakan). Mas o sol não surgia e a terra permanecia húmida e fria. As línguas diferenciaram-se e os outros antepassados já não se entendiam. Então, por fim, o sol surgiu, logo seguido da lua e das estrelas. Os animais e os homens, felizes, cantaram um hino e ofereceram aos deuses o sangue das suas orelhas e das suas costas. Mais tarde, pensaram que era melhor derramar o sangue de vítimas.

Honduras – Nas Honduras, onde se adorava igualmente o sol e a lua, existe uma lenda muito curiosa, a da «Mulher Branca».

Uma mulher branca, de uma beleza incomparável, descera do céu sobre a cidade de Cealcoquin. Aí construiu um palácio ornamentado com estranhas figuras de homens e de animais, colocando no templo principal uma pedra que, em três das suas faces, também apresentava figuras misteriosas. Era um talismã que lhe servia para vencer todos os seus inimigos.

Embora permanecesse virgem, deu à luz três filhos, entre os quais repartiu as suas propriedades, quando envelheceu; depois mandou levar o seu leito para a parte mais alta do palácio e desapareceu em direcção ao céu sob a forma de um belo pássaro...

Esta lenda assemelha-se muito a um mito lunar, em que os três filhos podiam ser as três faces visíveis da lua. De resto, nas Honduras reencontramos mitos que apresentam grandes analogias com os do México.

Nicarágua – Na Nicarágua, os habitantes tinham todos a mesma religião.

Os deuses dos Niquirãs, um dos povos da Nicarágua, habitavam no céu e eram imortais. As duas principais divindades eram *Tamagostad* e a deusa *Zipaltonal*, criadores da terra e do que ela contém. Moravam no leste. Com elas estavam: *Ecalchot*, divindade do vento; o pequeno *Ciaga*, divindade aquática, que participara na criação; *Quiateot*, deus da chuva; Mixca, deus dos mercadores, *Chiquinau*, deus do ar e dos nove ventos, e *Vizetot*, deus da fome. Depois da morte, as almas iam para lá, segundo os seus méritos, quer para o céu, com Tamagostad e Zipaltonal, quer sob a terra, com *Mictanteot* (o Mictlantecutli do México).

Entre as divindades subterrâneas encontra-se *Masaya*, a deusa dos vulcões, à qual se sacrificavam vítimas humanas, precipitando-as para dentro de uma cratera, por altura de tremores de terra.

Ela é representada como uma fúria com a pele negra, de cabelos esparsos e seios pendentes; mas consultavam-na para obter os seus oráculos, aos quais atribuíam um grande valor.

Tudo permite supor que as influências mexicanas exerceram a sua acção nesta região.

Haiti (Antilhas) – Entre os Tainos do Haiti, o totemismo parece não existir. Encontramos apenas certos *Zemis*, ou ídolos, que são representações de espíritos protectores individuais, semelhantes aos *nahuals* mexicanos. Estes ídolos, considerados deuses, eram invocados para vencer os inimigos ou fazer frutificar as colheitas.

Estes seres sobrenaturais revelavam-se ao índio após um jejum de seis a sete dias.

Os Tainos possuíam um deus do céu, chamado *Joca-huva*, filho da deusa *Atabei* (estas divindades não eram representadas por nenhuma imagem); a seguir, *Guabancex*, a deusa das tempestades, dos ventos e da água, cujo ídolo era de pedra; a par dela, *Guatauva*, sua mensageira; *Coatrischie*, divindade que reúne as águas nas montanhas e as deixa correr de seguida pelo território, de modo a devastá-lo.

Além destes deuses, os haitianos acreditavam que o mundo era povoado pelas almas dos mortos, ou *opita*, que se reuniam numa ilha, chamada Coaibai, e só saiam à noite.

Quem quer que encontrasse um *opita* e quisesse bater-se com ele, encontrava a morte.

Os mitos haitianos dos Tainos contam a criação do mundo, a origem do sexo feminino, depois de um dilúvio onde todas as mulheres foram afogadas e os homens transformados em árvores.

América do Sul

Os chibchas de Gundinamarca – Os habitantes da Colômbia central adoravam sobretudo um grande deus solar, *Bochica*, criador da civilização e de todas as artes. Num mito, ele é representado em luta contra o demónio Chibchacum, ao qual, punindo-o pela sua derrota, impôs que carregasse a Terra aos ombros. Quando *Chibchacum* muda o seu fardo de um ombro para o outro, dão-se os tremores de terra.

O mito de Bochica contém a narrativa de uma grande inundação:

> Há muito tempo, as pessoas do planalto de Gundinamarca, em Bogotá, viviam no início como selvagens, sem leis, sem agricultura e sem religião. Uma manhã apareceu um velho de longas barbas e grande cabeleira, chamado Bochica, de uma raça diferente da dos Chibchas. Ensinou aos selvagens a arte da construção de cabanas e da vida em sociedade. A sua mulher, que chegou depois dele, era de uma grande beleza e chamava-se Chia, mas era má e gostava de contrariar os esforços civilizadores do marido. Como não pôde vencer o poder de Bochica, ela foi capaz de fazer, por meio de artifícios mágicos, com que o rio Funzhá transbordasse e cobrisse todo o planalto. Muitos índios morreram; alguns só conseguiram escapar subindo ao cimo das montanhas vizinhas. Então Bochica, muito desagradado, escorraçou Chia da terra e relegou-a para o céu, onde se tornou na lua, encarregue de

alumiar as noites. Depois, fendeu as montanhas que encerravam o vale da Madalena, desde Cauca até Tequendama, para que as águas pudessem escoar-se. Os índios que se tinham salvo do dilúvio voltaram então para o vale de Bogotá, onde construíram cidades. O lago de Guatavista permaneceu como testemunho desse dilúvio local. Bochica deu-lhes leis, ensinou-os a cultivar a terra, instituiu o culto do sol com festas periódicas, sacrifícios e romarias. Em seguida, dividiu o poder entre dois chefes, após o que se retirou para o céu, depois de ter permanecido, como asceta, dois mil anos na Terra.

Tudo o que conhecemos da mitologia dos Chibchas encontra-se no tema fundamental do herói civilizador Bochica. Falamos também, nesta mitologia, de Nencatacoa, deus dos tecelões; de Chaquen, deus protector dos limites; de Bachué, deusa das águas e protectora da vegetação e das sementeiras; de Cuchavira, senhor da atmosfera e do arco-íris, que aliviava os doentes e protegia as mulheres grávidas; de um deus da embriaguez, que não desfrutava de uma grande veneração; de Fomagata ou Thomagata, divindade de aspecto terrível, deus da tempestade, que os adoradores representavam sob a forma de um espírito do fogo a atravessar a atmosfera e a tiranizar os homens, divertindo-se ocasionalmente a transformá-los em animais. Bochica teve de empregar contra ele todo o seu poder, para libertar a região desse ser maléfico. Desde então, Fomagata ficou reduzido à impotência, mas conservou o seu direito a figurar na procissão do *Guesa*, nas danças rituais e na assembleia dos deuses.

É representado com um só olho, quatro orelhas e uma longa cauda. O Guesa (vagabundo ou errante) era um adolescente destinado à imolação em honra de Bochica. Devia ser capturado numa aldeia, que hoje se chama San Juan de los Llanos. Foi daí que, segundo dizem, veio Bochica.

O Guesa foi criado no templo do Sol, em Sagamozo, até aos dez anos de idade, saindo apenas para passear nos caminhos que Bochica tinha trilhado. Durante todas as suas viagens, o Guesa era objecto das maiores honras e dos cuidados mais atenciosos. Com quinze anos, foi conduzido à coluna dedicada ao Sol, seguido por sacerdotes mascarados, uns representando Bochica, outros, Chia, sua mulher, e, por fim, outros ainda representando a rã Ata. Chegados ao seu destino, amarraram a vítima à coluna e mataram-na com flechas. Em seguida, arrancaram-lhe o coração para o oferecer a Bochica e recolheram o seu sangue em vasos sagrados.

Reencontramos aqui o aspecto, já tão vincado no México e na América Central, de a vítima se confundir com a divindade que representa. A forma de execução lembra o costume mexicano, mas, aqui, a ablação do coração faz-se após a morte do Guesa. Num mito cosmogónico, envolvendo o deus Chiminiquagua (guardião do Sol), este abre a casa na qual o astro se encontrava encerrado. Daí saem grandes aves negras, espalhando raios solares por todo o mundo.

Segundo os Chibchas, o género humano teria nascido de uma mulher que aparecera à beira do lago Iguaque, com o filho nos braços. Mais tarde, foram os dois metamorfoseados em serpentes e desapareceram no lago, ao qual, por esta razão, os Chibchas faziam oferendas. Segundo um mito de Gundinamarca, as almas dos mortos foram transportadas para o além numa canoa feita de teias de aranha, que as levou até ao centro da terra seguindo o curso de um grande rio subterrâneo. Daí o grande respeito pelas aranhas.

Equador – Na época pré-colombiana, a costa do Equador era habitada por povos civilizados, chamados Caracas.

Estes adoravam o mar, os peixes, os tigres, os leões, as serpentes e numerosos ídolos ricamente ornamentados.

Podemos reconhecer, por aí, o conhecimento que os Caracas tinham do totem. Nos dois templos que possuíam, um era dedicado a *Umina*, deus da medicina, representado por uma grande esmeralda, à qual se prestavam deveres divinos e que se visitava em peregrinação. Os peregrinos ofereciam ao sumo-sacerdote presentes em ouro, prata e pedras preciosas. O outro templo estava destinado ao Sol, que tinha um culto grandioso, celebrado pelas festas do solstício de Inverno. Faziam-se oferendas e sacrifícios ao Sol. Na maioria dos casos, as vítimas eram animais. Mas os Caracas sacrificavam igualmente crianças, mulheres e prisioneiros de guerra. Os sacerdotes prediziam o futuro pela observação das entranhas das vítimas animais.

Nos ritos fúnebres, enterravam com o defunto a mais bela e mais amada das suas mulheres, bem como jóias e alimentos.

Os Cañari, tribo índia do Equador, contam a história de um dilúvio ao qual escaparam dois irmãos refugiando-se no cume de uma alta montanha chamada Huaca-yñan. À medida que a água subia, também a montanha crescia em altura, de modo que os dois irmãos conseguiram escapar ao desastre. Quando a água baixou, as provisões dos dois irmãos estavam esgotadas; desceram para os vales, onde construíram uma pequena casa e viveram na penúria, comendo ervas e raízes. Um dia, esgotados e mortos de fome, depois de uma longa expedição em busca de alimentos, voltaram a casa e encontraram nela alimento e *chicha*, sem que soubessem quem lhos tinham trazido. Isso repetiu-se nos dez dias seguintes. Organizaram-se para saber quem lhes queria tanto bem. O irmão mais velho escondeu-se e depressa viu chegar duas araras vestidas como Cañaris. Assim que os pássaros chegaram, puseram-se a preparar os alimentos que traziam consigo. Quando o homem viu como eram belos e que tinham figura de mulheres, saiu do seu esconderijo; mas, ao vê-lo, os pássaros envergonharam-se e fugiram sem deixar nada para comer. Quando o irmão mais novo, que partira em busca de alimento, voltou, não encontrou nada preparado, como nos dias anteriores; perguntou porquê ao seu irmão e ambos ficaram contrariados. No dia seguinte, foi o mais novo que decidiu esconder-se e esperar a vinda dos pássaros. Ao fim de três dias as araras reapareceram e puseram-se a preparar os alimentos. Os dois irmãos esperaram que os dois pássaros tivessem terminado de cozinhar e fecharam a porta. As duas aves ficaram muito irritadas por terem sido apanhadas na armadilha, e enquanto os dois irmãos dominavam a mais pequena, a outra voou. Então, os irmãos casaram-se com a arara mais pequena e tiveram seis filhos e filhas, de que descendem os Cañari. Desde então, a montanha Huaca-yñan é considerada pelos índios um local sagrado. Veneram as araras e prezam as suas penas, com que se enfeitam nas festividades.

Os Incas

Peru – Antes da conquista espanhola, o Peru abrangia, além do actual Peru, a república do Equador, a norte, uma parte da Bolívia, a sudeste, e uma parte do Chile, a sul.

Antes da influência civilizadora dos Incas, os antigos Peruanos conheceram o totemismo. Adoravam determinados animais, plantas, pedras e usavam os respectivos nomes. Muitos Quichuas (os antigos Peruanos) acreditavam que descendiam de animais, aos quais prestavam culto, como o condor, a serpente, o jaguar, e ainda rios e lagos. A estes espíritos protectores davam o nome de *Huaca*, sob o qual designavam os poderes misteriosos.

Nas costas do Peru, o principal totem era o mar, sendo os habitantes das águas subtotens.

O totemismo foi substituído pelo culto do Sol em todos os locais onde se estabeleceram os Incas. O nome peruano do sol era *Inti*, ou

Apu-Punchau (o chefe do dia). Diziam que tinha forma humana; o seu rosto era representado por um disco de ouro rodeado por raios e chamas. Os Incas consideravam-se descendentes de Inti e só eles podiam pronunciar o seu nome.

Entre as divindades, a Lua, *Mama Quilla*, seguia-se imediatamente ao Sol, seu marido e irmão. A sua imagem era um disco de prata com feições humanas. Era a deusa protectora das mulheres casadas. Inúmeros templos eram dedicados a estas divindades principais, das quais a mais célebre era o Coricancha, de Cuzco.

As outras divindades que gravitavam em torno do casal Sol-Lua, consideradas suas servidoras, eram objecto de uma grande veneração. Contavam-se entre elas: *Cuycha*, o arco-íris; *Catequil*, deus do trovão e do relâmpago, representado empunhando uma funda e uma clava. Sacrificavam-lhe crianças. Os gémeos eram considerados seus filhos. *Chasca* (o astro com longos cabelos), o planeta Vénus, passava por ser um homem que servia de pagem ao Sol. Entre os Incas, este planeta era o protector das princesas e das raparigas, criador e protector das flores. Os outros planetas e as estrelas eram as damas-de-honor da Lua. Outras constelações também recebiam um culto. A mais venerada era a das Plêiades, que protegia os cereais. Os cometas eram indício da cólera dos deuses. Além destas divindades astrais, adoravam *Pachamama* (a terra-mãe) e o fogo, *Nina*.

Os Incas não tinham, contudo, suprimido os outros cultos anteriores a este do *Sol* e da *Lua*. Conservavam assim dois grandes deuses que anexaram ao seu panteão: eram eles *Viracocha* (espuma, ou gordura do lago) e *Pachacamac* (aquele que dá vida à terra).

Estranho ao ciclo dos deuses incas, Pachacamac era considerado pelas populações marítimas do Peru o deus supremo. A sua lenda, que tem lugar no vale de Lurin, a sul de Lima, onde se elevava o seu santuário, fez dele um rival de Viracocha. Renovou o mundo, mudando os homens criados por Viracocha, e ensinou-lhes as artes e os diversos ofícios. Devia ser um deus do fogo; de modo que os Incas fizeram dele um filho do Sol, senhor dos gigantes. O seu culto exigia vítimas humanas. Dava oráculos misteriosos. Era invisível e era proibido representá-lo sob que forma fosse. Em Cuzco circulava um mito dos povos da montanha de Pacari-Tambo (a casa da manhã):

> Das cavernas de Pacari-Tambo saíram um dia quatro casais de irmãos e de irmãs. O mais velho, tendo escalado a montanha, lançou uma pedra para cada um dos quatro pontos cardeais, anunciando desse modo que

assumia a posse de todo o território. Isso desagradou aos outros três, dos quais o mais astuto era o mais novo. Este resolveu desembaraçar-se dos irmãos para reinar sozinho. Convenceu o mais velho a entrar numa caverna e fechou-a, com um enorme rochedo. A seguir convenceu o segundo a subir com ele a uma alta montanha, com o pretexto de procurar o irmão desaparecido. Mas, chegados ao cume, empurrou-o para o abismo e, por magia, transformou-o numa estátua de pedra. O terceiro, assustado, fugiu. Finalmente só, o mais novo erigiu Cuzco e fez-se adorar, como filho do Sol, sob o nome de Pirrhua-Manco, ou Manco-Capac. O primeiro deus era provavelmente Pachamac, deus do fogo subterrâneo; o segundo parece ter sido uma personificação do culto das pedras; o terceiro, Viracocha, o deus que desaparece.

Por outro lado, os Incas ensinavam que o Sol tinha três filhos: Choun (um dos apelidos de Viracocha), Pachacamac e Manco-Capac.

Viracocha, igualmente estranho, pela sua origem, ao ciclo dos deuses incas, foi anexado ao «culto do Sol». A sua lenda atribui-lhe como residência o lago Titicaca, cuja força fertilizante e geradora representa. É o deus da chuva e do elemento líquido em geral.

Antes de o Sol ter aparecido, conta o mito original de Viracocha, a terra já era habitada. Então, Viracocha saiu das profundezas do lago, fabricou o sol, a lua e as estrelas, estabelecendo os seus percursos regulares. Em seguida, modelou várias estátuas a que deu vida e às quais ordenou que saíssem das cavernas onde tinham sido esculpidas. Depois foi a Cuzco e deu como rei aos habitantes dessa cidade Allcavica. Os Incas descendem desse Allcavica. Em seguida, Viracocha afastou-se e desapareceu nas águas.

Viracocha não tem carne nem ossos e, no entanto, corre muito depressa; ele rebaixa as montanhas e soergue os vales. Representam-no barbudo, marca dos deuses aquáticos. A sua mulher e irmã era *Mama-Cocha* (a chuva e a água). A par destas divindades subsistiam deuses particulares e poderes de espécie animal, aos quais os índios reconheciam um poder misterioso. As serpentes foram objecto de grande veneração, como *Urcaguay*, o deus dos tesouros subterrâneos, que é representado sob a forma de uma grande serpente, com cabeça de cervo e a cauda ornamentada com correntes de ouro. O condor era considerado o mensageiro dos deuses. Uma das particularidades da religião dos Incas é a instituição das Virgens do Sol, ou *Aclla*: verdadeiras vestais, mantendo o fogo sagrado sob a vigilância de matronas chamadas Mama-Cuna, que as instruíam e guiavam nos seus trabalhos. As Virgens do Sol eram recrutadas a partir dos oito anos e enclausuradas em mosteiros de onde só deviam sair após seis ou sete anos, para se casarem com os chefes de maior estatuto.

Qualquer Aclla quando culpada de relações com um homem era enterrada viva, a menos que não se pudesse provar de quem estava grávida; nesse caso, considerava-se que o estava do Sol.

Praticavam-se todos os anos sacrifícios humanos nas festas celebradas em honra dos deuses Inti, Pachacamac e Viracocha. Nessas festas, duas ou três crianças e um grande número de animais eram imolados. De acordo com os mitos, o mundo chamava-se *Pacha*; acima da terra sobrepunham-se quatro céus habitados pelos deuses. O grande deus morava no céu mais elevado.

Os Incas acreditavam que Inti, o sol, depois de percorrer o céu, se punha a oeste, no mar, que secava parcialmente. Voltava, nadando sob a terra, e ressurgia no dia seguinte, rejuvenescido por esse banho.

Os eclipses solares eram considerados sinal de uma cólera de Inti. Os mitos peruanos da criação, da origem dos homens e do dilúvio, parecem ter sido, tal como entre os mexicanos, mitos locais.

> Numa província do Peru, a leste de Lima, os índios dizem que outrora o mundo teve de ser aniquilado. Um dia, um índio quis amarrar um lama num pasto bom; mas o animal resistia e manifestava, a seu modo, a sua tristeza. O dono disse-lhe então: «Imbecil, por que gemes e te recusas a comer? Não tens boa erva ao teu dispor?» «Insensato! O que é que tu sabes? Fica a saber que não é sem causa que estou triste, pois dentro de cinco dias o mar subirá e cobrirá a terra toda!» Surpreso, o índio perguntou se não havia algum meio de se salvarem. O lama disse-lhe que devia abastecer-se de provisões para cinco dias e segui-lo até ao cume de uma elevada montanha chamada Villca-Coto. Então, o homem reuniu provisões e levou o lama. Quando chegaram ao cume da montanha, viram que já lá se tinham refugiado todo o tipo de aves e de animais. O mar começou, então, a subir e a cobrir as planícies e as montanhas, salvo o cume de Villca-Coto; e até ali as vagas subiram tão alto que os animais foram obrigados a comprimir-se num espaço restrito. A cauda da raposa mergulhou na água: por isso a sua ponta é negra. Ao fim de cinco dias, as águas baixaram e o mar voltou ao seu leito. Mas todos os homens morreram afogados, salvo um, do qual descendem todas as nações da terra.

Uma outra lenda dos índios do Peru comenta a reaparição do homem depois do dilúvio: «Num local situado a sessenta léguas de Cuzco, o criador fez um homem de cada nação e atribuiu-lhe o costume que cada uma dessas nações devia ter. À que devia ter cabelos, deu-lhe cabelos; à que devia ter os cabelos cortados, cortou-lhos; deu a cada uma a língua que devia falar, os cantos apropriados, as sementes e o alimento que devia cultivar. Em seguida deu aos homens e às mulheres a vida e a alma e fê-los descer à terra. Foi por esse caminho que cada nação se dirigiu à região que lhe estava atribuída.»

Entre os Incas havia um deus dos mortos, *Supai*, que residia no interior da terra. Supai, deus desse mundo obscuro, não é em si mesmo pior do que Hades ou Plutão, mas é um deus lúgubre e voraz, desejoso de aumentar sem cessar o número dos seus súbditos e que é preciso apaziguar, ainda que à custa de oferendas penosas. Daí que, todos os anos lhe sacrificassem uma centena de crianças.

Os Araucanos

Chile – As opiniões religiosas dos Araucanos revestem-se de uma forma material. Os Araucanos parecem não ter ultrapassado o feiticismo; atribuem a todas as suas divindades um aspecto corporal. Não acreditam que todos os objectos inanimados possam ser moradas de espíritos, mas admitem que estes lá possam permanecer por algum tempo. Os Araucanos conheciam o totemismo e praticavam o culto dos antepassados. Não reconheciam a existência de um ser superior. Não têm templos, nem ídolos, nem culto estabelecido.

Os principais deuses eram imaginados pelos Araucanos como espíritos maus que era necessário apaziguar com sacrifícios propiciatórios e expiatórios. A mais poderosa das divindades superiores era *Pilão*, deus do trovão, que era igualmente o que dispensava o fogo. Provocava tremores de terra, erupções vulcânicas e a aparição dos relâmpagos. Os índios representavam-no como uma divindade corporal, com diversas formas simultâneas.

Os chefes e os guerreiros que morriam durante uma guerra eram absorvidos por Pilão. Os primeiros tornavam-se vulcões, os segundos nuvens. Desta crença nasceu um mito: «Durante uma tempestade, os índios contemplavam o céu para perceberem para que lado se moviam as nuvens; julgavam que elas representavam as batalhas entre os da sua raça e os espanhóis. Se as nuvens se dirigiam para sul, os Araucanos lamentavam-se; se, pelo contrário, tomavam a direcção setentrional, regozijavam-se com a derrota dos seus inimigos.»

Pilão tinha por servidores os espíritos maus, chamados *Huecuvus*, que tinham a faculdade de se metamorfosear em todas as formas que quisessem, para fazer o mal. Os Araucanos atribuíam a esses espíritos todas as doenças, sobretudo aquelas cuja natureza não conseguiam determinar, e os fenómenos físicos ocorridos em épocas em que não deviam suceder, como, por exemplo, a chuva durante as colheitas, as doenças que atacavam as plantações, etc. Entre os outros servidores de Pilão encontravam-se os *Cherruve*, génios que eram representados com a forma de serpentes com cabeça humana. Estes causavam o aparecimento de cometas e de estrelas cadentes, considerados pelos Araucanos como presságios de calamidades terríveis nas cidades para que se dirigiam.

Uma outra divindade, *Meuler* (turbilhão, tromba, tufão), era o deus dos ventos. Era representado como um lagarto que desaparecia sob a terra, assim que o tufão surgia.

A única divindade benfazeja, entre os Araucanos, era *Auchimalgen*, a lua, mulher do sol. Protegia os índios dos desastres e perseguia os espíritos malignos, inspirando-lhes medo. A lua avermelhada era sinal da morte de uma grande personagem. O que é muito intrigante na religião do Araucanos, se considerarmos as relações que mantêm com a dos Maias, é a ausência de um culto ao sol.

Nguruvilu, o deus da água, dos rios e dos lagos, assume a forma de um gato selvagem, com uma cauda que termina numa terrível garra. Se sucede algum acidente a um índio que esteja a navegar ou a banhar-se, é atribuído a esta divindade.

Huaillepenyi, deus do nevoeiro, aparecia sob a forma de uma ovelha com cabeça de veado e a parte posterior de uma foca. Vivia nas margens dos rios e dos lagos ou à beira-mar. Se uma criança nascesse disforme, a sua monstruosidade era atribuída à influência deste espírito.

Entre as divindades secundárias e os maus espíritos inferiores, encontra-se *Chonchonyi*. É representado com a forma de uma cabeça humana na qual as orelhas, muito longas, servem de asas, esvoaçando em torno dos doentes. Quando estes estão sós, o espírito penetra na sua morada, luta com o doente, mata-o e suga-lhe o sangue.

Colo-colo (basílico), nascido de um ovo de galo, provoca a febre e a morte, extraindo a saliva da vítima.

Pihuechenyi, vampiro que suga o sangue dos índios adormecidos à noite nos bosques, é representado como uma serpente alada.

Entre os Araucanos, o inferno não tinha localização específica: acreditavam apenas que após a morte partiam, numa forma corporal mas invisível, em direcção a um outro mundo impenetrável para os maus espíritos. Os Araucanos não tinham castas sacerdotais, mas adivinhos e feiticeiros que exerciam entre eles uma grande influência. Entre os Araucanos do Chile existe uma tradição segundo a qual houve aí um dilúvio ao qual poucos índios escaparam. Os sobreviventes refugiaram-se numa alta montanha chamada Thegtheg (a troante ou resplandecente) que tinha três picos e cuja propriedade era a de flutuar sobre a água. Este dilúvio foi consequência de uma erupção vulcânica, acompanhada de um sismo violento e, sempre que se verificava um tremor de terra, os indígenas refugiavam-se nas montanhas mais altas. Temiam que, em seguida, o mar viesse de novo submergir o mundo. Nessas ocasiões, cada um levava muitas provisões consigo, bem como escudelas de madeira para protegerem a cabeça caso as águas fizessem com que Thegtheg se aproximasse muito do Sol.

Os Tupis-Guaranis, ou Tupinambás

Brasil – A mitologia tupinambá compreendia uma série de heróis civilizadores e criadores. O primeiro desses heróis é *Monan* (velho, ancião), que foi o criador do homem e, em seguida, destruiu o mundo pelo dilúvio e pelo fogo; veio depois *Maire-Monan* (o transformador), que temos tendência a confundir com o primeiro. Tinha o poder de mudar, de diversas formas, os homens e os animais, para os punir pelas suas malvadezas. Ensinou aos Tupinambás a arte de cultivar a terra e como governá-la. Um mito conta como os homens, que ele encolerizara por causa das metamorfoses que lhes impunha, decidiram matá-lo. Para tal, convidaram-no para uma festa no decurso da qual Maire-Monan devia saltar por cima de três fogueiras acesas.

Depois de saltar a primeira, desmaiou ao saltar a segunda e foi consumido pelas chamas; a sua cabeça, ao estalar, produziu o trovão, enquanto as chamas se tornavam no raio. De seguida, foi levado para o céu, onde se tornou uma estrela.

Há ainda um outro herói, *Maira-atá*, que era considerado um grande feiticeiro que previa o futuro com a ajuda dos espíritos. Ocupa um lugar muito importante na mitologia brasileira pela sua qualidade de pai dos dois gémeos míticos *Ariconte* e *Tamendonare*, que provocaram o dilúvio. Estes eram dois irmãos inimigos, mas que não tinham o mesmo pai. Num mito tupinambá, um seria filho de Maira-atá, o outro de um simples mortal chamado *Sarigoys*: «A mãe dos gémeos, abandonada por *Maira-atá*, partiu à sua procura, guiada pelo filho deste, que trazia dentro de si. Um dia ela chegou a casa de *Sarigoys*, que lhe ofereceu a sua hospitalidade e a engravidou uma segunda vez. Depois disso a mãe continuou o seu caminho até chegar a uma aldeia onde foi vítima da crueldade dos índios, que a cortaram em pedaços e a comeram. Os gémeos foram recolhidos por uma mulher que os criou.

Chegados à maturidade, decidiram vingar a sua mãe: com esse objectivo, atraíram a uma ilha os assassinos, sob o pretexto de procurar frutos. Quando os índios estavam a atravessar a água, os gémeos desencadearam uma tempestade que os submergiu; em seguida, transformaram-nos em tigres. Com o desejo de vingança apaziguado, os gémeos partiram em busca do seu pai, que descobriram numa aldeia onde ele já era feiticeiro. Este ficou feliz ao vê-los, mas, antes de os reconhecer como filhos, impôs-lhes diversas provas.

A primeira prova consistiu em atirar com o arco; mas as flechas dos dois gémeos permaneceram no ar. A segunda prova exigida era a de passarem três vezes através da pedra Ithá-Irapi, cujas duas metades se chocavam rapidamente.

O filho de Sarigoys passou primeiro, mas ficou esmagado. Então, o irmão reuniu os restos do seu corpo e devolveu-o à sua primeira forma. Por fim, passaram ambos.

Entretanto, Maira-atá, insatisfeito com as duas provas, impôs uma terceira: ordenou aos irmãos gémeos que fossem roubar o isco com o qual Agnen capturara o peixe Alain, e que servia de alimento aos mortos. Mais uma vez, o filho de Sarigoys tentou primeiro; foi dilacerado por Agnen, mas o irmão devolveu-o à vida. Recomeçaram e conseguiram assenhorear-se do isco, que levaram a Maira-atá; então, este reconheceu-os como seus filhos.

Entre os Tupinambás encontramos outro poder muito importante, considerado pelos índios como o demónio do trovão e dos relâmpagos, sob o nome de *Tupão*. É uma espécie de demónio ao qual não se prestava nenhum culto nem nenhuma prece. É descrito como um homem pequeno e atarracado, com cabelos ondulados. É o filho mais novo do herói civilizador *Nanderevuçu* e da sua mulher *Nandecy*, pela qual Tupão nutre grande afeição. É por ordem da mãe que Tupão deixa a sua morada, situada no Oeste, e se junta a ela no Este. Em todas as viagens, provoca uma tempestade: o barulho de trovão é produzido pelo assento côncavo que lhe serve de barco para navegar os céus. Na sua canoa tomam lugar dois pássaros, seus servidores; os índios consideram-nos anunciadores das procelas. As tempestades só chegam ao fim quando Tupão chega a casa da mãe.

Os Tupinambás acreditam estar rodeados de uma multidão de espíritos ou de génios. Entre eles encontra-se *Yurupari* (demónio), dos Tupis do Norte, que mora em casas abandonadas e nos locais onde os mortos foram enterrados. Os índios designavam igualmente, sob o nome de *Yurupari*, o conjunto dos diabos ou dos génios do mato que eram temidos pela sua malvadez.

Entre os Tupis da Amazónia, Yurupari é um espírito da floresta, uma espécie de ogre ou, segundo as tribos, de deus.

Um outro génio muito temido encontra-se na mitologia dos Tupinambás com o nome de *Agnen*, já referido no mito dos irmãos gémeos, com os quais se confrontou amiúde e de quem foi vítima, não sem antes ter devorado um deles.

Estes génios malfazejos assistiram aos primórdios da criação. Embora diferentes dos humanos, são mortais como eles.

Entre os demónios, *Kurupira* foi o mais célebre. Era um gnomo da floresta, protector da caça, mas mal disposto para com os humanos. É representado sob a forma de um homem pequeno que anda com os pés virados. Para a apaziguar a cólera deste génio, os índios faziam-lhe oferendas.

Na nomenclatura dos demónios, é preciso ainda referir: *Macachera*, o espírito dos caminhos, considerado pelos índios Potiguara mensageiro de boas novas; em contrapartida, os Tupinambás viam nele o inimigo da saúde humana; os *Igpupiara*, génios dos rios, que viviam debaixo de água e matavam os índios; e ainda os *Baetata* (os fogos-fátuos).

Entre os espíritos benfazejos para com a humanidade encontravam-se os *Apoiaueue*, que faziam cair a chuva quando ela era necessária e contavam fielmente a deus o que se passava na terra. Os Tupinambás acreditavam que a alma, *An*, depois da morte caminhava em direcção a um paraíso cuja entrada era mais ou menos acessível, consoante os méritos. Este paraíso tem por nome *Terra-sem-mal*, onde habita o Antepassado, Maira, o herói civilizador. Segundo o mito da Terra-sem-mal, Maira mora no meio de uma vasta estepe coberta de flores; perto de sua casa está uma grande aldeia cujos habitantes levam uma vida feliz. Quando envelhecem, não morrem, mas rejuvenescem. Os campos não necessitam de cultivo, pois as plantas brotam sozinhas. A Terra-sem-mal situa-se a este, segundo uns, ou a oeste, segundo outros. Na época em que foram descobertos, havia entre os índios do Brasil, na região do Rio de Janeiro, uma lenda relativa ao dilúvio universal. Eis essa lenda:

> Um certo grande feiticeiro, Sommay, também chamado Maira-atá, tinha dois filhos chamados Tamendonare e Ariconte (ambos irmãos gémeos): o primeiro tinha uma mulher e era um pai tão bom quanto

era um bom marido. O seu irmão Ariconte era completamente diferente. Queria apenas combater e o seu único desejo era o de sublevar os povos vizinhos e até subverter a justiça e a bondade do seu irmão. Um dia, ao voltar de um combate, Ariconte mostrou ao irmão o braço ensanguentado de um cadáver inimigo e dirigiu-lhe estas palavras altivas: «Sai daqui, cobarde que tu és! Eu fico com a tua mulher e os teus filhos, pois tu não és suficientemente forte para os defenderes!» Tanto orgulho entristeceu o seu bom irmão que lhe respondeu em tom sarcástico: «Se és tão valente como dizes, por que não trazes contigo o cadáver todo do teu inimigo?» Furioso, Ariconte lançou o braço decepado contra a porta do irmão. Nesse momento, a aldeia onde viviam foi transportada para o céu, ficando os dois irmãos na terra. Ao ver isto, Tamendonare, movido pelo espanto ou pela cólera, bateu no chão com tanta violência que dele brotou uma grande fonte, cujo jorro ultrapassou as montanhas, atingiu as nuvens e da qual jorrou tanta água que a terra ficou submersa. Perante o perigo, os dois irmãos subiram, com suas mulheres, à mais alta montanha e tentaram salvar-se pendurando-se nas árvores. Tamendonare e a mulher treparam a uma árvore chamada pindora e o seu irmão com a mulher treparam a uma outra, chamada jenipapeiro. Ariconte colheu um fruto, deu-o à mulher e disse-lhe: «Abre-o e deixa cair um bocado.» O som da sua queda nas águas deu-lhes a perceber que estas ainda estavam altas e eles esperaram.

Os índios acreditavam que todos os homens tinham perecido nesse dilúvio, salvo os irmãos gémeos e as suas mulheres, e que dos dois casais tinham saído dois povos diferentes: os «Tonnassearé», alcunhados Tupinambás, e os Tonnaitz-Hoyaña, designados Tominu, povos que não cessaram, tal como os irmãos, de querelar e de combater entre si.

Os Caraya, tribo de índios da Amazónia, contam também uma lenda diluviana: «Um dia, os Caraya caçavam porcos selvagens; obrigando os animais a entrar nos seus covis, começam a matar cada porco que aparecia. Quando cavavam a terra, encontraram um cabrito-montês, a seguir um tapir, depois um cabrito-montês branco. Em seguida, encontraram um pé humano. Aterrorizados, foram procurar um poderoso feiticeiro chamado *Anatina*, que conseguiu desenterrar o homem cantando: «Sou Anatina! Traz-me tabaco!» Mas os Caraya, como não percebiam o que ele dizia, levaram-lhe flores e frutos. O feiticeiro recusou, mostrando um homem a fumar. Então os Caraya perceberam e ofereceram-lhe tabaco. Fumou até cair inconsciente no solo. Levaram-no para a sua aldeia, onde ele despertou e começou a cantar e a dançar. Mas o seu comportamento e linguagem assustaram os Caraya, que fugiram. Anatina ficou muito irritado e perseguiu-os, levando consigo muitas cabaças cheias de água. Gritou aos Caraya que parassem; mas como eles não o fizeram, ele ficou furioso e deitou ao chão uma das cabaças. A água subiu logo, mas os Caraya continuaram a fugir. Então, quebrou uma segunda cabaça, e outra e ainda outra, e a água subiu tanto que o território ficou inundado e só as montanhas situadas na embocadura do Tapirapis emergiram acima das vagas. Os Caraya refugiaram-se nos dois picos dessa montanha. Então Anatina convocou todos os peixes e pediu-lhes que lançassem todos os homens na água. Muitos tentaram, mas falharam. Por fim, o bicudo (um peixe cuja boca se assemelha a um bico) conseguiu escalar a montanha pelo lado oposto e, apanhando os Caraya pelas costas, lançou-os à água. Uma grande lagoa marca o local da sua queda. Apenas alguns índios permaneceram no cume e só desceram depois do fim do dilúvio.»

Este é o conjunto das principais lendas da Mitologia americana. Neste percurso, o leitor pôde reconhecer ligações óbvias entre esta mitologia e a mitologia clássica, bem como com as principais tradições hebraicas.

Quer isto dizer que a Humanidade se viu, um dia, reduzida a um pequeno número de indivíduos que, espalhando-se de seguida pelo Mundo, levaram consigo as suas lendas, sendo estas depois alteradas consoante os climas ou os novos costumes criados ao longo dos séculos? Ou então, e isto é o mais provável, serão todas as lendas uma expressão confusa de imensos acontecimentos planetários dos quais os homens, espalhados por toda a terra, foram simultaneamente testemunhas assustadas?

Poderíamos ainda examinar as formas dos cultos e das crenças, ensaiar aproximações instrutivas e curiosas. E far-se-ia o mesmo com as artes que os rodeavam: as pirâmides são um exemplo; os ornamentos dos monumentos, onde encontramos pormenores comuns aos Gregos, aos Egípcios ou aos Hindus, são outro.

Precisamos de limitar as nossas observações a estas sugestões superficiais, mas o seu estudo será fecundo e permitirá aprofundar utilmente o, ainda tão vago, passado da Humanidade.

MAX FAUCONNET

11
MITOLOGIAS OCEÂNICAS

O panteão da Oceânia

Complexidade do panteão da Oceânia

Se, como vulgarmente fazemos, entendermos por mitologia a genealogia, a história e as atribuições dos deuses, semideuses e heróis, cuja vida é imaginada segundo o tipo da do homem, em suma, o panteão de uma determinada população, é extremamente difícil apresentar uma visão de conjunto sumária do panteão da Oceânia. Não que nos seja impossível extrair das narrativas dos viajantes uma longa lista de divindades. Por exemplo, na Polinésia, Tangaroa, Tane, Rongo, Tu e uma quantidade de outras divindades, em que algumas se encontram em maior ou menor número de ilhas ou arquipélagos, seja sob o mesmo nome com simples variantes dialectais, como Tangaroa, Kanaloa, Taaora, seja com denominações aproximadamente sinónimas, seja com atributos próximos ou mesmo idênticos. Assim, o principal deus polinésio, *Tangaroa*, encontra-se na Micronésia sob o nome mais abstracto de Tabueriki (o senhor sagrado), no deus anónimo do trovão em Ponape, no deus invisível das ilhas Ratak, no deus cego de Bigar; o deus polinésio *Rongo* ou *Lono* encontra-se nas Carolinas, não somente com os nomes, aparentados entre si, de Rongala (ilha Fais) e de Morogrog, mas também com características comuns, nomeadamente ter sido expulso do céu e ter trazido o fogo aos homens.

Mas a estas semelhanças somam-se numerosas diferenças. Tanto sucede que a mesma divindade possua, em diferentes ilhas de um mesmo arquipélago, em zonas diferentes de uma mesma ilha ou até entre os membros de uma tribo, atributos diferentes, como sucede que reúna características, que, noutros lugares, cabem a divindades distintas. É assim que o *Ngendei* das ilhas Viti é, simultaneamente, o apoio do mundo, de tal modo que quando muda de posição causa tremores de terra; a divindade das colheitas abundantes ou da esterilidade, o revelador do fogo e o rei da morada dos mortos, como o *Mafuike* polinésio; o criador dos deuses, do mundo e dos homens, como o *Tangaroa* polinésio e, ainda, das plantas cultivadas, cujo cultivo ensinou aos homens; é igualmente autor de um dilúvio, papel atribuído na Polinésia a diversas divindades: *Tawhaki*, deus das nuvens e do trovão, na Nova Zelândia; Tangaroa, *Ru*, deus do vento de este e *Ruahatu*, um deus marinho, no Taiti; *Hina*, a Lua, no Havai. Também sucede que atribuímos a uma mesma divindade, consoante as regiões, formas diferentes ou, quando se faz uma representação antropomórfica, um sexo diferente.

Inversamente, deuses diferentes segundo as populações recebem os mesmos atributos. Assim, a criação do mundo, atribuída geralmente a Tangaroa na Polinésia, é atribuída a *Laulaati* na ilha Lifu (ilhas Lealdade); em *Fate* (Novas Hébridas), a duas divindades, *Tamakaia* e *Maui-Tikitiki*, estas de origem polinésia; em *Erromango* (Novas Hébridas), a *Nobu*; na baía Geelvink (Nova Guiné) tanto o é a um «profeta» com vários nomes (o único, o ancião, o ancião que rejuvenesce), como ao seu filho *Konori*; nas ilhas Viti, tanto a *Ngendei*, como a *Ove*. Ainda em Viti, a origem dos homens é atribuída quer a Ngendei que, segundo alguns mitos, os terá feito nascer através de um ovo análogo ao ovo do mundo do Tangaroa polinésio, quer a diversas deusas, em particular a *Tuli*, filha de *Tangaroa*, considerada nas ilhas Samoa a criadora do mundo.

Para se encontrar um certo termo no meio desta confusão, o melhor será, parece-nos, pôr de lado os nomes próprios das divindades, a sua individualidade constituída por um conjunto de características, que variam nas crenças das diferentes populações, muitas vezes até no seio de uma mesma população, e classificá-las segundo essas características isoladas por abstracção. As divindades, dando a este termo um significado muito amplo de seres sobrenaturais que sempre foram, ou se tornaram, diferentes dos homens, distinguem-se umas das outras pela sua natureza ou essência, que podemos perspectivar a partir de três pontos de vista: aspecto sensível, atributos ou funções, e origem.

Aspecto físico das divindades

Ainda que as divindades, enquanto poderes sobrenaturais, tenham uma natureza essencialmente espiritual, esta essência imaterial é acompanhada, como sucede à alma humana, por aparências sensíveis e, em particular, por uma forma visual. As divindades tanto são concebidas como possuidoras de tal forma em si mesmas, por assim dizer, mesmo que os homens não a vejam nunca; como podem também aparecer sob essa forma em certas circunstâncias ou a alguns indivíduos particularmente dotados; por fim, sem terem em si mesmas formas materiais, também se dá o caso de tomarem por empréstimo as de seres ou objectos materiais, nos quais encarnam ou se alojam de modo mais ou menos duradouro. Parece que se podem metamorfosear não apenas ao entrar nos seres materiais de formas variadas, mas também por uma alteração da sua própria forma; é o caso, em particular, das lendas, bastante numerosas, do tipo de «a bela e o monstro», que encontramos na Indonésia, na Melanésia e na Polinésia. Estas formas, não apenas emprestadas mas intrínsecas, são as mais variadas. Há divindades antropomórficas, masculinas e femininas, como a maior parte dos grandes deuses da Polinésia ou os espíritos protectores de Dorei (Nova Guiné). Outras são animais de todas as espécies e de todos os tamanhos: tubarões, sobretudo para os diversos deuses do mar (Taiti, Viti), serpentes do mar, aranhas do mar, crocodilos, serpentes, enguias (Nova Zelândia), lagartos (encarnação de Tangaroa em Samoa), ratos, rãs, moscas, borboletas, gafanhotos, pássaros, em particular o faetonte (sobretudo entre as divindades do ar no Taiti, Tangaroa no conjunto da Polinésia). O espírito protector do príncipe neo-zelandês *Tinirau* e dos seus descendentes era uma divindade com forma de baleia. Na Nova Caledónia, o demónio feminino *Kabo Mandalat*, que causa a elefantíase, é um gigantesco bernardo-eremita [crustáceo marinho] com patas tão grossas como coqueiros, que mora na concha de um enorme *melanostoma Delium*. Nas ilhas Viti, não só há diversas divindades a habitar em pedras, mas ainda há algumas, por exemplo a mãe de Ngendei, que são consideradas como tendo sido realmente pedras. As divindades ainda podem aparecer como meteoros (assim, no estreito de Torres, as estrelas cadentes são espíritos maus, filhos das estrelas; nas Viti, um cometa é um filho de Ngendei), ou como fagulhas ou espécie de gás vulcânico, forma muitas vezes tomada durante a noite pelas almas dos mortos.

Outras divindades têm a forma de seres fantásticos: na Nova Zelândia, algumas são tipos de dragões. O Ngendei das Fiji é metade serpente e metade rochedo. *Rati-mbati-ndua*, deus dos infernos em diversas zonas de Viti, é um homem que apenas tem um único dente (é o que quer dizer o seu nome) com o qual devora os mortos e que, em vez de braços, tem asas que lhe servem para atravessar o espaço como um meteoro incandescente. Outras divindades tinham mãos de madeira, oito olhos (símbolo de sabedoria ou de clarividência), oito mãos (símbolo de destreza), dois corpos, oitenta estômagos. Outras, ainda, eram homens de madeira felpuda (Nova Zelândia), ogres ou, pelo contrário, anões, homens de pele branca (como o *Pura* da Nova Bretanha e da ilha Ruk, as almas das ilhas Banks, os primeiros antepassados da Nova Zelândia), que os insulares reconheceram nos primeiros viajantes europeus.

Atributos das divindades

As divindades ainda podem ser divididas segundo os seus atributos ou funções ou, dito de outro modo, segundo a parte da natureza a que interessam e a que presidem. A ideia de uma providência que rege a totalidade do universo, ainda que limitado pelo estreito horizonte que constituem para os primitivos os limites do mundo, parece, se não inteiramente ausente, pelo menos pouco difundida na Oceânia, salvo talvez nas doutrinas esotéricas de alguns colégios sacerdotais, por exemplo na Nova Zelândia. Em geral, cada divindade tem uma função limitada, governando apenas uma parte da natureza, onde tem o lugar principal. Há desde logo divindades orientadoras, e por vezes também criadoras, do céu, do sol e da lua, das estrelas (por exemplo, da estrela da manhã, em Dorei), das nuvens, dos ventos e da chuva, do mar, da terra, dos homens, dos animais e das plantas. A par das divindades destas grandes divisões da natureza, a que poderíamos chamar os grandes deuses, existe uma quantidade de divindades secundárias, ligadas a uma região restrita, a uma determinada ilha, a tal parcela de solo, montanha, vulcão, vale, ravina, curso de água ou fonte. Por vezes, até cada árvore ou cada pedra tem a sua divindade própria, à qual conviria bastante bem o nome de génio.

Mas entre estas divindades, quer o seu domínio seja extenso ou restrito, algumas têm tão-só uma função teórica; não servem senão para explicar a existência e as propriedades de uma ou outra porção da natureza, de um certo dado da experiência actual; encontrá-las-emos mais adiante a propósito da mitologia propriamente dita. Outras apresentam para o homem um interesse incomparavelmente mais importante, na medida em que a sua influência não se exerce somente sobre a natureza mas, seja por seu intermédio, seja directamente, também sobre o destino dos homens, podendo ser vantajosa ou nociva.

Subdividem-se segundo a extensão do grupo humano em cuja vida desempenham um papel e, por assim dizer, de que se ocupam. Umas só se interessam por um indivíduo, outras por uma família, ou uma tribo, e por fim ainda outras interessam-se por uma situação, ocupação ou profissão determinada. Temos deste modo divindades especiais a presidir à guerra (*Tu*, no conjunto da Polinésia) e à paz, à fertilidade do solo e ao êxito das plantações, às diversas indústrias ou corpos profissionais (construção de casas, especialmente de telhados, ou de pirogas, fabrico de redes, pesca, navegação), à medicina, aos cuidados de limpeza, às mulheres e às ocupações femininas (Hina, a Lua, na Polinésia) ou ainda à fisiologia especial do seu sexo (assim, no Havai, Kapo era a divindade e, ao mesmo tempo, o instrumento tanto da fecundidade como do aborto), ao casamento, às artes (canto, dança, arte dramática, tatuagem), aos jogos (entre outros, combates de galos, natação nas vagas). Havia até divindades para os ladrões e para os diversos vícios, mesmo até para o amor *contra natura*. Esta divisão do trabalho, se assim podemos dizer, entre as divindades atingiu o seu ponto máximo no Taiti; só para o mar havia treze divindades, cada uma com os seus atributos especiais e o panteão compreendia trezentas e sessenta com funções definidas.

Claro que as divindades não são objecto de culto, entendendo-o no sentido geral de todas as práticas destinadas a tirar o partido mais vantajoso delas, a não ser por parte dos indivíduos ou grupos que têm qualquer coisa a esperar delas, a temer ou a aguardar. Também não se dirigem, em geral, preces ou oferendas aos deuses cósmicos, demasiado distantes da Humanidade para se preocuparem com ela (por exemplo, Auwe, na *baía* Speelman na Nova Guiné, Ngendei nas Viti, Tangaroa no Taiti e noutras partes da Polinésia).

Origem das divindades

Do ponto de vista da sua origem, as divindades podem dividir-se em duas grandes categorias: as que nunca foram humanas, ainda que possam assumir essa forma, e que são os deuses propriamente ditos; e as que viveram numa época mais ou menos recuada não só sob a forma mas também no estado humano, a que chamaremos manes. Os deuses, por seu lado, são quer seres eternos ou, mais exactamente, originais, *causa sui* na terminologia metafísica, que existiram desde sempre e não têm antepassados, quer descendentes dos primeiros. Os primeiros homens foram engendrados ou criados, modelados por um tipo de deus ou por outro. Podemos distinguir nos manes os dos mortos vulgares, com papel divino restrito aos seus descendentes, dos quais são apenas antepassados, e os dos mortos particularmente célebres pelas façanhas que realizaram na sua vida ou pelos benefícios que a Humanidade lhes deve; são os heróis, dos quais podemos tomar por tipo o *Maui* polinésio. Entre os seus feitos, os mais famosos são ter feito surgir diversas ilhas do fundo do mar, pescando-as; ter forçado o sol a abrandar a sua marcha; o de levar o fogo para a Terra; e, por fim, segundo uma tradição específica da Nova Zelândia, ter tentado, sem sucesso e tendo mesmo perdido a sua vida, tornar os homens imortais, ao trespassar o corpo da grande Senhora das trevas, *Hine-nui-te-po*.

Os manes

Os manes correspondem apenas parcialmente às nossas concepções correntes sobre as almas dos mortos. Durante a vida, o corpo está ligado a uma substância diferente, que é uma espécie de duplo, por vezes (na Nova Caledónia) identificado a um reflexo seu. A alma, que se afasta momentaneamente do corpo durante o sono, partia definitivamente na hora da morte, excepto em casos excepcionais de ressurreição. Esta separação da alma e do corpo, de que resulta a morte do corpo, não arrasta a da alma, que subsiste, seja para todos os homens seja, segundo as crenças de diversas populações, a título de privilégio, para as pessoas de condição elevadas. Esta sobrevivência pode, aliás, não ser definitiva, e terminar, após uma série mais ou menos longa de mortes parciais, se assim o podemos dizer, por sua vez elas próprias sobrevivências provisórias, numa aniquilação total (Nova Zelândia). Como quer que seja, a alma dissociada do cadáver conserva uma existência independente, concebida segundo o modelo da dos vivos, e ligada a um corpo diferente, mas análogo.

Esta sobrevivência da alma ocorre tanto nas proximidades da sua morada terrestre e em particular do lugar da sua sepultura, como num outro mundo, por vezes alternadamente (Nova Caledónia) mas, em geral, e de um modo que nos é difícil compreender, simultaneamente.

As almas só atingem o outro mundo depois de uma longa viagem que inclui duas partes: uma na Terra, outra desde a Terra ao outro mundo. Durante essa viagem, a alma conservava a possibilidade de recuperar a vida terrestre. Tinha, sem o saber, duas condutas por onde escolher, geralmente no termo da sua viagem terrestre: por exemplo, sentar-se num ou noutro de dois rochedos vizinhos, sobre um ou outro ramo ou raiz de uma árvore; por vezes, isso sucedia à chegada ao outro mundo, por exemplo, comer ou não de um alimento posto diante dela; uma destas condutas impediria em definitivo o seu regresso à vida. Desde a sua saída do corpo e até que ela não só chegasse mas fosse aceite no outro mundo, a alma estava exposta a uma quantidade de perigos; poderes malignos, divindades propriamente ditas, demónios ou almas de outros mortos esforçavam-se, de diversos modos, por capturá-la, matá-la e comê-la.

As ideias sobre a localização do outro mundo são muito variáveis. Frequentemente é situado a oeste; mas também é colocado tanto sobre como sob a terra ou sob o mar (inferno, em sentido etimológico), bem como no alto, isto é, no céu. Mas não é de todo impossível reduzir a uma unidade, em certa medida, estas diversas concepções. O pôr-do-sol era o ponto em que o sol passava do céu para debaixo da terra ou do mar, servindo de certo modo como intersecção do mundo celeste e do mundo inferior; por outro lado, nas ilhas de pequena extensão, o horizonte, identificado com o fim do mundo, está no mar. A ideia geral parece, assim, ser simplesmente que a alma abandone a morada dos vivos partindo para um outro mundo cuja diferença relativamente ao terrestre é especificada de um modo qualquer. As tribos da Nova Caledónia que colocam o mundo infernal a nordeste consideram que esse ponto é o fim do Mundo. Outras razões podem ter contribuído para a orientação da morada das almas: assim, na Nova Zelândia, ao caminhar para oeste, as almas dirigiam-se para o país onde tinham vivido os seus antepassados, o que parece corresponder a uma realidade histórica.

As ideias não são menos diversificadas no que toca ao número de moradas das almas. Admitia-se, por vezes, embora esta crença não fosse universal, mesmo onde existia (como, por exemplo, no norte da Nova Guiné), que cada ser ou objecto tinha uma alma, tal como os homens, e que essas diversas almas iam para um paraíso, quer comum a todas, quer reservado a almas de espécies definidas de seres, por exemplo, no Taiti o paraíso dos porcos, em Reva (nas ilhas Viti) o paraíso das nozes de coco, governado por uma divindade especial e onde elas chegavam, vindas de todos os pontos do arquipélago depois de terem sido comidas. Para as almas humanas, admitia-se tanto um como vários paraísos. É assim que, sem falar nos diversos mundos celestes onde podiam aceder certas almas privilegiadas, se contavam quatro mundos infernais nas ilhas Marquesas e dez na Nova Zelândia.

Cada um desses paraísos era governado por uma divindade que, umas vezes, não tinha outra função, e cujo nome designava, em certos casos, simultaneamente o paraíso ao qual presidia e a condição das almas que nele habitavam, e outras acumulava a função de soberano dos mortos com atribuições diferentes. Por exemplo, a divindade mais comummente reconhecida no conjunto da Polinésia como chefe do paraíso era *Miru*, que no Havai partilhava essa função com *Hakea*; nas ilhas Samoa e Tonga, *Hikuleo*; nas ilhas Viti, por vezes *Lothia* (Lakemba), que se encontra em Lifu (ilhas Lealdade) sob o nome de *Locha*, seja Rati-mbati-ndua, o Senhor de um só dente, ou ainda o deus supremo Ngendei. Na Nova Zelândia, era Ngahue ou, outras vezes, Tawhaki, que era ao mesmo tempo o deus do trovão, ou ainda a grande Senhora das trevas, Hine-nui-te-po, que governava quer a totalidade dos infernos, quer apenas os quatro níveis superiores, onde a condição das almas era a menos boa, sendo os três níveis seguintes governados por Rohe e os três últimos pela deusa Miru. No Taiti, o paraíso reservado aos Areoi tinha por chefe *Urutaetae*; Hiro era o chefe, simultaneamente, do paraíso dos Areoi e do das pessoas estranhas a essa confraria; por outro lado, o deus *Oro* presidia aos dois paraísos e o pássaro divino *Lota* ao das pessoas comuns.

As diferentes moradas atribuídas às almas correspondiam, em geral, apenas às diferenças de condição e de felicidade que, segundo outras crenças, se realizavam numa única morada. Assim, em Rarotonga distinguia-se a morada das almas felizes e a das almas infelizes. Esta diferença de condição, que muitas vezes se reduzia a uma diferença na alimentação, não tinha nada em comum com a nossa sanção póstuma; as considerações morais eram aí quase sempre irrelevantes. A condição de cada indivíduo depois da morte resultava daquela que tinha tido em vida, do seu poder, da sua riqueza, de ritos ou sacrifícios praticados em seu favor pelos sobreviventes, numa palavra, sob uma ou outra forma, do seu *mana*; para certas tribos da Nova Caledónia, dependia unicamente da antiguidade da chegada da alma à morada dos mortos.

A vida póstuma das almas era, no seu conjunto, a repetição da vida terrestre num mundo diferente; de uma maneira geral, ela não comportava nenhuns tormentos ou privações especiais; por vezes até parece que no outro mundo todas as almas gozam indistintamente da condição reservada na terra aos privilegiados, na abundância e nos prazeres de todo o tipo. Apesar da extrema diversidade das crenças, elas pareciam concordar no reconhecimento de que a vida póstuma, por quaisquer prazeres que apresente, se assim podemos dizer, não vale a vida terrestre e que morrer é uma grande infelicidade.

As almas que atingiram o outro mundo não são, em geral, visíveis para os mortais comuns, mas apenas para homens dotados de uma clarividência especial, os feiticeiros. Aquelas que, por uma ou outra razão, não alcançaram a morada dos mortos ou que dela retornaram, são perceptíveis a qualquer um, sobretudo à noite, mas mesmo durante o dia; umas vezes conservam na forma de fantasma o aspecto físico que tinham em vida, outras manifestam-se sob a forma de fogachos ou de animais diversos.

Dado que as almas estavam habitualmente destinadas a alcançar o outro mundo, as que permaneciam na terra eram infelizes e vingativas; se adquirissem um poder superior, tornavam-se espíritos malignos, demónios extremamente temíveis. Aliás, até as almas que tinham alcançado o outro mundo lamentavam a vida terrestre; mesmo se os sobreviventes tivessem cumprido todos os ritos fúnebres devidos e necessários, e que não houvesse nada a apontar-lhes, elas invejavam-nos. Os mortos também eram um objecto de terror mesmo para aqueles que amaram durante a vida. E, no entanto, é um facto incontestável que, ao mesmo tempo, os manes eram considerados poderes tutelares, espíritos protectores, dos quais se esperava conselhos, auxílio, protecção e todo o tipo de favores, tantos ou ainda mais do que das divindades propriamente ditas, as quais permaneciam mais ou menos indiferentes.

É muito difícil encontrar uma explicação racional dessa contradição, que deve ter a sua origem nas disposições sentimentais ou, como se diz, na lógica afectiva. Em qualquer caso, é uma hipótese plausível que os manes não possam ser considerados poderes definitivamente hostis, pois a sua acção não impedira a colectividade, família e tribo, de subsistir e até de prosperar, e, daí, que se tenham libertado de disposições malévolas que lhes eram naturais no momento em que acabavam de ser privados da vida. Talvez se desse o caso de que, ao mesmo tempo que se habituavam à sua vida póstuma, elas perdessem a memória e a amargura relativas à sua condição terrestre anterior, a sua inveja dos sobreviventes, para só pensarem na sua comunidade de sangue. Na verdade, os espíritos protectores habitualmente não eram mortos recentes, mas antepassados mais ou menos longínquos.

Confusão do panteão oceânico

Se a classificação que apresentámos das divindades ou dos poderes sobrenaturais satisfaz as tendências de um espírito lógico, é preciso não esquecermos que as crenças oceânicas, tal como as da generalidade das populações ditas primitivas ou selvagens, não manifestam em nada essa preocupação de exactidão e de precisão. Enquanto o panteão greco-romano só nos foi transmitido por documentos literários ou obras de arte, que no-lo apresentam de uma forma fixa para a qual eles contribuíram, ainda na antiguidade, é no meio de grande folclore, no fervilhar da própria vida, que se apresenta aos nossos olhos o panteão oceânico. Em cada população dos mares do Sul substituíram-se, combinadas ou apenas justapostas às tradições pré-existentes, crenças resultantes tanto de contribuições estrangeiras como invenções indígenas individuais. Logo, não só os diferentes deuses dotados de um nome próprio emprestaram uns aos outros os seus aspectos distintivos, ou as suas lendas em parte ou no todo, mas ainda foram introduzidos em categorias diferentes, de acordo com os lugares e os tempos, confundindo-se mais ou menos essas categorias.

Assim, entre uma imensidade de exemplos possíveis, nas ilhas Marianas o sopro da noite, *Puntan*, é considerado um homem muito inventivo que viveu muito tempo nos espaços vazios antes de ter existido um céu e uma terra; é então simultaneamente um deus e um herói. As duas divindades principais das Novas Hébridas, *Tangaroa* e *Quat*, são alternadamente, ou por vezes simultaneamente, consideradas deuses, semideuses, heróis ou simples génios. Na ilha Ruk e na Nova Bretanha, *Nabaeo* foi primitivamente considerado um bom génio e depois encarado sobretudo como maligno; *Pura*, após ter sido um deus, provavelmente o do céu, desceu ao nível de simples herói; o *Marsaba* da ilha Ruk, que parece ter sido, originariamente, o deus dos infernos, não era mais do que um espírito mau ou um demónio vulgar. Na Nova Zelândia, Tangaroa não é o deus supremo, mas apenas um grande deus entre outros; participou na criação, mas não foi o seu único autor. Na Polinésia, muitos grandes deuses – e até Tangaroa, segundo certas lendas do Taiti – foram considerados simples homens divinizados.

No Taiti, os *oramatua*, cujo nome significa «antepassados», não se distinguem dos outros espíritos. Enquanto no Taiti e nas diversas regiões da Polinésia, os deuses, *atua*, se distinguiam dos manes, *varua*, já pelo seu nome em Tanna (Novas Hébridas), manes e divindades são designadas pelo nome de *aremha*; os deuses caíram em desuso ou são considerados apenas como manes; o mesmo se passa na Nova Guiné e em Balade (Nova Caledónia); inversamente, em Nitendi (ilhas Santa Cruz), os antepassados foram elevados ao estatuto de deuses.

Em toda a Polinésia, a palavra *tiki* designa quer os espíritos protectores quer as suas imagens, em particular as figuras de pedra verde que os Maori da Nova Zelândia usam ao pescoço. Mas esta função de espíritos protectores é atribuída, ora aos deuses propriamente ditos, por vezes Tangaroa ou um dos seus filhos, ou ainda a um ou outro deus a que a humanidade deve os bens indispensáveis à sua existência,

Estátua de madeira, frente e costas. Representa o deus supremo Tangaroa criando os outros deuses e os homens. Oca, e com as costas amovíveis, a estátua estava cheia de pequenos ídolos quando foi descoberta num santuário.
Rurutu, Ilhas Tubuai. Museu Britânico.

a luz, a alimentação (vegetais e peixes), ora aos manes dos antepassados, ora ao primeiro homem que era simultaneamente homem e descendente ou criação de um deus, ora, por fim, a um herói particularmente notável, Maui, a quem certos traços da lenda assimilam ao sol.

O mesmo acontece com as muitas estátuas sagradas da Melanésia, nomeadamente os *korwar* da Nova Guiné, que não são ídolos no sentido próprio do termo, pois o culto prestado a estas imagens na realidade não se dirige a elas mas aos poderes sobrenaturais que residem nelas, e representam espíritos protectores que são essencialmente, segundo declarações expressas dos indígenas, as almas dos antepassados. Mas, em muitos casos, estes manes foram elevados ao nível de divindades, ou pelo contrário são antigos deuses em declínio, como o testemunha a forma animal das suas representações ou, quando estas são antropomórficas, as suas grandes bocas ou os seus longos dentes para devorar as almas. Na Micronésia, em particular nas Marianas, o culto dos antepassados suplantou o dos deuses.

Os Grande Mitos na Oceânia

O exame do panteão, a nosso ver, não constitui, em rigor, a mitologia, a qual é, segundo a etimologia, o estudo dos mitos. Um mito não é uma lenda qualquer, nem sequer uma lenda onde intervenham personagens sobre-humanas, mas uma lenda explicativa, destinada a fornecer a causa ou a origem de tal ou tal dado da experiência actual. Enquanto que as lendas são a forma primitiva do romance e da história, os mitos são a forma original e vivaz da filosofia.

No estudo da mitologia oceânica não nos interrogaremos sobre se os mitos que se encontram numa ou noutra região, ilha ou arquipélago, são criações indígenas ou importações. Limitar-nos-emos a expor, a propósito de cada uma das grandes categorias de realidades empíricas, os principais tipos de explicação mítica que foram imaginados na Oceânia, referindo apenas os exemplos mais nítidos. Ser-nos-á necessário, mais do que uma vez, dissociar numa lenda complexa os diversos temas que ela combina e, o que ainda é para nós mais problemático, calar grande número de pormenores pitorescos. Resignamo-nos a isso, desejosos sobretudo de fazer um trabalho, não literário mas científico, e menos preocupados com a coloração local do que com a aspiração constante e universal da Humanidade e dar a si mesma a ilusão de compreensão.

Dado que um mito é a explicação da origem ou primeira aparição de um ser ou de um facto actualmente ocorrido na experiência, importa salientar nas diversas populações da Oceânia não a simples ausência de mitos relativos a uma ou a outra realidade, o que poderia dever-se apenas a uma documentação insuficiente, mas a recusa deliberada em dar uma explicação mítica, porque uma coisa existiu sempre, não teve começo.

Assim, nas tribos montanhesas do norte de Lução, no Minahassa, nas ilhas Pelew e nas Carolinas Ocidentais, na generalidade da Melanésia, em algumas narrativas da Nova Zelândia e das ilhas Chatham, o mundo superior ou celeste e o mundo terrestre são considerados como tendo existido sempre. O mesmo se passa na Austrália; as populações do Norte e de Leste parecem, além disso, acreditar que, em geral, sempre houve homens e que os animais tiveram, desde o início, as suas características actuais. Da mesma forma, em muitas lendas que encontramos, a terra saiu do mar ou formou-se a partir de materiais vindos do céu para o mar, mas este é considerado como tendo existido desde sempre.

Mitos cosmogónicos

Se, em muitos casos, a explicação mítica supõe a existência desde sempre do céu e da terra ou do mar como dados originários para além dos quais não se pode avançar, outras vezes ela também procura dar conta da sua existência. Estes mitos da origem do universo no seu conjunto, ou cosmogonias em sentido estrito, podem agrupar-se em dois grandes tipos. Um primeiro, que nos é familiar pela mitologia das religiões judaico-cristãs, é o tipo criacionista. Acreditamos tê-lo encontrado nas tribos do Sudeste da Austrália; mas a afirmação dos primeiros observadores, principalmente dos missionários, de que segundo essas populações todas as coisas tinham sido feitas no início por uma divindade, parece ser uma generalização abusiva, e é provável que os indígenas não explicassem dessa forma senão certas formas particulares do solo, como as montanhas, os rochedos ou os rios. Nas Carolinas Centrais havia, no início, uma deusa, *Lukelong*, que criou os céus e a seguir a terra. Nas ilhas Gilbert, o céu e a terra foram feitos por *Naruau* e pela sua filha *Kobine*. Segundo uma lenda das ilhas da Sociedade, o deus celeste *Taatoa* abraçou um rochedo, fundamento de todas as coisas, que então produziu a terra e o mar. Da ilha Nauru provém um mito particularmente pormenorizado. No início, havia apenas mar, sobre o qual planava a *Aranha-Antiga*. Encontrando, um dia, uma tridacna, tomou-a nas suas mãos e procurou nela um orifício pelo qual se pudesse introduzir, mas não encontrou nenhum. Golpeou-a e, como soou a oco, concluiu que devia estar vazia. Ao repetir um feitiço, conseguiu entreabrir-lhe as válvulas e esgueirou-se por elas. Mas não conseguia ver nada, pois ainda não havia sol nem lua; e, além disso, não conseguia levantar-se, pois não tinha espaço suficiente na concha. Depois de procurar em todo o lado, acabou por descobrir um caracol. Para lhe dar poder, colocou-o no seu braço, deitou-se e dormiu durante três dias. Depois deixou-o e, continuando a procurar, encontrou um segundo grande caracol, maior do que o primeiro, que tratou da mesma maneira. Disse então ao primeiro: «Podes abrir um pouco este quarto para nós nos podermos sentar?» O caracol anuiu e entreabriu um pouco a concha. Então, a Aranha-Antiga pegou nesse caracol e colocou-o na metade oeste da concha, fazendo a lua. Houve, depois um pouco de luz que permitiu que a Aranha-Antiga visse um grande verme; a pedido dela, entreabriu um pouco a concha e do corpo desse verme escorreu um suor salgado que, ao juntar-se à válvula de baixo, fez o mar. Por fim, ergueu muito alto a válvula superior, que se tornou o céu. Então *Rigi*, o verme, esgotado por este grande esforço, morreu. Depois, a Aranha-Antiga fez o sol com o segundo caracol e pô-lo ao lado da válvula inferior, que se tornou na terra.

A crença num deus criador do Universo encontra-se nas ilhas da Sociedade e nas doutrinas dos sacerdotes da Nova Zelândia. No Noroeste de Bornéu, dois pássaros que voavam sobre o mar primitivo mergulharam e trouxeram dois tipos de ovos, com que fizeram o céu e a terra.

Num segundo tipo de mito cosmogónico, os deuses, longe de serem autores do Universo, são apenas um dos seus elementos e têm a mesma origem que os outros, a saber, uma espécie de nada que é o germe de todas as coisas. Esta concepção apresenta-se sob forma rudimentar em Nias. No início, não havia mais do que um nevoeiro obscuro que, ao condensar-se, se tornou num ser sem linguagem nem movimento, sem cabeça nem braços ou pernas; por seu turno, deste ser nasceu um outro que morreu e de cujo coração saiu uma árvore. Dos seus rebentos, vieram os deuses e os homens. Do mesmo modo, nas ilhas Sociedade, nas trevas primitivas, *Taaroa* existia num ovo, de onde saiu em seguida. O mesmo tema encontra-se mais desenvolvido noutras regiões da Polinésia. No início, só existia Po, um vazio desprovido de luz, de calor, de som, de forma e de movimento. Deste tipo de caos ou, mais exactamente, de substância indiferenciada e imperceptível aos sentidos, saíram por uma evolução gradual o movimento e o som, uma luz crescente, o calor e a humidade, a matéria e a forma, e, finalmente, o Céu pai e a Terra mãe, pais dos deuses, dos homens e da natureza. Esta concepção é simultaneamente evolucionista, pois considera o universo resultado de um desenvolvimento progressivo, e genealógica, na medida em que cada fase deste desenvolvimento é personificada num ser descendente do seu predecessor. Tomaremos um exemplo relativamente simples dos Nga-i-Tahu da ilha sul da Nova Zelândia. Po criou a Luz, que gerou a *Luz do Dia*, que gerou a *Luz de grande duração*, que engendrou *Sem posse*, que gerou *Desagradável*, que gerou *Instável*, que gerou *Sem Pai*, que gerou *Húmido*; este desposou *Vasta luz* e geraram *Raki* (o Céu). De igual modo, nas ilhas Marquesas saiu do vazio primitivo um inchaço, um turbilhão, um sorvedouro; saiu uma infinidade de suportes ou potes, o grande e o pequeno, o longo e o curto, o adunco e o curvo; saiu nomeadamente o Fundamento sólido, o espaço e a luz e uma quantidade de rochedos.

Uma variante do tema evolucionista é a cosmogonia do Havai, segundo a qual o tenebroso vazio de onde saíram todas as coisas não passa do lixo de um mundo anterior. Uma concepção análoga encontra-se em Samoa. O universo tem por origem uma série genealógica de rochedos, em primeiro lugar os rochedos das alturas e os rochedos terrestres (ou seja, o céu e a terra), de onde acaba por sair o polvo, que tem por filhos o fogo e a água. Entre os seus descendentes dá-se uma violenta luta na qual a água obteve a vitória; o mundo foi destruído por um dilúvio e só foi recriado, depois, por Tangaloa.

Não é de todo inútil assinalar expressamente que, na sua realidade concreta, estes diversos mitos cosmogónicos não se opõem assim tão nitidamente como os tipos abstractos em que os classificamos. Por vezes são combinações destes tipos, cujos limites, além do mais, não deviam ser, no espírito dos indígenas, tão precisos como no nosso. Por exemplo, segundo uma lenda das ilhas Marquesas, *Atea* (Luz), saída de *Taaroa* (Obscuridade) por evolução e não por geração, criou o céu e a terra e, por outro lado, teve como filhos do seu casamento com *Atanua* (Aurora) uma multidão de deuses. É muitas vezes impossível discernir, na ausência de precisões suplementares, se a produção de um elemento do universo pelo seu autor, geralmente mais ou menos antropomorfizado, é uma emanação, uma criação por meio de uma matéria inerte ou uma geração por união com uma divindade de sexo oposto.

O mar

O mar é um elemento do meio ambiente que tem uma importância muito especial para as populações insulares. Talvez por essa razão, em diversas regiões da Indonésia, na Micronésia, na orla setentrional da Melanésia e na Polinésia Ocidental e Central, a existência do mar seja dada como um facto primitivo para o qual não se procuram explicações. De início teria existido um mar imenso sobre o qual vogava um deus (ilhas da Sociedade, ilhas Marquesas) ou sobre o qual voava um deus (Samoa), ou que dominava os céus habitados por uma ou várias divindades (ilhas da Sociedade, Tonga).

Existem, no entanto, alguns mitos destinados a explicar a origem do mar. Um primeiro tipo atribui-lhe uma fonte divina: resulta do suor de Taaroa nos seus esforços de criação (Nauru, Polinésia Central e Ocidental), saiu do rebentamento da bolsa de tinta do polvo primitivo (Samoa), deriva do líquido amniótico de um falso parto de Atanua, filha do deus celeste Atea (ilhas Marquesas).

Segundo um outro tema, o mar é posterior à terra; de início, não passava de uma pequena quantidade de água salgada que um indivíduo guardava, fechada e escondida. Outros indivíduos quiseram tomá-la; mas quando roubaram o recipiente, a água espalhou-se, produzindo uma inundação (Baining da Nova Bretanha, Samoa). Esta é uma das formas das lendas sobre o dilúvio; não temos por que nos ocupar das outras, que não são mitos propriamente ditos, mas apenas simples narrativas de acontecimentos mais ou menos históricos.

O céu

A existência do céu é geralmente considerada um facto primordial, tal como a do mar. Encontramos, no entanto, no grupo Ralik das ilhas Marshall, a seguinte lenda. Depois de a divindade *Loa* ter criado a terra, as plantas e os animais, uma gaivota voou e fez a abóbada do céu, tal como uma aranha tece a sua teia.

Se os mitos relativos à origem do céu são extremamente raros, em contrapartida existe uma imensidade que explica uma das suas propriedades sensíveis mais manifestas, a saber, a sua distância da terra, ou seja, o facto de estar no ar sem apoio. Segundo estas crenças, inicialmente o céu era vizinho da terra (centro das Celebes, Indonésia Oriental), e estava tão baixo que se apoiava nas folhas de certas plantas, que devem a sua forma aplanada à sua pressão (diversos arquipélagos da

Polinésia); só mais tarde foi elevado à sua posição actual. Nas lendas das Filipinas, de diversas partes da Indonésia e da Micronésia, de Fate (Novas Hébridas), o céu retira-se de si mesmo. Em diversos arquipélagos da Polinésia Central, em Samoa, no Havai, a elevação do céu é atribuída ao herói Maui, que se oferece para realizar essa proeza se uma mulher lhe der a beber a água da sua cabaça. Lendas da Polinésia Central, em particular de Samoa, fornecem uma transição para uma outra concepção, segundo a qual a separação do céu e da terra é um acontecimento cosmogónico, acto de um, de outro, ou de vários grandes deuses. Esta crença, muito mais difundida do que a precedente, encontra-se em grande parte da Micronésia e em diversos arquipélagos da Polinésia.

A personificação do céu e da terra, que se encontra em toda a Indonésia Oriental, está particularmente desenvolvida na Nova Zelândia, onde dá a esse mito uma das suas formas mais poéticas. *Rangi*, o Céu, apaixonado por *Papa*, a Terra, situada sob ele, desce até ela nos tempos de obscuridade e imobilidade originais. O seu enlace apertado comprime a multidão de deuses a que tinham dado origem e todos os seres situados entre eles; nada podia amadurecer nem dar frutos. Para sair deste condição incómoda, os deuses decidiram separar o Céu da Terra; numa outra versão, é o próprio Céu quem exorta os seus filhos a dissolverem a sua união. Uma vez efectuada esta separação, a luz difunde-se sobre o mundo terrestre.

O sol e a lua

Entre diversas populações da Indonésia, nas ilhas de Sociedade e no Havai, encontramos apenas a declaração, sem mais pormenores, de que o sol e a lua foram criados. Aliás, são considerados filhos de uma divindade ou dos primeiros homens, ou ainda formados por alguma das suas partes. Assim, segundo os Kayan do centro de Bornéu, pelo menos a lua é um dos descendentes do ser sem braços nem pernas saídos do punho de sabre e do fuso caídos do céu. Nas ilhas Gilbert, o sol e a lua, tal como o mar, são filhos do primeiro homem e da primeira mulher, criados por *Na Reau*. Ainda que ao abandoná-los este os impedisse de terem filhos, eles tiveram estes três. Informado da sua desobediência pela enguia, sua mensageira, Na Reau pegou na sua grande moca e foi à ilha onde os tinha deixado. Apavorados, atiraram-se aos seus pés, suplicando-lhe que não os matasse. «Os nossos filhos», disseram eles, «são muito úteis: o sol permite-nos ver bem e, quando ele descansa, é substituído pela lua; o mar alimenta-nos com os seus peixes». Convencido por esta súplica, Na Reau partiu sem lhes fazer mal. Em Minahassa (Celebes), o sol, a lua e as estrelas foram feitas do corpo de uma jovem celestial. Em Nias, o sol e a lua foram formados dos olhos do ser sem braços nem pernas, de cujo co-

Homem com cabeça de pássaro e com um ovo. Escultura de pedra.
Ilha da Páscoa. Museu Britânico.

ração saiu a árvore cujos ramos originaram os homens e os deuses. Em Mangaia (ilhas Cook), são os olhos de Vatea. Nas ilhas da Sociedade, em Samoa e na Nova Zelândia, são geralmente considerados filhos do Céu que, mais tarde, foram colocados no céu como olhos. Em Queensland, o sol (uma mulher) foi feito pela lua, com duas pernas tal como os homens, mas com uma quantidade de braços que vemos estender-se como raios quando se levanta ou se põe.

Outros mitos, provavelmente inspirados pelo erguer do sol e da lua, consideram-nos como seres que passaram da terra para o céu. Podemos classificá-los em dois tipos, segundo estes seres são coisas ou humanos. Nas ilhas Pelew, as duas divindades primitivas fizeram o sol e a lua esculpindo com um estilete duas pedras que atiraram para o céu. Nas ilhas do Almirantado, os dois primeiros habitantes da terra, depois de terem plantado árvores e criado plantas comestíveis fizeram dois cogumelos e lançaram-nos ao céu: um, lançado pelo homem, tornou-se a lua; o outro, lançado pela mulher, tornou-se o sol. Na ilha Woodlark, a princípio, só uma mulher idosa dispunha do fogo. Após a terem recriminado, em vão, por não o querer transmitir, o seu filho roubou-o e distribuiu-o ao resto da Humanidade. Furiosa, a mulher pegou no fogo que lhe restava e dividiu-o em duas partes que atirou ao céu: a parte maior tornou-se o Sol; a mais pequena, Lua. Para diversas tribos do Sudeste da Austrália, o sol veio de um ovo de ema lançado para o céu. Por exemplo, entre os Euahlayi, numa época em que ainda não havia sol, mas apenas a lua e as estrelas, um homem, tendo-se zangado com o seu companheiro ema, correu ao ninho deste, agarrou num dos seus grandes ovos e, com toda a força, atirou-o ao céu, onde este se quebrou contra um pedaço de madeira para queimar, que ardeu imediatamente. Isto espantou muito os habitantes da terra, habituados a uma semiobscuridade, e quase os cegou. Tal é a origem do sol. Segundo os Arunta, no período mítico a lua era propriedade de um homem do totem Opossum. Um outro homem roubou-lha. O proprietário, não podendo apanhar o ladrão, gritou à lua que subisse ao céu, o que ela fez.

Em Aneityum (Novas Hébridas), o sol e a lua são considerados marido e mulher. Primeiro, habitaram a terra, nalgum lugar longínquo do leste, mas depois o sol subiu ao céu dizendo à lua que o seguisse, e ela obedeceu-lhe. Segundo os Arunta e as tribos que lhes são aparentadas, na Austrália Central, o sol é uma mulher que saiu do solo, como muitos dos antigos totens primitivos, e mais tarde subiu ao céu, levando consigo um tição. Segundo os Warramunga do Norte da Austrália, a lua saiu do solo sob forma de um homem (macho). Certo dia, tendo encontrado uma mulher, chamou-a e sentaram-se a conversar. Um incêndio, causado pela imperícia de dois falcões, envolveu-os em chamas e a mulher ficou gravemente queimada. Então, a lua, cortando uma veia, verteu sangue sobre a mulher, que foi assim devolvida à vida. Em seguida, subiram os dois ao céu. Segundo os habitantes da baía da Princesa-Charlotte (Queensland), um dia, dois irmãos do clã do Gavião procuravam mel e um deles, que tinha introduzido o braço no tronco de uma árvore, não o conseguiu retirar. O irmão veio auxiliá-lo, mas todos aqueles a quem pediu ajuda recusaram, excepto a lua. Esta (que era um homem) trepou à árvore e, metendo a cabeça na cavidade, espirrou violentamente, de modo que a súbita pressão do ar permitiu ao prisioneiro que tirasse o seu braço. Para se vingar de todos o que lhe tinham recusado ajuda, o irmão lançou fogo à erva para os queimar; mas, antes disso, pusera a lua em segurança, colocando-a sucessivamente em vários locais e, por fim, no céu, para escapar ao incêndio.

Instrumento usado em danças rituais. Nova Guiné.
Cortesia do Museu de Newark, Newark, EUA.

Associaremos aos mitos relativos ao sol aqueles que se dizem respeito à alternância do dia e da noite. Estes dividem-se em duas classes, consoante se trata de explicar a origem da noite, apenas havendo dia no início, ou, inversamente, explicar a origem do dia, existindo a noite apenas primitivamente. O primeiro tipo é característico da Melanésia e encontra-se, juntamente com o segundo, na Austrália.

Nas ilhas Banks, quando *Qat* formou os homens, os porcos, as árvores e os rochedos, o dia não tinha fim. Os seus irmãos disseram-lhe: «É muito desagradável!» Então, Qat pegou num porco e foi comprar a noite à Noite, que vivia num outro país. A Noite escureceu-lhe as sobrancelhas, ensinou-o a dormir e a fazer a aurora. Qat voltou para junto dos seus irmãos, trazendo um galo e outros pássaros para anunciar a aurora. Disse aos seus irmãos que preparassem camas com folhas de coqueiro. Então, pela primeira vez, viram o sol descer a oeste e gritaram a Qat que o sol estava a ir embora. «Em breve partirá» respondeu ele, «e se virem uma mudança à face da terra, será a noite.» Fez, então, chegar a noite. Eles gritaram – «O que é isto que vem do mar e que cobre o céu?» – «É a noite», respondeu-lhes, «sentem-se junto dos dois lados da casa e, quando sentirem algo nos vossos olhos, deitem-se e fiquem tranquilos.» Estava escuro e os seus olhos começavam a fechar-se. – «Qat, Qat, o que é isto? Vamos morrer?» – «Fechem os olhos», respondeu ele, «está tudo bem, durmam.» Quando a noite já tinha durado o suficiente, começou a cantar o galo e os pássaros a chilrear. Qat pegou num pedaço de obsidiana vermelha e cortou a noite; a luz sobre a qual a noite se havia dei-

Estátua esculpida num tronco de árvore (actualmente com 2,03 metros de altura; perdeu-se a parte inferior) a representar o chefe Pukaki com duas crianças.
Te Ngae, margem do lago Rotorua, ilha Norte, Nova Zelândia. Museu de Auckland.

tado brilhou de novo e os irmãos de Qat acordaram. Segundo os Sulka da Nova Bretanha, um homem, *Emakong*, trouxe a noite ao mesmo tempo que o fogo da sua viagem ao país subterrâneo dos homens-serpentes. Eles deram-lhe um pacote contendo a noite, grilos que a anunciavam e pássaros que anunciavam a aurora. Segundo uma lenda mais simples de certas tribos de Victoria, no início o sol não se deitava, mas como as pessoas estavam cansadas do dia perpétuo (ou seja, de não dormirem), a divindade criadora, por fim, ordenou ao sol que se deitasse.

A par deste mito da origem da noite a Austrália apresenta mitos inversos sobre a origem do dia. Segundo as tribos do Sudeste, quando o ovo de ema lançado ao céu deu origem ao sol, incendiando um pedaço de madeira de fogueira, a divindade celeste, vendo a utilidade deste fogo para o mundo, decidiu fazê-lo brilhar todos os dias e assim foi desde então. Todas as noites, com os seus servidores, ela empilha madeira para fazer o dia seguinte. Segundo os Arunta e as tribos aparentadas da Austrália Central, a mulher que ao subir ao céu se tornou no sol desce todas as manhãs à terra e sobe de novo ao céu pela noite. Em certos locais diz-se que há vários sóis, que sobem ao céu alternadamente. Segundo os Narrinyeri do Sul da Austrália, o sol é uma mulher que todas as noites vai visitar o país dos mortos. Quando volta à terra, os homens convidam-na para ficar com eles, mas ela só se pode demorar um instante, pois tem de estar pronta para a sua viagem no dia seguinte. Em recompensa dos favores que concedeu, dão-lhe como presente uma pele de canguru vermelho e é por isso que de manhã, quando chega, vem vestida de vermelho. Podemos ver neste último mito a expressão do lamento por o dia não ser mais longo, para satisfazer os trabalhos diários. É o mesmo sentimento que se exprime na sendas da Nova Zelândia e do Havai relativas a uma das façanhas do herói Maui, que consistia em retardar o curso do sol.

Diversos mitos explicam, ao mesmo tempo que a origem da lua, a razão de a sua luz ser mais fraca que a do sol. Segundo uma lenda do Sul da Nova Guiné inglesa, um dia, um homem que atravessava um buraco profundo descobriu um pequeno objecto brilhante. Ficou com ele, mas esse objecto começou a crescer e, por fim, escapando-se-lhe das mãos, subiu ao céu e tornou-se lua. O brilho da lua seria mais vivo se ela tivesse permanecido no sol até que nascesse naturalmente; mas como ela foi prematuramente extraída, apenas dá origem a uma fraca luminosidade. Nas ilhas Cook, *Vatea* e *Tonga-iti* (ou, numa das versões, Tangaroa) discutiam sobre a origem do primogénito de Papa, do qual cada um afirmava ser o pai. Para se porem de acordo, a criança foi cortada em dois pedaços e cada um recebeu um. Vatea ficou com a metade superior, a sua, e lançou-a ao céu, onde ela se tornou no sol. Tonga-iti permitiu, primeiro, à metade inferior que lhe fora atribuída que continuasse na terra; mais tarde, imitando Vatea, lançou-a também ao céu, onde ela se tornou na lua. Mas como tinha perdido o seu sangue e se tinha decomposto parcialmente, o seu brilho era mais pálido. Nas Marquesas, o facto de a lua ser menos brilhante do que o sol exprime-se, consoante os locais, por dois adjectivos contrários: negro (obscuro) e branco (pálido). No primeiro caso, o negrume resulta de que a divindade que a criou não foi capaz de evitar o desejo de comer um marsupial, cuja pele é negra. No segundo, a sua brancura deve-se ao facto de que, quando a sua mãe Hanua estava grávida dela, teve vontade de comer cocos, cujo recheio é branco.

As crateras da lua deram igualmente lugar a explicações míticas. Na Nova Guiné alemã, primitivamente a lua fora escondida por uma velha numa bilha. Algumas crianças aperceberam-se disso e, querendo roubá-la, abriram a bilha. A lua saiu e subiu para o céu. As suas crateras são as marcas das mãos das crianças que tentaram detê-la. Nas ilhas Cook, a lua (considerada como ser masculino), apaixonada por uma das belas filhas do cego *Kui*, desceu do céu e levou-a. Ainda hoje podemos ver na lua a jovem com o seu molho de folhas para o forno e as suas pinças para manejar o carvão: está constantemente ocupada a fazer a *tapa* (estofo de casca de frutos) que vemos também na lua, tal como as pedras com que cobre a *tapa* quando a estende para branquear. Segundo uma narrativa da Nova Zelândia, um dia, ao luar, *Rona* foi buscar água a um regato vizinho; mas quando lá chegou, a lua desapareceu por trás de uma nuvem, de modo que Rona tropeçou nas pedras e nas raízes. Na sua cólera, injuriou a lua que, irritada, desceu à terra, apanhou Rona e levou-a, juntamente com a sua cabaça para a água, o seu cesto e uma árvore à qual ela se agarrara. Tudo isso se vê ainda hoje na lua.

Num outro mito maori, as fases da lua receberam a seguinte explicação. Rona, que aqui é um homem, foi à lua (considerada como ser masculino) em busca da sua mulher. Ele e a lua passaram o tempo a devorar-se mutuamente e por isso a lua empalideceu; depois, ambos recuperaram força e vigor, banhando-se nas águas vivas de Tane; a seguir, recomeçaram a luta. Segundo um mito Arunta, no início um homem do clã Opossum morreu e foi enterrado; mas, algum tempo depois, voltou à vida como criança. Chegado à idade adulta, morreu uma segunda vez e subiu ao céu, onde se tornou na lua; desde então, esta passou a morrer e a renascer periodicamente. Segundo os Wongibon da Nova Gales do Sul, a lua é um velho que, antes de subir ao céu, se precipitou de costas do alto de um rochedo, caminhando por isso curvado. Por isso a lua tem as costas curvas quando aparece em cada mês.

Estrelas

Na narrativa maori da separação do céu e da terra, depois de se ter separado dos seus pais Tane preocupou-se em vesti-los e enfeitá-los. Vendo que o seu pai, o Céu, estava nu, começou por pintá-lo de vermelho. Mas não bastou: então, foi buscar as estrelas à esteira do espanto e à esteira do apoio sagrado. Pôs as estrelas sobre o céu durante o dia, mas não fizeram muito efeito; no entanto, à noite o céu ficava soberbo. Nas Marquesas, as grandes estrelas são filhas do Sol e da Lua; multiplicaram-se como formigas. Segundo os Mandaya de Mindanau, o Sol e a Lua foram casados, tiveram muitos filhos e viveram felizes, juntos, durante muito tempo. Mas por fim zangaram-se e a Lua abandonou o marido. Depois da separação dos pais, as crianças morreram. A Lua reuniu os seus corpos, cortou-os em pequenos pedaços e atirou-os ao espaço. Os que lançou ao ar ficaram no céu e tornaram-se estrelas. No estreito de Torres, a constelação da Águia é um ogre-fêmea e a constelação do Golfinho é um homem que a mata.

Nos distritos do Nordeste da Victoria, α e β do Centauro são dois heróis, irmãos de Brambrambult, que subiram ao céu depois de terem realizado inúmeras façanhas; a sua mãe, Dôk, tornou-se o α da Cruz. Segundo os Narrinyieri da baía do Reencontro (Sul da Austrália), as duas mulheres de Nepelle deixaram-no por Wyungare. Para escapar à vingança do marido ultrajado, subiram os três ao céu e tornaram-se nas estrelas que hoje vemos. Os Euahlayi da Nova Gales do Sul têm uma lenda análoga. Na ilha da Páscoa, uma mulher que o marido queria impedir que se banhasse na companhia de outro homem fugiu para o céu, onde se tornou numa estrela. O seu marido, tendo em cada mão um dos seus filhos, seguiu-a, e os três formam o cinturão de Oríon. Mas a mulher não os quis acolher e permaneceu noutra parte do céu.

Fenómenos atmosféricos

Na Nova Zelândia, diversos fenómenos atmosféricos são considerados manifestações de dor do Céu e da Terra por causa da sua separação. Numa das versões, esta explicação é-nos apresentada sob a forma do adeus que os dois esposos dizem um ao outro no momento de se separarem. Raki (o Céu) diz a Papa (a Terra): «Papa, fica aqui. Eis qual será o sinal do meu amor por ti. No oitavo mês, chorarei sobre ti» e essas lágrimas do Céu sobre a Terra são o orvalho. E Raki diz ainda: «Querida mulher, permanece onde estás. No Inverno suspirarei por tua causa», e essa é a origem da geada. Então Papa diz a Raki estas palavras de despedida: «Vai, meu querido marido, e no Verão eu lamentar-me-ei sobre ti», e os suspiros do seu coração amoroso que sobem aos céus são os nevoeiros. Nas ilhas Cook, o trovão é atribuído à filha de Kui, levada pela lua. Na sua nova morada, está constantemente ocupada a fazer a *tapa*, que carrega com pedras ao estendê-la para a branquear. De tempos a tempos, leva as pedras e atira-as; o ruído que daí resulta é o trovão.

A terra

A maior parte das lendas relativas à origem da terra fazem-na sair do mar; mas elas apresentam variantes que interferem umas com as outras. De uma maneira geral, a produção da terra compreende dois momentos sucessivos: primeiro, a produção da terra firme, depois da terra vegetal; mas como, mais habitualmente, estas duas produções têm o mesmo autor, podemos considerá-las em conjunto. Nuns casos, a terra sai simplesmente do mar (Nova Zelândia) ou de um rochedo que já existia no mar (Minahassa), ou então uma divindade, por vezes uma serpente (ilhas do Almirantado), que flutua no mar, aí criou a terra (grupo Ralik das ilhas Marshall). Segundo uma lenda de Nauru, a terra foi separada do mar por uma borboleta, *Rigi*. Noutros casos, a terra é formada por materiais lançados ou enviados do céu por uma divindade: um rochedo (Kayan de Bornéu, Samoa), os cálices do Carpinteiro celeste (Tonga), areia espalhada ou no mar (Yap [Carolinas], Batak Dairi e Batak Karo em Samatra), ou na cabeça de uma serpente que nadava no mar (Batak Toba de Samatra, Sudeste de Bornéu). Na sequência da assimilação frequente dos deuses que habitavam o céu a pássaros, o deus que atira um rochedo ao mar é por vezes substituído por um pássaro que aí deixa cair um ovo (Havai).

Os Kayan de Bornéu têm narrativas especiais sobre a origem da terra vegetal. Segundo uma dessas narrativas, na superfície do rochedo atirado ao mar original amontoou-se, ao fim de algum tempo, limo onde nasceram vermes. Ao atravessarem o rochedo, fizeram areia que acabou por cobrir o rochedo de terra. Segundo outra narrativa, caiu líquen do céu sobre o rochedo e fixou-se nele; então surgiu um verme cujos excrementos formaram a primeira terra.

Um tema muito disseminado considera as ilhas onde o mito corre, e por vezes as ilhas vizinhas, como tendo sido pescadas do fundo do mar. Esta pescaria é comummente atribuída a uma divindade (ilhas Gilbert, Novas Hébridas, Fotuna, ilhas da União, diversos arquipélagos da Polinésia). Segundo uma lenda da Samoa, Tangaloa mandou dois dos seus servidores pescar esse arquipélago para que servisse de refúgio a dois homens, os únicos sobreviventes de um dilúvio. As tribos costeiras da península de Gazelle (Nova Bretanha) atribuem essa pescaria a dois irmãos, que são alternadamente os primeiros homens e os heróis civilizadores; uma lenda análoga encontra-se nas Novas Hébridas meridionais. No Havai, em Tonga, na Nova Zelândia, a pesca da terra é uma das proezas do herói *Maui*. Os arquipélagos devem-se quer ao facto de as diversas ilhas terem sido retiradas da água sucessivamente (Aniwa [Novas Hébridas], Marquesas), quer ao facto de que uma terra, pescada de uma vez só, se ter partido em vários pedaços ao emergir (Havai).

Certas particularidades da região têm igualmente recebido explicações míticas, em especial o relevo do solo. Para os Kayan de Bornéu, os vales foram cavados por um caranguejo caído do céu, que rasgou a terra com as suas pinças. No Noroeste de Bornéu, quando os dois pássaros tinham feito o mar e a terra com os ovos que tinham retirado do mar, as dimensões da terra ultrapassavam as do céu. Para as ajustar, comprimiram-na, o que produziu pregas, dando lugar a montanhas e vales. Na Nova Zelândia, assim que a ilha foi pescada, como um grande peixe, por Maui com a ajuda dos seus irmãos, estes, contrariamente às instruções de Maui, começaram a esquartejar o peixe. Os vales são as cavidades que eles lhe fizeram com os seus machados.

No Havai uma certa fonte é a piscina que o filho de um chefe ancião tinha feito para a sua irmã na caverna onde se tinham refugiado para escapar aos maus tratos da sua madrasta. Algumas tribos de Victoria dão para os lagos a mesma explicação que encontrámos mais acima para o mar: a água, que o seu possuidor guardava fechada, irrompeu assim que tentaram roubar-lha.

Em diversas tribos dos Batak da Samatra, os tremores de terra são associados aos mitos cosmogónicos. Sob diversas formas e mais ou menos nitidamente, o tema geral é que a criação da terra produziu um incómodo num ser já existente, o qual reagiu de forma violenta, destruindo a terra. O criador, através de medidas apropriadas, impediu uma nova destruição; mas a agitação continua e é a ela que devemos os tremores de terra.

Seres vivos

As explicações míticas da origem dos seres vivos parecem ser mais raras para os animais do que para os vegetais. Na Nova Zelândia, as plantas e as árvores são consideradas como um adorno da Terra, que foi colocado nela, ou pelo seu marido, o Céu, ou pelo seu filho Tane, após a separação dos dois esposos. Segundo certas versões, *Tane* plantou primeiro as árvores com as raízes no ar, mas verificou que assim não resultava bem e, então, plantou-as com as raízes na terra, do modo como sempre cresceram depois. Este pormenor curioso deve, sem qualquer dúvida, ser associado ao tema que se encontra em Bornéu e em Yap (Carolinas), o de uma grande árvore cujos ramos pendem do céu e que fornece aos homens uma via de comunicação entre a terra e o céu.

Em geral, atribuímos aos vegetais, de modo mais ou menos explícito, o papel utilitário de tornar habitável a terra, concedendo frutas ou sombra. Ora, os primeiros habitantes da terra, que têm habitualmente uma origem divina, criaram os vegetais (ilhas do Almirantado, Carolinas Ocidentais), ou vão procurar as sementes numa outra região (Minahassa), ora alguma divindade os criou (grupo Ralik das ilhas Marshall, Marquesas), ou envia ou traz do céu tanto plantas já crescidas (Carolinas Centrais, Samoa), como as suas sementes (Sudeste de Bornéu, Tonga). Segundo os Kayan do centro de Bornéu, caiu do sol o punho de madeira de um sabre que se enraizou e se tornou numa grande árvore, e da lua veio uma vinha que se enlaçou na árvore. Nas ilhas Marquesas, muitas árvores tinham estado anteriormente no inferno. Por exemplo, o *meï* (árvore de fruta-pão); *Pukuha Kaha* desceu ao inferno e voltou depois de ter fixado um anzol no *meï*; puxando gradualmente, conseguiu tirá-lo. O primeiro *meï* foi plantado por *Opimea* na baía dos Atikoka. Um outro deus, *Tamaa*, guardava o coqueiro no inferno. Para o ir buscar, *Mataia* deu a sua filha a Tamaa, que veio habitar a baía de Taiohae, onde plantou a árvore.

Para os animais, encontramos na Nova Zelândia uma narrativa segundo a qual um velho e uma velha, saídos de um ovo deixado cair por um pássaro no mar primitivo, entraram com um rapaz e uma rapariga, um conduzindo um cão, outro um porco, numa piroga que os levou à Nova Zelândia. Segundo um tema bastante difundido na Indonésia (Bornéu, Filipinas), as diversas espécies de animais provêm de pedaços de um ser (que varia) e foi cortado por razões diferentes consoante as regiões. Para os Kayan de Bornéu, saíram das folhas e dos ramos da árvore miraculosa que, inicialmente, caiu do céu na terra. Alguns mitos atribuem aos animais uma origem semelhante à dos vegetais. Por exemplo, no grupo Ralik das ilhas Marshall, a divindade Loa criou, pela magia do verbo, primeiro a terra firme, depois a terra vegetal, a seguir as plantas, depois as aves. No Havai, do caos obscuro saíram, por meio de uma evolução gradual, as formas vivas, tanto animais como vegetais. Em primeiro lugar, nasceram os zoófitos e os corais, seguidos pelos vermes e pelos moluscos, e, paralelamente, as algas, seguidas pelos juncos. Depois, quando o limo resultante da decomposição dos seres anteriores elevou a terra acima das águas, apareceram as plantas com folhas, os insectos e os pássaros. Em seguida, o mar produziu os seus espécimes mais nobres, como medusas, peixes, baleias, enquanto seres monstruosos se arrastavam no lodo. Mais tarde apareceram as plantas comestíveis; depois, num quinto período, o porco, num sexto os ratos, na terra e os marsuínos, no mar. Por fim, após um sétimo período em que se desenvolveram uma série de qualidade psíquicas abstractas que mais tarde encarnaram na humanidade, um oitavo período assistiu ao nascimento da mulher, do homem e de alguns grandes deuses. Encontramos igualmente em Samoa, ainda que expressa de forma menos clara, a concepção de uma sucessão transformista dos vegetais.

Outros mitos têm por função explicar, já não a origem dos seres vivos no seu conjunto, mas as características especiais de tal ou tal espécie. São muito raros para os vegetais. Vejamos um de Aoba (Novas Hébridas) sobre os inhames. Tendo um inhame selvagem injuriado um milhafre, este agarrou-o e, levantando voo, deixou-o cair no chão. Um outro milhafre pegou nele e também o deixou cair. Ele partiu-se em dois bocados que os milhafres partilharam entre si. É por isso que alguns inhames são bons e outros maus.

Os mitos sobre animais, pouco numerosos na Indonésia e na Polinésia, mais frequentes na Melanésia, abundam na Austrália, especialmente no Leste e no Sul. Vejamos alguns exemplos. Para uma tribo de Victoria, os cisnes negros são homens que, aquando de um dilúvio, se refugiaram numa montanha e se tornaram cisnes no momento em que as águas atingiram os seus pés. Segundo uma tribo da costa oriental da Austrália, o pelicano, que na altura era completamente negro, quis combater os homens de que se queria vingar. Para se pôr em trajo de guerra, começou por se pintar de branco com argila. Quando estava meio pintado, veio outro pelicano que, não reconhecendo este ser pintalgado, o matou. Depois disso, os pelicanos ficaram meio brancos, meio pretos. Numa lenda da Nova Guiné inglesa, a tartaruga, tendo sido apanhada a comer bananas e canas-de-açúcar de Binam, o pássaro-rinoceronte, foi capturada, levada à morada do pássaro e presa a um poste, à espera de ser morta e comida. Os pássaros tinham partido para a caça de modo a completar os preparativos do festim, e a tartaruga, tendo ficado sozinha com os filhos de Binama, convenceu-os a libertarem-na, para que pudessem brincar juntos. Apoderou-se das jóias de Binama e meteu no seu dorso uma grande escudela de madeira, o que divertiu muito as crianças. Depois, quando ouviu as pessoas a voltar, salvou-se fugindo para debaixo do mar. Correram atrás dela e atiraram-lhe pedras, que partiram as jóias, mas não lhe fizeram mal nem partiram a escudela. Desde esta altura, a tartaruga transporta no seu dorso a escudela de Binama. Segundo uma tribo do Sul da Austrália, a tartaruga tinha originalmente presas venenosas que não lhe eram indispensáveis, pois podia refugiar-se na água; a serpente, pelo contrário, na altura desprovida de presas, não tinha nenhum meio de defesa. A tartaruga deu as suas presas à serpente, tendo recebido em troca a sua cabeça. As marcas vermelhas da plumagem de diversos pássaros são atribuídas ao fogo: a do cimo da cabeça da galinhola deve-se ao facto de Maui lhe ter golpeado a cabeça com um tição para a punir por ter tentado enganá-lo sobre o modo de produzir o fogo (Havai); a das plumas da cauda do carricinha, ao facto de que, quando foi buscar o fogo ao céu, quis guardá-lo para si e escondeu-o sob a sua cauda (Queensland). Os Wongibon da Nova Gales do Sul têm uma lenda do mesmo género para as cacatuas negras e para o gavião.

    Os gritos de certas aves receberam igualmente explicações míticas. Segundo certas tribos do Sudeste da Austrália, quando a divindade celeste instituiu o retorno quotidiano do dia, primeiro decidiu que a estrela da tarde anunciaria ao mundo o aparecimento próximo do sol. Mas achou que este anúncio era insuficiente, porque as pessoas que estivessem a dormir não veriam a estrela; consequentemente, ainda encarregou um pássaro, o gourgourgahgah, de cantar a cada aurora, assim que a estrela da tarde empalidecesse, com um grito semelhante a um riso, para acordar toda a gente e anunciar que em breve o sol brilharia. Uma lenda australiana explica simultaneamente o grito do

Estátua esculpida num tronco de árvore (actualmente com 2,03 metros de altura; perdeu-se a parte inferior) a representar o chefe Pukaki com duas crianças.
*Te Ngae, margem do lago Rotorua, ilha Norte, Nova Zelândia.
Museu de Auckland.*

maçarico-real e as suas patas vermelhas e descarnadas. Primitivamente, o maçarico-real teria sido um falcão. Enviado pelas mulheres da sua tribo para caçar emas e não tendo sido capaz de as encontrar, trouxe de volta como produto da sua caça pedaços de carne que tinha presos nas patas. A sua vigarice foi descoberta e tornou-se num maçarico-real. Desde então, este tem as patas vermelhas e descarnadas e passa a noite a gritar: «Bouyou-gwai-gwai», ou seja: «Oh, as minhas pobres patas vermelhas!».

Um tipo frequente explica ao mesmo tempo as características de dois animais, resultando as do primeiro de uma partida que lhe foi feita pelo segundo, e as do segundo de uma vingança do primeiro. Assim são os contos do cão e do canguru na península da Gazelle (Nova Bretanha), do canguru e do wombat (Victoria), do rato e da galinhola (ilhas Banks), da ema e da abetarda (Nova Gales do Sul). Vejamos a título de exemplo uma lenda dos Euahlayi da Nova Gales do Sul. Outrora o corvo era branco. Um dia em que o grou tinha pescado muito peixe ele pediu-lhe algum; mas teve sempre como resposta: «Espera; quando eles estiverem cozidos». Enquanto ele estava de costas, tentava roubá-los; mas o grou, tendo-se apercebido, atirou-lhe um peixe aos olhos. Cego pelo golpe, o corvo caiu sobre erva queimada, contorcendo-se com dores e, quando se levantou, tinha, como sempre desde então, os olhos brancos e o corpo todo negro. Esperou a ocasião de se vingar. Um dia em que o grou dormia de boca aberta, enfiou-lhe uma espinha de peixe na base da língua. Ao acordar, o grou tentou partir a espinha, mas em vão; desde então, só consegue dizer «gah-rah-gah».

Outras histórias do mesmo tipo são relativas, já não ao aspecto dos animais, mas aos seus costumes, por exemplo em Queensland. Outrora, o falcão-pescador, depois de ter envenenado um local de água com raízes, foi dormir, esperando que os peixes mortos viessem à superfície. Enquanto isso veio um faisão que, vendo peixes, os matou com golpes de zagaia. Ao voltar, o falcão escondeu as zagaias do faisão nos ramos mais altos de uma árvore muito grande. O faisão acabou por vê-los, mas como era demasiado preguiçoso para subir tão alto, provocou uma cheia que arrastou para o mar o falcão-pescador. Desde então, este vive unicamente na costa e o faisão continua a procurar em vão as suas zagaias nos cumes das árvores mais altas.

A Humanidade

Os mitos relacionados com as origens da humanidade, ainda que muito variados nos seus pormenores, podem reduzir-se a um número restrito de temas fundamentais. O problema consiste em explicar a presença na terra de seres vivos com forma humana e de sexos diferentes, que geram filhos pelo processo normal. De um modo geral, os mitos limitam-se a explicar a origem da população onde se desenvolveram, ignorando o resto da humanidade ou desinteressando-se dela; no entanto, os Igorot das Filipinas, os indígenas das ilhas Gilbert, as tribos do território norte da Austrália Central, todos eles têm uma explicação para a origem de outros homens para além deles. Nestes casos excepcionais, a humanidade é considerada como descendendo de diversos casais (Baining da Nova Bretanha; ilhas Banks); mas a grande maioria das lendas fá-la derivar de um único casal original. Por vezes, o mito contenta-se em explicar a origem de um dos dois indivíduos, seja o masculino, seja o feminino, acrescentando, pelo menos em certos casos, que ele encontrou o outro (Batak de Samatra, Minahassa, Carolinas Ocidentais, Novas Hébridas, Marquesas, ilhas Cook, diversas tribos do Norte da Austrália); mas, na maioria das vezes, explica do mesmo modo a origem dos dois indivíduos do casal.

A primeira dessas explicações é a da criação ou fabricação por uma divindade através de uma matéria pré-existente. Por vezes contentam-se em declarar que os primeiros homens foram criados (ilhas Pelew, Sudeste da Austrália); mais frequentemente dão pormenores precisos sobre o modo da criação e desde logo sobre a matéria empregue.

Os primeiros homens foram feitos de erva, segundo os Ata de Mindanau, de duas roseiras segundo os Igorot de Luçon, com a sujidade da pele nas Filipinas, com os excrementos em Bornéu e segundo as tribos dos extremos norte e sul da Austrália. Foram esculpidos na pedra (Toradja, das Celebes) ou no tronco de uma árvore (ilhas do Almirantado, ilhas Banks). Segundo diversas tribos de Bornéu, as divindades criadoras fizeram vários ensaios sucessivos com diferentes materiais. Mas a explicação mais frequente de todas é a de que os homens foram moldados em terra (Batak Dairi de Samatra, Halmahera, Minahassa, Bagobo de Mindanau, Novas Hébridas, Nova Zelândia, ilhas da Sociedade, Marquesas, tribos australianas dos arredores de Melbourne).

Depois de ter feito esses seres humanos, a divindade deu-lhes vida através de vários processos. Ora se serviu de encantamentos (Batak

Dairi de Samatra, ilhas do Almirantado), ora lhes insuflou o princípio vital, considerado quer o seu próprio sopro (Novas Hébridas, Havai, Nova Zelândia, tribos australianas dos arredores de Melbourne), quer o vento (Nias), quer um fluido ou um licor que ela vai buscar ao céu (Sudeste de Bornéu, Halmahera). Em Minahassa, para dar vida às suas criaturas, a divindade sopra pó de gengibre na sua cabeça e nas suas orelhas; segundo os Bagobo de Mindanau, cospe nelas; em Sumba e segundo os Bilan de Mindanau, chicoteia-os. Estas explicações inspiram-se indubitavelmente em processos humanos para reanimar um homem desmaiado; um outro meio, a que poderíamos chamar de revulsão psíquica, é o riso. Segundo os Narrinyeri da baía do Reencontro (Sul da Austrália), o criador dos primeiros homens, depois de os ter moldado com excrementos, fez-lhes cócegas para os fazer rir e, assim, dar-lhes vida. Nas ilhas Banks, a divindade dançava a tocar tambor diante das criaturas ainda inanimadas. Embora noutros casos, por exemplo nas tribos australianas dos arredores de Melbourne, a dança da divindade seja apenas a manifestação da sua satisfação perante a sua obra, ela poderia ter aqui como fito provocar o riso, a menos que isso não fosse um procedimento mágico, como o encantamento.

Uma curiosa variante do tema da criação é aquela segundo a qual a divindade, masculina, criou somente uma mulher e tornou-se, pela sua união com ela, no antepassado de toda a humanidade (ilhas do Almirantado, ilha Bougainville das Salomão, ilhas da Sociedade, Nova Zelândia).

As lendas deste tipo formam a transição em direcção a um novo tipo, segundo o qual os primeiros homens saíram de um casal celeste (Indonésia, Marquesas, Havai, Taiti); em alguns desses mitos é expressamente declarado que os antepassados da humanidade são as divindades que desceram do céu para a terra (Batak Toba, ilhas Kei, Simbang na Nova Guiné alemã, Havai, Kaitish do Norte da Austrália).

Em certos casos, uma deusa que desceu à terra é fecundada de um modo insólito (Carolinas Centrais, Mortlock) ou então saem-lhe filhos dos olhos e de um dos seus braços (Mortlock). Esse nascimento dos primeiros homens por uma espécie de germinação fornece uma das transições para o tipo segundo o qual eles nasceram das árvores, particularmente difundido na Indonésia e que se encontra igualmente na Nova Bretanha, nas ilhas Salomão, em Niue e numa tribo australiana de Victoria. Segundo os Kayan de Bornéu, os primeiros homens nasceram da união de uma árvore vinda do céu e de uma vinha que se enlaçou com ela.

Muitas lendas fazem os primeiros homens sair de ovos de pássaros (Mandaya de Mindanau, ilhas do Almirantado, estreito de Torres, Viti, ilha da Páscoa). Os mitos das ilhas do Almirantado apresentam uma curiosa antecipação da teoria moderna das mutações: uma tartaruga ou uma pomba põem vários ovos ao mesmo tempo e uns produzem animais da mesma espécie, outros homens. Aliás, os primeiros homens saíram não de ovos propriamente ditos, postos por animais, mas de objectos com forma de ovo, em terra (Sudeste de Bornéu) ou da espuma, em forma de ovo formada pelas vagas que chocam contra um rochedo (Minahassa). Na Formosa, saíram de um rochedo.

Segundo uma crença muito difundida na Melanésia e que se encontra igualmente em Mindanau, nas ilhas Marshall, na Samoa e nas ilhas Chatham, os primeiros homens têm por origem um coágulo de sangue.

Considera-se que os primeiros homens saíram do solo em Watubela, nas ilhas Kei, entre os Elema da Nova Guiné. Para diversas tribos australianas, os antigos *totens* de diferentes clãs saíram do solo sob forma animal e humana. Na Samoa e em Tonga, os primeiros homens saíram de vermes em putrefacção, cuja origem é explicada de diferentes modos. Em diversas ilhas da Indonésia Oriental, na Nova Guiné, no estreito de Torres, em Samoa, na ilha da Páscoa, os primeiros homens teriam saído do solo como vermes ou larvas. Encontramos também noutros locais a crença segundo a qual primitivamente os homens não tinham forma humana. Segundo uma lenda das ilhas da Sociedade, de início eram apenas uma espécie de bolas, em que os braços e as pernas só se desenvolveram mais tarde. Do mesmo modo, segundo diversas tribos australianas, por exemplo os Arunta, e na Tasmânia, os primeiros homens foram os *inapertwa*, seres com a forma de massa arredondada, apresentando apenas membros rudimentares, desprovidos de boca, olhos e orelhas e que de seguida foram moldados como homens normais por divindades ou seres sobrenaturais.

Diversos mitos explicam a diferenças dos sexos por uma diferente origem do homem e da mulher. No tema criacionista eles foram feitos por diferentes divindades ou com diferentes matérias. Assim, nas ilhas Pelew, o primeiro homem foi criado pelo deus e a primeira mulher pela deusa do primitivo casal divino; segundo uma lenda das ilhas Banks, o primeiro homem foi modelado em argila e a primeira mulher entrançada como o vime; em certas tribos de Queensland, o homem foi feito em pedra e a mulher em madeira. Segundo uma tribo de Victoria, enquanto os dois primeiros homens foram criados pelo deus *Pundgel* com argila, as duas primeiras mulheres foram encontradas, a seguir, no fundo de um lago pelo seu irmão (ou filho?) *Pillyan*. Em algumas lendas que associam a origem da humanidade não a uma criação, mas a uma geração ou metamorfose, os homens e as mulheres saíram de seres diferentes; por exemplo, entre os Elema da Nova Guiné, o primeiro homem nasceu do solo, a primeira mulher de uma árvore. Para os Baining da Nova Bretanha, o sol e a lua, que primitivamente haviam sido os únicos seres existentes, tiveram por filhos as pedras e os pássaros; as pedras tornaram-se homens e as aves mulheres; casando-se, geraram os primeiros Baining. Segundo uma lenda da península de Gazelle, a divindade criou os dois primeiros homens, dos quais um, por seu turno, fez as duas primeiras mulheres com duas nozes de coco.

Certas particularidades antropológicas recebem igualmente uma explicação mítica. Eis, por exemplo, como os Bilan de Mindanau explicavam o rebaixamento lateral do nariz acima das suas alas. Ao fabricar o homem, uma primeira divindade fez-lhe o nariz ao contrário, com as narinas ao alto e obstinou-se em deixá-lo assim, apesar de uma outra lhe ter feito ver que desse modo os homens seriam asfixiados pela chuva que lhe entrava pelo nariz. Então, quando a primeira divindade estava de costas, a segunda pegou rapidamente no nariz e virou-o para a sua posição actual; as covas que vemos no nariz são as marcas dos seus dedos.

Outras lendas querem dar conta das diferenças entre raças. Na Nova Bretanha, a diferença entre os Papuas de pele escura e os Melanésios de pele mais clara é explicada pela diferença de cor das nozes de coco que originaram as duas primeiras mulheres. Entre as tribos australianas dos arredores de Melbourne, a distinção entre a raça com cabelos lisos e a raça com cabelos crespos remonta aos dois primeiros homens, tendo o criador dado a cada um deles tipos diferentes de cabelos.

A morte

Segundo uma crença divulgada em diversas regiões oceânicas, nos seus primórdios o homem não era mortal, ou pelo menos não estava destinava a sê-lo, e só o foi secundariamente. O homem nesse estado primitivo é comparado quer aos seres que não morrem, como as pedras (Baining da Nova Bretanha, ilhas Pelew) ou as árvores e as plantas que renascem uma vez cortadas (Sudeste de Bornéu, ilhas Pelew), quer aos seres cuja morte apenas é provisória e seguida de ressurreição, como a lua que renasce a cada lua nova (Carolinas Ocidentais,

Arunta), os caranguejos e sobretudo as serpentes que renascem após terem mudado de pele (Baining, ilhas Banks, Novas Hébridas). Dado que para o morto a ressurreição consiste em sair do seu túmulo, a morte puramente provisória é ainda comparada à propriedade que tem a crosta atirada à água de voltar à superfície, enquanto as pedras ficam no fundo (Nova Gales do Sul).

Para explicar a origem da morte, diz-se nas Novas Hébridas que no início os homens mudavam de pele como as serpentes. Tornaram-se mortais ou porque se esqueceram de mudar de pele ou porque, quando tiraram a antiga, ela foi maltratada ou destruída por crianças a brincar. Em Tanna, «a velha» tornou-se mortal por se ter lavado, não num rio, mas no mar. Num tipo de lendas tão divulgado, dois seres divinos ou, pelo menos, sobrenaturais, discutem se o homem deve, ou não, ser mortal e é a opinião do segundo que predomina (Carolinas, ilhas Pelew, Ambrym, Nova Zelândia, Taiti). Numa variante das Carolinas Ocidentais, a decisão de um mau espírito, que torna a morte definitiva, não se produz senão após um período durante o qual os homens adormeciam e acordavam com a lua. Noutra linha, a divindade que criou o homem vai, ou manda, encontrar o princípio vital, sopro ou licor, que lhe conferirá a imortalidade ao mesmo tempo que a vida; mas no intervalo, os seres humanos ainda inanimados são vivificados por uma outra divindade ou poder e não recebem mais do que uma vida precária (Sudeste de Bornéu, Toradja nas Celebes). Nas ilhas Banks, depois de uma divindade ter criado os primeiros homens, uma outra quis criá-los também, mas não o soube fazer e por isso eles são mortais. Noutros mitos a morte tem por causa a inobservância, por estupidez ou negligência, de uma precaução que devia garantir a ressurreição (Carolinas Ocidentais, Nova Bretanha, ilhas Banks). Entre os Dusun do Norte de Bornéu e entre os Baining da Nova Bretanha, os homens são mortais por não terem ouvido a divindade que indicou o modo de se ser imortal. Segundo os Arunta, a morte resulta do facto de as pessoas, que viam um morto ressuscitar, fugirem espavoridas, ainda que este lhes dissesse que não fizessem nada. Nas ilhas do Almirantado e na Nova Gales do Sul, a morte é a punição de uma falta de complacência ou de uma ingratidão. Segundo uma lenda da Nova Zelândia, o herói Maui tentou conferir ao homem a imortalidade, entrando ao mundo infernal, que certas versões personificam na grande Senhora da noite; mas falhou na sua tentativa e perdeu a própria vida.

O fogo

Os mitos de diversas regiões, nomeadamente da Nova Guiné e da Austrália, fazem expressamente alusão a um estado primitivo da humanidade em que o fogo era desconhecido e em que a alimentação era simplesmente aquecida ao sol. O meio mais simples, mesmo o mais prático, de obter o fogo é recebê-lo de quem já o tem. Num certo número de mitos, o possuidor do fogo, a quem ele é pedido emprestado pela humanidade, produ-lo ou contém-no no seu corpo (Nauru, Nova Guiné, estreito de Torres); é uma divindade na Nova Zelândia, nas ilhas Chatham, nas Marquesas, uma serpente nas ilhas do Almirantado e em Queensland, um herói entre os Arunta.

O possuidor do fogo, a região onde ele se encontra e o ser que o fornece são muito variáveis: é trazido do céu por um homem, segundo uma tribo de Victoria, pela carricinha, segundo uma narrativa de Queensland; provém do mundo inferior (Nova Bretanha, Nova Guiné, diversos arquipélagos da Polinésia), de onde foi trazido por Maui (Nova Zelândia). Entre os Sulka da Nova Bretanha, um homem chamado Emakong trouxe-o do país dos homens-serpentes, situado no fundo de um rio onde ele tinha mergulhado para procurar uma jóia que deixara cair. Além disso, o fogo é trazido de uma outra região terrestre, geralmente por um animal, após diversos ensaios infrutíferos (Igorot das Filipinas, ilhas do Almirantado, Nova Guiné, estreito de Torres). Noutros mitos, o possuidor do fogo é um vizinho que o guarda ciosamente; é uma velha (Massim, Nova Guiné inglesa, ilha Woodlark), duas mulheres, *Rat-Kanguru* e *Pombo com asas de bronze* (Nova Gales do Sul), o marsupial (tribo australiana, provavelmente de Victoria). O fogo tanto é roubado pela força como pela astúcia, como por ambas; foi assim que foi roubado por *Maui* às galinholas, numa lenda havaiana. Por vezes, é dado de boa vontade pelo seu detentor: a serpente nas ilhas do Almirantado, os homens-serpentes na Nova Bretanha; numa narrativa da Nova Zelândia, a divindade infernal do fogo dá-o complacentemente, por várias vezes, a Maui, e só se irrita quando este o exige repetidamente.

O fogo obtido deve ser conservado cuidadosamente; em diversas lendas, as pessoas que o obtiveram deste modo deixaram-no extinguir-se (Celebes centrais, Queensland, tribo dos arredores de Melbourne). Este inconveniente desaparece assim que se sabe produzir fogo à vontade. Diversos mitos relacionam o fogo com a vontade. Diversos mitos atribuem o conhecimento deste segredo a uma revelação. Por vezes, o ser que possui o fogo consente em ceder um carvão em brasa, mas recusa comunicar o segredo da sua produção (Celebes centrais); mas noutros casos consente em revelá-lo (Ifugao de Kiangan, tribo dos arredores de Melbourne); por vezes, ensina-o sem que lho tenham pedido (ilhas Pelew). Noutras narrativas, o segredo da produção do fogo não é revelado à humanidade, mas descoberto por acaso (Dayak do distrito Baram, Kayan de Bornéu, Nauru, Queensland, Nova Gales do Sul, tribo dos arredores de Melbourne).

Factos sociais

Encontramos por fim alguns mitos relativos a costumes ou instituições sociais, desde logo sobre a instituição malaia da divisão da tribo em duas classes exogâmicas. Em Aoba, nas Novas Hébridas, estas duas classes têm por origem, respectivamente, uma das duas filhas da primeira mulher (encontramos aí a descendência por linha materna, que é uma das características deste tipo etnológico), que se misturaram. Uma lenda da península de Gazelle liga esta divisão social a uma diferença racial. Um dos dois primeiros homens pediu ao outro que lhe desse duas nozes de coco de cor clara para fazer delas mulheres. Recebeu uma de cor clara e outra de cor escura, o que deu origem a mulheres com tons de peles correspondentes. Então, o primeiro irmão disse ao outro: «Se toda a humanidade tivesse tido a pele clara, teria sido imortal; mas, por causa da tua estupidez, da mulher de pele clara sairá um grupo, e da mulher de pele escura, outro grupo; e os homens de pele clara deverão casar com as mulheres de pele escura, e os de pele escura com as de pele clara.»

Em Vao (Novas Hébridas), o costume dos fogos separados para homens e mulheres é explicado da seguinte maneira. O primeiro homem e a primeira mulher saíram de um fruto que se fendeu em dois ao cair de uma árvore sobre a aresta da raiz da árvore. Um bambu friccionado pelo vento contra um ramo seco da árvore produziu o fogo, que o homem recolheu e alimentou com urzes. A mulher, ao sentir o fogo, olhou por cima da raiz, viu o homem e perguntou-lhe o que é que ele tinha. O homem disse-lhe que era fogo e deu-lhe. Desde então, o homem e a mulher tiveram fogos separados.

Na Polinésia, a prática da tatuagem, que, segundo tudo indica, foi primitivamente um sortilégio mágico, foi revelada aos homens pelos deuses que a tinham inventado. Os contrastes da luz e da sombra notados no céu, as nuvens e a lua, devem ser interpretados como tatuagens das divindades correspondentes. Na Nova Zelândia, a actual tatuagem espiralada, que substituiu a anterior imitada dos cestos de vime, foi trazida por Mata-ora da sua descida aos infernos, onde foi buscar a sua mulher, Niwa Reka.

Na Austrália, um número razoável de mitos relativos aos antepassados da humanidade têm sobretudo a função de explicar como é que eles ensinaram certos costumes e cerimónias às populações que encontraram as suas viagens. Uma lenda de Victoria dá uma explicação para um tabu. Quando ainda era criança, o urso totémico ficou órfão. As pessoas a quem foi confiado não tinham nenhum cuidado com ele e, muitas vezes, quando iam à caça, deixavam-no no acampamento sem água para beber. Um dia, esqueceram-se de levar os seus vasos de água para fora do alcance dele e, por uma vez, ele pôde saciar-se. Para se vingar dos maus tratos anteriores, pegou em todos os vasos e pendurou-os numa árvore; depois, juntando as águas dos rios, meteu-as noutros vasos que levou para uma árvore a que subiu e que fez crescer até se tornar muito alta. Quando as pessoas voltaram fatigadas e sedentas da caçada desse dia, procuraram os seus vasos de água, mas não os encontraram e, quando foram ao rio, ele estava seco. Por fim, aperceberam-se do pequeno urso no alto da árvore com todos os vasos e chamaram-no, perguntando-lhe se ele tinha água. Respondeu-lhes: «Oh, sim! Mas não vo-la dou, por tantas vezes me terem deixado sedento.» Várias vezes as pessoas tentaram trepar à árvore para tomar a água à força; mas quando tinham subido um pouco, o urso despejava água sobre eles, o que os fazia escorregar, cair e morrer. Por fim, dois filhos de Pundjel vieram em seu auxílio. Ao contrário dos anteriores, treparam á árvore em espiral, de tal modo que quando o urso atirava água, esta não caía sobre eles. Por fim, conseguiram chegar ao alto e o urso, vendo que ia ser capturado, pôs-se a chorar. Sem lhe darem atenção, bateram-lhe até os seus ossos estarem todos partidos e então lançaram-no ao chão. Mas em vez de morrer, transformou-se num verdadeiro urso e trepou a outra árvore. Então os dois filhos de Pundjel desceram e abateram a árvore onde estavam os vasos, e toda a água que eles tinham voltou aos rios, que desde então têm sempre água para uso de todos. A seguir, os dois filhos de Pundjel disseram às pessoas que nunca mais deveriam partir os ossos aos ursos quando o matassem, nem esfolá-lo antes de o terem cozido. Por isso ainda hoje o urso continua a viver nas árvores e grita quando os homens trepam a uma árvore em que ele esteja empoleirado; e fica sempre perto da água, para poder afastá-la dos curso de água se violarem a promessa de não lhe partirem os ossos.

Conclusão

Este resumo dos principais mitos oceânicos mostra que o problema das origens dos diversos tipos de seres, ou de factos realmente ocorridos, põe-se aí do mesmo modo que nas filosofias de que os civilizados se orgulham. De uma e de outra parte, pensamos compreender esta origem imaginando um ou outro tipo de processo conhecido pela experiência corrente e, relativamente ao qual, por essa razão, não supomos que também esse necessita de explicação.

G.-H. Luquet

12
MITOLOGIAS DA ÁFRICA NEGRA

Introdução

Em nenhum lugar, na África negra, a religião alcançou uma forma definitiva. O culto das forças da natureza personificada, sol, lua, céu, montanhas, rios, está difundido por todo o lado. Mas a imaginação indisciplinada do indígena não permitiu à religião da natureza que se expandisse em mitos poéticos análogos aos da Índia ou da Grécia. Os Negros estão demasiado dispostos a admitir um deus supremo que, para uns, criou o primeiro homem e a primeira mulher e, para outros, criou todas as coisas, visíveis ou invisíveis.

A religião naturista está mais desenvolvida no Nordeste da África do que o feiticismo.

À medida que se avança para o sul, o feiticismo passa, gradualmente, à idolatria.

A feitiçaria é muito poderosa entre os Negros; qualquer tratamento médico tem o carácter de um exorcismo, por esse facto, a magia permanece secreta, enquanto a religião se abre a todos. Os amuletos, os feitiços são manifestações mais correntes do que a magia, entre os Negros. Estes talismãs têm o objectivo de proteger o seu possuidor contra as doenças, as feridas, os ladrões e os assassinos, ou aumentar as suas riquezas; numa palavra, de lhe garantir tudo o que lhe pode ser proveitoso.

Para o indígena de África, o mundo e tudo o que ele contém obedece aos adivinhos, feiticeiros que têm o poder de comandar os elementos. A esta crença está ligada a da existência persistente da alma depois da morte. Os feiticeiros também impõem às almas que ajudem os seus poderes. Muitas vezes, as almas dos mortos emigram para corpos de certos animais ou até reencarnam em plantas, conforme os indígenas se consideram unidos a eles por um estreito laço de parentesco. É por isso que os Zulus evitam destruir certas espécies de serpentes, que acreditam ser o espírito de um dos seus antepassados.

No que respeita aos espíritos, os Negros atribuem um a qualquer objecto, animado ou inanimado; estes espíritos são emanações de divindades. Aliás, são diferentes uns dos outros: os espíritos dos fenómenos da natureza e os espíritos dos antepassados.

Cada família tem os seus antepassados, aos quais os seus membros prestam um culto regular. Para eles, representam semideuses ou heróis lendários, aos quais atribuem feitos magníficos. A sua vida acaba por se assemelhar a lendas.

Devido à diversidade dos agrupamentos étnicos espalhados pelo território africano, e devido ao grau inferior em que geralmente se estabilizam as concepções religiosas dos diferentes povos, é impossível fazer uma exposição contínua da mitologia africana. Devemos, então, limitar-nos a respigar entre os principais grupos algumas tradições ou lendas de carácter mítico, sem ocultarmos, além disso, o que um tal método tem, forçosamente, de incompleto e de imperfeito.

Grupo sul-oriental

Madagáscar – Os Negros de Madagáscar crêem num deus supremo à volta do qual se colocam as almas dos antepassados, e num génio maléfico a que chamam *angatch*.

As almas dos antepassados são, para os Malgaxes, os intermediários entre as divindades e os vivos. Os indígenas dedicam-lhes um culto profundo e fazem-lhes sacrifícios. Entre os génios malgaxes importa referir os da pesca, da caça, da agricultura, da guerra. As almas dos chefes passam para o corpo dos crocodilos e as do povo para o dos lobos-cervais. Têm ídolos nos quais, tal como nos amuletos, os indígenas têm fé. Os Malgaxes atribuem a *Rabefihaza* a origem da caça, da pesca à linha e da criação de todos os utensílios de captura.

Uma lenda do Sudoeste de Madagáscar mostra as origens da morte e da chuva entre os Malgaxes e, ao mesmo tempo, explica a aparição do homem na terra.

Já lá vai muito tempo, *Ndriananahary* (Deus) enviou à terra o seu filho, *Ataokoloinona* (Uma coisa estranha), para observar todas as

coisas e informá-lo da possibilidade de aí criar seres vivos. Por ordem do pai, *Ataokoloinona* deixou o céu e desceu ao globo terrestre. Mas por todo o lado, diz-se, estava um calor de tal modo insuportável que Ataokoloinona, não podendo ali viver, mergulhou no interior da terra para aí encontrar alguma frescura. Não voltou a aparecer.
Durante muito tempo, Ndriananahary esperou o regresso do filho. Mortalmente preocupado por não o ver regressar na época esperada, enviou os seus servidores à sua procura. Eram homens que vieram à terra e cada um tomou uma direcção diferente para tentar encontrar o desaparecido. Mas, ai deles!, as buscas foram vãs.
Os servidores de Ndriananahary viviam miseravelmente, porque a terra era quase inabitável, de tal modo era seca e abrasadora, árida e erma; por falta de chuva, nenhuma planta conseguia brotar naquele solo ingrato.
Vendo a inutilidade dos seus esforços, de tempos a tempos os homens enviavam alguém ao Céu para relatar a Ndriananahary o resultado nulo das suas investigações e pedir-lhe novas instruções.
Deste modo, muitos foram delegados junto do Criador mas, infelizmente, nenhum voltou à terra. São os Mortos. Até hoje, não deixam de enviar mensageiros ao céu, dado que ainda não encontraram Ataokoloinona nem qualquer resposta de Ndriananahary chegou à Terra, onde estes primeiros homens tiveram descendência e se multiplicaram. Ainda não sabemos o que é preciso fazer; devemos continuar a busca, ou devemos renunciar? Ai de nós!, nenhum dos enviados está de volta para nos informar relativamente a isto. No entanto, ainda enviamos muitos emissários e as buscas continuam sempre sem sucesso.
É por isto que se diz que os mortos não regressam à terra. Com o fim de recompensar os homens pela sua constância na procura do seu filho, Ndriananahary faz cair chuva para refrescar a terra e possibilitar aos seus servidores que cultivem as plantas necessárias à sua alimentação.

É a origem da chuva benéfica.

Uma outra lenda do Sul de Madagáscar mostra que os destinos vêm de Deus:

Havia, outrora, diz-se, quatro homens que não se conciliavam mas, cada um empenhava-se, segundo o seu juízo, no que fazia.
Um andava constantemente com uma zagaia e perseguia todas as coisas vivas que via. As que apanhava, matava-as, comia-as e abandonava-as; era essa a sua ocupação.
Um outro estendia redes aos pássaros e aos animais; quando os apanhava, matava uns para ver augúrios nas suas entranhas e aos outros criava-os para os levar consigo, à noite, como cães de caça; era a sua ocupação.

Um outro destes quatro homens, pelo contrário, quando via uma coisa brilhar, mica, ferro, prata, um fruto, qualquer que fosse, arranjava um lugar e ficava ali durante o dia; era essa, também, a sua ocupação. E o quarto levava placas de ferro para revolver a terra que trabalhamos.
Estas eram as condições destes quatro homens.
Depois de algum tempo, como nunca mais se conciliavam, decidiram dirigir-se a Deus para que ele ordenasse os seus destinos e os conciliasse entre si. Assim, partiram e chegaram junto de Deus; por acaso, era sexta-feira, e Deus malhava o arroz; contaram-lhe a questão. «Sim, disse Deus, mas hoje não estou livre, porque estou a malhar o arroz»; depois, dando uma mão-cheia a cada um: «Tomai e guardai-o bem; na segunda-feira irei a vossa casa.». Feitas as despedidas, partiram os quatro, cada um levando o seu arroz na mão. Depois, entraram no deserto, separaram-se, regressando cada um a sua casa. Pouco depois de se terem separado, o que usava a zagaia viu um cão selvagem e perseguiu-o e, ao persegui-lo, não pensou mais no arroz, que caiu. Voltou atrás, procurou em vão, mas não encontrou o arroz. E um dos outros, por acaso, encontrou-se à beira de uma terra escavada por uma torrente. Vendo em abaixo um objecto branco que brilhava, pousou o arroz e desceu, mas sucedeu que o seu *lamba*, a esfregar-se, enterrou o arroz que ele tinha pousado à beira da ravina e a torrente levou o arroz, que se perdeu.
O passarinheiro saiu à noite, porque ouvira um mocho piar, e, pousando o arroz fora de casa, partiu à procura do mocho. Quando regressou, resolveu meter o arroz na sua *salaka*; mas o arroz já tinha sido levado pelo vento: nunca mais o encontrou. O quarto, encontrando um terreno pantanoso, descobriu uma terra mole e cavou-a; pousou o seu *lamba* num grande torrão e pôs o arroz lá dentro. Quando tinha cavado, o vento a soprar levantou o *lamba*; o arroz espalhou-se e, surpreendido, ele viu-o. Imediatamente recolheu o arroz grão a grão e ficou com cerca de um quarto; então, ficou ao mesmo tempo feliz e triste porque, se o que ele tinha encontrado era alguma coisa, a maior parte tinha-se perdido: com efeito, era isso o ele julgava do que tinha caído na terra mole que tinha estado a trabalhar.
Na segunda-feira, Deus chegou, chamou os quatro homens e perguntou-lhes pelo arroz que lhes tinha dado e cada um deles respondeu o que lhe dizia respeito. Deus respondeu: «Não vedes que não se pode mudar o destino que Deus vos deu? O batalhador é batalhador, disse, e é a espécie dos batalhadores. O feiticeiro é feiticeiro, e é a raça dos feiticeiros. O mercador é mercador, e é a raça dos mercadores, e vós, o trabalhador da terra, vós sereis a raça dos trabalhadores da terra; convosco farei o princípio (a fonte) da subsistência dos outros. Deus segue as pessoas no mal que fazem para as conduzir ao bem. Antes vós estáveis em desacordo, por causa das vossa condições díspares de que não víeis as razões. De hoje em diante eis como conciliareis os vossos

comportamentos.» Assim falou Deus! E, a partir dessa altura, cada um dos homens tem o seu quinhão, o que gosta, e comportamentos e destinos estão de acordo com isso.

Moçambique – Os Negros da família moçambique acreditam no poder dos feitiços e dos amuletos. Reconhecem, contudo, algumas divindades, entre elas Tilo, de quem fazem um deus do céu e, ao mesmo tempo, uma divindade do trovão e da chuva. Acreditam igualmente na sobrevivência, a julgar pelos seus ritos fúnebres, nomeadamente levar comida para junto dos túmulos para que o defunto se possa alimentar, ou ainda pelo hábito praticado recentemente entre os Uanyamuezis, quando um chefe morria, de encerrar no seu túmulo três escravos vivos encarregados de lhe fazerem companhia no outro mundo.

Entre estes indígenas, muitos adoram o sol e a lua. Um mito cosmogónico do Zambeze explica por que é que a lua tem tarefas: «Outrora a lua era muito pálida e não tinha brilho e tinha inveja do sol, ornamentado com belas plumas resplandecentes de luz. Aproveitou uma altura em que o sol olhava para o outro lado da terra: foi roubar-lhe algumas das suas plumas de oiro e enfeitou-se. Mas o sol apercebeu-se e, cheio de raiva, salpicou a lua com lama que ficou pegada ao seu rosto para toda a eternidade. A partir daí, a lua só pensa em vingar-se. De dez em dez anos surpreende o sol, quando este não está atento e, sorrateiramente, salpica-o de lama, por sua vez.» Este mito deixa entrever a observação dos indígenas sobre os eclipses e os diversos fenómenos da natureza que daí decorrem.

Neste mesma região do Zambeze encontramos vestígios de um mito que lembra o dos Gigantes gregos que assaltam o céu; aqui é o sol, *Nyambe*, que os homens tentaram matar subindo mesmo até ele. Mas a sua temeridade foi duramente castigada.

Para os Macuas, os Banaís, existe um ser supremo a que chamam *Muluco*, ao qual se opõe um génio maléfico, chamado *Minépa*. Entre eles encontramos um mito da criação do primeiro homem e da primeira mulher:

> No início, Muluco fez dois buracos na terra: de um saiu um homem e do outro uma mulher. A estes Deus deu a terra arável, um alvião, um machado, uma marmita, um prato e milho. Disse-lhes que cavassem a terra, que semeassem nela o milho, que construíssem uma casa e aí fizessem cozer o seu alimento. Em vez de seguirem os conselhos de Muluco, comem o milho cru, partem os pratos, entornam lixo nas

marmitas e depois vão para procurar refúgio no bosque. Vendo que lhe desobedeceram, Deus chama o macaco e a macaca, dá-lhes os mesmos conselhos e os mesmos utensílios. Estes trabalham, cozem e comem o trigo. Então Deus ficou contente. Cortou as caudas ao macaco e à macaca e prendeu-as ao homem e à mulher, dizendo aos primeiros: «Sede homens», e aos segundos «Sede macacos».

Na parte setentrional do Sudeste africano, os Massais formam um agrupamento étnico que alguns etnólogos quiseram aparentar aos Semitas. Tal como outrora os Hebreus, os Massais qualificam-se como o povo eleito de Deus e as suas crenças religiosas diferenciam-se bastante das dos povos vizinhos. Adoram um único Deus, 'Ngai, o criador do universo. Este termo de criador visa sobretudo o mundo habitado, porque os Massais, tal como, de resto, os outros Africanos, consideram que a terra existiu sempre. «Na origem», dizem, «só havia na terra um único homem, chamado Kintu; a filha do Céu, tendo-o visto, apaixonou-se e conseguiu que o seu pai lho desse por marido. Chamado ao céu, Kintu saiu vencedor, graças ao poder mágico da filha do Céu, das provas que o grande deus lhe tinha imposto e regressou à terra com a sua divina companheira, que lhe levava como dote os animais domésticos e as plantas úteis. Poderiam ter sido perfeitamente felizes sem a imprudência de Kintu. Com efeito, ao despedir os novos esposos, o grande deus tinha-lhes recomendado muito que não voltassem para trás. Receava para eles a cólera de um dos seus filhos, a Morte, que não fora informado do casamento e que, nessa altura, estava ausente.

«No caminho, Kintu notou que se tinha esquecido dos grãos para a sua criação [de aves]. Apesar das súplicas da mulher, voltou ao céu. O deus da Morte encontrava-se precisamente lá. Prendeu-se aos pés do homem, postou-se perto da sua casa e matou todos os filhos que nasceram de Kintu e da filha do Céu. Em vão estes suplicaram ao grande deus, que, no entanto, enviou um outro filho para afastar a Morte. Mais hábil do que o seu adversário, a Morte escapou a todas as armadilhas e a partir daí estabeleceu-se na terra como soberana».

Uma outra tradição, que também corre entre os Massais, conta de forma diferente a origem da morte. Querendo proteger a raça dos homens, o grande deus recomendou ao seu favorito, Le-eyo, que dissesse quando morresse uma criança: «O homem morre e regressa; a lua morre e não volta». Pouco tempo depois, morreu uma criança; mas, como não era dos seus, Le-eyo descuidou-se a pronunciar a fórmula prescrita. Só se lembrou quando a desgraça o atingiu, por sua vez, na pessoa de um dos seus filhos. Mas o grande deus disse-lhe que era muito tarde e, desde esse dia, os homens foram submetidos à lei da morte.

Entre os Massais, o espírito da morte é representado pelo demónio *'Nenaunir*, que é também o deus da tempestade. O arco-íris também é um poder funesto. Não se lembrou ele, um dia, de engolir o mundo? Felizmente os guerreiros Massais acometeram-no com as suas flechas e forçaram-no a restituir a sua presa.

Junto de cada Massai, 'Ngai colocou um anjo-da-guarda que, durante a vida, o protege contra todos os perigos e que, à hora da sua morte, leva a sua alma para o outro mundo, porque os Massais acreditam na vida futura, com recompensas e punições, de acordo com os méritos. Enquanto os maus são condenados a errar sem fim num deserto árido, os justos gozam de uma paz eterna nas vastas pradarias onde pastam inúmeros rebanhos. Acontece, contudo, que às vezes as almas dos mortos reencarnam em determinados tipos de serpentes aos quais, por esta razão, é proibido fazer mal.

Grupo meridional

Os Boxímanes, que parecem ser aparentados aos Hotentotes, têm crenças mitológicas e religiosas que estão estreitamente ligadas às suas danças. No entanto, o uso de amuletos mostra que têm uma noção das forças sobrenaturais e dos génios. Entre os Boxímanes, a magia baseia-se na crença de que o mundo é povoado por seres invisíveis, que só os feiticeiros podem ver. Entre as manifestações mágicas refira-se o meio empregue pelos Boxímanes para conseguir chuva. Acendem grandes fogueiras que libertam uma nuvem negra, que lembra, pela sua cor, as nuvens que trazem a chuva. O que caracteriza a mitologia dos Boxímanes é o papel que nela desempenham os animais aos quais fora dada a palavra. Deste modo, o leão podia falar colocando a sua cauda na boca. Numa tribo vizinha dos Boxímanes, que habita na Hereraland, há um mito relativo à criação. Encontramos nela uma espécie de árvore de Yggdrasil, árvore de que nasceram os homens; esta árvore tem o nome de árvore Omumbo-rombonga. Os bois também saíram dela. A principal divindade dos Boxímanes é *Cagn*, o criador de todas as coisas. Os indígenas desconhecem onde mora, mas os antílopes sabem-no: Cagn tem uma mulher com o nome de *Coti*. Os selvagens não sabem como é que eles nasceram; só os iniciados conhecem as coisas. (Entre os Boxímanes, tal como entre os Gregos, havia sociedades secretas onde se conservavam os mitos e as crenças.) Cagn tinha dois filhos, *Cogaz* e *Gewi*. Os três eram grandes chefes. Coti deu à luz uma cria de corça e como precisava absolutamente de conhecer o carácter da sua descendência e qual seria o seu futuro, recorreu a diversas feitiçarias. Este mito refere-se à origem dos antílopes e ao seu estado selvagem. Os parentes de Cagn chegaram e puseram fim demasiado cedo ao seu primeiro impulso, o que explica o seu carácter receoso. Uma das filhas de Cagn casou com serpentes que também eram homens. Estas tornaram-se-lhes submissas.

A força de Cagn residia, na opinião dos Boxímanes, num dente. Isto lembra Sansão, cuja força residia nos cabelos. Os pássaros eram os seus mensageiros e contavam-lhe todos os factos que se passavam à sua volta. Cagn podia metamorfosear as suas sandálias em cães e lançá-los contra os seus inimigos. Como os macacos, que eram homens, se riram dele, exilou-os em locais isolados, com a sua maldição.

Tinha o poder de se revestir da forma animal, como a do antílope. Um dia, os espinhos, que eram os homens de antigamente, lançaram-se sobre Cagn e mataram-no; em seguida, as formigas comeram-no. Pouco depois os seus ossos voltaram a juntar-se e ele ressuscitou.

Para os Boxímanes das províncias do Oeste, Cagn tem o nome de *I Kaggen*, nome que se identifica com o do louva-a-deus. A mulher de I Kaggen é *Hyrax* (*Hyrax capensis*), e a sua filha adoptiva é o porco-espinho, filha de *Il Khwaihemm* (o que devora tudo). Este último engolia o mundo inteiro e em seguida vomitava as suas vítimas vivas. I Kaggen teve a mesma sorte.

Os Boxímanes rezavam à lua, ao sol e às estrelas. A lua pertence ao louva-a-deus, que a fez com um velho sapato!

Os indígenas também dirigem preces ao camaleão, que tem o poder de fazer cair chuva.

Neste grupo meridional, os Hotentotes ou Coi-Coi, povo pastor, estão num nível mais elevado do que os seus vizinhos Boxímanes. Os Hotentotes dedicavam um culto às grandes pedras, invocando sempre uma personagem sobrenatural chamada *Heitsi-Eibib*. Tal como os seus vizinho Boxímanes, os Hotentotes adoravam o louva-a-deus. A religião dos Hotentotes parece consistir apenas na magia e no culto prestado às almas dos mortos por meio de cantos e de danças. *Heitsi-Eibib* assemelha-se principalmente a um herói ou a um feiticeiro morto, prestável para os vivos. Tinha o poder, próprio de todos os feiticeiros, de se revestir da forma de um animal segundo a sua fantasia.

Segundo um mito, nasceu de uma vaca e, segundo outro, de uma virgem que tinha comido uma determinada erva.

Se não criou os animais, deu-lhes as suas características, graças às suas maldições.

Assim, conta-se que o leão vivia numa árvore, como os pássaros, e que foi por uma maldição de Heitsi-Eibib que desceu para o chão para aí ficar definitivamente. Heitsi-Eibib também amaldiçoou a lebre, que se salvou correndo.

A personalidade de Heitsi-Eibib encontra-se, para os Hotentotes, no culto que lhe é prestado sob o nome de *Tsui-Goab*. Tem como inimigo um génio com o nome de Gaunab, que criou o arco-íris. Os indígenas prestam-lhe culto nos montes de pedras, sob os quais crêem que ele está enterrado.

Para além destas personagens lendárias, convém referir os génios das águas, uma espécie de homens vermelhos com cabelos brancos; a lua e as constelações também são objecto de culto.

Contrariamente aos Hotentotes, os Zulus são muito pouco religiosos mas, tal como estes últimos, acreditam em poderes sobrenaturais que são apanágio de chefes e feiticeiros.

Segundo um mito sobre a origem do mundo, os homens saíram de um leito de juncos chamado *uthlanga*. O primeiro homem foi *Unculunculu* (o Muito velho), que trouxe aos homens o conhecimento das artes, as leis do casamento, etc.

Entre os Zulus encontra-se um mito sobre a morte em que Unculunculu desempenha o papel de Ser supremo.

Pintura rupestre a vermelho representando uma dança que mima animais, provavelmente totémicos. *Orange, África do Sul. Por H. Tongue.*

Um dia, Unculunculu disse ao camaleão: «Parte! E vai dizer: "Que os homens não morram!"» O camaleão pôs-se a caminho; mas avançou muito devagar e parou para comer os frutos de uma amoreira. Outros dizem que subiu a uma árvore para se aquecer ao sol, onde adormeceu profundamente. No intervalo, Unculunculu, tendo mudado de ideias, enviou um lagarto atrás do camaleão, encarregando-o de levar aos homens uma mensagem muito diferente da do primeiro. Então, o lagarto partiu, ultrapassou o camaleão e chegou primeiro aos homens, aos quais deu conhecimento da mensagem do deus dizendo. «Que os homens morram!» Depois regressou para junto de Unculunculu.

Pouco depois da sua partida, o camaleão chegou junto dos homens com a sua mensagem de imortalidade. Mas os homens responderam que o lagarto já tinha passado, levando-lhes a mensagem contrária. «Nós não podemos acreditar em ti», responderam-lhe: «o lagarto disse-nos: "Os homens morrerão!"» E, a partir daí, nenhum homem escapou à morte.

Esta lenda encontra-se nas outras tribos bantos, como os Bechuana, os Bassutos, os Baronga. No entanto, os indígenas não prestam nenhum culto a Unculunculu. Entre eles há iniangas, espécie de feiticeiros que têm o poder de fazer chover. Para isso, sacrificam bois negros, para atrair as nuvens negras que trazem a chuva.

Os iniangas também têm o dom de descobrir os ladrões e os lançadores de sortes. Os feiticeiros comunicam com os espíritos através de assobios. Os fazedores de chuva são conhecidos pelo nome de Pastores dos céus. Guardam as nuvens como os bois de um rebanho e impedem-nas de estalar sobre as terras trabalhadas da tribo. Os Zulus acreditam que as nuvens e os relâmpagos são como criaturas vivas.

Grupo congolês

Os Angolanos são idólatras. Atribuem aos seus ídolos, ou muquixis, pequenas estatuetas de madeira, toscamente esculpidas, o poder de afastar deles a má sorte e de os tornar felizes. Além destas crenças, os indígenas de Angola conferem aos feiticeiros o dom de provocar a morte de um deles. O canto do galo ou o latido de um cão durante a noite são igualmente sinais de morte. Os Angolanos acreditam num ser superior, chamado *Zâmbi*, que mora no céu. É considerado o juiz supremo depois da morte. Um mito do Baixo Congo, relativo ao dilúvio, conta que outrora o sol encontrou a lua e atirou-lhe lama que lhe atenuou o brilho. Quando este encontro teve lugar, houve um dilúvio e os homens de então puseram as suas varas de cozer por baixo das suas costas e foram transformados em macacos.

A actual raça dos homens é uma criação nova. Alguns indígenas contam que, durante este dilúvio, os homens foram transformados em macacos e as mulheres em lagartos. Num outro mito, o dilúvio ter-se-ia produzido ao longo da formação do lago Dilolo, durante a qual uma aldeia inteira teria desaparecido com todos os seus habitantes e os seus animais domésticos.

No grupo congolês, os Fâns ou Pauínos professam a crença na imortalidade do homem sob a sua aparência corporal. Para eles, o homem não morria; era morto, ou por forças sobrenaturais, ou por acidente. Além disso, esse acidente é frequentemente atribuído a um espírito maléfico ou a uma má sorte lançada sobre a vítima. Quando se dá um desses casos, os feiticeiros retiram as vísceras do cadáver para saber se o defunto foi envenenado ou se alguém «comeu a sua alma». Segundo uma crença dos Fâns, aquele, ou aquela, que tenha comido a alma do defunto cairá doente, por seu turno, e reconhecerá a sua malvadez.

Entre os Fâns, as tradições mais antigas falam de um deus único, *Nzame*, cujo nome se encontra, quase de forma semelhante, na maioria dos Bantos.

Este deus é um ser vago, é invisível e não se podem fazer ídolos dele.

Segundo um mito pauíno, antigamente Deus morava no Centro da África, na companhia dos seus três filhos: o Branco, o Negro e o gorila. Era muito rico, tinha muitas mulheres e muitos filhos. Os homens viviam perto de Deus, felizes. Mas, depois da desobediência dos Negros e dos gorilas, Deus afastou-se para o lado do Ocidente, levando o filho branco e todas as suas riquezas. O gorila foi para o sítio mais profundo da floresta e os Negros foram votados à pobreza e à ignorância. Também eles são invencivelmente atraídos por aquele Ocidente onde se encontram Deus, o seu filho branco e as suas riquezas. À excepção desta concepção de Deus, a verdadeira religião dos Pauínos é uma religião animista, a religião dos espíritos.

Os espíritos são classificados em duas categorias: os bons e os maus. Mas é sobretudo para estes últimos que se volta o culto dos Fâns, porque deles provêm todos os males e é preciso apaziguá-los com sacrifícios de animais ou com invocações aos ídolos.

Os espíritos vagueiam no espaço, levando uma vida sem outros atractivos que não sejam os de aterrorizar os seres vivos, fazer-lhes mal ou vingar-se de seres que foram a causa da sua morte. Matam os vivos para lhes comerem o coração.

Depois da morte a alma não vai para junto de Deus: ou ela encarna no corpo de um crocodilo, de uma serpente, etc., ou então localiza-se nas árvores, nos rochedos, nos rápidos, nos cumes das colinas ou das montanhas, que então se tornam sagrados. A vertigem, nas montanhas, explica-se pela presença de um espírito. Para os Pauínos, as almas são governadas por um rei muito feio e muito mau que pode condenar o espírito a uma segunda morte, castigo supremo. Tem o nome de Ngworekara. Segundo um indígena, os espíritos têm cabelos muito compridos, espalhados pelo crânio, os seus olhos não são simétricos, o seu olhar é tímido; as orelhas, cheias de terra, estão penduradas; o nariz é comprido, a boca assemelha-se a uma tromba de elefante e alimentam-se de formigas fétidas (nitôtol). São executadas danças com o fim de afastar os espíritos. Os Pauínos têm imagens que pintam de vermelho; a maior parte são do sexo feminino, mas atribuem-lhes menos crédito do que aos ídolos. O feiticismo ocupa um papel muito importante nas crenças dos Fâns, tal como na maioria das tribos negras. Entre os ídolos, o *Biéri* tem um papel muito importante. Os velhos de cada família consultam-no nos casos graves para esconjurar a sorte ou para provocar um acontecimento favorável. O culto do Biéri é reservado apenas aos adultos iniciados. É invocado para a caça, para a guerra. Antes de lhe rezar, o indígena dá-lhe de comer.

Eis como os Pauínos explicam a criação do homem: «Deus criou o homem com argila, primeiro com a forma de um lagarto que colocou num pântano; deixou-o aí durante sete dias ao fim dos quais lhe ordenou que saísse. Do pântano saiu um homem, em vez de um lagarto.» Os Yaundé do Camarão dizem que *Zamba* (Deus), depois de ter criado a terra, desceu a ela e teve quatro filhos: *N'Kokon*, o sábio; *Otukut*, o idiota; *Ngi*, o gorila; *Wo*, o chimpanzé. Zamba ensinou aos Yaundé a forma de afastar os males e atribuiu deveres a cada um.

No Ubangui, o indígena acredita igualmente no poder dos seus ídolos. Se volta da caça de mãos a abanar, atribui o seu azar à má sorte lançada sobre ele.

As doenças e a morte nunca são atribuídas a causas naturais; são obra da vingança de um espírito maléfico. Os feiticeiros, cuja influência é considerável, dividem-se por especialidades: um indígena que vá à caça irá, primeiro, ao feiticeiro da caça, que lhe dará um ídolo ou um amuleto. Encontramos feiticeiros dos tornados, do caimão, da pantera, da mulher grávida.

Entre os Kakas, tribo da região de Likuala, existe o feiticeiro «homem-pantera». Intervém especialmente para descobrir o autor de um crime ou de um delito.

Os Bomitaba, vizinhos dos Kakas, também acreditam nos espíritos e na imortalidade da alma. Quando um indivíduo morre, o seu espírito, *Mokadi*, vai vaguear à volta do rio familiar, onde já se encontram os manes dos antepassados e dos pais. O Mokadi exerce o seu poder sobre os homens, punindo os vivos, autores da sua morte. Os feiticeiros também são especializados entre os Bomitaba, tal como entre os indígenas que acabámos de ver. Nomeadamente há o feiticeiro que recebe as revelações dos mortos durante um sonho.

Os Bomitaba conservaram um mito cosmogónico relativo à lua e à sua criação:

> Outrora, havia dois sóis, o que ainda agora existe e a lua. Era um grande incómodo para os homens que, constantemente aquecidos ou iluminados, não podiam descansar. Um dia, um dos sóis propôs ao outro que se banhassem e fingiu que se ia atirar ao rio. O outro atirou-se e extinguiu-se. A partir dessa altura, só há um sol e, se a lua ilumina os homens, não os pode aquecer.

Para os Upotos do Congo, um mito conta como é que a imortalidade, que estava reservada aos homens, coube à lua:

> Um dia, Deus, *Libanza*, mandou comparecer diante de si, os habitantes da Lua e os da Terra. Os primeiros responderam imediatamente ao chamamento de Libanza que, dirigindo-se à lua, disse: «Para te recompensar por teres vindo ao meu chamamento, não morrerás, excepto durante dois dias em cada mês, mas só para descansares; isso será para reapareceres ainda mais brilhante.»
> Quando, muito tempo depois, os habitantes da terra se apresentaram, Deus zangou-se e disse-lhes: «Por não terdes vindo logo ao meu chamamento, sereis punidos, morrereis um dia, para não voltardes a viver, excepto para virdes ter comigo.»

Os Bambala do Congo contam, num mito, que os homens quiseram saber o que era a lua. Pregaram no chão uma grande vara pela qual um homem trepou, tendo na mão uma segunda vara que prendeu na extremidade da primeira; a esta segunda acrescentou uma terceira e por aí adiante. Quando esta «torre de Babel» tinha uma altura considerável, desmoronou-se, arrastando na sua queda a população que tinha trabalhado na sua construção e que pereceu, vítima da sua curiosidade.

Entre os Negros da margem do lago Kivu encontramos uma lenda sobre a origem da morte:

> Deus, depois de ter criado os primeiros seres humanos, dissera-lhes que eles não morreriam. E assim foi. Os homens também se tornaram muito numerosos. Mas a Morte implicou com eles. Como Deus os guardava bem, ela desapareceu debaixo da terra. Chegou um dia em que Deus faltou e então a Morte fez uma vítima. Cavaram-lhe um túmulo e enterraram-na. Ora, alguns dias depois, a terra levantou-se sobre o seu túmulo, como se a morte fosse ressuscitar. Era uma velha mulher que estava morta: tinha deixado muitos filhos e noras. Ia então ressuscitar quando uma das suas noras se apercebeu. Imediatamente correu a pôr água a ferver, que deitou sobre o túmulo da sua sogra. Depois, fazendo um pilão de argamassa, bateu com golpes redobrados, dizendo: «Morre! Porque tudo o que morreu deve continuar morto!» No dia seguinte, como a terra ainda continuava a levantar-se, ela recomeçou a bater, dizendo: «O que morreu deve continuar morto!» E assim a sogra, que devia voltar à vida, morreu. Deus, contudo, voltou junto dos homens. Uma mulher faltou ao chamamento. Responderam-lhe que tinha morrido. Vendo que a causa tinha sido a Morte, disse aos sobreviventes: «Ficai em casa e fechai-vos bem, porque vou perseguir a Morte para que não faça mais nenhuma vítima.» Assim fizeram e Deus procurou a Morte. Por fim, um dia lá a descobriu. Ela tentou esquivar-se e fugiu a toda a pressa. Mas eis que uma velha sai da sua cubata para se ir perder nas altas ervas. Encontra-se face a face com a Morte, que lhe diz: «Esconde-me e pagar-te-ei na mesma moeda.» E a velha, que não era mais astuciosa do que qualquer outra, sobe um pouco para os sovacos a pele que lhe servia de vestuário. A Morte deslizou por aí e introduz-se-lhe na barriga.
> Deus chega nesse preciso momento, encontra a velha, à qual pergunta se não viu a Morte passar. Mas ainda ela não tinha tido tempo para emitir uma palavra, que já Deus se lançava sobre ela, dizendo: «Para que é que ela pode servir, já que nem sequer pode dar à luz? É preferível que a mate para lhe tirar a Morte e matá-la a esta por sua vez.» Mal Deus tinha acabado de matar a velha, saiu uma rapariga da sua cubata e surpreendeu Deus a degolar a velha. A Morte, saindo no mesmo instante do corpo desta última, precipitou-se, num abrir e fechar de olhos, no corpo da rapariga. Ao ver isto, Deus disse: «Muito bem, já que os homens se opõem ao meu desígnio, que sofram as consequências, que morram.»

No grupo congolês incluem-se os Mudangs, que vivem junto do rio Mayo-Kebbi. Possuem três deuses: *Massim-Biambé*, o criador, o deus omnipotente, imaterial; *Febelé*, o deus macho; *Mebeli*, o deus fêmea.

Febelé e Mebeli tiveram um filho: o homem a que Massim-Biambé deu a alma (*tchi*), a respiração, o sopro vital. O indígena mudang acredita que os animais, à semelhança dos homens, possuem uma alma. Sempre que morre um ser vivo, a sua alma vai para um grande buraco; depois, esta alma entra no corpo de uma mulher ou de uma fêmea para criar um outro ser, mas as almas dos homens só podem recriar homens e as dos animais, seres da mesma espécie.

Os ministros de Deus são os manipansos. Entre eles há um que é feito de tal maneira que um homem pode deslizar para o seu interior e fazê-lo mover. Isto permitiria entender uma crença que os Mudangs têm de um demónio.

Os Buchongos, que vivem no Congo belga, a leste do Kasai e do Luango, adoram o deus *Bumba* que, dizem, criou o Universo vomitando o sol, a lua, as estrelas e oito espécies de animais que deram origem a outros. Segundo as tradições do mesmo povo, o céu e a terra teriam vivido primeiro unidos como marido e mulher; mas um dia o céu, descontente, afastou-se e é dessa altura que data a separação dos dois elementos, celeste e terrestre.

Manipanso do Loango em madeira esculpida. *Museu de Douai. Col. Luquet.*

Grupo nilótico

Neste grupo, o feiticismo parece dominar, tal como nos grupos precedentes. Os indígenas acreditam na metempsicose e professam um culto respeitoso para com as serpentes. Entre os mitos deste grupo encontra-se a lenda sobre a criação dos Chiluques do Nilo Branco, na qual explicam as diferentes cores da raça humana pela escolha das cores das argilas com que foi criada.

Juok foi o deus criador de todos os homens da terra. Na região dos Brancos, encontrou terra, ou areia, branca, com que fez homens da mesma cor. Depois foi para o Egipto onde, com as areias do Nilo, fez homens escuros e, por fim, para junto dos Chiluques, onde, com terra negra, criou os Negros. Ali, Juok disse: «Vou fazer um homem, mas para que ele possa correr, andar, vou dar-lhe duas pernas longas, semelhantes às patas dos flamingos.» Feito isto, voltou a dizer: «É preciso que o homem possa cultivar o milho; dar-lhe-ei dois braços: um para manejar a enxada, o outro para arrancar as ervas daninhas.» Em seguida disse: «Para que o homem possa ver, dar-lhe-ei dois olhos.» Foi o que fez. Depois disse ainda: «Para que possa comer o seu milho, dar-lhe-ei uma boca.» Depois, para que o homem possa gritar, dançar, cantar, falar, ouvir sons, discursos, deu-lhe uma língua e orelhas. Assim, o homem ficou perfeito.

No Uganda, os Nandis contam uma história segundo a qual a morte é atribuída ao mau humor de um cão. Este, encarregue de levar aos homens a notícia da sua imortalidade, achou que não tinha sido recebido com todo o respeito devido a um mensageiro divino. Por isso, para se vingar, alterou a sua história e condenou os homens a morrer: «Todos os homens», dizia, «morrerão como a lua, mas vós não ressuscitareis, como ela, se não me derdes de comer e de beber.» Os homens riram-se dele e deram-lhe de beber num escabelo. Furioso por não ser considerado como um homem, o cão partiu, dizendo: «Todos os homens morrerão; só a lua ressuscitará!»

É à mesma região do Uganda que pertence este conto: «Um dia, o Sol e a Lua entenderam-se para matar todos os seus filhos. O Sol executou o seu projecto, mas a Lua, mudando de ideias, espalhou a sua descendência. Por isso, o Sol não tem mais filhos, enquanto a Lua tem imensos, que são as Estrelas.»

Sobre a origem do Mundo, os Galas têm o seguinte mito: «Um dia, Deus enviou um pássaro aos homens para lhes anunciar: "Vós sereis imortais mas, quando fordes velhos e fracos, só tereis que tirar a vossa pele para reencontrardes a vossa juventude." Para mostrar a autenticidade desta mensagem, Deus deu ao pássaro uma poupa, sinal das suas funções divinas. A ave partiu mas, no caminho, encontrou uma serpente que devorava uma carcaça. Lançando um olhar de inveja sobre a carcaça, o pássaro disse à serpente: – "Dá-me um pouco de carne e dir-te-ei a mensagem de Deus" – "Não quero saber", respondeu a serpente. E continuou a comer. Mas o pássaro com poupa pressionou-a tanto para ouvir a mensagem que a serpente cedeu.

Então, o pássaro disse: "Quando os homens envelhecerem, morrerão, mas quando tu fores velha, mudarás de pele e recuperarás a juventude."

Mas Deus, para castigar o pássaro por ter alterado perfidamente a mensagem, infligiu-lhe uma doença tão dolorosa que ele se lamenta desde então, empoleirado no cimo das árvores.»

Grupo sudanês – grupo voltaico

No grupo sudanês, a maioria dos Mandingas abraçou o islamismo, mas conserva as suas antigas crenças animistas; tal como os Senufos, acreditam num certo número de génios maléficos, aos quais devem fazer inúmeros sacrifícios. Recorrem igualmente aos amuletos e aos feitiços. Estas mesmas crenças encontram-se entre os Negros do grupo voltaico, os Mossis, os Gurusis e os Bobos.

Manipanso do Loango em madeira esculpida. *Museu de Douai. Col. Luquet.*

Os Negros destes grupos dão uma importância considerável ao culto dos mortos. Nos Senufos, quando um velho morre, a morte é atribuída à vontade do «Senhor de todos os génios», enquanto nas tribos vizinhas é causada por poderes sobrenaturais maléficos. Para os Mossis, a terra é encarada como uma grande divindade moralizadora, vingadora, a quem o crime irrita. É assim que, nos Bobos, o assassino é obrigado a oferecer sacrifícios expiatórios à terra descontente por ter visto correr sangue humano. Os sacrifícios eram praticados por um sacerdote que tinha o título de «Chefe da Terra».

Os Gurmanches do grupo voltaico são quase todos feiticistas. Qualquer coisa inexplicada ou inexplicável contém a ideia de Deus. O indígena comunica com Deus por intermédio dos espíritos, alguns dos quais têm um poder enorme que se estende a toda a região. Possuem génios familiares, protectores dos campos da família, aos quais fazem oferendas, para que lhes sejam favoráveis. Cada clã tem o seu feitiço especial, o *Suanu* (Comedor de homens), que os indígenas colocam sobre a sua porta para impedir que os maus espíritos entrem em casa. O «Comedor de homens» é o espírito de um homem morto bruscamente. Antes de começarem alguma coisa importante os Gurmanches consultam os espíritos por intermédio dos feiticeiros, que podem predizer o futuro.

A sul do Níger, os Menkiera oferecem sacrifícios às rochas e às pedras em que moram espíritos que exercem a sua influência tanto ao bem, como ao mal.

Grupos guineense e senegâmbio

Entre os Agnis de Indénia e de Sanwi, a religião, surgida de um animismo fundamental, apresenta-se como um politeísmo que tem incorporado influências muçulmanas e, a partir do fim do século XV, as da religião cristã. Estas influências tiveram como efeito modificar os atributos das divindades principais, bem como dos seus poderes. Foi assim com Niamié, o deus supremo que os Negros colocam acima de todos outros deuses, desde que se exerceu a influência muçulmana.

De facto e primitivamente, Niamié não era superior nem a *Asié*, a deusa da terra, nem a *Asié-Bassu*, deus do mato, nem a *Pan*, filho da terra e deus da cultura, mas igual a estas divindades importantes.

Representava o deus do céu, ou o espírito do céu, da atmosfera, ou seja, o deus das tempestades, da chuva, das nuvens, do raio, etc.

Ao lado destas divindades de primeiro plano há: *Evuá*, o sol, que é objecto de sacrifícios e de um culto análogo ao que prestam os Negros do grupo voltaico, os Mossis, os Gurusis, etc., e *Kaka-Guié*, deus com cabeça de boi, cuja tarefa é conduzir as almas dos mortos para junto do deus supremo, Niamié. Por seu turno, este último comunica com os vivos por intermédio de génios associados a locais específicos e que protegem determinadas aldeias.

Estes génios são representados por diversos objectos ou feitiços que possuem o poder próprio do génio.

Em troca da protecção do feitiço, o seu possuidor ou o seu representante é obrigado a proceder a ritos, a cerimónias, mais ou menos próprias ao génio invocado.

Assim, *Guréhi*, deus terrível, que exige aos seus fiéis sacrifícios em altares, tem o poder de envenenar as pessoas e de supliciar aqueles de quem se desconfia de feitiçaria, e dá aos seus partidários um poder superior àquele que os próprios grandes chefes podem pretender.

É representado sob o aspecto de um tamborete encimado por uma bola de ferro, supostamente caída do céu.

Este deus não pode ser visto pelas mulheres, pelas crianças e pelos não-iniciados, sob pena do maior dos castigos. Para além dos génios, há um certo número de divindades originárias de tribos vizinhas das de Agnis, que foram incorporadas na crença destes últimos.

Primeiro, *Famiano*, originário de Kitabo; é representado por uma rocha-gruta. Tal como Guréhi, pede sacrifícios aos seus partidários. Em troca, cuida dos doentes, persegue os feiticeiros maléficos, torna as mulheres férteis, etc. Não tem uma cubata especial, mas mora com um pequeno proprietário que, por esse facto, se torna no seu feiticeiro. Aquele que se tornar proprietário de Famiano recebe por feitiço um saquinho que contém duas facas, uma das quais é de Famiano; a outra destina-se aos sacrifícios feitos a este deus, tal como duas colas, os frutos preferidos da divindade.

Máscara esculpida em madeira preta. *Costa do Marfim. Colecção André Portier.*

Nampé, outro génio, é materializado por três bolas feitas com raízes e folhas amassadas. Também ele é interdito às mulheres, às crianças e aos não-iniciados.

Sunguin, tal como o precedente, é estrangeiro. A sua representação compreende um vaso em terra negra, uma bola igualmente em terra e uma boneca grosseiramente esculpida.

Sacarabru, a mais importante destas divindades, é, também ele, um estrangeiro da região agni. Antigamente era o deus muito poderoso da aldeia de Yacassé. Na choupana reservada aos feitiços, à entrada da aldeia, as paredes são enfeitadas com frescos que representam serpentes enroladas, caimões. Um conjunto de rosários, de sementes secas, de cascas de ovo e de ossos, está encerrado no interior. É aí o antro de Sacarabru, demónio das trevas. É representado por uma bola feita com grãos de milho. Tal como os outros génios, é curandeiro e justiceiro. Além disso, manifesta-se nas mudanças de estação, na renovação da lua. Nessas alturas, um actor encarna o demónio e dança uma roda furiosa. Sacarabru é um deus justo, mas é também um deus terrível, ávido de sangue.

Na religião dos Agnis encontra-se o culto das águas, dos rios, dos ribeiros, dos regatos, dos braços de rio, etc., culto que, na época primitiva, exigia sacrifícios humanos. Além destes cultos, importa referir os relativos às grutas, às rochas, às colinas, às árvores, tal como a certos animais sagrados, como o leopardo, o elefante, a serpente, etc. O culto dos mortos dirige-se sobretudo ao duplo (*éumé*) do defunto, com quem importa conciliar-se. Com efeito, os Agnis acreditam, como os outros Negros da África Ocidental, na sobrevivência do princípio espiritual depois da morte. O indivíduo que morre de uma forma aparente reencarna em seguida no seio de uma outra mulher da sua tribo.

Os mortos são representados por pequenas estatuetas de argila.

Antes de passar ao grupo seguinte, convém referir uma lenda achanti que demonstraria que o próprio deus supremo, Niamié, tinha primitivamente um poder limitado, já que se deduz desta lenda que ele em nada podia modificar a condição social de cada um, visto que é fixada pelo destino.

> Um servidor do rei de Cumássia tinha uma plantação onde ia todos os dias. Ao longo do caminho e durante o trabalho lamentava-se da sua sorte, da sua pobreza. Um dia em que, de acordo com o seu hábito, se queixava, viu descer do céu, numa grande tina de cobre presa a uma comprida corrente, uma criança branca que tinha umas grandes ore-

lhas. Reconheceu um *ama* Niamié, filho do céu, que lhe disse: «O meu pai Niamié enviou-me à tua procura.»
A criança celeste mandou sentar o homem ao pé de si e as pessoas do céu puxaram-nos. A viagem durou muito tempo. Por fim, chegaram a uma porta que se abriu diante do filho do céu. O homem encontrava-se no sítio de uma grande aldeia, cheia de muitas pessoas que conversavam; no meio deste espaço, numa cadeira de ouro, estava sentado um velho, vestido com belas tangas: fez sinal ao servidor do rei de Cumássia para que avançasse e disse-lhe: «Tu lamentas-te sempre de eu te ter feito um desgraçado. A culpa não é minha. Nesta aldeia moram as famílias de todos os homens que há na terra; escolhe a casa que te agrada para ficar aqui.»
Deus deu-lhe um guia e o homem percorreu a aldeia, que era muito grande. Viu belas casas, onde moravam pessoas que tinham muitos servidores e que não trabalhavam. Viu casas miseráveis onde os homens se entregavam às mesmas ocupações do que os humanos desgraçados. Numa dessas casas reconheceu os pais e disse ao guia: «Esta é a minha casa.» Regressaram para junto de Niamié: «Considera a tua casa», disse-lhe este último, «vês bem que não tens nada e sabes que a criança que nasce de pais pobres não se pode tornar rica. Se amealha algum bem, o dinheiro corre-lhe entre os dedos. No entanto, vou-te dar um presente. Estão aqui dois sacos, um grande e um pequeno: um é para ti, o outro para o teu amo; não abrirás o teu enquanto não entregares o meu presente ao rei de Cumássia.»
A criança foi buscar o homem e levou-a de novo à terra. No caminho, o servidor pensou e disse para consigo: «Ninguém sabe que Deus me deu dois sacos; vou esconder o grande e dar o mais pequeno ao meu amo.»
Chegado à plantação, o filho do céu regressou para junto do seu pai e deixou o homem. Este cavou um buraco e enterrou nele o saco grande. Então dirigiu-se a Cumássia, onde o rei o recebeu muito bem, porque o julgava perdido. O servidor contou a sua aventura e entregou-lhe o saco pequeno. O amo abriu-o e encontrou-o cheio de ouro em pó. Todo satisfeito, o homem que tinha ido ao céu exclamou: «Estou rico.» Correu para o seu campo e desenterrou o saco grande, que não continha mais do que calhaus.
Verificou-se assim a palavra de Deus: o homem pobre não pode tornar-se rico.

A religião dos Daomeanos é acompanhada por um culto feiticista. *Mahu* ou *Mao* é o ser superior, o génio bom. A *Serpente Arco-Íris*, servidora do Trovão, também é considerada um génio benéfico. O *Trovão*, que mora nas nuvens, é um génio temível, que os indígenas devem apaziguar com o auxílio de oferendas feitas por feiticeiros.

O mar é um poder rodeado por uma numerosa família: o marulhar das águas, as sereias, a serpente pitão.

A par destes génios, há génios pessoais que são objecto de uma veneração muito particular. Estes são, para os Daomeanos, *Legba* e *Fa*.

Concepções semelhantes encontram-se nos Bambaras. O *Wokolo*, para eles, é um pequeno duende de quem devem desconfiar se não quiserem receber flechas pérfidas. O Wokolo diverte-se nas árvores ou na margem dos regatos. As árvores são objecto de um culto muito particular entre os Bambaras, que lhes sacrificam animais domésticos e aplicam no tronco o sangue das vítimas, rezando ao espírito que habita nele.

Fetiche duplo dos dois sexos.
Daomé, Museu de Doaui.
Col. Luquet.

Nas tribos de língua «Eiwe», que vivem no Togo, os indígenas acreditam que Deus ainda faz, nos dias de hoje, os humanos com argila. Quando quer fazer um homem bom, serve-se de argila boa, e um mau, de argila má. No início, Deus formou um homem que colocou na Terra, depois uma mulher. Os dois seres olharam-se e desmancharam-se a rir. Depois disso percorreram o mundo.

Nos mesmos indígenas do Togo também encontramos um mito relativo à morte:

> Um dia os homens expediram um cão a Deus para lhe pedir que voltassem à vida depois da morte. O cão partiu para desempenhar a sua tarefa. Mas no caminho, teve fome e entrou numa casa onde um homem cozia ervas mágicas. Entretanto a rã partira para dizer a Deus que os homens prefeririam não voltar à vida. Ninguém a tinha encarregue de tal mensagem. O cão, que via a sopa a ferver, viu-a passar e disse para consigo: «Quando tiver alguma coisa para comer, depressa a apanharei.» Entretanto, a dona rã chegou primeiro e deu a Deus a sua mensagem; depois veio o cão, que explicou a sua missão. Deus, muito confundido, disse ao cão: «Na verdade, não compreendo nada destas duas mensagens, mas como foi a rã que recebi primeiro, será a ela que satisfarei.» É por isso que os homens morrem e não voltam à vida.

No grupo senegâmbio, os «Sereres», que separam os Uolofes do Norte dos do Sul, são um povo muito feiticista e supersticioso. Acreditam na metempsicose e receiam feiticeiros, a quem atribuem a morte. Os Sereres, homens primitivos, têm uma crença supersticiosa relativamente a todas as forças naturais. Acreditam num deus único, *Rockh--Sene*, que manifesta a sua cólera por meio do raio, dos relâmpagos; a sua benevolência, pelas chuvas e boas colheitas.

O Serere adora os manes dos antepassados e os espíritos familiares, que ele acredita que moram nos embondeiros ou perto das sepulturas. Estes recebem oferendas dos indígenas, que têm por fim agradar aos seus senhores, junto de Deus, do bem e do mal. Entre eles há uma lenda cosmogónica relativa ao sol e à lua.

> Um dia a mãe do Sol e a mãe da Lua tomavam nuas um banho no açude do rio. Enquanto o Sol voltava as costas para não ver a mãe despida, a Lua, pelo contrário, olhava fixamente para a sua. Depois do banho, o Sol foi imediatamente chamado pela mãe, que lhe disse: «Meu filho, tu sempre me respeitaste; quero que Deus te abençoe! Não me quiseste ver no rio; como os teus olhos se desviaram de mim, desejo que Deus não permita a nenhum ser vivo que olhe fixamente para ti.» Por sua vez, a Lua foi chamada pela mãe, que lhe disse: «Minha filha, tu não me respeitaste nada no braço de rio, fixaste-me como um objecto brilhante; quero que o mundo todo olhe para ti do mesmo modo, sem que os olhos se cansem.»

M. FAUCONNET

ÍNDICE REMISSIVO

O número em itálico remete para a página que contém um tratamento mais detalhado da respectiva figura mitológica

A

Açvamedha, 222
Açvattha, 247
Açvins (os), 194, 220, 221, 228
Aditi, 219, 223, *230*
Adityas, 219, 221, 225, 230
Ægir, 73, 75, 110
Agastya, 220, 286
Agloolik, 381
Agni, 116, 217, 222-224, 229, 250, 252, 253, *478*
Ahura Masda, 183, 185, 186, 188, 191, 192, 198, 205, 219
Aipalookvik, 381
Aizen-Myoo, 368
Aji-Suki-Taka-Hikone, 353
Akchobhya, 272
Akselloak, 382
Ama no Uzume, 343, 347
Amaterasu, *340*-344, 346, 347, 349-351, 359, 364
Amesha Spenta ou Amshaspends, 192, 205
Amida, 364-366, *367*
Amitâbha, *272*, 331, 332
Amoghapâça, 367
Amoghasiddhi, 272
An, 415
Anâhita, 184
Ananda, 259, 266, 268
Angiras, *223*, 250
Angra Mainyu, *187*, 188, 191, 194, 196, 205
Anões, 39

Apolo, 14, 16, 17, 21, 37, 270
Apsaras (as), 238, *245*, 246, 270, 280
Apu-Punchau, 408
Arimânio, *191*, 194-199
Arjuna, 282, 283
Ártemis, 12
Artur (o rei), 26-29
Aryaacalanatha, 367
Ases (os), 47, 50-52, 57, 62, 63, 67, 69-73, 75-81, 86, 88, 89, 93, 94, 96, 97, 102, 110, 111
Asgard, 47, 52, 57, 61, 71-74, 76, 78, 80, 93
Ashuku Nyorai, *365*, 367, 368, 370
Ask, 47
Asuras (os), 229-234, 249, 279, 280, 369
Atago-Gongen, 372
Ataksâk, 383
Atar, 183
Atena, 396
Auchimalgen, 412
Audumla, 46
Augusto de Jade, *299*-301, 304-306, 308-311, 313, 314, 319, 322-326, 331
Aulanerk, 382
Aumanil, 382
Avalokiteçvara, 272, 275, 366

B

Baishajuaguru, 370
Balarâma, 281
Balder, *76*-78, 80, 87, 93, 94, 97
Bali asura, 237, 281

Bato Kwannon, 366
Belenus, 16, 17
Belisama, 17
Benzaiten, 374
Bergelmir, 46
Bhagavat, 266, 287
Bhrigus, 223, 224, 251, 252
Bhutas (os), 240
Bishamonten, 374
Bochica, 404, 405
Bodhisattva, 258-264, 268, 270-273, 275, 365, 370
Boieiro, 308
Bor, 46, 47
Borvo, 11, 16
Bragi, 74, *85*, 86, 91
Brama, 223, 225-227, 229, 232, 234-236, 238, 247-249, 252, 253, 259, 264, 266, 285, 288, 294, 295
Brihaspati, 225, 226, *229*, 247
Brynhild, 104
Buda, 186, 190, 205, 226, 255, *258*-260, 264-271, 273, 174, 276, 286, 287, 326, 327, 331, 332, 363-368, 370, 372, 373

C
Çakti, 290, 294
Çâkyamuni, 258, 262, 265, 267, 268, 270-273, 287, 368
Cernuno, 13, *19*, 21
Chalchiuhtlicue, 394, 398, 400
Cherruve, 412
Cheu-sing, 307
Chicomecoatl, 399
Chonchonyi, 412
Cíbele, 19, 20, 159
Çiçupala, *238*, 239, 240
Cintamanicakra, 366
Coatlicue, 395
Colo-colo, 412
Conn, 38, 39
Cuchullain, 14, 33-38, 40
Cupido, 27, 160

D
Daçaratha, 283, 286
Daêvas, 194, 196
Dai-itoku-Myoo, 367
Daikoku, 374
Dainichi Nyorai, 365, 366, 367, 370
Deméter, 155
Deus da Riqueza (T'sai-chen), 316
Deus do Arroz, 360

Deus do Fogo, 339, 355, *356*, 357, 372, 399, 408, 409
Deus do Lar (T'sao-wang), 313, 314
Deus dos Sismos, 354
Deus Fidius, 395, 396
Deusa da Alimentação, 359
Deusa-mãe, 19, 20
Deuses da Estrada, 357, 358
Deuses das Muralhas e dos Fossos (T'cheng-hoang), 311, 312
Deuses das Portas (Menchen), 314, 315
Deuses do Lugar (T'ou-ti), 311, 312
Deuses dos Ventos, 119, 354
Deva, 11, 369, 373
Devadatta, 265, 269
Dhyâni-Boudhisattvas, 272
Diana, 134
Divindades agrestes, 358
Divindades da Tempestade e do Trovão, 352
Divindades das Montanhas, 354
Divindades das Pedras e das Montanhas, 359
Divindades de Chuva, 353
Divindades do Lar, 360
Divindades do Mar, 356
Divindades dos Rios, 355
Djemschid ou Jam, 198, 199, 200, 201
Domovoi, *122*, 123, 124
Donar-Thor, 18, 45, 51, 52, *58*, 59, 68, 69
Dosojin, 357
Draupnir, 73, 82, 107
Druidas, 10, 11, 18, 23, 32, 34, 40
Drujs (os), 194, 195, 199
Durgâ, 215, 232, 245, 290

E
Ebisu, 374
Edda, 45, 51, 59, 73, 83, 93, 377
Eeyeekalduk, 382
Ehecatonatiuh, 400
Ekâdaçamukha, 366
Embla, 47
Emma-hoo, 367, 370
Emperador Kuan (Kuan-ti), 317
Epona, 11
Eros, 135, 272
Esus, 13, 14, 17, 18

F
Fenrir, 69, 70, 87, 92, 94-97, 111
Feridun, 195, 200-202, 205
Find ou Finn Maccumhail, 27, 38, 39, 40
Freyja, 62, 63, 71, 76, 89, 90, 91, 94, 96, 107
Freyr, 52, 73, *78*-84, 89, 96, 107

ÍNDICE REMISSIVO

Frigg ou Frîja, 56, 76, 77, 88-90, 96
Fudo-Myoo, 367
Fugen Bosatsu, 365, 369-370
Fuku, 367, 368
Fukurokuju, 374
Fu-sing, 308

G

Gandharvas, *245*, 246, 247, 268, 270, 293
Ganexa, 292, 293
Gangâ (o Ganges), 234, 285, 288, 290
Garuda, 277
Gaumâta, 184
Gâyômart, *196*, 205, 210
Gerd, 81-83, 91, 96
Gigantes, 109, 385, 387, 463
Gîta-Govinda, 282
Gôch, 196
Gozanze-Myoo, 368
Graal, 29
Grande Deusa ou Grande Mãe, 176, 177, 238
Grannus, 16
Grubyté (ou Pergrubé), 160
Gundari-Myoo, 368

H

Hagen, 104, 106
Han Siang-tseu, 320, 322
Han Tchong-li, 319, 320
Hanuman, 284
Hari-Hara, 294
Hâritî, 276, *273*
Hayagriva, 366
Hefesto, 174
Heimdall, 50, *75*, 76, 93, 95, 96
Heitsi-Eibib, 466, 467
Hel, 48, 77, 78, 92, 93
Hikohohodemi, 347, 348
Hipocrene, 11
Hiranyakaçipu, 232, *236*, 280
Hiruko, 350
História dos quatro sóis, 400
Hod, 77, 87, 93, 97
Hoderi, 347
Hoenir, 47, 71, 80, *85*, 86, 98
Ho-Musubi, 356
Hosho Nyorai, 365, 367
Ho-sien-ku, 320, 322
Hosusori, 347
Huaillepenyi, 412
Huitzilopochtli, 394, 396
Huscheng, 197

I

Iarovit, 131
Ida-ten, 371, 372
Idun, 72, 74, 80, 87, 91
Ieyasu, 362
Imperador do Pico do Leste, 310, 325, 326
Imperatriz do Céu, 322, 323
Inari, 360
Indra, 132, 183, 194, *216*-219, 221, 222, 225-230, 234, 236, 237, 243, 245, 250, 253, 266, 269, 270, 278, 279, 281, 282, 286
Inti, 407, 408, 410
Izanagi e Izanami, 337-340, 351, 352, 354-356, 350

J

Jam, 198, 204
Jizo Bosatsu, 369, 372
Jord, 62
Ju-ichimen Kwannon, 366
Jumala, 168, 171
Jundei Kwannon, 367
Júpiter, 14, 16, 17, 24, 58, 132, 155, 156, 206, 209
Jurojin, 374

K

K'oei-sing, 305, 306
Kâla, 251
Kalevala (o), 164-172, 174-176, 178, 377
Kâlî, 215, 233, 290
Kalkin, 286
Kâmadeva, 291
Kami, *336*, 337, 344, 345, 348, 352-362, 374
Kârttikeya (ou Skanda), 227, *293*
Kavis (os), 195
Kaweh, 200
Kéu-huen-che-tche, 327
Kingmingoarkulluk, 382
Kinnaras (os), 293
Kishimojin, 373
Kompira, 373
Kongo-yasha-Myoo, 368
Kono-Hana-Sakuya-Hime, 347
Koodjanuk, 382
Krixna, 239, 240, *281*-283
Kshitigarbha, 369
Kuan-Yin (Kuannon), 273, 310, 311, 366
Kubera (ou Kuvera), 293
Kujaku-Myoo, 368
Kupala, 135-139, 144
Kuvera, 227, 275, *293*, 373

Kvasir, 57
Kwangiden, 374
Kwannon Bosatsu, 366

L

Lakchmana, 284, 285
Lakchmî, 234, 277, 279, 280
Lan T'sai-ho, 319, 321
Lao-tsé, 297, 298, 319
Lechy, *125*, 126, 134
Lei-kong, 303
Loki, 62-67, 70-78, 80, 85, 86, 89, 90, 92, 94-96, 106, 111
Lu Tong-pin, 320, 322, 328
Lua, 47, 90, 94, 118, 119, 127, 151-153, 156, 157, 159, 166, 171, 184, 206, 209, 219, 220, 225, 227, 230, 273, 280, 297, 301, 302, 340, 351, 359, 386, 389, 390, 392, 394, 396, 408, 420, 423, 436, 441, 471, 474, 481
Lug, 25, 30, 31
Luhi, 164, 165, 168, 169, 173
Lu-sing, 308

M

Machya e Machyoî, 196
Mãe-Terra-Húmida, 119, 120, 140-142
Magos, 184-188
Mahabharata, 241, 282, 293
Maira-atá, 413, 414, 415
Maitreya, 205, 270, 271, 273, 274, 286, 367
Manco-Capac I, 409
Manes (os), 223, 225, 229, 251
Mani, 189, 190
Maniqueísmo, 189, 270
Manitu, 383, 384
Manjuçrî, 273, 274, 276
Manu, 248-250, 252, 278
Mâra, 263, 264
Marishi-ten, 373
Marte, 14, 16, 17, 21, 45, 58, 206, 210
Maruts (os), 243, 244, 245
Masda, 183, 185-188, 191, 192, 198, 205, 219
Masdeísmo, 185, 188, 189, 192, 207
Mâtariçvan, 224, 251
Mati-Syra-Zemlia, 119, 120
Maui, 424, 430, 435, 439, 443, 446, 453, 454
Mercúrio, 9, 11-21, 45, 53, 206, 210
Merlin, 29
Meru, 217, 285, 286
Meuler, 412
Mictlantecuhtli e Mictlancihuatl, 400, 403

Midgard, 46, 48, 63, 64, 67, 92, 95, 96, 111
Mimir, 49, 56-58, 80, 85, 110
Minerva, 16, 17
Minutcher, 201, 202, 203
Miroku Bosatsu, 367
Mitra, 183, 184, 188, 189, 193, 216, *219*, 226, 227, 230, 273
Modi, 62, 98
Monju Bosatsu, 369
Morrigu, 27
Mulher Branca, 402
Muspellsheim, 46
Myoo, 367

N

Nagas (as), 240, 241, 243, 266
Nampo Gundari Yasha, 368
Nandi, 288, 474
Nantosuelta, 18
Nârâyana, 248, 273, 277, 294
Nasu, 195
Nâtarâja, 287, 289
Nemausus, 11
Nerthus, 80, 91, 92
Nguruvilu, 412
Nibelungo, 106, 110
Niflheim, 46, 48, 92
Nijuhashi Bushu, 372
Ninigi, 346, 347, 350, 351
Nio, 371
Njord, 78, 80, 82, 91, 92
Noesarnak, 382
Nootaikok, 382
Nornas (as), 50, 102, 103
Notei ou Notei Osho, 374
Nyo-i-rin-Kwannon, 366
Nyorai, 366

O

Oceano, 25, 32, 37, 91, 119, 211, 234, 284, 285, 347, 390, 394
Odin, 24, 45-47, 49-62, 68-72, 74, 76, 77, 79, 81, 84-90, 92-94, 96, 98, 103, 104, 107, 110, 243
Ogmios, *15*, 16, 25
Oito Imortais (Pa-sien), *319*-322
O-Kuni-Nushi, 338, 344-346, 355
Olimpo, 154, 174, 331
Oluksâk, 282
Oni, 371
Ookomark, 382
Ooyarrauyamitok, 382
Oríon, 441

ÍNDICE REMISSIVO

Ormasd, 191, 192, 193, 195, 196, 205, 210
Osíris, 388
Ossian, 38, 39, 40

P
Pã, 272
Pachacamac, 408, 409, 410
Pairikâs, 194
Pandavas (os), 283
Pându, 282
Parikchit, *241*, 242
Pârvatî, 232, 235, 245, *290*-293
Perkunas, 152-157
Pihuechenyi, 412
Plutão, 18, 411
Plutarco, 193
Polevik, 126
Posídon, 11
Prahlada, 236, 237
Prajâpati, 226, *229*, 231, 244, 247, 252
Prajnâ, 276
Psique, 245
Puchân, 226-229
Pukkeenegak, 382
Purânas (os), 225, 226, 253

Q
Quetzalcoatl, 394, 395, 397, 398, 401, 402

R
Râkchasas (os), 233, *235*, 284, 286
Râma, 237, 238, 281, 283-286
Râmâyana (o), 238, 283
Ran, 110
Ratnapâni, 272
Ratnasambhava, 271, 365, 367
Ravana, 236, *237*, 238, 284-286
Reis-Yama, 324-327, 330
Richabhadatta, 255
Richis (os), 218, 250
Rigveda, 220, 228, 244, 253, 295
Roma, 11, 17, 34, 43, 59, 159
Rudra, 194, *243*-245, 287
Rusalka, *128*, 130
Rusalki, 128-130, 134
Rustem, 182, *203*, 204

S
Sadko, 142, 143
Samantabhadra, 272, 365
Sarasvatî, 248, 249, 273, 276
Saturno, 206, 210
Sedna, 377-379, 383

Seuju Kwannon, 366
Shichi Tukujin, 374
Shitenno, 373
Sho Kwannon, 366
Siddhartha, 255, 256, 259-262
Siegfried, 56, 105, 106
Sigurd, 105, 107
Silvano, 18
Sirona, 16, 17
Sîta, 237, 238, 284, 286
Skidbladnir, 72, 81
Sol, 17, 22, 47, 90, 94, 116-119, 133, 151-153, 156, 157, 166, 171, 183, 184, 209, 210, 219, 220, 222, 223, 226-230, 250, 253, 273, 285, 297, 300, 302, 324, 340-353, 345-347, 349, 350, 358, 364, 375, 381, 386, 389, 390, 392, 394, 396, 397, 401, 405-410, 413, 436, 441, 474, 481
Soma, 220, *224*-226, 229, 244, 245, 250
Sucelo, 18
Sunde, 267
Sûrya, 220, *226*, 227, 230
Susanoo, 338, 340-346, 350, 352

T
T'sao Kuo-kieu, 320, 321
Tahmuras, 196, *197*, 198
Taka-Mi-Musubi, 346, 349
Târâ, 225, 226, 275
Taranis ou Taran, 13, 14, 17, 18
Tchang Kuo-lao, 319
Tcheng-hoang, 311, 312
Tecedeira Celeste (Tche-niu), 308, 309
Tekkeitserktok, 382
Tepictoton, 400
Terra, 20, 62, 91, 119-122, 139-141, 148, 153, 154, 157, 158, 193, 217, 222, 223, 230, 304, 317, 330, 337, 364, 384, 386, 389, 390, 392, 402, 404, 405, 424, 433, 435, 441, 442, 444, 461, 471, 476, 480
Teutates, 9, 13-16, 19
Tezcatlipoca, 394-398
Thor, 18, 45, 49, 51, 52, 58-68, 70-73, 75, 77, 81, 84, 88, 91, 96-98, 107, 109, 111
Thot, 40, 47-49, 51, 53, 59, 62-66, 69, 91, 93, 98, 101, 169, 171
Tié-Kuai Li, 319, 321
Tirthamkaras (os), *254*, 255, 257
Titãs (os), 385
Ti-tsang, 326
Tlaloc, 394, 398
Tlazolteotl, 399
Tonatiuh, 394, 399

Tootegâ, 282
Trimûrti, *293*, 294
Tróia, 31
Troll, 109
Tsuki-Yomi, 351, 359
Tuisto, 48
Tupão, 414
Tvachtar, 226, 230, 250
Tyr, 51, *68*, 69, 70, 96
Tzinteotl, 394, 399

U

Uchas, 220, *227*, 228, 244, 276
Ull, 85, 87, 88
Umâ, 232, 245, 290, 291
Unculunculu, 467, 468
Upanixadas, 229, 247, 253
Urd, 50, 103
Urvaçi, 230, 245-247

V

Vainamainen, 164-173, 176, 178, 179
Vairoçana, 271, 364, 365, 367
Vajra, 368
Vajrapâni, 272, 368, 371
Vajrayaksha, 368
Valhalá, 53-55, 77, 87, 89, 93-96, 99, 103, 104
Vali, 85, 87, 98
Valquíria, 89, 103-105
Vanes (os), 52, 57, 78-80, 85, 89, 91, 94
Vardhamâna, 256
Varuna, 273, 188, 216, *219*, 220, 222, 226, 227, 230, 253, 273, 356
Vâyu ou Vâtâ, 230
Vê, 46, 98
Vedas (os), 186, 214, 215, 217, 226, 227, 229, 243, 247, 248, 252, 253
Veículo, 270-272, 274, 295, 263
Vénus, 88, 184, 206, 209, 210
Vesta, 159
Viçvakarma, 227, 229, 235, 247, 285
Viçvapâni, 272
Vidar, 71, 74, *85*, 87, 96-98
Viracocha, 408-410
Vixnu, 218, 219, 224, 227, 232, 234-239, 241, *244*, 245, 248, 250, 252, 253, 258, 275, 277-282, 286, 287, 293-295
Vodianoi, *127*, 128, 172
Vohu Mano ou Bahman, 186, 192-194
Voluptuosidade, 211, 291
Vritra, 216, 217, 218, 245

Vulcano, 24, 256, 159

W

Wakahiru-Me, 350
Wei-t'che King-to, 314, 315
Wei-Tcheng, 314, 315
Wotan ou Wodan, 24, 36

X

Xilonen, 394
Xinto, 354, 356, 361, 364, 369
Xiuhtecutli, 399
Xiva, 294, 225, 227, 231-235, *244*, 245, 249, 252, 274, 275, 280, 287-295
Xochipilli ou Macuil Xochitl, 399
Xochiquetzal, 399, 400
Xolotl, 399

Y

Yacatecuhtli, 399
Yaçodharâ Devî, 259, 260, 261
Yakushi Nyoraï, 370
Yama, 198, 220, 250, 251, 253, 324
Yamântaka, 274, 367
Yama-râja, 370
Yamî, 251
Yarilo, 135, 136
Yazatas (os), 193
Yggdrasil, 49, 50, 56, 58, 92, 95, 98, 103, 465
Yima, 183, 195, 198
Ymir ou Ymer, 46, 47
Yohual-tecuhtin, 400

Z

Zal, *202*-204
Zaratustra ou Zoroastro, 184, 186-188, 190, 191, 193-195, 204, 205, 210, 219
Zeus, 68, 156, 217, 272, 396
Zohak, 195, 199-201, 203, 205

ÍNDICE

MITOLOGIA CELTA 7
  Mitologia pré-celta 7
  Os Celtas do continente ou Gauleses 9
  Os Celtas insulares: A Grã-Bretanha e a Irlanda 22
  Conclusão 40

MITOLOGIA GERMÂNICA 43
  Alemanha e países escandinavos 43
  Introdução 43
  O nascimento do mundo, dos deuses e dos homens 46
  Os grandes deuses germânicos 51
  O crepúsculo dos deuses; o fim do mundo e o seu renascimento 93
  Espíritos, demónios, gnomos, gigantes 98

MITOLOGIA ESLAVA 113
  Introdução 113
  Nascimento dos deuses, dualismo primitivo 115
  Pequenas divindades rústicas 121
  Mitologia pagã entre os Eslavos da época cristã 139

MITOLOGIA LITUANA 145
  Introdução 145
  Adoração da natureza 146
  Os grandes deuses lituanos 154
  Divindades secundárias 157

MITOLOGIA UGRO-FINLANDESA 163
  Introdução 163
  O *Kalevala* 164
  Magia e xamanismo 165

Os deuses do *Kalevala* 170
O animismo ugro-finlandês 174
Conclusão 179

MITOLOGIA DA PÉRSIA ANTIGA 181
Religião avéstica 181
Resumo dos mitos muçulmanos 205

MITOLOGIA DA ÍNDIA 213
Introdução 213
Mitologia do dharma bramânico 216
Mitologia dos dharmas heréticos 254
Mitologia do hinduísmo 276
Expansão da mitologia hindu 295

MITOLOGIA CHINESA 297
Introdução 297
O céu e os seus deuses 299
As divindades da natureza e os deuses siderais 302
Os deuses que se ocupam dos homens 310
Deuses populares 316
Deuses das profissões 320
O Inferno 324

MITOLOGIA JAPONESA 333
Introdução 333
Fontes da mitologia japonesa 333
As grandes lendas da mitologia japonesa 336
Os diferentes deuses da mitologia japonesa 348
O budismo no Japão 363
Introdução 363
Budas e Bodhisattvas 364
Inferno e demónios 370
Divindades secundárias 371

MITOLOGIAS DAS DUAS AMÉRICAS 375
Introdução 375
América do Norte 376
América Central 400
América do Sul 404

MITOLOGIAS OCEÂNICAS 419
O panteão da Oceânia 419

Os grandes mitos da Oceânia 430
Conclusão 457

MITOLOGIAS DA ÁFRICA NEGRA 459
  Introdução 459
  Grupo sul-oriental 460
  Grupo meridional 465
  Grupo congolês 468
  Grupo nilótico 474
  Grupo sudanês. Grupo voltaico 475
  Grupo guineense e senegâmbio 476

Índice remissivo 483